TE REGALO UN DÍA DE LLUVIA

TE REGALO UN DÍA DE LLUVIA

Un moderno cuento de hadas

RICHARD BLAINE

Ilustrado por
ISAAC ESCORZA, DANIEL ERAZO Y GEORGE CALDERÓN

Portada diseñada por
TAYYABA ARSHAD

79 Gilbert Street
7325 Prince Edward Island, Canada

Primera edición.
Hoefler Text

Te regalo un día de lluvia
ISBN: 978-0-6450058-4-4
Al otro lado de la bruma
ISBN: 978-0-6450058-5-1

Ilustración reverso: Paseo de la Isla, Burgos

Iba a escribirte una dedicatoria pero este libro ya lo es..

Cualquier parecido de los personajes de esta novela con personas reales es pura coincidencia con la única excepción de aquellos que han consentido expresamente en ser mencionados con su nombre real. En otros casos los nombres y lugares han sido alterados.

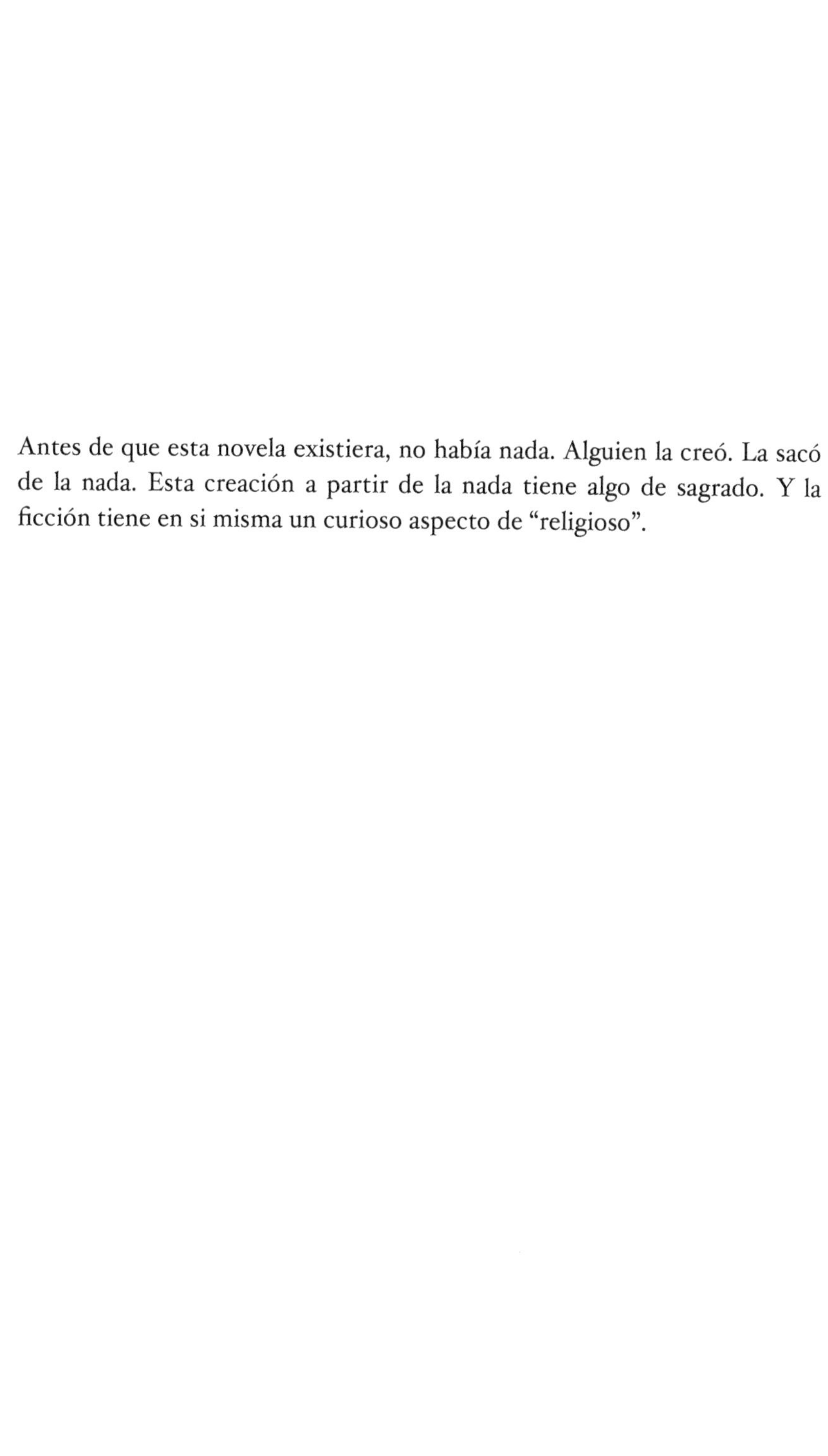

Antes de que esta novela existiera, no había nada. Alguien la creó. La sacó de la nada. Esta creación a partir de la nada tiene algo de sagrado. Y la ficción tiene en si misma un curioso aspecto de "religioso".

Recuerde usted antes de maldecirme que tuvo usted la carne firme
y un sueño en la piel, un sueño en la piel...señora

— *SEÑORA* - JOAN MANUEL SERRAT

Me gustaría poder enterrar algo valioso en cada lugar donde he sido feliz para que, cuando sea viejo, feo y desgraciado poder retornar a ellos, excavar y recordar.

— *RETORNO A BRIDESDEAD* - EVELYN WAUGH

ÍNDICE

PARTE II
EL DESCUBRIMIENTO
SURGEN LAS PREGUNTAS

INTRODUCCIÓN

Las dos menos veinte. Era la hora. Era en ese momento o no empezaría jamás. Tensé los músculos, respiré hondo y abrí la página en blanco del procesador de textos. La miré como si necesitara ese último hálito de inspiración. Se encontraba junto a mi mesa sin saber que iba a dar comienzo al incierto camino de este relato. Más tarde, ese mismo día, publicaría en el estado de *WhatsApp* que solo compartía con ella: «gracias por estar conmigo al escribir las primeras palabras del relato de nuestra vida en común. Nada podrá borrar el recuerdo del esplendor en la hierba», parafraseando aquí tanto el poema de Wordsworth como la fabulosa película de Elia Kazan. En palabras de la escritora premio Princesa de Asturias 2019, Siri Hustvedt: «escribir es recordar lo que nunca paso». Si eso es cierto aquí esos recuerdos han sido particularmente intensos. Han sido el resultado de un sueño vivido con rabia, con pasión, con el corazón puesto en la página. Durante su escritura y entre sesión y sesión, esos recuerdos han vivido, han tenido una realidad propia que la llamada «vida real» no conseguirá jamás eclipsar.

Siempre me había gustado escribir, pero me faltaba una motivación semejante a la actual para hacerlo sin detenerme, desdeñando las lágrimas y la congoja interior que por mucho que no exteriorizaba estaba siempre arañandome por dentro.

En la adolescencia había intentado varias veces escribir novelas, por lo general relacionadas con los libros que leía. Julio Verne, Enid Blyton y

Charles Dickens. También eran objeto de mi pasión muchos tebeos y series de ciencia ficción que se emitían por entonces en TVE tales como *Viaje al fondo del mar, Perdidos en el Espacio*, *El Túnel del tiempo, Tierra de gigantes,* etcétera. Estos inicios de novela —nunca llegaban a más de unas pocas páginas—, solían ser pequeños escarceos de ciencia ficción y de aventuras. Recuerdo dos de ellas en especial; en una, el protagonista se desplazaba por varios planetas, dedicándose cada capítulo a uno de ellos. En otro volumen, este viajaría por todo el mundo, reflejando de este modo mi incipiente interés por la geografía. Solía coger la Enciclopedia Salvat y estudiar los maravillosos planos y mapas que en ellos aparecían para documentarme sobre el nombre de las ciudades y trayectos que los protagonistas iban a realizar. Como idea no estaba nada mal. El problema aparecería después, al pasar de las primeras dos páginas, olvidada ya la excitación inicial de la idea incipiente, al ver que debía de comprometerme conmigo mismo en escribir cientos de páginas para terminar la historia.

Todo fue bien con el plan hasta que apareció el cine, el cine en Super8 para más señas y con él, la posibilidad de materializar mis sueños, de hacer que la realidad se amoldará a mis deseos. Pero dejo las digresiones a un lado y vuelvo al momento actual, a esta otra realidad hiriente. Estas páginas han nacido del desencanto inicial para convertirse paulatinamente en un canto a la esperanza y al amor con mayúsculas en sus diversas formas.

Esto no es una novela. En todo caso es una carta de amor demasiado larga nacida de un intento de trascender lo inmediato y mis circunstancias personales.

Decía Einstein que «Dios no juega a los dados con el universo», por tanto, esta situación actual habría que entenderla como una concatenación de casualidades, de coincidencias genealógicas.

Al mirar hacia atrás siempre me ha llenado de asombro la vida de esas generaciones anteriores. Sus encuentros, desencuentros y decisiones que posibilitaron la hora que estamos viviendo. El sentimiento es sobrecogedor, casi sobrenatural. La sensación de que el pasado te está mirando por encima del hombro, de que se encuentra ahí en todo momento es para mí algo más que una bella metáfora. Estamos aquí por las decisiones de nuestros padres así como nosotros nos habíamos conocido por una extraña casualidad, nacida de nuestras respectivas opciones. Eso no dejaba de tener su grado de realismo fantástico.

Estas páginas a su vez son el resultado de mis errores y aciertos, del deseo, y a la vez de la necesidad de convertir un amor no correspondido en una experiencia maravillosa de crecimiento personal, una muestra de entrega y abnegación.

Han nacido también del deseo, no ya de presumir de mi amor sino de acercarme a mis semejantes a través de él.

Sin duda han habido partes, muchas, que me ha costado escribir. Han sido lacerantes, intentando sacar mi vida y ponerla en el teclado, situando lo imposible sobre lo posible, haciendo realidad la irrealidad. Pero eso es la literatura también, ¿no? Un tremendo modo de dar vida a los sueños y enterrar las pesadillas del mundo cotidiano. Me viene a la mente un chiste que he repetido en incontables ocasiones: Un hombre le pregunta a un amigo:

—¿Qué cosa te gusta más?

—Jugar a las cartas y perder —contesta el otro.

—¿Jugar y perder? ¿No preferirías ganar?

—¿Ganar? ¡Eso debe de ser la hostia!

Me sirve también como bálsamo curativo esas palabras lapidarias de Bette Davis al final de la película La extraña pareja (*Now Voyager*): «No pidamos la luna, tenemos las estrellas». La literatura nos enseña cómo tener esperanza cuando no hay ninguna a la vista.

Cuando no encontramos nada más, los libros nos enseñan a sobrevivir.

Esa necesidad inicial y terapéutica, pasó a convertirse en un proyecto de novela, en un compromiso personal conmigo mismo para crear un mundo paralelo donde los sueños se hacen realidad.

Un cuento de hadas moderno si se quiere.

Frente a la impotencia inicial he contrapuesto esta obra, esta labor, gozosa en algunos momentos y penosa en otros, mediante la cual he procedido a realizar un exorcismo de mis fantasmas, al plasmar sobre sus páginas las emociones contrapuestas, los sentimientos, las alegrías y los momentos vividos que deseo perduren en la memoria y en el corazón.

Las pequeñas frases, las bromas graciosas y atrevidas, los guiños a la esperanza y sí, también, las lágrimas y el dolor. No hay nada más importante que el amor en todas sus formas, nada más noble que ese sentimiento que no espera nada a cambio. Me acuerdo en estos momentos de esos primeros poetas medievales españoles que lo cantaban. La memoria me trae recuerdos de mi niñez, en concreto de Garcilaso de la Vega, de Machado y tantos otros...

Esta no es una historia de amor al uso. Es la historia del amor por Teresa, conservado y cuidado en mi interior a lo largo de los años. Es también un modo de vencer a la desesperación y a la rabia que siento dentro de mí. Es un homenaje a su bondad, su calidad humana, su sensibilidad y también, como no, a su belleza serena como a mí me gustaba calificarla. Un testamento sentimental que trascienda y fije lo más noble que he sentido en mi vida junto al amor por mi hija para que, desaparecido de este mundo, y cuando de mi corazón solo queden cenizas, perduren en estas páginas la celebración de algo sublime que me elevó a lo más alto y me hizo llorar en silencio tantas veces. El tremendo respeto y el más desmedido deseo, ambos en contradictoria lucha.

Me gustaba contemplar la expresión de tu boca cuando dabas vueltas a un concepto, cuando tu mirada buscaba un recuerdo, mientras tus pies, delicados y menudos en unos zapatitos encantadores, apuntaban al suelo… Al escribir sobre ti atraigo tu esencia y la plasmo en el papel. De algún modo te retengo junto a mí, te atrapo, te hago mía. Todo lo impregna el amor con el que he sido capaz de escribir cada una de estas páginas, las memorias reales, posibles e inventadas para que, cruzando los límites del tiempo y del espacio, poder hacer de algún modo tangible ese amor imposible.

Por eso aquí está este canto a Teresa, este sueño en la piel. Te quiero y sé que, de un modo u otro, siempre te querré.

Este libro está dedicado a ti, Teresa.

SOBRE LAS ILUSTRACIONES

Ese paisaje que vemos cada amanecer camino al trabajo, ese en apariencia idéntico mar, costa y perfil de la ciudad, al ser examinado con atención resulta de lo más variado. El amanecer siempre es cambiante, aunque se nos aparente idéntico. Diferentes nubes y formaciones nubosas cruzan sobre el mar, reflejando la luz del sol sobre las olas. Algún barco aislado aparece en el horizonte. Reparamos entonces en que las formaciones nubosas varían de día en día o ¿es nuestra percepción la que cambia también?

Del mismo modo la personalidad de Teresa no podía ser atrapada en una mera fotografía, en una simple ilustración.

Al igual que ese paisaje he querido reflejar en las ilustraciones de este libro esa variedad de ópticas, de perspectivas de la realidad a través de la particular visión de diferentes ilustradores que han aportado a la narración su encarnación del mundo que he llevado dentro tanto tiempo, haciéndolo en ese proceso, real, tangible y coherente, He intentado en lo posible acercarme para intentar atrapar el máximo espíritu de ella, del mismo modo en que los indigenas americanos creían que la fotografía atraparía el espíritu de los seres vivos.

Los ilustradores han mostrado así diferentes versiones y percepciones de Teresa. Han quedado por así decirlo, al giro de una página para crear una experiencia casi real para mí.

DÍA DE LLUVIA

Hoy te regalo un día de lluvia, junto al fuego, junto a la ventana. El gato está en el regazo, mirándote. Cae como a ti te gusta, suave, despacio, sin pausa.
¡Mira por la ventana! He preparado con cuidado este día, que no faltara detalle, esculpido cada gota con mimo, como ese café que tanto te gusta. Hasta me acordé del trueno lejano, del fugaz relámpago.
Fíjate en las gotas que revientan en la barandilla, ¿no es algo fascinante verlas, cada una distinta y a la vez idénticas?
Espera, falta algo, déjame pensar...ah, ¡ya!, una brisa fresca y un poco de olor de ozono desprendiéndose de la tierra húmeda, y ya que estamos, ¿por qué no añadir esa sensación de paz, de calor y relax mientras das un sorbo a esa taza de café?
Quiero que esta tarde sea inolvidable para ti.
Quiero recordarte así, sentada junto a la ventana.
Mirando, oyendo la lluvia caer
Y quizá, solo quizá, acordándote fugazmente de mí.

PRÓLOGO

CAMINO DE LA ERMITA

Era el veinticuatro de septiembre.

Le tenía cariño a esa navaja.

Se la había comprado su padre en la feria de ganado de Polentes, la última feria a la que había acudido su progenitor antes de morir.

Caía un sol aplastante, pero eso no era más que un aliciente añadido para este ansiado día. La Virgen de las Mercedes había salido ya de Montorio mucho antes e iniciado el camino hacia la ermita.

Había llegado por fin el tan esperado día de la romería.

Muchas habían pasado ya para ese joven despierto de veintinueve años.

Aquel día fue el inicio de todo para Teodoro. Toda su vida pasada podría resumirse en una frase. O quizás dos. Era un joven de pocas palabras.

La guerra aún perduraba en la memoria, en las heridas, en el recuerdo de los que se fueron en ese verano de 1958.

Llegada estas fechas no podía evitar acordarse de su madre.

Tendemos en ocasiones a explicar con profusión de palabras los razonamientos internos del corazón, intentando dar validez exhaustiva y científica a la realidad circundante, cuando debería bastarnos la razón más simple, la idea primera, sincera y fresca, como el agua que se abre camino entre la roca para formar un manantial, dando vida a los campos circundantes, haciendo crecer árboles y flores a su paso. Todo eso a partir de una simple abertura en la roca dura, gris y oscura.

La realidad sería hoy también bien sencilla. Una vez más, todo cabría en una frase: La culpa sería simplemente de unos ojos verdes.

La casona de la calle Socuesta comenzaba a brillar bajo la luz del sol que incidía sobre la piedra de su fachada, acariciándola a esa temprana hora.

Cerró Teodoro la sólida puerta metálica de dos hojas enmarcada en el arco de piedra. A partir de ahora solo el estrecho ventanuco dejaría pasar al interior algo de luz. Agarró una de las dos mulas que ya se encontraban cargadas y prestas para iniciar el camino.

En cuanto la familia se puso en marcha echó la vista atrás, contemplando el tejado inclinado y las ventanas que daban a la plaza con ojos nuevos. Todo se percibía hoy con un color distinto. Sus manos notaban la vibración del carro mientas saludaba a los amigos con los que se iban encontrando.

No podía evitar acordarse de aquella última romería con su padre. De ese primer día con su navaja.

Ese día Teodoro había ayudado como hoy a preparar las mulas una vez se encaramaron las mujeres de la familia a las mismas mientras su padre cerraba la casona.

Este año la excursión era diferente.

Este año fue él quien cerró las gruesas puertas de la casona.

—¡Mira, Visi, por allí viene el Antonio corriendo! —dijo el joven nada más iniciar la marcha.

—¡Anda que no ha cargado el hato bien el mozo! —contestó su hermana, estallando en una carcajada, apoyándose sobre el lateral del carruaje para ver mejor la escena.

Dejaron atrás la calle Peña y cruzaban ahora frente al ayuntamiento. Llamarlo «ayuntamiento» era una pequeña broma, puesto que la diminuta pedanía de apenas setenta habitantes contaba con un único funcionario que bregaba con las gestiones y trámites más habituales.

..le tenía cariño a esa navaja..

Gerardo, Visitación y Teodoro eran hijos de la primera mujer de su padre. Brígida y José nacerían poco después tras haber contraído el mismo segundas nupcias con Elisa.

En cierto modo, siendo el primogénito de todos ellos, Teodoro no podía evitar sentir la responsabilidad de la familia sobre sus hombros. Les había visto nacer a todos después de todo.

Más de una vez, al cruzar su mirada con alguno de sus hermanos sentía que compartía en ese momento, en un silencio espeso la memoria de la última romería.

Todo era silencio. Pasaron por delante de la taberna de Mariano Arnáiz, «El Chatillo», ya cerrada a esa hora. También se encontraba cerrada «Los Terreplenes» regentada por su hermano Clemente. En lo alto aparecía la iglesia de San Pedro Apóstol, con ese aspecto estoico y de buena sillería asentada durante siglos, con la tozudez de la propia fe. Era esta una extraña mezcla de románico y barroco, mostrando una talla de San Pedro en la portada.

Al ver el viejo monumento, Teodoro procuró mirar para otro lado. Este era otro sitio donde se mantenía fresca la memoria de su madre.

Todavía tenía reciente en el recuerdo las charlas de don Jacinto, el párroco cuando, siendo apenas un niño de cinco años, había sido objeto de su celo religioso. Había sido una mañana, cuando, acabado el oficio religioso y salir de la iglesia en compañía de su madre, el cura le llamó con un gesto que no admitía excusa alguna. Gesto imperioso de los santos varones de la época que llevaba implícito en el mismo las funestas consecuencias de no responder al llamado.

—¡Teodoro! ¡Teodoro! —dijo el cura en alta voz para asegurarse avanzando con paso ligero hasta donde se encontraban para asegurarse por completo, mientras saludaba a su madre con un gesto de cabeza.

Don Jacinto no era amigo de irse por las ramas cuando se le venía a la mente un mensaje claro que consideraba su sagrado deber transmitir.

La llegada hasta el lugar donde se encontraban el chico y su madre se vio interrumpida por un súbito estornudo que obligó al hombre de Dios a detenerse y sacar un pañuelo de su bolsillo con el que procedió a sonarse. Al terminar, aparentemente olvidado de la presencia de Teodoro y su madre al estar absorto en envolver cuidadosamente la prenda, levantó la cabeza y reparando en que se le había quedado en el tintero algo especialmente instructivo que deseaba transmitir al chico se acercó a Teodoro con aire misterioso.

—Oye, Teodoro, ¿no te ha dicho nadie de donde viene tu nombre? —le dijo con aire de confidencia.

—Vamos Teodoro —dijo su madre que había permanecido callada hasta entonces en señal de respeto a la autoridad religiosa —, ¡sé educado y contesta a don Jacinto!

—No, padre —contestó al fin el niño con recelo, mirando a su madre en busca de amparo.

—Pues viene del griego «Theo-doron» que quiere decir «don de Dios».

Alzaba el santo varón su brazo izquierdo mientras decía estas palabras para dar más contundencia a las mismas, palmeando a la vez la espalda del niño de modo paternal, a modo de mentor, para transmitirle la necesaria confianza, una vez revelado tamaño secreto.

Un nuevo estornudo recordó a don Jacinto que no había cumplido su propósito inicial al sacar el pañuelo del bolsillo, error que procedió a subsanar rápidamente. Tras informar prolijamente al niño de los entresijos heráldicos e históricos de su nombre terminó diciendo:

—Además, te lo digo yo que te conozco desde el día en que te bauticé. Recuerdo perfectamente el día en que naciste, un veintisiete de diciembre, ¡dos días después del nacimiento de nuestro Salvador! ¡Eres como un milagro! ¡Dime si eso no es un don de Dios! Y el don de Dios no se da a cualquiera, ¡ojo! —le había dicho mientras se sonaba estrepitosamente volviendo hacia la iglesia, semejante a una tempestad que se fuera desplazando en la lejanía.

Comoquiera que el sacerdote ya iba entrando en años, esta conversación solía repetirse varias veces a lo largo del año ante el desespero de Teodoro que procuraba mezclarse entre la congregación para esquivar al santo padre en cuanto terminaba el oficio religioso.

Pero lo que más le hería de esas memorias era el recuerdo de sus miradas hacia lo alto en busca del rostro de su madre. Buscando su palabra de afirmación, confirmación o denegación según fuera el caso. Pero siempre, siempre era ella un referente. Un ancla que le ataba a la vida. Cuantas veces después recordaría esas miradas, el modo en que hubiera deseado ver a esa mujer hacerse viejecita a su lado mientras el se hacía un hombre.

Otros carros se les unieron entre gritos y saludos antes de llegar al polvoriento camino de herradura, comenzado así la subida en dirección a la ermita. Teodoro silbaba mirando a su alrededor. Faltaba poco para llegar al punto donde se encontrarían con las monturas de las familias de sus amigos.

Los vecinos de Quintanilla y otras poblaciones cercanas gustaban de sumarse a la romería. Los de Montorio por su parte actuaban a la recíproca cuando se celebraba la fiesta patronal de la Virgen de las Nieves. Montorio y Quintanilla Sobresierra se encontraban a una distancia similar de la capital: unos treinta kilómetros, kilómetro más, kilómetro menos. Dicho conteo, era por otro lado objeto de disputas habituales en las respectivas tabernas locales. Estaban unidas por el llamado camino de Montorio en ese alarde de imaginación creativa a la que tan acostumbrados nos tienen las autoridades.

Dos poblaciones condenadas a entenderse, cercanas y lejanas a Burgos según se quisiera ver. Esa distancia no era nada para los más viejos del lugar. La región se medía por otra época.

Existían aquí todavía unas divisiones territoriales llamadas «merindades» heredadas de tiempos inmemoriales. Quintanilla formaba parte de la denominada Merindad del Río Ubierna que bañaba la misma.

A Teodoro le gustaba la sensación de ver cómo las cosas familiares se tornaban distintas vistas desde lo alto de la mula. Su casa, la taberna, la plaza, los sitios habituales tenían desde allí una peculiar perspectiva. En un día como hoy todos estos lugares se habían quedado vacíos, huérfanos de ciudadanía, de ruidos y juegos callejeros. Las casas de piedra y el par de ermitas acurrucadas en el Páramo de Masa serían los únicos testigos solitarios de esta huida masiva de su población.

Una vez en el sendero, dejado el pueblo atrás, Teodoro ayudó a Elisa y a su hermana a subir a la mula para caminar a continuación junto a la misma, llevando las riendas en compañía de Gerardo. Los tres hombres de la familia avanzaban en silencio de este modo mientras Elisa y Brigida desde lo alto de las mulas y Visi en la otra guardando las viandas seguían el devenir del itinerario.

Tan pronto estaba Teodoro al lado de estas como desaparecía para surgir un poco más tarde en compañía de sus amigos que les seguían de cerca. Al pronto, volvía a colocarse delante, como queriendo atrapar la llegada cuanto antes.

Era el joven un amasijo de maniobras, de gestos, de movimientos hacia adelante y atrás que pasaban por completo desapercibidos para su familia, acostumbrada ya a tales operaciones logísticas.

Al iniciar el camino otra memoria del pasado le asaltó. Una memoria breve y en apariencia insignificante.

Le vino a la mente la imagen de su padre en este mismo punto, el cual tras haber caminado sin decir palabra durante varios minutos, había levantado la vista y, mirando a su alrededor pareció descubrir el día y el momento. Una sonrisa amarga se dibujo en su rostro recordando la conversación:

"—¿Has visto Elisa que día nos ha salido?" —había dicho su progenitor con orgullo como si lo hubiera preparado con sus propias manos el día anterior, mirando hacia su mujer sentada arriba.

"—¡Lo que tienes que hacer es mirar por dónde vas que casi te das con el carro de enfrente!" —fue la respuesta, pragmática y desprovista de cualquier apreciación de las virtudes del día.

Algunos carros de labranza les acompañaban, cargados con la ilusión de los doce últimos meses, un año que había contemplado el trabajo y la esperanza de todo un pueblo, de esas gentes esforzadas, acostumbradas a la tarea diaria y a la bonanza ocasional que nunca daba mucho respiro.

Carros nuevos, viejos, destartalados, decorados con mayor o menor fortuna por las familias del lugar, con cintas de colores algunos, con el tradicional botijo asomando bajo un hatillo o un mantel, la guitarra preparada, las sillas de mimbre en su interior en otros casos, y en todos ellos una mezcolanza de utensilios tendentes al buen yantar.

Todos ellos habían emprendido con ilusión el camino, despreciando el polvo que se levantaba ocasionalmente al llegar ráfagas de viento que por otro lado daba un respiro a los romeros.

A la zaga les seguía otra mula, subido a la cual se encontraba otro joven que al ver la montura de Teodoro, comenzó a lanzar pullas a intervalos para hacerle, quizá de este modo, un poco más grata la subida.

—¡Teodoro! ¡Que te alcanzo!

—¡No caerá esa breva, Antonio!

Teodoro para no ser menos y poder contestar a la amabilidad de su amigo de modo ecuanime, procedió a sacarle la lengua cuan larga tanto en señal de destreza como de rapidez de reflejos.

Subían las monturas lentamente la colina. Giraban las ruedas de los carros.

Cada golpear de los cascos de las monturas aproximaba más al joven hacia un cambio, hacia uno de esos momentos que podrían marcar el resto de su vida, al igual que una tormenta repentina puede destruir la cosecha de todo un año. Como el aleteo de la proverbial mariposa, las ruedas del carruaje iban a cambiar tanto su futuro como el de sus descendientes.

Se levantó en ese momento una brisa que agitó sus cabellos. Observó la larga caravana de carros que ya subían la polvorienta ruta.

El camino de tierra había llegado al cruce con Montorio. En este punto se unieron a la larga fila de carros que ya se encontraban allí y a otros que se incorporaban desde esta última población.

—¿Te has traído la pelota Teodoro? —dijo uno de sus amigos unos metros más atrás.

—Aquí la tengo —dijo el joven en señal de promesa cumplida mientras mostraba orgulloso el esférico en cuestión, custodiado por su hermana y bien sujeto al costado de la bestia, haciendo compañía a las viandas.

Ahora quedaba el último trecho.

Su mano abría y cerraba la navaja guardada en su bolsillo derecho.

El corazón de Teodoro latía con fuerza ante la idea de llegar cuanto antes. Desde niño siempre le había estimulado ese hecho. Le gustaba la sensación de recrearse en su entorno, ver llegar a sus amigos uno tras otro, en distinto grado de premura y velocidad acompañando los carros y fijarse así en el modo en que cada familia había decorado el suyo. Le gustaba observar sus rostros, sorprendidos muchos de ellos al verle ya allí, preparado y listo, el cesto a pie de tierra, buscando ya el rincón familiar.

La navaja se abría y cerraba en movimientos rítmicos. No podía hacer que las mulas llegaran antes, pero ciertamente sí controlar la apertura de este pequeño objeto, marcarle un ritmo.

—Por favor, Gerardo, ¡ve más rápido que nos va a alcanzar el carro de Antonio! —dijo por fin cansado de esta actividad al ver que su hermano no parecía poner todo el esfuerzo necesario en sus zancadas.

—¡Déjate de zarandajas! ¿No te jeringa el mozo? —contestó el interpelado intentando mostrar severidad.

—Anda, Teodoro deja a tus hermanos que corran y disfruten. ¡Mira el día que hace! —intervino Elisa desde arriba mientras arreglaba el cesto de las viandas sin levantar la cabeza de este, como si fuera el piloto de un Boeing acostumbrado a realizar la maniobra de aterrizaje al tiempo que admira los movimientos de la azafata que le acaba de servir el café en la cabina.

Elisa no había sido más piadosa con él aquella mañana cuando, al momento de preparar los cestos vio al joven calzarse un par de gruesas botas:

«—Pero ¿dónde vas con esos borceguíes? ¡Vas a pasar calor!» —le había reñido mientras escobaba la habitación con energía momentos antes de cerrar la casa y emprender la marcha.

Sí, hacía calor. Un viento seco daba en los rostros de la familia mientras subían en dirección a la ermita.

Como de común acuerdo los jóvenes se apartaron a un lado del camino donde el manantial proveniente de la misma fluía libremente. Allí se apresuraron para sumergir sus rostros y manos y aplacar el calor del momento.

A ambos lados del camino se extendía una media docena de senderos señalizados junto a pastizales y bordes de quejigales, lavanda, aulaga y espliego, que, a fuerza de ser vistos por los jóvenes durante toda su vida, no recibieron ni una sola mirada de admiración en ese soleado día.

Tampoco repararon en las viñas, olivos, algarrobas, higueras y sembradura.

Sí echaron sin embargo una mirada a la pequeña arboleda situada a su izquierda donde se encontraba el monumental quejigo de cinco metros de diámetro llamado «La Roblencina» por los locales. Otro roble de similares dimensiones podía encontrarse entre los términos de Montorio, San Pantaleón del Páramo y Huérmeces. El pobre árbol, apaleado y maltratado por viandantes sin escrúpulos a lo largo del año parecía pedir disculpas a los romeros por el mal aspecto que presentaba.

—Teodoro, ¿qué te han puesto en el bocadillo? Yo tengo uno increible de chorizo —dijo Daniel, el gordinflón de la pandilla, mostrando al tiempo una barra grasienta que se desmenuzaba por los lados, envuelta en un papel que ya presentaba claros indicios de su contenido.

Teodoro, que no había tenido tiempo de reparar en detalles dado que había salido de casa a la carrera ocupado en ayudar con los preparativos, se apresuró a echar un vistazo al pequeño hatillo que le había preparado Elisa y que el joven había organizado con pulcritud y orden característicos, distribuyendo su contenido ante las bromas de sus hermanos.

Volvía a tener tortilla de patatas en el bocadillo.

Suspiró resignado y dio un empellón al gordinflón para aliviar sus sentimientos.

Siempre le quedaría el consuelo de saber que las tortillas de Elisa habían sido merecedoras de numerosos premios en el concurso de paellas que se celebraba en el pueblo en conmemoración de las fiestas patronales de la Virgen de las Nieves.

Y además, a falta de otra cosa que comer, sabía en su interior que, como decía el párroco de Quintanilla, era uno de los elegidos.

Suspiró, llenó sus pulmones de aire, de ese olor a cosecha que lo impregnaba todo de un modo peculiar, contagiando el sentimiento festivo a los niños, jóvenes y adultos, acostumbrados ya a asociar el mismo con la peregrinación anual. Se podían ver infinidad de mariposas en derredor, casi todas idénticas. También saltamontes. Se escuchaban algunos pájaros y a lo lejos en el paisaje, tras un recodo, ya se podía avistar la ermita de las Mercedes.

Algo le impulsó a detenerse en ese momento y mirar un punto determinado del camino que iban recorriendo las caballerías y los romeros.

En ese punto, precisamente en ese lugar, hacía escasamente un año que la mayoría de la chiquilleria, rebosante de impaciencia, se había bajado de los respectivos carros y monturas para recorrer riendo el resto del camino, empujándose unos a otros en el afán de coger los mejores sitios en la amplia explanada.

Solo un año desde que Teodoro y sus hermanos habían mirado el rostro de su padre emitir un leve gruñido y un gesto de asentimiento en señal de consentimiento.

—¡Gracias, padre! —dijeron, corriendo hacia sus amigos, agradecidos por ese permiso paterno para dejar por un momento sus obligaciones.

A lo lejos y a la derecha se alzaba la ermita en el llamado Páramo de la Fuente del Francés. Era un austero edificio de una sola planta con una torre rectangular. Construido en el siglo XVIII, tenía un pequeño ábside con una diminuta ventana que proporcionaba un estrecho hilo de luz a su interior. Frente a ella se alzaba un solitario pero elegante nogal conocido como la «nogala».

Teodoro se adelantó a la familia cruzando por delante de la casa anexa a la ermita, buscando el mejor sitio en la explanada. Al pasar frente a la ventana de esta reparó en un par de ojos que le observaban desde el interior. A los pocos segundos, unos niños desarrapados salian del lugar en tromba para mezclarse con el bullicio general propio del día.

Eran los hijos del ermitaño que habitaba por entonces esa edificación. En días como hoy, tanto él como su mujer se sentaban en la puerta, rodeados de esos mismos rapaces sucios que recogían las limosnas que de buena voluntad ofrecían los peregrinos.

Unos escasos y desnudos arbolillos situados en torno a la explanada remataban el escenario. En días así se agradecía la escasa sombra que se pudiera encontrar para comerse los bocadillos, motivo por el cual los más madrugadores ya se habían hecho un hueco en el porche principal, cerca de los escasos árboles que allí podían encontrarse. Tras un cierto tiempo y una vez asentada la totalidad de las familias en los lugares escogidos, se celebraba la homilía sobre el improvisado altar de madera que todos los años se alzaba frente a la nogala.

Al pie de esta ya había instalado el tabernero de Montorio su tinglado, como era de obligado rigor, rodeado de algunos avispados vecinos, dispuestos ya a dar buen provecho de las viandas y líquidos misteriosos contenidos en las botellas que el hombre había traído a tal efecto.

La rústica fuente hecha a base de piedras agujereadas del páramo soltaba alegremente su chorro y Teodoro aprovechó para remojarse bajo el mismo junto con los demás, sentándose a continuación bajo uno de los árboles.

Al joven le invadió una sensación familiar. Era este al parecer uno de esos días en que, cada detalle, cada movimiento, sonido, olor y sensación parecen anunciar buenos presagios. Días en que es fácil creer en la bondad y que concentran la energía positiva del cosmos en un lugar determinado.

Toda esa humanidad reunida en torno a la ermita parecía estar contagiada de ese ambiente, de ese bienestar, cargando a su vez de energía el terreno circundante.

Teodoro pudo ver a lo lejos a don Julio el maestro de escuela de Montorio junto a Mercedes, su mujer. Sus hijos Elenita, Juli, Francisco y Merche ya estaban correteando de un lado para otro.

Recordó la última arenga del maestro cuando cumplió catorce años. A lo largo de ese curso don Julio no les había pasado ni una.

«—Tenéis que salir lo mejor preparados para el día de mañana» —decía con esa frecuencia cansina de profesor acostumbrado a ver año tras año a muchos de ellos marchar a la capital para continuar sus estudios en el Instituto y otros, la mayoría, continuar en el pueblo ayudando a sus padres en las labores del campo o dando el pienso a los bueyes en la cuadra.

Acababa de dejar Teodoro sus cosas bajo uno de los escasos árboles que rodeaban la ermita, lejos del viejo nogal, tras ver que bajo las ancianas ramas de este los más madrugadores ya habían encontrado sitio y levantado una especie de campamento para resistir el día de fiesta con las mayores garantías de comodidad y bienestar.

Cogió el cesto de naranjas y se dispuso a depositarlo bajo esta sombra propicia.

—Teodoro, ¡quita de ahí que esta sombra es mía! —dijo Antonio en ese momento dando un empellón cariñoso a su amigo.

—¡Eh, eh! —dijo este—, no creas que te vas a salir con la tuya porque...

No pudo seguir.

El empujón le había colocado en una especie de senda formada por las personas que se encontraban sentadas en el suelo, así como por los cestos y algún carro.

Un grupo de chicas que cruzaba en ese momento por esa improvisada senda se vio obligada a detenerse en seco al surgir este joven de la nada.

—¡Perdón! ¡Ha sido el tonto de mi amigo que me ha empujado! —dijo Teodoro a nadie en particular con un hilo de voz.

Una de las chicas que parecía ser la líder del grupo se le quedó mirando.

—¿No será que querías acampar ya en medio del camino?

Como si esta hubiera sido la señal, el resto del grupo se rió.

Era un grupete curioso el de esas chicas. Parecían traer la alegría con ellas. En un día soleado como este, los ecos de sus risas se mezclaban con el aroma de la cosecha de un modo especial en el que nunca se había fijado.

La que había hablado era una muchacha pizpireta con vestido largo y cabello suelto. Tendría unos diez años menos que él; había algo en ella que le impedía apartar la mirada.

—Venís de Quintanilla, ¿verdad? —dijo una chica pecosa que se encontraba al lado de la anterior—. No me suena tu cara. Excepto la de este —dijo mirando a Pedro despectivamente.

Teodoro asintió mientras parecía mirar el nudo de sus zapatos. Tras unos segundos levantó la cabeza.

—Me llamo Teodoro, ¿y tú?

—Ana Mari —replicó la chica riéndose y mirando a sus amigas en busca de apoyo, un poco avergonzada a pesar de su descaro aparente.

—A mí me suena haberte visto alguna vez cuando he ido con mi padre a Quintanilla —continuó la chica pecosa, inocente del silencio que había quebrado.

—Yo tengo un amigo que vive en la calle Burgos de allí —contestó Teodoro, dándose cuenta nada más abrir la boca de que la frase sonaba rara en ese momento, como si intentara justificarse.

Por alguna extraña razón esa explicación no pareció asombrar a sus nuevas conocidas que continuaban riéndose entre sí, aumentando el apuro del chico.

El joven miró aquellos ojos verdes que le observaban, a la vez que continuaba aguantando en la mano la cesta de naranjas ¿Era imaginación suya o le parecía que la chica le miraba con más frecuencia de lo habitual?

—¿Te puedo coger una? —preguntó Ana Mari, ya recuperado el desparpajo—. ¡Tienen muy buena pinta! —Una mano se había apoderado de uno de los frutos sin esperar respuesta, disponiéndose a probarla con la mayor naturalidad del mundo sin abandonar su sonrisa.

Las chicas desaparecieron a continuación, mezclándose entre la gente.

Al término de la comida, casi todo el mundo había preferido descansar buscando la proximidad del hontanar, la cercanía a la fuente y el frescor del agua.

Teodoro miraba en torno suyo. ¿Dónde estaba la chica pizpireta y sus amigas? Por más que agudizaba la vista no la veía por parte alguna.

—Vamos a subirnos a esa higuera antes de que vengan otros y se lleven los higos. Ya sabes el dicho, por San Miguel, el higo es de quien lo ve —dijo Antonio que no podía pasar demasiado tiempo sin pensar en alguna actividad que implicara un movimiento intenso de las extremidades en combinación con los maxilares.

—Apárame el saco que voy a meter una almuerza de higos... ¡Ja! —le contestó Braulio, presto a secundar a su compadre.

La tarde discurría apaciblemente mientras unos jugaban al Pasabolo tablón, la tarila o el pincho romero, otros a la Tota, y los más, a la Calva o a la Chema.

Se podían oír en la lejanía las voces claras de unas niñas pequeñas jugando a la comba mientras entonaban el cántico de guerra popular de la población local frente a cualquier otra, cántico tan antiguo, tan variado y adaptado como poblaciones, villas y pueblos existen en el mundo:

«Montorio y mil veces Montorio,
Pantaleón está a la raya
a Ruyales no le cuento,
que es tierra muy desastrada.
De allí voy a Los Tremellos
que está en medio la cañada
como es tierra tan amena
cría las grandes aliagas;
tiene una magnífica torre
que es de tanta elevación
que todos los que la han visto
la miran con detención.
De allí voy a Las Celadas
gente muy ignorante y muy fatua
creyeron que era la Virgen
la abubilla que cantaba».

Tras haber escuchado el Prefacio de los veintisiete pueblos como era conocido este canto reivindicativo de sus lugares de origen, pasada ya las cinco de la tarde, y como de común acuerdo, tal que abejas comunicando dónde se encuentra la miel, dos grupos se formaron espontáneamente. Una chica de largo pelo rizado se colocó entre los dos sosteniendo un pañuelo, mirando a diestro y siniestro. Era la suya una mirada desafiante que lanzaba a uno y otro grupo, animándolos a enzarzarse en dura disputa.

Teodoro estaba también allí, junto a sus amigos y hermanos, mirando la escena con atención.

—¡Vamos Teo! Se te va a hacer eterno ese bocadillo —le dijo uno de sus amigos— ¡termínalo y ven con nosotros!

Pero este estaba concentrado en la competición que iba a tener lugar.

—Preparados, listos, ¡ya! —gritó la chica finalmente, una vez creada la expectación y el silencio necesarios.

Un muchachuelo alto y desgarbado salió disparado desde el lado izquierdo, pareciendo romperse en una carrera desesperada para alcanzar el pañuelo que se mecía tentador delante de su campo de visión. Para él en ese momento la prenda era una ilusión alcanzable por la que merecía la pena descoyuntarse en el esfuerzo.

De repente, desde las filas contrarias apareció una figura femenina que se abalanzó hacia el centro. El cabello al viento, las piernas moviéndose como un resorte, los ojos fijos al frente con determinación. En breves segundos se había plantado delante del joven larguirucho, mirándole fijamente cuando ambos se encontraron frente a frente. La chica hizo entonces algo inesperado. Sonrió a su adversario y le sacó la lengua mientras arrancaba el pañuelo de la mano de la joven que lo sostenía.

Teodoro observaba la escena, el bocadillo de tortilla a medio comer entre sus manos. La chica en cuestión no era otra que Ana Mari. Un gran trozo de tortilla cayó al suelo.

—¡Venga chicos, otra ronda, preparaos todos en vuestras filas! —gritó la belicosa joven sosteniendo de nuevo el pañuelo, una vez le fue entregado este con aire triunfal por la vencedora.

Teodoro se había hecho un hueco junto a sus amigos en el punto de partida para participar en el siguiente turno. Pudo ver como frente a él, en el equipo contrario, Ana Mari se preparaba a su vez, el cabello movido por el viento que, con desprecio olímpico, rehusaba apartar de su cara.

—¡Preparados, listos..., ya!!!!!!!!!!!!!!!! —se oyó el grito a plena potencia.

Desde cada una de las diez posiciones diez aspirantes salieron como flechas.

Debía concentrarse en el pañuelo, en ese tejido diminuto y blanco que se movía delante de él. Una parte de su mente le decía que Ana estaba corriendo también hacía el mismo punto, pero no podía prestar atención a eso ahora. Debía de concentrarse en la velocidad y en el pañuelo.

Esta vez fue Teodoro el que lo cogió de una rasga, a escasos segundos de que la chica llegará hasta él. Pero no había terminado allí la cosa; podía oír la respiración de esta siguiéndole, sus pies apresurados, determinados, seguros. Apretó el paso, ya estaba llegando a su posición cuando oyó un ruido a su espalda.

La muchacha había resbalado.

Teodoro se giró.

Estaba sentada en el suelo, frotándose la rodilla con un gesto de mal disimulado dolor en su rostro.

Sin pensárselo dos veces Teodoro corrió hacía Ana, soltando el pañuelo.

—¿Te encuentras bien? —preguntó mientras se agachaba con cierta inquietud en su rostro.

Sus amigas se acercaron entonces, mostrando a la vez curiosidad y preocupación por la caída, olvidadas ya las risas.

—Sí, no es nada —contestó Ana sonriendo a la vez que se levantaba con agilidad, alejándose sin más palabras junto a ellas, mientras se frotaba la pierna.

—¡Venga Teodoro! —gritaron sus amigos, inconscientes de las preocupaciones de este—. Vamos a darle al balón ese que has traído.

El sonido de los músicos detuvo a todos en los juegos, en las charlas y empujones.

Iba a comenzar el baile. Varias personas aparecieron de inmediato frente a ellos, dispuestas a inundar la improvisada pista a los pies de la nogala.

Desde donde se encontraba pudo ver al grupo de Ana Mari que, unos metros delante de ellos, miraba hacia los músicos. La chica movía el pie derecho marcando el compás del acordeón que con aire magistral tocaba José María, apodado el «musiquillas» por los vecinos, seguido por una guitarra y un trompeta del mejor modo posible. El hombre, subido al estrado que antes había albergado el altar, vivía con pasión esos momentos, planeando durante todo el año este tipo de eventos que se convertían en una olimpiada musical que había que ganar a toda costa.

Teodoro miraba absorto los movimientos del pie derecho de la joven.

Uno, dos, tres... Volvía otra vez a marcar ese ritmo... uno, dos, tres...

Se había acercado a ella imperceptiblemente, sus dedos moviéndose mecánicamente en la parte trasera del pantalón.

Ese pie parecía ejercer una fuerza magnética.

—¿Quieres bailar? —soltó de un tirón.

Había llegado a colocarse junto a ella.

La chica se giró.

—Si no te duele la pierna después de lo de antes, quiero decir —dijo Teodoro, procurando asegurarse la retirada.

—Bueno, pero solo si prometes no pisarme los pies, ¡que dicen que los de Quintanilla tenéis un arte!

—¡Eso son mentiras de los «cagoneros» de Montorio! —replicó el muchacho con verdadera indignación.

—Un poco chulito me pareces tú —contestó la chica a la vez que le sacaba la lengua.

Sonaron entonces los primeros acordes de «La Campanera» interpretados con gran brío por el acordeonista que marcaba el ritmo con sus pies.

Cuando Teodoro se dio cuenta ya se encontraban bailando en el centro de la pista. Miró al grupo de gente. A lo lejos sus amigos, así como las amigas de su compañera de baile parecían hacer gestos cuyo significado intentó no descifrar en ese momento.

Con la mirada ausente, como un soldado sin historia, buscando un plan, un ataque que no se producía, el joven se movía de un lado a otro con garbo y pasos medidos. La seguridad de la moza era impagable.

Ana vio por encima del hombro de Teodoro a su profesora unos metros más allá. Era esta una joven bella y alta de larga melena ondulada. Estaba bailando con un engominado unos metros más allá. Se acordaba Ana Mari del primer día que la vio, hace años, preguntando su nombre a cada niña de la clase, con frases de cariño y alguna caricia. Le caía bien su profesora. Era sencilla y simpática. Siendo Montorio su primer destino había tardado en acostumbrarse a vivir en un lugar sin agua corriente. Un lugar en donde había que traer la misma desde la fuente para llenar los calderos.

A pesar de contar los maestros con viviendas dispuestas por el ayuntamiento, ella había decidido quedarse a vivir en casa de Servando y Petra, un matrimonio sin hijos, convirtiéndose así en un miembro más de la familia.

Con el tiempo las batas blancas sustituirían las humildes ropas que las alumnas habían llevado hasta entonces cuando salían a jugar a la era de Toribio en el recreo. En esta era, cercada por una pared de piedra, se dedicaban a emplearse a fondo en el juego de «los Círculos» importado por la maestra y que había causado furor entre las niñas.

Había terminado de sonar «La Campanera» entre vítores de unos, aplausos de otros y alguna que otra risa, devolviendo a los bailarines a la realidad.

Teodoro no recordaba una sensación similar a la que estaba experimentando. Era algo nuevo, extraño y familiar a la vez. Y le gustaba recrearse en la misma.

La orquesta tocaba ahora una melodía popular que los bailarines pudieron seguir con facilidad.

Teodoro rodeó de nuevo a la chica con sus brazos. La sintió cerca. Algo pareció hacer clic en su interior. La sensación de familiaridad se hizo más fuerte.

—No lo haces del todo mal, incluso te mueves cuando suena la música —dijo Ana Mari, siempre moviéndose de ese modo misterioso, sinuoso.

—Bueno, aprendo rápido y me fijo todo lo que puedo. Como somos un pueblo más pequeño llegamos antes a todas partes.

¿Había dicho eso? ¿De verdad había podido decir esas palabras? Costaba trabajo creerlo frente a la confusión que sentía en su interior.

Bailaban las parejas cerca de él. Pero si le hubieran preguntado cuánta gente estaba bailando en ese momento esa improvisada pista no habría podido contestar. No había mirado a su alrededor en ningún momento.

Quizá solamente dos personas.

Porque Teodoro ya había aprendido por entonces que, realmente en cualquier baile siempre es así, hay dos personas sobre la pista y el mundo entero desaparece. Y cuando el baile termina siempre quedará la música.

La tarde ya estaba cayendo. Con cierta pereza, con cierta desgana, algunos grupos habían dado inicio a los preparativos para la vuelta, colocando los arneses a las cabalgaduras, ajustando los escasos carros.

Nadie pareció reparar en el joven que se había desplazado cerca de la casa del ermitaño. Estaba sentado. Entre sus manos tenía una navaja a la que miraba con ojos que parecían querer ver a través de ella. La abrió y cerró un par de veces, sintiendo como el resorte obedecía a su presión.

«—Cuando llegue el momento te darás cuenta de que puede serte de utilidad» —le había dicho su padre el día que se la regaló, con rostro grave, con aire del que transmite un rito de paso.

Levantó la vista al oír un grito. Solo eran unos chicos corriendo frente a la nogala. Desde donde Teodoro se encontraba destacaba la silueta espléndida de la misma. No pudo dejar de pensar en la cantidad de romerías que habría aguantado bajo sus ramas y la cantidad que aún tendría que soportar. Gente nueva aún por nacer que vendría a jugar ante ella, a cantar las mismas o similares canciones y juegos.

Su mirada se había quedado fija en el árbol, su mano en tanto oprimía el resorte de la navaja. Su amigo Antonio seguía aporreando su guitarra, con más o menos suerte, un poco más atrás. A pesar de no poder verle desde donde se encontraba, esas notas raspantes y desgarradas eran inconfundibles.

Teodoro se levantó. Una idea se le había ocurrido. «¿Por qué no? Una tontada más o menos» —se dijo.

La sombra del árbol caía sobre su cara mientras se acercaba a él con determinación dando la impresión de saludarle, de haberle reconocido.

El joven miró a su espalda.

El tabernero, unos pocos metros más allá, estaba ocupado recogiendo sus cosas bajo la sombra del viejo nogal. Su grueso corpachón se presentaba a Teodoro como un muro entre él y el mundo.

Ya apenas quedaba gente. Volvió a mirar. Esta vez a la derecha.

Su familia estaba recogiendo las cosas, retirando las sillas y demás. Nadie iba a saberlo, en cualquier caso. Quizá no había estado tan desencaminado don Jacinto y, en cualquier caso no haría ningún daño. Pero si lo hacía tenía que quedar bien o el esfuerzo no habría valido la pena.

El viejo árbol parecía mirarle ahora con recelo.

—¡Teodoro! —se oyó la voz de su hermano Gerardo—. ¿Y este chico donde estará ahora?

Teodoro apareció entonces corriendo y acalorado.

¡Date prisa que ya se está yendo todo el mundo! —volvió a gritar Gerardo al verle venir.

—¡Perdonad, es que tuve que ir a mear!

—¡Mira que has tenido tiempo! ¡Venga, ayúdame con los cestos!—dijo a su vez Visi.

Teodoro estaba sonriendo. Lo había conseguido y además sin levantar sospechas.

Ese iba a ser su secreto. El secreto de un día especial.

En ese momento apareció el grupo de amigas que acompañaban a Ana Mari. ¿O era a esta última a quién vio únicamente?

—Bueno, ya nos veremos en el pueblo entonces, ¿no? —preguntó el joven con cierto aire de anhelo mal disimulado, aprovechando que su familia estaba alejada unos metros retirando alguna de las sillas que habían quedado atrás.

—Igual nos vemos para la Pascualilla —dijo la chica con tono burlón—. Será mejor para ti porque al no haber baile no tendrás problema. O igual en nuestra romería —dijo refiriéndose a la de la Virgen de las Nieves.

—Me muero de risa —contestó Teodoro, intentando mantener el tipo.

La chica como toda señal de despedida levantó la cabeza y sonrió sin decir palabra, corriendo a continuación a reunirse con el grupo de sus amigas que ya había emprendido la marcha entre risas y cuchicheos.

Los carros, las monturas y los caminantes ya comenzaban a descender la colina como todos los años.

Como siempre, los más veteranos habían iniciado la marcha con tiempo de sobra, seguidos por los nostálgicos que buscaban arrebatar un segundo más al lugar, una risa más, en esa pugna tan humana que no se resigna a dar por terminados los buenos momentos, revolcándose en su recuerdo, en las vibraciones que aún se sienten en el aire, como la mies, como el polen, como el quejumbroso chirriar de las cigarras.

Se oyó una risa apagada.

El carro de la familia de Ana Mari acababa de dar la última curva desapareciendo de la vista.

El canto de las cigarras volvió a inundar perezosamente el paisaje. Una escasa brisa se levantó unos segundos, agitando los cabellos de Teodoro.

Se iba apagando, menguando lentamente el día. La luz dejó de dorar la torre de la ermita como si un hada hubiera retirado la magia del lugar con un golpe de su varita antes de irse a descansar.

Cuando el joven se acordara de aquel día, sería esa imagen congelada del carro desapareciendo tras la última curva del camino, la que vendría a su memoria años después.

Se había acabado la romería.

Detrás de él, el viejo nogal volvía a quedarse solo tras el bullicio del día. Con sus pensamientos, sus recuerdos y sus abundantes secretos. Al levantarse el viento de la tarde sus ramas comenzaron a murmurar acerca de las cosas que habían visto, escuchado y sentido ese día. Traía el viento ruidos, crujir de ramas secas, el olor de la lluvia próxima.

Todavía se acordaba de esa mirada, de esa sonrisa.

Sí, la culpa fue de esos ojos verdes.

Unos sesenta años después...

PARTE I
UN SUEÑO EN LA PIEL

CAPÍTULO I

UN CAFE EN EL MINISTERIO

De café, amistad, páginas de diario, amor y otras cosas agridulces

Mi compañero se limitó a mirarme fijamente mientras jugaba con el sobre de azúcar que le acababan de dejar junto a su cortado, moviéndolo de un lado a otro, buscando las palabras adecuadas.

—Cuéntame que te pasa. No eres el de siempre.

—Tengo algo que contarte —dijo finalmente.

Lo que había tenido a mi vista durante casi cinco años se hizo cristalino ahora. ¿Cómo no pude darme cuenta antes? Luego dicen de la intuición femenina esa.

¿Mi nombre? Puedes llamarme Laura, no es un nombre tan poético como Ismael en *Moby Dick* o el de Slingo en *La decisión de Sophie*, pero no tengo otro. Laura Valés para ser más exacta.

Llegué al ministerio hace escasos meses. Mi mesa, una como las demás, cerca de la ventana, mirando al castillo y a una terraza donde algunos días era posible ver a las gaviotas pasearse llamando nuestra atención y provocando miradas curiosas y algún que otro deseo de inmortalizarlas con nuestros móviles.

Pensaba que aquí iba a encontrar el ajetreo habitual de estos organismos. Sabía que tendría las broncas ocasionales, los cotidianos desencuentros, una desaparición de mi bolígrafo preferido de vez en cuando, etcétera, pero jamás, jamás pensé ser testigo de excepción de una historia como la que iba a descubrir con el paso del tiempo.

El ministerio se alzaba frente a una plaza, una zona amplia donde un grupo de árboles centenarios presenciaban la entrada y salida diaria de visitantes y funcionarios. Un tráfico incesante de personas que solo se detenía durante la tarde.

Efectivamente, una vez pasadas las tres, las numerosas cafeterías, restaurantes, panaderías, peluquerías, etcétera, cerraban las puertas con esa pesadez que deja una buena comida, inundados y contagiados por el torpor de la hora, sumidos en una placentera siesta.

El ministerio en sí constaba de dos edificaciones, una más antigua construida en gruesa piedra de sillería procedente de un anterior edificio destinado a otros usos y ahora rehabilitado, y una nueva edificación, moderna y acristalada, situada enfrente, como si la administración, en un gesto de condescendencia, hubiera querido presentar un rostro más amable y conciliador de cara al usuario. Contrastar en suma la cara avinagrada y oscura de la primitiva construcción. Desperdigados en torno a estos dos principales edificios, existían algunos otros departamentos, como hijos revoltosos y díscolos que se hubieran echado a la calle en busca de aventuras.

En ese edificio de cristal trabajaba yo aquel día cuando se incorporó el nuevo compañero. Nuestra sección se encontraba en la quinta planta. Como solíamos decir, más cerca del cielo ya no podíamos estar.

Ernesto venía procedente del último concurso de traslados que se había producido. Era un hombre de unos cincuenta y cinco años aunque aparentaba algo menos debido a su aire juvenil, al modo en que se movía y se comportaba. Su mujer había sido destinada en otro departamento vecino, también sito en la misma planta.

A primera vista parecía una persona correcta y amable, con el tiempo fui descubriendo en él un peculiar sentido del humor, a veces mordaz y a veces inocente, que podía no ser comprendido por todo el mundo.

Lo curioso del caso es que iba a ser el único hombre en nuestro departamento formado por ocho mujeres más la jefa de departamento, Pilar Onlynot, si exceptuábamos al jefe de negociado don Salterio Cremades.

Así, entre unas cosas y otras, pasaron unos cinco años. Bromas, trabajo, rutina, comidas de Navidad, etcétera.

Hasta aquel día de agosto, unos pocos días después de que Ernesto volviera de las vacaciones. Un día como otro cualquiera, si es cierto que pueda existir tal cosa. Todos estábamos inmersos en nuestro trabajo aunque la plantilla se había reducido al mínimo. Además de Ernesto y yo, únicamente se encontraban María Lucia y Josefina.

Silencio perezoso del verano. Los escasos usuarios podían contarse con cuentagotas. Aire pesado. Nada parecía moverse.

El propio aburrimiento fue lo que me hizo darme cuenta de que a mi compañero le pasaba algo. No era el mismo. Estaba callado y con la mirada fija en la pantalla del ordenador. De vez en cuando alzaba la cabeza y parecía mirar las sillas vacías que se encontraban a su derecha.

Me dirigí hacía él y me planté delante de su mesa.

—No te preocupes porque si lo que te preocupa no tiene solución, no vale la pena y si lo tiene pues tampoco —le dije.

Su cara se volvió llorosa. Era claro para mí que estaba conteniendo algo, ¿un problema con su hija? ¿O se trataba de algo más serio?

Una hora más tarde, se acercó a mí con tono de confidencia.

—¿Quieres que tomemos un café? —dijo casi con tono de súplica.

Así es como Ernesto y yo acabamos tomando ese café en uno de los muchos lugares cercanos al ministerio, no muy frecuentado por los compañeros y colegas habituales. Una antigua casa de planta baja con patio interior. Fue en este último donde nos sentamos. Todo en este lugar había sido acondicionado con idea y buen gusto.

—Este sitio me gusta especialmente —me dijo—. Me trae muy buenos recuerdos.

Su mirada era triste. ¿A qué tipo de recuerdos podría referirse? Al fin y al cabo, este lugar, al igual que los otros muchos que rodeaban el ministerio, solo eran visitados brevemente por los funcionarios y profesionales que venían a hacer fugaces gestiones en los edificios de las oficinas circundantes. Nada que fuera precisamente algo que marcara hitos vitales en la vida de nadie.

Ernesto sacó su móvil y lo colocó entre los dos y, mientras jugueteaba con él entre las manos, comenzó a hablar.

Debió ver la cara de asombro que yo iba poniendo por momentos y, con cara compungida continuó:

—Estoy enamorado de otra mujer. Me he dado cuenta de que no me había enamorado nunca hasta ahora. No quiero hacer daño a mi mujer mientras lo que me pasa sea solo una fantasía en mi cabeza, un sueño loco. Me gusta pensar que tengo los pies en el suelo, aunque tenga la cabeza en las nubes.

—Pero ¿es alguien de nuestro entorno? ¿Alguien que conozco? —pregunté.

—Espera un momento y lo entenderás todo.

Fue entonces cuando cogió el móvil y, tras buscar un poco me enseñó una foto. Entonces todo encajó como un cubo de Rubik con la última pieza.

No supe qué decir.

Era una de nuestras compañeras de trabajo, que se sentaba muy cerca de él.

—Te voy a contar como empezó todo —dijo, con cierta emoción en la voz.

Lo que contó me descubrió una nueva manera de percibir mi día a día, los signos que había visto y que me habían pasado desapercibidos. Y eso que me las daba de ser una mujer perspicaz.

De las notas de Ernesto Santos

Me llamo Ernesto Santos y hasta hace poco era un hombre razonablemente feliz. Cuando empecé a escribir este relato que comenzó como un diario no tenía idea alguna de hasta que punto me iba a llevar. He leído historias increíbles y fantaseado como casi cualquier hijo de vecino de mi época con aventuras igualmente imposibles. Pero nunca me hubiera imaginado en esos lejanos sueños de juventud ser protagonista y testigo de excepción de una de ellas.

No, no había una tormenta cerrando el cielo, no barría el viento las calles ni se había ido la luz en el horizonte, escenarios siempre propicios para narrar historias de este tipo. El sol lucía siempre esplendoroso —o casi siempre— en mi ciudad y aun así...

Hoy le he contado por fin a Laura lo que me pasaba. Necesitaba contárselo a alguien que no llevara bata blanca o que no tomara notas en un papel mientras lo hacía.

Nací un día de febrero al igual que Dickens, pero a diferencia de su héroe favorito, David Copperfield, nacido también en las mismas fechas, yo sí que he llegado a ver espíritus que me han hablado, que hacen su aparición en mi vida, atormentándome periódicamente.

Pero mis espíritus no son trasgos ni seres horribles, con rostros deformados, espectrales y diabólicos.

El espíritu que me atormenta es bello, tierno y delicado. Se aparece ante mí, se acerca, aparentemente tangible y cuando quiero tocarlo, comprobar su existencia, se aleja o bien mi mano lo atraviesa demostrando una vez que es inalcanzable.

Soy la nueva encarnación del trovador enamorado de la imposible dama de la corte, colocada aún más fuera de mi alcance por una aparente sensación de cercanía.

Pero ya estoy divagando como suelo hacer. Al principio mi relación con Teresa no fue diferente a la que mantenía con el resto de mis compañeras. Se sentaba cerca de mí—solo la mesa de nuestra compañera Claudia nos separaba —, y con el tiempo me fui dando cuenta de que teníamos ambos un sentido del humor y una empatía especial en nuestro modo de percibir las cosas.

—¡Hola, compi! —me saludaba de modo habitual cuando nos cruzábamos por los pasillos yendo y viniendo.

Tras llegar a mi mesa por la mañana y dejar mi cazadora en la percha me decía con sonrisa cómplice:

—¿Has subsanado ya?

Procedíamos entonces a bajar a la calle para tomarnos un café rápido, una pausa de unos quince minutos robados a la mañana.

Se colocaba entonces en el ascensor con las manos apoyadas en la pared del fondo y sonreía. ¡Vaya si sonreía!

En la barra del bar hablábamos de muchas cosas, de literatura, cine, y cualquier otra cosa. Poco a poco empecé a darme cuenta de una extraña sensación, en especial cuando me veía reflejado en esa mirada abierta y clara frente a mí.

La clave estuvo en el cuarto año, un año después de haberme casado, después de la boda que tanta ilusión me produjo en su momento, aunque ya llevaba viviendo con mi pareja más de diez años. ¿Por qué se me hace tan difícil recordar, no digo con exactitud, con precisión de pintor las escenas vividas, pero sí al menos, alguna de las cosas, alguno de mis comportamientos anteriores a los hechos que te estoy contando antes de descubrir lo que estaba pasando? Es como si se hubieran borrado de mi mente. Como si siempre hubiera sido así. Como si todo hubiera sido un ensayo para este día. ¡Y vaya ensayo!

Así continuamos algunos meses con ese café matinal que tuve el privilegio de tomar con ella en el Café Pamplona, situado nada más salir de la puerta de nuestro ministerio a la izquierda.

Nos colocábamos en la parte de la barra más cercana a la calle, la que daba a la cristalera desde donde se podía sentir el bullicio de la calle. Luis, el dueño, nos servía dos cortados —el de ella con leche fría—, y tras tomárnoslos rápidamente continuábamos la conversación en la calle donde Teresa aprovechaba para fumarse un cigarrillo.

En alguna ocasión me había hablado de su marido al referirse a alguna anécdota, a algún viaje. Por delicadeza no quise preguntarle más acerca de su vida pasada. Por comentarios breves que me habían llegado sabía que Tere había sufrido mucho y que lo había querido muchísimo.

Nunca quise ahondar en el pasado de Tere. Era doloroso para ambos. Baste decir que había enviudado hacía unos diez años y que ella no quería sacar este tema.

Fue mi compañera Claudia, que se sentaba entre los dos, quién me lo contó un día en breves pinceladas y ese conocimiento atesorado en mi mente y en mis pensamientos forma parte ya de mi particular y privada congoja interior.

Me enteré de que vivía con uno de los directivos de departamento del ministerio, un tal Manuel Ferrero Justo desde hacia unos años.

Lo que más se acercó a una confidencia por su parte fue un día unos meses antes de mi boda con Gloria.

«—Ernesto —me dijo aquel día— quería decirte que me hubiera gustado ir a tu boda, pero ¿sabes? Yo me casé en el Ayuntamiento de Alicante también y celebré mi boda también en el Restaurante Dársena».

Lo entendí todo y le dije que no se preocupara más por eso.

No recuerdo exactamente en qué momento me descubrí a mí mismo enviándole mensajes por *WhatsApp* con más o menos velado contenido sexual. Su candidez pese a que los dos ya no éramos niños, me cautivaba y excitaba a partes iguales. La idea de imaginarla leyéndolos me provocaba.»

—Fue entonces cuándo pensaste en poner cierta distancia, ¿no? —dije, interrumpiéndole.

—Si, bueno, intenté no bajar a tomar café con ella diciéndole que ya había desayunado en casa o algo similar. Con el tiempo llegaría a lamentar esa decisión, pero en ese momento me pareció lo más correcto. En alguna ocasión hablábamos de literatura o de cine.

—¿Has leído *It* de Stephen King? —me dijo una mañana mientras sorbía su cortado.

—Sí, es uno de mis libros favoritos, pero no por la historia de miedo propiamente dicha, sino por cómo refleja el autor la vida de los niños protagonistas, su relación y todo eso.

Por entonces nos encontrábamos leyendo los dos *La sombra del viento* y obras sucesivas de Carlos Ruiz Zafón.

Mi compañero siguió hablando:

—Yo me encontraba a gusto todo este tiempo, tanto con el trabajo como con todas vosotras. Siempre he tenido muy buena empatía con el sexo femenino teniendo tres hermanas y una hija y esta no iba a ser una excepción. Incluso aunque suene a exageración, cuando me encontraba en la veintena, sufría en mi piel por lo que yo entendía debía pasar una mujer considerada en muchos casos como un objeto para los hombres y no podía tolerar, no podía pensar, en que mis amigas pudieran pasar por algo semejante.

La lluvia seguía cayendo fuera, sus palabras penetraban entretanto en mis oídos, una tras otra, semejantes a esas gotas que se veían desde la ventana de la cafetería.

Escuchaba hipnotizada aquella historia increíble que había tenido delante de mis ojos todo este tiempo.

—Tómate el café que se te va a enfriar —le dije cuando tuve la oportunidad de componerme un poco, al darme cuenta de que Ernesto seguía jugando con el azúcar sin tener intención aparente alguna de tomárselo—. Yo lo que creo es que tendrías que hablar muy seriamente con Teresa de tus sentimientos. Enfrentarte a ellos y decirle todo lo que tienes dentro.

—Ya lo hice, ya lo hice y me dijo que el sentimiento no era mutuo. Nada que hacer por ahí. Mira Laura, —dijo mientras señalaba un lugar próximo al nuestro— justamente en esa mesa de atrás me senté con ella una vez. Y ¿sabes una cosa? Es cierto eso que se dice o que por lo menos he leído en alguna novela de que los lugares quedan impregnados por los hechos que han ocurrido en ellos. Bueno, ¡pues vaya tontería digo! Para mí este lugar tiene parte de ella. Algo había pasado, ¿sabes? Era como ese refrán chino, en el que el viento proveniente de las colinas había hecho que el agua perdiera su condición de ser libre al convertirse en hielo.

Y con un último vistazo hacía atrás, Ernesto pagó los cafés y salimos a la calle.

Cuantas veces durante mi niñez y luego mi juventud había atravesado esa calle, había pasado por delante de esa manzana donde años después se alzaría el edificio de las oficinas del ministerio.

Sí, en esa manzana contigua se había alzado unos treinta años atrás el Colegio de María Auxiliadora —o las Salesianas como se le denominaba vulgarmente— donde asistí a clase hasta los nueve años.

A veces, al salir del trabajo, aún me parecía ver a ese Ernesto en diminuto saliendo de clase con sus compañeros e irse derecho al hombre que se colocaba en la puerta del colegio vendiendo chuches para nuestra solaz.

Ese edificio de cristal donde se alza ahora el ministerio siempre me había gustado antes. Recuerdo con agrado cuando, con anterioridad a pedir destino en el concurso de traslados, me acerqué a él y me deslicé entre sus pasillos observando la vida de los distintos departamentos, tomando la temperatura del lugar, imaginándome como sería trabajar allí.

Al año siguiente y antes de tomar posesión en el departamento al que habíamos sido destinados mi pareja y yo, nos hicimos sendas fotos cada uno frente a esta fachada. Se me hace extraño ahora contemplar esa foto y pensar que mi yo de entonces desconocía como iba a cambiar mi existencia por el mero hecho de cruzar esas puertas que la Guardia Civil cuidaba con celo. Pero ese celo no fue suficiente, no impidió los hechos posteriores, ese cambio brutal en mi vida.

Frente al edificio podía verse un grupo de árboles, entre ellos tres o cuatro ficus centenarios.

¡Cómo me gustaba mirar esos ficus plantados entre los dos grupos de edificios! Sus anchas raíces se extendían por la superficie, levantando el suelo circundante. Ramas que se bifurcaban en lo alto, creando a su vez otras bifurcaciones y estas, otras a su vez, que solo se detendrían con la propia muerte del árbol. Un grupo de palmeras en los laterales daban al lugar un aire tropical lo cual, unido al exterior de piedra de sillería del edificio principal, redondeaba el efecto.

Tendría que ordenar esa tarde la biblioteca. Los libros en ellas hacía tiempo que se habían convertido en un caos que clamaba atenciones y cuidados. A veces me gustaba sacarlos, limpiarlos y darme cuenta, recordar que tenía a algunos viejos amigos que creía olvidados y me regocijaba encontrármelos de nuevo.

Teresa.

Salí a pasear con mi perrita por el campo adyacente a mi urbanización, disfrutando del sol, acordándome de las veces que había recorrido determinados senderos con mi hija Irene cuando tenía unos escasos ocho años, con la casa recién entregada, el bungalow que tanto me había costado esperar. ¡Cerca de tres años en casa de mis padres! Tres largos años privado de mi independencia, con mis libros guardados, amontonados en armarios, llenándose de polvo tres largos años más.

Teresa.

¿Cómo se da uno cuenta de algo así? Por otro lado, ¿cómo puede haber estado fermentando en la parte trasera de la mente sin que nos demos cuenta? Un compañero de viaje solapado tramando nuestra propia dicha o desdicha según sea el caso.

Esa sensación extraña que me había estado acompañando los últimos meses.

Me había enamorado. Me había enamorado locamente. Me había casado dos veces. Pero todavía no me había enamorado en toda mi vida. No como ahora.

«¡Qué locura!» —me decía— «¡qué locura insensata!». Me había casado dos veces y me había dado cuenta de que, con sesenta años recién cumplidos, no me había enamorado nunca.

En los escasos momentos de cordura me daba cuenta de lo imposible de mi ilusión, de lo novelesco de la situación, pero no servía de nada.

Yo, normalmente activo y capaz de tomar decisiones rápidamente, me encontraba ahora impotente para fijar una ruta, estaba lleno de dudas, cambios de rumbo y de humor inexplicables.

Esto era algo que me desbordaba completamente.

Sólo podía pensar en ella a todas horas. Me había enamorado de Teresa. Cómo decía la canción de Juan Pardo del mismo nombre, entró en mi vida y cuando quise darme cuenta ya estaba instalada en mi alma. Ya no había nada más que Teresa.

¿Quién era esta persona que llegaba así a mi vida? ¿De dónde había venido?

Teresa.

CAPÍTULO 2

RETRATO DE TERESA

O del vano intento de capturar el alma con palabras

Se llamaba Teresa Serna Ballester.

Eso era fácil de decir. Lo más fácil de todo.

Pero, ¿cómo describir a Teresa?

Ante esa pregunta he de callar, embargado por la emoción, por esa sensación de vértigo que ya no me abandona nunca.

Se ha escrito mucho de los ojos de una mujer, de la fascinación que pueden ejercer sobre nosotros.

Para mí todo eso estaba muy bien cuando lo leía en los libros. Otra cosa, sí, otra cosa era sentirlo, notar como se borraba el mundo exterior cuando la miraba. Cuando ella me miraba.

Tenía Tere esa manera tan peculiar de moverse, a la vez rápida y suave, que daba la impresión de que se deslizara sobre el suelo. Cada vez que el mundo exterior se tornaba neblinoso, turbio, oscuro, no tenía más que posar la mirada en ella.

Todo volvía a estar en orden solo con ver sus ojos.

Retornaba la ilusión al mundo, todavía teníamos esperanza. ¿No era eso un regalo del creador? ¿No lo era poder percibirlos a diario? Sí, sus ojos eran para mí el más inestimable obsequio que me había sido conferido en esta vida, estrellas de belleza y verdad, llenos de amabilidad, enemigos poderosos de las cosas sin valor, insustanciales y ocasionales. Fijaban leyes, examinaban, juzgaban y eran fuente inagotable de felicidad.

¿Qué es el éxito, el prestigio, qué son la fama y el vano halago sin el brillo y la gracia de esas luces incorruptibles?

Decía François Truffaut en boca de su personaje Antoine Doinel en esa prodigiosa película que es *La noche americana* que las mujeres son mágicas.

En su momento dicho pasaje me pareció poético, alegórico. Hoy en día creo que es una verdad incontestable, literal. Una verdad a la que me enfrento día a día buscando explicación.

Pero aparte de la magia más o menos probable, más o menos discutible, existe el tema del olor. De tal modo hay mujeres que huelen a azalea, otras a rosa temprana, otras a agua de lavanda, al igual que un río puede oler a espliego debido a la maleza que lo oculta. Y es esa sensación de irrealidad mágica la que me rodea, día tras día.

Ojos como esos han guiado y despertado una faceta artística en mí. Ya he dicho ya que son el mayor regalo que he recibido en esta vida. Si hubiera sido marino habría estado como Odiseo tentado de acercarme a las orillas, a los escollos, y riscos de esa tierra ignota y habría fenecido entre las olas. Pero en vez de eso me ha tocado vivir mi tiempo y buscar en mi entorno las metáforas cotidianas y corrientes que apenas lograron expresar la quemazón interior, la pasión que hierve, que hurga y rasca en las entrañas.

Su boca es una boca que está pidiendo ser besada cada vez que sonríe, que habla mientras lo hace y que, en suma, pone a prueba la capacidad de resistencia humana hasta el borde de lo posible.

El tono cálido de su voz, siempre amable... Esa luz en el rostro que me recordaba a las pinturas de Rubens o, si lo pensaba mejor, a las bellas mujeres que pintaron los prerrafaelistas ingleses que tanto me gustaban. Una imagen etérea y carnal a la vez, cercana y lejana. Una sensación difícil de traducir para mi mente.

Pero es su sonrisa lo que permanece siempre en mi memoria: perenne, brillando en ella, excepto en aquellas escasas ocasiones donde no ha sido así. Aún tiemblo cuando me acuerdo de esos momentos, motivados por la tristeza o el enfado. Son esos, instantes que no deseo volver a ver en mi vida.

La belleza de Tere iba más allá de la que refleja el espejo. Emanaba de su interior, era de esa clase de belleza que se esconde siempre tras la sencillez y que hace que la externa sea aún mayor. Me dejaba sin aliento. Me atrapaba sin darme cuenta. Lo que veía al mirarla no era sino un tenue reflejo de su totalidad. Radiante. Me enamoré de ella antes de saberlo, tan pronto como vi su cabeza desde atrás.

A veces cuando hablaba tenía un gesto peculiar, quedándose en esa pose inconsciente como si se encontrara ante una invisible cámara, un retrato que se pinta día a día, su mirada clavada en el objetivo, en el atril del pintor. Retrato que retrata al que lo intenta plasmar.

Quisiera haber podido grabar cada gesto, movimiento, sonrisa y mirada. Poseer una foto de cada momento huido y no tener que conformarme con lo que mis palabras puedan transmitir.

Su presencia y su recuerdo me llenaban de una infinita dulzura, de una paz interior que no había conocido nunca.

La respiración se acortaba, se convertía en una suma de breves inspiraciones, el mínimo necesario para subsistir.

Desde que la conocí cualquier cosa hermosa y armoniosa, tanto si aparecía en una película como en un libro o en una obra de arte, me evocaba dulces voces de recuerdos, significados reconfortantes. Todo lo que era noble y distinguido en su belleza se presentaba ante mí así mezclado. Los ríos han hablado más claro que yo en la noche y es raro que una estrella brille o se oculte sin que yo me entere.

Sentía también en su presencia una extraña sensación, un aura misteriosa para la que no encontraba palabras que la pudieran fijar sobre el papel. Su silueta, su saber estar, transmitía una extraña serenidad a la vez que permanencia. Sentía respeto ante su presencia y a la vez una atracción magnética, peligrosa mezcla que la convertía en un constante objeto de deseo.

Decimos a los niños que cuando llueve es porque el cielo está llorando, que los ángeles están tristes. Yo pienso que algo de razón hay en ello, aunque le falta un poco más de elaboración. Creo que los querubines echan de menos a uno de ellos que bajó a la tierra y lamentan su ausencia. Ella, que lo sabe, se alegra de ver llover porque siente y se impregna del recuerdo y el cariño de los suyos.

A veces el cabello de Tere cuelga de un modo especial por uno de sus lados, dando la impresión de que una constante ráfaga de viento lo despeinara. Invita a ser recogido una y otra vez por un amante observador, en ese enmarcado de su rostro para que la travesía de su sonrisa de lado a lado surta más efecto. Invita, en suma, a acercarse y reconocer ese territorio ignoto.

Como un faro que señala desde la lejanía la proximidad de tierra, lanzando su luz tenue entre la bruma. Como la hiedra que trepa y deja colgando algunas de sus mejores hojas que comienzan a colorearse ante el cambio de estación, como el mar que se oscurece o se aclara al ritmo de las nubes que sobre él se deslizan. Esa pequeña guedeja transmite y refleja el alma de Teresa.

En mi caso, invita a ser colocada sobre la oreja, a acercar la boca y culminar con un beso tan bella observación, si no fuera porque con esa misma acción daría fin a su contemplación.

La sonrisa se posa en uno, entra en casa y trae algo de beber, hace que dejes la gabardina, el abrigo y el paraguas en la entrada. Ella mientras te dedicaba toda su atención con sus amplios ojos abiertos, ventanas al alma, dando la sensación de que desde ellos podría uno verse a sí mismo de otra manera, más alto, más noble, en cierto modo, mejor acabado, sin pasado y sin mancha alguna, un hombre nuevo.

En resumidas cuentas, había en torno a ella una sinceridad de espíritu, de miras y de objetivos que, alguien menos avispado podría confundir con falta de exigencia. Nada más lejos de la verdad.

Grandeza de alma es el adjetivo que me venía a la mente. No estamos acostumbrados a verlo a diario dada su escasez. Algunos hemos tenido la fortuna de encontrarnos con estas personas en nuestro trayecto. Ese encuentro por sí mismo le reconcilia a uno con la vida, y hace que cierta euforia imprecisa se extienda por nuestro interior.

Así, cuando ella me hablaba me sentía privilegiado de estar en su presencia, de haber podido ser receptor de su mirada, de haber sido testigo de excepción. Algo así a lo que alguien puede sentir al tener frente a sí a una estrella de cine, o un deportista de élite.

En el caso de Tere no era, repito, la belleza más o menos superficial la que podría atraer a uno como una mosca a la miel. Comprobé así que había bondad en el mundo y que la raza humana, la naturaleza en su infinita creatividad, creaba belleza dentro de ese desorden ordenado que la conforma.

¿Qué era esta sensación incomparable que me embargaba? Y volvía a hacerme la misma pregunta que me había hecho tantas veces ya. ¿Quién era esta mujer? ¿De dónde venía?

CAPÍTULO 3
NACIDA LIBRE

O porque no se debe dejar un cachorro de león suelto en una sala de cine, ni tampoco una niña a la salida de clase

Teresa era de Burgos. Esa tierra tan lejana de mi experiencia sensorial y de mis recuerdos y que yo imaginaba como un lugar de niebla, de lluvia y frío. Un lugar cercano a la vez porque siempre me había visto atraído de un modo inexplicable por un clima así.

¿Era por eso por lo que me sentía fascinado por los países del norte? Para mí la niebla era poesía, la lluvia, romanticismo y nostalgia. En mi mente había mitificado, en suma, todo aquello de lo que carecía en Alicante.

Sí, Teresa era de Burgos... pero había nacido en Barcelona.

El año era 1967. Teresa tenía unos cuatro años por entonces. Sus padres Ana Mari y Teodoro vivían en la ciudad condal adonde se habían traslado en 1959 poco después de su boda. Teodoro acababa de empezar a trabajar en el Banco de Bilbao. Su nuevo empleo como encargado de agencias le exigía mucha dedicación, la cual no le faltaba, así como tampoco entusiasmo.

Tere dejó de jugar con la muñeca. Su madre había comentado algo en voz alta mientras papá leía el periódico. Ya sabía a su corta edad que ese comentario solía llevar aparejada alguna actividad fuera de casa, lo cual siempre le gustaba.

—Mamá —dijo Tere, tanteando la situación—, ¿vamos a ir al cine luego?

—Sí, Tere sí, hoy iremos las tres a ver una película que han puesto nueva que papa tiene que trabajar —dijo su madre sonriendo, viéndose así descubierta—. Se llama *Nacida Libre* y aparecen leones. Ya veréis como os gusta. Salen muchos animales.

Miró a su hermana Merche que hasta el momento había estado ocupada peinando a una de sus muñecas con más ahínco que resultado a la vista del aspecto que presentaba la misma.

Las dos niñas dieron saltitos de alegría, y se abrazaron.

—¡Venga! Pero ahora tenéis que recoger vuestra habitación si queréis que vayamos —dijo la madre, aprovechando la coyuntura favorable que se le presentaba.

Para ella también era un respiro este momento después de una semana agotadora en la casa de corte y confección, rodeada de la alta burguesía catalana que acudía a ella para hacerse un traje a medida y verse reflejada en una imagen idealizada de sí misma. Muchas de ellas se congratulaban del nuevo aspecto que iban a obtener al contemplar la delgada y esbelta figura de la joven madre que hacía de modelo en alguna que otra ocasión para mostrar muchos de esos vestidos.

Ana Mari se dirigió con su mirada a Teodoro, concentrado leyendo la prensa, el responsable último de haberle encontrado ese trabajo gracias a sus contactos en el banco y, con toda la mejor voluntad de oficio de las madres de aquellos benditos años dijo:

—Bueno, Teodoro, voy a llevarme a las niñas al cine esta tarde a ver la película esa nueva que han estrenado.

Su mirada no admitía réplica y así lo entendió su marido quien sonrió a las dos niñas que acababan de retornar de su cuarto tras cumplir las órdenes de mamá.

—Claro, claro, yo tengo que terminar de repasar unos papeles del banco. Con la nueva dirección y todo esto se están poniendo insoportables. Igual luego tengo que acercarme un momento para hablar con Blanes. Pasadlo bien niñas y ya sabéis, ¡nada de chuches hoy!

Con ganas en parte de dejar las tareas del hogar, Ana Mari puso el abrigo a las niñas y salieron a la calle en esa fría tarde de febrero.

Llegaron al cine cogidas de la mano, atravesando las calles empedradas, bajo los postigos, pasando junto a la librería de viejo que se encontraba cerca de su casa, con el entusiasmo brillando en sus rostros. Las luces, la cola frente a la taquilla... todo presagiaba felicidad y un buen momento envueltas en la oscuridad de la sala.

¡Qué maravilloso ese listado de cines en aquella lejana Barcelona de 1967! Nombres como el Alborada, Alarcón, Albéniz, Alianza, Alondra, Ambos Mundos, América, Alcázar, ABC, Alhambra y Actualidades, sin olvidarse del Alexandra. Todo ese cúmulo de nombres comenzando por «A», creados para dar énfasis al espectáculo, o quizás, denotando una cierta falta de imaginación por parte del mundo empresarial de la época.

Tere se acordaba en especial de que el Alondra estaba en la calle Córcega y el Alhambra y Actualidades en Las Ramblas pues eran de los más frecuentados por la familia.

Tarde de cine, de grupos de personas luciendo sus abrigos, caminando despacio, disfrutando de la pereza vespertina, del fresco vigorizante, tarde de bufandas subidas, de paño caliente, de sombreros, de guantes de piel y de lana.

Tarde de cine, de frescor de promesas en el aire, de olor a palomitas en el recibidor, cayendo a borbotones, en blanca cascada sonora sembrando el fondo del recipiente. A su lado, los cucuruchos de papel enrollado, vacíos, esperando ser rellenados ante los ojos expectantes y ávidos de niños y mayores.

Una luz difusa que caía sobre la cartelera mostraba varias fotos de la película.

Los actores esbeltos y atractivos, la protagonista sosteniendo entre sus brazos un cachorro de león.

Se apagaron las luces.

Allí, sobre la pantalla, Virginia McKenna y Bill Travers, la pareja protagonista se dedicaron a mostrar a continuación los cuidados que prodigaban a la pequeña leona Elsa en pleno Kenia.

Todo pareció ir bien durante la primera parte de la proyección hasta que los protagonistas tuvieron que enfrentarse al dilema de dejar libre al pequeño cachorro en esa lección de vida eterna. Ni siquiera la espléndida música de John Barry sirvió para disminuir ese sentimiento azaroso.

Las luces se encendieron por fin, deslumbrando a los espectadores, haciéndoles salir de ese refugio íntimo que ofrecía la sala oscura, dejando al descubierto sus rostros, relajados hasta ese momento. Ana miró a sus hijas. La pequeña tenía los ojos aún bien abiertos y carita de asustada.

—¿Qué te pasa cariño? ¿No te ha gustado la película?

La niña asintió sin mucho convencimiento, la mirada todavía fija en la pantalla.

—No mamá, había mucha sangre —contestó al fin la niña.

Teresa había quedado impresionada con las escenas de violencia. Ese pobre león perseguido no era una cosa que le gustara recordar e intentó alejarlo de su mente, como había hecho otras veces con situaciones que no eran de su agrado.

—No es para tanto —dijo su hermana—, al final la salvan y no pasa nada.

Esas palabras no significaron un gran consuelo para Tere.

El pequeño león había parecido tan desamparado a sus ojos. Ella se había identificado tanto con su vida salvaje y aparentemente tranquila e idílica que le entristecía ese final no deseado por ella. ¿Por qué no podía haber continuado todo como al principio? ¿Por qué no se lo podían haber quedado?

Por otro lado, no tuvo Tere la ventaja durante esos tempranos años de que la llevaran a ver ninguno de los clásicos Disney: nada de *Blancanieves* ni *Cenicienta* para ella; ningún *Dumbo* o *Bambi* sobre los cuales llorar. *Pinocho* en cambio sí pudo verla y le pareció un film oscuro y triste.

Ana Mari, desamparada ante esta parte de la maternidad, cogió a las niñas de la mano a la salida de la sala. No había sido un buen día hoy en la casa de costura, pero esto no era nada en comparación. La niña había quedado impresionada, eso estaba claro. Debería cuidar a que sitios llevarla en el futuro dada su sensibilidad. Ya se había dado cuenta Ana Mari por entonces de que, aunque las dos niñas eran muy amigas de los animales, como por otra parte suele ser habitual a esa edad, en el caso de Teresa se trataba de una verdadera devoción, y cuando la familia había acudido al Circo Price, la pequeña se entusiasmaba y reía a la vez que señalaba a todas partes mientras el helado que tenía en la mano se derretía sobre su vestido.

—¡Venga, ahora derechito para casa! —dijo Ana Mari mientras intentaba sacar a las niñas del recibidor del cine.

Cruzaron de nuevo las calles empedradas, esta vez más lentamente. La madre miró a su izquierda.

Desde donde se encontraban se podía ver la calle Santa Ana y la librería del señor Sempere ante cuyo escaparate se había detenido muchas veces cogida de la mano de papá mientras este examinaba los libros expuestos.

El viejo Sempere estaba en la puerta en ese momento, quizás esperando que pasara algún conocido con quien platicar un rato sobre los libros y la vida. Al verlas hizo un saludo con la mano a la vez que guiñaba el ojo a las niñas.

Su madre se dirigió con pasos decididos hacia una vieja tienda con escaparate de madera situada en la esquina cuyo exterior parecía colonizada por la prensa y los comics que allí se vendían.

Se acercó Ana al quiosco y una diminuta cabeza asomó por encima de las revistas, periódicos y tebeos.

Desde donde se encontraban se podía ver la calle Santa Ana y la librería del señor Sempere

—¡Buenas tardes, señora! Vienen del cine, ¿eh? Dígame, ¿qué desea? —dijo el hombrecillo, echando una mirada de reojo al reloj que colgaba sobre el mostrador. Esta era la hora en la que terminaba la sesión del cine y cuando esperaba recoger algunos clientes para cerrar el día.

—Deme la revista *Hola* y una caja de *Ideales*, por favor.

—¿Y estas niñas tan guapas no quieren nada? —dijo el hombrecillo con aire de inocencia comercial mientras miraba de reojo a la madre.

Ana Mari suspiró dándose por vencida. Hacía demasiado frío.
Y compró unas chuches a las niñas.
Y así terminó esa tarde de cine de estreno para la pequeña Tere.

CAPÍTULO 4

LA AVENTURA DE TERE

De muñecas, gatos en la lluvia y letras asomando sobre los tejados

Ese año fue también el de su primera aventura, antes de poder leer sobre ellas en los libros.

Aquella tarde las calles de Barcelona se presentaban brillantes por efecto del juego de nubes pardas que en ese momento atravesaban el cielo de parte a parte como una cinta elástica.

Merche había llegado la primera a la cuesta, siempre por delante, con ese sentido prodigioso de orientación con el que contaba, mucho más agudizado que el de su hermana pequeña de seis años, aunque solo dos años y ocho meses las separaban.

—¡Vamos, Tere!

—¡No corras, Merche!

Las dos iban ya de camino a casa tras haber salido a realizar un recado.

Era un día gris plomizo, oscuro como una gabardina vuelta del revés que tapara el cielo, extendiendo su color, cargado de amenaza de lluvia.

—Vamos a probar un atajo que me ha dicho Clara —dijo Merche cuando por fin su hermana le alcanzó, siempre presta a la aventura y emprendiendo la marcha sin esperar respuesta alguna, acostumbrada como estaba a liderar y cuidar por las dos. Atravesaron de este modo una estrecha vía que partía de la calle Hospital de los Ciegos con cuyo nombre todavía no estaba familiarizada la pequeña. Todos estos edificios eran nuevos para Teresa, con sus formas extrañas y sinuosas, sus balcones cerrados y hoscos.

—Me ha dicho mi amiga que por esta calle pasan los Reyes Magos un poco más allá —dijo Merche.

—¿Sí? ¡Qué bien!

Cruzaron por delante de una tienda de juguetes; una preciosa colección de muñecas lucía en el escaparate, en distinto tipo y tamaño. Una en especial llamó la atención de las dos. No tenía el aspecto de las que estaban acostumbradas a ver. Llevaba unas gafas colgando sobre la nariz y una chaqueta verde a juego y, colocada en ángulo atrevido sobre su cabeza un bonete en el que destacaba una pluma de color gris.

—¡Fíjate Tere! ¡Esa de la derecha se parece a la profesora de matemáticas que tenemos este año! —explotó Merche en un ataque de risa, acercando la cara contra el cristal para poder ver con más detalle el precio.

—¿Tú crees que si se la pedimos a mamá nos la comprará? —continuó Merche sin esperar respuesta, hablando más para sí que otra cosa.

Pero Tere estaba absorta mirando los tejados extraños que las rodeaban. Por encima de uno de ellos alcanzó a ver una nube de curiosas formas que le recordaba a un perro, ¿o quizá a un elefante? La luz del atardecer la silueteaba dándole un impresionante efecto dorado que la hacía parecer una calcomanía o un cuento troquelado, en claro contraste con el cielo oscuro y ennegrecido. Una bandada de pájaros cruzó sobre los tejados, atravesando su campo de visión mientras miraba la formación nubosa.

¡Un momento!, Tere había visto una forma moverse con el rabillo del ojo y giró con rapidez la cabeza. Sí, había algo a su izquierda.

Pequeño y rápido. Vio entonces lo que era.

Era como una diminuta bola gris moviendose entre los coches, parándose de vez en cuando y observando a su derredor.

Era un gatito. Un gatito blanco.

Estaba

Miró a su hermana Merche al otro lado de la calle que seguía observando la muñeca, acercando más la cara al grueso cristal, memorizando todos y cada uno de los particulares del escaparate. Debía describírsela a su madre con los más mínimos detalles para poder convencerla mejor.

Tere mientras tanto se había acercado al pequeño animalito.

El gato se dejó atrapar, mirando a la niña con unos grandes ojazos verdes, como si estuviera acostumbrado a que le cogieran, no sin antes frotarse contra su pierna izquierda, bajándole el calcetín con el movimiento.

—¿Qué te pasa monín? ¿Estás solo?

En ese momento, el gatito saltó al suelo y se metió en el portalón de una vieja casa gris y enorme que se alzaba unos metros más allá en un pasaje.

La niña no se lo pensó un momento y se dirigió en la misma dirección. El minino se paraba y miraba hacia atrás y al ver que la niña le seguía se ocultó entre dos columnas que se encontraban en el interior de ese viejo portal. Tere entró sin pensarlo detrás de él. El pasaje estaba cubierto por un tejadillo de vidrio, oscurecido por la suciedad y que impregnaba aún más de oscuridad el lugar.

Este parecía poco transitado. El olor a serrín procedente de unas viejas cajas de madera en un rincón así como la humedad y el moho reinante, llenaban el lugar.

En ese momento comenzó a llover.

Las gotas caían despacio, meros indicios líquidos formando pequeños circulillos sobre la acera. Desde el interior del portal el gatito percibió la primera gota antes que la niña y se guareció bajo el abrigo de esta. Tere notó la segunda ya sobre su naricilla. Miró hacia arriba. Parte de la cubierta de cristal estaba rota y a través de ella habían llegado esas notas de aviso. Asomó la cabeza a la calle en ese momento para mostrar el hallazgo a su hermana y vio que Merche no se encontraba ante la tienda de juguetes. ¿Dónde se había metido? La muñeca continuaba en el escaparate sonriéndola.

Por delante del pasaje cruzaban personas presurosas haciendo recados, dedicadas a sus múltiples quehaceres, ignorantes de la pequeña que miraba a uno y a otro lado de la calle.

Una niña pecosa con un sombrerito rojo y una piruleta en la mano le sonrió y acto seguido le sacó la lengua antes de proseguir su camino cuesta abajo.

Los ojos de Tere se agrandaron. El gatito continuaba mirándola.

Esta calle le sonaba. Había pasado múltiples veces por ella acompañada de sus padres y hermana en alguna ocasión, pero no sabría decir si era la tercera calle subiendo a la izquierda o la cuarta descendiendo la que conducía hacía su casa. Dirigió su mirada hacia la esquina opuesta donde se encontraba una barbería. El barbero, un hombre de gruesos bigotes y amplia calva que estaba barriendo los restos de la faena realizada sobre el último cliente cerró la puerta en esos momentos en prevención de la lluvia sin reparar en la mirada de concentración de esa figurita que se encontraba en la acera opuesta, ocupada en recolocar su mundo.

La lluvia caía ahora con mayor intensidad por lo que Tere optó por permanecer un rato más oculta en esa portería.

No pudo ver por tanto a su hermana que en ese momento la buscaba con la mirada calle arriba y calle abajo, entrando en distintos comercios y saliendo de ellos como una ráfaga, intentando dar con su diminuta figura.

Mientras ala niña cariciaba al gatito, empezó a entrar en su mente poco a poco la certeza de que se había perdido.

Se había perdido otra vez.

Como el verano pasado en la playa.

Bueno, Merche la encontraría como siempre lo había hecho.

Pero ¿y si no era así esta vez?

¿Debería de pedir ayuda quizá al señor de los bigotes enormes que estaba en la barbería? ¿O mejor en el quiosco de chuches situado calle abajo donde tantas veces habían comprado?

El gatito que la miraba con ojos abiertos comenzó a ronronear.

Al oír ese sonido las inquietudes de Tere se apaciguaron un poco. Una extraña sensación de tranquilidad la invadió y permaneció sentada, medio adormecida, escuchando el golpeteo de las gotas sobre el techado que la cubría.

Tras lo que le pareció una eternidad se atrevió a asomar nuevamente la cabeza. La gente caminaba con más rapidez ahora. El aguacero había apretado un poco más y los viandantes comenzaban a escasear. Un amasijo de paraguas negros que se movía como una marea arriba y abajo de la calle lo invadía todo.

Mientras acariciaba al gatito, la niña comenzó a pensar en las opciones que tenía.

Mientras acariciaba al gatito, empezó a llegar a su mente poco a poco la noción de que se había perdido...

¿Se había perdido de verdad? Empezó a sentirse asustada ante la idea de no volver a ver de nuevo a su hermana ni a sus padres. Se acordó entonces de esos cuentos que mamá les había contado, en especial de ese que les advertía de no alejarse de los lugares frecuentados. Pensó en mamá haciéndoles la merienda en casa sin sospechar acerca de su situación.

Creía recordar que el banco donde trabajaba su padre se encontraba cerca, pero no hubiera sido capaz de encaminar sus pasos hacía allí de haberlo intentado. Por otro lado, también podría tratar de volver en dirección al colegio preguntando a la gente. Cuando se dieran cuenta de que no llegaba a casa, estaba segura de que su madre se acercaría a él.

El gatito, alarmado por la fuerza del chaparrón, saltó de sus brazos y desapareció bajo unos coches próximos.

La aprensión y susto inicial de Tere se convirtieron ahora en un miedo real. El corazón le latía con fuerza, respiraba con rapidez. Cogió la cartera y empezó a correr hacia abajo, sin importarle ya la lluvia, en la dirección donde creía se encontraba el banco en el que trabajaba papá.

Llegó a la plaza existente al final de la calle. Solo tenía que mirar hacia arriba en busca de esas dos gigantescas «Bes» en color azul rodeadas por un círculo durado, que sabía tenía el edificio cuando fueron a él con papa. Recordó las palabras de Merche cuando se las había mostrado,. haciendo un alarde de conocimiento de hermana mayor. Supo en ese momento donde estaba. Había pasado por esta plaza con sus padres muchas veces, pero ahora al verla desierta le pareció distinta.

Fue entonces cuando vio a su hermana en el centro de la plaza. Se encontraba de espaldas, un poco más abajo de un escaparte de madera oscura, guarecida bajo el toldo del establecimiento .

—¡Merche, Merche! —grito Tere mientras corría hacia ella.

—¡Tere! ¡Qué susto me has dado! Creía que te habías perdido —dijo esta con alivio, al verla aparecer.

Con una risa de tremendo contento las dos se abrazaron con fuerza sin decir más palabras.

Por fortuna, no estaba tan lejos ni tan extraviada como había pensado.

Y fue de este modo acabó la primera aventura en solitario de Teresa. A partir de ese momento, cada vez que en la tele echaban los dibujos animados de Piolín y Silvestre y oía la famosa frase de «me pareció ver un lindo gatito», la joven se acordaría de aquella aventura.

Y no, no volvieron a coger ningún atajo más aquel año. Pero la lluvia la seguiría, de un modo u otro reconfortando.

CAPÍTULO 5

LAS NIÑAS DEL SALDAÑA

De como una niña atravesó la bruma y se enfrentó a la aventura de la vida.

Es día de niebla en Burgos. Esta se extiende por las calles tortuosas, cubriendo el río, pero no puede con las torres de la vieja dama que, pinchando su manto se alzan victoriosas por encima de ella. Algunos osados transeúntes la atraviesan con un sentimiento exultante al llegar a su destino. Alberto, el sereno, uno de los últimos en su profesión, la siente en su paseo cuando, a modo de guante, el frío entumece la mano que lleva las llaves.

La niebla llena la calle Hospital de los Ciegos, se extiende reptando a nivel del suelo, dotando a los edificios de un aire espectral. Sube y baja la calle con pereza, como si quisiera recoger algunos retazos, algunos hilachos que se le hubieran quedado olvidados en algunos escalones. Una vez hecho esto, vuelve a emprender su camino calle arriba, golpeando con su presencia gris las puertas del viejo colegio que allí se encuentra, pidiendo que se abran las mismas para entrar a clase, con sed de saber, con la esperanza de que alguna religiosa, sintiendo su presencia, le abra a esa intempestiva hora y pueda colarse así en el edificio, recorrer los pasillos e inundar las aulas... la alumna más avanzada de todas.

Eran viejos amigos la niebla y el colegio Saldaña. Juntos jugaban en las frescas mañanas antes de que nadie les molestara. Lo habían sido desde el primer momento en que, tras su construcción, se vio invadido siglos atrás por una incursión semejante aunque el colegio, debido a su aspecto sobrio y adusto, pareciese más antiguo que la propia niebla.

Tenía otros amigos por supuesto. Uno de ellos era por supuesto la catedral, pero también lo eran el Monasterio de las Huelgas y la Iglesia de Santa Gadea, que aún lloraba el destierro del Cid... En esta mañana de niebla en especial no hubiera sido extraño ver la figura del hidalgo caballero salir de ella tras hacer jurar al rey su juramento duramente arrancado.

A pesar de lo temprano de la hora y de la niebla era posible ver, mirando desde las altas torres, una figura que destaca entre la bruma circundante, entre ese paisaje invisible. Es la escultura de un ángel de piedra que parece rezar por la ciudad, por las almas de los ciudadanos que se despiertan a esa hora.

Con la luz del amanecer llegan las primeras pupilas, sus diminutas figuras llevando las carteras en la mano, desgarrando la niebla con sus alegres contornos. Algunas van dando pequeños saltitos. Otras, más apagadas, arrastran los pies y las carteras sobre el asfalto de la calle, sobre el empedrado, ante la posterior frustración de sus padres al ver el desgaste producido en las mismas gracias a esta maniobra constante, repetida, efectuada día tras día. Son las niñas del Saldaña, como son popularmente conocidas. Sienten en su rostro ese fresco, ese aire misterioso que la niebla les contagia, les entrega y reparte.

Entre ellas, entre ese puñado de alumnas están las hermanas Serna, riendo, despreciando el frío, con el único temor en su corazón de que el día de clase que se presenta por delante muestre también los rostros de sor Josefina o sor Vicenta al descubrir los deberes no realizados, la pregunta mal contestada. Las hermanas Serna representan en esos pequeños cuerpos lo que estadísticamente se denominaba en ciertos registros —en términos menos cariñosos y mucho más prosaicos—, como el seis y el diez por ciento de «familias de militares» que asisten a la escuela.

El colegio Saldaña —o más propiamente dicho, el Colegio La Visitación de Nuestra Señora—, era un edificio que se alzaba en el burgalés barrio de San Esteban, en concreto en el número 26 de la calle Hospital de los Ciegos, cercano a la catedral. El viejo edificio se encontraba en lo alto de la cuesta que formaba la calle, presentando en la ampliación de la edificación principal ese aspecto de búnker de ladrillo cara vista con el que eran construidos o remodelados varios establecimientos similares por aquella época. El colegio parecía replegarse hacia su interior y mostrar su lado más amable en la parte del patio donde se podía leer con claridad el nombre «Colegio Público Saldaña», dejando a la vista de los transeúntes que recorrieran la calle Hospital de los Ciegos únicamente las ventanas y el caravista antes mencionado, junto con unos bajos de feo hormigón y unas rejas rojas. Tenía tras de sí más de trescientos años de historia desde que, en 1674 fuera creado por don Francisco de Villegas, arcediano de Treviño bajo la advocación de la Visitación de Nuestra Señora.

Pero nada de eso pasaba aquella mañana por la mente de sor Elena cuando levantó la cabeza del libro de geografía que tenía entre las manos y dirigió su mirada a la niña que tenía frente a ella.

Esta se encontraba con la vista perdida, al igual que tantas veces antes, en la silueta de la ciudad que podía contemplarse a través de las dos ventanas que había en la clase y desde donde las torres de la catedral parecían tocar el colegio.

A la niña le cautivaban de un modo especial los días de lluvia y, dado que los mismos no eran escasos en Burgos, esto ocasionaba no pocos quebraderos de cabeza a la docente.

—Serna, parece interesarte un montón hoy la vista de la catedral, ¿no es así?

Tere pegó un respingo y dejó de mordisquear la punta del lápiz que tenía entre los labios al verse sorprendida de esa manera por la monja poniéndose roja como un tomate.

Le estaba costando horrores concentrarse en la clase de geografía por lo que había decidido como tantas otras veces emplear el tiempo de mejor manera y contemplar las torres de la catedral que se podían vislumbrar a lo lejos a través de las dos ventanas que había en la clase.

—¿Sabes qué día es mañana verdad?—continuó con ironía sor Elena.

—Sí, sor Elena, es el día de la fiesta del colegio.

—Sería mejor que te aplicaras en la tarea en vez de estudiar la arquitectura de la catedral. ¡Tendrás tiempo para eso cuando llegues a PREU! Ya sabemos que no todas pueden ser tan estudiosas como las alumnas internas del colegio, pero algo podremos conseguir, ¡digo yo! ¿Qué pensaría Nuestra Señora de unas niñas que el día anterior a la fiesta del colegio no se aplican con el respeto debido en sus estudios?

Tere agachó la cabeza ante aquel rapapolvo inesperado. Ella que tan solo estaba fijándose en el modo en que los rayos de sol incidían sobre las torres de la catedral, en cómo las nubes habían formado un dibujo especial en torno a la misma. Los amaneceres y formaciones nubosas, los juegos de luz del cielo siempre habían ejercido una singular atracción sobre ella.

—Mañana sabrás el castigo que te corresponde por tu falta de atención, Serna—, sentenció la religiosa.

La mirada de Sor Elena según el ángulo de visión que imprimiera era harto suficiente para mantener la disciplina de toda la clase, mirada asaz sobrada para que la destinataria supiera qué quería transmitir.

Desde su llegada al colegio en 1954 procedente de Jaén, aunque madrileña de nacimiento como no paraba de recordar a quien cuestionara su identidad, Sor Elena no dejaba de sorprenderse ante las reacciones y situaciones que en ocasiones le planteaba alguna de las pupilas.

Eso sí, dado su envidiable celo y dedicación profesional nunca dejó de calificar a las estudiantes como «niñas estupendas».

Era difícil escapar de la presencia de sor Elena porque aunque las niñas contaban con varios profesores que impartían las diferentes asignaturas, esta tenía el extraño don de la ubicuidad al encargarse no solo de las clases de gimnasia, ciencia, geografía e historia sino también de la de lengua. Era así tremendamente penoso ver a Teresa intentar escapar del estudio y las tareas semanales.

No dejaba de pensar Teresa a la salida del colegio en las palabras de la monja mientras bajaba las escaleras de piedra por el lado de la catedral en compañía de su hermana.

¿Tendría que quedarse otra vez castigada como la semana anterior y escribir renglones y renglones de oraciones o, peor aún, volver a copiar el mapa de España y sus regiones?

—Mañana haremos una excursión al castillo —había dicho sor Josephine aquella tarde, antes de que sonara el timbre de finalización de las clases.

Bueno, otra de esas excursiones al castillo... el lugar más exótico y lejano que habían conocido hasta ahora. Por lo menos, no iban a llevarlas a ver películas religiosas como en anteriores ocasiones. El año pasado ya vieron *La túnica sagrada* entre otras. Una excursión al castillo ya prometía cierto nivel de exotismo. Y se santiguó en acción de gracias a Jesús por haberles eximido de esa otra excursión cinematográfica. Sor Valentina decía con frecuencia que había que dar gracias a Jesús por las cosas buenas que nos pasaban en la vida, ¿no era así? De modo que su acción no tenía nada de sacrílego sino todo lo contrario.

Tales excursiones venían avaladas y refrendadas bajo un digno nombre: se trataba nada menos que del día del «Campo de la Comunidad Educativa».

El castillo era una vieja ruina que se veía ya desde lejos por encima de la catedral, sobre el monte. Allí, las carreras, los juegos con la cuerda y demás estarían a la orden del día.

Bajó las escaleras de mármol rojo con paso apesadumbrado. ¡Qué lejos le parecían hoy aquellos otros días en que con sus amigas habían bajado a culadas las mismas ante la mirada severa de Santa Tecla que parecía reprenderles por su falta de seriedad académica! Se deslizaban así por esos escalones de cantos redondeados, adaptados a esos cuerpos traviesos.

Cuando bajaron al patio y pasaron delante de la escultura de la Virgen Milagrosa y comprobaron que la imagen ya estaba adornada con largas cintas en preparación del día del Colegio, la niña se había olvidado por completo del castigo.

Su amiga Clara la esperaba en la puerta principal.

—¿Me invitas hoy, por favor? —dijo Tere a esta—. Mi madre me ha castigado y no me ha dado dinero para chuches. Se enteró de lo de la discoteca, ¿sabes? Una faena—, terminó, encogiéndose de hombros.

—Pierre et Madeleine vont a la campagne, Est-ce que Pierre va a la campagne?. Oui...Pierre...

—¡No, no, Serna! Coloque bien la lengua para pronunciar la «r» como le expliqué... ¡¡*Allez!!* ¡¡*Allez!!*

Hubo algunas risas apagadas mientras la interpelada se enfrentaba otra vez con la dichosa cantinela. Se había tirado toda la noche anterior copiando frases y memorizando el verbo *«étre»* y *«avoir»* por enésima vez. Parecía como si sor Josephine fuera incapaz de avanzar en la gramática más allá de esos dos verbos, ¡y eso que era francesa de nacimiento!

Pero la venganza no se hizo esperar.

Dos días más tarde, cuando la joven estaba elucubrando si era mejor comprar chuches más o menos ácidas, o si ese era el día en que echaban su serie favorita en la tele o, mejor aún, si su amiga de Madrid traería tebeos nuevos ese fin de semana a Quintanilla, se oyó la voz penetrante de la profesora quebrar el silencio:

—¡Vamos Serna, al encerado!

La niña dio un respingo. Se había olvidado por entero de la tarea que se suponía que tenía que estar realizando en ese momento. Hizo un breve repaso en su memoria. ¿Se trataba del verbo *«avoir»*, o, era por el contrario el *«étre»* o alguna de esas complicaciones del *«passé compossé»* conque les torturaba la religiosa un día sí y otro también?

—Vamos, escriba en francés: «Hoy hace un día con mucho sol».

La niña miró a la profesora, a la clase que atendía expectante y a la tiza blanca que se encontraba entre sus manos, la espalda pegada a la pizarra. Al ver que ni en el rostro de sor Josephine, ni en el de sus compañeras, podría leer la respuesta al problema y que tampoco iba a obtener ayuda alguna de la tiza que tenía entre las manos, acometió con valentía el futuro, garabateando en la pizarra:

«Aujourd' hui le soleil est beaucoup de fort.»

—¡No y no Serna! —dijo la religiosa exasperada, escribiendo acto seguido la frase en la pizarra con rapidez matemática. Terminó la misma con un golpe de tiza final sobre el encerado. Ese golpe tan habitual en cualquier profesor que se precie, ejecutado con aire profesional, y más aún en este caso al tratarse de una asignatura sofisticada como era el francés.

—*Et voilà!* Esta es la frase correcta, *mademoiselle*. Espero que la recuerde *pour* la próxima vez. *¿Comprenez-ça?* Para mañana quiero que me copie diez veces la respuesta correcta.

—¡*Oui, soeur* Josephine! —frase esta que a base de repetirla cada pocos minutos era la que con mayor posibilidad de éxito acertaba nuestra pobre estudiante.

Parecía, por una de esas circunstancias especiales de la existencia que, cuanto más alejada se encontraba la niña de las explicaciones didácticas, más cerca estaba de cierto mundo espiritual interior y que solo a ella satisfacía.

De nada pudieron los intentos de varias de las profesoras por obtener un nivel de atención mayor por su parte. Todo se estrellaba ante esa sonrisa dulce.

—¿Me acompañas a comprar gominolas? —le invitó Maribel dirigiéndose escaleras abajo antes de que las viera la profesora, eludiendo así la asistencia a la clase de matemáticas que tocaba a continuación.

Tras hacer la compra subía con sus amigas a fumar a la terraza del colegio, tarea más placentera esta que repasar la lección de matemáticas o francés que se avecinaba esa tarde.

—¿Sabes? Tengo ganas ya de que nos den las vacaciones para irme a Quintanilla —le confesó la niña a su amiga—. Este año me están resultando más cargantes las clases que de costumbre.

—Yo también tengo ganas de irme con mis padres. Me aburro como una ostra. Menos mal que mi hermana se ha comprado una casa cerca de Valencia y nos iremos allí —dijo esta.

La joven asintió con aprobación, confortada en que las dos estuvieran de acuerdo y miró hacía el horizonte, en dirección hacia la inevitable catedral que imponía su presencia visual.

Les producía cierta satisfacción el hecho de saltarse una vez más la clase. Le diría más tarde a la profesora que no se encontraba bien y que tuvo que ir al baño. Tenía que apuntar las excusas en su libreta. Esta la había usado varias veces en los últimos días.

La amplia terraza que se extendía por toda la parte moderna de la institución y que daba a la calle Hospital de los Ciegos hacía posible ver la ciudad desde distintos ángulos y perspectivas. Permitía también carreras y juegos sobre su superficie sin peligro alguno de caídas, así como poder hacer comentarios sobre las otras compañeras con las que compartían ese espacio, a una distancia prudencial y sin miedo a ser oídas.

Después, una vez finalizadas las clases, la joven y su amiga Maribel se acercarían otra vez al quiosco a hacer acopio de un paquete de Ducados y unos chupachups, materiales necesarios si se quería pasar una adolescencia sin muchos sobresaltos ni sinsabores. La mezcla parecería a ojos modernos incongruente, pero desde la perspectiva de las dos jóvenes eran las dos cosas que más prohibidas tenían por el momento: comer dulces y fumar.

CAPÍTULO 6
LA FAMILIA EN BURGOS

O un breve esquema de la estructura militar

Sus padres se habían mudado a Burgos desde Barcelona en algún momento de 1971, tras haberle ofrecido el banco a Teodoro un ascenso a un puesto de mayor responsabilidad a lo que este, deseoso de volver a su tierra después de catorce años en Barcelona, aceptó de buen grado. Ana María seguiría añorando no obstante sus tiempos en la casa de costura de la Ciudad Condal. No obstante y gracias a los consejos de unas amigas y a su buena disposición y trato con el público se preparó concienzudamente y obtuvo el título de enfermería en este nuevo destino. Teodoro demostró ser ciertamente un empleado concienzudo y responsable, ya retirado del ejército con cuarenta y tres años recién cumplidos. No obstante, siempre encontraría tiempo para dedicárselo a su familia, de modo que los fines de semana, así como las vacaciones solían pasarlos en su pueblo natal, Quintanilla Sobresierra.

Allí Merche y Tere jugarían y crecerían en estrecho contacto con la naturaleza.

La escasa diferencia de edad entre las dos hermanas no impedía que siguiera siendo Reme la que liderara a la pequeña Teresa en los distintos juegos que emprendían desde que se trasladaron a Burgos, juegos que tenían lugar en las cercanías del número 13 de la calle Padre Melchor Prieto, donde tenía la familia su domicilio.

Allí podían encontrar, lindando con su portería, los comercios habituales propios de un barrio: talleres, panaderías, etcétera. Su edificio, como casi todos los de su alrededor, daba a un patio interior trasero. ¡Cuántas veces las dos niñas se habían dedicado a contemplar la vida del vecindario desde allí! Era aquel un barrio humilde de ventanas agrupadas y ausencia de balcones, por lo que la vida cotidiana de las niñas cuando no se encontraban en el colegio carecía de la excitación propia del pueblo. Ansiaban así la llegada del fin de semana en el que podrían junto con sus padres y, ocasionalmente, con sus primas, pasarlo al aire libre en el pueblo de papá, Quintanilla o en el de mamá, Montorio, distante del primero unos escasos kilómetros. Un poco más allá, tras pasar el instituto que se encontraba al final de la calle y girando a la derecha, se podía ver el castillo. Lugar espacioso donde jugar, donde ir de merienda los fines de semana y pasear con papá y mamá.

—Venga niñas, ¡¡a comer!! —dijo Ana Mari—, dejad de correr por toda la casa que me lo vais a ensuciar todo.

Al oír la voz de su madre, estas se detuvieron en seco. Sabían reconocer a la perfección el tono que ahora les llegaba con claridad a sus oídos. Su padre les reñía a menudo, por supuesto, pero, a diferencia de su matiz mesurado, el de mamá no admitía réplica alguna, no era cuestión de una segunda reflexión ni nada parecido. En momentos así, Teresa dudaba si no era su madre la que había sido militar en lugar de su padre.

CAPÍTULO 7

UN CHALET EN EL ÁTICO

De como la relación entre entre el arte, la contemplación de torres y nubes, mercromina y pintura —acompañado por el canto coral— ayudan a la formación del espíritu.

El aula de octavo estaba silenciosa.

Solo el sonido de una mosca solitaria golpeaba sobre los cristales en un burdo intento de escapar.

Sor Dolores, la profesora de dibujo, disfrutaba de uno de esos escasos momentos de tranquilidad cuando, concentradas sus alumnas sobre la tarea, la tarde parecía sumergirse en un extraño sopor. La religiosa lo hubiera calificado de experiencia cuasi mística, pero suprimió a tiempo ese pecaminoso pensamiento de su mente tan pronto como surgió.

—Podéis dibujar lo que os apetezca. El tema es libre, pero por eso mismo os voy a exigir más —había dicho la profesora con su inconfundible acento andaluz momentos antes de que las alumnas iniciaran la tarea.

Reparó entonces en que una de las niñas mostraba una exquisita concentración en la vista que se veía desde la ventana. La profesora se levantó en silencio.

La mosca pareció zumbar con más intensidad, avisando a la niña de la proximidad de sor Dolores.

Esta se acercó despacio, con movimientos pausados, excitada su curiosidad por la extrema concentración de la niña de doce años, que, inclinado su cuerpo sobre el dibujo, parecía ocultar su ejecución de miradas inquisitivas.

Lo primero que alcanzó a ver por encima del hombro de la joven fueron esas dos torres dibujadas con gran detalle y, a su lado, el tejado inclinado del colegio. En primer término, y como para no olvidar el lugar donde se encontraba, aparecía dibujado el grueso y odiado diccionario de francés.

Sí, era inconfundible ese paralelismo de formas.

Tere había escogido la vista desde la ventana en la cual era una consumada experta.

Sí, esa maravillosa catedral valía la pena de sufrir los embates de la docencia sobre sus carnes. Había sido testigo de sus miradas perdidas mientras pensaba en lo que iba a hacer a la salida de clase. Sobre ella había proyectado la cara de aquel chico que le gustaba, las aventuras que leía en alguno de sus libros e incluso el simple vagar exploratorio de un gato sobre los tejados circundantes.

Sor Dolores sonrió ante la dedicación y concentración mostrada por su alumna. En momentos como estos no echaba de menos haber cambiado el sol de su Andalucía natal por las nieves y fríos burgaleses.

—¡Creo que me he hecho un corte! —gritó Tere nerviosa contemplando como la sangre brotaba de su dedo pulgar mientras se levantaba con dificultad del suelo tras la caída que había tenido en el recreo, sus pequeñas rodillas resentidas después del accidente.

Su amiga Maribel reaccionó con rapidez.

—¡Vamos al chalet de Sor Dolores! —dijo con energía, tomando el mando de la situación.

Existían por entonces dentro de ese enorme e imponente edificio que constituía el colegio Saldaña, lugares ocultos y escondidos, apartados de la vista cotidiana. Rincones en apariencia banales pero cargados de cierto encanto. Para llegar a ellos era preciso atravesar innumerables puertas, quizás subir varios tramos de escaleras y pasar bajo venerables retratos, zonas de clausura prohibidas al paso de las alumnas y con accesos hacia el monte adyacente y siempre misterioso del castillo, cuadros enormes que en realidad eran puertas de acceso a zonas privadas de la congregación...un lugar casi encantado en el que no faltaban ocultos pasadizos.

Era a un lugar semejante a este al que habían acudido esa mañana Teresa y su amiga mientras la primera contemplaba extasiada la sangre que salía de su dedo, como si fuera Santa Tecla reencarnada acudiendo a la beatificación.

Llegaron por fin al ático tras ser objeto de las miradas inquisitivas de una o dos alumnas con las que se habían cruzado por los pasillos así como con el gesto curioso de un par de monjas que observaron en silencio el paso de las niñas, conocedoras de sobra del destino final de su pequeña excursión.

Maribel y Teresa se detuvieron frente a una puerta de madera, dando la primera unos leves golpes sobre esta.

—¡Pasad, pasad! —dijo una voz— ¿Quién es? Ah, sois vosotras, ¡pero Teresita!... a ver, ¿qué te ha pasado en el dedo? Vaya, vaya... parece un accidente matutino, ¿no es así? Creo que podremos arreglarlo, creo que podremos arreglarlo —continuó Sor Dolores siempre en guardia y preparada para estas ocasiones, dejando de lado el caballete sobre el que se encontraba la pintura en la que había estado ocupada hasta la llegada de las alumnas. Se dirigió al lugar donde se encontraba la mercromina.

Tere aprovechó ese momento para echar un vistazo a su alrededor.

Era el «chalet» un sitio que imponía respeto a la vez que veneración. Se trataba de una vieja dependencia sostenida por grandes vigas de madera y en la que reinaba una luz natural que entraba a raudales por los ventanucos del techo.

No era la primera vez que Tere había acudido allí.

Tanto a ella como a su hermana les fascinaba este lugar. La posibilidad de poder ver a su profesora pintando cuadros al óleo con tanta maestría a la vez que ejerciendo de enfermera cuando alguna de las mil quinientas alumnas del centro tenía alguna pequeña dolencia o un dolor de cabeza, hacía que la perspectiva de acudir allí bajo cualquier pretexto fuera algo contemplado con expectativa y emoción.

Allí reinaba la calma.

A las alumnas les encantaba disfrutar de este lugar rodeado de cuadros. Esa mañana el espacio estaba ocupado por tres o cuatro caballetes mostrando obras en distintas fases de acabado. Sobre algunos de estos cabalgaban paisajes de campos andaluces, retratos y jarrones de flores de distinta composición y color. En una mesita cercana se encontraban dispuestos diversos tubos de óleo con extraños nombres como «amarillo siena» o «azul añil» todo ello bañado en un intenso olor a aguarrás.

Entre los caballetes y cerca de la ventana, tres o cuatro tiestos con flores de vivos colores prestaban su gracia andaluza al lugar.

Maribel se fijó en que en uno de los rincones y apartado del resto de obras se encontraba una obra a medio acabar.

—¡Tere, fíjate en esa pintura! —dijo la niña en un susurro señalando el lienzo sobre el que abundaban las tonalidades rojizas como si una alumna anterior en busca de cura, hubiera puesto su dedo sangrante en toda su extensión.

—Sí, parece sangre— contestó la interpelada, haciendo indicaciones a su amiga de que bajara la voz, ya que sor Dolores ya se acercaba hacia ellas con la mercromina en una mano y algodón en la otra.

—Por cierto, Teresa, ¿estás dibujando algo en casa? —dijo la religiosa aparentando no haberse dado cuenta de la curiosidad despertada en las niñas por sus obras mientras lanzaba lo que parecía un chorreón de mercromina sobre el dedo de la interpelada—. Tu dibujo de la catedral te salió muy bonito. Me ha dicho Sor Isabel que estáis ensayando duro en el coro para la fiesta del colegio ¿no es así?

—Sí, sor Dolores, pero yo no podría pintar tan bien como usted —dijo Teresa mientras señalaba el cuadro en el que estaba trabajando la profesora.

—Claro que sí. Tú podrías pintar así si quisieras cariño, solo es cuestión de paciencia y don de observación y yo sé que tienes mucho de eso — dijo la religiosa mientras terminaba de aplicar una tirita sobre el dedo de la niña tras cerciorarse de que la herida había dejado de sangrar.

Teresa reparó en ese momento en otra de las obras allí existentes. En ella se representaba lo que parecía ser un poeta cantándole a su dama que le escuchaba arrobada desde un balcón. Junto al improvisado trovador y al lado de un árbol se encontraba asimismo embelesado por los versos de su amo un perrillo tocado con un bonete y una capa verde.

—¿Y este perro? ¿Por qué lleva una capa? No he visto nunca perros con capa —preguntó la niña señalando al curioso can.

—Eso es un ejemplo de lo que puedes hacer en la pintura, con el arte. Puedes crear lo que quieras, incluso cosas que no existen, pero con las que te gustaría encontrarte.

Sobre una de las paredes había también un dibujo enmarcado y claramente ejecutado por otra mano distinta. En la parte inferior del mismo se podía ver una firma legible y cuidada: «Silvia De la Cruz».

—Lo pintó una profesora que trabajó en el Saldaña hace muchos años —dijo sor Dolores al darse cuenta de que los ojos de las dos alumnas se habían posado sobre el mismo—. Tenía mucho talento —y tras decir estas palabras bajó la cabeza con cierto pesar.

Aprovechando ese descuido de la religiosa, Tere se acercó a oler el aguarrás y tocar con atrevimiento la paleta que Sor Dolores había dejado a un lado cuando entraron las niñas, mirando a continuación su dedo manchado de bermellón, resultado del pequeño experimento.

—Bien y hasta aquí ha llegado tu clase de arte. Sintiéndolo mucho debéis de regresar a vuestra aula —dijo Sor Dolores dando por concluida la visita.

Y así, en este ambiente casi celestial, iluminadas por esa luz que bañaba sus siluetas tras atravesar las estrechas ventanas situadas en lo alto, con su tirita y su chorretón de mercromina, Teresa notó —al igual que el resto de sus compañeras que acudían al chalet de sor Dolores—, como se le pasaban todos los males en un santiamén.

Caminaba sí, con aire casi triunfante por haber superado con éxito el trance, mirando con orgullo a las alumnas con las que se encontraba a su paso mientras regresaba a la clase de octavo.

Eran las cinco de la tarde en la capilla del Colegio. Tere aguardaba ya en su puesto del coro desde antes de que el reloj diera las cinco, la partitura sostenida en la mano a la espera de que brotara la música del órgano bajo los expertos y precisos dedos de Sor Isabel.

Sí, era el día de la fiesta del colegio. Bien lo sabía ella sin que se lo hubiera recordado sor Elena tras haber empleado buena parte del año ensayando bajo la experta mirada de la profesora de música en compañía de las otras alumnas seleccionadas.

Mirando a los bancos desde su puesto llegaba a ver las caras sonrientes de sus compañeras y el rostro de aliento de su hermana Merche entre el grupo de las mayores.

A una señal de cabeza de sor Isabel, y tras haber lanzado ésta una rápida mirada a la figura de la Virgen como tenía por costumbre esperando su muda aprobación, sonaron las primeras notas y dio comienzo el canto.

Sor Dolores y sor Josephine por su parte se miraron con una sonrisa nada más dar comienzo este. Jamás se lo hubieran dicho directamente, pero la voz dulce de Teresa con esa partitura en la mano era motivo de orgullo para las dos y una recompensa tras los presurosos preparativos de las vísperas. Bien sabían las buenas madres que esta era la asignatura en la que destacaba la niña, razón por la cual era casi siempre elegida para subir al coro en las misas o en las celebraciones que tenían lugar en el colegio.

La pieza elegida para ese día era el *Ave Maria* de Gounod. La música y las voces de las alumnas llenaban y ensanchaban con su sonido la preciosa capilla del Saldaña.

Sumida en el vaivén musical Sor Isabel deslizaba los dedos sobre el órgano, como si ella misma estuviera en una secreta comunión mística. De vez en cuando, le jugaba una mala pasada ese tic peculiar de su mano derecha que la obligaba a contraer el dedo meñique en los momentos más insospechados, tic que compensaba con la rápida digitación del resto de la mano para llevar la estrofa musical a buen puerto.

La hermosa voz de la joven, olvidadas ya las travesuras de días atrás, las clases de francés y la aridez propia de las Matemáticas se sumergía en la música. Su voz, fundida con el resto de sus compañeras del coro, caía sobre el grupo de alumnas situadas en la planta de abajo, junto al altar.

CAPÍTULO 8

VACACIONES EN QUINTANILLA

De libros, natación y niñas jugando en tardes de verano

Sus primas, Míriam y Lorena, habían venido con sus padres a pasar las vacaciones de verano al pueblo. Tere y Merche no cabían en sí de alegría por verse con ellas.

Aquella tarde, tras los besos y abrazos después de llegar a Quintanilla y hechas las primeras disposiciones y arreglos, así como algún recado pendiente a sus madres, pudieron salir a la calle. Merche se había ido después con unas amigas.

—¿Los has traído? —dijo Teresa a Míriam sin más preámbulos, tras dar un par de besos cariñosos a su prima.

—Sí, claro. Espera, que lo tengo en mi habitación.

Al cabo de unos minutos Míriam apareció con una bolsa de tela grande.

—¿Qué te creías? ¿Qué me iba a olvidar? —dijo con aire triunfal.

Con una sonrisa, las tres se sentaron frente a la casa, y depositando el bulto en el suelo, Míriam procedió a desvelar su contenido sin mediar más palabra, sacando de la bolsa tres o cuatro libros: *Adelante Siete Secretos*, *Los Cinco en el páramo misterioso, Misterio en Rockingdown y Aventura en la Isla.*

—¡Estos te van a gustar! Mi padre dice que para qué me traigo tantos libros al pueblo, que no me va a dar tiempo a leerlos.

Entre los volúmenes había uno que llamó la atención de Tere: *Ana de las tejas verdes*, una historia donde una chica de largas coletas corría sonriente entre un camino bordeado de árboles.

Todas se rieron, sabían de sobra que podrían llegar a leerse uno de esos libros por día en caso de urgente necesidad.

Dos tebeos parecieron surgir de la nada delante de Teresa. Pudo distinguir enseguida las orejas y el rabo de Pumby, uno de sus tebeos favoritos.

La sonrisa de la joven se extendió por toda su cara. Le encantaban las aventuras de ese gato negro con el característico cascabel. Así, en ocasiones como la presente las tres primas aprovechaban para leer juntas las novelas que Míriam traía a Quintanilla con este objeto desde Madrid.

—¡Qué tapas más chulas! —dijo Tere.

Cogieron los libros entre las tres y, tras echar un vistazo a las portadas, deslizaron sus manos sobre sus hojas. Teresa cerró los ojos al hacerlo. Sí, así podía sentir las historias contenidas en los mismos, tocar esas promesas de aventura, misterio y buenos ratos. Su prima al verla se rió y procedió a imitarla. Ambas se rieron a la vez.

Tere se acercó a uno de los libros con aire inquisitivo y abriéndolo por la mitad se lo aproximó a la nariz. Sí, era lo que ella esperaba. Le encantaba ese olor de la tinta, ese papel grueso donde las fibras podían sentirse con la yema de los dedos.

Siempre le había gustado el olor de los libros. Recordaba en especial como, cuando vivían en Barcelona y, tras salir a la calle para hacer alguna gestión o simplemente dar un paseo, era moneda corriente que, de un modo u otro, acabaran junto a su padre frente a la librería del señor Sempere. Del interior de la misma llegaba a su nariz un aroma delicioso, quizás era el cúmulo de aventuras e historias en ella contenidas lo que olía. Tras hablar inicialmente del tiempo, papa y el señor Sempere con esa sonrisa amable y voz queda terminaban inevitablemente conversando sobre libros.

Pasados unos pocos minutos y como de común acuerdo, las primas se levantaron y fueron a un rincón bajo la sombra de los árboles cercanos a la casa. Ese era su sitio favorito, un lugar donde, con ayuda de unas gominolas y rodeadas de risas y bromas podían compartir la emoción y el suspense que esas aventuras traían a las tardes perezosas de las vacaciones en Quintanilla.

Iban a sumergirse nuevamente en esos mundos misteriosos y llenos de emoción, lejos de la vida rutinaria de todos los días, cómplices en la aventura, cómplices en el misterio.

Su madre y la tía Visi entretanto se encontraban ocupadas preparado una merienda estupenda donde no faltaba la Nocilla.

Así, durante unas horas las tres chicas se alejaron del mundo real y estuvieron recorriendo otros paisajes, atravesando valles, cruzando en barco océanos lejanos, visitando extraños países y viviendo en otros cuerpos aventuras sin fin, misterios que se les antojaban insolubles hasta que esos amigos de papel —en algunos momentos más reales que los de carne y hueso—, daban con la solución y remataban la novela a la perfección.

Permanecieron las niñas un buen rato así, leyendo. Sus siluetas recortadas contra la luz del sol, mientras este se iba poniendo, hasta que la menguada luz hacía del todo imposible distinguir el texto y una fresca brisa comenzara a hacer notar su efecto.

—¡Qué bien nos lo vamos a pasar este verano! —dijo Teresa a sus primas, cerrando las tapas del libro que había estado leyendo y suspirando, mientras pensaba con pereza en todas las tardes que les quedaban para estar juntas.

—¡Y mañana nos vamos a los pozos de Montorio! —dijo Míriam a modo de despedida mientras se alejaba.

Esos veranos formaban parte de lo mejor de sus recuerdos, como un día diría su hermana Merche años después: «de esa alegría desbordante de los veranos de nuestra infancia cuando todo el día eran juegos y diversión... con mi queridísima tía Visi que junto a toda su estupenda familia fueron los culpables de hacernos pasar unas vacaciones de verano inolvidables».

Quintanilla Sobresierra tenía una treintena de habitantes por aquella época. En esa España era uno de los pocos reductos donde los niños podían jugar con cierta despreocupación. Para Teodoro era también una desconexión de las obligaciones propias del banco y del trasiego de la ciudad.

La vieja casona de la calle Cuesta donde se había criado en su niñez y que tantos recuerdos le traían, era ahora lugar de recreo para las niñas y él mismo, una necesaria desconexión. Pocas cosas guardaba Teodoro ya de aquella época. Muchas otras habían transcurrido entretanto; el ejército primero y luego su ingreso en el banco donde, poco a poco y debido a su constancia, profesionalidad y seriedad en los negocios llegó a ser parte indispensable de la entidad, obteniendo el aprecio de sus colegas.

En aquellos fines de semana, Ana Mari podía aprovechar para preparar esos calamares rellenos que tanto recordaría Teresa años después y que la niña comía con fruición.

Esos veranos formaban parte de lo mejor de sus recuerdos

Como había dicho Miriam, al día siguiente las llevaron a los pozos de Montorio para nadar. El lugar estaba lleno de niños y adultos que se zambullían sin pensarlo en el agua fría. En estas ocasiones, Teresa prefería la compañía de la toalla y algún libro o tebeo antes que acercarse a los pozos.

Su prima se sumergió sin pensarlo dentro de uno de ellos. El agua salpicó la cara de Teresa que se apartó prudentemente de ella.

Míriam giraba y giraba bajo la superficie con destreza, con rapidez, convirtiendo el líquido elemento que la rodeaba en una espiral azul rematada por bordes blancos. Todo daba la impresión de que su prima se iba a ahogar. Teresa la miraba fascinada, con los ojos muy abiertos.

—¡Venga Tere! ¡Anímate! El agua está estupenda —le decía Miriam animándola.

—No, no me apetece meterme ahí ahora.

La tía Visi, la queridísima tía Visi que jugaba con ellas con alegría, envuelta en su pañuelo, en ese pañuelo que vestía de seriedad cual uniforme a nuestras madres, era una de las culpables principales en alentar a las niñas en juegos diversos en esas tardes de verano.

Merche se acercó sin dudarlo hacía ella cuando acababa de tender la ropa en el exterior de la casa.

—¡Tía, tía! ¿Me pones boca abajo por favor?

—¡Qué niña esta! ¡Mira qué sois traviesas las dos!

Y procedía la buena mujer a continuación sin hacerse mucho de rogar a colocar por turno a las dos hermanas boca abajo imprimiéndolas un suave balanceo que era la delicia de las niñas.

El nueve de junio de 1976, ocurrió algo especial. Las gentes del pueblo comentaban el acontecimiento. ¡El rey había aterrizado en helicóptero no muy lejos de allí, concretamente en el Páramo de Masa, para presenciar las maniobras militares que solían realizarse en esa zona!

Algunos contaban que lo habían visto de primera mano bajar del helicóptero, otros decían que no podía ser verdad porque el uniforme descrito no coincidía con el que salía en la tele.

Años más tarde, cuando fueron a la cueva de la Quebrantada en Montorio volvió a tener esa sensación entre temor, curiosidad y aventura. Dentro de ella estaban esas dos naturalezas, la sensible y la aventurera, en eterna lucha.

Quintanilla formaría parte desde ese momento en su imaginación de un espacio privilegiado que guardaría celosamente en un rincón del alma para que nadie se lo robara.

LOS CINCO
LO PASAN
ESTUPENDO

CAPÍTULO 9

UN DÍA ESPECIAL

De ventanas, ensoñaciones, navajas y paquetes envueltos al atardecer

Era el 27 de diciembre de 1976.

Ana se había llevado a las niñas a dar un paseo. Teodoro por su parte había decidido quedarse en casa esa mañana para poner en orden algunos papeles y leer un poco. Ana Mari había insistido en ello.

Hoy era su cumpleaños y lo celebrarían en el restaurante Landa donde ya había hecho la reserva.

Se levantó del sillón. Dejó a un lado el *Diario de Burgos*, cansado de las mismas noticias de siempre. Estiró los brazos y mecánicamente se dirigió al cajón donde guardaba el tabaco. Contempló horrorizado que solo le quedaba un paquete de *Ideales*. Confió en que Ana se acordara de comprarle uno.

Al fondo del cajón había un montón de objetos varios, mezclados en un batiburrillo de difícil calificación, fruto de la sedimentación producida por el depósito paulatino de cosas que uno opta por dejar fuera del alcance de la vista para terminar formando parte de la historia familiar.

Hurgó en entre ellos.

La navaja estaba en su gastado estuche, su vieja compañera de tantas aventuras. Sólida y bien hecha. Su hoja seguía teniendo el filo presto. La acarició y sintió que una marea de memorias le alcanzaba, subiendo desde el sótano.

El reloj de pared golpeaba los segundos a sus espaldas. Le había acompañado en el trayecto desde Barcelona, siempre marcando el tiempo con el mismo tesón, la misma tozudez eterna.

Teodoro miraba por la ventana, un cigarrillo, al que apenas prestaba atención, consumiéndose en su mano. Abajo la calle mostraba sus edificios corrientes, su cara apagada. Parecía una calle normal, una calle de cualquier ciudad de España.

Pero él ya no miraba la misma, ni tampoco la furgoneta del afilador pasar haciendo sonar su melodía. Tampoco oyó los gritos de cuatro chicuelos que golpeaban una pelota.

Dio otra calada con gesto ausente.

Su mente había volado atrás, a los años de su juventud. Hacía tiempo que no veía la navaja, envuelta como tantas otras cosas en el viaje desde Barcelona para acabar escondida en el fondo de ese cajón.

Sus ojos repararon en el calendario que se encontraba sobre la mesa.

Hoy era su cumpleaños. Un pensamiento rápido le asaltó. Tenía ahora la misma edad que su padre cuando murió en 1948, como el que dice «apenas terminada la contienda». Una pesada tristeza le invadió, acompañada de una profunda ternura. Pensó en cuanto le hubiera gustado a su progenitor ver la posición que tenía ahora en el banco, con todo lo que eso significaba para aquella generación que tanto había peleado por conseguir el diario subsistir.

Su retrato estaba colgado en el salón, mostrando ese color sepia sin el cual los recuerdos no serían lo que son, fijados en un pasado irremplazable, inalcanzable.

Quizás tenía que haberse ido con ellas, pensó. Quizás hoy, precisamente hoy, no había sido buena idea quedarse solo, ni siquiera para arreglar papeles y prosaicas cuentas.

Pensó en sus hijas, Tere y Merche, en Ana Mari, en lo afortunado que era por tenerlas.

La calle estaba tranquila, apenas un puñado de paseantes aislados. Los chicos alborotadores habían optado por seguir marcando goles en la calle vecina, el balón todavía oyéndose, pero en la lejanía, amortiguado, como los recuerdos que ahora le invadían.

Se dio cuenta de que una hora después de haberse marchado, ya las echaba en falta. La pequeña tenía el aire rebelde de su madre o por lo menos su disposición aventurera. Bueno, en realidad tanto Merche como Tere eran niñas cariñosas. No podía pedir más.

Teodoro miraba por la ventana, un cigarrillo, al que apenas prestaba atención, consumiéndose en su mano...

Oyó abrirse la puerta de la calle.

«Ya están de regreso» —se dijo con cierto alivio.

—¡Hola, papá! —gritaron las dos niñas

—¡Hola, chicas! ¿dónde habéis ido?

—Cerca del castillo —dijo Teresa y estalló en risitas que intentaba refrenar.

—¡Tere! —dijo su madre—. ¡Acuérdate de lo que te he dicho!— dijo por lo bajo, aunque no lo suficiente como para que Teodoro no lo escuchara.

Las dos niñas avanzaron con cierta lentitud y se detuvieron a unos pocos metros delante de su padre.

—¿Qué pasa, niñas? ¿Tenemos secretos? —dijo éste.

Ante esta pregunta las dos avanzaron al unísono, sus abrigos y gorritos todavía puestos, las bufandas cruzadas primorosamente bajo la barbilla. Al llegar a su altura se plantaron delante de su padre en actitud desafiante. Sus ojos lanzando brillos de muñeca.

—¿Tenemos secretos? ¿Secretos de espías? —preguntó Teodoro con aire socarrón, mientras intentaba imprimir a su rostro una cara de intriga en imitación de la última película que habían visto.

—¡Feliz cumpleaños! —le dijeron las dos a la vez, al tiempo que sacaban de sus respectivos bolsillos del abrigo unos diminutos paquetes muy bien envueltos.

Teodoro miró divertido a su mujer que contemplaba la escena apoyada todavía en la puerta del salón. Casi había conseguido que sus hijas siguieran sus instrucciones en su totalidad.

—¿Qué será Ana Mari? ¿Tú tenías idea de esto? —dijo, haciéndose el sorprendido.

—¡Ábrelo papá! —dijo la más pequeña, blandiendo el diminuto paquete frente a la cara de su progenitor, insistiendo imperiosamente— ¡ábrelo!

Ante esta actitud, el padre no tuvo más remedio que claudicar y, levantando las manos, se arrodilló quedando frente a los rostros de las niñas.

—¿Sabéis que esto es una tremenda alegría para mí? —dijo mientras apretaba los mofletes de la pequeña haciendo que enrojecieran aún más de lo que lo estaban por el frío de la calle.

Al abrir los envoltorios su rostro mostró una sorpresa genuina. Una cartera de piel y una corbata azul quedaron al descubierto.

—Muchas gracias niñas —dijo sonriente, rodeando con sus brazos a las tres, formando una piña.

Durante unos segundos la familia permaneció así, abrazada frente a la ventana.

—Hoy vamos a celebrarlo en el restaurante que os gusta.

—¡Bien por papá!

Atrás quedaban las meditaciones ante la ventana, las nubes que habían cruzado los incipientes surcos de su frente, aparcadas hasta el siguiente momento de reflexión, de soledad en que pudiera encontrarse.

Su cumpleaños tan cerca de las Navidades hacía que muchas veces el mismo quedará sumergido en la avalancha de eventos y felicitaciones. Pero no hoy. Ahora tocaba ser feliz.

CAPÍTULO 10
UNA CALLE SE DERRUMBA

Así fue pasando el tiempo.

Llegó 1978.

Era el diecinueve de septiembre poco después de que Tere hubiera cumplido quince años.

Las dos hermanas acababan de subir de la calle. La casa estaba silenciosa. Demasiado silenciosa.

Encontraron a su padre sentado en el salón al lado de su madre. La cara de preocupación de ambos no pasó desapercibida a las chicas.

—Sentaos un momento por favor —dijo su padre mientras se sacaba una cajetilla de *Ideales* del bolsillo y procedía a encender un cigarrillo antes de continuar.

—Mañana no vais al colegio —continuó con tono grave—. Al parecer ha habido un derrumbe en la calle de los Ciegos y nos han avisado de que las clases quedan suspendidas por el momento.

Las dos hermanas se miraron entre sí sin poder ocultar su alegría, aunque entendieron que debían de poner cara de circunstancias delante de su padre.

El día era un martes después de todo.

La cosa había sido seria esta vez. Existía riesgo para el colegio, habían sido las palabras de su padre. ¿Tendrían de verdad la enorme suerte de que se suspendieran las clases? ¿Pasarían el resto del curso jugando en Quintanilla? Teresa se sintió un poco culpable en su interior al haber deseado en más de una ocasión que al colegio se lo tragara la tierra para no tener que acudir más a clases.

Una vez pasado el estupor inicial se acercó esa tarde a contemplar el desastre en compañía de sus amigas. Varios curiosos se encontraban ya desde primera hora de la mañana alrededor del increíble derrumbe. No menos de diez metros de calzada y acera se habían hundido dejando al descubierto parte de los cimientos. Olía a yeso y a otro olor peculiar a tierra que no sabría describir. La mitad de la calle se había venido abajo, como queriendo reunirse con el nivel inferior de la falda de la colina. Asomándose así al precipicio, el colegio parecía estar mirando la ciudad a sus pies. Montones de cascotes esparcidos. Nada quedaba del camino que recorrían por las mañanas para acudir a clase. Los vecinos curiosos formaban varios corrillos y exponían diversas teorías sobre la causa de la catástrofe.

—Igual ha tenido algo que ver las nuevas casas que han construido al final de la calle —apuntó uno, mientras arrojaba los restos de una colilla al vacío.

—Yo creo que han sido las últimas lluvias. Ya se sabe, poco a poco el suelo ha ido cediendo. Son cosas que pasan —decía otro, asintiendo con aire experto, con ese aire del que está acostumbrado a ver estas cosas un día sí y otro también.

Pero la verdadera mala noticia —al menos inicial— la dio su padre unos pocos días después.

—Bueno, por suerte ha habido una solución. A partir de la semana que viene vais a poder continuar con las clases.

Hizo una pausa teatral observando los ojos casi aterrados de las dos hermanas. Dándose cuenta del efecto causado, sonrió para sus adentros y disfrutó del momento un poco más. Dio una calada a su cigarrillo y procedió a apagarlo en el cenicero con estudiado gesto. No era tan mala cosa ser progenitor en circunstancias semejantes.

—Pero si la calle sigue rota papá... —dijo Teresa.

—La directora nos ha comunicado que recibiréis las clases de momento en el seminario de San Vicente de Paul en Tardajos hasta que la arreglen.

¡El seminario! ¡Qué brillante idea! ¿Cómo no se les había ocurrido a los adultos una solución semejante mucho antes? Estarían con los chicos, por lo menos durante unos largos meses.

Ana Mari, sentada en el sillón contiguo observando la escena no dejó de percibir que las chicas no mostraban excesivo pesar ante la noticia, por más que intentaran disimular su secreto contento. Algo habían aprendido de la vida. Si mostraban entusiasmo por alguna cosa, esta no tardaba en serles prohibida de inmediato. Por otro lado, la ley inversa también era válida. Bastaba mostrar aborrecimiento o hastío ante algo para verse condenadas a repetir la experiencia hasta la saciedad.

Era fiesta en Burgos y los fuegos artificiales se proyectaban ya sobre los alrededores de la catedral.

Algunos copos de nieve caían perezosamente, como si dudaran en sí debían hacerlo en ese momento o era mejor postergarlo hasta las ocho de la tarde, cuando ya la mayoría de la gente habría terminado sus ocupaciones, los estudiantes sus clases, la matrona recogido la criatura a su cargo, encaminada ya hacia casa para darle la cena, cuando el tendero ha echado el cierre con ganas de acudir al baile para ver el espectáculo de luz y color en la plaza central.

En noches así, la ciudad se torna fantástica, fantasmal, se aleja de lo cotidiano, se convierte en un fenómeno de sombras y luces, de contornos ocultos, de secretos desvelados ante la luz mientras que otros quedan aún más escondidos debido al contraste producido.

—¿Sabes lo que pienso Tere? —dijo su amiga Celia a su lado mientras las dos miraban las luces explotar en el cielo—. Me parece que le gustas a Tomás— y estalló a continuación en una risita nerviosa.

—¿Tú crees? —dijo Tere—. No soy muy buena para darme cuenta de esas cosas.

Y los fuegos estallan ahogando las palabras de las jóvenes, así como sus risas y empujones cómplices. La luz proyecta colores sobre sus rostros.

—¡Mira esa! ¡Mira esa! —grita Tere— ¡Es chulísima!

Su amiga asiente sin girarse.

Hasta el ángel con alas de piedra que vigila desde lo alto de la catedral está hoy de mejor humor que otros días y hay gente que comenta que parece sonreír en las alturas.

Sus padres no habían regresado todavía a casa.

Tere se encontraba sola en el hogar, mirando por la ventana que daba a la calle donde había vivido los últimos años. Merche se había ido con unas amigas. Hoy era un día especial y lo sabía. Era la hora violeta en Burgos. El salón estaba teñido de ese mismo color que a su vez se proyectaba sobre la cara de la joven.

Ella no podía saberlo, pero su figura se asemejaba a la de su padre aquel día en que éste se había colocado ante esa misma ventana revisando su vida pasada, fumando distinto tabaco cada uno de ellos.

Tenía dieciséis años.

La joven había crecido en belleza y estatura, pero seguía siendo esa niña en su interior, brillando con luz propia.

La última Navidad en Burgos. La última vez que desde casa vería las luces de la catedral brillar en la noche, la fachada del arco de Santa María con sus hornacinas iluminadas, con las farolas a sus pies alargando su sombra.

Detrás de ella, el árbol cargado de luces destacaba en la penumbra de la habitación, lanzando esas mágicas sombras proyectadas por la iluminación de la decoración, esa luz que, reflejada en bolas y adornos, se extendía por el suelo, multiplicándose, engañando a la vista.

A partir de ahora todas las Navidades en mayor o menor medida quedarían unidas a estas pascuas burgalesas, echaría de menos las inclemencias del tiempo, el frío y el gotear de la lluvia sobre la ventana, sobre el patio del colegio.

Estaba decidido. Tere se iba a marchar a casa de su tía Carmina, en Alicante. Sus padres pensaron que allí sus tíos podrían encontrarle un trabajo a la niña para que espabilara un poco. Al parecer los estudios no iban a ser el ámbito donde se destacara en especial. Adiós por tanto a Burgos y a los días nublados. Adiós a la nieve, a la niebla, a la lluvia intermitente, pertinaz cual opositor, adiós a tantas cosas, pero sobre todo a una manera de ser y entender la vida. Adiós, también, al viejo colegio.

Sin saber por qué, vinieron a su mente entonces imágenes inconexas de momentos curiosos de los años vividos aquí, como aquella vez en que, levantándose sonámbula por la noche, se había dirigido a la habitación de sus padres y le había contado a su madre lo que había hecho el fin de semana, los chicos con los que había hablado y las salidas —o entradas, sería más apropiado decir—, a la discoteca a la que tenían terminantemente prohibido el paso.

—«Cuéntame Tere, ¿así que fuiste a la discoteca?».

El mandamiento número uno de la familia había sido vulnerado. ¡La discoteca nada menos! Lugar de oprobio, sinvergüenzas, pecado y algo más.

La joven se quedó paralizada. «¿Cómo se había enterado su madre?».

—«Y el chico ese... Tomás... ¿Quién es? ¿Es el que estaba el otro día junto al portal?»

En ese momento Teresa hubiera querido estar castigada en clase, copiando una y mil veces cualquier conjugación francesa o latina que la hermana de turno le hubiera querido imponer.

No recordaba nada de esas experiencias sonámbulas al despertar y eso le inquietaba. Lo que sí venía a su mente a veces era un sueño curioso que se repetía con insistencia.

En él se veía mirando al mar, con una sensación de haber perdido algo muy importante, pero sin saber el qué y ese sentimiento tardaba varias horas en desaparecer.

Se acordó también de aquella vez en que su madre, todavía enfadada al parecer por alguna de sus travesuras, se disponía a telefonear a su tía y, confundida por el cabreo, cogió el mando de la tele en lugar del teléfono y se lo llevó a la oreja con total seriedad. Se acordaba como se pusieron su hermana y ella a reír a mandíbula batiente ante el desconcierto de la mujer que todavía no había acertado a saber cuál era el origen de semejante chanza. Al darse cuenta de su error, aumento aún más su enfado, tirando el mando lejos de si.

—¡Me tenéis harta las dos! ¡Iros de mi vista ahora mismo! ¡No os quiero ni ver!

Y las dos hermanas desaparecieron obedientemente sin parar de reír por el pasillo en dirección a su cuarto.

Ana Mari se quedó mirando el mando a distancia. Se había olvidado ya con tanto revuelo de lo que quería decirle a su hermana.

Llegó el día de la despedida. Sus maletas estaban preparadas ya desde hacía rato.

Se despidió una a una de sus amigas y compañeras con las que tantos momentos, castigos y fugas de clase había compartido.

—¡Cuando te hagas un novio en Alicante, escribe y nos lo cuentas! —dijo Marta, una de ellas.

—¡Eso por descontado! —contestó Tere estrujando a cada una de ellas.

La despedida de Merche le costó más. Las dos se estrecharon con fuerza.

—Recuerda que sigo siendo tu hermana mayor y que has prometido venir a visitarnos en vacaciones. ¡Ah! Y otra cosa: prométeme que no cogerás ningún atajo ni te irás por calles que no conozcas, ¿me lo prometes?

—¡Claro que sí Merche! Y tú enséñales a las de La Salle lo que es bueno —dijo Teresa en referencia al nuevo colegio donde iba a asistir su hermana.

Pero ahora, en uno de esos escasos momentos en que se encontraba sola, su mente vagaba por los años pasados, por su niñez, expectante ante la nueva vida que le esperaba con sus tíos.

Sin embargo eso sería otro día, otra experiencia. Ahora era el tiempo de decir adiós a esa Teresa de juventud.

Hemos convivido con ese recuerdo, hemos sido partícipes de cierto brillo secreto, escondido. Por un breve momento, hemos podido volver a vivir esa vida, siquiera de un modo ilusorio, engañoso, pero ha llegado ahora el momento de dejarla en esa tierra del recuerdo donde la magia de la literatura nos ha permitido rescatarla por unos breves momentos, unas pocas páginas.

Sus caminatas por las calles quebradizas de la ciudad, su mirada absorta desde la ventana... Todo eso ha dejado su impronta en ella. Al igual que las gestas del Cid, que las justas de Santa Gadea aún perduran en el ambiente, más allá de las páginas de los libros de historia, más allá de la leyenda forjada por los hombres, las pequeñas gestas de una niña primero y una jovencita después, dejaron sus pasos marcados en la ciudad.

Cada mirada perdida desde el aula, ausente la atención de la asignatura, de la materia en curso, colgada la misma sobre la vieja catedral, sobre las nubes pasajeras en un cielo cambiante, es una marca más en el tejido de la historia, del flujo que dejamos a nuestro paso, como el agua caída por la reciente lluvia se esparce entre el empedrado de una calle, rellenando cada uno de los surcos entre las piedras que lo forman que, aun desapareciendo, dejan ese brillo, o por lo menos esa limpieza sobre la vieja piedra, dejándola lista para el paso de los sucesivos caminantes.

CAPÍTULO II

TERE LLEGA A ALICANTE

De cómo Teresa viajó a una estrella y de cómo descubrió que la aventura de hacer la compra puede ser similar a la lucha con los molinos de viento de un hidalgo caballero. Del encuentro con un fiel amigo de cuatro patas y de otras cosas interesantes que el lector avisado descubrirá en el momento adecuado.

Por fin.

Una plaza de un barrio cualquiera. Aunque la misma se llamaba plaza de la Estrella tenía forma de todo menos de tal. Algún socarrón podría haber dicho que el nombre le fue dado a la misma tras venir determinada persona a residir en ella.

Los niños jugaban en las calles adyacentes igual que en Burgos. El sol asomaba por encima de las casas, por encima del cercano hospital Provincial, una de cuyas paredes daba a la plaza, mostrando su lado amable y protector, recordando a sus habitantes que en caso de precisar de socorro, de necesidad, allí estaba para ayudar.

Se escuchaba también el bullicio de los pequeños comercios a esa hora de la mañana, igual que en Burgos. Los niños correteando y bromeando mientras cruzaban la plaza, recordaban a Teresa que la vida seguía igual que en Burgos. Pero había un pequeño detalle.

Ya no estaba en Burgos.

Por fin era independiente. Ahora tenía su propio hogar para decorarlo a su gusto.

Podría conocer a los chicos que quisiera sin tener que dar muchas explicaciones a mamá. Nunca había sido muy amiga de darlas en cualquier caso.

Sin embargo, la cosa no fue del todo fácil al principio, en especial en aquellas labores que eran nuevas para ella. La cocina era algo que se resistía. Hubiera preferido hacer cualquier tarea que le encomendaran antes que verse enfrentada a la encimera con una serie de ingredientes entre sus manos.

Bajar a comprar provisiones era también toda una aventura para la joven Teresa que en esas ocasiones atravesaba la plaza con pasos ligeros, deslizándose más que andando como era su costumbre, concentrada en la dificultad de su misión.

Entró así, heroica y decidida en la tienda de ultramarinos más cercana a casa mirando a su alrededor, intentando imitar en lo posible a las otras clientes que allí habían, con ese aire de experta conocedora con el que había visto a su madre desenvolverse en ocasiones semejantes. Algunos vecinos habituales examinaban las patatas y tomates con cuidado. Alguna mujer avezada miraba por encima de sus gafas los precios expuestos sobre la fruta.

Ya iba conociendo a alguno de estos parroquianos de vista.

—Deme unos plátanos por favor —dijo tras responder a la sonrisa de una viejecita cercana que llevaba un pañuelo estampado en distintos tonos de verde y que aprovechó el momento para escrutarla no con demasiado disimulo, valorando su integración en la vida del barrio.

— ¿Cuántos quiere? —dijo el tendero.

—Pues unos doscientos gramos —contestó ante el asombro del dependiente.

Años después conocería a David en una fiesta. David era un encanto. Risueño, alegre y sin embargo serio cuando había que serlo. Sabía cómo cuidarla y atender a sus necesidades. Le gustaba sentir a ese hombre protector a su lado. La comprendía y apoyaba en todo lo que emprendiera. No tardó este en pedir traslado desde las oficinas del Ministerio donde trabajaba en Madrid para venir a Alicante.

En Alicante ambos formarían un hogar, un equipo.

Proyectos e ilusiones vendrían después.

Por fin.

CAPÍTULO 12

CANEL

Cuando David y ella regresaron aquel a casa desde el trabajo se encontraron con algo con lo que no esperaban.

Allí estaba su suegra sosteniendo entre sus brazos un precioso cachorro de pelaje tostado que comenzó a menear el rabo en cuanto los dos entraron en el salón.

Al verles, el animal saltó al suelo directamente y se dirigió hacia ellos, moviendo el rabo sin cesar hasta llegar a la altura de Teresa. Dio entonces un salto y se refugió entre los brazos de la joven como si eso fuera lo que hubiera hecho siempre. Había marcado su nuevo territorio. Ya tenía hogar.

— ¡Es preciosa! —dijo Teresa— ¿cómo se llama?

—Le habían puesto Canel, como canela, pero sin la «a», pero llámalo como quieras. Ahora es tuyo.

— ¡No, no!, ¡Canel es perfecto! Es exactamente su color, no puede ser más preciso. ¡Pero qué pequeñita es!

—Tiene nueve meses solo.

David se agachó junto a ella para acariciar la cabecita de la perra.

—Me la han dado unos vecinos, los Núñez, los del tercero —continuó su suegra—. La verdad es que no sabían cuidarlo nada bien. ¡Fijaos que le estaban dando comida vegetariana durante un mes! Y hasta le habían roto una pata por no tener cuidado. Yo les dije que conocía a la persona adecuada para cuidarlo, y la verdad veo que no me había equivocado.

— ¡Muchísimas gracias! La verdad es que me encanta —y siguió acariciando la cabecita, absorta por completo en aquel pequeño ser que era ahora su responsabilidad.

Tere estaba encantada con su nueva adquisición. A partir de ese instante su día se dividiría entre los momentos que compartía con David y los que lo hacía con esta diminuta criatura peluda tan agradecida.

Canel permanecería unos catorce años con ella, felizlejos de sus anteriores dueños y de las pequeñas torturas a las que había sido sometido por los niños de la familia. El cambio de vida había sido espectacular.

Más de una vez se llevaba a la perrita a pasear por la playa de San Juan. Era una alegría para ella compartir esos momentos con este nuevo acompañante.

Pero Canel era algo más que una mascota. Era también un compañero de juegos cuando David no estaba en casa. Solía ser también su confidente y consejero escuchando más de algún comentario que no debía de llegar a ningunos oídos más que a los suyos. Y además de eso sabía coger una pelota como el que más. ¡Poca cosa podía pedir más su dueña!

Con Canel y David juntos en la casa se sentía protegida y arropada. No había nada más que pedir a la vida. Era independiente y feliz.

La perrita sería testigo de muchas otras cosas en la vida de Teresa. Con ella irían a Cazorla en aquellos días en que la vida se prolongaba en largas jornadas, mientras Tere miraba con alegría al cielo y a los pájaros.

Así pues la mascota pasó a integrarse desde ese momento en el equipo inicial de la plaza de la Estrella.

CAPÍTULO 13

EL NUEVO HOGAR DE TERE

Llegaron a la casa. Esta se alzaba en una zona casi despoblada en las afueras de Alicante, aunque muy bien situada junto a un estrecho camino que conectaba con el polígono industrial y la salida a la carretera de Madrid. No obstante, gozaba el lugar de cierta tranquilidad al estar en un entorno natural que encantó a Teresa.

— ¡Me cautiva el sitio!—dijo llevándose las manos a la cara.

La cercana sierra de Fontcalent se podía divisar a lo lejos, azulada por la distancia. Varios senderos partían desde el lugar donde se encontraban, en una y otra dirección. A la izquierda la carretera, o más bien camino aún en aquella época, que llegaba hasta el polígono industrial del Pla de la Vallonga.

Miraba sin cesar a su alrededor el terreno que pisaba, imaginando donde iría la piscina, las plantas que deseaba cultivar... haciendo mil y un planes.

A los pocos días de estar viviendo en ella y tras terminar Tere de arreglar unas cosas que tenía puestas fuera de contexto en el hogar, como le gustaba calificar a esta tarea, vio que David no estaba en la casa. Salió al porche y lo encontró fuera, cerca de la puerta, mirando hacia los montes cercanos.

—¡Ah! ¡Estás aquí! Te estaba buscando por todos lados.

—Quería contemplar las montañas, darme cuenta de que este es nuestro nuevo hogar a partir de ahora. ¿Y sabes qué? Me gusta pensarlo. Me alegro mucho de que haya valido la pena.

—¡Sí! Ha costado, pero ya estamos aquí.

Estaban los dos junto al alto árbol que lindaba con la carretera, la misma por la que, con demasiada frecuencia, los camiones que se dirigían hacía el cercano polígono industrial arrebataban los cables del alumbrado sumiendo en la oscuridad a la vecindad.

—Bueno, voy a ponerle comida a Sultán que creo que me está siguiendo desde hace un rato con esa idea.

Sultán, Yesca y Canel presintiendo la hora del alimento, fueron detrás de su dueña a velocidad de crucero llegando a los cuencos antes que ella.

El poco tiempo que pasarían juntos allí sería un tiempo bien empleado, fruto de los proyectos de ambos, del coraje, de la ilusión de los años, de la esperanza de futuro y sí, también fruto del amor.

Pero nada le había preparado para lo imprevisto en forma de aquella ráfaga de viento un día que había tendido toda su ropa en el gran tendedero exterior.

Cuando abrió la puerta aquella mañana contempló que sus prendas interiores ya no colgaban de las cuerdas. Como si de unos grandes almacenes se tratara, estaba distribuida y expuesta a lo largo y ancho del camino frente a su casa y por supuesto en alguna que otra vivienda vecina. Desde ese momento se prometió a sí misma que renegaría de la propiedad de cualquiera de las braguitas. Allí estaban, con sus diferentes diseños y colores. Jamás admitiría relación alguna entre ninguna de esas prendas y su persona. ¡Hasta hay podíamos llegar!

Tere era dichosa. Disfrutaba de ese privado rincón de felicidad que había encontrado. Desde allí podía observar el mundo por la ventana, segura de tenerlo todo.

CAPÍTULO 14

ENAMORADO

De las notas de Ernesto Santos

¡Qué difícil se hace hablar del amor cuando lo estás viviendo! Es algo semejante a lo que puede experimentar un bombero asaltado por un periodista en plena apoteosis de un incendio. Preguntado entonces acerca de sus emociones y sus miedos mientras cruza la cortina de llamas de un caserón a punto de derrumbarse. El corazón, que está sufriendo, revienta ante la confesión escrita de su propia impotencia, ante la realidad que se estrella contra su sueño, contra la imagen de uno mismo ante el espejo, tan distinta de la proyectada en nuestra mente.

Y, si tan difícil es hablar de ese mal de amores tan acertadamente nombrado por nuestros antiguos mientras se está sufriendo, también lo es cuando uno, pasado el tiempo y creyéndose ya curado de espanto, se encuentra con una foto, cruza una calle o lee una vieja anotación de un diario olvidado. Allí está nuevamente, esa pasión que creíamos olvidada. Porque el amor verdadero no desaparece como dicen los psicólogos, los entendidos de la vida, los amigos de dar consejos sobre los sentimientos de los demás. Se metamorfosea, se queda enquistado, protegido, aletargado, como un pequeño embrión en el útero, protegido del mundo exterior para evitar sufrir daño alguno.

Tras el descubrimiento inicial de esta pasión oculta y tardía, me dirigí a esa vieja amiga, la escritura, para confiarle mis penas e inmortalizar aquello que nadie me podría quitar. Los recuerdos de los momentos pasados junto a Tere, las palabras y miradas robadas, los abrazos y besos inocentes de actos sociales, de despedidas antes de vacaciones o de un largo puente.

Mi vida era ahora como solía expresarlo, un vivir con los pies en el suelo y la cabeza en las nubes.

Tenía miedo de no acertar con la palabra adecuada y precisa que como un alfiler clavara ese momento para hacerlo inmortal, para seguir soñando el resto de la vida. Si no podemos vivir por lo menos dejadnos soñar que hemos vivido.

¿Era esto volver otra vez a esos espejismos de mi niñez y juventud? ¿A esas sombras evanescentes de mujer que desaparecían en mi infancia tras mostrárseme tentadoras? ¿Era otra visión?... ¿Otro juego fugaz de luces que la vida hacía conmigo?

¡Qué crueldad la del destino! Se complace así en mostrarnos una y otra vez la felicidad, o lo que nosotros interpretamos como tal para después marcharse, dejándonos con ese anhelo hiriente, inexplicable en nuestro interior. Con esa sensación extraña y misteriosa de haber descubierto un nuevo continente. *Terra incógnita* a la que dar nuestro nombre, fundar una colonia en ella y ver después que todo fue un sueño, un desvarío tardío como ocurrió con la colonia de Roanoke Island en Estados Unidos.

La ventana estaba abierta en el estudio para dejar entrar un poco de aire que renovara el ambiente. Siempre solía hacer eso todas las tardes antes de ponerme a escribir o realizar cualquier otra tarea en el ordenador. Allí, en la penumbra, en el frescor de mi estudio situado en el sótano de mi bungalow, sentía que podía estar a solas con mis sueños, mis fantasmas de tantos años.

No en vano había hecho de este sitio mi refugio. Allí guardaba todos mis recuerdos, mis libros recopilados a lo largo de toda mi vida, o por lo menos aquellos que habían sobrevivido a los estragos del tiempo. Estaban todos aquí, junto a mí, haciéndome solitaria compañía. Dándome consuelo. Gran parte de ellos hablaban de problemas, de sufrimientos, de amores, de luchas e ilusiones, de esperanzas.

Desde mi mesa podía ver a mi derecha el viejo buró que había pertenecido a mi padrino, donde tantas horas había pasado en mi infancia jugando a ser un escritor, escribiendo los diálogos de mis cómics y dibujando. Un poco más allá, a la izquierda y bajo su cúpula protectora de cristal se encontraba el microscopio, que también había sido propiedad de mi padrino. A través de sus lentes, vi la vida aumentada por vez primera y sentí miedo ante la visión de un pequeño insecto flotando en una gota de agua depositada sobre el portaobjetos.

Guardada en mi móvil una carpeta secreta donde preservaba todas aquellas conversaciones mantenidas con ella por *WhatsApp* durante el último año. Por lo menos las más representativas, aquellas que me negaba a entregar a la negra oscuridad del olvido, al pasado. Las releía de vez en como un niño acariciando su osito de peluche. Me negaba a que cayesen en el abandono, me servían de consuelo como el osito de ese mismo niño cuando su madre se va de casa a hacer recados.

Ahora, un año después, me había atrevido a abrir de nuevo esta carpeta, protegida con contraseña para evitar que mi mujer pudiera dar con ellas. Me sentía culpable, no podía evitarlo, culpable de ocultar este amor secreto que ardía en mi interior día a día. Un amor que no podía compartir con ningún amigo, un amor para el que ninguno prestaba su oído. Únicamente alguna de mis compañeras, como Laura, se implicó, se molestó en comprender. Con empatía, con paciencia, con ese amor generoso de mujer. Habían logrado simpatizar sinceramente con mi problema. Pero no quería molestarlas. No quería dar lástima. Al fin y al cabo era siempre la misma historia, la del soldado enamorado de la princesa, inalcanzable y bella en lo alto de su torre. Sin embargo, era inevitable, en mi situación no podía hacer cosa alguna sino permanecer apostado de guardia bajo esa misma torre. Como condena, verla cada día a través de la ventana del torreón mientras se atusaba el cabello. Contemplarla y no poder tenerla.

Allí, a la vez tan cerca y tan lejos de mí estaban las conversaciones, las bromas, las puyas, las indirectas más o menos eróticas que habíamos compartido. Suspiré. Inhalé aire de nuevo para levantar el ánimo. Comencé a leer, a recordar una vez más. A veces mi rostro esbozaba una sonrisa, me embargaba la emoción.

Era preciso guardar esos momentos, de ese modo protegería cada uno de los fragmentos de mi amor. Cada noche, antes de caer dormido, procuraba cuidarlo, recordándolo, reviviéndolo, guardándolo de nuevo hasta el día siguiente. Lo protegía de cualquier cosa que pudiera ponerlo en peligro. Un leve cambio de temperatura, un pequeño soplo de viento...

Soñamos para compensar la vida, para recrearla a nuestro antojo.

Dicen que el amor no correspondido no existe, que tal vez sea solo un sueño en la mente del soñador pero... ¡Es tan necesario soñar! Nos eleva de la cotidianidad y nos hace aterrizar en otro plano, en un mundo donde la magia existe, y donde sentimos nuestra propia trascendencia fuera de lo meramente humano. Yo me encontraba en ese plano, pero por desgracia y más allá de alguna persona aislada, no podía decirlo a nadie. Era un secreto dentro de mi mente, de mi corazón, de mi alma. Cualquier metáfora que nos evoque la imagen de esa tensión, de esa contradicción entre la dicha y la pena, de ese impulso de salir y esa necesidad de reprimir, sería válida. Me sentía preso de una montaña rusa emocional que un día me elevaba hasta lo más sublime y otro me arrastraba al abismo, a la desesperación, al tener conciencia plena de que el ser querido no será nunca nuestro.

¡Qué gran consuelo la escritura, el recuerdo! Releer nuestras conversaciones hacía que resonasen de nuevo en mi mente cada uno de esos efímeros e irrepetibles momentos. Podía sentir otra vez las sensaciones de los días en que las mismas tuvieron lugar y supe que, en cierto modo, había logrado atrapar una pequeñísima parte de Tere que permanecería conmigo mientras tuviera el valor de volver a releerlos.

¿Es por eso por lo que leemos ficción romántica, o nos atraen determinadas historias? ¿Por su capacidad de sumergirnos en otras facetas de nuestro yo, de la experiencia que la vida no nos aporta?

Sentimientos encontrados, ese era mi estado. Respiraba con dificultad. Desde hacía ya dos años tenía a Teresa dentro de mí. Ella era un peso en mi pecho, el peso de esa confidencia forzada, del secreto triste y perenne que, guardado un día tras otro, iba desgastándome al mismo tiempo que alimentándome por dentro.

Aparentemente como por azar, unos días después encontré unas palabras del poeta inglés Alfred Lord Tennyson que de inmediato identifiqué como mías:

«Tengo por cierto, que sea lo que sea lo que siento dentro cuando más tristeza hay en mí es mejor haber amado y perdido que no haber amado nunca.»

Intento repescar los flecos del pasado, revivirlo, pero la memoria lo torna difuso por más empeño que ponga en recordarlo con exactitud. Es como ese sueño que al despertar vislumbramos como real y nos juramos recordar, pero que sin más remedio, desde ese mismo instante, comenzamos a olvidar. Empieza a escapársenos por un extraño mecanismo cerebral. Del mismo modo intentamos recrear, como si de una película se tratara, los momentos, las sensaciones, los olores de una experiencia pasada y en esa lucha contra el olvido, pasamos muchas de nuestras horas de vigilia.

A veces me gustaría poder refugiarme en esos primeros años entre nosotros en los que todo estaba sereno y la tempestad era solo una cosa que se veía en las noticias. Refugiarme en el privilegio de ver su rostro sin miedo y sin sospecha o recelo alguno por su parte.

El bueno de Proust dedicó su vida entera a recrear el pasado a través de la escritura. Plasmando sobre el papel cada recuerdo. Olvidándose de ese presente en el que se pasaba encamado casi todo el tiempo. Escribía para que lo vivido no se le escapara.

¿Cómo se narra un sueño? ¿Cómo se vive algo que no tiene un principio definido, una sucesión de eventos y un final concreto como en la mayoría de las historias? ¿Cómo contar algo que no guarda lógica ni orden coherente?

Un sueño no suele ser más que una sucesión de impresiones, de pinceladas, de sensaciones, de sentimientos confusos que nos invitan a apretarnos contra la almohada queriendo retener con todas nuestras fuerzas su calor, su sensación de verdad y de proximidad.

Por mi parte, al mirar atrás no puedo recordar mi vida sin Teresa. Es como si antes de ella nada tuviera sentido. Nada sin el sueño que ella ha despertado, sin esa otra realidad que se me presenta posible o imposible según el momento del día en que me encuentre. Frente a la desesperación que he sentido a veces, está la más dulce impresión de querer retomar y fijar esa realidad que está en mi mente.

El día a día, la vida cotidiana nos enseña un cierto distanciamiento emocional, una cierta ironía en la visión del amor. Cuando noté lo que estaba sintiendo, mi reacción inicial fue de desconcierto, de incredulidad. Y sí, también de culpa. Sentía que mi mujer no se merecía lo que estaba surgiendo en mí. Pensaba que había rehecho mi vida con este segundo matrimonio cuando lo que había conseguido en su lugar era una falsa sensación de hogar, motivada por la nostalgia de esa familia que se fue cuando mi hija Irene tenía solo cinco años.

Me había casado dos veces y, había tenido una adolescencia enamoradiza, romántica, novelesca, pero idiota, ¿cómo pude haberme creído que sabía lo que era el amor?

¿En qué momento se había convertido en parte de mí mismo? ¿En ese sueño en la piel que cantaba Serrat?

La idea surgió de repente. Su cumpleaños se acercaba. Quería que fuera algo nuevo. Estaba eufórico y lleno de amor.

Ya le había escrito una tarjeta de felicitación, pero sentía que faltaba algo más.

Me acerqué a una tienda de fotografía cercana al trabajo. No sabía exactamente qué regalarle, pero deseaba que fuera algo relacionado con una foto suya. Vendían allí objetos que se podían personalizar con una foto. Elegí una taza. Sobre ella hice grabar una foto que había copiado de su perfil de *WhatsApp* en la que se la veía sobre un París dibujado de fondo. Se me ocurrió añadirle: «Siempre nos quedará París»

Llegó el día de hacerle entrega de la sorpresa.

Le mandé un mensaje:

—«Mira en tu estantería abajo del todo»

Allí le había dejado la pequeña cajita cuadrada que contenía el regalo envuelto. Lo abrió con discreción bajo la mesa y siempre recordaré la mirada que puso. Su cara se ruborizó. ¿O lo había imaginado? Estaba feliz y contenta.

Me sentí como el joven mozalbete de años atrás, cuando con quince o diecisiete años, reconocía públicamente mis sentimientos hacia la chica que me gustaba. Y digo públicamente por qué la sensación tenía algo de oficial, era proclamar a los cuatro vientos que adoraba a esta mujer, que no existía mejor premio que ver cómo me sonreía. Cuando vi la emoción en su rostro, sus ojos chispeantes, sus perlados dientes iluminándome según se extendía su amplia sonrisa... Supe que no me había equivocado. Estaba locamente enamorado de ella y de las sensaciones que despertaba en mí.

Aquella tarde me dijo en un mensaje que no sabía si había hecho bien en aceptar el regalo.

—«Claro que sí, cariño. No has hecho nada malo.» —contesté.

—«Pues si tú dices que está bien, entonces no hay problema.»

¡Qué palabras tan amables! Llenaron mi ser de entusiasmo y confianza. No me había equivocado con ella. Si bien no era el entusiasmo ni la confianza propia de quien piensa que el amor le corresponde, sí era la emoción producida por el propio amor. Me sentía lleno, feliz, privilegiado al poder tener ese objeto a mi lado todos los días en el trabajo. ¿Qué más podía pedir?

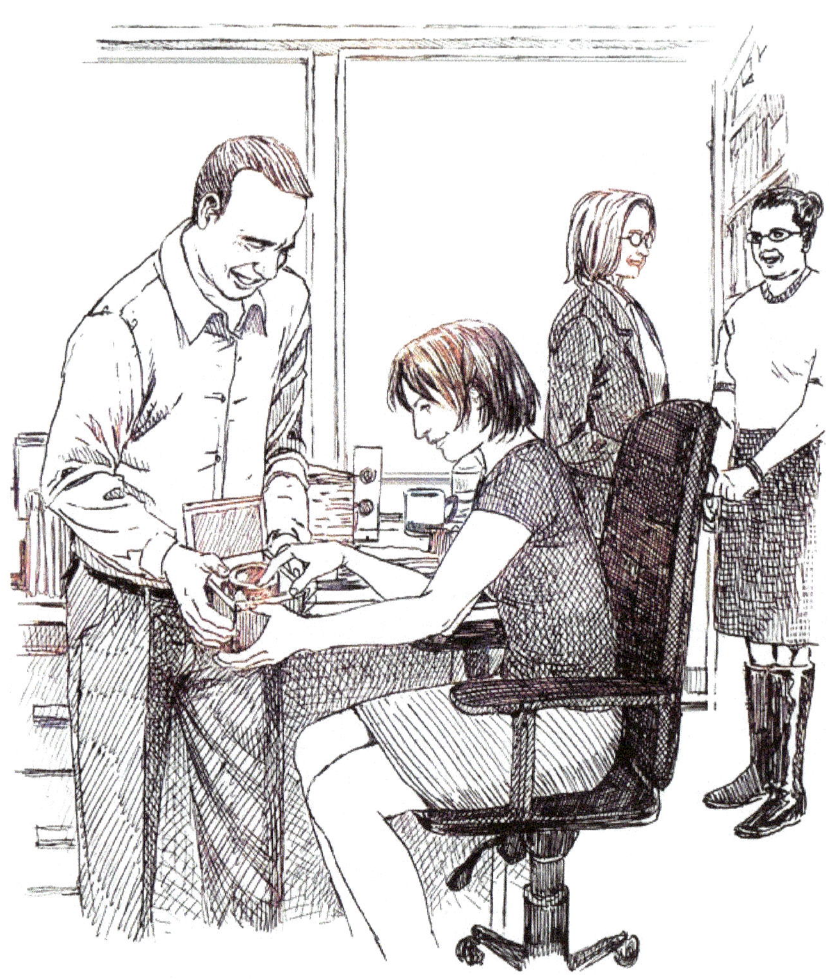

Lo abrió discretamente bajo la mesa

CAPÍTULO 15

TRIBULACIONES

Estábamos a mediados de mayo. Ya había empezado la primavera.

Ese día me senté en un banco del parque frente a la calle Deportista Mendizábal donde creció mi niñez y desde donde podía ver mi antigua casa familiar. Este parque había sido antaño esplendoroso jardín botánico. Allí, bajo los árboles, me gustaba escuchar música y dejarme llevar. Así, mientras oía la música, saqué el móvil y le envié un mensaje.

—«Ponte a escribir que es lo que tienes que hacer.» —escribió Tere por respuesta.

—«Sí, eso mismo voy a hacer.»

—«Buen chico»—tecleó a continuación añadir—, «no sé cómo ha sonado lo de buen chico, pero no ha sido malintencionado.»

—«Ya lo sé.»

—«Soy de efectos retardados 😩»

—«Ja, ja. Me gustaría decirte las cosas cara a cara algún día. A los dos nos da reparo.»

—«Supongo que es un mundo diferente este de los mensajes.»

—«Sí, es verdad. Nos hace sincerarnos más, por otro lado.»

—«Sí» — (¿qué quería decir esto? ¿Tenía ella algo que sincerarse conmigo? ¿Había un atisbo de esperanza?)

—«Y con tanta gente en el departamento no es plan»—le dije.

—«No 😃»

—«Hay personas con muchas dotes de observación.»

—«Es la sinceridad que permite el *WhatsApp*.»

De nuevo siento una comezón especial, ¿no le importan mis avances? ¿Simplemente los tolera como se soporta ese moscardón del cual no podemos huir en esas tardes de verano?

—«¿Guardaste la conversación? —le pregunté a continuación.»

—«Llevo unos días sin borrar ¿Por qué?»

—«Porque tengas ese recuerdo... Yo no puedo permitirme ese lujo, tengo que borrar enseguida y exportarlo.»

—«Yo no tengo ese problema.»

—«Qué bien.»

—«Pero no quiero tentar a la suerte, y procuro eliminar todo.»

—«Claro. No quiero hacerte daño.»

—«Tranquilo.»

Lo que saqué de esta conversación a falta de otra cosa fue la tremenda discreción, el inmenso respeto que tenía hacia mis sentimientos.

Le había mandado cientos de mensajes insinuándome inicialmente y luego, francamente directos y sinceros, pero sentía que eso no era suficiente. Sabía que ella me huía porque quería evitar una situación comprometida y también por no hacerme daño. No obstante la cosa no podía seguir así. Necesitaba saber si había algún atisbo, alguna posibilidad y si el problema era mi condición de hombre casado.

—Voy a ir a casa a coger una cosa que me he olvidado —dijo un día, dejando un expediente a un lado—, necesito recoger una documentación.

Vi en ese momento mi oportunidad para poder hablar con ella así que, espere un cierto tiempo y cuando salí a desayunar fui caminando, siguiendo la ruta que presumiblemente creía que ella recorrería en su vuelta al trabajo.

La encontré dirigiéndose de vuelta hacía el Ministerio tras pasar la esquina de la cafetería París de mi antiguo barrio. El azar hizo que nos encontráramos en ese momento, prácticamente a la altura donde se había alzado tiempo atrás aquella cerámica El Sol, testigo de mis juegos de infancia. Otro momento importante de mi vida iba a suceder allí, en ese lugar donde aquellas enormes locomotoras de vapor tanto me impresionaron cuando pasaba por su lado, de camino al colegio.

— ¿Qué haces aquí? —dijo sorprendida.

—Quería hablar contigo.

— Bueno, dime que tienes que decirme —dijo con tono amable, aunque seco.

—Bueno, verás, — dije apresurado, sintiendo la reticencia de ella ante este encuentro no deseado—. Cuando yo me casé la primera vez, fue un poco precipitado. Mi exmujer era una persona acostumbrada a llevar las riendas y supongo que yo me deje llevar.

—Sí, eso ya me lo has contado —notaba cierto aire de incomodidad en ella. Al fin y al cabo la había asaltado en su ruta. Eso y el rápido ritmo de su caminar me hicieron entender que apenas íbamos a tener tiempo para hablar.

—Mi situación hasta ahora es cómoda, lo confieso —continué mientras caminábamos—. Estoy con Gloria que me quiere, pero creo, analizándolo ahora, que nunca he estado realmente enamorado de ella. Supongo que tal vez fue el miedo de quedarme solo o el deseo de poder darle un hogar a mi hija, no sé... lo que quiero decirte es que si hubiera alguna posibilidad...

—Pero es que el sentimiento no es mutuo —dijo amable, aunque firme y tajante a la vez.

—Me siento fatal guardando esto dentro de mí. No esperaba tener que volver a sentirlo nunca más. De seguir así tendré que pedir el traslado a otro departamento. No puedo soportar la idea de verte todos los días.

El juguete se había roto.

Durante meses, años incluso, había estado construyéndolo, colocando minuciosamente las piezas una encima de otra. La verdad es que la figura estaba quedando francamente bien.

Había colocado algunas con brillantes colores, una junto a la otra, creando una combinación preciosa.

Pero no había contado con ese estruendo de la ventana al cerrarse, con ese golpe repentino que dio por tierra con todas las piezas.

La taza, cuidadosamente alineada en el estante, preservada y alejada del peligroso borde se había caído finalmente.

No había hecho esta al caer el esperado estrépito. Fue por el contrario algo ahogado, sordo. Había sido tan breve su contestación, y al mismo tiempo tan lógica, tan esperada la respuesta que no levantó eco alguno.

Y no es que me hubiera hecho falsas impresiones. En ningún momento había sentido un síntoma claro de atracción, pero ahora lo había verbalizado, había escuchado su rechazo y eso, eso realmente era duro de encajar.

No pude mirarla a la cara en ese momento.

La gente seguía pasando a nuestro lado. Una señora empujando un carrito de compra se situó justo a mi derecha. Un joven, más impaciente que el resto, cruzó el semáforo en rojo. Posé mi mirada sobre la sillería del gastado edificio central, que había albergado antaño una vieja prisión, como si esta tuviera un interés desmesurado para mí en ese momento.

¿Por qué no sentía nada? Era como si la taza hubiera caído a cámara lenta en una película muda.

--Sube tú, yo creo que tomaré un café –le dije, buscando las palabras, despidiéndome en la misma puerta de entrada al Ministerio, buscando ese tiempo de intimidad tan necesario tras un golpe semejante.

Sin embargo después de esta confesión, me sentí algo aliviado. Necesitaba ese café antes de volver a la tarea como si nada hubiera pasado. Sí, me sentía en cierto modo una persona nueva, aunque en ese momento tuviera la mirada perdida en un punto más allá de la taza que tenía entre las manos y a la que daba incontables vueltas. Solo encontraba agradecimiento y amor dentro de mí, por el modo amable con que procuraba no lastimarme, ayudarme a curar mis heridas. A falta de un sí, su despedida me había inyectado esperanza y un enorme agradecimiento a la vida.

Verla respirar y moverse ya era el premio gordo. Saber que existía, que estaba allí, ya me hacía feliz. El saber que era consciente de mi amor por ella me bastaba. A veces lo llevaba mejor, satisfecho por el momento con la idea de que un verdadero amor se contenta con ver feliz a la persona amada, aunque no esté junto a uno. Otras, me costaba un poco más, pero siempre remontaba de algún modo. Su sonrisa, su eterna sonrisa y su mirada me aportaban ese gozo inexplicable que no sabía cómo traducir.

La mente del enamorado queda consumida por la limerencia, —la limerencia, esa palabra inventada por los pragmáticos americanos para llamar al amor romántico de toda la vida—. Esta crea artificios, imagina escuchar una inclinación positiva de la amada al menor síntoma. Cualquier movimiento de cabeza fuera de lo normal, cualquier mirada ¡y no digamos sonrisa! son suficientes. Ellas bastan para despertar todas las fieras que uno guarda dentro, para darles salida verbalmente a falta de otra expresión. ¡Limerencia! No entendería jamás esa necesidad de catalogarlo todo, de poner nombre y gradación a todo para escribir un tratado que poder colocar en una estantería y olvidarnos de él para siempre.

Ese catorce de mayo me sentí sin fuerzas para seguir adelante, para verla todos los días junto a mí. Me había hecho la firme promesa de intentar no hablarla, no mirarla a los ojos, la parte más peligrosa de toda su naturaleza, junto a su sonrisa. Sabía que si me sonreía mientras me miraba estaría perdido una vez más. Logré aguantar, creo, hasta tres días, pero se me hacía insoportable trabajar así. Me levantaba de mi sitio cuando ella se acercaba a coger el teléfono que reposaba sobre mi mesa. Sentirla cerca no ayudaba precisamente. Intentaba usar la impresora más alejada de la oficina para no pasar por su lado. Cuando me preguntaba en relación con algún asunto del trabajo, intentaba dirigir mis ojos a cualquier punto que no fuera su rostro. No quería convertirme de nuevo en esclavo de su mirada o caería a causa de ella, hacia el abismo.

Tras esos tres días empleados en este experimento no pude más y la escribí.

—«Sé que parezco estúpido actuando así, evitando mirarte y demás pero lo necesito. Por lo menos ahora. Gracias por haberte conocido. Ahora mismo tengo el ánimo por los suelos 😢. Me levanté dos veces cuando nuestras compañeras hablaban de la cena porque no podía soportarlo. Quererte es verte feliz aunque no sea conmigo. Lo contrario sería puro egoísmo.»

—«Me duele verte mal, pensar que te hago daño.»

—«No podemos hacer otra cosa.»

«Entiendo que no quieras hablar conmigo, que no quieras mirarme, y echo de menos tenerte como amigo, como compañero, pero claro que te entiendo...»

—«😢😢 Igual cuándo esto pase... pero lo hemos intentado y no ha funcionado.»

—«No soy imprescindible y volverás a ser feliz.»

—«Nunca te olvidaré, aunque sea feliz. Eres parte de mí. Adiós y gracias.»

—«¡Gracias a ti!»

—«Todo ha sido muy bonito. Breve, rápido, pero bonito.»

Volví unas semanas después a repetir la táctica de evitar hablarle. Pero ella me llamó hasta en dos ocasiones un día durante mi media hora de almuerzo para una consulta relacionada con el trabajo, algo que me podría haber enviado por *WhatsApp* igualmente. Me pregunté si quizás quería hablar conmigo de algún modo, que posiblemente me estuviera echando de menos como ya me había manifestado.

La escribí al día siguiente. Como siempre, mis dedos eran los que lo hacían mientras yo, un mero espectador desde detrás de mis ojos, contemplaba la acción fascinado, como si la estuviera viendo en una pantalla.

—«Me siento como un idiota no mirándote ni hablándote. Parece como si encima la culpa fuera tuya. Lo siento. Eres mi mejor amiga. Me he emocionado cuando me has llamado por teléfono.»

—«Yo he perdido un amigo» —parecía triste, lacónica.

—«No, no lo has perdido. Está escondido.»

—«Quizá con el que compartía más confidencias últimamente y con quién me sentía más unida, más cerca. Y duele.»

—«Yo quiero seguir compartiendo cosas contigo. No quiero perderte.»

—«Pero eso te hace daño.»

—«A lo mejor me servía de válvula de escape.»

—«Mi amistad te hace daño.»

—«No, tu amistad nunca. Llegará un día espero en que pueda recuperarla.»

«Yo también lo espero.»

—«Y digo yo...»—escribí, quizá ya envalentonado por sus anteriores palabras— «¿No sería posible que, sabiendo lo que siento habláramos de vez en cuando, nos tomáramos un café y nos conociéramos mejor? Jamás perderé la esperanza... ¡Jamás!»

—«Ojalá fuera posible.»

—«Solo tendrías que aguantar mis piropos. Si tú quisieras, yo por mí lo intentaría. Vale la pena tenerte.»

—«Por mí también, pero como dijiste ayer, ya hemos intentado ser amigos y no ha sido posible.»

—«¿Sí? ¿De verdad? Me encanta confiártelo todo. Eres una buena persona. Quiero intentarlo. Que hablemos. Que nos conozcamos, solo te pido eso.»

—«Con esta conversación ya me siento mucho mejor, de veras, me dolía no poder hablarte y verte triste. Estoy pensando que si me conocieras mejor estaría todo arreglado, no te gustaría 😜»

¿Cómo no conmoverme al releer este texto?

Podía ver en él la tremenda bondad de su alma traducida en letras, el lenguaje necesariamente parco del *WhatsApp* cobraba emoción cuando era ella quién escribía el texto.

Pero ahora, ahora estaba dichoso, dichoso de poder compartir el gozo por la vida, la maravilla que representaba sentirse enamorado, porque enamorarse es algo más que esperar a ser correspondido, es un canto a la vida, al gozo de vivir en plenitud. Es disfrutar con solo ver a otro, fuera de nuestro egoísmo personal, de nuestra parcela personal de intereses. Es como preocuparse por el césped del vecino y no por las propias flores. Qué duda cabe que tiene, sí, su parte egoísta a ratos, pues este sentimiento no es constante, fluctúa como un río, como la propia vida.

—«Por si te sirve de consuelo, no me quito el sentimiento de culpa que llevo encima— continuó ella un poco más tarde.»

Hubo una pausa. Al rato mientras yo estaba todavía preparando mi respuesta me escribió de nuevo.

—«No creo que esto te consuele, qué tontería.»

—«No, todo lo contrario. Tú no has hecho nada. Simplemente existir y hacer que con tu calor humano y belleza haya surgido esto. Además, para que te quites el peso te diría que volvería a hacerlo igual. Me siento agradecido a la vida. Por tener este sentimiento. Y por haberte conocido cariño. Amarte es en sí mismo la recompensa.»

—«¿Por qué pediste este departamento y no el de al lado?»

«Ya... qué cosas, porque tenía que ser así. Supongo que tenía que saber qué vida me estaba perdiendo.»

¿Qué pretendía hacer usando ese lenguaje? ¿Enamorarla como un moderno Cyrano de Bergerac? Si hubiera sido así, hace tiempo que lo hubiera conseguido. Si la vida tuviera la justicia poética que exigimos al arte, hace tiempo que Teresa hubiera sido mía, pero la vida no es así, la vida no imita al arte como decía el bueno de Oscar Wilde, salvo en contadas ocasiones.

23 de mayo

—«🤗 Hoy es uno de esos días que si te miro mucho me caigo dentro de tus ojos.»

Me había levantado poético. ¿Qué le iba a hacer? Me sorprendía descubriendo frases más o menos líricas, más o menos edulcoradas saliendo de mi cabeza, pasando por mi mente. Me sentía un chiquillo mientras se las escribía, mientras se las mandaba con un dulce temblor, mientras esperaba a que ella leyera el mensaje y poder estar allí, a su lado, aparentando concentración en el trabajo mientras ella lo leía con suma discreción.

—«😀»

—«Dime cuatro sitios o cosas que te gustaría hacer en París o que te gustaría volver a hacer...»

—«Subir a la torre Eiffel, ir a la plaza del *Sacre Coeur*, pasear por Montmartre, y cenar en el *bateau mouse*. ¿Se escribe así?»

—«¡Nooo!... *Mouse* es ratón... *Mouche*.»

—«Síííí🤣»

—«¡Hecho!... ¿Y qué tipo de vino te gustaría para cenar? ¡¡Tengo contactos en Maxim's!!» Estaba realmente delirando, pero seguía adelante, incapaz de destrozar ese momento encantado, irreal.

—«Blanco en verano. En invierno Fiona.»

—«Perfecto.»

—«Fiona nooooo, rioja...🤣🤣🤣🤣»

—«Se lo encargaré al *sommelier*, descuida.»

—«Je, cuando estuve, no hubo forma de reservar en Maxim's, pero tomamos café en Minim's, la cafetería que tienen al lado 😁. Y con el *bateau mouche* pasó lo mismo.» —continuó—, «pero dimos el paseo en él.» Había ignorado mi delirio amoroso o por lo menos no se sentía incómoda. Eso me producía una tremenda sensación de cercanía hacía ella.

—«Unir el pasado y el futuro —escribí.»

—«Ay, me parto 😆 Lo que hace la ficción y el *WhatsApp*»

—«Ya ves... Y mi imaginación.»

Y yo me preguntaba, ¿por qué me seguía el juego? ¿Simplemente se sentía halagada como cualquier mujer o era algo más? ¿Era un tipo de relación platónica la que teníamos? ¿Una especie de juego inofensivo del que no quería salir?

Seguimos del mismo modo. Era demasiado excitante ahora como para dejarlo mientras aparentábamos estar los dos trabajando ante nuestras respectivas pantallas.

—«Y la poca vergüenza jajaa...» —escribí—. «Ya he hablado con Pierre y nos reserva una mesa estupenda!»

—«👏👏👏👏👏 ¿A qué hora dices?»

—«El sábado a las nueve. Me ha encontrado una botella de Fiona de la mejor cosecha...»

—«😂😂😂😂» —¿Parecía divertida por la situación o eran imaginaciones mías?

—«Jajaa... Detrás de un gran hombre siempre hay una gran mujer... Ya sabes» —apunté.

—«No me cabe la menor duda. ¡Cómo están hoy los dedos! 😂»—dijo en clara referencia a la rapidez y extensión de mis respuestas.

De una anotación a otra apenas habían pasado unos pocos días, pero los cambios en mi humor eran notables, tan pronto estaba en lo alto de la ola como me hundía en la más profunda desesperación, intentando sobrellevar el día lo mejor posible, a duras penas haciendo esfuerzos para aparentar normalidad ante mi mujer, y descansar, únicamente ser capaz de descansar al dejar caer la cabeza sobre la almohada y cerrar los ojos para, durante unas pocas horas apartar ese pensamiento obsesivo de mi mente.

—«¡¡¡Gracias por una maravillosa mañana!!! El cielo debe ser algo muy parecido.»— le escribí aquella tarde.

—«Gracias también a ti, lo he pasado genial esta mañana.»

Ver estas palabras escritas por ella me alegraban la vida cada vez que las leía. Era como un encantamiento que se hacía realidad con la mera pronunciación de estas, con solo imaginarla escribiéndolas.

2 de julio

—«¿Sabes? Viendo las cosas fríamente prefiero quedarme como estoy contigo que dejar de verte cada día. Aunque algún día lo pase mal, vale la pena por lo que gano a cambio. Además, eres mi mejor amiga.»

—«No sé qué decirte.»

—«Y siempre viviré con una ilusión. Es mejor vivir con ilusión que con desesperanza.»

—«No, eso no lo pienses, te hace daño.»

—«¿No? ¿Él qué me hace daño?»

—«Pensar que hay posibilidades.»

—«Ya...»

—«Eso no se puede forzar.»

—«Lo sé... Pero estoy programado así... Ja, ja, ja.»

—«Piénsate lo del traslado. Me preocupas con esos cambios de ánimo. No te convengo cerca.»

—«Ya no digo nada. Me dijiste que tuviera la cabeza serena.»

—«Creo que soy perjudicial para ti. Mantén la calma. Te vi mal esta mañana.»

—«Estoy irritable porque a veces veo la realidad y no me gusta. Pero necesito verte. Día a día. Estuve mal, sí. No me gusta que me veas así, no soy yo.»

—«En fin, te dejo descansar que a mí me toca salir ahí fuera a regar. Enseguida tengo que recoger a Manuel para llevarle al médico.»

3 de julio

Habían pasado varias horas sin que me hubiera contestado a mi saludo de buenos días.

—«Entiendo que quieras reducir el contacto, pero te siento molesta conmigo. ¿Es algo que he hecho?» —escribí al cabo de ese tiempo.

Pasaron varios minutos y seguía sin contestar. Ahora que leo estos mensajes un año después comprendo que debía estar reflexionando sobre la conversación del día anterior, pensando en la responsabilidad que ella también sentía. Pero seguí insistiendo, inconsciente de lo que estaba pasando por su mente.

—«Bueno, entiendo que algo he hecho. No sé por qué no me contestas.»

Por fin la respuesta, un poco más tarde.

—«Ernesto, no estoy enfadada contigo. Esto me está afectando cada día más, y no veo que la amistad que te ofrezco sirva de mucho. Hasta hace poco me preocupaba que te sintieras mal, pero últimamente me preocupo también por mí, y esto me supera. Ayer no entendí nada de lo que pasaba, incluso en lo que me escribiste me pareció ver algún reproche. No soporto las presiones y mi vida ya es demasiado complicada como para llevar esto.»

—«¡Qué va! Reproche ninguno. Te has portado como una amiga de verdad. Siento que tengas problemas. De verdad. Eso me duele más que lo mío. Estoy tomando tranquilizantes, por eso me habrías notado algo raro hoy. Por nada del mundo quiero hacerte daño. Y de nuevo lamento que algo te sonara a reproche. Sería por no vernos cara a cara. No te escribiré nada, quiero que estés bien. De verdad. Ahora mismo me importa tu bienestar más que el mío.»

—«Gracias.» Una respuesta breve, escueta.

Me quede con un sabor amargo. Era la primera vez que hacía daño a la mujer que amaba sin quererlo.

CAPÍTULO 16

UN DIA DE LLUVIA

4 de febrero

Hoy he disfrutado del premio gordo... he salido con ella a comprar algo de comer para celebrar mi cumpleaños con mis compañeras. Tere ha estado conmigo, a mi lado, caminando.

No podía dejar de mirarla por más que lo intentara.

Más tarde, cerca ya del final de la mañana, se levantó de su mesa y se acercó a la mía, cada vez más. Sentía un volcán en erupción en mi interior. Estaba tan cerca que podría haberla besado, pero sus movimientos revelaron entonces que solo quería coger el teléfono que estaba sobre mi mesa para llamar al servicio técnico.

Cuando se acerca en momentos así, cuando me mira sonriente, ¿es que no sabe, la condenada, que me está haciendo sufrir? ¿No se da cuenta de que desearía acorralarla y besarla allí mismo, sin disimulo alguno? ¿Qué es lo que pretende diciéndome que no siente nada por mí para, a continuación entregarme su sonrisa, su mirada candorosa que me atrapa? Desde que puso sus ojos en mí me perdí, ya no he vuelto a ser el mismo hombre.

Abro YouTube y busco una canción. Es Julio Iglesias y sí, la canción es *Aún conservo la esperanza de que un día tú me quieras*. ¿Tiene algún sentido este tormento? ¿Por qué parece que disfrutamos retozando en nuestro dolor como cabritillas en el monte?

Por otro lado, cuando la veo con su pareja se me rompe algo muy adentro. Es por lo que procuraba retrasar o adelantar mi salida del ministerio para no verla reunirse con él. Aunque ya hace tiempo que dejé de creer en la vida, en el amor, como justicia divina. No, en mi caso. «Siempre me voy a enamorar de quien de mí no se enamora» citando a otro cantante español.

Hoy he pensado que lo estaba superando, que podría seguir con mi vida como siempre, de algún modo. Pero me sorprendí soñando con ella. En el sueño la perseguía incesantemente, buscando su cara, su rostro, su sonrisa y ella siempre me esquivaba, me evitaba. ¡Qué sabio es nuestro inconsciente, nos da pistas, nos dice que le prestemos atención!. ¿Me estaba diciendo que ella sería siempre la figura, la musa esquiva que me evitaría siempre?, ¿Qué más valdría que continuase con mi vida, que me olvidara de sueños inalcanzables?... Tal vez, pero por otro lado, cuando veía a Manuel caminar junto a ella, no veía a un Dios, sino a un ser humano como yo, de carne y hueso. Cuando miraba la foto de su marido en las antiguas revistas del sindicato veía a una persona cercana. Es ciertamente la proximidad, la probabilidad de que algo se realice lo que nos causa dolor pues nadie se enamora de este modo de una actriz o un actor, de una persona que sabremos positivamente que jamás lograremos conocer o que está totalmente fuera de nuestro alcance.

Vacío... inmenso vacío... esa es la sensación que tengo a veces... un inmenso vacío... como si estuviera hueco por dentro. Intento buscar cuál es la carencia, cuál es la pulsión que me mueve en ese momento y solo siento una profunda nostalgia por algo desconocido. Una pena infinita porque ella no esté conmigo, una desesperanza demoledora, un increíble miedo al mañana, a ver pasar los días, a seguir luchando para volver a tener esperanza, por ver la luz al final del túnel. Miedo a volver a encontrar razones para seguir intentándolo y cuando no es así, razones para abandonar. ¿Cuándo terminará esta inevitable lucha, esta labor de Sísifo siempre intentándolo una y otra vez, unas lleno de esperanzas provocadas por una sonrisa, una cara amable y otras por el silencio de un lunes que me hiere más que a nadie? Cualquier causa, cualquier motivo de silencio por su parte me da miedo, lo atribuyo a su alejamiento y nuevamente estoy preso de mil demonios. Del mismo modo, cualquier comentario amable o jocoso es el final de una partida ganada. Es el anhelado sí o, como muy bien dicen los ingleses es «*hoping against hope*», esperar aún sin esperanza. Esa expresión explica perfectamente mi estado. Cosas de la lengua, tan precisa a veces y tan imprecisa otras. Unas aportan, a veces, en esa perfecta imperfección, lo que otras no tienen. «*Hoping against hope*».

Mi preocupación principal era ahora cómo vivir el momento, superar cada segundo, el día a día. ¿Cómo iba a sobrevivir a una existencia así? Mi espíritu me indicaba dos salidas. La racional y la romántica. Si obedecía a la primera debería de aceptar la realidad, que ella no me quería, no me amaba. Pero decir eso, siquiera solo pensarlo, en aquellos días, era hundirme en la desesperación. No se puede pedir a Colón que regrese a España una vez que ha visto las plantas flotantes sobre el océano que daban prueba de que existía tierra cerca. Había que llegar a ella, enfrentarse a sus habitantes y entonces, sí, solo entonces, después de haber luchado y peleado y haberme quedado sin víveres, sería el momento de volver, humillado a la patria en el viejo barco desgastado por el viaje. La otra salida, más novelesca, pero más sana para mi mente era la salida del héroe, del poeta, henchido de emoción cabalgando sobre un poema o una canción romántica. El héroe que pelea por su dama, haciéndose daño en el proceso pero amando cada momento, cada segundo de la batalla, de la acción.

«—Hay que poner distancia, tiene que alejarse de ella —había dicho rotundo el viejo psiquiatra al que había acudido, no sin cierta amabilidad y mostrándose compasivo— y por favor tenga mucho cuidado con los ataques de sinceridad con su mujer. Ni una palabra de sus sentimientos. En momentos así, la sinceridad no ayuda» —añadió con una voz teñida de cierta empatía.

Esas palabras cayeron como una losa sobre mí. Sabía que era lo lógico, lo esperado, lo oportuno, pero también lo que menos quería oír ahora. Solo la idea de dejar de ver a Tere se convertía en un tormento para mí, una auténtica punzada de angustia que se hundía en mi alma y hacía brotar lágrimas donde antes no había nada.

Era un hombre mayor, de arrugado semblante y escasas palabras, pero me sorprendió su gesto comedido y amable cuando abrí la boca.

—Doctor, me ha sucedido algo que debería ser motivo de alegría para otra persona, pero no lo es en estas circunstancias. Estoy profundamente enamorado de una compañera de trabajo.

—¿Y ella le corresponde?

—No, por desgracia no es así, somos muy buenos amigos eso sí. Tenemos un cierto nivel de complicidad, pero nada más.

Observé entonces las paredes del despacho, revestido en madera, antiguo, con cuadros oscurecidos. Acorde con su edad.

A pesar de estar en el centro de la ciudad con su bullicio, y a pesar de que hacía escasamente un cuarto de hora que había estado en mi lugar de trabajo, me sentí relajado, en buenas manos.

— Y lo que me ha dicho de su idea de escribir un libro me parece una buena cosa. La escritura ayuda mucho como terapia. Le ayudará a sobrellevar esto. No le voy a dar pastilla ni tranquilizante alguno porque, ¿qué voy a lograr con eso? ¿Dormirle? Eso sí, le voy a prescribir unas sesiones de psicoterapia y cuando haya terminado con ellas venga a verme nuevamente a ver cómo se encuentra.

Me levanté y le di un apretón de manos.

—Gracias, doctor por su amabilidad —dije.

Tardé cerca de un mes en recibir la llamada para comenzar la psicoterapia. Por fin, y cuando comenzaba a desesperar, me llamaron de ASISA confirmando que tenía cita en uno de sus centros concertados para comenzar.

La psicóloga, una joven de aire algo tímido, salió a saludarme al pasillo y me acompañó hasta la consulta.

Una vez allí, me hizo preguntas amables a la vez que certeras acerca de mi relación con Teresa.

—Sé que debería alejarme de ella, pero me niego. No quiero dejar de ver a la mujer que me da la única razón para levantarme cada día e ir al trabajo.

—La verdad es que, por lo que veo, tenéis una relación muy especial Tere y tú —dijo.

—Sí, y no quiero perderla, quiero luchar por ella, ser un romántico con todas las de la ley, perseguir mi sueño y todo eso, ¿sabes?

— ¿Y tu mujer, Gloria? ¿Has pensado en ella?

—¿Cómo me puedes preguntar eso? —le dije entre lágrimas— ¿Crees que no he pensado ya en todas las circunstancias, en todas las posibilidades? Si no fuera porque no quiero hacer daño a mi mujer ni a mí mismo no estaría aquí.

Cuando salí de allí, decidí que esa sería la última vez que volvería a ver a la doctora Inmaculada.

. . .

La limerencia, ese estado de amor eterno que parecía ser lo que yo tenía, seguía haciendo de las suyas. Sí, tenían razón, había que huir de esto para seguir viviendo.

De repente me di cuenta de que todo era un terrible engaño. Esta solo era la solución egoísta y pragmática de nuestro siglo para silenciar el amor verdadero, para domesticarlo, reducirlo a la nada, para no sentirnos avergonzados de él. El mundo quería darme un puñal para que fuera yo mismo quien acabara con él.

Y es en días como hoy, cuando me encuentro sin fuerzas para continuar que miro el cielo plomizo, esta vez sin lluvia redentora.

Meses más tarde sentía aún la necesidad de descargar mi conciencia. Encontré un gabinete de psicología cercano al Ministerio.

Esta vez la cosa no pudo ser más distinta.

—En primer lugar, ¿cuál es el objeto de tu consulta? —la doctora parecía confundida después de todo mi desparpajo inicial al relatarle mis circunstancias.

—Quisiera saber si lo estoy haciendo bien, sólo eso.

—Mira, Ernesto, no te atormentes. Lo importante aquí aparte de que no hagas daño a nadie, es cómo te sientas tú. Ten en cuenta que por la cabeza de tu mujer pueden pasar cosas similares de las cuales tú no puedes tener control alguno.

Salí de la sesión con mi autoestima intacta, lo cual en sí y después de mis experiencias anteriores no era poco. Me sentí entero, casi honrado por llevar este sentimiento dentro de mí, ese sentimiento que quería ser gritado a los cuatro vientos.

Sabía que Tere era curiosa como toda mujer así que siempre solía mandarle los mensajes con algo de suspense, con algo pendiente de decir en ellos, escondido detrás de la última palabra para que la conversación fluyera.

Un día, para no faltar a la costumbre le escribí algo, una redacción o uno de mis antiguos escritos, no recuerdo cuál y se lo dejé escondido detrás de la botella de agua que había en su mesa.

—«No sabía que tenías dos tipos de agua» —le dije en un mensaje tratando de provocar su curiosidad.

—«🧐?» —me contestó con rapidez.

—«Para beber. Y para el alma» —poético y directo.

Unos segundos de espera mirando la pantalla hasta que, al ver que estaba escribiendo una respuesta, mi esperanza renació. Esa línea superior, prometedora, que anuncia que un mensaje destinado a nosotros se está fraguando en ese momento.

—«Fantástico, triste, pero fantástico, ¡qué forma de escribir!» —me escribió—. «Porque no llevo sombrero, si no, me lo quitaba.»

—«Te puedes quitar otra cosa...» —bromeé siempre al quite, esperando la oportunidad.

—«🤣»

—«Un beso cielo» —dije, todo derretido ya, sabiendo que estaba compartiendo cierta intimidad con ella.

—«Otro para ti.»

—«Hoy me siento muy cerca de ti.»

—«Y yo te he echado de menos estos días en los que casi no me hablabas»— dijo en referencia a otro pobre intento por mi parte de crear distancia.

Sonaban esperanzadoras esas palabras viniendo de ella. Era lo más cercano a un beso, a una caricia.

—«Gracias... Intentaba alejarte de mi mente. Pero no puedo.»

—«Pero entiendo que no puedes o no debes mantenerme cerca. Y se acepta.»

—«Me alegra estar contigo» —escribí, mis ojos leyendo una y otra vez sus palabras sobre la pantalla de mi móvil.

—«Pero cuando esto ocurre te echo de menos.»

¡Otra vez me dice que me echa de menos! Sabía que no era en el sentido que yo deseaba, pero aun así, las palabras escritas sonaban como si se hubieran pronunciado llenas de emoción y calor. Un auténtico regalo para el oído. Mientras las leía sentía cómo mi amor crecía.

—«Nos queremos en esa otra dimensión donde todo es posible —le dije, ya completamente desbordado—. Yo te entiendo también. No debe ser fácil para ti. Ojalá todo fuera más sencillo. Te quiero tanto... Si tú quisieras lo dejaría todo por estar contigo.»

—«Ahí es donde empiezo a sentirme culpable. No sé si estoy haciendo algo que te haga pensar así. Y siento que al decirte esto vuelvo a perderte.»

¿De verdad había llegado a apreciarme tanto? Me sentía tan confuso. Pero no podía decírselo. Era un bálsamo que me hablase así, era como una caricia sobre mi piel que, a falta de un beso apasionado, de un abrazo era algo muy valioso y lo sabía.

—«No te sientas así... No me perderás nunca. Solo necesito tiempo.»

—«Me alegra leer eso.»

—«Quiero solo que sepas que siempre te esperaré. Y que eres una cosa maravillosa en mi vida.»

—«Espero que el psicólogo al que visitas te aconseje bien.»

—«Ya no voy porque me ha dicho que ya lo tengo bien canalizado —mentí—. La amistad y la cercanía que siento ya me sirve. El poder compartir contigo mis deseos me ayuda mucho. Y esto no es algo pasajero. Solo que tengo que aprender a vivir con ello de un modo sano.»

—«Una vez más me alegra esto que me dices.»

—«Saber que tú sabes que estoy aquí es suficiente. Es lo que te escribí. Solo prométeme que si alguna vez es recíproco me lo dirás.»

—«¡Hecho!»

—«Guay.»

—«¿De verdad te ha dicho el psicólogo que escribas? —me preguntó un día.»

—«Sí»

—«También te habrá dicho que no te conviene hablar conmigo, ¿verdad?»

Escribir había dicho Tere— ¡vaya sí escribí! Escribía con rabia, con furia, con pasión. Vengándome de la vida, del destino, de las circunstancias que se oponían a que Teresa fuera mía. A ratos me odiaba a mí mismo también, me consolaba pensando que al menos, el fruto de este amor tendría un hijo. Un libro que permanecería mudo y silencioso hasta que sus páginas se abrieran.

Escribí en el móvil, en el ordenador, marcando así en cada día un pequeño hito, un breve alivio para alejar la pena, el tremendo pesar en el que se había transformado mi vida.

Supe entonces que había descubierto mi musa particular. Gracias a ella, recuperé la sed de experiencia, despertó mi genio creativo. Tenía que escribir, traducir mi amor, hacer algo con él y mostrarlo al mundo. Poco a poco la idea original se fue transformando. Ya no escribiría solo para calmar mi pasión interior, como terapia, como efecto balsámico, no. Ahora iba a escribir en serio. Me propuse hacer una novela poniendo en ella todo el esfuerzo necesario, ocupando en ella, cuál hija que era del amor, todo el tiempo que fuera menester. Iba a convertir mi vida en un acto de amor. Las palabras se me agolpaban presas de esa pasión. Estaba seguro de que después de esta seguirían otras historias, todas motivadas por esta, mi musa, por este momento de mi vida, por todas estas locas ideas cruzadas que Tere despertaba en mí cada vez que me miraba. Tenía que hacer que el destino pagara por cada abrazo no dado, por cada beso soñado y guardado en mi interior, por cada «te quiero» suprimido, ahogado.

Tenía que vengarme de la vida por haber repartido mal las cartas, por haber cargado los dados, porque mis fichas no eran las ganadoras, porque mi caballo no había salido a tiempo cuando se dio el pistoletazo de salida.

¿No había intentado ser una buena persona toda la vida?

Y sabía muy bien cómo vengarme del destino. No iba a escribir un mero diario descargando mis penas, no iba a garabatear ideas al azar. Me concentraría en dar lo mejor de mí en cada palabra, en cada expresión, en cada párrafo que tradujese mis sentimientos. Pero además iba a contar la historia a mi modo, sería mi versión. La contaría como Dios jamás se habría atrevido a contarla, iba a jugar a ser un pequeño dios, cambiando el destino, nuestro destino.

Esa sería mi venganza.

Sí, seguía escribiendo, plasmando mis pensamientos, mis obsesiones, pero había algo que me torturaba. Porque sabía a ciencia cierta que por mucha imaginación que quisiera poner, por pasión que pusiera en la escritura, había sensaciones que jamás podría reflejar porque jamás las había vivido o experimentado como sentir su piel al amanecer, o la inefable sensación que debía ser la de introducir mi mano entre sus piernas la primera vez, acariciándola... Sentirme dentro de ella, sentir sus besos, la temperatura de sus labios, ¿cómo se narra eso? ¿Cómo se describe? Se puede extrapolar de otras experiencias, pero eso no sería más que un ejemplo de autocomplacencia, de engañarme a mí mismo una vez más sabiendo a priori que el resultado no iba a ser más que una mentira. Un falso reflejo del sentimiento que tendría en esa vida que tanto ansiaba y que no había vivido.

Y lo peor de todo es que sabía que tendría que seguir viviendo así, que la vida no es como en los libros ni en las películas románticas. La vida es imperfecta y nuestra naturaleza ha de vivir con esa imperfección.

Y yo, tendría que vivir con esa carencia hasta el fin de mis días.

1 de junio

Poco después le mandé una canción que me encantó: *Teresa* del italiano Sergio Endrigo. Para mí había sido un desconocido hasta hacía poco, pero esa canción, triste, romántica y resignada me llegó muy hondo. En ella se narra el anhelo del amado de estar únicamente sentado cerca de su amada. Teresa.

Ella intentaba escucharla acercando su teléfono al oído, mostrándome su perfil. Se la había dedicado y enviado momentos antes. Era todo un poema ver el modo en prestaba atención, su mirada concentrada, la oreja pegada al móvil. ¡Estaba tan deseable en ese momento!

—«¡¡¡Por fin he podido oírla!!!! —me escribió al fin— No la conocía, es muy romántica.»

—«¿Has entendido la letra? Ayer estaba tarareándola todo el rato en mi cabeza.»

—«No todo, pero sí lo esencial.»

—«😃 Me encanta cuando dice algo así como «me gusta estaré a canto te». Al lado de ti.»

—«Y ahí la tengo, ¡¡qué no se va del oído!!!!»

—«Ja, ja, ja, ¿Sabes? Igual voy a la cena. Me apetece con locura estar contigo.»

Se trataba de una cena que nuestro departamento había organizado. Yo le había manifestado unos días antes mis dudas acerca de acudir a la misma pues tenerla cerca de mí en esos momentos era una cosa que deseaba y a la vez intentaba evitar.

—«¿Cuándo era?»

—«El miércoles.»

—«¿Este?»

—«Sí, sí. La próxima semana.»

—«¡¡¡Valiente!!!!»

—«Por ti lo que sea. Gloria quería venir, pero creo que la he convencido de que no lo haga.»

—«No puede, no es de aquí ... No está convocada.»

—«Nada, nada... Tú y yo juntos.»

—«Eso son cosas del departamento 7... Y el nuestro es el 2 😆😆😆😆 ¡Anda que no hay diferencia! 😆😆😆😆»

—«Tú y yo juntitos. Aunque luego le dé 20.000 vueltas a la cabeza. ¿Te apetece a ti tb?»

—«Ya serán 19.999 🤣 Yo quiero que hagas lo que te apetezca.»

¿Quería decir esto lo que yo pensaba? ¿Qué bajo la apariencia, bajo el nombre que quisiera darle, amistad, compañerismo, cariño... quería estar conmigo también?

—«No pudiendo estar completamente a solas tú y yo esto es lo segundo que más me apetece. Una cena. Poder mirarnos a los ojos sin que haya un expediente de trabajo entre nosotros.»

—«Acuérdate de la realidad de vez en cuando.»

—«Me acuerdo todo el tiempo por desgracia.»

—«Soy una aguafiestas 🤗»

—«No soy tan ingenuo.»

—«Lo sé.»

¿Qué hay más silencioso que la lluvia de un martes a las nueve y cuarto de la mañana?

Tímida y frágil cae frente a las ventanas.

Nada en apariencia tan quebradizo como ese silencio hasta que alguien lo rompe.

Mientras dura ese silencio soy feliz. A través de la lluvia te siento. A través de la lluvia atravieso el tiempo, los recuerdos, las infinitas posibilidades del ayer y del futuro.

Una sensación de paz me invade y siento que todo está bien con el mundo.

Sólo noto eso los días de lluvia.

Porque en la lluvia te encuentro a ti.

En esos días de lluvia tras atravesar las calles con cuidado, previendo en que momento abrir o no el paraguas, el cielo, las casas y mi entorno se ven a través de una mampara mojada. Podría estar en cualquier sitio y época. Todo ha perdido el contorno de lo cotidiano. El mundo es mágico.

Se transforma en un mundo del norte.

Y quizás, al doblar una esquina pueda verte, esperando con un cigarrillo en la mano. Quizás hasta tengas una Paulaner y hayas pedido un cortado con leche fría para mí, esperándome.

En días así es posible creérselo todo. En días así no necesito refugiarme en la ficción.

Tengo la lluvia.

CAPÍTULO 17

UNA CENA MÁGICA

La esperada cena fue el ocho de junio, lo recuerdo muy bien. De hecho recuerdo todo lo que pasó aquella noche con claridad, como si hubiera tenido lugar ayer.

Fui caminando con alegría hacia el mercado Central, atravesando las calles de esa parte vieja de la ciudad, intentando guardar en la memoria con fidelidad cada momento y paso que iba dando, cada escaparate con el que me cruzaba. Iba a ser una gran noche.

El tiempo corría demasiado rápido. Hubiera sido mejor que se ralentizase, que esa tarde fuese eterna porque sabía que la iba a revivir mucho tiempo después.

Recorrí la calle Quintana buscando con la mirada el número, el lugar donde íbamos a cenar. Caminaba gente cerca de mí. Una señora amable con un bolsito rosa me sonrió al cederle el paso en un momento dado. Una buena premonición, quizá. Por fin descubrí el sitio, casi llegando ya al mercado. Un lugar pequeñito, a mano izquierda. En su interior sólo había dos mesas grandes con sillas altas y luego otras más pequeñas según se estrechaba el local.

—Buenas noches —dije dirigiéndome al camarero que se había acercado—. Tenemos una reserva a las nueve y media para seis personas. ¿Sería posible sentarnos en esta mesa que se encuentra junto a la ventana por favor?

—Sí, desde luego, no hay ningún problema. Ya la voy preparando entonces.

Ya había estudiado el lugar donde se iba a producir la magia. Ya tenía el escenario a punto. Me sentía como si fuera a salir a escena cuando, acompañado por mis compañeros de reparto interpretase emocionado la obra. Durante unos minutos, crearíamos magia sobre el escenario.

Cuando llegué al mercado central no había nadie aún, así que cogí el móvil y le mandé un mensaje:

—«Ya estoy... El primero. Je, je, je.»

—«Y yo la segunda. Estoy ya. No te veo.»

La vi entonces venir caminando, llegando frente al BBVA que se encontraba en la esquina.

Era casi nuestra primera cita.

Teníamos nuestra edad y a la vez no teníamos ninguna.

Le di un beso y la toqué con suavidad con la mano izquierda, sintiéndola por unos breves segundos.

Me deleité en esa sensación curiosa y al mismo tiempo nerviosa que te hace desear que el mundo se pare, que nadie interrumpa ni hable a la persona objeto de nuestro interés. Que el tiempo se detuviera unas horas.

A partir de ahí ya todo fue historia. El tiempo lamentablemente seguía su curso.

Tuvimos unos breves instantes en los que intercambiamos unas pocas palabras triviales hasta que sonó un claxon. Era el coche de nuestra compañera Silvia conducido por su marido.

A intervalos fueron llegando las demás y por fin nos dirigimos al restaurante. Ella de modo totalmente natural se sentó a mi derecha, junto a la pared.

Era una mesa estrecha con sillas altas sobre las que nos sosteníamos como en un palo de gallinero. Pero todos estábamos a gusto. Tenía a Teresa a mi derecha. Lo comprobaba una y otra vez para creérmelo.

Hice un esfuerzo constante durante toda la cena de mantener la conversación general mientras mi mente iba por otro lado y volvía hacia ella, una y otra vez.

En un momento dado alguien comenzó a hablar del modo en que nuestros padres se habían conocido.

—Los míos se conocieron en la romería que se celebra en la ermita que hay entre sus dos pueblos —me dijo Tere entonces—. El de mi madre se llama Montorio y el de mi padre, Quintanilla.

— ¡Vaya! Suena romántico —dije.

Recuerdo aquella noche como un regalo. Así sentiría todos y cada uno de nuestros encuentros. Como actos de amor entregados sin esperar nada a cambio, nacidos de cierto cariño que evidentemente me tenía. Eso no lo dudé nunca, como tampoco me engañé al respecto ni lo confundí con otra cosa que no fuera un sano aprecio. Había hecho de la cena un regalo para mí, me dedicaba comentarios, miradas cómplices, sonrisas y hasta un par de *selfies* que ella misma hizo con su cámara. Yo, embriagado por las sensaciones que me despertaba, disfruté de la noche y de la cena como nunca lo había hecho. Hacía tiempo que no recordaba algo así.

Lo que me confundía era la sensación de que ella parecía estar a gusto conmigo, de disfrutar sinceramente de mi compañía. ¿Estaba yo tan engañado dentro de mí? ¿Era todo producto de mi propio deseo, de mi ilusión o había algo más?

Salió Tere a fumar durante un cuarto de hora más o menos con otras dos compañeras. Un intervalo de tiempo que se me hizo eterno, mientras adivinaba y veía su silueta a través de la ventana del restaurante.

Cuando volvió a entrar me tocó en el hombro con complicidad, mientras retomaba su asiento junto a mi.

—¿Cómo estás, compi?

No me explico que nuestras compañeras no se dieran cuenta. Me parecía tener mis sentimientos escritos en la frente. Procuraba hablar con todas a la vez en la medida de lo posible, que no era mucho.

Durante la velada no pude evitar que mi mano derecha tocara su pierna en un par de ocasiones aunque intente reprimir ese impulso lo máximo que pude. Deliciosa tentación.

Estuve sí, a punto de besarla mil veces. Mis ojos seguían su boca mientras hablaba, mi pensamiento seguía lo que decía y cuando me di cuenta estaba a escasos centímetros de su boca. Aun así, no pude reprimir mi deseo y volví a acariciar su pierna brevemente una vez más.

—¿Hay alguna cosa que desearías haber hecho durante mucho tiempo y que no has podido hacer?—le pregunté.

—Pues me hubiera gustado tener un sitio para cuidar animalitos. Eso me hubiera encantado —dijo con todo el candor de que su rostro era capaz.

Me contó acerca de los viajes que había hecho a Cantabria junto a su marido y unos amigos. De la noche en que se fue a Denia con un noviete y su pandilla cuando tenía unos escasos veinte años y cómo tuvieron que dormir en el coche. Recordé aquella vez en que me sucedió algo similar. Debía ser algo de la brisa dianense la que crea este tipo de coincidencias.

Finalizó la cena. Estábamos ya en los postres.

—¿Nos hacemos un *selfie?* —dije.

—¡Venga! —dijo ella, cogiendo mi cámara.

¿Fue casualidad o fruto del aprecio que me tenía que solo nos enfocaba a los dos, a pesar de esa?

Cuando terminó la velada salimos a la calle. Sentí el frescor de la noche en el rostro. Estuvimos hablando en la acera. Me acerqué a ella entonces, simulando la más absoluta naturalidad. Nos habíamos quedado un poco apartados del resto tal y como yo quería.

—Gracias por esta noche. Ha sido todo un regalo.

Me sonrió sin decir nada, con ese gesto que siempre usaba para restar importancia a este tipo de situaciones.

Nos fuimos despidiendo.

—¿Entonces te dejo a ti primero y luego a Tere? —dijo nuestra compañera Isabel mientras abría la puerta del coche.

Mi mente ardía. Vi la oportunidad que estaba deseando, que había anhelado.

—No, déjanos a los dos donde mi coche y ya llevo yo a Tere a su casa —dije con normalidad mientras tomaba en la parte trasera.

Y así fue como ocurrió. El coche se detuvo a la altura de la antigua estación de Murcia donde Tere y yo nos bajamos.

—Te has pasado un poco esta noche pillastre —fue lo primero que me dijo al quedarnos a solas, en clara alusión a mis torpes roces sobre su pierna y otros avances por el estilo.

—¿Yo? —dije con voz inocente.

Y después... ¡Qué maravilloso tiempo extra ganado con ella! ¡Qué maravilloso el breve paseo desde que nos dejó nuestra compañera hasta el coche! Esto era el tiempo de prórroga y había que disfrutarlo.

—¿Puedo fumarme un cigarro antes de que nos vayamos? —me dijo.

—Por supuesto, no tenemos prisa ninguna.

Y allí, al pie de mi coche, tranquilamente los dos, encendió un cigarrillo mientras examinaba mi nuevo coche.

—Me gusta el color. Ya te dije que soy muy aficionada a los coches — dijo inhalando el humo mientras inspeccionaba con aire crítico el vehículo, dando un paso atrás para verlo con mayor detalle bajo la luz pálida de la farola frente a la cual estaba aparcado. La había visto fumar muchas veces cuando salíamos a tomar café juntos, pero nunca me pareció que lo hubiera hecho mejor. Fue como si fumase para mí mientras observaba el coche con interés.

Jamás volveré a decir nada sobre el hábito de fumar. No puedo hacerlo sin el peligro de estropear su recuerdo de aquella noche mientras fumaba. Estaba especialmente atractiva.

La noche había vaciado la calle Eusebio Sempere donde tantas veces había aparcado. Estábamos solos. La calle tenía ahora un tono distinto.

Había tenido a Teresa cerca de mí en otras ocasiones, pero nunca la había sentido como aquella noche.

—Lo he pasado muy bien —dijo tras detener el coche en la puerta del garaje de su su casa mientras salía del coche tras darme un beso, envuelto todo en una oscuridad complice y callada.

Puedo recordar perfectamente ese beso. Puedo revivirlo todos los días que quiera. Es fácil. Solo tengo que cerrar los ojos. Solo eso y ahí está mi querida Teresa besándome otra vez.

Se dirigió al portal y abrió la puerta.

Y de este modo desapareció en la noche.

Y me dejó estas dulces memorias.

Conduje como un sonámbulo en dirección a casa. Mi mente volaba, presa de cada detalle de aquella noche, mis manos tomaban el control, mientras mi pensamiento viraba hacia otro destino completamente distinto. Las luces del coche nuevo alumbraban la carretera que parecía construirse delante mío a medida que la recorría. Me preocupaba Gloria. No quería que percibiese nada al acostarme a su lado y poner mi culpable cabeza sobre la almohada. Y siempre, ahí, en todo momento la voz de Teresa y su mirada delante de mí.

Esa noche me embargó una sensación de amor inmenso al acostarme que no me dejó conciliar el sueño. Me daban ganas de llorar y no podía hacerlo, no en ese momento.

Si tuviera que explicarlo diría que era una mezcla de felicidad plena y tristeza. Una emoción absolutamente sublime y agridulce.

Sentía una presión en el pecho. Suspiraba tratando de recuperar la cadencia respiratoria normal. Una cierta impotencia al saber que no iba a poder hacer nada al respecto, se apoderaba de mí.

Aún siento su presencia junto a mí, la tibieza de su piel, su olor, tan cerca, tan cerca...

Olía a madrugada fresca, a cariño recién horneado.

Y tan lejos.

Del diario de Laura Valés

> «Lo que yo presencié en aquella cena fue una pareja enamorada, una relación, una increíble complicidad. Lo que después me contó Ernesto mientras tomamos aquel café aquella mañana, mientras daba vueltas en sus manos al sobre de azúcar sin abrir, no cuadraba con lo que yo presencié. ¿Me podían haber engañado mis ojos? ¿Me había estado fallando mi femenina visión?
>
> Lo que descubrí en mi compañero fue una sensibilidad a flor de piel, un amor escondido, hiriente. Desde mi perspectiva, sentía dolor, impotencia. Esas vidas no me pertenecían ni nadie me había pedido consejo alguno. Por otra parte, no creo que hubiera estado en condiciones morales de darlo.»

Al llegar al trabajo al día siguiente me poseyó la emoción. Lo primero que hice al abrirse el procesador de textos fue escribir, vomitando lo que tenía dentro. Sensaciones locas, irracionales, pero supervivientes de la pasada noche, buscaban su expresión en la página, materializarse. No quería dejar de vivir, de sentir.

—«Estoy caminando sobre nubes... ¡Por favor, cuanto te quiero!»—, le escribí a primera hora de la mañana.

—«😍😍😍😍:—)» —esa fue la respuesta. ¿Cómo interpretar sus emoticonos? Tendría que estudiarse esto en las universidades. La mente de una mujer usando los emoticonos es como para terminar de volver a uno loco del todo. ¿Dónde está el matiz, la gradación de significado? ¿Dónde la interpretación errónea? ¡Qué fácil es hacerse ilusiones ante una carita risueña, ante un beso repetido, mal colocado fuera de contexto! Y así, seguimos viviendo, forjando sueños... Dos modos de percibir la vida y los sentidos en la eterna lucha entre la visión del mundo por el hombre y la mujer.

Delante mis ojos tenía el *selfie* que ella misma había tomado. Los dos sonriendo ante la cámara. Se lo envié con un comentario.

—«Ya sé que es producto de mi imaginación calenturienta, pero no hacemos mala pareja!!»

Le hice entrega poco después de una carta de amor que acababa de escribir esa misma mañana. En ella reflejaba mis confusos sentimientos de la noche anterior, todavía tan calientes, tan arrebujados en mi memoria. Escribía golpeando el teclado con fuerza, una palabra tras otra, poseído por ellas, como si me salieran solas. Tenía que hacerlo mientras los focos del coche, de ese coche que me había guiado a un destino distinto e incierto durante la noche estuvieran todavía encendidos. Pero esta vez era diferente. Me dolía escribir. Cada sensación, cada segundo de la cena estaba todavía vivo en mi interior.

—«😜. ¡Por Dios, qué bonito!»

—«Son dos páginas.»

—«No merezco esas palabras. ¡Gracias!»

—«¡¡Claro que si!! Jajaa, Gracias por ser tú.»

—«No había visto la segunda página. ¡Voy!»

—«Lo he escrito esta mañana. Tiempo récord.»

—«Esta segunda página me da tristeza.»

—«Era la primera en orden de escritura.»

—«Ya, lo he leído al revés 🙃 Lo digo por lo que dices de si entre tú y yo hubiera un hálito...

—«Y...?»

—«Por nada del mundo quisiera hacerte daño y no sé si inconscientemente lo estoy haciendo.»

Media hora más tarde, cuando salí a desayunar me volvió a escribir:

—«Acabo de releer tu carta.»

—«Ah vale... ¿En el sentido correcto?»

—«Insisto en decir que no lo merezco.»

—«Quería plasmarlo mientras lo tenía fresco en la mente, pero en alguna cosa no teníamos que estar de acuerdo.»

—«😃😃😃😃.»

—«Eso es casi como convivir... Falta la cama, pero para eso está la imaginación. De nuevo, gracias por leer la carta.»

—«Ha sido un placer.»

—«Un beso, amor.»

He vuelto a pasar por ese lugar a distintas horas del día desde entonces, lo confieso. Algo me empuja a volver a visitar los lugares donde he sido feliz aunque eso me cause a veces cierta mórbida sensación agridulce. Sin embargo, sucede, como en el cuento de la rana y el alacrán, que esta es mi naturaleza y ya es un poco tarde para cambiarla. Me gusta recrear esa escena con ayuda de la realidad, no fiándolo todo a la memoria. Sentir el asfalto bajo mis pies mientras miraba el lugar que ella había ocupado hacía más real ese recuerdo.

No sé si fue buena idea ir a la cena o no, lo que sé con certeza es que estuvimos juntos, y en mi memoria quedará para siempre ese momento maravilloso. Ella a mi lado y yo, con esas ganas tremendas de besarla y de acariciar sus labios. Mi razón, sin embargo, cual jinete que tira de las riendas, ponía freno para no imponer a Tere nada que ella no quisiera.

Sabía que cosas similares ocurren en la vida, pero nada, absolutamente nada me había prevenido para este momento. Sentía un dolor intenso, fuerte como un puñal clavado en el pecho que me impedía respirar, continuar. Sabía que había encontrado por fin a la mujer de mi vida, pero también era consciente de que nunca sería mía. Amaba a otro, había amado a otro. Nos habíamos cruzado innumerables veces en esta ciudad, pero nunca me tocó a mí ese feliz encuentro.

Acompañaba también a esta reflexión la idea, absurdamente calificada como madura de saber que vivir suponía tener que levantarme cada mañana con esta sensación, con la conciencia de estar en otra dimensión.

—Imprímame dos copias por favor y estas otras dos fotos son para el centro del disco.

—¿Le parece bien como quedan así? — me dijo el diseñador tras haber compuesto la imagen, mostrando en el ordenador el resultado buscando mi visto bueno.

Me encontraba en una imprenta especializada en imprimir portadas de CD, así como para el disco en sí. Se me había ocurrido algo. Otra de mis ocurrencias.

Las canciones de Sergio Endrigo y Juan Pardo, ambas llamadas *Teresa*, despertaron mi curiosidad. Busqué en internet todas las canciones que llevaran su nombre en el título y tuve la suerte de encontrar unas veinticinco. De modo que, tras comprarlas en iTunes compilé dos CD con ellas y un tercero con aquellas melodías que, en alguna ocasión había compartido con ella.

Un día en el trabajo aproveché para sacarle una instantánea de perfil mientras estaba hablando con Claudia. Esa sería la foto de la cubierta.

Luego todo fue cosa de ir encajando las canciones en los discos, ponerlas en el orden más conveniente y redactar la parte trasera de los álbumes.

¿El título de la obra? Bien sencillo, ya que estaba lleno de canciones en varios idiomas dedicados a ese nombre debía de ser *El mundo canta a Teresa*. El segundo disco con una apropiada portada sobre París sería *Siempre nos quedará París*.

Pensaba con mucha ilusión en la cara que pondría Teresa cuando los viera, cuando los tuviera en sus manos, cuando pudiera percibir, a través de las canciones, toda la dedicación que había puesto en ella. No era yo tan iluso como para pensar que eso cambiaría las cosas a mi favor, pero sí ansiaba que al menos pudiera vislumbrar el interior de mi ser un poco más.

Y así llegó el día.

28 de junio

—«Hoy es el día que te traen el picardías que encargué!»

—«😂😂😂😂😂😂»

—«¡Ya verás a que me he dedicado este finde largo!!»

—«¡A saber!...»

—«Espero que te guste... Lo he hecho con mucha ilusión. Luego lo dejaré en el cajón mágico —dije en referencia a su cajonera, donde hasta ese momento había ido depositando mis cartas.»

—«Ten cuidado con el cajón. Te han visto dejar cosas...»

—«En la estantería entonces mejor. Ya te diré el número de expediente donde lo meto.»

—«Ok.»

Cuando llego el momento se levantó con discreción y rebuscó en la estantería a sus espaldas, buscando a qué tipo de expediente podía haberme referido. Me miró con cara de pedir ayuda, así que le escribí:

—«Es uno gordo detrás de ti, abajo a la derecha, el último.»

—«A ver cómo lo hago.»

—«Uf, difícil, Irene está al loro. —Irene, la compañera que se sentaba a su derecha siempre parecía tener en su radar todos los movimientos que se desarrollaban en torno a la mesa de Tere.»

—«Sí 😅 Sí, noto miradas.»

Pocas horas después comentaba Tere con esa misma Irene la costumbre que tenía en verano de ir desnuda por la casa. Contaba que su pareja, Manuel, también lo hacía y entonces sentí la urgente necesidad de salir de la oficina para ir al aseo. Huir de esta parte de la conversación. Los celos me podían. Sabía que no tenía derecho alguno de estar en su vida y sin embargo me dolía, me hería profundamente cada vez que algo me recordaba que ella estaba en una relación. Que ambos lo estábamos.

—«¡¡A ver si me invitas a tu casa en verano!! —le escribí un poco más tarde.»

—«🤣🤣🤣🤣🤣🤣🤣» — estos emoticonos a veces me sacaban de mis casillas, ¿era un modo cómodo de ella para evitar una respuesta más elaborada?, ¿más comprometida? Todo parecía apuntar en este sentido.

—«Estoy siendo observada 👀»—me escribió en relación con el regalo que todavía no había podido ver.

—«Tranquila, no me han visto ponerlo, no había nadie.»

—«Pues no me quita ojo.»

—«Es muy lista.»

—«¡No lo sabes bien!»

—«Uf. Extremaré las precauciones. Cuéntale un chiste. Y cuando se mee de risa... se irá al aseo.»

Y... Por fin la respuesta emocionada, sorprendida...

—«¡¡¡Madre mía, sí que te lo has currado!!!!!»

—«Mira por detrás también.»

—«Sí, lo he visto.»

—«Puedes oírlos en el coche, por eso te pregunté la semana pasada si tenías CD.»

—«Sí, ¡los escucharé! ¡Qué tío!»

—«Me alegro de que te haya gustado.»

—«¡¡Muchas gracias 😊 son tres bonitos detalles!!!!»

—«¡De nada!! ¡Pero faltan las canciones!!»

En aquellos días me sorprendí abriendo mi corazón a varias personas en las que jamás habría pensado como mis confidentes. Una de ellas fue Maria Engracia, que había conocido a David cuando éste era vocal del Sindicato Polivalente del Ministerio. Yo me había molestado en buscar en Internet varios de sus artículos publicados en las páginas de la revista del sindicato. Todo lo que había formado parte de la vida de Tere me interesaba—y no era un juego de palabras. Cuando vi su foto en una de las revistas, sentí una emoción especial. Era como si hubiera encontrado a una persona buscada durante largo tiempo. Nadie me hablaba mucho de él por supuesto y no podía preguntar a Tere a menos que ella quisiera contarme algo por su propia voluntad.

No quería cargar todas mis inquietudes y confidencias sobre una sola persona. Por una parte porque no deseaba agobiar a Maria Engracia con el peso de mi dolor. Sería un abuso de confianza. Por otra parte, pensaba que mi corazón podía ser egoísta. Al no existir la posibilidad de anunciar al mundo que estábamos juntos como en aquel sueño que tuve, al menos podía confesar a la mitad de él lo que sentía por ella y notar con ello cierto alivio.

He vuelto en otras ocasiones a hablar con esta amiga, con esta buena amiga, comprensiva, sonriente y callada.

Una persona que simplemente me escuchaba.

Este periplo emocional me ha brindado la oportunidad de conocer a gente así. Seres generosos que me regalaron su amistad y comprensión sin ningún reproche, conscientes de mi extrema vulnerabilidad. Que no halagaron mis oídos ni convirtieron mi amor en un sueño sutil. Que empatizaron con mi sufrimiento. Yo, por mi parte procuraba no dar lástima. Intentaba no dar demasiada rienda suelta al pesar. Sin embargo, la metáfora de ser un Sísifo rendido por la tarea diaria de empujar la roca, bajando con humildad en pos de la caricia emocional de un ser humano, retornaba a mi mente. Buscaba, entendiendo el pesar de la vida, recibir unas breves palabras de ánimo, o quizá sólo una sonrisa, un mero gesto para volver como Lancelot Du Lac a intentar conquistar a la reina Ginebra.

Me vino a la mente por entonces una imagen de mi niñez. En ella me veía reflejado en mi estado actual.

Rememoré la ilusión, la urgencia con la que acudía a la feria para montarme en ese carrusel, engalanado con caballos de vivos colores, con crines cubiertas de bombillas. Para mí no era «feria» el nombre que usaba para referirme a aquel mágico lugar lleno de atracciones interesantes. Para mi hermano y para mí eran los «caballitos» y bajo ese apelativo era como demandábamos de nuestros padres el derecho a ser llevados allí.

En los caballitos pues, dábamos vueltas y vueltas sin cansarnos jamás de esa diversión, de los colores de la música, del suave balanceo de esas figuras que se movían arriba y abajo, girando en torno a un mismo punto.

En el centro estaba el operario en el que apenas nos fijábamos, metido en un pequeño habitáculo abarrotado de botones y mecanismos que no entendíamos. Desde allí éste ponía en marcha y detenía nuestra diversión. Ese era el único instante en el que nos fijábamos en él. Bueno, en ese momento y cuando recogía los billetes de nuestras manos. Billetes de papel que a veces sujetábamos entre los labios para poder subirnos. Nada de plásticos ni fichas en aquellos tiempos.

Todo iba bien hasta que pasados los años nos mirábamos en alguno de los numerosos espejos que forraban el interior de esa columna central, dentro de la cual estaba la garita del operario.

Era entonces cuando vimos por vez primera reflejada nuestra imagen en esos espejos, bajo luces de colores, una imagen repetida, que daba vueltas una y otra vez en lo que se nos antojaba como esparcimiento.

Sucedió entonces ante nuestro asombro que aquella exquisita diversión parecía tornarse aburrida. ¡Ese dar vueltas y vueltas sin ir a parte alguna! ¿Cómo pudo haber sido esto divertido alguna vez?

En cambio, los coches de choque que hasta entonces nos habían asustado, el látigo o la noria que nos infundían cierto respeto, ahora hacían correr la adrenalina por nuestras venas. Nos hacían sentir que íbamos hacia alguna parte, que teníamos un objetivo.

Seguía siendo el mismo niño en cierto modo. No había cambiado gran cosa a nivel emocional. Seguía sintiendo esa necesidad de conciliar mis deseos internos con la realidad exterior. ¿Por qué tenía que ser así todo?

Sin embargo, antes, todo era más fácil. Podía acercarme a cualquier chica o amiga del barrio y mostrar mi interés por ella aún a riesgo de ser rechazado. ¡Qué digo a riesgo! En mi caso con la total y plena seguridad de que iba a serlo. Eso, no obstante, jamás detuvo mi propósito o me frenó en absoluto. Sí que es cierto que no ayudó precisamente al aumento de mi autoestima, pero por lo menos no me guardaba en el interior los deseos.

CAPÍTULO 18

LA CALLE ARISTÓTELES

Era el día de los enamorados y la sola idea de tener que escuchar bromas o comentarios de mis compañeras sobre este día me ganó la batalla así que opté por pedirme el día libre para sufrir lo menos posible.

Apenas lo conseguí pues una de las primeras cosas que hice al bajar al centro de la ciudad fue visitar la esquina junto a la iglesia de la Misericordia. Allí había estado ubicado el antiguo Registro Civil donde ella trabajó.

Fue después cuando surgió la idea.

Quise ver de cerca su casa.

Sentí de nuevo vez el deseo de localizar la calle donde estaba su chalet. Al ubicarlo, estaría cerca de ella, de su historia.

Pensaba de un modo insensato en que, si lograba descubrir cómo funcionaba su mundo, podría estar más cerca de ella, de un modo similar al que intenta adivinar el funcionamiento de un reloj tras haber examinado la maquinaría que lo mueve.

Había mirado en Internet días antes fotos de su casa. Pensé que, puesto que la tenía a la venta, era bien fácil que pudiera aparecer un anuncio en alguna inmobiliaria. Y sí, allí estaba, no una, sino varias fotos, creo que unas quince. Y así, por la puerta trasera, como un ladrón nocturno, entré en la vivienda, examiné uno a uno sus rincones. Intentaba memorizarlo todo aun cuando me dolía el corazón con cada detalle. Sabía que jamás iba a verlos de cerca. Ese mundo no era mío. Ella no era mía. Vi así su salón de estar, su cocina y también su dormitorio. Me di cuenta de que mi mente había construido un mecanismo de defensa para mí. Este evitaba que imaginase cualquier escena en la que Tere no estuviera sola. No quería imaginármela compartiendo la vida con otra persona. Puesto que desde que nos conocimos siempre me había hablado de las tardes en que subía a dar de comer a sus gatos esa era la única imagen que quería recordar.Ella sola recogiendo la hojarasca, limpiando la piscina., dando de comer a los gatos. Pensé —no sin cierta lógica — que, ya que todo era fruto de mi mente al fin y al cabo era tan libre de imaginarme la vida de ella como desease, podía ser tan selectivo en los detalles como quisiera. La reconstrucción del puzzle era mía y yo distribuía todas las piezas.

Sabía el nombre de la urbanización pues la había escuchado mencionarla varias veces por teléfono. Se llamaba La Serreta. Allí estaba la calle Aristóteles, no sabía nada más.

Era esta tarea de descubrir la casa, otra cosa más con una gran historia tras de sí, como todas las que me relacionaban con Tere. Aunque no estaba completamente seguro de la ubicación, hacia allí me encaminé. Iba a ser una aventura, eso era seguro. Aparqué el coche y observé uno a uno los chalets solitarios de esa calle. Imaginaba a Tere allí, fantaseaba y recreaba en mi mente una y mil historias de cómo sería, como había sido su vida en este lugar, un lugar que no me pertenecía. Me sentía como un ladrón de experiencias, de sentimientos, en busca de su corazón, de trazas de sus emociones.

Hoy, como entonces, como tantos otros días, he vuelto a la calle Aristóteles en busca de algo. Necesitaba sentirme cerca de ella especialmente un día como hoy, en que sabía que no podía tenerla cerca. ¿He dicho como en tantos otros días? Sí, porque la verdad es que había intentado ubicar su casa en varias ocasiones. Dos veces creí encontrarla, pero fue solo un espejismo, puesto que su calle tenía forma de «s» y su vivienda se encontraba en realidad en un punto más alejado hacia el oeste, en la parte superior de esa «s», siguiendo el símil.

Aparqué el coche al principio de la calle y caminé la corta distancia que me quedaba, suspirando, ¿cuál sería su casa? Según Google, tenía que ser alguna de las que se encontraban a mi izquierda. En la primera de ellas que me encontré a mano derecha aparecía el nombre Virtudes escrito en la fachada. «La vecina de la que tantas veces había hablado.» pensé. Casi esperaba verla salir, ya con ánimo curioso. Me encontraba a la vez deseoso y temeroso a partes iguales, de ser descubierto en ese lugar y poder así hablar de Teresa con ella. Sonreí, como alguien que entra de puntillas en una intimidad que le está vedada. A la izquierda pude vislumbrar tras los cipreses, la piscina así como a uno de sus gatitos. ¡Qué emoción en tan poco espacio! Escudriñé con mayor detalle como pude entre el seto, queriendo saciar mi sed de su historia, completar algo más del puzzle de su vida del que solo tenía piezas sueltas, las pocas que me habían dado. Entonces lo vi, el buzón de correos a la izquierda y sobre su nombre, otro.

David.

Me imaginaba a la joven pareja llena de ilusiones adentrándose en la casa. Me quedé callado.

Permanecí mirando el buzón en silencio un largo rato y sentí un profundo respeto hacia esa sencilla placa y todo lo que significaba.

Tere no hablaba nunca de esa etapa de su vida si podía evitarlo. Yo tampoco quería insistir si con ello le hacía daño. Pero eso no impedía que en mi imaginación la visitara una y otra vez. Pero ese día, allí, delante del buzón entendí que no hacía ni puñetera falta que dijera nada. Todo su amor, su dedicación, sus recuerdos, todo estaba allí escrito. La permanencia de sus nombres unidos hablaba por si misma.

Lo que acababa de descubrir aquella tarde había hecho temblar mi mundo. Una enorme sensación de respeto me invadía. Tenía delante de mí su nombre, el nombre del que fue su marido. Su vida pasada cobraba realidad ahora para mí. Luego buscaría detalles en Google acerca de su vida sindical, su dedicación, su trabajo, su sentido del humor y alegría de carácter.

Pero la sensibilidad que Teresa mostraba dejando esos dos nombres todavía entrelazados sobre el buzón, me había conmovido. No he conocido a nadie en toda mi vida con la capacidad de impactarme emocionalmente de ese modo solo por existir. Únicamente Teresa.

No sé cuánto tiempo permanecí así. Los gatitos debieron de notar mi presencia y se acercaron curiosos en mi dirección. ¿Cuál de ellos sería *Patitas*? Era sin duda un gatito afortunado que podía subirse a su espalda y acurrucarse ronroneando contra ella.

Observé en detalle todo lo que podía distinguir desde la cancela. La piscina se adivinaba al fondo y a mi derecha. El porche era tal y como Tere me había comentado. Cerrado, tal y como lo había visto en esas fotos en internet donde ofrecía su casa en venta.

Unos árboles desnudos, sin hojas, aparecían desparramados por el paisaje. Las recientes lluvias no habían producido eco alguno en ellos. Se mostraban como al principio de los tiempos, sin esperanza alguna, sin frutos, sin futuro.

Unas nubes dispersas se dejaban arrastrar en la lejanía por un viento lastimero, sin fuerza. Era más bien un quejido, un gimoteo sigiloso.

Ninguna planta nueva se veía alrededor de esta escena, ninguna edificación, ningún pastor ni paseante dejaba ver su figura en el horizonte.

No había movimiento alguno en la escena salvo el de las nubes. El arroyo aparecía seco en el lecho que le vio nacer. Las rocas no mostraban trazas algunas de la humedad que las había recorrido en el pasado.

Al acercarse pude observar que las puertas de la casa estaban abiertas, descolgadas de sus bisagras. A ambos lados, los maceteros que habían saludado a los visitantes estaban ya cuarteados, sin color, agrietados por el sol.

Un farolillo blanco estaba colocado sobre la entrada. En el interior de la finca había otros, colocados cerca de la barbacoa que se adivinaba entre las rejas.

En un rincón, casi desapercibidos y discretamente ocultos entre la maleza y en silencio, dos columpios. Uno de ellos no era sino uno de esos neumáticos empleados para tal fin, ya agrietados y retorcidos sobre sí mismos. El otro conservaba aún las formas de su propósito inicial, pero casi descolgado de sus cadenas, vencido por su propio peso, se dejaba llenar de herrumbre día a día, minuto a minuto.

Plantas que trepaban con absoluta libertad, macetas, un timbre con vídeo portero. Cañizos a ambos lados del camino.

Magia cerca de un polígono industrial. Era la primera vez que veía algo así.

Si prestaba atención podía oír los ecos de risas lejanas, de una época en que, recién instalados sus nuevos propietarios, estos mismos columpios fueron testigo de la vida que había existido antes, en la que su dueña se había sentado en ellos, meciéndose y dejando flotar el cabello y la imaginación.

Montando guardia sobre la escena, como protegiendo los recuerdos de la casa estaba, un poco más a la izquierda la caseta de ladrillo que había sido de Sultán, el perro fiel, amigo y compañero de tantos años.

La casa continuaba replegada sobre sí misma. Sabía que había llegado su final. El mundo tal y como lo había conocido en las últimas décadas iba a cambiar. Unas nuevas manos abrirían la puerta, otros pasos caminarían por el jardín. Quizás unos pasos infantiles resonarían pronto por él. Quizás, solo quizá eso aliviaría su tristeza.

La visita de su dueña, día tras día, pasados ya los años dorados de su juventud le traía recuerdos de las risas y las ilusiones del principio. Estos llenaban a la casa de un placer triste. Juntos los dos hasta la llegada de los nuevos propietarios habían compartido unos momentos muy especiales.

Cuando Tere llegaba por las tardes solía dejar sobre la mesa lateral del porche el sombrero de paja y el paquete de cigarrillos. Todo anunciaba el descanso, el premio del fin de la tarea.

Bajo su techo, viendo retirar la hojarasca que caía otoño tras otoño sin misericordia alguna, el césped cortado una y otra vez, año tras año, había ido dejando que el tiempo pasara, sin mesura. Y ahora ya era demasiado tarde.

Estaba la casa acostumbrada sí, a las visitas matutinas de la vecina que venía a dar comida a los gatos. Siempre había esta tenido una palabra amable hacia ella desde el principio. Siempre procuraba cerrar con cuidado, para no despertarla de su sueño.

Yo permanecía inmóvil frente a ella, intentando ver algo a través de la maleza, absorto, sintiendo algo a lo que aún no podía poner nombre. Pensaba que amaba a Tere, que la había amado estos meses pasados, pero todo eso, esos sentimientos parecieron petrificarse frente a lo que surgió de mi interior tras ver su casa, su refugio.

Permanecí así frente a su hogar varios minutos, en ese extraño silencio.

Cogí finalmente uno de los caminos que partían de la calle y me interné en él. Estaba agotado de pensar, no quería preocuparme de nada más. Me hubiera gustado perderme en la naturaleza, dejar mi mente en blanco, contemplar las hojas moviéndose por el viento, observar cómo los pájaros preparaban sus nidos. Todo menos volver a la realidad, deshacer lo andado y regresar al coche que me estaba esperando junto a la casa de Tere.

Recordaba aquellos días en los que, cuando me veía enfrentado a un problema de difícil solución, dejaba el hogar el tiempo que fuera necesario hasta lograr cierta perspectiva que me hiciera verlo de otro modo. Me ponía nervioso estar presente, al igual que hacen los niños cuando se tapan las orejas y emiten sonidos extraños para no tener que oír lo que se les dice. Así procuraba alejarme de mis preocupaciones con el objeto de regresar a mi vida cotidiana solo cuando el destino o el mismo Dios encarnado lo hubieran solucionado por mí.

Esta era la nota especial, la que movía la tierra verde y las piedras llenas de musgo que me rodeaban. No eran solo los árboles, la maleza, su recuerdo lo que me conmovía sino ese pensamiento desbocado que me vencía día a día. Podría seguir escribiéndole durante horas, días y años, pero tal vez debía poner un límite al sueño o no despertaría jamás. Y si no lo hacía no podría encontrarla en el mundo real, en el que habitaba. Por otra parte tomé consciencia de mi propia contradicción porque aquí, entre estas páginas, estaría siempre Teresa y eso... eso me consolaba profundamente. Las palabras, los escritos la asían a mí y eso me reconfortaba de un modo que ni yo mismo sabría explicarme.

Sí, busqué su sombra muchas veces en la calle Aristóteles. Había seguido su fantasma, haciendo míos sus sueños y su pasado en la medida en que es posible que un alma se acerque a otra desde la veneración y el máximo respeto. Intentaba memorizar la posición de cada arbusto, de los árboles, de las carreteras que rodeaban la finca. El color de las casas que la enfrentaban. Tenía un mapa mental que procuraba que fuese cada vez más claro. Recordaba la finca con caballos que lindaba en la parte trasera. Caballos a los que he oído relinchar en la placidez de su mundo.

No era solo nostalgia. Era algo más. Una añoranza profunda e incisiva arañaba mi interior.

Atisbo que el nuevo día que amanece será como un escenario de lucha a afrontar, otra prueba de resistencia, de tácticas a probar... ¿Y si hoy fuera el día esperado? El día en que ella se acercaría a mí y mirándome con tierna mirada me dijera...

«Tú también me gustas. Es más, creo que me he enamorado de ti.»

Y así, entre tranquilizantes, falta de respiración, inquietud y miradas de soslayo pasaba mis días, esperando un milagro. Por las noches probaba a intentar influirla mentalmente momentos antes de dormirme, trasmitirle mi amor antes de dejarme vencer por el sueño, siempre pensando en la comunión de almas que no llegaba.

Se estaba acercando la Navidad. Ya había pensado con anterioridad en el regalo oportuno. Tenía que ser algo que despuntara un poquito más sobre los anteriores regalos. Pero... ¿Qué?

Al fin lo encontré buscando, cómo no, en Amazon. Se trataba de un colgante en plata con un gatito sentado sobre la luna.

El día 22, poco antes de las vacaciones de Navidad le envié un *WhatsApp*.

—«Ja, ja, ja. Ha venido una gente rara buscando a una chica ¿sabes? Un tío gordo vestido de rojo. Con barba blanca y un gorro ridículo.»

—«¿A quién? ¿A Claudia?»

—«A ti. Se reía raro y venía con un reno. Y le acompañaban tres más con camellos. Les he dicho que vinieran más tarde. Hoy es uno de los días que más me encantan del año... ¡!!»

—«¿*Why*?»

—«Es cuando viene este tío de las barbas que hace feliz a la gente. Por cierto... Creo que te ha dejado algo!!!🌲🌲.»

—«¿—🧐?»

—«Expediente 662... Y documentos dentro de caja 92/18.»

Unos minutos, una pausa... yo miraba el café con leche que tenía delante de mí con la emoción contenida.

Por fin apareció en la pantalla la línea mágica de cualquier enamorado; esa que dice «Tere está escribiendo» y por fin...

—«Jo, es precioso, ¡gracias!»

—«¡Te deseo lo mismo para tu Navidad!»

—«Je, je, je. Gracias.»

—«Mira ahora en el otro expediente.»

—«Ah, otro expediente, ¡voy!»

—«Ok.»

—«Este es mejor.»

Este era el regalo...

Tras un silencio, tras un largo suspense, la respuesta:

—«Ernesto, no debo aceptarlo...😔» -escribió poco después.

—«Jo, no significa nada el que lo aceptes. Me gustaría saber que lo tienes. Significa mucho para mí.»

—«Eso es lo malo, que yo permita que signifique mucho para ti.»

—«Pasé mucho tiempo buscándolo. No, me refiero que significa el saber que algo mío queda contigo. No el que me haga esperanzas. Por lo menos no más de las que tengo. Eso está claro. Siempre te querré y lo sabes. Pero sé cómo están las cosas. Por favor, ¡acéptalo! Por favor.»

—«Lo acepto, ¡gracias!»

—«—Mil gracias, mi amiga. Eres un alma noble. Y yo respeto tu relación.»

—«No sé, no sé, lo del alma noble...»

Al día siguiente, nada más llegar a la oficina, abrí el procesador de textos y escribí con emoción sincera:

«Quiero para ti una Feliz Navidad, como esa que soñamos de niños una vez, cuando creíamos en las hadas, ¿te acuerdas?

Una Navidad blanca, de ensueño, con Sinatra cantando en el tocadiscos. Sí, he dicho tocadiscos. No sería lo mismo en un CD o en un MP3.

Quiero verte feliz y tranquila. Serena, con tu interior lleno de paz y de belleza.

Esto es una forma de hablar porque yo sé que eso ya mora en ti.

Cuando te veo pienso en un Burgos nevado, en un hermoso árbol de Navidad, un símbolo de la paz entre los hombres.

Así quiero imaginarte estos días, rodeada de la gente que te quiere.

¿Hace falta colocar las luces me dices?

Pues sonríe y mil brillos se esparcirán por las hojas y las espinas,

Y yo.... Ya soy feliz en Navidad.»

CAPÍTULO 19

LA CONQUISTA

De cómo un vagabundeo emocional desemboca en un lugar entre las estrellas

Por supuesto que no me había resignado tan fácilmente, sin luchar. Ella no me quería, eso estaba claro. Pero, ¿no es nuestra mente y condición humana un completo misterio incluso para nosotros mismos? ¿Acaso no soy yo mismo un desconocido incapaz de saber cómo reaccionaré o me sentiré al día siguiente? Eso me daba esperanza. La vida, los sentimientos de Teresa podrían cambiar algún día. Solo había que tener paciencia, ser constante, perseverar, estar allí cuando eso sucediera. Imbuido por este pensamiento sentía como mi fuerza aumentaba. Lograría mi propósito. La seduciría.

La seduciría, sí. Desplegaría las armas del amor. Así pues, comencé a leer todos los libros que pude sobre la psicología del amor, las relaciones humanas y el amor romántico. Me di cuenta pronto de que en realidad nadie sabía nada y que muchos, sin embargo, prometían tener la llave del gran secreto. Encontré en Internet cursos de todo tipo que por unos cuantos miles de euros o dólares, según fuera el caso, me prometían dar por solucionado mi problema. Algunos de ellos eran pura basura que consideraban a la mujer como un trofeo, cosificada, convertida en un mero objeto que conquistar para la mayor gloria del varón vencedor.

Leí también acerca de la influencia mental. Esta idea no era nueva para mí, había leído sobre eso en mi juventud. Planteaban que proyectando nuestro pensamiento, llevándolo lejos al acostarnos cada noche, podríamos llegar a la mente de nuestra amada para que soñara con nosotros.

Internet estaba lleno de promesas de todo tipo. También de gente que ganaba dinero engañando a cualquiera que sintiera una pena en el corazón y en el bolsillo. Mercaderes del mal de amores, comerciantes de sentimientos. Su falta de escrúpulos ante el dolor es tan vieja como ese mismo mal. Un cúmulo de trotaconventos.

Leí acerca de los llamados amarres y embrujos de amor, tan antiguos como la propia humanidad, ya practicados junto al Éufrates en la lejana Babilonia, en el lejano Oriente, en África, en cada sitio bajo distintas manifestaciones, bajo distintas formas y cielos estrellados.

Leí acerca de la teoría de la manifestación, de cómo era posible influir en el destino mediante la fuerza de nuestra mente. La teoría era como mucho curiosa, pero creo que la gente de los países subsaharianos, de los pueblos en guerra, estarían más necesitados que yo. Cuando uno pensaba en todas las desgracias por las que había pasado la humanidad, tenía que dejar de lado dicha doctrina por mucho que pareciera atractiva en un primer momento.

Una cosa llamó mi atención. Un neurólogo norteamericano había elaborado un test de 32 preguntas que debían hacerse alternadamente entre dos personas. El resultado del test y su consiguiente divulgación dieron como resultado en bautizar al mismo con el atractivo título de «*36 preguntas para enamorar*». El secreto estaba en que las preguntas iban involucrando a los participantes de un modo imperceptible al desvelar poco a poco su intimidad. Era algo comparable al curioso caso de la rana que al ser introducida en una olla y llevar el agua al punto de ebullición lentamente no se da cuenta de lo que sucede. Cuando decide huir ya es tarde y muere escaldada. El test finalizaba con los dos interlocutores mirándose a los ojos durante diez minutos. Incluso sin llegar a esto último se había logrado un grado de intimidad no esperado entre los participantes.

Intenté todo eso. No iba a rendirme sin luchar. Todo eso intenté y seguiría intentándolo.

22 de agosto

Hoy hemos hecho parte de ese test de empatía del que escribí antes. Ella accedió a someterse a las preguntas, aunque con cierta reticencia. Aún me siento estremecer cuando recuerdo sus vivos ojos fijos en mí mientras contestaba cada una de ellas, con ánimo, con viveza, casi diría con pasión. Recuerdo que estaba cómoda, que no evitaba esos momentos de intimidad conmigo. Eso lo recordaré siempre, pase el tiempo que pase.

—¿Qué es para ti un día perfecto?

—Un día de lluvia —dijo sin pensarlo un segundo, rápida como un felino.

—Para mí también, me lo has quitado de la boca pero en mi caso teniéndote además al lado. Y ahora menciona tres cosas que crees que tienes en común con tu interlocutor.

Y sin vacilar ni por un segundo contestó:

—El sentido del humor, el optimismo y la pasión por la vida y las cosas.

—Me has robado las palabras otra vez, yo añadiría la capacidad de empatía y la comprensión humana— respondí.

—Muy bonito —dijo mientras me premiaba con una sonrisa.

Todo esto se resumía en una frase, en una duda que retrataba perfectamente donde me encontraba. Me había construido una casa yo mismo en torno a la cual volaba en círculos. ¿Debía de esperar a que mi corazón desfalleciera y que sintiera pinchazos en la espalda? ¿Podría ser hoy el día? ¿Debería rendirme o seguir caminando, incluso si el camino no llevaba a parte alguna?

—«¡Sal al pasillo!»

Un *WhatsApp* inesperado alrededor de las once de la mañana unos días después.

—Ernesto, ¿Qué estás haciendo en Facebook? —me dijo con voz acerada.

Había intentado yo en los últimos días hacerme amigo de su hermana Merche mediante el sutil método —o al menos eso pensaba yo—, de entablar primero amistad a través de Facebook con las amigas de esta última. Una opción pueril tal y como resultó ser. Una maniobra torpe más por mi parte.

—No estés esperando que vaya a pasar algo porque no va a pasar nada. Me preocupa que estés confundiendo el libro con la realidad» —dijo ella.

No había sonrisa en su rostro esta vez.

—No quería hacer daño a nadie, solo saber más detalles de tu infancia.

—Pues deja de hacerlo. Se trata de mi familia. ¿A ti te gustaría que yo me metiera en cosas de la tuya?

Tenía razón. Cada una de las cosas que había dicho era cierta. ¿Por qué me dolía entonces tanto escucharlas? ¿Por qué me herían sus palabras?

Salí a la hora del almuerzo, confuso y deprimido. Necesitaba vaciar mi mente para poder vagar entre nubes una vez más, aunque esta vez de modo artificial. En un bar cercano al Ministerio me tomé un anís paloma, cuyos efectos sedantes e inmediatos eran de sobra conocidos para mí.

No me encontraba con fuerzas para verla al día siguiente. De algún modo, la había decepcionado. Literalmente me sentía morir. Si hubiera deseado molestarla a propósito no lo habría hecho mejor que con mi torpeza.

Así que pedí el día libre. Fui esa mañana a pasear por la Plaza de la Estrella, por el lugar donde sabía que ella había vivido, primero de soltera en la ciudad y más tarde, con su marido.

Paseé mi mirada por las casas de la plaza, intentando encontrar en una de ellas una señal, alguna indicación de que hubiera podido ser la suya.

En el centro de ella, unos pocos niños, un par de talleres de automóvil, así como muestras de ese nuevo invento de negocios llamados de «24 horas», gestorías e inmobiliarias mil junto a muchas persianas bajadas.

¡Vana esperanza! No había ni siquiera un solo comercio que tuviera visos de haber sido testigo de aquella jovencita recién llegada a Alicante, de esa joven que bajara autosuficiente a comprar el pan, y luego, tiempo después, sacara a pasear a su mascota con el que sería su marido.

No, me estaba convenciendo una vez más. Esa ciudad ya no existía. Quedaban las carcasas de los viejos edificios conteniendo ahora nuevos habitantes, nuevas vidas cuyas inquietudes me eran ajenas.

Me coloqué en el centro de la plaza y cerré los ojos. Por un instante pude transportarme a esa época pues yo también había pisado esa plaza, en concreto cuando era miembro de un grupo de teatro aficionado, el grupo Antares. Una vez escenificamos allí una pequeña obrita infantil durante las fiestas del barrio. Sí, así con los ojos cerrados, podía sentirme cerca de ella. Podía ausentarme del mundo real y lograr que la única realidad fuera la que tenía en mi mente, en mi pensamiento.

Recé en silencio. Recé a las energías cósmicas, a ese Dios que llevaba toda mi vida semiocultando, recé también por no haber sido mejor persona quizás y haberme ganado un karma mejor en esta vida.

¡Cuán prodigiosa es la mente humana que nos permite trascendernos, pensarse a sí misma, verse desde fuera! Es este don de la autoreflexión el que a veces no nos trae nada bueno, sino que nos hace sufrir. Sería más fácil vivir una vida pragmática, simple, que atiende únicamente a las necesidades vitales. Comer y dormir. Una vida sencilla, con esa simpleza que atribuimos al campesino, a la persona corta de luces. Cuando me acordaba de aquel primo mío de Cartagena que había tenido el síndrome de Down me afianzaba en esta idea. Él siempre había estado contento, riendo y feliz.

Regresé por fin al presente y abandoné aunque no sin pesar, la plaza. Marché despacio, echando vistazos atrás con la esperanza de encontrarme con esa época pasada en la que Teresa también habitaba allí. Un lugar donde pudiéramos habernos conocido.

Ese mismo día, a última hora de la tarde respondió a mi estado de *WhatsApp*. Yo había colgado un poema que reflejaba la desesperación de mi alma.

—«Yo seguiré adelante como siempre, pero mañana volverá a amanecer para ti y para mí»— me escribió sencillamente.

—«Yo de momento te deseo unas buenas noches con todo mi corazón y mi cariño.»

—«Lo mismo para ti.»

Entendí esto como un perdón, o por lo menos, como una tregua. Sabía que no le había gustado lo que hice, pero por lo menos, seguiríamos juntos en la brecha.

Me había quedado otra vez sin palabras. ¿Qué tenía esta mujer que me atraía y me alejaba de ella como si yo fuese una luciérnaga y ella la luz? Si me acercaba demasiado me quemaría y entonces habría de huir de nuevo aunque solo fuera para recobrar el vuelo y regresar hacia ella. Y así, una y otra vez.

Cuando llegué a la oficina al día siguiente vi, tras saludar al resto de compañeras que Tere permanecía de pie junto a la impresora, concentrada en su móvil. En efecto, estaba escribiendo un mensaje.

Sonó mi teléfono y pude comprobar que el mensaje entrante era para mí. Un *WhatsApp* de ella.

—«Ayer me preguntaron aquí qué te pasaba y a todas les contesté que no sabía nada. Te lo cuento porque había cierta curiosidad.»

. . .

No sé cómo sucedió, pero decidí que debía contárselo a Pilar, la supervisora. Un día, tras mil dudas, tras varios estudios del momento oportuno, entré en su despacho. Llevaba meses planeando visitarla. No sabía exactamente por qué, pero su presencia, su amabilidad, sus delicados modos y su tono de voz me inspiraban confianza. Como ella misma decía a veces en broma, era como la madre superiora de nuestro departamento. Sentía que no podía, que no debía irme de allí sin al menos mostrarle algo del volcán que ardía en mi interior. Ella hasta entonces no había hecho pregunta alguna, aun cuando ya le había dado algunas pistas sobre mi inquietud interior. Exquisita y elegante, trató el asunto con un respeto y un tacto personal que me conmovió.

—Bueno, ha llegado el momento. He de confesarte algo Pilar. Te voy a contar por fin la razón por la que estoy escribiendo un libro. Verás, me he casado dos veces, pero me he dado cuenta de que hasta ahora no me había enamorado todavía. Llevo tres años enamorado perdidamente de Tere.

Su cara no aparentó excesiva sorpresa. Seguramente, al igual que otras compañeras había sospechado algo desde hacía tiempo.

—No sé qué decirte Ernesto.

—No hace falta que digas nada. La verdad es que es misteriosa la naturaleza humana. Sentía que tenía que decírtelo Pilar. Tú, por otra parte, has conocido a Tere en sus peores momentos y eso hace que quizás me entiendas mejor, si alguien puede entenderme, porque lo que es yo...

—¿Tere sabe que lo sé?

—No, solo lo saben unas pocas personas y tú.

Había logrado con mucho esfuerzo que Tere accediera a que nos tomáramos un café.

—Voy al banco y cuando venga de camino te doy un toque —me dijo Tere.

Palabras esperanzadoras. Música para los oídos. La vi salir de la oficina sabiendo que la próxima vez que la tuviera delante sería estando los dos juntos frente a una mesa.

—¿Dónde quieres que vayamos? —me dijo.

—Vamos a la cafetería Rasti que me trae buenos recuerdos—. Y era cierto, allí había pasado buenos ratos con ella.

—Vale.

Llegué el primero. Claro que no era de extrañar, ya que había salido volando como una de esas gaviotas que veíamos a veces por la ventana. Me senté estratégicamente y coloqué los asientos para que estuviéramos lo más cerca posible.

Llegó corriendo, apresurada para no llegar tarde.

—¡Jo! ¡Qué rápido eres!

Su cortado ya la esperaba preparado, sobre la mesa. La leche fría como a ella le gustaba.

—Bueno, tu regalo tendrá que esperar hasta después de que vengas de viaje.

—No quiero que me hagas más regalos por favor. ¿Tú sabes cómo me siento cuando lo haces? Sabes que me hace sentir incómoda.

— Sí, lo sé.

—¿Y qué? ¿Te da igual, no? —dijo, cruzando los brazos sobre su regazo, en esa pose tan peculiar en ella cuando espera una respuesta clara de su interlocutor, tomándose el tiempo necesario para examinar la misma.

—No, no es eso. Es que lo tengo comprado ya.

—¿Me lo prometes?

—Sí, te lo prometo. Bueno, en realidad el último regalo será el libro.

—No hablemos ahora del libro.

El último regalo que me dejó hacerle consistió en un par de cojines. Su foto en uno de ellos y el gatito Pumby —una de sus lecturas favoritas de la infancia—, en el otro en actitud de enamorado trovador, cantándole a su amada en su laúd.

Dadas las dificultades logísticas para que ella pudiera salir de la oficina con esos voluminosos cojines me dejó las llaves de su coche. Ilusionado fui hacia él. Estaba aparcado en una de las calles de mi antiguo barrio. Acaricié su salpicadero, el volante, disfruté un buen rato de la sensación que me causaba estar en su interior antes de dejar los cojines en el maletero y decir adiós al vehículo.

Hay veces que sueño con ella, uno de esos sueños tan vívidos que casi duelen al despertar. En él tengo su cara junto a la mía, y casi puedo oler su piel y sentir su calor. Es una sensación muy agradable y tan real que al despertar estoy así, eufórico. Cuando esto sucede me atrevo a todo. La vida parece castigarnos a veces ofreciéndonos aquello que no tenemos. Hay quien dice que es para ponernos a prueba. Sin embargo mi sensación es contradictoria. Por una parte pienso que es algo cruel con nosotros aunque, a cambio, nos ofrezca un poco de confort emocional dándonos un mendrugo de lo que soñamos para que no nos olvidemos de que somos humanos y como tales, imperfectos.

Ella es todo lo que acierto a pensar y a soñar. Es cierto que puedo disfrutar con otras cosas en mi vida, pero he llegado a un punto en que cuanto hago guarda relación con ella de un modo u otro. Y pienso así, ¿qué diría si viera esto? O bien ¡cuánto le gustaría este paisaje, esta melodía!

Una visión se repite sin embargo a lo largo del tiempo, un sueño extraño. En él, Tere está debajo de un árbol y me saluda desde lo lejos. El cielo aparece oscuro, son apenas siluetas los dos, el árbol y ella. Cuando lo estoy soñando me inunda una profunda alegría, pero cuando lo analizo después no puedo explicarme a qué puede ser debido, puesto que la imagen no tiene en sí nada de especial.

Estaba tomando un café con Laura. La mañana había amanecido perezosa, presta a la confidencia rápida, crítica y ágil.

—¡Vaya calor que hace hoy!... —dije—; ayer me senté a leer bajo un árbol y era sorprendente lo relajado que me encontré en un momento.

Laura me miró y asintió.

—He leído un libro muy interesante sobre ello. Dice que los árboles, la frescura vegetal en general consuelan y elevan el ánimo. Y si el árbol está en un ambiente de silencio, de una plaza, un jardín, un huerto o un campo, el beneficio es mayor.

—A mí siempre me han atraído mucho los bosques, los jardines...

—Eso forma parte del taoísmo. Los libros del Tao llamados Mantak Chia y Maneewan Chia hablan de que a lo largo de la historia, los seres humanos han usado todas las partes del árbol como remedio para curar. Cuando estás en un bosque notas que los árboles quisieran que te acerques a ellos. Pruébalo si no lo has hecho, ¡es una sensación fantástica! Creo que de modo inconsciente todos lo hemos hecho, sin reparar en ello.

—¿En serio?

—Creo que todo es posible, al fin y al cabo vivimos en mundo compuesto de campos de energía, ¿no es así? ¿Y qué sabemos en realidad de esa energía? Según estos libros cada árbol tiene una propiedad curativa distinta. Cuando estás delante de uno de ellos, tienes que saber escucharlos y entonces ellos te indican lo que esperan de ti.

Hablar con Laura me ayudaba mucho. Sabía escuchar y al hacerlo sucedía que muchas de las ideas que tenía medio formadas y confusas, salían a la luz, se hacían más claras. Me sentía yo mismo; era liberador poder decir en voz alta lo que guardaba dentro de mí.

A veces creo que escribimos para encontrar consuelo, para sentir que hacemos algo, que nos movemos, que estamos adoptando soluciones. Es una acción que en sí misma es terapéutica, parece sanar el alma, curar el desasosiego.

A veces es eso o golpearse la cabeza contra una pared, acción al fin y al cabo. Algunos lo llevan más allá y piensan en el suicidio. Acción desesperada, pero acción al fin y al cabo. Muchas veces el sentido de la vida está en su propio quehacer, en su caminar. Esto lo sabían muy bien los peripatéticos, el propio caminar. Es el alma que busca sosiego, equilibrio, calma. Ansía paz y la busca en su propio caminar. Por lo menos nos movemos, somos seres de movimiento y vamos así de un lado a otro. Aunque pueda darse el caso de que ese otro lado sea un lugar peor, un nuevo infierno; nos reta otra vez a que encontremos la manera de superar y seguir caminando. Así, volvemos la vista atrás y pensamos que hemos hecho algo. ¡Oh, amor! ¿Por qué has venido a mí ahora? ¿Por qué me torturas? ¿Por qué me enseñas cada día la miel impidiéndome cogerla, siempre delante de mí, tentadora, cariñosa, con una palabra amable? Yo me siento condenado, lamentando desde un profundo dolor mi estado. Quisiera tener un último privilegio. Ser capaz de soñar un amanecer contigo. Despertarme sobre la almohada, que aún preserva tu calor, sentir tu espalda junto a mi pecho y acariciarte dulcemente mientras sueñas, con el tiempo detenido, asistiendo a tu despertar, el mundo aún dormido. Ser el espectador más privilegiado, besar tu cuello mientras abres los ojos. Y solo así despertar juntos y dejarme inundar por el deseo de verte un día más. Sintiendo mi alma cercana a la tuya. Mi alma que te ha esperado y que te espera, condenada ante la realidad, sueña así. Condenada a ser ese polvo enamorado que decía Miguel Hernández.

Quisiera, al soñar tiernamente contigo, recrear ese pensamiento que tuve ayer.

CAPÍTULO 20

UNA CENA CON CUATRO GATOS

Como Ernesto cenó a la luz de la luna mientras miraba a un gato columpiarse sobre esta.

De nuevo retornó la esperanza. En nuestro departamento se oían estos días voces animosas. Se iba a organizar una cena. Tenía yo tomada la firme decisión de no acudir, pero mi interior fluía debatiéndose de modo incansable. Era demasiado doloroso. Lo sabía. Sin embargo, la necesidad de estar junto a ella se adueñaba de mí.

Surgió un imprevisto. Gloria me había dicho el día antes:

—¡Qué bien! A mí me gustaría ir también.

Intenté mostrar alegría y sorpresa ante su proposición. Eché mano de todas mis antiguas habilidades como actor aficionado para que pareciera sincero tal sentimiento. ¿Qué hacer ahora? ¿Cómo solucionar esta situación?

Se lo dije a Tere al día siguiente:

—«No sé si podré ir a la cena 🙁 ¡Elena se quiere apuntar! Y no puedo insistir mucho para que no venga sin que recele.»

—«Dile que en este departamento nunca han ido los cónyuges a las comidas. Y que no se admiten 😜»

—«Como no sea que le diga que se apunta alguien indeseable...»

—«O coméntalo aquí con los compañeros a ver qué dice el resto y así es más oficial porque alguna vez ya se ha hablado de ese tema.»

—«Sí, sí, buena idea. Por si se acerca a preguntar.»

—«Y no queda solo entre tú y yo.»

—«Eso.»

—«¿Ha quedado claro, verdad? 😂😂😂😂😂Me parto 😆»

—«¡¡Has tenido una buena idea!!»

—«💡»

Tere no vino a trabajar el día anterior a la cena, porque tenía dolor de cervicales, un mal que la aquejaba periódicamente a raíz de aquel accidente de tráfico que me contó y que hacía de sus visitas al quiropráctico una necesaria y rutinaria obligación.

Le envié un mensaje desde la oficina en cuanto empecé la jornada.

—«Siento que estés mal. Mejórate. Cualquier cosa que necesites, me dices, ¿vale? Pediste la cita justo a tiempo. Luego te escribo a ver cómo vas cariño.»

—«Gracias.»

Unas pocas horas más tarde la volví a escribir.

—«¿Cómo lo llevas?»

—«Ahí voy. Me voy moviendo por la casa para no anquilosarme, ja, ja, ja. Pastillas, gel antiinflamatorio y mejor, voy mejor. Gracias.»

—«¡Bien, bien! ¡Me alegro mucho! Aprovecha para leer por lo menos.»

—«Eso no, lo de tener el cuello doblado no lo llevo bien.»

—«¡Qué lástima! Bueno, ¡lo importante es que te mejores! Yo debo haber tenido algo también porque tengo unas ganas de sofá... Mejor eso sí, reposa tranquila.»

4 de marzo

Muchas de nuestras compañeras han manifestado su imposibilidad de acudir a la cena. Ante este hecho empecé a temer que esta se fuera al traste. Parecí detectar un cierto interés en Teresa para que esto no sucediera.

—«Si hay que invitar al diablo para que haya cena se le invita, ja, ja, ja... A este paso...» —la escribí.

—«A ver cómo está la cosa mañana, pero no veo a la gente animada aunque cuatro estamos seguro, je, je»—contestó.

—«No me quieres hacer caso, pero lo mejor es que vayamos tú y yo en representación de todos. Además me portaría bien» —contesté añadiendo un emoticono con cara angelical.

—«Ja, ja»

—«María me acaba de decir que se encuentra bien y viene, dice que está mejorando como el vino. Estoy igual de ilusionado o más que en la otra cena... sería una pena no poder ir.»

—«¡A ver si hay suerte!»— Entonces me envió un emoticono de un trébol de cuatro hojas.

—»Tú por lo menos has encontrado un trébol. Yo no dejo de buscarlo, pero no hay suerte. Gracias por animar a la peña en el grupo, ja, ja, ja.»

—«Todo sea por una supercena.»

8 de marzo

Había llegado el día. Gloria no había sospechado nada, aunque se encontraba molesta porque mis compañeras no la hubieran aceptado formalmente en la cena. El plan secreto estaba funcionando a pesar de todo. Habíamos quedado a las diez de la noche en el restaurante. En preparación para la ocasión había garabateado yo un dibujo que mostraba a cuatro gatos sentados a una mesa, una de ellos con una colilla colgando de la boca en clara alusión a Teresa.

Eran las ocho de la tarde más o menos.

Estaba planchando mi ropa intentando controlar mis nervios y le mandé un mensaje.

—«¿Te vas a poner el colgante del gato? ¡Es que hoy la cena va de gatos!»

Una pausa. Un breve silencio y vi cómo la pantalla se iluminó según entraba su mensaje.

—«Ji, ji, ji... ¿Sigue en pie lo de recogerme?»

¿Era posible lo que acababa de leer? ¿Quería en serio que la recogiera de su casa? Si ella supiera lo que esto significaba para mí...

—«¡Sí, siempre!»

—«¿A qué hora?»

—«¿20:45?»

—«Ok»

—«¿En la puerta en la que me dejaste? ¿O quedamos en la esquina de la farmacia?»

—«Vale, en la farmacia.»

—«Vale, allí nos vemos.»

—«Un beso.»

—«¡Gracias!»

Mientras me acercaba al punto de encuentro sentía los nervios a flor de piel. Estaba aún más ilusionado que la vez anterior. Necesitaba verla, sentirme a su lado, oírla... Saber que pronto podría respirar junto a ella me llenaba de emoción.

Allí estaba, justo en la esquina la farmacia, brillando en la oscuridad. A primera vista no vi a Tere. Debía de estar a la vuelta, ya que la farmacia hacía esquina. Bajé del coche y al doblar esta la vi.

Estaba de espaldas a mí con su cazadora roja. Tan sencilla, tan cercana. ¡Dios! ¿Por qué no podía ser mía? Ansiaba que fuera mi chica, pero debía ser cosa del destino, de Dios, de mi naturaleza o de todos a la vez que no lo fuera.

El cinturón de su chaqueta, entreabierta, colgaba a ambos lados rozando sus pantalones negros. La luz de la farmacia dibujaba su femenina figura desde atrás. Era la mejor publicidad, el mejor prospecto para el buen ánimo, el optimismo y las ganas de vivir.

Teresa.

—¡Tere!—grité.

Se giró y avanzo hacia mí. Nos besamos.

—Gracias por llevarme —dijo a modo de saludo.

Le abrí la puerta nervioso cual adolescente, como cuando rocé por primera vez el brazo de la chica que me gustaba. El olor de su perfume me golpeó con fuerza, descolocándome aún más.

—Tengo una gran capacidad para llegar a los sitios a la hora exacta, una puntualidad natural —dije torpemente, de modo mecánico mientras me deslizaba flotando hasta la puerta del conductor.

—Yo ya llevaba unos minutos aquí.

Era muy difícil conducir y disfrutar de su presencia a la vez. Me sentía volar. No obstante, Dios sabe que tenía que intentarlo, aún a riesgo de tener un accidente.

La miré de reojo.

Me di cuenta de que llevaba puesto el colgante nada más tomar asiento. Brillaba de un modo especial sobre ella.

Pusimos un poco de música.

Comenzó contándome acerca del ordenador que Manuel había retirado del servicio técnico.

No era de esto de lo que quería hablar. No ahora.

—No sabía que tenías el AppleCar conectado —dijo.

—Sí, además es una maravilla. ¡Escucha!

Y acto seguido procedí a decirle a Siri con voz de mando:

—Siri, ¿quién es mi chica favorita?

Siri no tardó en contestarme.

«—Aquí tienes los datos de contacto de Teresa».—dijo con esa voz mecánica que obviaba las connotaciones que ese nombre tenía para mí.

La sentía cómoda. Pero esos dobles mensajes me volvían loco. Durante una hora dimos varias vueltas procurando aparcar. Pasamos cerca del lugar de nuestra anterior cena, y a continuación por el parking situado a espaldas del mercado central. Muy próximo a nosotros nos esperaban nuestras compañeras, pero era imposible aparcar.

—No te preocupes—me dijo con voz tranquilizadora—. Tenemos música y buena compañía.

Al fin, tras cruzar una calle, Tere me señaló un lugar.

—¿Qué tal aquí? —dijo rápidamente.

Era la puerta de un parking a nuestra derecha.

—Ah, sí, perfecto— dije mientras me odiaba a mí mismo por haber pasado por esa calle y tener que dar por terminado ese periplo encantado. Por otra parte, ahora podría prestarle la atención que yo quería y dejar de luchar contra el impulso de mirarla constantemente mientras estaba al volante. No podía sucumbir por obvias razones.

Después de dejar el coche tuvimos que caminar aún unos veinte minutos. En total había transcurrido casi una hora, los dos juntos dentro del coche. Solos. Era lo más cercano a una cita que jamás había tenido con ella. Algo dentro de mí me decía que no tendría muchas oportunidades así.

Era de noche y esto lo enriquecía todo aún más de ese misterio que hace que nos sintamos más cerca de la persona que nos gusta. La nocturna atmósfera que nos envolvía generaba una magia a nuestro alrededor que daba la impresión de poder detener el tiempo. Sabía que me estaba engañando, pero disfrutaba pensando que tendría horas y horas para estar con ella a solas. Únicamente serían unos minutos, pero procuraría guardar en mi memoria cada impresión, cada sensación, caricia, palabra, tono de voz, persona con la que nos cruzábamos... Al fin y al cabo, recordar es volver a vivir, dicen.

—¿Sabes? He conseguido convencer a Gloria de modo muy sugerente para irnos de viaje a Burgos este verano. Quiero conocer el lugar donde has vivido.

—¿Sí? ¡Qué bien! Ya verás cómo te encanta. A mí me gusta volver allí, pero tras llevar unos días, me canso. Recuerdo que una vez, cuando era pequeña, se derrumbó la calle del colegio y tuvimos que dar clases en el seminario. Estábamos encantadas allí con todos los chicos.

—Veo que al final llevas puesto el colgante—dije señalando sutilmente su cuello, donde siempre debió estar.

—Sí, todo sea por una noche perfecta.

—¿Cómo se llama el río que pasa por Burgos?

—Arlanzón.

—Suena a poema épico: «Los infantes lavaron sus cansados rostros en las aguas del Arlanzón antes de enfrentarse en cruenta batalla» —improvisé.

Noté una mirada divertida ante mi alarde literario.

—Como te dije esta iba a ser una segunda cita; con carabinas, pero una cita— apostillé.

Sonrió. Me estaba regalando otra noche y yo lo sabía.

Podía volar. No hay palabras que expliquen lo que sucedía dentro de mí.

La veía a mi lado sonriéndome y no sabía qué hacer ni pensar, solo deseaba besarla, rozarla...

Contemplé las pocas horas que tenía por delante como un regalo del cielo.

Estábamos acercándonos al barrio de San Antón, el lugar donde nací y en el que vivió su infancia mi padre. Bajo la bendición de esos recuerdos que siempre me protegían, nos encaminamos hacia el panteón de Quijano, hoy en día plaza de Santa Teresa precisamente, y la próxima calle Sevilla. Teresa a mi lado, la mujer que salió de mis sueños.

La magia existía y se estaba realizando delante de mis ojos. Me sentía como cuando era niño en la noche de Reyes.

Llegamos ante el restaurante. Le abrí la puerta del local cual caballero andante y disfruté de su silueta al verla caminar delante de mí.

Allí estaban Laura e Isabel esperándonos, sonrientes. ¿Sabrían de la emoción que me embargaba?

—¡Eh! ¡Ya estamos aquí! —dijimos al llegar a la mesa. Tere se sentó a mi derecha. De vez en cuando yo miraba furtivamente su colgante. El gatito balanceándose, mi secreto colgando de su cuello, en su pecho.

Parecía que siempre hubiera estado allí.

—Disculpad, voy un momento al aseo —dije cuando habíamos terminado el primer plato.

Con esta excusa mee acerqué a uno de los camareros.

—Perdone, tengo unos dibujos aquí. —le dije—. ¿Podrían traerlos a la mesa cuando estemos en los postres y darle uno de ellos a cada una de mis compañeras?

—Por supuesto, caballero. No se preocupe.

Pensé en las horas que tenía por delante como un regalo del cielo.

La cena transcurrió de modo muy agradable, en un ambiente estupendo entre «los cuatro gatos» como así habíamos decidido llamarnos.

Nos hicimos varias fotos y al hacerlas procuraba situarme con rapidez a su lado, buscando esa posición privilegiada frente al objetivo de la cámara.

Así pues, entre risas y bromas, llegó el momento de los postres.

Junto con estos, el camarero trató un plato con unas servilletas dobladas y que colocó en el centro de la mesa y en cuyo interior adiviné, se encontraban las copias del dibujo que había realizado esa misma mañana.

—¡Qué gracia! —dijeron casi al unísono, con sorpresa al abrir cada una la servilleta conteniendo el dibujo.

—¡Somos nosotras! —dijo Laura, riendo.

—Claro, como decía todo el mundo en la oficina que iba a ser una cena de cuatro gatos, se me ocurrió la idea. Así que propongo una vez más un brindis por los cuatro gatos —dije alzando mi copa, mi mirada únicamente pendiente de atrapar la de Tere— ¡Por los cuatro gatos!

—¡Por los cuatro gatos!—dijimos alzando nuestras copas.

Laura me miraba sonriente.

—¡Por la amistad!—dijo.

La despedida. De modo inconsciente mi mente lucha para no recordar los detalles de esta. Supongo que me protege ante el dolor que me supone ver cómo Teresa se aleja.

Isabel, Laura, Tere y yo nos dispusimos a subir caminando en la noche hacia el garaje donde habíamos dejado el coche. Tere caminaba a mi lado.

Conversábamos animadamente cuando vimos a un grupo de habitantes de la noche. Con este término solía referirme yo a esos jóvenes que hacen de este momento del día su hábitat natural. Venían gritando y moviendo peligrosamente sus cuerpos de lado a lado. Sin pensarlo, puse mi mano con instinto protector sobre los hombros de Tere al ver que ella no se había percatado, inmersa en la conversación con Isabel.

—Venid por este lado mejor—dije, sintiéndome un poco héroe. La circunstancia me dio el ingrediente que le faltaba a esa noche.

Al llegar frente al garaje, nos encontramos con que las puertas de este estaban cerradas. ¿Tenía quizás un horario de cierre y en las prisas no habíamos reparado en el mismo? Salimos de dudas pocos segundos después cuando un motorista se detuvo con aires de *connoisseur* frente a la puerta y, tras pulsar un botón en el que no habíamos reparado, la puerta se alzó.

Salvado este obstáculo fuimos a continuación a dejar a Tere en su casa.

Al llegar frente a ella tras cruzar demasiado rápido esta vez las calles de la ciudad, nos detuvimos frente al garaje que también recordaba de la vez anterior. Pero esta vez era distinto. Esta vez estaba Isabel con nosotros.

Abrí la puerta del coche.

—Espera, quiero despedirme adecuadamente— dije mientras salía y daba la vuelta desde el asiento del conductor.

Cuando se acercó a mí la abracé. La abracé profundamente durante un tiempo que se me hizo largo y demasiado corto a la vez. ¿Eran imaginaciones mías o llegó a besarme hasta tres veces? En cualquier caso pasó demasiado deprisa. El roce imperceptible de nuestros cuerpos, la tibieza de su mejilla contra la mía, sus cabellos rozando mi cara... Pasó todo fugazmente, aunque el tiempo, para mí, ya hacía rato que se había detenido.

—¡Gracias por todo! Lo he pasado muy bien—. Las palabras salieron de mi boca, naturales, derechas a su oído.

Y luego:

—¡Te quiero mucho! —le dije, mientras acariciaba su cabello y sus orejas con delicadeza.

Cuando volví a subir en el coche con mi compañera Isabel, la emoción me embargaba. Emprendimos la marcha.

—¿Cómo quieres que me sienta después de esto? — dije, la mirada al frente sin poder contenerme—. ¿No ves cómo me trata? Hace que me sienta agradecido a la vida por estos momentos.

Comprendí que en esta cena, al igual que la anterior, Tere me había hecho un regalo. Me había permitido por unos momentos experimentar una nueva realidad. Había cruzado las puertas del casino reservado solo a los socios. Me había sentado en el lugar privilegiado, al lado de la chica que siempre me había gustado en clase. ¿Qué importaba que, como en el cuento de la Cenicienta el baile hubiera acabado? Había vivido la experiencia.

Dicen que no existe la magia, que el arcoíris no puede aparecer en un día despejado, que los ángeles no existen... y tantas, tantas tonterías.

Yo también creí hace tiempo que mi ciudad ya no escondía nada para mí.

Ella me demostró como tantas otras veces que hay universos por descubrir dentro de sus ojos, que su voz esconde sinfonías, que el ritmo de mi pulso aún podía verse aumentado hasta lo indecible.

Di vueltas y vueltas por calles y plazas, prolongando el momento. Y luego, una vez acostado seguí en mi mente recreando todos y cada uno de los momentos, de los gestos, de las miradas, de las palabras de Teresa.

Por un extraño milagro había estado con ella, la había recogido a las puertas de su casa, habíamos compartido una hora mágica encerrada en mi coche, mostrándole durante el trayecto los lugares donde había pasado parte de mi vida.

Dicen que una Epifanía es cuando tiene lugar un momento de revelación, de especial importancia, que hace cambiar nuestro mundo, cuando la realidad cobra otra interpretación, otra manera de ser vista y percibida. Después de esa noche ya no podría volver a ver esas calles del mismo modo, ni ver a la gente cruzarlas igual y ya no podré ni aparcar igual. Seguiré sintiéndola dentro de mí cada vez que cierre los ojos. La veré a mi lado cada vez que me siente ante el volante, disfrutando del momento y de la dicha de estar juntos, solos ella y yo.

Y que soñar, lo que es soñar no había soñado nunca.

Hasta ahora.

Al día siguiente, cuando llegué a la oficina, la besé, la besé con ganas en las mejillas antes de ocupar mi asiento. Estaban conversando sobre la cena. Una de mis compañeras me señaló la columna que se encontraba frente a la mesa de Tere.

Había colocado sobre ella mi dibujo, por lo menos una de las copias que le di.

Sorprendido y muy emocionado la besé de nuevo. Era lo más cerca que me había sentido nunca de sentirla mía.

Unos minutos después, cuando me hube repuesto un poco, le escribí un mensaje:

—«Gracias por hacer de ayer una noche mágica. Lo recordaré siempre. Esos momentos a solas contigo en el coche valían demasiado la pena.»

—«¡Gracias a ti! Fue una noche feliz, me sentí bien, muy feliz. Gracias, gracias.»

¿Cómo se siente cualquier mortal después de leer algo así, escrito por la mujer que ama? ¿Desconcertado al menos? Guardé esa conversación en mi móvil como el que protege algo maravilloso que se ha encontrado en el camino de la vida. Sabía que este sería un recuerdo que disfrutaría en la vejez, si era capaz de guardarlo en una cajita y ocultarlo tras algunos libros de la estantería. Era íntimo, personal, mío. Quería poder recordarlo de vez en cuando.

¡Como deseo revivir esa noche una y otra vez! Sentir la frescura de la misma, oír sus palabras como música, su presencia caminando junto a mí...

Solo tengo que cerrar los ojos un momento para que eso sea posible.

Escribo para dejar grabadas mis emociones, esto no es solo mi diario sino el mejor regalo que puedo hacerme. Mi testamento emocional. Esta es también mi terapia y mi consuelo.

Unos meses después volvimos a comer juntos en el Castilla 12. Ese día no éramos cuatro gatos, sino cinco, ya que se había incorporado Tomás, un nuevo compañero.

Salimos del Ministerio y esta vez era Tere quien conducía. Laura venía con nosotros en el asiento trasero. Desde mi sitio de copiloto pude ver como Manuel, su pareja, salía del edificio anexo. Ella le lanzó un beso a través del parabrisas y yo sentí deseos de evaporarme. Miré hacía el frente con la mayor compostura que pude.

Y así, sentado en el asiento del copiloto admiré su perfil mientras conducía con pericia por la ciudad. Este no iba a ser un día mágico. Sería maravilloso estar con ella por supuesto pero hoy no habría magia.

Llegamos al restaurante, ahora un poco desprovisto a la luz del día y con un invitado más al haberse incorporado nuestro nuevo compañero Juan. La magia de aquella noche brillaba por ausencia.

—Los cinco se van de comida—dije en réplica a los libros de Enid Blyton que ambos habíamos leído, tras sentarnos en nuestras sillas.

—Sí—dijo con una inmensa sonrisa que sirvió como entrante.

Me gustaba el modo en que ambos compartíamos un plato. Para ella, acostumbrada quizás a este tipo de situaciones esto no pasaba de ser un gesto más, seguramente. Para mí era casi como compartir un momento íntimo.

La miraba como queriendo guardármela. Anhelaba recordar cada perfil, cada mohín de los suyos, cada dulce arista de su rostro, cada gesto que me regalaba. Memorizarla, grabarla dentro de mí, para soñar con ella, para poder verla al cerrar los ojos con absoluta nitidez sin tener que hacer un esfuerzo de memorización. Para que su perfil formase parte de mí, de mi misma naturaleza. Ansiaba incluso poder sentir su olor cuando no estuviera a mi lado.

Había llegado a un punto en el que mis ganas de verla eran mucho más que eso. Quería saberlo todo sobre ella, cada ritmo de sus párpados, la frecuencia con la que sonríe y durante cuánto tiempo lo hace. Es vital que lo conozca, es vital que este así cerca de ella.

No hay novela, ni película, ni obra de arte que pueda interesarme más que contemplar al objeto de mi amor de ese modo, por tiempo indefinido.

Y si no está junto a mí, ese tiempo se irá en recordarla, en rememorar una y otra vez, obsesivamente cada mirada y cada gesto que me dedicó.

. . .

Escribió Miguel Delibes que «la sombra del ciprés es alargada», pero yo quería ir más allá, quería comprobar cómo era la forma del amor. Saber cómo era la sombra de Teresa; esta parecía alargarse, estrecharse, esconderse y reaparecer con nueva luz. Tenía ella sí, esa mágica cualidad. Podía iluminar un día nublado sin proponérselo. Incluso cuando me estaba diciendo que lo nuestro era imposible me hacía brillar con su mirada y, ante ese hecho, solo cabía reconocer la magia de la existencia, de la vida y dar gracias por sentir algo así. Solo cabía rendirse a su naturaleza.

Sé por eso que he de persistir en el empeño de estas memorias que escribo. No debo desfallecer en ese esfuerzo, sin vergüenza ni falsos ocultamientos, sin falsa moral al uso y con valentía. Persistiría como hizo el poeta Keats —quien, idealizando la belleza de las urnas griegas— luchaba por mantener fijo y a la vez, vivo ese momento. Al igual haría yo, para que me acompañara siempre. Todo lo que la rodea era tan mío ahora como de ella. Incluso me atrevería a decir que era más mío en ese momento porque yo lo necesitaba para vivir y ella no. Para ella serían bellos recuerdos. Para mí sin embargo eran y estarían vivos siempre.

Si no puede ser en esta tierra, que sea en algún lugar anónimo donde ella pudiera ser ella y yo pueda ser yo. Donde pudiéramos estar juntos de verdad. Solos ella y yo.

Perdidos en nuestros besos, en la contemplación eterna de almas que se conocen y se sienten, que se intuyen del modo que solo permite el amor. Que se han estado buscando durante años sin acertar a estar juntas.

A veces me había sentido tentado de creer en que no existía un Dios, un ser supremo, que la muerte acababa con todos nosotros de modo inexorable, horrendo y fugaz. Pero me negué a creer eso. Al igual que alguien dijo que la existencia del dedo pulgar justificaría la existencia de Dios, la existencia de Teresa, su modo de ser, la vida que infundía en los que la rodean justificaba toda una pléyade de dioses griegos en un monte cercano si no al Olimpo, sí al menos al castillo Santa Bárbara de mi ciudad. Ella era la diosa, la princesa que movía el mundo, la que me hacía escribir como un poseso, sintiendo que por los dedos fluía el pensamiento, un pensamiento apenas formado, pero que necesitaba expresarse. Necesitaba que mi amor perdurara, se transformara, estuviera allí, silencioso, como un mudo testigo ante ella, ante la única mujer por la que quería vivir, por la que había querido vivir y que, sin saber cómo, había estado buscando a través de los libros, de mis aventuras y viajes por el mundo. Y creo que gracias al arte, gracias a su inspiración ella estaría conmigo y lo estaría siempre, cada vez que abriera estas páginas y leyera estas líneas.

Yo por mi parte había aprendido una lección muy importante. El arte no era sino la búsqueda de esa vibración, de ese sentimiento sublime a través de la creatividad. Por eso sucede que cuando encontramos a la mal denominada musa escribimos. No es que nos esté inspirando literalmente, lo que hacemos en ese caso es tan solo describirla, hablar de ella, de lo que haríamos con ella, elaborar las conversaciones que brotan por salir del alma, realizar y plasmar la vida que no hemos podido tener con ella.

Quería aprender la lección, estar preparado para conocer todas las respuestas. Desde la forma de sus piernas y el modo en que las cruza, cómo respiraba y cómo eran sus ojos cuando estaba cansada. La tonalidad de su piel, el calor y temperatura de la misma en aquellas escasas ocasiones en que me atrevía a tocarla, a sentirla incluso, ¡atrevimiento de atrevimientos! rodeándola con mi brazo mientras intentaba, —de modo temerario—, inmortalizar ese momento en una fotografía, donde ella quedara atrapada como pensaban en algunas culturas indígenas. ¿Y su olor? Ese olor casi imperceptible, que solo atreviéndome a acercarme peligrosamente lograba alcanzar a percibir. Era el olor del confort, del hogar, de la chimenea encendida con el gato cerca, de la niña que habitaba dentro de ella. Quería saberlo todo, amarla de modo inconmensurable. De hacerlo así, tendría parte de su alma junto a mí. Era por esto por. que debía escribirlo todo, para que mis emociones no se me escaparan, para poder guardarlas en esa cajita junto con todos los recuerdos de Tere.

A veces me sentía como ese joven que llega tarde al tren que ya pasó y que no volverá a salir. Tal vez había llegado tarde a su vida cuando ella ya había partido para la ciudad mágica, para el pueblo encantado. Pero yo ya no estaba en el tren. La chica que pude haber conocido en el vagón, se encontraba charlando animadamente con otro chico. Ella era feliz a pesar de no estar nosotros en ese vagón, de ahí la tristeza y el pesar.

Ese lunes me aproximé a ella con cierta determinación.

—Tengo una sorpresa para ti. Te la daré el miércoles próximo, ¿a que no te lo imaginas?

De modo natural había colocado mis dos manos a ambos lados de su reposabrazos mientras la miraba fijamente a los ojos.

—¿Qué es? No quiero sorpresas —dijo a la defensiva al tiempo que se reía moviendo la cabeza de ese modo tan delicioso en ella. Una parte de mí ya se había agachado y la estaba besando en esa boca tan sensual mientras mi mano derecha acariciaba su cara, sus orejas, su cabello. Me detuve.

Había sido solo un pensamiento fugaz, rápidamente reprimido como siempre.

En lugar de eso acerté a decir una banalidad.

—Esteban, el jefe de sección interino que tuvimos, me ha llamado preguntándome si estaría yo aquí el miércoles. Le he dicho que no, pero que tú le atenderías con mucho gusto —, le dije divertido, pues de todos era sabida la animadversión que Tere guardaba hacia este antiguo directivo que pasó sin pena ni gloria por el ministerio.

La última noche mi mente volvió a jugarme una mala pasada. Uno de esos juegos malignos que nos presenta de vez en cuando. Soñé que me acercaba a Tere, como tantos otros días en la oficina y, mientras la cogía por la cintura con la mano derecha, con la izquierda levantaba su brazo derecho, haciendo el ademán de comenzar una danza. Ella me miró, con cierta resistencia en su cuerpo tenso y luego, mágicamente se acercó a mí, aceptando la invitación, juntando su cuerpo contra el mío e iniciando el baile.

Me desperté con una triste sonrisa en la boca, sintiendo, oliendo todavía su piel, su presencia y su calor entregado a mí.

Durante el resto del día mi mente se iba a esos mundos eternos, se alejaba de la tierra y se recreaba en esa sensación y en ese olor, sabiendo que, pronto, como pasa con todos nuestros sueños, quedaría olvidada.

Por eso estoy escribiéndola aquí, para que no se olvide, para que pueda al leerlo otra vez en un futuro lejano, recordar que una vez lo sentí, que una vez, por un cruel juego del destino, de algún modo, de alguna manera que no logro explicarme ni a mí mismo ella estuvo muy cerca de mí... y bailamos.

Estaba acabando junio. Nuestra compañera Camelia se había ido de vacaciones. Solo estábamos Tere y yo en nuestro departamento. Nada impedía mi visión de ella en cuanto desviaba mi mirada hacia su sitio. Estaba encantadora, bellísima, con una falda ligera y veraniega. Para colmo de males se acercó en varias ocasiones a hablar conmigo, confidencialmente, reposando su cabeza en su brazo mientras apoyaba este en la mesa y me miraba a la cara. Me recordaba constantemente con su dulzura y su belleza que el destino era muy cruel conmigo.

Quedaba sólo una cosa por hacer. Quería saber si debía irme de este departamento hacia aguas menos populosas, menos transitadas, donde mi mente pudiera pensar en otra cosa, que no olvidarla. Esto último ya sabía que sería imposible aunque lo pretendiera. Ya el año pasado había barajado la idea y había sufrido las consecuencias de no hacerlo. ¿Sería este el momento adecuado? ¿Debería atreverme? Cada una de las opciones representaba pros y contras.

Se acercaba la fecha decisiva en que se iba a convocar el próximo concurso de traslados. Aún no sabía muy bien qué curso tomar.

«—Perdona que insista en tomar un café contigo —le escribí—, pero tengo que tomar una decisión importante y no quiero hacerlo sin hablar contigo antes.»

«—Ok. Luego lo hablamos.»

Durante el resto de la mañana no hubo oportunidad de mantener esa charla privada. Yo me había resignado ya a tomar el curso más drástico, a alejarme de su vida, cansado, dolido, rendido.

Me sorprendió gratamente al día siguiente cuando, sin esperarlo me dijo:

—Ernesto, hoy el café en el Pamplona estaba horrible, me ha dejado muy mal sabor de boca. Si eso cuando bajes tú, voy contigo y me tomo otro.

¿Había entendido bien? ¿Me estaba pidiendo Teresa que bajara con ella a tomar café?

A duras penas, aguanté unos pocos segundos.

—Bueno, vamos a bajar ya —dije, aparentando naturalidad—, así se te quitará el mal sabor cuanto antes.

Una vez apoyados en la barra del bar, abrí la conversación:

—Lo que menos deseo es molestarte y me consta que en más de una ocasión lo hago. Sé que soy cargante, debo de serlo.

Ella sonreía.

—Tampoco tanto, ya estoy acostumbrada.

—Como sabes, en unos pocos días va a salir el concurso de traslado y estoy pensando si debo de pedirme algún destino. Estar contigo se me hace muy duro, lo paso francamente mal. Bueno, es como una montaña rusa más bien. Es, ¿cómo decírtelo? Tú eres mi droga, te veo y me pongo contento, alegre, pero cuando dejo de verte, entonces, entonces es muy distinto. Para mí eres una persona muy especial, una persona maravillosa. Pase lo que pase, sea cual sea mi decisión, no quiero que te quedes nunca con la sensación de que has hecho algo indebido. Tú no has hecho nada, te lo aseguro. Reconozco, eso sí, que si me hubieras cortado en un principio, diciéndome algo así como «tío, ¿tú de qué vas?» me hubiera sido todo más fácil.

Ella asentía con la cabeza, recalcando, confirmando que, efectivamente tales pensamientos habían pasado por su cabeza.

—Yo no soy así, no podría habértelo dicho nunca.

De retorno a la oficina, se comportó como siempre, risueña y alegre. Y yo tuve que hacer un esfuerzo para, recordando nuestra conversación de hacía escasos minutos, confirmar que esta había tenido lugar. Sentía que ella estaba cómoda conmigo, segura, y eso, para mí, era lo que más valoraba en ese momento. Dentro de la escala real de mis posibilidades, de mi limitada realidad.

Tomé la decisión. Y no fue la inicial que me había planteado. Pensé que era mejor sufrir a su lado que lejos de ella. Sabía que si me iba haría todo lo posible para no saber de ella y francamente prefería tener las estrellas si no podía conseguir la luna.

Así que al día siguiente le envié un escueto mensaje. Un mensaje que —siguiendo mi forma tradicional de actuar con ella—, le había guardado en el interior de un expediente antes de bajar a tomar café.

—«Ya he tomado una decisión» —la escribí desde allí.

—«¿Y cuál es?»

—«Te la he dejado dentro del expediente 792/19.»

—«¡Voy!»

—«En este caso no puedo opinar —escribió tras unos segundos en los que esperé impaciente sus palabras. Yo respeto tu decisión, sea cual sea.»

Luego me atreví aún a decirle tras acercarme en uno de los momentos de tranquilidad en la oficina:

—Prométeme en serio que te sientes cómoda conmigo cerca. Es lo único que quiero saber.

—Tranquilo, mientras no me des mucha caña todo irá bien. Puedo soportarlo.

Me sentí eufórico después de eso. Estuvimos naturales riéndonos y gastando bromas toda la mañana, como de costumbre. Pero yo me había descargado de algo. Me sentía libre, noble, sentí que había depositado mi corazón en buenas manos y que ella lo ibas a cuidar aunque no podía aceptarlo. Este ya era de por sí un acto de amor. Era como si al menos hubiera accedido a dejarlo en depósito en consigna en una estación, para que no se perdiera en la posteridad. Quizás, algún día, cuando hiciera mudanza en casa, se encontraría esa llave de taquilla, y tras preguntarse qué hacía en el bolsillo de su antiguo abrigo o bolso, recordaría a ese compañero, demasiado entusiasta que se lo dejó. Ese que, sin pensarlo dos veces, con los ojos cerrados, le entregó su corazón. Quizás, cuando fuera anciana y caminase despacio, afectada por los achaques de la edad, buscaría la estación. Esta tal vez tendría otro aspecto, habría sido reformada y las consignas estarían ahora en un edificio anejo, pero aún así seguiría conservando el mismo número, la misma taquilla que correspondía con la llave. Allí, en un rincón nada destacado estaría la misma. Y entonces, solo entonces y tras respirar hondo la abriría.

Estaba solo, pero ¿no había estado solo durante más de tres años? ¿Solo con mis decisiones, con este amor escondido, salvo algún confidente ocasional? Me miré en el espejo. Lo que vi fue un hombre ya maduro, cansado de estar ofreciendo al mundo una lección de optimismo vital que, sin embargo, tras arañar un poco su superficie dejaba ver un alma cansada de buscar. Había llegado hasta aquí haciéndome falsas esperanzas, viendo signos positivos donde no los había, en cada sonrisa, en cada acercamiento de ella, pensando que podría haber algún conflicto interno. Me había llenado yo mismo de teorías psicológicas de todos los colores para poder seguir hacia delante, para seguir viviendo y trabajando junto a ella.

El hombre de pelo canoso en el espejo me mostraba otra realidad. Un hombre de sesenta y un años que por muy joven que quisiera sentirse, cada vez que se miraba en el espejo este me devolvía la imagen objetiva y fría. Cerré los puños con fuerza. Sentí mi rabia. Hacía mucho tiempo que no se adueñaba de mí la ira. No así.

Fue entonces cuando tomé la decisión. Ya no habría vuelta atrás, no más vacilaciones ni dudas.

Ese día amaneció distinto. Era el último día antes de que ella se cogiera vacaciones.

Nada más llegar a la oficina, un mensaje brincaba en la pantalla de mi móvil. Un mensaje de *WhatsApp* escueto y seco:

—«Hola, compi, hoy no voy a trabajar. No me encuentro muy bien desde ayer.»

Había esperado ese día con ilusión, igual que me sucedió el año anterior. La sencilla ilusión de estrecharla entre mis brazos y darle un beso de despedida ante las inminentes vacaciones. Había estudiado incluso un modo casi diabólico de besarla en la comisura de los labios así como la tarea completamente suicida de besarla en la boca. Toda la noche anterior había soñado con esa idea, deleitándome con anticipación en su realización. Todo eso no iba a poder ser.

La mañana fue extraña. Comencé pidiendo consejo a mi compañera —la última que había averiguado la verdad—, si creía que debía pedir el concurso de traslados.

—Sí, por tu propio bien debes hacerlo. Te hace daño esta situación —me dijo brevemente.

Tenía que verla. Sentía que tenía que intentar acercarme a ella. Era lo menos que podía hacer. Cuando salí a desayunar, casi sin querer, encaminé mis pasos hacia casa de Teresa, hacia aquella calle que había pisado otras veces y por la que había transitado de joven sin saber que ella viviría allí. Le mandé un mensaje.

—«Estoy aquí abajo, ¿qué piso es?»

Tras una pausa, por fin la respuesta.

—«Ernesto, no es buena idea.»

Era lo que esperaba. Lo contrario hubiera sido un milagro. Los dos habíamos cumplido nuestros roles, habíamos hecho lo que teníamos que hacer.

Sí, ese día estaba asumiendo algo importante.

Recordé el mensaje que había enviado a mi supervisora Pilar esa misma mañana.

—«¿Tú también piensas que debo pedirme el traslado? Esta semana es la última para solicitarlo.»

Me contestó, con palabras breves y respetuosas pero sinceras.

—« Sí, sí lo creo. Por ti.»

Le di las gracias. Había tardado en descubrir en ella a esa amiga que había tenido a mi lado estos cinco años y a la cual no había prestado atención. Era mi aliada, una persona con una sensibilidad afín a la mía y que entendía sin hablar, la vida turbulenta por la que estaba pasando.

Tenía que asumir que tenía que dejar de verla. Había necesitado todo un año para que aquellas palabras del psiquiatra en la primera visita tocaran fondo. Sabía que no debía acercarme a ella jamás, que debía intentar no acercarme pues hacerlo día a día, año tras año, me hería profundamente.

Yo sabía que Tere no quería lastimarme, ya me lo había dicho una vez, pero al no sentir lo mismo que yo, era incapaz de concebir el dolor profundo que podía estar hurgándome, arañando todo mi interior, haciendo que mi autoestima fuera mermándose poco a poco.

Permanecí allí aún una media hora, paseando calle arriba y abajo. Me fijé en los comercios cercanos. Estaba frente a una panadería en ese momento. ¿Compraría ella el pan allí? Calle más arriba se encontraba la asociación autista de la ciudad. En la esquina de la urbanización, un supermercado Dia y ya a la vuelta mientras me dirigía de vuelta hacia el Ministerio volví a pasar por delante de una fontanería y de la farmacia donde la recogí aquella noche mágica este mismo año y que en mi mente daba la impresión de haber sucedido en otra vida. Fue otro yo quien lo vivió, en una historia de amor en bucle que se repetía en mi cabeza.

Cuando volví a mi mesa entré de nuevo en el ordenador. El formulario que había completado estaba delante de mí. Faltaba el gesto final, la última decisión. Situé el pulgar sobre el ratón y pulsé el botón «enviar».

Me acerqué a Laura que estaba hablando con Kristina.

—Laura, ¿me puedes dar un abrazo por favor? Creo que lo necesito.

Mi compañera lo entendió. Se levantó y me abrazó.

—¡Ánimo, Ernesto!

Un amago de lágrimas luchaba por brotar de mis ojos, pero pude contenerlas a tiempo.

CAPÍTULO 21

FIGURAS BAJO LA LLUVIA

Había que intentarlo.

—¿Quieres que tomemos hoy café en otro sitio?—le dije—¿En el Jalavi quizás? Allí nos podemos sentar dentro.

Sí, me gustaba ese lugar. Su patio era acogedor, cómodo, apartado de la calle y del ruido de la urbe donde nos encontrábamos. El rincón idóneo para un encuentro romántico y fugaz. Un lugar al margen del tiempo y casi, casi del espacio.

Llegó pasados unos minutos, trayendo como era habitual en ella la primavera y ese característico olor que siempre la acompañaba y que irradiaba placidez y tranquilidad.

Llegó sí, como la luz. Y se sentó a mi derecha.

—Me siento aquí, ¿ya has pedido?

Lo había pensado la noche anterior, justo antes de que mi cabeza golpeara la almohada. Hacía tiempo que no dormía bien, mucho ya que me dejaba caer para quebrar el día, rendido por el cansancio. Conseguía así desconectar durante unas cuantas horas. Tomé conciencia entonces de un hecho obvio. Ridículamente obvio y a la vez preocupante. Durante más de tres años había estado pensando en ella, soñando con ella, haciéndole regalos, enviándole poemas a través de *WhatsApp* y de cientos de modos más, pero jamás, jamás en todo este tiempo le había dicho que la amaba como había que decirlo.

Verbalmente.

Cara a cara.

Sosteniendo la mirada.

Y entonces lo hice. Estaba junto a ella mientras me contaba los sueños que había tenido esa mañana. Su mirada límpida y clara fija en la mía. Su cabello enmarcaba su rostro con aparente libertad. Parecía descuidado por el modo en que se movía el mismo a ambos lados de su cara. Su belleza lo llenaba todo mientras conversábamos sobre la fragilidad de los sueños, y la imposibilidad de recordarlos aunque lo deseáramos. La facilidad con la que se olvidan, interrumpí.

—¿Sabes una cosa? Hablando de temas importantes me he dado cuenta de que hay algo que nunca te he dicho cara a cara mientras te miraba a los ojos.

—¿El qué?— parecí detectar cierto tono de recelo en su voz, aunque seguía sonriendo.

—Ven, acércate y te lo digo.

—No, no —dijo mientras se echaba para atrás.

—No seas tonta, no te voy a hacer nada.

Volvió a aproximarse. Era el momento.

—Me he dado cuenta de que, en todo este tiempo jamás te he dicho cara a cara lo profundamente enamorado que estoy de ti, lo mucho que te quiero.

Ella me miró con completa naturalidad.

—Mira qué cara de buena persona se te pone —dijo riendo, quitándole importancia a la situación.

—Es la mía, solo refleja lo que siento, nada más. Hay otra cosa que no te he dicho. Ese corte de pelo te queda muy bien porque dibuja y enmarca tus facciones de modo perfecto.

—¡Vaya! No me digas que entiendes de peluquería también —dijo con sorpresa.

—No mucho, pero sí de arte y una buena obra luce mejor con el marco apropiado.

—¡Bueno! A ver si voy a tener que salir corriendo —dijo con una sonrisa—. Quiero que sepas que me he sentido una egoísta viniendo a desayunar contigo estos días en que está de vacaciones Isabel con la que bajo siempre. Sé que no es bueno para ti, pero por otra parte pienso que como te vas a ir...

—Sí, lo sé, no me hago ilusiones, lo vivo como un momento de felicidad del que he de disfrutar, nada más. Tú y yo somos parecidos en eso. Sabemos gozar del presente y así es como lo experimento, como un regalo que me ha dado la vida. Un regalo más, pero no quiero seguir hablando de esto para no caer en...

—¿En la melancolía?

—Sí, eso es —. Mientras decía esto notaba cómo mi amor por ella se incrementaba aún más. Me encantaba el modo en que me comprendía, en que procuraba no lastimarme, haciendo gala de su sutileza y de sus suaves maneras. Se lo agradecía porque, aunque sin corresponderme, se preocupaba por mí. Sabiendo que era el único ser que me podía hacer feliz, y que en el fondo de sus ojos claros no encontraría lo que tanto ansiaba, no podía evitar amarla cada día más.

La miraba mientras se preparaba un cigarrillo, fijándome en cada detalle, en el modo en que echaba el azúcar en el café y en cómo giraba la cucharilla en la taza. En los gestos de su boca mientras hablaba. Tenía que concentrarme mucho para no dejarme embaucar por sus ojos y prestar atención a lo que decía.

La quería por su calidad humana y a la vez cuanto más lo hacía, más me iba pesando la decisión que había tomado de dejarla. Nuestros destinos se separarían, no la vería más en la mesa de al lado, no compartiríamos secretos, chistes... hasta incluso el más sagrado de los bienes que intercambiábamos, las chuches que guardaba en mi cajón dejarían de tener sentido.

Esa complicidad se perdería. ¿Estaba obrando con cordura?

Era lunes, el último día de nuestros mágicos desayunos, de un tiempo pasado entre bambalinas, fuera del mundo real.

—Te doy de nuevo las gracias por un sueño vivido en tu compañía —dije, intentando que no me temblara la voz.

Me imaginaba a mi mismo, años por delante cuando ya no estuviera con ella, sentándome en esa misma mesa todas las mañanas, a imagen de ese escudero enamorado de la princesa que se mencionaba en la película *Cinema Paradiso*, esperando día tras día verla entrar por la puerta, sonriente y confesándome su amor recíproco. Era una imagen ciertamente triste, teñida de esa melancolía enfermiza a la cual era incapaz de sustraerme. No veía otra manera de conservar su amor en ese momento que guardarlo en mi interior como un secreto, como se protege a un recién nacido del mundo exterior, de todo lo que pudiese dañarlo. Si, allí lo conservaría. Por lo menos uno de los dos mantendría viva la llama de la esperanza que para mí era tan importante como respirar.

Me consolaba una y otra vez pensando en que cuando estuviera triste solo tendría que acordarme de esos momentos clavados en lo más hondo de mi ser, recordar el calor y la tibieza de su presencia, la alegría de vivir que generaba en mí y que me motivaba para seguir adelante. Me gustaba en días así pasear por el barrio donde me críe, a escasos metros del Ministerio, para volver a encontrar mis raíces, para recuperar fuerzas.

Fue así, en uno de esos momentos, mientras recorría esas calles que había pisado innumerables veces como me encontré con mi yo anterior.

Las calles me habían estado dando pistas desde minutos antes a través de olores y sensaciones que no había querido, no había sabido reconocer. De cada rincón y portería con la que me topaba surgía un guiño amistoso, una sonrisa. Volví a encontrarme, a estar en casa como si el tiempo no hubiera pasado.

Al principio no reconocí a mi antiguo yo, pero era él. Sin duda.

Es reconfortante en esas ocasiones imprevistas encontrar ese viejo compañero del ayer que habíamos olvidado y ver que todavía existe, que está ahí, que sigue siendo él.

Ese día había amanecido nublado. La radio anunciaba lluvia en las próximas horas. Quizás cayera por la tarde.

Laura estaba sentada frente a mí. Ese día su expresión era seria, determinada.

Estábamos en Jalavi precisamente, donde tantas veces había estado con Teresa.

Tomó el tema directamente, sin medias tintas.

—Llevas meses diciéndome que la quieres, enseñándome fotos, dibujos y poemas de ella, pero ¿sabes una cosa? ¿Quieres que te diga la verdad, como una amiga y no solo como compañera de trabajo?

—Sí, por favor, cualquier cosa que me sirva para conquistar a Tere me interesa.

—Dudo de que en este caso lo sea. La verdad Ernesto, es que no te veo luchar por ella. Te veo sentado cómodo en tu rincón, con tu trabajo y tu rutina de todos los días, pero no te veo levantarte y arriesgarlo todo por ella. Parece que prefieras tener lastima de ti mismo.

—¿Arriesgarlo todo? Creo que no te entiendo. Sabes que dejaría a Gloria en cualquier momento por ella.

—Sí, eso es lo que dices.

—¿Entonces?

—Pero no veo que tus acciones estén a la altura de lo que dices. Creo que si de verdad la quieres, si la amas, debes de ir a por ella. Vé a por ella con todo el amor que llevas dentro y colócalo a sus pies. ¡Qué lo vea! ¡Qué lo sienta! Con el corazón, no solamente con tu cabeza ni con mensajitos de adolescente. Me pareces una persona coherente, de hecho muchas veces tú mismo dices que quieres actuar con coherencia, pero luego, luego... Parece que te quedes dando vueltas a tu situación, compadeciéndote a ti mismo, esperando que desde algún otro lado se obre el milagro. ¡Entiéndelo, el milagro no va a surgir de ninguna parte, a menos que tú hagas que éste se produzca! ¿No lo entiendes?

No supe qué decir. Todo parecía confuso dentro de la nube en que me sentía en los últimos días.

—Reflexiona sobre eso. No lo he dicho para herirte, sino para ayudarte. Ahora piénsalo. Solo rumia un poco lo que te digo.

Y diciendo esto Laura se marchó.

Me quedé mirando a mi alrededor.

El patio interior del local se encontraba enfrente mío, tranquilo a esas horas del día. Era viernes, apenas había gente. Estaba prácticamente solo a excepción de una mujer que tomaba una tostada de espaldas a mí.

Una extraña sensación se apoderaba de mí. Miraba ese lugar donde hasta en dos ocasiones había acudido con Tere, pero hoy me sentía en él como un extraterrestre.

En ese momento todo a mi alrededor parecía irreal. Quizá pronto despertaría, volvería a ser yo. Me daría cuenta entonces que estos tres años pasados no habían sido más que una ilusión, un sueño pesado de sábado por la mañana, de esos sueños dulzones de los que uno no quiere despertar.

Esa mañana en la oficina no pude pensar. Las palabras de Laura se agolpaban en mi mente que trataba de comprenderlas. Y además, allí estaba Tere que luchaba por colocar algunos expedientes voluminosos que no cabían en su estantería. Se agachó para poner en orden un par de ellos que parecían desmembrarse y amenazaban por esparcir sus folios por todo el suelo.

—Deja que te ayude —dije, y me agaché junto a ella sin pensarlo.

Estábamos los dos en esa posición, sus rodillas en paralelo a las mías, consultando unos expedientes que la buena suerte había decidido que estuvieran juntos. La veía desde lo alto. Por fortuna pude mirar hacia la ventana otra vez. Cuántas veces había tenido que actuar con evasivas para no dejarme llevar, arrepentido de mi impulso inicial.

—¡Muchas gracias! Ya está, ¡arreglado! —dijo, y se marchó de nuevo hacia su mesa.

Yo seguí aún mirando por la ventana un rato más. Habían dado las dos.

Era la hora de marcharnos. Algo nuevo surgía dentro de mí. Tenía voluntad, pero era la voluntad la que, unida a mi deseo, a mi secreta inquietud, me impulsaba hacia delante. Solo había un mundo que valiera la pena vivir y lo había tenido a mi lado todos estos años. Es más, esta mañana había rozado su mano, sentido sus piernas cerca de mí.

Esa tarde iba a ser la tarde definitiva.

—¡Tere, allá voy!

Y cogiendo la chaqueta que había quedado colgada en el respaldo de la silla, salí a la calle.

Me prometí a mí mismo que tendría que comprar un nuevo espejo. Si este era el reflejo que iba a ver a partir de ahora, mejor que fuera en un nuevo marco.

El cielo se tornaba cada vez más encapotado, oscuro, cerrado y tenebroso como mazmorra encantada, impenetrable. El pronóstico dado por la radio esa mañana parecía que iba a ser correcto después de todo.

Sabía que esa tarde Tere, como solía ser habitual, estaría sola en casa, regando y recogiendo la hojarasca que habría caído en un día de viento como el de hoy sobre el jardín y la piscina.

No debía ir, sabía que eso era inmiscuirme en su vida. Me acordé de todas las razones por las que no debía hacerlo.

El motor del coche permaneció encendido durante unos segundos antes de parar. Miré los setos y los árboles que tenía frente a mí. Me encontraba en el descampado delante de su casa. Ya no era un camino, una intención, una idea, un proyecto o algo que rondaba en mi cabeza. Era una realidad.

Su BMW estaba aparcado muy cerca, lo cual me confirmaba que estaba en casa. El aire parecía ser cómplice. Los cipreses miraban expectantes y su coche parecía decirme que me fuera de allí.

Ochenta y seis pasos conté. Tan solo había ochenta y seis pasos desde el lugar en que me encontraba hasta la entrada. Desde el último aparcamiento posible antes de llegar a su casa, ese pequeño descampado donde ahora nuestros coches se hacían compañía. Esos pasos eran la diferencia, en medida matemática y concreta en el mundo que me rodeaba, de la distancia entre el sueño y la realidad. Ochenta y seis pasos, eso era todo. ¿Ese era el único obstáculo que tenía que salvar? Sonaba ridículo. Extremadamente ridículo.

Al alcance de la mano tenía mi dicha y también mi desdicha.

Pensé en lo que había aborrecido las matemáticas toda mi vida. ¡Qué tonto había sido! ¡Qué increíble imbécil! Ahora me daba cuenta de que, por fin aquí en los números estaba escrito el código de la felicidad. Aunque si uno lo piensa bien, también esta era mi desdicha, pues ¿no fueron los números los que marcaron los años en que nuestras vidas se cruzaron sin verse? ¿No era la vida sino un gigantesco juego de azar, un inmenso casino en el que varios jugadores se la juegan a todo o nada, y donde en muchas ocasiones gana la banca y se lleva todas nuestras fichas? La vida es inconmensurable en la misma medida que bella.

Levanté la vista. Miraba hacia el cielo y luego a mi coche, aparcado inocentemente detrás de mí. Hasta ahí todo normal, prosaico. Delante sin embargo se abría un mundo de posibilidades. La casa que había visto e imaginado en un sueño, como un paraíso que era para mí inalcanzable, tenía una existencia tangible. Medible en metros cuadrados. Es más, se podía visualizar desde el aire gracias a la magia de Google Maps; se podía buscar en el catastro, pero nada de eso me daría la información que quería. No obtendría así el alma de ese hogar. Al igual que sucede con las personas. Su realidad interior no nos pertenece, es algo que intuimos, que se puede compartir durante unos breves momentos, como ya había hecho yo en mis visitas anteriores. Me había sumergido en ese pathos.

Son contadas las ocasiones en que podemos llegar a sentir la magia de otra persona, como saben los que han sostenido esas breves conversaciones estivales bajo un cielo estrellado. Mientras vemos la luna llena brillar junto a Venus podemos llegar a sentir la magia de la otra persona, podemos sentirla en algo tan sencillo como cuando se sujeta el cabello en una coleta silueteada por esa luz espectral. Y poco después, al día siguiente, con las primeras luces del alba, todo eso habrá desaparecido y nos quedaremos dudando de si lo que habíamos experimentado fue tan solo un sueño más.

El camino seguía vacío. Me embargó de nuevo ese sentimiento de irrealidad. Miré al cielo otra vez. Cerrado, oscuro. Sí, eso sí parecía real, pero a ratos cobraba un aire fantasmal en esta tierra cálida y de luz cortante.

Otra vez estaba en un espacio que no me pertenecía. Recordé el primer día que me acerqué por allí intentando conocer mejor su mundo, cuando quise saber como era su vida fuera del Ministerio.

¿Sintió algo parecido el príncipe encantador al llegar al castillo de la Bella Durmiente? ¿O el de la Cenicienta cuando encontró el zapato de cristal?

El viento silbaba fuertemente en mis oídos, aturdiéndome. Me llegó el olor de los cercanos cipreses, el piar de algunos pájaros que sobrehilaban el cielo en esos momentos. Un sudor frío resbalaba por mis manos. Todo era un cúmulo de impresiones. Pero ninguna mayor que esa sensación de ahogo intermitente en el pecho. Inspiré con fuerza, buscando renovar mi energía interior.

Sentí el irrefrenable deseo de perderme otra vez por los caminos, por los montes, de huir de allí en dirección a la cercana sierra de Fontcalent.

El dolor me invadía, el pesar de saber que había llegado al final de la tierra conocida. Quería vaciarme por dentro, embotar mis sentidos. Más allá era territorio ignoto donde solo existen monstruos y dragones, donde todos mis referentes no servirían de nada.

Era inútil, el mundo anterior a Teresa ya no existía. La realidad se había alterado. Mi mente estaba atrapada en el espacio-tiempo de un modo que confundiría al metafísico, psicólogo o físico más aventajado de su profesión.

Sabía que aun así tendría que encontrar el valor suficiente para levantarme y continuar con mi vida de un modo u otro.

En el coche, de fondo, sonaba una canción romántica. *I'll Be Seeing You* ¡Maldita sea! ¡Tenía que ser Sinatra precisamente!: «Te veré siempre en los pequeños lugares de siempre, bajo el castaño, en cada día encantador de verano»

Me hubiera gustado encontrar en la guantera, junto al manual de instrucciones del vehículo y el de mantenimiento, otro librito, más pequeño quizás, pero aún más valioso y preciado que contuviera diagramas y pasos numerados para proceder. Pero no había nada.

«No debes ir», me decía una y otra vez. «No tengo derecho a inmiscuirme en su vida de esa manera.» Emociones e ideas contradictorias pasaban por mi mente. Aún podía dar marcha atrás.

«El milagro no va a surgir de ninguna parte, a menos que tú hagas que este se produzca» había dicho Laura.

Mientras pensaba todo esto, iba avanzando, acercándome. Miré a mi derecha. Estaba delante de la casa de su vecina Virtudes y que para mí era ahora un referente importante en su vida. Hasta ella la veía más que yo y compartía algunos de sus fines de semana, esos fines de semana que yo me imaginaba —lleno de celos—, compartiendo con otro hombre.

Estaba en su puerta finalmente.

Al otro lado de la misma se oía el sonido de la hojarasca al ser movida con premura ante el atardecer que se aproximaba.

Toqué el timbre.

El ruido de rastrojos apartados en el jardín se detuvo.

—¿Quién es?

—Soy yo —dije con voz entrecortada.

La puerta se abrió y allí estaba ella, acalorada y con un sombrero de paja en la cabeza. En su mano derecha sostenía un rastrillo.

—Hola ¡Sorpresa! —dije mientras intentaba aparentar naturalidad.

—¿Qué haces aquí? —su rostro mostraba una mezcla de sorpresa y contrariedad.

—Me apetecía verte. Como tenía que ir al barrio de la Florida he pensado en acercarme.

No sonaba creíble, la distancia hasta allí lo evidenciaba, pues el barrio mencionado, aunque cercano, estaba a la distancia de unos buenos diez minutos en coche como para hacer altamente improbable que el acudir a cualquier gestión por allí me llevara hasta su casa, situada en la periferia de la ciudad, en la salida hacia Madrid.

—Ernesto, sabes que lo que has hecho no es una buena idea.

—¿Y qué lo es, Tere? ¿Qué lo es? ¿No me invitas a pasar?

Detrás de ella podía ver la piscina, el porche que había adivinado otras veces a través de los cipreses, la mesa donde dejaba su sombrero mientras descansaba tras regar el jardín.

—No, Ernesto es mejor que te vayas. Esto no está bien. No sabes lo que quieres realmente.

—¿Sabes lo que quiero? ¿Lo que realmente quiero?

—¡A saber! —dijo con esa expresión peculiar en ella, pero esta vez con cierto tono de impaciencia.

—¡Pues te lo voy a decir! Quisiera besarte, besarte aunque solo fuera una vez, aunque no volviera a repetirse. Quiero quedarme con la memoria de tus labios, de tus besos, quiero saber cómo sabes. Como es sentir mis manos en tus caderas mientras cierro los ojos. Estoy cansado de imaginármelo, de pensar en una Tere que está solo dentro de mi cabeza. Quiero sentir al verdadero ser que veo delante de mí todos los días. Estoy cansado del espejismo, del fantasma que vive en mi mente desde hace tres años. ¿Te parece una locura lo que digo?

—¿Tú crees que puedes plantarte en mi casa cuando te dé la gana y que te reciba como si tal cosa?— la mano de Teresa temblaba mientras por su rostro resbalaban lágrimas que no creí nunca ver allí.

—No pretendía molestarte, ¿O piensas que para mí es fácil venir aquí, así, sin más?

—Ernesto, no te entiendo. Te he explicado muchas veces que no siento nada por ti y tú insistes. Intento ser amable contigo y sigues insistiendo.

—¿Sabes lo que pasa contigo? ¿Quieres saber lo que te pasa de verdad?

—¿Qué?—dijo esta vez con la mandíbula rígida, con esa expresión de enfado que vi aquella mañana en que me hizo salir al pasillo para hablar, con ganas de dar por zanjada la conversación y cerrar la cancela.

—¿Realmente quieres saberlo? Pues que eres como tus gatos, eres incapaz de responder al cariño. Bueno, no es precisamente eso, lo haces cuando te conviene, te surge o te interesa, ¡exactamente igual que ellos! Nunca he pretendido obligarte a quererme. Sé que eso es lo que parece, pero no es así, no es así en absoluto. ¿Crees que ha sido fácil para mí todos estos años amarte en silencio, tenerte a mi lado en el trabajo cada día y disimular mis sentimientos? No, tú no puedes hacerte una idea siquiera aproximada de todo por lo que he tenido que pasar.

—¿Y tú? Deberías haber sido más considerado. He intentado explicarte que no sentía nada por ti, que es cuestión de química, que eso no se puede forzar, que ni tú ni yo somos culpables de eso, pero has seguido intentándolo... no has sido capaz de aceptar la amistad que te he ofrecido varias veces.

—¿Sabes? Me cuesta decir esto, pero he llegado a odiar el modo en que me sonríes. Parece imposible, pero sí, a esto he llegado. Lo haces con condescendencia, como lo harías ante un niño travieso que se ha metido en un lío. Todo este tiempo he querido que me consideraras como a un adulto, equivocado si quieres, pero un adulto. Tú, en cambio, me haces sentir como un compañero atrapado en un capricho. Has querido negar el juego, las reglas y la existencia del mismo juego. Negar toda la realidad para hacerlo más cómodo para ti. Pero ahora me vas a escuchar mirándome a la cara sin más ocultamientos. Por favor, no más, ya no puedo aguantarlo más. Siento he arruinado tres años de mi vida solo por no querer ver las señales que me mandabas, porque fuiste amable y considerada en vez de decirme, «¡déjame en paz!, estoy enamorada de mi pareja». ¿Tanto te habría costado? ¿En serio? ¿Tanto? Mírame a los ojos y dímelo, ¡por lo menos dímelo una vez y así te olvidaré de una vez por todas!

Hice una pausa para inhalar aire. Deseaba encontrar las palabras precisas en un tiempo que se me estaba escapando.

Me quedé largo rato con la vista fija en su rostro, sosteniendo la mirada en aquellos ojos que veía cada día y de los que sentía que me despedía para siempre. Dentro de mí la sensación era la de haber permanecido mirándonos así durante un tiempo indefinido. Notaba cómo las lágrimas caían, tibias sobre mi rostro, demasiado débil y cansado ya. Había puesto en ella toda mi energía, mi ilusión, los sueños pasados, mis lecturas sobre el amor y la seducción.

Sentía que Tere se me escapaba. Ahora era una convicción, no una sospecha ni un autoengaño inventado para poder sobrevivir mi cotidianidad.

Se levantó el viento cargado de lluvia. Empezó a chispear y la luz del cielo comenzó a menguar.

Los dos permanecíamos aún en la puerta de la casa.

Tras unos segundos que parecieron eternos, con la voz quebrada, balbuceando, pude por fin hablar.

—Pero, ¿sabes? Creo que ahora podré hacerlo. He dado la vuelta a mis sentimientos, a todo lo que era más sagrado para mí en estos últimos tres años, a todas mis ilusiones y esperanzas de una nueva vida... una nueva mierda, eso es lo que es porque creo que he llegado a odiarte, he llegado a odiarte, ¡de verdad!... Y encima te empeñabas en hablarme de él, sin darte cuenta de que no quería ni reconocer su existencia. ¡Quédate con él pues! ¡Quédate, sí y déjame en paz! Sé que yo también me odiaré por decírtelo, ¿sabes? Pero ojalá no te hubiera conocido nunca. ¿De qué ha servido que el destino te ponga en mi camino? Para descubrirte y luego tener que renunciar a ti. Y yo ya no sé qué hacer, he intentado enamorarte de mil maneras, pero cada vez que fracaso en ello es un nuevo dolor. Volver a empezar, no sé si me entiendes. Y sí, por otro lado tienes razón en lo que dices. He seguido intentándolo. ¿Y sabes qué? No sé qué haré ahora, no quiero pensarlo porque un mundo donde no pueda verte ni tenerte aunque sea como un sueño o una meta, no es ya mi mundo. Has sido lo mejor que me ha ocurrido nunca. Me importa una mierda todo lo que ha pasado, creo que volvería a vivirlo igual, porque me ilusiona verte, tenerte a mi lado. Solo haber estado junto a ti estos años, compartiendo bromas, risas, miradas. No importa lo que pase ahora porque te he tenido, de algún modo te he tenido y has sido mía. De un modo incompleto, parcial, subjetivo, ¡vale!, pero he vivido parte de mi vida, de mis momentos, contigo. Recordaré mi vida como vivida y no simplemente existiendo.

Vi algo distinto en la expresión de Tere en ese momento. Algo que no había visto nunca allí. ¿Qué era? ¿Temor, tristeza acaso, ira? Acostumbrado a verla siempre sonriendo incluso cuando mantenía la distancia de mí, cuando guardaba su mundo privado de ojos inquisitivos, jamás había visto una expresión tal.

En ese instante lamenté mis palabras de hacía unos momentos, las lamenté mientras todavía estaban saliendo de mi boca.

Sabía que la estaba hiriendo. Que nos estábamos hiriendo innecesariamente. ¿Por qué lo estaba haciendo? ¿Para que fuera más fácil para mí? ¿Era tan cobarde como para no tener la mínima chispa de nobleza en mi pretendido amor y considerar la presión a la que la había estado sometiendo todo este tiempo? Si algo había habido indudablemente entre nosotros había sido complicidad y por lo menos debía de preservar eso.

Su mirada parecía decir, adivinando mi pensamiento:

«Así no Ernesto, no nos despidamos así»

Cerré los ojos, sin fuerzas ya para sentir, sintiendo mientras lo hacía cada una de esas pequeñas gotas que caían sobre nuestras cabezas y hombros, sobre las manos de Tere que yo estaba aguantando entre las mías en el mismo momento en que me estaba despidiendo de ella.

—Adiós, Tere, te he querido tanto, tanto... —dije finalmente, agotadas todas las palabras posibles—. Y ahora sí, ahora te olvidaré.

Me di la vuelta y sin mirar atrás caminé hasta mi coche, que continuaba aparcado junto al suyo.

Me alejé con pasos rápidos, notando cómo mis piernas me expulsaban de allí, de aquella puerta, de aquel sitio. Sentí que algo dentro de mí y de ella se había roto. Me negué a sentir hasta haberme alejado de allí. Sabía que había estropeado el juguete, todo su mecanismo, todo lo que me unía a ella, aunque fuera ligeramente. Todo se iba río abajo, se perdía con el resto de ramas y residuos que flotaban sobre la corriente.

Oí un ruido metálico a mis espaldas. La puerta de la casa al cerrarse, con toda seguridad. Volvió a repetirse. No, era el rastrillo que Tere había sostenido en las manos. Se le había caído seguramente. Sentí tentaciones de volver y pedirle perdón por las palabras que le había dicho, pero otra parte dentro de mí me instaba a mantenerlas. Ya no le causaría más dolor, más preocupaciones. No se merecía eso.

Otro sonido esta vez. Oí pasos detrás de mí. Me giré. Tere venía corriendo, pero con un paso que era a la vez rápido y lento, deteniéndose y volviendo a emprender la marcha. Sus brazos se movían a distinto ritmo de sus piernas como si buscaran recuperar una coordinación perdida con las mismas.

Detrás de ella se encontraba el rastrillo que había sostenido antes, caído frente a la puerta de su casa.

Cuando llegó a mi altura se detuvo frente a mí. Me di cuenta entonces de que estaba temblando. Jamás la había visto así. Su temblor era evidente en todo su cuerpo, de pies a cabeza.

Avanzó hacia mí y retrocedió un poco, volvió a acercarse y esta vez fui yo quien apoyó mi mano temblorosa sobre su cadera para a continuación rodearla con mis brazos.

Entonces, inesperadamente, me besó, sin decir nada, con un breve suspiro lanzado justo un momento antes, soltando todo el aire que tenía en los pulmones. Su sombrero de paja cayó al suelo.

Nuestros labios se fundieron, se buscaron. Sentí su tibieza, su calor, su cercanía. Ese olor que llevaba años volviéndome loco estaba ahora pegado a mí, fusionándome conmigo.

No tuve conciencia del tiempo. Era imposible, estaba más allá. Solo quería permanecer así, en ese estado casi de nirvana. Sensaciones confusas e inefables me envolvían, deseos acumulados durante meses y años.

Solo una vez me atreví a abrir los ojos para cerciorarme de que era efectivamente Tere quien estaba allí conmigo. Éramos los dos unidos. Ya tendría tiempo después, días después para recrear la escena. Ahora solo quería seguir en esa nube, en esa sensación, mezcla de amor desbordante y de sensualidad desatada.

Sentía como su cuerpo se pegaba al mío, como nos tentábamos, buscándonos, deseándonos por fin.

—Tenía mucho miedo de esto Ernesto, tenía mucho miedo, tenía mucho miedo… —dijo una y otra vez mientras las lágrimas caían copiosamente por su cara.

La miré y la sonreí acertando a secar brevemente las lágrimas que caían por su cara con la mano, vana excusa para acariciar su piel, vana excusa para sentirme aún más cerca de ella.

—Ernesto, ¿por qué es todo tan complicado? ¿Por qué es todo tan complicado? —dijo entre lágrimas antes de hacer una larga pausa— siempre te he querido, pero no podía decirlo, ¿no lo entiendes? ¡No podía decírtelo! Tenía miedo, tenía mucho miedo, Ernesto.

Tere lloraba, su bello rostro estaba cambiado.

No contesté. No podía. Tenía un nudo en la garganta. Me fundí con ella en un beso profundo, desesperado, buscando su alma, anhelando todo aquello que había presentido en ella desde años atrás.

Acariciaba su cabello.

Comencé a sollozar, no podía contener mis lágrimas. Lloré como no había llorado en mi vida, mientras la acariciaba sin cesar, mientras me recreaba en su olor, en ese olor tan peculiar, tan epidérmico que salía de ella.

—Tranquilo Ernesto, tranquilo —fue el turno de ella ahora de tranquilizarme, besándome mientras me cogía de las manos—. Todo va bien. Todo va a ir bien.

Nuestras bocas se fundieron de nuevo. La besé, la besé como si hubiera sido la primera vez que lo hacía en mi vida. Me sentí como un solo ser unido a ella.

Me detuve y la observé en silencio mientras alzaba su mentón suavemente con mi mano. La miré con seguridad y me hundí en su mirada, de un modo que hubiera hecho a Bogart en Casablanca palidecer de envidia.

—Sí, mi vida, todo va a ir bien ahora.

Me cogió de la mano y cruzamos la verja dejando el rastrillo al lado.

Y sí, estaba lloviendo.

Caía la lluvia sobre la piscina, sobre el terreno circundante.

Dentro de nosotros, sin embargo, lucía un sol esplendoroso.

El castillo abrió sus puertas y pudimos entrar en él por fin. El caballero victorioso llevando en brazos a su amada.

CAPÍTULO 22

UN NUEVO COMIENZO

Iba a ser un nuevo día, un flamante comienzo. La mente estaba cerrada a todo pensamiento. Solo cabía sentir el instante, la dicha de estar juntos en este espacio nuestro, privado. La satisfacción de encontrarnos en una dimensión perdida que habíamos arañado a la vida.

No sé cómo llegamos al dormitorio. A esa alcoba que había espiado como un delincuente a través de Internet, robando su visión. Llegamos allí tropezando, tanteando, procurando evitar chocar con el sofá situado en el centro del salón y con la butaca relax que estaba en el rincón. A tientas, como se entra en esas atracciones de feria poco iluminadas donde uno ha de tantear el camino por delante, sorteando los peligros, intentando saber si lo que uno toca es una puerta o una ventana, un objeto punzante o, por el contrario, algo inofensivo.

Se acercó a mí y me besó mientras seguía buscando ese interruptor que se me rebelaba. Me besó con pasión, mordiéndome la boca. Como en aquel sueño meses atrás. No lograba respirar. Hubiera podido morir en ese momento y no me hubiera importado nada teniendo su rostro tan cerca del mío mientras me llenaba de besos. ¿Dije ver su rostro? Apenas podía hacerlo pues tenía la cara humedecida por las lágrimas, con ese sabor salado que ahora se me antojaba dulce. Caían seguidas por otras nuevas. La emoción había superado el umbral de lo tolerable.

Tomé conciencia entonces de lo que estaba sucediendo. Sentí de repente tanto placer, tanto amor y gratitud hacia el mundo... tal pasión y un sin fin de sensaciones que llegaban a doler.

Entré en ella como lo hubiera hecho un explorador, con cautela, mirando a mi alrededor, fijándome en las sombras. No pusimos música alguna, pero en la mente de ambos había una banda sonora. Era *Silk Stockings* interpretada por Fred Astaire, aquella melodía que le había enviado mucho tiempo atrás.

Mientras la acariciaba por primera vez un cúmulo de sensaciones nuevas me invadían, llegando a mi mente a través de mi sistema nervioso. Había sentido antes sus labios y su olor en sueños, con esa crueldad y precisión que tienen los más vividos de ellos y que hace odioso el despertar pero nada me había preparado para la realidad.

Tere gemía sin cesar. Sentí como si todo lo que nos había pasado hubiera sido tan solo un ensayo para este momento. Mientras acariciaba la piel de la mujer a la que amaba supe que la había amado, sin saberlo desde antes de conocerla como decían los poetas.

Una suave brisa entraba por la entreabierta ventana, acariciando nuestros cuerpos en esa penumbra delatora que lo había visto todo. Fuera, los gatos maullaban esperando su comida, rota su rutina por mi visita.

Solo recordaba haber vivido con una intensidad semejante solo una vez en mi vida: cuando nació mi hija. En concreto el instante en el que la enfermera me mostró su rostro mientras la sostenía en sus brazos. Sentí entonces que era tangible, que otro ser había nacido a partir de mí. Percibí en mi piel la llamada de la descendencia. Dejó de ser un concepto del que discutir con los amigos y la familia para ser una realidad.

Si tuviera que expresar esa sensación en pocas palabras, diría que había sentido la eternidad, algo más importante que mi propio ser.

—Bésame otra vez Ernesto. Quiero notar tus labios de nuevo —dijo Tere, acariciándome el rostro.

—Y yo los tuyos, mi amor. Tengo miedo de que desaparezcas, de que te vayas ahora.

—No voy a ningún lado. Estoy aquí, mi vida.

Ayer fuimos a tomar un baño a una pequeña cala cerca de casa... Y, como en aquella vieja canción de los 60 la playa estaba desierta. Alcé la cabeza. Una gaviota pasó en lo alto, majestuosa, atravesando el horizonte con su silueta. Una pequeña embarcación de vela parecía a punto de precipitarse por el borde.

Tere terminó de extender la toalla con cuidado y a continuación sacó su móvil y auriculares del bolso. También un libro, una Coca-Cola y demás preparativos veraniegos.

—La tuya te la dejo dentro para cuando la quieras. ¡No te quejes, que te he puesto dos!— me dijo señalando el refresco sobre la toalla.

—Ni se me ocurriría hacerlo —repliqué riéndome, mientras presionaba el bote frío contra su espalda.

Me gustaba observarla así, con su mirada perdida en el mar en aquella recóndita cala. En aquel paraje de dunas de la playa del Carabassí a los pies del monte del mismo nombre, su mente se relajaba. En lo alto del cabo se encontraba Gran Alacant, donde estaba mi casa. Era el primer día en que Tere exploraba, junto a mí, lo que había dado en llamar mi territorio. Este había sido desde siempre uno de mis lugares favoritos compartido hasta entonces con Gloria.

—¡Voy a ver cómo está el agua! —dijo, levantándose con decisión a pesar de su famoso temor al líquido elemento.

Se introdujo entre las olas y me quedé embelesado viéndola moverse con delicadeza entre ellas. ¿Me acostumbraría alguna vez a su graciosa forma de moverse? ¿A su agilidad, a su gracia tan personal? No importaba que le diera cierto reparo el agua, que temblara e hiciera amagos ante cualquier ola que viniera.

Al igual que su sonrisa y su cálida y profunda mirada, eso sería siempre un enigma para mí.

Salió riendo y mientras cogía la toalla me dijo:

—¡El agua está estupenda, tonto! ¡Tenías que haberte metido!

—Ya ves ¡El mundo al revés! ¡Hoy le toca a las miedosas!

Se acercó a mí, acurrucándose entre mis brazos, buscando hacerse un pequeño rincón a modo de nido.

Se apoyó en mi pecho y acaricié sus cabellos, una y otra vez. No teníamos prisa. Ya no. Habíamos descubierto nuestro amor y disponíamos del resto de la vida para vivirlo. Me encantaba el modo en que me miraba en ese momento, entrecerrando sus ojos por el fuerte sol.

—Toma, por curiosa— dije, a la vez que le daba un suave golpecito en la punta de su nariz, seguido por un beso.

Sentía la tibieza de su piel contra la mía. A pesar de que llevábamos saliendo juntos cerca de dos semanas, aún no me había acostumbrado, ni creí que pudiera hacerlo jamás.

. . .

Eran las diez menos cuarto en el Ministerio. Los paraguas desplegados en los pasillos hablaban del día lluvioso que existía afuera. El repiqueteo de las gotas salpicaba los cristales. Nuestra vieja amiga, la gaviota, estaba paseándose ya, vanidosa, sobre el pretil. ¿Sería la misma que había sido testigo de muchos de mis desvaríos en los últimos años? Me gustaba pensar que sí.

El ruido amortiguado, la imagen de las gotas explotando sobre el cristal formaban el marco ideal que necesitaba. La poca luz entrante creaba un efecto de irrealidad desde las primeras horas.

Era un día perfecto.

La decisión soñada.

Estábamos todos aquel día en el departamento. Había esperado durante mucho tiempo a que llegase algo así y soñado con este momento mientras daba vueltas en la cama.

Tere me miró, invitándome a atreverme, con su sonrisa cómplice. Era consciente del momento.

Esperé a que Pilar Onlynot estuviera repartiendo la tarea diaria y mirando los expedientes que se le habían preparado para su firma.

Me levanté.

—Pilar, hay algo que tengo que comunicar a todas. Bueno, mejor dicho, es algo que Tere y yo tenemos que comunicaros —dije aquí con decisión.

Se creó un silencio expectante, salpicado de alguna que otra risa nerviosa.

—A ver qué vas a decir Ernesto —dijo Pilar con su gracejo habitual, dejando no obstante los expedientes que tenía en la mano de nuevo sobre la mesa— ¡Me estás asustando!

Yo estaba de pie junto a la mía, pero eso no causaba extrañeza a ninguna de las compañeras presentes. De todas era bien sabida mi afición a levantarme cada vez que iba a contar alguna anécdota, tontería o chascarrillo barato con el que amenizar la mañana luciendo esa verborrea que me hacía cometer mil y una torpezas dialécticas.

—Tere y yo estamos enamorados y queremos vivir un sueño juntos —dije, esta vez con voz segura y firme. No había tono jocoso esta vez. Todas percibieron la importancia del momento.

La miré de soslayo. Allí estaba, a mi lado, dando la cara como siempre había hecho.

¿Era imaginación mía o me había parecido ver una sonrisa de orgullo en su rostro?

Mi chica.

Mi amor.

Me acerqué a su mesa como tantas veces había hecho, pero ahora no era para entregarle un impreso, ni una golosina. En lugar de eso la besé en presencia de todas como siempre había deseado hacer, como lo había imaginado una y mil veces. Liberándome de tener que ocultar más de la mitad de mi vida bajo una apariencia que ya no tenía razón de ser.

Se hizo un silencio en derredor, roto quizás por alguna risa nerviosa aislada. Por fin, Isabel y Laura, las que habían sido testigos de mis silencios, de mis miradas perdidas cada día y de mi dolor callado fueron las primeras en reaccionar.

—¡Nos alegramos mucho! —dijo Laura sin poder ocultar su sonrisa— ¡Al final la conquistaste!

El restaurante ya estaba abierto.

El querido Castellón 12 ¿cómo no? Había sido el lugar elegido.

El camarero, alertado por mis llamadas anteriores tenía ya la mesa preparada. Una vela lucía esplendorosa, expandiendo su luz sobre una mesa que ya había elegido con anterioridad para intentar hacer de este momento algo lo más perfecto posible. Mostraba esta un parpadeo similar al que me inundaba por dentro, frágil, tenue y esperanzado a la vez. Las tinieblas quedaban fuera de su órbita.

Aparté la silla y la ayudé a sentarse teniendo mucho cuidado con mis movimientos, en un ejercicio cuidadoso de s*avoir faire*, fruto de varias horas de preparación ante una noche así. Debía tener mucho cuidado para que no se rompiera el momento. Tenía la sensación de que era un instante demasiado frágil que podría hacerse añicos con el solo canto de un grillo en esa noche estival. Procure por tanto moverme despacio a la vez que con seguridad, deleitándome en cada segundo.

Se sentó delante de mí y me acordé de fragmentos de aquella canción de Juan Pardo llamada precisamente *Teresa*:

...«ya no hay nada más que Teresa»

Sentí como si el tiempo se hubiera suspendido. Los segundos carecían de sentido. Nada parecía tener importancia nunca más. Ese momento, congelado *ad infinitum* me hubiera bastado para siempre.

—¡Déjame que te mire por favor! Necesito convencerme de que esto está pasando de verdad.

—¡Mira qué eres tonto! A saber qué te imaginas a veces...

Lucía ese vestido blanco con flores estampadas que tantas veces le había visto llevar en el trabajo y en alguna comida de trabajo.

El camarero se acercó al cabo de unos minutos. Se había mantenido prudencialmente aparte, esperando el momento propicio.

—¿Nos puede traer la carta de vinos por favor? —dije, y luego a Tere— ¿Te apetece algún vino en particular?

Todo tenía un aspecto delicioso. El lugar, la noche, la música que se oía levemente saliendo de discretos altavoces. Todo era perfecto.

—Brindo por nosotros. Por esta velada especial —dije alzando mi copa a través de la cual se veía la imagen de mi amada distorsionada por el cava, lo que la hacía parecer aún más propia de un sueño.

—¡Fíjate, mira la luna! —dijo ella girándose en ese momento hacia la ventana que teníamos justo a la derecha.

Era uno de los primeros días de agosto. La luna en cuarto creciente brillaba sobre los tejados de las casas. A su lado Venus intentaba imitarla sin mucho éxito.

Mi imaginación cinematográfica ya se había disparado. Tere presentaba en ese momento un perfil perfecto, recortado contra el cielo.

La besé en el cuello. Despacio.

—Espera, estaba preocupado por tus cervicales. No quisiera por nada del mundo que te doliera el cuello por girarte para ver la luna —y levanté con suavidad el colgante antes de continuar besándola.

Se rió a la vez que me daba una palmada en la mano.

—Estate quieto ya. ¡A Pilar que vas! —dijo, en alusión a una broma privada que solíamos hacer en la oficina, un amago de chivarnos a nuestra superiora ante cualquier travesura de un compañero.

Volví a tener esa sensación de *déjà vu,* de cosa vivida. Al fin y al cabo aquellos escenarios de mi infancia, de los paseos dados con mi padre por aquel parque en cuyo centro estaba el Panteón de Quijano, solo se encontraban a unos metros del restaurante.

—Ahora que estamos aquí juntos por fin tengo el valor de ser yo. Siempre he querido serlo contigo. Tenía mucho miedo de pasar la vida sin ti, Tere.

—Ya me estás mirando otra vez de esa manera que tanta gracia me hace —dijo.

—Verás, no es fácil para mí ahora, después de tanto tiempo. Si te das cuenta, esta es aquella cena de dos gatos que teníamos pendiente, ¿te acuerdas?

—Sí, los dos gatos—dijo riéndose de nuevo.

Saqué entonces el papel que había mantenido doblado en el bolsillo interior de la chaqueta durante toda la cena.

—Pues no puede haber cena de gatos sin su dibujo correspondiente, Teresiña. Así que... ¡Ahí tienes!

Abrió el papel y se rió nuevamente, esta vez formando en sus mejillas ese mohín gracioso con el que siempre la recordaba.

Sobre la cuartilla se encontraban dibujados dos gatos en actitud amorosa, arrullándose en un tejado junto a una chimenea, todo ello bajo la luz de la luna llena.

Y como ellos, así estábamos. Me quedé mirándola. El tiempo se había detenido.

—No es esto lo único que quería decirte. No he planeado una cena así solo para darte un dibujo más o menos gracioso, más o menos tierno. Sé que o lo hago hoy o será una de esas cosas de las que me arrepentiré de haber dejado pendiente. Por favor, no me interrumpas. Me gustaría forjar en mi mente y articular en palabras el amor que siento por ti. Poder escribir las más bellas palabras que alguien haya podido recitar o escribir jamás. Sé que esta es una tarea muy difícil, pero Tere, si me das tiempo a tu lado, podré hacerlo. Si me das tiempo junto a ti, podré ser todo lo que me proponga, todo lo que siempre he querido ser. A tu lado soy mejor persona, mi amor. Me haces tanto bien...

No dijo nada. Solo sonrió. El resplandor de la luz de las velas había creado un halo a su alrededor que me impedía siquiera atisbar la expresión de sus ojos. Estaba realmente bella.

La vieja emoción que creía desterrada estaba otra vez en mi garganta. El pulso volvía a temblarme un poco otra vez.

La acariciaba mientras hablaba. El olor de las velas fundiéndose por el calor me hacía sentir que estábamos en un lugar único, privado, vetado al resto, inexistente para todos los demás. Éramos nosotros. Solo nosotros. Me sentía como Golfo en *La dama y el vagabundo*. Allí, en el patio trasero de ese restaurante compartiendo aquellos espaguetis.

Imaginaba la música, la escuchaba en mi mente. Podía ver cómo un cañón de luz descubría una orquesta en la parte trasera del local, una banda que había permanecido hasta ahora oculta. La besé de modo infinito.

CAPÍTULO 23
STARDUST

Estábamos en lo alto del castillo de Santa Barbara. Abajo, las luces de la ciudad brillaban cual firmamento estrellado.Todos mis tiempos se mezclaron en uno. Era como si este, solo este fuese el momento que daba sentido total a mi vida. Extendí el brazo como si fuera un científico inmerso en un experimento crucial y la toqué. Mi mano trémula, temiendo todavía el rechazo, sintiendo su calor. Su cuerpo junto al mío.

Alicante nos envolvía.

—Por cierto —me dijo— ¿cómo va la novela? Con todo este lío no me has dicho qué vas a hacer. Supongo que igual no sigues con ella ahora que estamos juntos.

—¿Dejarla?, No, ya es demasiado tarde. Tenía una idea en la cabeza. Una idea que ni tú ya sabes todavía. Ahora más que nunca he de terminarla. Ahora más que nunca quiero plasmar en palabras, en arte todo lo que llevo dentro.

Miré hacia la ciudad otra vez antes de continuar. La ciudad que siempre había anhelado dejar en mi juventud como George Bailey en *!Qué bello es vivir* para triunfar en Londres o en Estados Unidos. Si lo hubiera hecho, jamás habría conocido a Tere, jamás habría escrito absolutamente nada. Escritor en ciernes si se quiere, aficionado si se quiere, con mayor o menor fortuna, pero ella le había dado un nuevo sentido a mi existencia. Solo ella era capaz de hacerme escribir un par de horas diarias durante más de un año. Ella alimentaba mi pluma. Me sucedía algo similar a la experiencia de conocerla. No podía dejar de escribir. No había vuelta atrás. Tenía que recorrer el camino aún sin saber dónde acababa. Para bien o para mal, ese era mi destino y ahora, me había dado cuenta de que me gustaba.

Puse mi pulgar bajo su barbilla y alzando su rostro acaricié su mejilla, con ternura, como había visto hacer multitud de veces a mis actores favoritos en esas películas en las que me sumergía.

Jamás hubiera pensado que interpretaría una escena semejante.

—¿Has visto la luna que hace hoy?—volvió a decir Tere.

Sí, la luz del satélite gobernaba nuestra noche dibujando, con su luz, el castillo de Santa Bárbara. Nos encontrábamos en ese momento en la torre vigía que miraba hacia el mar, donde habíamos subido tras la cena. Desde allí, rodeados de almenas, podíamos adivinar allá abajo el primer hogar donde Tere vivió en Alicante en esa plaza de la Estrella que me había cautivado en un momento dado, así como la plaza de Santa Teresa, testigo de mis juegos de niño y de los paseos con mi padre por el interior del Panteón de Quijano.

Sentía la brisa en la cara, la brisa de esa noche fresca y veraniega, de un verano nuevo, inventado, que jamás había existido antes. Pero no era como siempre. Parecía inventado, como recién confeccionado para nosotros, para este momento. Teníamos que aprovechar antes de que viniera el técnico y desenchufara toda la instalación, apagara la luna y se llevara el recortable del castillo mientras su ayudante vaciaba el mar.

Permanecimos un rato así, observando la ciudad desde su cielo, junto a su luna. En silencio.

Sonaba la música...

La melodía era *Stardust*.

Me había costado encontrar un lugar así. Decimonónico, superviviente. Quedaban pocas casas de aquella época entre la confluencia que formaban la Avenida de Alcoy la de Novelda, dibujando una especie de “V” en la geografía de la ciudad. Había existido aquí tiempo atrás un conjunto de vetustos caserones y fincas de viejas familias burguesas. Familias que habían usado en las tardes de verano los columpios situados en esos jardines, adornados estos con pozos de ancho brocal, de los que colgaba en alguno de ellos, un cubo sostenido por un bello marco de hierro forjado.

Esas casas y terrenos fueron desapareciendo bajo la fiebre especuladora conforme la expropiación, la propia decadencia y fragmentación de esa burguesía iba avanzando y cuando no, por la mera falta de descendencia. Hoy en día solo sobrevivía de ese pasado decimonónico entre todas aquellas casas y grandezas olvidadas, el viejo observatorio y un convento de clausura así como un colegio de las Hermanas Josefinas. Yo había llegado a conocer a finales de los años setenta —a espaldas de este último—, una gran mansión con un amplio jardín de entrada. Por entonces, poco antes de ser derrumbada, solo una familia de gitanos vivía en ella, moviéndose entre aquella vieja grandeza. Su lugar lo ocupó a vertiginosa velocidad una moderna urbanización, de esas que borran todo rastro de la belleza pasada. Sin embargo, uno de esos casones sobrevivió. El tiempo justo en el que lo habitaron sus dos propietarias, un par de encantadoras hermanas octogenarias que habían resistido el paso del tiempo mientras regaban y cuidaban su pequeño jardín que, poco a poco y debido a la avanzada edad de sus dueñas, se había ido convirtiendo en una pequeña jungla. Era este el lugar que ambas mujeres gustaban de contemplar desde el salón donde hacían punto, enfrentadas al brasero y a los recuerdos. Solo algunos días su nieto de ocho años, acompañado por algún que otro amigo acudía a visitarlas, llenando de risas infantiles el patio y los abandonados columpios. Años después, caídos estos en el olvido tras haber marchado su nieto a estudiar lejos de allí, el lugar quedó descuidado y abocado a sufrir idéntico destino que sus antecesores.

Pero no fue así. Stardust abriría sus puertas en este mismo lugar décadas después.

Un sitio que ya había desistido yo tiempo ha de encontrar en Alicante. Un lugar donde las *Big bands*, el jazz, el blues, y algún que otro *country* pudiera ser escuchado en directo, con músicos traídos de todas las partes del mundo. Sebastián Cardona, el propietario, se había jugado el tipo, eso estaba claro. Había creado este local de la nada tras intentar algo similar en Estados Unidos primero y luego en Inglaterra. Sebastián, un dandi fuera de siglo, el benjamín de un conocido industrial local que regentaba una empresa de cafés y una cadena de cines, se había cansado de merodear el Alicante nocturno y se había decidido a lanzarse a la aventura de crear una sala así en España y, dentro de España, ¡oh, cosa increíble! había vuelto sus ojos hacia su ciudad natal quizá recordando aquellos momentos inolvidables vividos en su juventud junto a aquel amigo de Barcelona al que había conocido en la mili. Con él había compartido veranos de complicidad y de sana amistad. Ambos habían cruzado las calles en la noche alicantina en busca de una sonrisa de mujer que se les escapaba. Este amigo le había dejado al marcharse, acabada la obligación militar, la semilla de una idea. Y aunque ahora ya nada sabía de él, decidió crear Stardust haciendo realidad ese sueño compartido entre ambos.

Dejamos los abrigos en el guardarropa y una amable camarera nos dirigió a nuestra mesa. En el centro de esta, una vela achatada de color carmesí teñía de romanticismo el mantel.

—¡Qué sitio tan increíblemente romántico! —dijo Tere—. Me encanta.

—¿No es una maravilla?

Desde donde nos encontrábamos podíamos ver la pista de baile situada en el viejo jardín. En un lado destacaba victorioso el gastado pozo con su estructura de hierro forjado.

De repente comenzó a sonar *El humo ciega tus ojos*... La relación con esta melodía era personal y estrecha para mí.

La orquesta cobró importancia ahora. La cantante miraba a la nueva pareja que acababa de ocupar su mesa. Con ese fervor profesional que tienen los que se mueven en el mundo del espectáculo parecía detectar la temperatura de la audiencia, el romanticismo latente que pudiera existir en el lugar. Miraba con ojos entornados, desafiantes.

Yo ya estaba de pie.

—¿Te apetece bailar?—. Las palabras parecían brotar solas aunque en realidad temía su negativa. Quizás se echara atrás con un «me duelen los pies un poco» o «no me encuentro bien» o sencillamente con un «no me apetece ahora, quizás luego», dando a entender que ese luego no vendría nunca.

—Claro —me sonrió con esa sonrisa que me abría el cielo cada vez que la veía, que me hacía olvidar todos los mundos habidos y las experiencias pasadas. Sabía que si había que prometer algo lo prometería y lo juraría en ese momento y que, al igual que Fausto, me estaba entregando a fuerzas superiores a mi razón, a la razón del universo y de la vida.

Rememoro aquel momento en el que habité la eternidad en su ancha cavidad mientras caminábamos, cogidos de la mano, fundidos, sintiendo su calor en la mía, hacia la pista que se encontraba entre un pequeño grupo de mesas en el preservado jardincito exterior rodeado por los altos muros de la vieja casona.

Estos momentos de mi vida tan cinematográficos no han sido, obviamente muchos. La memoria no puede guardarlos en toda su veracidad. Deberían quedar grabados para poder ser reproducidos a cámara lenta, para admirar la posición, el paso, la luz, las sombras proyectadas, la mirada, el tipo de sonrisa, la presión de su mano sobre la mía, sí, incluso la temperatura corporal. Todo esto debería estar registrado en algún dispositivo, ya sea un smartphone o cualquier otro artilugio. Al igual que decía aquel personaje en la inmortal novela de Evelyn Waugh, *Retorno a Brideshead* para que cuando uno, sintiéndose viejo, triste y decrépito pueda abrir ese frasco de memorias pasadas... y recordar.

Pero a falta de este dispositivo la cosa no iba nada mal. Absolutamente nada mal.

—¡Vaya! No sabía que bailaras tan bien—me dijo Tere al oido.

—Bueno, Gloria siempre decía que no tenía sentido del ritmo para el baile, así que, ¿sabes lo que hice? Me apunté a una academia de bailes de salón que hay cercana al Ministerio. Allí he ido yendo en secreto durante los últimos seis meses y he estado aprendiendo algunas cosas.

—¿Cosas? ¿Qué cosas? —Su voz sonaba divertida.

—Como usar el balanceo del contrario al igual que en un combate cuerpo a cuerpo. ¡Fíjate en esto! —aproveché entonces un momento culminante de la melodía para atraerla hacía mi, en un movimiento sensual de balanceo que selló sus senos contra mi cuerpo.

—¡Dios!, no dejas de sorprenderme —dijo riendo.

—Espero sorprenderte aún mucho más en los próximos meses.

La sensación de su mejilla contra la mía era tal y como la había imaginado siempre, como la había intuido a través de esos escasos momentos en que la había abrazado, como en una despedida, una felicitación, una vuelta de vacaciones... Todos esos otros momentos que —no siendo muchos—, nos ofrece la vida para robar el cariño de la persona amada, para estrujarla entre nuestros brazos de un modo más o menos tolerable socialmente a la vez que consentido... y sin levantar demasiadas sospechas.

Recordé entonces la historia de este lugar. Me imaginé a las dos viejecitas que habían vivido aquí en otro tiempo, mirando complacidas desde su ventana nuestras evoluciones en ese espacio, el mismo espacio en el que su nieto y sus amiguitos se habían balanceado en el columpio y quizá tomado unos helados.

La magia de Stardust continuaba envolviéndonos.

Cerró la cantante su canción con una nota de impacto y, antes de darme tiempo a reaccionar había comenzado un tema nuevo. Lo reconocí al instante. Otra de mis melodías favoritas. La había conocido en la voz de un joven Frank Sinatra en el álbum que grabó con la orquesta de Tommy Dorsey titulado *I'll be seeing you*. Una canción que hablaba de la presencia de la amada en las pequeñas cosas. La canción que había estado escuchado la tarde en que me acerqué a su casa.

Bailábamos. Su mano derecha en mi hombro mientras la otra, sobre mi espalda, correspondía a mi abrazo. Ese momento no lo había podido recrear antes en mi imaginación. No era posible. Carecía de la experiencia para visualizarlo. Nada puede prepararnos para la emoción genuina. La música nos mecía juntos, abrazados. Nos secuestraba de la realidad haciéndonos presos al uno del otro.

—¡Dios!, no dejas de sorprenderme —dijo riendo.

Cerré los ojos y sentí su piel tibia rozarse contra la mía. Mi mano la guiaba con seguridad por el centro de la pista, girando mientras nos mirábamos a los ojos fijamente, sin hablar, sabiendo que, en realidad ninguno de los dos estábamos allí.

Era el héroe de mi propia historia, casi llegué a sentir el cañón de luz acariciando su luz sobre nuestras figuras. Tendría que dar esa idea al propietario para la próxima vez.

—Te quiero Tere. Te quiero como no he querido a mujer alguna en toda mi vida.

—Yo también te quiero mucho Ernesto.

Su sonrisa se extendió por su rostro y todo se hizo luz y humo. Reposó despacio su cabeza sobre mi hombro y cerró los ojos columpiándose de nuevo a través de la música, dejándose llevar por ella.

Nada había ya que pensar. Nada en absoluto. El amor se abría paso apoderándose de nuestras almas.

CAPÍTULO 24

EN LA PISCINA

De como reposar junto a la piscina viendo caer la lluvia en combinación con la cria de gatos hacen reflexionar sobre el proceso creativo

Nos tomamos un descanso junto a la piscina. Me costaba hacerme a la idea de encontrarme aquí, en el jardín de su casa, compartiendo este espacio con ella. Mire a mi alrededor. Sí, el olor a césped recién cortado era bien real. Todavía tenía fragmentos de él sobre mí. La tarde se había tornado perezosa, con colores casi otoñales que parecían querer acogernos. Mientras, una brisa suave y delicada se dejaba sentir ligeramente en los brazos y en la cara.

Algunos de los gatitos se acercaban y alejaban de nosotros a su ritmo, ronroneando sin cesar. Parecían saber que hoy las caricias serian dobles.

Sentía paz. Su cabeza volvió a apoyarse en mi torso con abandono.

La razón me pide que sea prudente con los recuerdos, pero ¿qué prudencia puedo tener después de más de sesenta años sin haber estado con ella?

Estaba impregnado del deleite de su belleza, de perderme en sus caricias, de su olor, su amor, su entrega... de todo aquello que durante tanto tiempo anhelé y no había tenido.

Acariciarla era poesía hecha realidad.

No era por tanto extraño que quisiera perderme con ella en ese momento y que el mundo restante apagara la luz, desapareciera.

Pero era su boca lo que me perdía, su boca, su boca... ¡La había deseado tanto antes! ¡Había querido besarla tantas, tantas veces antes!

Me sentía como un antiguo poeta del siglo de Oro español, un Garcilaso de la Vega escribiendo poemas a su señora.

Oímos entonces a un tordo que jugaba a esconderse entre la *Bougainnvillea*, asomando su cabeza para llamar nuestra atención.

Nos quedamos un rato sintiendo la brisa sobre nosotros. La lluvia, suave, caía sobre el césped.

Estábamos rodeados de paz.

Un gatito maulló desde un punto alejado del jardín, asomando su cabeza por detrás del cortacésped.

—Quiere más comida —dijo Tere mientras se levantaba— , Vayamos al porche. Allí podremos disfrutar de la lluvia.

—Sí, será mejor.

Una vez puestos a cubierto comenzó a arreciar.

—¿Te he dicho alguna vez que tienes la mirada más bonita que he visto nunca? —le dije, inspirado por el olor de ozono que ya lo impregnaba todo.

—!No! ¡Jamás!—espetó jocosa, mientras me daba uno de sus característicos golpes en el hombro a modo de suave reproche.

—¿Sabes? —continuó, manteniendo su inevitable sonrisa mientras me miraba profundamente—. Si me llegan a decir que te iba a querer tanto no me lo hubiera creído.

—Ni yo tampoco. Han hecho falta cinco años para darnos cuenta. Pero había tantas cosas en juego... el asumir lo que me pasaba tras la atracción meramente sexual del inicio. Ya sabes... Me acababa de casar hacía poco, además...

—¿Quieres que haga un café? Ha sobrado algo de esta mañana...

Se levantó y anduvo unos pasos. De repente se giró y me miró largamente. Luego, sin pronunciar palabra me dio un suave y leve beso en los labios, de esos que sabía que me volvían loco mientras decía:

—¡Gracias por venir a mi vida!

Sentí cómo se agolpaba la emoción en la garganta al tiempo que los ojos se me llenaban de lágrimas. Ella, con su modestia y timidez natural había derribado todas las barreras para dejarse llevar, para quererme. Estas palabras me recordaron aquella taza que le regalé en la que puse su foto con la inscripción: «Siempre nos quedará París». Y eso fue lo que pensé decirle, aunque no lo hice.

Seguía lloviendo.

Era feliz. Había soñado que amaba a Tere y al despertar descubrí que el sueño era la realidad.

La aventura acababa de empezar. Ahora quedaba una parte difícil, desatar los lazos con mi vida anterior. Con nuestras vidas anteriores.

Le había dicho que iba a continuar escribiendo. Había descubierto algo a raíz de comenzar mi aventura como escritor. Me había dado cuenta de que al hacerlo, al escribir sobre ella, en cierto modo atrapaba y capturaba su esencia. Sí, sentía la caricia de las palabras, el brillante anhelo por poner una detrás de la siguiente. Ella era mi musa, la fuente de mi inspiración y la mano que movía la mía, dibujando cada palabra. Para mí, era el modo de atraparla, de que no se fuera jamás. La escribiría, atraparía su esencia con mi pluma. Quedaría grabada eternamente en el papel.

Comencé primero con pequeñas historias a lo Jane Austen. Relatos amables donde no sucedía nada importante, pero había una imagen que perduraba siempre en mi inconsciente. Desde hacía mucho tiempo, unos treinta o cuarenta años atrás, había tenido un sueño en el que unas jóvenes vestidas con elegantes vestidos y sombreros anchos cual Scarlet O'Hara, charlaban alegremente en lo que parecía ser un balcón enorme de una gran residencia en el corazón de Alemania o en algún lugar de centroeuropea.

Como en todos los sueños recordaba las sensaciones, pero los detalles se escapaban. Desde entonces había intentado recuperarlo, pero fue algo imposible.

Esa es una lucha que tenemos siempre que queremos recordar un sueño, precisamente porque la impresión, la sensación que hemos experimentado durante su desarrollo es la que queremos volver a atrapar, y dedicamos el tiempo que sea necesario para conseguirlo. ¿Por qué este empeño? ¿Por qué esa dedicación de tiempo para algo que solo ha ocupado una parte mínima de una noche de nuestra vida?

Fue así como esa tarde, con la pantalla del ordenador encendida y el cursor parpadeante, comencé a escribir sobre esa visión de antaño.

De repente, a los pocos minutos de comenzar a escribir vi un rostro, la acción, el paisaje. Habían surgido de algún lado. Solo tenía que dejar los dedos moverse. Era prodigioso cómo todo ese mundo interior que desconocía tener, se vertía en palabras.

«*El rostro de la mujer miraba al oeste*» comencé a escribir. ¿Por qué el oeste precisamente?, me pregunté. Esa mirada de ojos enormes de la protagonista que tenía en mente se clavaban, tranquilos inquisidores y soñadores a la vez ante cualquier pregunta. Me di cuenta de que la escena que intentaba describir con palabras en la obra incipiente era semejante a uno de esos cuadros que muestran la alegría, el suave murmullo de la feminidad en medio de la naturaleza durante un día soleado. Quería mostrar la delicadeza femenina sin grandes aspavientos, sin historias elocuentes, sin mensajes subliminales. Y al mismo tiempo la valentía de la mujer. Esa visión me atraía y me volvía con frecuencia a la mente.

Había leído como todo el mundo sobre las musas, pero no había estado preparado de verdad para leer lo que mis manos producían sin aparente esfuerzo. Era luego, más tarde, en la tranquilidad de mi cuarto cuando me daba, realmente me daba cuenta de que ella había estado presente detrás de mí o a mi lado, poco importaba el lugar pero cerca. Las páginas brotaban con vida, con pasión.

Ahora, al mirar a Tere, reconocí esa sensación. Comprendía la razón por la que podía escribir sobre algo así, y me deleitaba hilvanando las palabras en el orden preciso para que pudieran crear esa sensación vaporosa cual cuadro de Watteau o Turner.

Continué la historia:

> «Giró mirando al río, al grupo de olmos que se encontraban bajo el palacio de Grustahausen y allí, acompañada de un grupo de amigas, estaba Elissa. Llevaba en su mano izquierda un cesto pequeño, menudo y primorosamente terminado que contenía las fresas que acababa de recoger. Therese sonrío desde la balconada y volvió a sentarse junto al grupo de amigas que, sobre una amplia alfombra, disfrutaba de esa tarde de primavera jugando a las cartas o leyendo, según fuera el humor de cada una durante esa tarde lenta amenizada por el zumbido de las lejanas abejas se sentía en el ambiente».

Esta narración había nacido de uno de mis sueños. De hecho, había tenido ese mismo sueño repetidas veces. Esto me hizo pensar que tal vez fuera una llamada, una señal, que quería significar algo. No hablo de un mensaje divino o de una misión que cumplir como salvar el planeta.

Simplemente soñaba con el rostro de tres o cuatro jóvenes sentadas sobre una terraza de piedra en un viejo palacio, en un bosque que podría ser Baviera en una tarde de verano.

Detrás de ellas unas ventanas blancas dejaban ver un interior ricamente decorado a través de los cristales. Desde entonces llamé a esta escena el universo de chicas vaporosas. Ese espacio que me permitía acceder a mis sueños parecía cobrar vida, adquirir realidad a medida que lo iba describiendo. Un mundo de ensoñaciones, de personajes que semejaban hablar con voz propia, que me indicaban con una sonrisa el camino a seguir. Esas chicas sin embargo lucían autosuficientes en ese mundo, en sus juegos y en su charla. No esperaban a galán alguno o ser invitadas a ningún baile de sociedad. Simplemente estaban gozando de una bella tarde en aquella balconada. El mundo que habitaban y al que pertenecían era lejano y ajeno al mío. Un universo alternativo, poblado por otro clima, costumbres, azares y preocupaciones.

Necesitaba escribir estos sueños para que no cayesen en el olvido. Quería guardar su belleza para siempre conmigo. Al igual que me sucedía con Tere a la que quería apresar a mi lado para siempre, al menos en mis escritos.

Poco a poco me fui sintiendo más libre con las palabras, las iba dominando y no al contrario. Escribía ya casi sin pensar y la cosa fluía. Fue entonces cuando comencé a escribir historias de aventuras, romances o misterio. Tenía razón un escritor cuyo nombre no recuerdo y al que leí hace tiempo. No había que preocuparse por el estilo. Él se ocuparía de sí mismo por sí solo. Únicamente tenía que transmutar la pasión que había en mi interior, sacarla y ponerla sobre el papel.

Con estas historias pude sumergirme en otros mundos y conocer valles, ríos que cruzar al atardecer con cestas de merienda, solazarme en la lluvia que caía sobre lejanas montañas, atravesar en bicicleta los páramos, cantar, reír y compartir canciones junto a la hoguera. Era una manera de vivir tan válida en sus sentimientos como la de mi propia vida.

Cuando hacía un alto, miraba a mi pareja que me sonreía cómplice mientras yo levantaba la cabeza de la pantalla del ordenador abandonando ese mundo, ese sueño en que había estado atrapado toda la tarde.

Tener dos vidas era algo muy satisfactorio. Un privilegio propiedad única del escritor. Sentía que podía soñar despierto. Solo tenía que dejar que fluyeran de mí esos otros mundos que querían ser escritos. Y eso hacía yo. Atraparlos, dotarlos de realidad.

Una cosa trajo otra. Comencé a buscar en Internet y a familiarizarme con el peligroso y escurridizo mundo de la publicación. Por fin un día, un día cualquiera porque ¿qué más daba el día si todos ellos estaban llenos de la misma eterna zozobra? Ese día mandé un manuscrito a la editorial Cuadrado Verde sin muchas esperanzas. Me conformaría únicamente con autoeditar la novela para mi propia placer y algún que otro lector aventurero que pudiera caer.

Sabía que este momento iba a llegar. Era necesario.

Era el momento de decir adiós a Gloria, la que había sido mi esposa, pareja y compañera durante catorce años, que me había ayudado en mi carrera profesional, en mi vida en momentos difíciles.

Pero era el momento de soltar amarras.

Una mala entendida sensación de responsabilidad y sí, también un mucho de comodidad por mi parte me habían impedido dar el paso. El alma se desgarraba al soltar amarras.

Decir adiós a las vidas que habíamos llevado hasta entonces con nuestras respectivas parejas no fue una tarea fácil para ninguno de los dos. Nunca puede serlo tras los años transcurridos, las experiencias y la carga emocional que ello conlleva. Pero había que hacerlo. Y había que hacerlo rápido, mientras aún tenía la convicción de que era lo correcto por mucho que doliera. Por mucho que el pasado estuviera a la puerta, insistiendo.

Contar con detalle la despedida sería demasiado doloroso ahora porque hay una parte de culpabilidad en cada uno de nosotros que nunca puede eliminarse del todo, que siempre es eterna compañera ante cada encrucijada de nuestra vida, ante cada decisión tomada.

Tere por su parte permanecía callada. Estuvo así durante varias semanas, meditativa. Procuré respetar su silencio. Esto era algo que cada uno de nosotros debía digerir por su cuenta. El trabajo ciertamente nos ayudó en aquel momento. El trabajo y el saber que estábamos cerca uno del otro en esos delicados momentos.

CAPÍTULO 25

EL MUNDO DE TERE

Esta mañana nos despertó el sonido de miles de estorninos cruzando el cielo. Parecían pajes señalando mi presencia en el lugar, avisando a sus congéneres de que había alguien nuevo. Estábamos en la casa de la calle Aristóteles. Su casa. Hay ciertas cosas en el lugar que hablan de su pasado y así deseo que sigan. No quiero que nada de lo que ha conformado la mujer que tengo a mi lado cambie, porque ella es el resultado de todas esas experiencias.

Hemos desayunado frente a la ventana de la cocina, escuchando los pájaros cruzar.

Una foto en el centro del salón, una única foto lo dice todo. Está en el lugar de honor.

La piscina está tranquila, la hojarasca recogida y el césped recién cortado. Hoy me había propuesto que tuviéramos una mañana reposada leyendo en el jardín.

Hace días que el tránsito de camiones que se dirigen hacía el cercano complejo industrial han derribado nuevamente el poste eléctrico que cruza sobre la estrecha carretera ante la casa. Son en vano las protestas en este sentido. Solo la suerte, o de modo más prosaico, la altura de los camiones que la cruzan pueden evitar la nueva tragedia, el nuevo corte de suministro eléctrico. Pero hoy, afortunadamente, no es uno de esos días.

Esta es la parte de Tere que más respeto me infunde. La parte unida a su vida pasada. Me refiero a la que ha sido su hogar durante sus últimos años. La casa a la que tantas veces había acudido de modo furtivo. Unas, esperando secretamente encontrármela. Otras, simplemente necesitando respirar allí, inhalar su atmósfera o al menos pisar el lugar donde ella había pisado, mirar las colinas, los cerros, las casas vecinas e intentar así recomponer su historia en mi cabeza.

Patitas parece haberse acostumbrado a mí. Unas cuantas caricias aplicadas estratégicamente en los momentos e intervalos adecuados han hecho que se convierta en un admirador de mi persona. Eso trae consigo otro aspecto de la situación y es que ahora el minino alterna el subirse a la espalda de uno u otro según sople el viento o la incidencia de los rayos solares sobre el jardín, pues tan variable como estos fenómenos es la voluntad de un gato.

—Tere, por favor quítamelo de la espalda. Tengo que abrir la puerta y con este subido sobre mí es imposible —digo quejándome, aunque sin demasiado énfasis.

Hemos desayunado frente a la ventana de la cocina, escuchando los pájaros cruzar.

Hay otras mañanas en que, con el sombrero de paja encasquetado en la cabeza y el móvil estratégicamente situado sobre la mesa de piedra al lado del porche, Tere se dedica a la tarea de desbrozar y cortar el césped mientras yo intento arreglar algún desperfecto en el garaje. La música suena flojita. Desde aquel día en que se metió en la piscina con el móvil en el bolsillo trasero del pantalón, no se atreve a tocar el móvil de esa lugar, la melodía llegando en sincopados movimientos al ritmo de los movimientos del rastrillo.

—Vamos a hacer una pausa —dice—. Necesito beber algo.

La casa está ahora tranquila. El viejo columpio nos saluda en esas mañanas de fin de semana. Es ese lugar donde nos gusta ahora sentarnos mientras tomamos un helado. Eso sí, siempre que *Patitas* no insista en subirse a la espalda de Tere en ese ejercicio de fidelidad y obstinación felina ejercitado diariamente.

—¡Toma! esto te va a gustar —dijo Tere mientras me extendía un vaso lleno de fresas con nata que acababa de preparar.

—¡Vaya! Esto sí que es una sorpresa. Si me hubieras dicho que hacías estas cosas te aseguro que me hubiera declarado mucho antes.

Tras pasear alrededor de la piscina momentos después, señalé el habitáculo que alojaba la bomba de la misma junto con el material destinado a su mantenimiento.

—Por cierto— dije—. Ya tengo la solución definitiva para ese pulpo. Me han hablado de un técnico buenísimo que solía instalar y revisar la maquinaria de las piscinas en la Alcoraya donde mis padres tenían el terreno. Es cosa hecha. Mañana lo tenemos aquí.

Esta máquina había dado más de un quebradero de cabeza a Tere. ¡Cuántas veces la había oído intentar quedar con diversas personas, o «tésnicos» como los llamaba yo, peyorativamente! Sabía que la casa le estaba dando problemas recientemente. De no encontrarme aquí sé que hubiera terminado vendiéndola como había manifestado en más de una ocasión. Me alegré infinito de que no hubiera sido así. Quería atrapar parte del sueño. De aquella Tere que me perdí, que jamás podría conocer.

Se estaba haciendo tarde. Habíamos quedado en casa de sus vecinos, Virtudes y Paco para tomar café.

Virtudes y Paco. Me acordaba como si fuera un sueño lejano de aquellos días en que paseaba por este camino y por las inmediaciones de la casa de Tere y de estos mismos vecinos, intentando adivinar la clase de personas que eran. Me imaginaba las conversaciones que podía haber mantenido con ellos, quizás deseando en lo más hondo de mi conciencia que la puerta se abriera y mi presencia allí fuera descubierta, que alguien me dijera: «¿Desea algo? ¿Puedo ayudarle?»

¿Qué hubiera dicho en ese caso? Probablemente hubiera desaparecido, mascullando unas breves palabras de excusa.

Tere me había contado como cuando, debido a algún viaje, o bien simplemente por no poder acercarse a la casa, Virtudes no dudaba en cuidar de sus gatos, recibir paquetes o atender visitas de personas interesadas en ver la casa con intención de comprarla o, cuando menos de curiosear en su interior. Su marido Paco, solía decir al final de todas nuestras visitas:

«—¡Se han ido ya las chicas?»—a la vez que retenía previamente el abdomen para, a continuación, soltarlo repentinamente con un movimiento exagerado que hacía sobresalir aún más su barriga!

Bien, solo cabía una cosa que hacer este año. Tenía que hablar con Tere y hacer una reserva en aquel sitio que nos comentaron que organizaba excursiones en globo. En cualquier caso, a través de Irene podríamos conseguir algo en Mallorca, pues era allí donde mi hija se encontraba trabajando por entonces en una empresa que organizaba viajes de aventura.

Era lógico y coherente. Había tenido una hija y estaba escribiendo un libro sin contar con que además tenía a la mujer de mis sueños. Así que solo me quedaba montar en globo.

Bueno, no exactamente. Había otra cosa que no había hecho y a la que era menester enfrentarse ahora. Quedaba conocer cómo era el mundo de Tere. El mundo de donde ella había venido, las personas con las que lo había compartido. Y eso, francamente, me atemorizaba más que volar en globo.

Este mundo con Tere es un mundo nuevo para mí, al que tengo que entrar de puntillas por miedo a romper algo al moverme entre la cristalería fina que puede quebrarse a la mínima inspiración o trepidación. Hasta que lo haya conocido, hasta que haya llegado a la estación base tendré que tener cuidado, todo esto es tierra ignota, salvaje.

Aún me levanto muchas mañanas con la terrible sensación de que todo ha sido un sueño, otro sueño más. Entonces la veo a mi lado, su cabeza en la almohada y vuelvo a respirar.

Nada me había preparado para esto. Ni mis sueños con los ojos abiertos durante el día, ni los poemas ni textos que había escrito para liberar presión. Nada era similar a la sensación de sentirme amado por Tere. Los meses y años anteriores a esto habían sido una caricatura ridícula de este sentimiento profundo e hiriente que hacía gritar a la vida por todos mis poros y respirar hondo de vez en cuando para sentir el aire entrar en mí.

Cuando amamos tendemos a pensar, ya acostumbrados a esa nueva persona, que siempre hemos sido parte de ella, que siempre ha sido parte de nosotros. Pero había habido un mundo antes de Teresa. Un mundo en el que yo no estaba. Ese era el mundo en el que ahora me proponía aprender a navegar. Su mundo. Un mundo secreto, discreto y oculto que ella había preservado. Ahora se me había permitido por fin el acceso a ese jardín, a las estatuas que en él se encontraban, a los macizos de flores cuidados y semiocultos bajo pérgolas adornadas de hiedra. Podía ver las fuentes escondidas, las petunias y las hortensias florecer.

Sí, de lugares secretos brotaban fuentes, pequeños estanques adornados con ranas de piedra en actitud de saltar de un momento al otro al líquido elemento.

Yo quería ahora descubrir los saltos de agua que había tras la curva del río, sentir los sauces llorones rozar mi rostro cuando pasáramos bajo ellos y también ver el agua remansarse y aquietarse río abajo. Poder ver los peces nadar y moverse en esas aguas claras.

Este fin de semana iba a ser especial.

Iba a conocer sus orígenes.

Burgos.

Todavía estaba algo deslumbrado, desconcertado por haber pisado la casa de Tere, porque ella me abriera las puertas de su entorno, de su vida. Sin embargo, aún quedaba mucho más por descubrir.

—Mañana prepárate ropa de abrigo —dijo aquel viernes nada más llegar a casa desde el trabajo—. Nos vamos a que conozcas Burgos. Pasaremos también por el pueblo de mi madre. Sería mejor si hiciéramos noche en Madrid. Así el viaje sería menos cansado para nosotros.

—No, Tere, me encuentro dispuesto para hacerlo de una tirada. Con que hagamos alguna parada o nos cambiemos conduciendo unas horas, será suficiente.

Necesitaba llegar cuanto antes. Cualquier cosa podría interrumpir nuestro viaje. Quizás un desvío debido a obras en la autovía, un accidente...

Burgos había resultado para mí hasta entonces un lugar lejano, imposible de visitar. Mítico casi. Era más fácil visitar París, Londres o Nueva York.

Me dediqué en su lugar a leer sobre él, a estudiarlo, como el que estudia sobre la Atlántida, sobre las tribus perdidas en una jungla ignota y lejana, intentando averiguar curiosas costumbres, hechos e historia. Intentando hacer todo eso mío. Procurando que así, de algún modo, formara parte de mi historia. Una historia adoptada pero cierta. Al fin y al cabo, nuestra historia personal no es sino el modo peculiar, particular y escogido con que cada uno de nosotros filtramos los hechos del mundo que nos rodea.

Sentía vértigo. Había estado escribiendo toda la tarde y me notaba agotado intelectualmente. Llegué a pensar que tal vez todo era un sueño, dudé de si era real que compartiría ese viaje junto a Tere, a esas tierras que para mí representaban algo así como la lejana Tule para los antiguos guerreros medievales.

Cuando llegamos a Burgos, cuando atravesé por primera vez sus calles y plazas supe que esta siempre había sido mi ciudad. Tuve una de esas sensaciones en las que te sientes parte de un lugar, como si lo conocieras, sin haber estado allí nunca.

Descubrí así que Burgos no es una ciudad fría como por lo común cree la gente. Lo que ocurre es que empezó a vivir a medianoche cuando todavía el nuevo día no había amanecido. Su frío es el frío de las primeras horas del alba, de esa aurora que se anuncia y despide al rocío. Es la escarcha de la vida que despierta, nueva, aletargada.

Está simplemente peinándose, arreglando su tocado, esperando a que salga el sol para lucirse, para ponerse en *shorts* y salir a las terrazas. Su belleza es la de una niña que duerme plácidamente, con los cabellos dorados sobre la almohada, sus ojos claros y azules ocultos tras los párpados cerrados.

Burgos es una de esas ciudades que, al igual que la Soledad de la canción, no sabe que es hermosa. A semejanza de ella, no entiende de amor ni de engaños, de vanidades. No es como esas ciudades llenas de franquicias de marca que invaden todo su casco antiguo por completo. En su lugar, sustituyendo al restaurante chino, al kebab y a la pizzería, están sus viejos portales callados, bajo los balcones acristalados. Sí, es cierto que de alguno de ellos brota la música de un rap desgastado y cansado, de movimientos convulsos, pero por encima de él y contiguos, los otros edificios le miran ceñudos, como esos hermanos que reprueban una conducta fuera de lugar, una frase grosera surgida de la incultura y la zafiedad.

Su frío es el frío de las primeras horas del alba,

Una suave lluvia comenzó a caer. Sonreí a pesar mío. Era un día así lo que cimentó nuestro amor y era un día así el que me lo recordaba nuevamente.

Creo que los días de lluvia son días tristes porque los sueños caen del cielo y se rompen contra el suelo, una y otra vez.

Cada gota encierra una esperanza, o quizás un recuerdo, un plan, una ilusión no realizada. La nube antes de romper contiene todos ellos en potencia.

De las piedras que nos rodeaban brotaba la paz. Voces y sonidos saltaban y se acercaban procedentes de las calles peatonales.

La ciudad ha de aprender a seguir guardando su belleza, como esa bella moza en edad de merecer que, con discreción, cruza bajo los balcones camino a la fiesta, intentando no llamar demasiado la atención. La naturaleza ha querido ayudar a Burgos con sus frecuentes brumas y nieblas, ocultarla bajo la nieve, borrarla tras un manto de lluvia para que no sea vista desde fuera. Es nuestro Rivendel particular. En ella, uno puede sentirse eternamente joven si se tiene la paciencia de bajar el ritmo y escucharla respirar. La geografía ha querido también guardarse entre sus calles tranquilas, arrebujadas, que se hacen compañía las unas a las otras. Fuera de ese círculo de viejos compañeros están las vías modernas, las anchas avenidas. Las tiendas de moda y las marcas contemporáneas la quieren tentar, pero ella resiste. Como mucho, algunas tiendas de recuerdos para turistas enfrentadas a la catedral en las calles de Laín Calvo y de la Paloma.

Un poco más allá en esta misma vía encontramos la pequeña plaza donde uno puede ver —sentados en un banco— a la pareja de viejos burgaleses esculpidos en bronce que, insensibles al frío, observan desde el mismo a los paseantes cruzar en uno y otro sentido.

La vieja hermana, la abadía de las Huelgas se siente abandonada y triste al encontrarse un poco más lejos, aunque gozando ella misma también de un lugar placentero. Tere me ha insistido en que tenemos que verla antes de volver de nuevo a casa.

¡Ay del paseante cuando Burgos abra sus ojos! Quedará cautivado e inmóvil en el sitio. Solo el río se mueve, despacio, sin prisa.

CAPÍTULO 26

MERCHE

Entramos en el pueblo despacio.

Habíamos llegado a Montorio.

—¿De modo que aquí empezó todo, ¿no? —dije con una sonrisa nerviosa.

Estábamos en la calle Burgos, ¿qué otro nombre podía tener? Dicha vía atravesaba la población, convirtiéndose unos metros más allá en la calle Félix Rodríguez de la Fuente donde luego me enteraría se encontraba la asociación vecinal, o al menos, la más importante de ellas.

Dejamos el BMW aparcado delante del número cuatro. Era esta una construcción de piedra blanca que se asemejaba perfectamente a cualquiera de las que aparecen en esos cuentos de donde uno esperaría ver salir a mama Hubbard o a la mismísima ratita presumida.

El aspecto exterior parecía confirmar mi primera impresión. Los visillos recogidos con pulcritud, la blancura de esa misma fachada y las ventanas de los pisos superiores con su entramado de madera blanco mostrando el llamado inglete inglés. La puerta se abrió en ese momento para dar paso a una mujer de unos ochenta años.

Era Ana Mari. Su mirada de alegría sincera y emocionada al ver a su hija pasó rápidamente a examinar mi persona. Esta era la palabra. Yo había hecho la solicitud, presentado la instancia a través de las conversaciones que su hija había mantenido con ella y, ahora, ahora era el día del examen final. Por fortuna conocía la asignatura extremadamente bien. Me había preparado estos últimos meses y años. Además el temario estaba junto a mí.

—¿Tú debes ser Ernesto, ¿no? —dijo mientras abría sus brazos para abrazarme en un gesto que me desconcertó por lo inesperado.

Mis ojos seguían con atención su cara, examinando cada rasgo y movimiento, esperando nervioso su veredicto. Finalmente un gesto leve se fue extendiendo por su cara convirtiéndose en una sonrisa.

—Encantada de conocerte Ernesto —dijo Ana Mari con una cordial sonrisa que despejó al instante mis temores anteriores.

Ese día, después de comer Ana Marí y yo permanecimos sentados frente a la gran ventana que presidía el salón. Tere había salido un momento a salir a algunas vecinas. De vez en cuando una moto o un coche rompían la serenidad de la escena.

—Me ha dicho Tere que escribes —dijo Ana Mari— ¿Sabes? Yo también escribí un pequeño librito sobre mi infancia. Creo que soy la única de la familia que tuvo alguna inclinación en este sentido. A mi hermano Ladislao le dio por la política y se hizo alcalde del pueblo en la década de los setenta.

Había detectado en ella ese mismo sentido de aventura que percibía en su hija, aunque tal vez fuera solo una apreciación mía.

—Un amigo nuestro, Faustino, hizo también un disco recopilando las canciones de nuestra época —prosiguió al ver mi mirada de interés.

Sonreí. Sentí que había llegado a casa.

El día siguiente fue algo más difícil. Tocaba conocer a su hermana Merche y esto no me resultaba fácil.

Recordaba aún como Tere y ella se ofendieron ante aquel error que cometí en mis días de conquista. Había intentado contactar con ella por Facebook y eso fue cruzar una línea que no me correspondía.

Ahora sí.

Hace mucho tiempo que venía preparándome para este momento.

Tantas veces había oido a Tere a mi lado llamar a su hermana que me sentía —a falta de la presencia de su padre—, como si fuera a ser sometido al serio dictamen de la familia. Un dictamen que presumía mucho más férreo que el que podía darme su madre.

Y allí estaba, frente a la inmobiliaria de Merche. Estaba esta situada en una zona de modernas urbanizaciones frente a un parque. En la marquesina se podía leer sobre fondo verde el nombre «Cinco Colinas». Reconocí pronto el cartel, ya que lo había visto en Internet y en los calendarios que Merche enviaba a Tere todos los años. El mismo cartel frente al que se había fotografiado con su madre, orgullosa de su nueva empresa, de su nueva andadura.

Estas letras verdes sobre el escaparate y la placa en la pared de ladrillo cara vista me confirmaban, una vez más, que ya no había vuelta atrás. Solo tenía que abrir la puerta metálica y entraría en tierra desconocida.

—Jamás me imaginé que algún día estaría frente a esta puerta, créeme —dije.

—Mi hermana no te va a comer.

—No sé, no sé...

Merche no me iba a devorar en efecto, pero logró hacer de mí tras las primeras palabras, un preparado para paella como mínimo. Tal era mi estado de nervios cuando entré en la inmobiliaria.

La reconocí enseguida gracias a las fotografías que de ella había visto en Facebook, cuando —iluso de mí—, había intentado imaginarme esa vida tras la cortina que se adivinaba en el rostro de Teresa. El perfil de Facebook de Merche era siempre un conglomerado, un amasijo de homenajes a la infancia, a los animales, a la ternura, los recuerdos y la nostalgia. Eso que a mí me gustaba calificar, —siguiendo la feliz expresión anglosajona— como una actitud "*feel good*", algo muy impropio de mis congéneres levantinos descreídos de la vida, quemados bajo el sol implacable de las costas españolas que —a fuerza de caer sobre ellos día tras día—, había secado y evaporado muchos de estos valores desde hacía siglos y que había dado como resultado los cuadros descarnados de Goya, El Greco y Sorolla.

Con una mirada similar a la de su hermana y de cabello rubio a diferencia de Tere, Merche me demostró tener un gran sentido del humor.

Había allí, detrás de esos ojos y de esa sonrisa, el mismo candor y nobleza que en los de su hermana pequeña.

Continuaba examinando yo con interés el parecido entre las dos, pero no acertaba a dar con la clave de qué era lo que me las hacía parecer tan semejantes. Miraba una y otra vez a Merche con curiosidad, como si ella poseyera la clave, el secreto como hermana mayor que era.

—Esperad un momento que termino de redactar el contrato de unos pesados que necesito tener listo para mañana y nos vamos a casa —dijo Merche.

—Voy entonces un momento al coche que me he dejado en el maletero los regalos —dijo Tere, levantándose de la mesa y cogiendo las llaves del coche—. Hemos comprado unas cosas preciosas. Hemos recorrido varias tiendas buscándolos—. Y sin esperar respuesta desapareció, dejándome solo frente a Merche.

Dado tardío de la hora el teléfono de la inmobiliaria había dejado de sonar. Tampoco era un momento propicio para el tránsito de peatones. El parque cercano irradiaba también la tranquilidad y el silencio del momento. Había asimismo mutismo entre mi silla y la mesa donde Merche continuaba tecleando en el ordenador. Hielo. Había que romperlo.

Me acerqué a la mesa. Merche permanecía con la cabeza agachada sobre los papeles, pero su cuerpo, aunque también estático, denotaba un conocimiento perfecto de mis movimientos y mi presencia en ese despacho.

—Sé que lo que hice no contribuyó a que me ganara tu afecto, pero precisamente lo que intenté fue todo lo contrario. Fue un error de cálculo, quiero decir. Sé que mi manera de obrar es a veces original —por decir algo positivo—, pero nadie podrá afirmar que no sea genuina y auténtica. Durante mucho tiempo seguí los patrones de conducta marcados, los más cómodos también. Sin embargo, si algo he aprendido de la vida es que hay cosas que sabes que, si no las haces, jamás las harás. Digamos que esta era una de ellas.

Giró repentinamente la silla y me miró directamente a los ojos.

—Lo que quiero es que Tere sea feliz —dijo.

—Eso te garantizo que es mi máxima prioridad. Solo mediante las obras podré probar esto. Vivimos en un mundo de palabra fácil Merche, y tú como comercial, lo sabes mejor que nadie. Pero eres una persona con valores y creo que sabrás reconocer, si me miras frente a frente, que mis palabras son sinceras. No soy el mejor de los hombres, eso lo sé, pero lucho día a día por ser mejor, algo mejor.

Merche se acercó a mí y sin mediar palabra, me abrazó. En ese momento le hubiera comprado cualquier piso que me hubiera ofrecido. Sentí ensancharse mis pulmones mientras se llenaban de aire. Poco después soltaba con alivio el aire así retenido.

—Creo que te interesara guardar una cosa que tengo aquí —me dijo con aire misterioso—. Lo busqué por casa y creo que, con tu alma de escritor te gustara tener cerca — y diciendo esto, me extendió una cartulina cuidadosamente guardada en el interior de una carpeta sujeta por gomas.

Lo abrí.

Era un dibujo.

Un dibujo infantil que mostraba la catedral de Burgos vista a través de una ventana. En primer termino unos volúmenes. En uno de ellos aparecía claramente escrito en su lomo que se trataba de un libro de Latin.

—Es un dibujo que hizo Tere en 8º de EGB. Dibujaba muy bien. Bueno, sigue haciéndolo cuando le da la gana, claro. Pensé que te gustaría tenerlo —me dijo con un guiño mientras me apretaba la mano.

—Gracias —dije, intentando buscar palabras más precisas, más eso fue todo lo que pude encontrar.

—Sabía que te gustaría. Aparte de dibujar, tenía muy buena voz también—bueno, sigue teniéndola —sonrió cómplice—, y por eso las monjas la elegían muchas veces para cantar en el coro.

Merche ejercía una extraña influencia sobre mí.

Sabía que podía interpretarse mal lo que le dijera en estos primeros momentos pero tal era el parecido espiritual existente entre las hermanas, tan prodigiosa la similitud de movimientos, expresiones y manierismos que sentí que de haber conocido a esta antes que a ella, mis sentimientos podrían haber tomado otros derroteros enteramente distintos.

Por fin encontré el común denominador entre las dos hermanas. Era la simple actitud constante de ofrecer a la vida una cara amable, de crear un mundo acogedor en torno suyo.

A través de los cristales vimos que la aludida se estaba aproximando ya con las bolsas conteniendo los regalos.

Entonces, justo en ese momento, mientras Tere se dirigía hacia las puertas verdes de la inmobiliaria, caí en la cuenta. Había en la frente de las dos hermanas ese aire curioso y de difícil clasificación que cabría de calificar como nobleza de espíritu, utilizando una expresión caída en desuso hoy en día. Semejaban dos damas medievales o decimonónicas sacadas de una de las novelas de Jane Austen a la que cualquier galán de libro que se precie no hubiera vacilado en presionar para que le anotaran en su carnet de baile antes de que sonara el próximo "carrillón".

Luego llegarían los sobornos ocultos a la orquesta para elegir la exquisita pieza de mayor o menor duración y prolongar así el placer del baile.

— Me encanta que hayáis venido hoy Ernesto, de verdad. Tengo tanto que enseñarte que vas a quedar encantado —dijo Merche mientras apagaba el ordenador—. Y ahora vamos para casa que ya está bien de trabajar. Fernando tiene preparado un vino especial que ha traído de su bodega para esta ocasión.

—¡Ah! Pero... ¿Tenéis una bodega?

—¿Quién no la tiene en La Rioja?

CAPÍTULO 27

CONOCE MI MUNDO

Ernesto recibe una carta inesperada.

Había llegado el momento de que conociera mi mundo, mis circunstancias, lo que me había hecho ser lo que soy. Esta porción de carne y hueso que tiembla ante su presencia. Este descendiente moderno de los trovadores que cantan a su dama.

Una tarde, de vuelta ya en Alicante, quise que conociera aquel bar donde había acudido con mi padre en aquellos años felices y lejos de preocupaciones de mi infancia, cuando yo tendría unos cuatro o cinco años.

Todas esas calles del barrio de San Antón me habían visto crecer. Las mismas que habían conocido después a una joven Teresa, recién llegada a Alicante, deseosa de encontrar su independencia y su primer trabajo en el Ministerio. Ahora, estas mismas callejuelas estrechas eran testigos de nuestro amor, mientras transitábamos por ellas cogidos de la mano y nos regalábamos algún arrumaco.

Nos paramos ante la iglesia de la Misericordia. Presentaba el mismo aspecto que en aquellas viejas fotos de familia donde, en compañía de mi madre y algún amigo del barrio, me hicieron una foto frente a su fachada.

—Aquí me bautizaron. No pudieron elegir un lugar más oportuno —dije mientras miraba sonriendo el cercano panteón de Quijano, ya más despoblado de vegetación que cuando mis infantes pies lo recorrieron.

—A mí me gustaba venir por aquí también con un noviete que tuve en cuanto aterricé en Alicante —dijo Tere.

Unos meses después de haber iniciado nuestra vida en común, y de haber remitido el manuscrito de Herencia robada a varias editoriales, recibí una llamada.

—Buenas tardes, ¿Ernesto? Mi nombre es Desirée. Llamo de la editorial Cuadrado Verde. ¿Sabes quienes somos? Nos hiciste llegar tu manuscrito para leerlo.

—Desirée, la pregunta es casi ofensiva. ¡Claro! ¿Cómo no acordarme de vosotros? —dije bromeando recordando aquella tarde en que envié por correo electrónico el PDF de la novela con dedos temblorosos.

—Tengo muy buenas noticias para ti, ¿te acuerdas de que te dije que íbamos a preparar e incluirte en una campaña promocional del libro Herencia Robada?

—Sí, sí, claro.

—Pues nos han contactado a través de un agente común nuestro de Planeta. Este se tomó la libertad de inscribirte en los premios «Diamante» creados este año para nuevos autores.

—¿En serio? No recibí ninguna comunicación por vuestra parte.

—No quise que te hicieras falsas ilusiones. Por lo menos no hasta que lo viera mi agente. No sé como decirtelo, pero las cosas han ido muy rápido, demasiado rápido, incluso para nosotros.

—¿Rápido? ¿Qué quieres decir con rápido?—. Debía de haber una mala conexión, no lograba interpretar exactamente lo que quería decir Desirée.

Tere se estaba acercando con la bandeja de los cafés al porche Al oir el sesgo de la conversación su mirada se dejó llevar por la curiosidad.

—¿Estás preparado Ernesto?

Era evidente que Desirée estaba disfrutando el momento.

—Puedes hacer otra cosa también. ¿Tienes a mano la carta que te enviamos hace unos días ?

—Sí, claro —dije mientras hacía señas a Tere de que abriera el sobre a carta que habíamos dejado estos días sin abrir sobre la mesita de cristal del porche, junto a la bicicleta estática.

—No me puedo creer que no lo hayas abierto aún. Mira la página que te adjunto donde pone «ganador premio Diamante 2019».

Silencio. Una risa ahogada al otro lado de la línea mientras Tere se limitaba a sonreír ampliamente mirando el folio frente a ella. Toda la información estaba ahora entre sus manos.

—«Ernesto Santos sorprende con una novela intimista»—leyó en un tono de voz que quería parecer calmado.

—¿Te estás burlando de mi Desirée?—dije con un hilo de voz.

—En absoluto —continuó Desirée al otro lado de la línea—. Permíteme que sea la primera en felicitarte. Y ahora ya puedes ir corriendo a decírselo a esa persona significativa así como a tu hija. Ya hablaremos porque tenemos que coordinar presentaciones y demás en radio y televisión. Está visto que tus famosas descripciones de damas vaporosas de mirada nostálgica están haciendo adeptos. Por cierto, te he enviado además por correo una invitación para un congreso que se va a celebrar próximamente en Valladolid.

—¿Un congreso? ¿En Valladolid? ¿Y qué pinto yo allí?

—Verás, es una cosa nueva que se ha organizado este año. Va sobre historia y literatura. Asistirán profesores de historia y disciplinas relacionadas así como autores que, como tú, se han atrevido con la novela histórica de un modo u otro.

PARTE II

EL DESCUBRIMIENTO

SURGEN LAS PREGUNTAS

POEMA DE LA PRINCESA

He oído que a orillas del Arlanzón ha tiempo que vivía una princesa,
Menuda de talle, de ágil paso,
Ojos verdes cual esmeraldas, voz cálida cual fogata invernal.
Aún nacida en tierras lejanas dicen que en tal día las campanas de la catedral replicaron doblemente.
Y las gentes piadosas, arrodilladas, rezaron por su dicha.
Muchos han sido los viajeros que quisieron saber de ella, su nombre y abolengo, más solo les respondieron que era la Princesa del Arlanzón.

CAPÍTULO 28

MONTANILLA DEL ARLANZÓN

De fumar en pipa, regatas y otras actividades al aire libre.

Érase una vez una ciudad de brumas, de lluvia dispersa, de nieve, una ciudad quieta y guardada, cruzada por un río de aguas sedosas.

Sobre sus bajos tejados se alzaban hermosas y orgullosas las torres de la catedral, haciendo sombra y ocultando los rincones escondidos que a sus pies abundaban.

Esta ciudad se llamaba Burgos.

A unos kilómetros al este de la misma existía como en otras ciudades parecidas, una pequeña población tranquila y sosegada situada junto a los márgenes del mismo río Arlanzón. El río, una vez rendida la debida pleitesía ante la Gran Señora y sus torres, había acudido a bañarla a su vez.

Fue aquí donde otra historia comenzó a tejerse aquel frío día de octubre.

Montanilla del Arlanzón contaba con una escasa población, unos pocos comercios y varias librerías que daban un toque singular al conjunto, en comparación con los pueblos vecinos. Formada por viejas casas de gruesa piedra, había sido durante siglos una población dedicada al pastoreo y a la ganadería. El ayuntamiento actual, tras duros años de peleas con la diputación local, había logrado añadir el hidrónimo «del Arlanzón» a su noble nombre inicial para dotarle así de mayor prestigio. Tras pasar la población, uno se encontraba con un amasijo de casas apretujadas junto a un grupo de árboles asimismo próximos entre sí, dando la impresión de querer posar para una foto familiar. Un poco más allá de los mismos solo el campo saludaba la mirada del observador casual.

Por delante de ese camino cruzaban todos los días furgonetas de reparto, camiones pesados procedentes del cercano polígono industrial de Burgos Este; cargados de género lanzaban sus humos cotidianos, urbanos y prosaicos sobre este paisaje idílico.

Había nevado toda la noche anterior desdibujando los contornos del camino, camuflando aún más la entrada a este rincón escondido. Solo un cartel solitario indicaba que se había llegado a un lugar especial, en concreto, a ese centro del saber conocido como la Universidad de Montanilla del Arlanzón.

Un caminante deambulaba en ese momento por el sendero que serpenteaba hacia el interior, siguiendo la larga sombra que su cuerpo proyectaba.

El hombre, de unos cuarenta años de edad, daba el aspecto de ser un miembro del profesorado. No parecía tener prisa alguna ni objetivo concreto. Miraba despacio el paisaje nevado que le rodeaba. Eran las cinco de la tarde. La hora de su paseo acostumbrado.

Mantenía la cabeza gacha, el gesto concentrado en la labor de colocar un pie delante del otro, con cuidado, sobre la nieve caída, mientras recordaba la conversación que había mantenido con el rector esa misma mañana.

Delante de él la Universidad se alzaba orgullosa en lo alto de un monte, soñando en ese atardecer nuboso con la cercana capital desde ese puesto ventajoso. A los pies de dicha elevación, se veía serpentear el río como en un cuento de hadas, lanzando reflejos hirientes.

La moderna institución se alojaba en un viejo edificio destinado a sanatorio durante los siglos XVIII y XIX. Ahora, acondicionado para los nuevos tiempos, resaltaba sus pretensiones académicas. Su fundador, don Eusebio Mogueroles, un nostálgico de la vieja tradición académica, había querido dotarla de una pátina clásica, de un hacer escolástico británico y tradicional.

Pero la leyenda de este sitio del saber no acababa ahí. Después de haber sido un centro de salud —o en los términos de la época, un preventorio, al que acudían pacientes con la esperanza de aliviar sus males—, fue un casino y hotel propiedad de cierto barón de la Cuesta a mediados del siglo XIX. Según se decía, al viejo barón —no haciendo honor a su apellido—, no le costó gran cosa perder toda su fortuna en la mesa de juego de su propio casino, en una vuelta vertiginosa de ruleta, tan rápida como el destino girando una esquina, tras haber despilfarrado el resto de su fortuna en mujeres y especulaciones de ultramar en la Guayana holandesa. En la última apuesta que realizó incluyó su hotel y el casino anexo al mismo en un magistral *tour de force.*

Don Eusebio Mogueroles había logrado su objetivo, sí, pero no sin haber sufrido antes sobre su persona los desvaríos de la burocracia, no sin haber dado mil vueltas a la actual Ley de Universidades 6/2001, y lograr sacar del tejido articular de la misma el jugo vital que había permitido su existencia, aunque, por desgracia, dejando este mundo sin haber visto cumplido su sueño. No obstante le sobrevivió su herencia, que dio pie a la creación de la fundación Mogueroles.

Siguiendo sus últimas directrices, ya desde el curso pasado se había dado comienzo a los preparativos para crear la tradición de una regata anual en el río, en clara imitación de la de Oxford y Cambridge sobre el Támesis. La primera de ellas estaba prevista para el curso siguiente. Esto no había sido fácil dada la casi nula navegabilidad del río y su escasa profundidad pero largas conversaciones con las autoridades habían permitido el desplazamiento de las barreras y saltos de agua del mismo para crear un tramo que lo permitiera, al menos con la longitud suficiente para hacer posible el evento.

Al iniciar el proyecto universitario, el insigne fundador había fantaseado además con la visión pastoral de imaginarse las dos torres de la lejana catedral asomando por encima de las copas de los árboles. En su imaginación quería asemejarla al Magdalene College de Oxford. El que esto no fuera más que un sueño romántico, un deseo inalcanzable, dada la distancia existente entre la Universidad de Montanilla y Burgos que hacía imposible contemplar tal vista, no era óbice para que la idea hubiera perdurado a través de la visión artística de su cercano amigo, el conde Dabrowski, que la había inmortalizado en un cuadro que ahora colgaba en el despacho del actual rector.

El paseante no parecía en especial preocupado por la carga histórica del lugar que así atravesaba. Tras cruzar los jardines y el estanque artificial ahora congelado, se encontró ante el edificio que albergaba el departamento de Historia. Un mundo aparte, escondido y guarecido en una edificación anexa, construida en madera, con más aspecto de cabaña de leñadores del viejo Arkansas que de un departamento de facultad con el inicial aire de *college* buscado por su fundador. En su interior se extendían largos corredores que daban paso a la luz a través de estrechos ventanucos. Tenía el conjunto un aire espectral, digno de un descubrimiento arqueológico en siglos venideros.

El estar situado en aquel lugar, contemplando los lejanos edificios, le producía en cierto modo una sensación de confort. Su mirada parecía perdida en los rincones del pasado real o imaginado, en mundos y quimeras imposibles.

Había salido también sí, de modo más prosaico a estirar las piernas y fumar su pipa. Sus estudiados movimientos parecían querer marcar cada paso del modo adecuado, como una hipótesis que debiera ser probada antes de su ejecución final.

Desde donde se encontraba, podía también contemplar las largas filas de ventanas de la biblioteca central, así como el ala oeste donde se encontraban los dormitorios de los estudiantes. Podía incluso imaginar sus cabezas inclinadas sobre los libros en cada una de esas ventanas del mismo modo en que también lo había hecho él en un pasado impreciso.

Era posible asimismo ver desde allí los tejados inclinados, llenos de moho y hojas de árboles arrastradas por el viento que eran ahora soporte de las palomas que sobre ellos se posaban. Bajo sus aleteos, se sentaban los académicos residentes —otro tipo de aves—, próximos a sus estufas, bajo la luz mortecina de flexos inclinados como sus espaldas, oxidados como sus articulaciones, con ojos nublados y replegados en su interior.

¡Cómo recordaba la sensación de confort de tardes similares, cuando, inclinado sobre sus libros con la nieve o la lluvia fuera, golpeando esta los cristales de su habitación, sentía la cercana estufa y la madera chisporroteando en su interior! Le venían también a la mente por asociación, los volúmenes que había leído en tardes así, no necesariamente concernientes ni relativos a sus estudios. Recordaba en concreto el día en que recibió de pleno el impacto de la obra de Emily Brontë, *Cumbres borrascosas*, cuando esos páramos llenos de viento aullando sobre el paisaje cobraron vida por la similitud de las circunstancias.

Miró fascinado cómo los gorriones y algún que otro tordo escarbaban entre los claros de césped que asomaban en los espacios donde la nieve había desaparecido. Le maravillaba esa blancura inesperada después de años en la que había estado ausente de la ciudad. Afortunadamente el actual estaba siendo pródigo en ella estos últimos meses.

Frente a él, una pared había sido invadida, o más bien colonizada por hiedra de Boston, extendiéndose por toda su superficie, cubriendo el campo de visión, antes de que el invierno la hubiera despojado de su vestido y dejado en su lugar ese rastro de esqueleto reptante sobre las paredes.

Al pie de la misma se encontraban apoyadas dos bicicletas cubiertas de nieve. Parecían hibernar soñando con largos paseos por caminos sin fin, con la cesta de mimbre frontal bien surtida, surtido que incluiría sin duda algún que otro libro de filosofía o lingüística.

El puente de madera que cruzaba el estanque era mudo testigo de la actitud reflexiva del hombre. En días así, cuando una cuestión le obsesionaba en especial, salía a deambular por el campus, y, tras pasar primero por el estanque y el templete situado en lo alto de una colina artificial, cruzaba una y otra vez el puente.

Tras unos minutos sacó del bolsillo la pipa —la razón oculta de este paseo—, y procedió a preparar y encender con cuidado su contenido, tras golpear previamente la cazoleta sobre el pretil del puente.

Una vez hecho esto, olisqueó la bolsa que contenía esa mezcla especial de tabaco preparada por él sobre una base de picadura de Virginia. Acto seguido procedió a rellenar la pipa metódicamente, con la misma meticulosidad que empleaba al caminar, sin prestar importancia a la nieve en lo más mínimo.

Solo entonces pareció dispuesto a emprender el regreso hacía su despacho después de haber visto con los ojos de su imaginación un Burgos lejano sobresaliendo sobre los árboles del campus. Su figura se fue alejando entre los caminos, cruzando setos nevados. Los cuervos que recorrían en breves saltos el césped se pararon a examinarlo. Daban la impresión de estar calibrando si se trataba de uno de los suyos debido a su peculiar modo de caminar. Al ver que este ser emitía humo por la boca, y comprobando así que se habían equivocado, siguieron con su tarea.

La figura del paseante se perdió, confundiéndose entre los árboles, sobre ese pasaje desierto y blanco. Como una imagen de otra época, semejando ser el último fumador en pipa sobre la tierra.

CAPÍTULO 29

UN PASEO POR EL RÍO

De un sendero cercano surgió un estudiante portando unos remos, señal inequívoca de que venía del río tras haber estado practicando piragüismo. Al reconocer a su mentor, se paró a su altura.

—¡Buenos días, profesor!

—¡Hombre, Pinedo! ¿Cómo ha ido el remo hoy? Un poquito fresco el día, ¿no es así?

—¡De fábula! Ya sabe, ¡no hay tiempo demasiado malo para un estudiante de Montanilla! Además este curso tenemos un par de chicos estadounidenses que nos van a ayudar a dar una paliza increíble a los de Burgos! —dijo mientras dejaba por unos momentos los remos apoyados contra el puente.

—No se confíe, los de la UBU harán alguna de las suyas para demostrar que el río no es navegable —apuntó el profesor con una sonrisa—. ¡No espere cambiar viejos prejuicios con una victoria en el río!

—Una lástima, la verdad —dijo Pinedo con una mueca— pero si buscan excusas para la derrota en la primera gran regata entre las dos universidades lo tienen difícil. Estuvo en el acto de presentación de la medalla, ¿no es así? —y cuándo vio que el profesor asentía continuó—. ¡Preciosa! ¿No es verdad? Me encantaría tener esa Burganda Blue colgando en mi habitación algún día junto a los otros trofeos. Pero me temo que tendré que esperar hasta el año próximo para que se haga realidad.

Aunque mostrando cansancio por el esfuerzo realizado, la cara de

Pinedo rebosaba al mismo tiempo satisfacción tras haberse empleado a fondo en el río. Unos cien metros a sus espaldas podía verse el vestuario, cercano al embarcadero así como el almacén donde se depositaban las piraguas. Un grupo de jóvenes ya estaba allí dejando su equipamiento y frotándose las manos para entrar en calor.

—Por cierto, ¿cómo va su trabajo sobre la Revolución francesa? —dijo el profesor.

—Bueno, no me puedo quejar, va avanzando poco a poco, ya sabe cómo es esto. Hay días en los que todo fluye como la espuma y otros donde no sé por qué camino atravesar. En cualquier caso, quería darle las gracias por el libro que me prestó. Es increíble. Tenía razón acerca de ver los hechos pasados a través de las novelas de la época. No veo ahora la Revolución francesa del mismo modo después de haber leído Historia de dos ciudades.

—Tampoco debe uno dejarse vencer por el lado novelesco de las cosas, Pinedo, tampoco es eso. Simplemente creo que ayuda a tomar perspectiva el estudiar los hechos desde otro punto de vista. ¿Quiere que le cuente un secreto? Le advierto que sus notas finales bajarían de un modo apreciable en caso de divulgarse el mismo.

—¡No, por Dios! —rió el joven con una risa que parecía clara y chispeante como la corriente que acababa de dejar—¿De qué se trata don Carlos?

—Pues... cuándo estudiaba bachillerato y supe por primera vez de la figura de Napoleón, comencé a imaginarlo con la cara de Marlon Brando —miró de reojo a su estudiante para ver la reacción ante sus palabras y continuó—. Sí, sí, no se ría. Había coincidido en que pusieran por la tele por aquellos días una película sobre el emperador interpretada por este actor y, créame, eso le dio para mí un aire de aventura e intriga en vez de las desnudas fechas y datos que me ofrecía mi libro de texto. A partir de ese momento, era como si se hubiera creado una conexión en mi cabeza. Comencé a percibir que los nombres que aparecían en mis libros de historia habían sido reales. Tan reales como yo. A partir de ese momento procuraba ver películas ambientadas en los hechos históricos. Aun con la salvedad propia de Hollywood, esto le daba magia y atractivo a las fechas y a los nombres.

—¡Qué cosas dice profesor! Nunca me hubiera imaginado verlo desde ese ángulo, pero supongo que tiene sentido. Todos deberíamos tener algún tipo de teoría en la vida. ¿Quiere saber cuál es la mía?

—Claro, cuénteme.

—¿Ha oído hablar en alguna ocasión de las coincidencias significativas?

Arturo Pinedo, uno de sus mejores alumnos, se encontraba en el último año de sus estudios de postgrado. Nacido en Bilbao, se había mudado a Burgos recientemente con su familia. Siempre atento en clase y dotado de una singular iniciativa, había algo en él que el profesor no lograba fijar. Algo preocupante. De cabellos alborotados y ensortijados, gustaba de llevar siempre una corbata a medio anudar que le daba el aspecto de haberse levantado de la cama en cualquier momento que uno se topara con él. Apuesto y dotado de una mente brillante, podría haber sido el *alter ego* sacado de algún sueño del profesor. El joven poseía además una curiosidad innata y un entusiasmo contagioso. Vivaz y en perpetuo estado de movimiento, se hacía difícil concebirlo bajo el perfil de futuro profesor de Historia y mucho menos de investigador universitario sentado largas horas ante sus libros.

Arturo compaginaba la lectura de volúmenes de historia con otros menos ortodoxos y que entroncaban con el esoterismo, las viejas religiones y tradiciones, faceta esta que no era del agrado de su mentor. En particular, varios libros sobre los rosacruces y los templarios podían verse en lugar prominente en la reducida biblioteca de su habitación.

Un grupo de alumnas bien protegidas bajo sus gorros de lana y orejeras pasaron riendo en ese momento por el puente en que los dos se encontraban.

—Hasta luego, Arturo —dijo una de ellas con evidente acento argentino, sonriendo efusivamente al joven a la vez que saludaba con un gesto de reconocimiento al profesor.

—¡Hola, Camelia! Sí, nos vemos en el comedor.

Miradas brillantes, risas en el aire que se cruzaban detrás del aliento que salía de sus bocas. Se acordaba el profesor de aquella frase que dijo alguien, ¿fue una persona conocida u otro académico? Poco importaba, el resultado era invariable: lo cruel de ser docente era que uno se iba haciendo mayor mientras que los estudiantes siempre mantenían la misma edad. Aunque por otro lado, ¿no era esto una manera de haber encontrado la fuente de la eterna juventud que Ponce de León no pudo hallar?

—Nos vemos luego profesor —se despidió el joven, menos dado a la especulación teórica sin dejar de mirar en dirección al grupo de chicas que se alejaba mientras recogía los remos. Poco después se ajustaba la gorra y se dirigía hacia el lugar donde se encontraba el resto de sus compañeros.

El profesor le vio partir. Este era el mundo por el que había peleado. Era cierto que el director no era santo de su devoción, pero ya sabía que la perfección no existía tampoco en el mundo académico, aunque algún atisbo, algún arañazo de ella, se dejaba ver de vez en cuando en su día a día.

«¡Bueno!» —se dijo— «siempre ha existido un diablo en el Paraíso inicial».

Se acordó en ese instante que había olvidado un cuaderno de notas en el aula, por lo que decidió recogerlo aprovechando el paseo. Sin pensárselo dos veces deshizo lo andado y se dirigió hacia allí.

Ver en estas circunstancias a este hombre desgarbado, de unos cuarenta y cinco años, desplazarse con movimientos inconexos, cruzando los pasillos del departamento de Historia al atardecer, con enhiestos, aunque bien peinados cabellos, podría llegar a ser una visión terrorífica para algún alumno que saliera de la biblioteca a esa hora tardía.

Era el profesor un hombre de largos brazos y mirada penetrante, constante y obsesiva que, al usarla por encima de sus gafas daba al mismo un aspecto inquietante, pareciendo que pudiera mirar en el interior de las almas. Algunos de sus compañeros de claustro, poco caritativos, le comparaban con la viva imagen de un moderno Fausto. Un rizo que le caía sobre la frente se resistía al orden del resto de su peinado dándole el necesario toque de humana imperfección.

La fría luz del neón alumbró la silueta larguirucha del profesor cuando abrió la puerta del aula doce y a continuación el cajón de su mesa, de donde extrajo con cuidado la libreta que había venido a buscar.

Al levantar la cabeza, algo en el aula le pareció distinto, quizás por un efecto de la tarde, ya que todas sus clases las daba por la mañana.

Delante de él se extendían las filas vacías de asientos que habían acogido a sus cerca de cuarenta alumnos hacia unas escasas horas. Bancos de diseño nórdico, colocados en filas simétricas, ordenadas, dentro de estas modernas instalaciones, sin dejar nada al azar, en claro contraste con el exterior del edificio. Conocimiento por metro cuadrado. Contrastando con esta imagen de pulcritud y orden, varios libros aparecían apilados sobre la mesa del profesor. Junto a ellos, las notas y marcas que señalaban el progreso del saber, los pensamientos a medio formular fruto de un día de trabajo, de machacar explicaciones, hipótesis y fechas, como si de ese modo pudiera revivir los hechos y hacerlos presentes ante sus alumnos.

Las ventanas daban a los hermosos jardines poblados de árboles, una extensión de tranquila blancura, salpicada de bancos donde los estudiantes charlaban por las mañanas, guareciéndose del sol o buscándolo, según la época del año.

Sin embargo el profesor siempre había tenido una extraña impresión cuando debía entrar en esta aula fuera del horario habitual. La sensación de una ausencia, de algo olvidado. Intentaba rebuscar en su memoria sin lograr hallarlo.

«¡Qué idiota soy! Siempre tengo que estar obsesionado por algo» —se dijo.

Al salir del aula, Lafuente se topó con una joven de mediana figura y largos cabellos castaños que se dirigía hacía un despacho dos puertas más allá del suyo, portando unas carpetas de color verde en su brazo izquierdo. Al verle hizo un gesto de saludo con la cabeza mientras se llevaba dos dedos de la mano derecha a la frente en actitud militar.

—Buenas tardes, Carlos ¿Trabajando todavía? —dijo sonriendo tras quitarse la tarjeta que había sostenido en la boca mientras abría la puerta. Era la suya una sonrisa amplia que se extendió por todo su rostro y que por un momento dio la impresión de que el pasillo hubiera ganado en luminosidad.

Carlos contestó con un nervioso murmullo apenas audible y que sonaba a algo semejante a «hmmm... err... hmm» y se dirigió en sentido contrario mientras guardaba las llaves del aula en el bolsillo interior de la americana con cierta dificultad.

Continuó por el largo corredor donde solo alguna lamparilla aislada iluminaba el camino. No se molestó en dar el interruptor principal. Le gustaba la complicidad del silencio y las sombras que se combinaban para ofrecerle ese rincón de tranquilidad que había aprendido a querer en su vida.

Elena, la profesora con la que acababa de tropezarse en el pasillo era también doctora en paleografía. Se trataba de un nuevo fichaje procedente de la «otra» universidad, esa otra que estaba prohibido nombrar en el campus, bajo amenaza de expulsión fulminante. Una profesora dedicada, atenta y cordial, amable de trato y con una gran capacidad de empatía.

Tras subir a la primera planta, el profesor se detuvo delante de una puerta de roble, labrada con gran detalle, sobre la que colgaba una placa con un nombre.

«Dr. Carlos Lafuente. Departamento de Paleografía».

Pulsó el PIN de seguridad que controlaba la apertura de la puerta. Se escuchó un sonido suave y esta se abrió con suavidad, dejando paso a un gato blanco que salió con rapidez del lugar para rozarse contra sus piernas.

Su despacho se encontraba lleno de pergaminos y papeles por todos sitios, de libros amontonados por doquier, colocados en doble y hasta en triple fila sobre las estanterías que llenaban todas las paredes de la habitación.

Junto a la escalera de caracol que se elevaba hacia una pequeña estancia superior, había una torreta con un estrecho ventanuco. A los pies del mismo, más libros se extendían por el suelo, dejando un breve sendero que era necesario atravesar para dirigirse a la mesa situada al fondo. Los volúmenes llegaban incluso hasta el aseo anexo que había quedado por completo inhabilitado para cualquier otro uso que no fuera el de almacén. Al fondo, un amplio ventanal miraba al campus e inundaba de luz la totalidad de la estancia.

El profesor tenía dos pasiones; una era la Historia, la oficial. La otra —escondida de todo el mundo, salvo de los muy íntimos privilegiados que eran invitados a su casa—, la formaba una colección de mariposas que clasificaba con minuciosidad. Los detalles de la misma podían encontrarse en un libro de tapa negra cerrado bajo llave en un viejo buró.

Su gato Ismael lanzaba unos leves gruñidos cuando le veía dedicado a esa tarea, descuidando de ese modo las caricias que consideraba debidas a su rango de habitante de más edad en ese hogar. Sobre su costado mostraba un curioso patrón que por un lado semejaba un corazón y, por el otro, la cabeza de Mickey Mouse recortada en silueta.

Este era su despacho. Cuadros antiguos, oscurecidos por falta de luz, hundidos en rincones que Lovecraft hubiera adorado describir. Lugares donde ni siquiera la mujer de la limpieza se había atrevido a introducir el plumero.

Sobre una de las estanterías, un guerrero enfundado en armadura —una antigüedad heredada de su abuelo—, enarbolaba una lanza en posición vertical, mostrando su vieja patina dorada. Había sido custodio de libros durante más de ciento treinta años y pretendía serlo unos cuantos más. Otra estatuilla idéntica se encontraba en el despacho de su casa.

Arturo Pinedo le ayudaba a veces con la clasificación y preparación de los documentos que, como en esta ocasión, se le encomendaban para su estudio. Le hacía sentirse joven escuchar las preguntas de su alumno, los gestos de exclamación ante cualquier nimio detalle encontrado, que le asemejaba más a un participante en un juego de consola que a un investigador, que a un miembro de la tradición escolástica del saber. Sonrió.

Pero ahora estaba solo. Arrojó otra vez una mirada cansada sobre los manuscritos que tenía pendientes de examinar con cierto disgusto. Esta actitud se debía a que se había visto obligado a interrumpir el trabajo que estaba preparando sobre la historia de la marina para su presentación en el congreso internacional que se iba a celebrar el próximo mes en Valladolid. Todo a fin de favorecer los deseos de la aristocracia, de un conde ególatra más propio de una novela del siglo XIX que del mundo actual.

Resignado, se puso con cuidado los guantes y cogió la lupa. Lo que tenía delante según la información inicial que le había llegado, parecían ser unas cartas apócrifas atribuidas a un monje del siglo XIII, encontradas en las recientes excavaciones realizadas en la localidad de Silos. Era bien sabido entre los docentes y profesionales el cuidado y atención científica que el profesor Lafuente prestaba a sus investigaciones, aparte de sus amplios conocimientos en dicha especialidad.

Cada vez que se veía con un encargo semejante se acordaba de Mónica, aquella chica de ojos saltones, la única compañera de estudios a la que se atrevió a pedir una cita en aquel lejano Santander de 1977 durante las vacaciones de verano. De eso hacía ya unos cuantos años.

«—¿Por qué no dejas tus libros por una tarde y te comportas como una persona normal? ¡Podríamos ir al cine, a pasear, en fin, pasar el rato como el resto de parejas! Venir aquí a ver el modo en que hojeas tus libros tarde tras tarde está bien para un momento, pero... ¿Qué quieres que te diga?»

Sí, sus dos pasiones habían acabado con esa posibilidad del amor. A veces, una cierta comezón hervía en su interior al acordarse de Mónica, pero enseguida lo ahogaba refugiándose en sus libros o en sus mariposas.

Solo el rector Patricio Noguer, eclipsaba algo su dicha. Siempre pendiente este de obtener más fondos de la fundación Mogueroles para la universidad, en pos, no solo de una creciente competitividad académica, sino también en dotar de mayores infraestructuras al campus. Se empeñaba en que se dedicara más horas a la docencia y menos a la investigación. Pensaba el muy idiota que la persecución incansable del Nobel o similar por parte del profesorado no iba a ningún lado y que no pasaría nada por inculcar algo de conocimientos a sus alumnos. ¡Sus alumnos! Esos cabezas de chorlito que no sabían ver la relevancia de un período histórico respecto de otro, el brillo en el horizonte de una figura como Alfonso El Sabio, incomparable con ninguna otra de la actualidad. Pero esperaba demostrarle algún día quien tenía razón.

La foto que colgaba en la pared opuesta era algo diferente. Mostraba un ala de mariposa vista a través del microscopio. Miles de venas, de escamas coloreadas eran así reveladas al ojo humano. Era una obra de la fotógrafa Linden Gledhill, otra loca amante de las mariposas. El profesor había intentado reproducir esas maravillosas fotografías, llegando incluso a hacerse con el mismo microscopio que la artista había utilizado, un Olympus BH2, incluyendo ese accesorio usado por la misma, llamado StockShot. Le fascinó descubrir así los miles de abanicos de colores, de diseños y estructuras irrepetibles capturados a través de la luz del microscopio e invisibles a simple vista.

Eso le recordó el objeto de lo que estaba inspeccionando esa tarde. Se acordó de la primera vez que le trajeron esos documentos para su examen.

CAPÍTULO 30
EL ENCARGO

Al entrar en el despacho del rector ese día había encontrado a este dando vueltas con aire abstraído al globo terráqueo, hecho en madera y colocado estratégicamente a la derecha de su escritorio. Esto le permitía poder realizar este gesto habitual con cierta comodidad cada vez que algo demandaba una concentración mayor de lo corriente.

El conde Dabrowski, hijo de inmigrantes rusos y gran aficionado a la pintura —y no menos a las recepciones del rector y personalidades locales, a las que era con frecuencia invitado—, había decorado el despacho como habíamos observado antes, con un improbable paisaje que colgaba en la pared opuesta al escritorio. La pintura —que recordaba las obras del romántico Caspar David Friedrich— mostraba en primer término las figuras de unos paseantes sobre el campus de la moderna universidad. Al fondo se podían ver las torres de la catedral asomando sobre la curva de un serpenteante Arlanzón, dando así mágica culminación a este utópico ideal, subsanando y recreando tanto ese olvido de los constructores de la ciudad, como de la propia orografía, ninguno de los cuales había tenido la deferencia de crear esta vista privilegiada en el mundo real.

—Tenemos que emitir nuestro informe a Patrimonio Nacional cuanto antes, Lafuente. En todo caso antes de que acabe el curso. Hecho esto y una vez confirmada la propiedad del conde sobre el manuscrito, tengo entendido que tiene intención de subastarlo en Sotheby's de Londres —los dedos de su mano derecha tamborileaban ya sobre la madera del globo terrestre provocando un sonido opaco.

—Es sorprendente que nadie haya dado con este manuscrito antes en Silos —dijo Lafuente—, con la cantidad de estudios y restauraciones que se han realizado en el monumento hasta la fecha.

—Ya sabe estimado profesor, las sorpresas están a la orden del día. Silos sigue siendo una joya inestimable, por añadidura. De todos modos, el expediente está abierto todavía. Así que no le entretendré más. Tiene trabajo por delante.

El profesor cruzó la puerta dándole vueltas a la tarea encomendada.

Pensó por un momento si el hecho de que el cuñado de don Patricio contara con un alto cargo dentro de Patrimonio Nacional había jugado algún papel para que se hubiera encomendado a la Universidad de Montanilla el examen de estos manuscritos. Si era así, desde luego no era nada desdeñable.

Aunque lo que le habían traído era más bien poca cosa. Una pequeña caja de madera, casi podrida por completo, en cuyo interior unos pergaminos amarillentos dejaban ver sobre su superficie unos caracteres pálidos, del mismo color ambarino que la caja que los contenía. Solo con paciencia y el material adecuado podrían dar algo de sí.

Uno de los pergaminos se encontraba en ese momento extendido sobre la mesa. Al lado de la misma, su viejo bloc de notas, nada digital ni en aspecto ni en diseño, pero extremadamente práctico. Podía llevárselo a cualquier lugar sin tener que preocuparse por la duración de las baterías o que la excesiva luz solar le impidiera leer sobre su superficie. En sus páginas había anotado con apretada letra la cuidadosa reconstrucción del texto medio borrado, casi imperceptible a simple vista.

Extrajo con cuidado un nuevo pergamino de la caja, procurando que se encontrara alejado del contacto con alguno de los productos colocados al azar sobre la mesa destinados a la restauración de las piezas más dañadas. Al examinarlo con la lupa vio que estaba en bastante buen estado. Parecía ser una vieja crónica. Iba a dejarlo junto a los demás para continuar con el examen de otro que se encontraba desplegado sobre su mesa cuando lo vio. Un texto iluminado con cuidado y detalle bajo una gran «K».

Una breve lectura fue suficiente para constatar que el mismo guardaba relación con la vieja crónica de la princesa Kristina de Noruega, hija de Haakon IV de Noruega y Margarita Skulesdatter, perteneciente a la casa real de Sverre.

Kristina.

Recordó la leyenda que no adolecía de falta de romanticismo. La historia sobre los motivos que trajeron a España a la princesa difería dependiendo de la fuente historiográfica que uno pudiera consultar. Según la mayoría de ellas, Kristina había muerto sin descendencia a los pocos años de contraer matrimonio con Felipe, uno de los hermanos de Alfonso X.

Una línea separada del resto del texto, casi colocada al pie, destacaba de las demás. Estaba escrita en latín a diferencia del resto del texto escrito en castellano antiguo. ¿Un modo quizá de que el significado no quedara olvidado al considerar que esta lengua iba a ser algo efímero, pasajero? ¿O bien para ocultar el mismo de ojos desconocedores de la lengua antigua?

Era un texto sencillo. Una sola línea, clara y breve que, en apariencia, hacía innecesaria su redacción en latín:

«Quede en custodia de los hermanos el sagrado secreto de la flor del norte».

Nada particularmente excepcional. A la princesa solía llamársele «la niña del norte» en atención a su juventud.

La luz del flexo proyectaba la sombra del profesor Lafuente contra la pared posterior, alargándola hasta el techo y dando a la escena un aire espectral.

Había otro pequeño detalle en el manuscrito.

En el margen aparecía un texto en latín. A simple vista parecía escrito con otra tinta, y claramente realizado por otra mano a juzgar por la distinta intensidad del trazo. Miró con atención. Sí, el tipo de caligrafía, el modo en que alguna de las consonantes había sido cuidadosamente dibujada daba fe de ello. La tinta, aunque de diferente tonalidad, era similar y denotaba que el texto había sido escrito casi en la misma época, quizás pocos años después.

Quodam frate vel sorpresa insigniter auxiliante Quoque obvenient, cuius.

El profesor puso en práctica para su traducción los años de latín bajo la supervisión de aquel profesor de cabellos rizados a quien por razón de la materia y de su aspecto físico, todos habían dado en apodar «El Calígula»:

Leyó:

«La ayuda cualificada de un hermano, cuya disponibilidad y premura facilitarán un descubrimiento del sentido».

O algo así.

Extrañas palabras situadas en el contexto en que se encontraban.

Carlos volvió a leer el párrafo en latín y lo contrastó con el que había leído en el folio anterior.

Pero fue la frase escrita con caracteres góticos más abajo la que atrajo su interés:

«En la hora de Prima de la luz, la luz».

«Quienquiera que desee ver en Dios una letra distinta la verá, quien tenga ojos para ver distinguirá entre la noche y el día».

¿Qué significaba esto? ¿Qué relación guardaba con la línea anterior? Y por último, a modo de colofón las palabras:

«Maese Johannes lo arreglará».

Tenía ante sí un texto críptico. Un Cluedo académico. Había que consultar esto. La imagen de su colega Elena pasó por su mente. Su timidez natural buscaba excusas para no hacerlo, pero sabía que era precisa la mirada de otro paleógrafo.

Y Elena era la mejor paleógrafa que conocía.

No muy lejos de allí, detrás de las colinas que rodeaban la serenidad de los venerables edificios e ignorante de las tribulaciones del profesor Lafuente, Patricio Noguer pedaleaba con dificultad en aquellas partes en que la nieve ya se había apartado. Era este un ejercicio cotidiano que realizaba para alejar el fantasma de la edad. Intentaba así retomar de un modo, siquiera efímero, sus años de estudiante en Oxford cuando, acompañado de sus camaradas y portando en la cesta de mimbre una buena botella de *Chateau d'Armignon* o *de la Motte,* se perdían por la campiña inglesa.

De aquellos años había conservado, eso sí, el sentido de la constancia y de la perseverancia, unidos a una gran fuerza de voluntad. Algunas malas lenguas decían de él que también había retenido cierta abundancia de líquidos a juzgar por su obesa figura.

Detuvo su bicicleta a la altura del cartel que se encontraba al inicio del camino recorrido minutos antes por el profesor Lafuente en su humeante y meditativo deambular. Contempló con cierta vanidad los tonos rojizos de las letras trazadas sobre el mismo, el peculiar logotipo del escudo universitario, cuyo diseño —al igual que su ubicación en este lugar preciso a unos cinco metros de la carretera que pasaba por delante— había sido escrupulosamente supervisado por él.

Patricio Noguer había trabajado durante años en diversas empresas, pero fue la herencia de un viejo tutor que tuvo en la infancia y al que profesaba gran cariño, unido al reencuentro con uno de sus antiguos colegas de sus años universitarios, convertido ahora en miembro de la prestigiosa fundación Mogueroles, lo que había hecho que se convirtiera, andando el tiempo, en el más firme y ciego seguidor de las ideas del fundador. Era así como ahora se encontraba inmerso en el proyecto de expansión y modernización de la misma sobre las bases preconizadas por aquel al crearse la fundación.

El viejo edificio decimonónico central había agradecido las numerosas manos de pintura así como la nueva instalación eléctrica y de fontanería. Los terrenos adyacentes, antiguos campos de cultivo, —tras las oportunas recalificaciones, una vez restaurados—formaban parte ya del campus, gracias no solo a la labor de la Fundación, sino también al apoyo del gobierno local. Sobre una colina artificial situada en esta parte del campus podía verse un templete de estilo neoclásico y una capilla neogótica separados por grupos de sauces llorones.

En la cercana Universidad de Burgos se habían reído de este experimento que auguraban ruinoso, de la locura de crear una universidad en un lugar tan alejado y aislado. Otros decían que esto era resultado de aquellas lenguas envidiosas que no habían pasado el filtro selectivo de admisión en la elección del profesorado residente celebrado cinco años atrás.

Aunque sin duda extravagante a ojos de muchos, la idea de recrear el modelo académico británico siempre había estado presente en la mente de Patricio Noguer. No por loca dejaba de ser menos estimulante. ¿Por qué no? Ni los valores tradicionales tan denostados hoy en día ni la misma cultura hispana iban a quedar malparadas por ello. ¿No existían en las antiguas colonias británicas como Hong Kong herencias culturales semejantes? ¿No se mantenía en la antigua colonia británica la cultura autóctona, firme y sólida, dando como resultado el efecto visual de esos pequeños escolares de rostro oriental saliendo de iglesias neogóticas?

CAPÍTULO 31

UNA APRECIACIÓN ARTÍSTICA

La profesora permanecía de pie frente a la reproducción del cuadro que colgaba en su despacho. Le encantaban las formaciones nubosas, el modo en que estas rodeaban y envolvían el paisaje. Las casas, las edificaciones, algún que otro puente, un molino junto a un río...

Simplemente adoraba a Constable, admiraba la habilidad con que el pintor hacía de los fenómenos meteorológicos una parte más de la pintura. Pero este cuadro en concreto... La profesora no podía dejar de mirarlo. En la parte baja del marco, el nombre y la fecha, *La carreta de heno, 1821*. Le hubiera gustado penetrar dentro del mismo como una moderna Alicia, ver lo que se ocultaba detrás de la casa que había en la pintura, preguntar al pastor cómo le había ido el día, así como inquirir del hombre que aparecía junto a los bueyes donde había adquirido tan maravillosos ejemplares. Le hubiera gustado sentirse bañada por esa luz irreal, contemplar esas formaciones nubosas. En momentos así se acordaba de las palabras de su padre:

—«Deberías haber estudiado Bellas Artes en vez de viejos libracos de Historia»

Pero ella pensaba que la Historia escondía una faceta artística, un modo de entender la vida. Le fascinaba la relación eterna del pasado con el presente. Y claro, siempre podía perseguir su otra vocación, incluso combinarlas, como había hecho en varios de sus libros tales como *El Arte del Medievo* o *El foro romano en el Arte*, publicados recientemente por la editorial Arlanzón Press.

Elena se encontraba en su despacho, uno muy distinto al del profesor Lafuente. Aquí los libros —cuidadosamente encuadernados, alineados primorosamente y con gusto en una estantería lacada en blanco sobre la que reposaba una escalera para permitir el acceso a los estantes superiores —, decoraban por sí mismos el lugar. Si el profesor hubiera estado presente mientras Elena permanecía absorta ante el cuadro de Constable —y de haber sido su pasión la pintura, cosa que no era el caso—, hubiera notado en la suave curvatura del rostro de su colega cierto parecido con las pinturas de Johannes Van der Meer y, al igual que en ellas, cierta luminosidad nacida de un extraño lugar que poetas como Wordsworth o Coleridge hubieran situado sin dudarlo en la luz del sol poniente. En especial, guardaba la profesora un gran parecido con la obra del pintor citado, *La joven de la perla* si esta hubiera prescindido del recogido con que el que estamos familiarizados y dejado caer en su lugar los cabellos sobre hombros y espalda. Por una extraña paradoja la belleza real nunca es consciente de sí misma y quizás sea este uno de sus misteriosos componentes. De modo que ese perfil, la mirada límpida de sus ojos, la delicada inclinación de su nariz desde su raíz a su extremo y sus dorados pómulos quedaron huérfanos de apreciación externa. En momentos así la belleza, como los cuadros de un museo al cerrarse sus puertas, se repliega sobre sí misma aunque sin perder su esencia, existiendo fuera del aprecio más o menos vano del mundo exterior.

El sentir de la profesora en líneas generales era que, considerando su trabajo como su bien más preciado, quería rodearse de la mayor comodidad posible. De modo que había convertido y acondicionado su amplio despacho para que pareciera más bien un salón de estar, su estudio particular; de hecho era aquí donde pasaba la mayor parte del tiempo, cuando no estaba visitando galerías de arte en compañía de sus amigos Alberto y Sonia.

Criada en familia humilde junto a tres hermanos, a Elena le había costado mucho llegar hasta aquí, llegar a tener lo que en palabras de Virginia Woolf se denominaba «una habitación propia», cualidad indispensable para que tanto ella como la escritora británica mencionada pudieran afianzarse. El fuego de la chimenea a sus espaldas corroboraba esa sensación. Había trabajado unos pocos años en una óptica hasta que un buen día, tras haber leído una novela histórica que la impresionó profundamente, decidió, de modo inopinado, iniciar sus estudios en Historia, compaginándolos con su empleo. Esta decisión, andando el tiempo, la había convertido en una de las paleógrafas más jóvenes del país.

Un golpe en la puerta la sacó de su abstracción. Dejó con pesar la taza de té rojo que se disponía a degustar y dirigió su mirada a la misma.

—¡Adelante! —dijo con cierto aire de resignación. Algún alumno que precisaba de una tutoría adicional, un cambio de orientación en su tesis...

La cabeza del profesor Lafuente apareció en ella. Nunca se acostumbraría a las entradas inesperadas de su peculiar colega en su sanctasanctórum. Si bien al principio le pareció un tanto atarantado llegó a descubrir en él la misma pasión por su profesión.

—¡Vaya! Pensaba que estabas encerrado en tu despacho examinando el manuscrito misterioso ese. ¿Cómo te va? ¿Dónde te has dejado a tu Watson particular?

—De eso precisamente quería hablarte Elena —dijo Lafuente—. ¿Estás ocupada ahora o vuelvo más tarde?

—Iba a tomar un poco de té, ¿te apetece una taza?

—No, no, Elena, tengo algo que mostrarte —dijo con cierta brusquedad, sin levantar la mirada del suelo, como si el patrón del enlosado fuera del máximo interés artístico en ese momento.

Se sentó frente a ella en un sillón rematado con un cabezal bordado con rosas y cercano a la ventana, junto a una mesita auxiliar donde reposaba la bandeja con la tetera y el juego de té. El profesor adoptó un aire displicente y descuidado, como si la idea de sentarse en ese lugar no pasara de ser un hecho aislado, anecdótico, como los avatares de la Historia, como la consecuencia final de una batalla que hubiera dependido de una última decisión, de un último gesto altivo, una idea de última hora y no, por supuesto, de que ese rincón ya hubiera sido estudiado y apetecido desde el mismo momento en que entró en la estancia y constatar que era el lugar más cercano a la chimenea. Desde allí se podía además contemplar la curva del río y los sauces llorones.

La verdad era que Carlos Lafuente idolatraba a su colega, aunque ni entre tres personas hubieran podido sacar de él una admisión tal. Elena había sido calificada en la «otra» universidad por uno de sus antiguos profesores como una enseñante «bisagra» por haber recibido su educación bajo una metodología diferente y tener que practicar la enseñanza en otra muy distinta donde del alumno se esperaba que se dedicara a la investigación desde el primer año de carrera. Sabía el profesor de sobra acerca de sus amplios conocimientos de la historia medieval de los siglos XIII y XIV, de lo que daban prueba además alguna de sus últimas publicaciones como *El*

Becerro de Illuecas. El único «pero» que existía en su relación era el rechazo sistemático de esta a escucharle en cuanto el profesor quería hablarle acerca del último lepidóptero adquirido o peor aún, mostrarle una foto del mismo, alegando una cita de última hora o bien rehusando la invitación mediante el método más rápido, práctico y expeditivo de no prestar atención a la pregunta como si no la hubiera escuchado o esta no hubiera sido emitida.

—Mira, ¿qué te parece? —dijo Lafuente con tono brusco, mientras le extendía su libreta negra abierta por la página que mostraba la traducción realizada momentos antes, junto con el resto de frases enigmáticas.

Elena le echó un vistazo por encima. Sus ojos estaban abiertos, mirando del profesor al manuscrito.

—Bueno, he de reconocer que suena muy bien, poético incluso y todo eso, ¿y qué tiene de especial? Supongo que es parte de los manuscritos que estas examinando, ¿no? Es curiosa esa mención a la «Hora Prima», la antigua hora que usaban los monjes entre las horas de Laudes y Tercia.

—¿Has oído alguna vez la historia de la princesa Kristina de Noruega? —dijo el profesor Lafuente por toda respuesta— ¿La que vino a España con la intención de unirse en matrimonio con Alfonso X para crear una alianza entre los dos reinos?

—Bueno, lo estudié en la facultad y conozco algo los hechos como todos aquí en Burgos, claro —dijo la profesora con su modestia habitual mientras apartaba su cabello—. Creo que, hasta algunos de mis antiguos colegas de la Universidad de Burgos, bueno, de la otra universidad, han escrito algo sobre ella —dijo mirando por encima de su hombro en un acto reflejo al haber mencionado el nombre prohibido.

—¿Y si el objeto de venir a España no fuera solo para contraer matrimonio? ¿Y si hubiera habido algo más? —dijo el profesor.

—Pues con franqueza si hubo algo más, no lo sabremos porque como tú mismo sabes apenas existen crónicas. Y la del Codex Frisianus tiene todos los visos de ser la más fiable.

—¿Y no te parece chocante que este manuscrito mencionándola aparezca en el Monasterio de Silos o sus cercanías? ¿No podría ser el mismo una crónica añadida que aporte información nueva al respecto?

Elena miró la cara de Carlos. Sabía distinguir los momentos en que su colega hablaba con convicción, esos instantes en los que la certeza de una idea le penetraba hasta lo más íntimo. Era bien sabido entre el claustro de profesores que cuando se encontraba de este modo poseído por una idea o determinada teoría, despertada la fiera académica que habitaba en su interior, nada en el mundo podría pararlo salvo una pared pétrea.

La luz del atardecer le semejó a Elena de repente irreal. La vuelta del río parecía haberse congelado en el tiempo. Tuvo la repentina impresión de que todo el mundo exterior lo estuviera, convertido en una obra del mismísimo Constable en un paisaje nevado o de Van der Meer con la luz llegando a través de puertas entreabiertas.

—¿Quieres que te diga realmente lo que pienso? —dijo al fin su colega.

—Dímelo por favor, me interesaría saber tu opinión profesional.

—Creo que necesitaremos más té —dijo Elena, levantándose y dirigiéndose hacia la tetera que se encontraba a su derecha.

El acceso al comedor, enmarcada por dos grandes maceteros en piedra colocados a ambos lados de la misma, estaba ya dando paso a los profesores residentes y estudiantes que entraban ordenadamente tras haber esperado apoyados en la balaustrada exterior hecha del mismo material.

Conforme entraban en la amplia estancia se iban encontrando con tres filas de largas mesas. Los más puntuales ya se encontraban sentados ante ellas en silencio, mirando la carta del menú colocada delante de cada silla, esperando que el brócoli o las verduras no figuraran de modo demasiado prominente en él y lanzando a continuación silenciosos suspiros al verificar que sus esperanzas, una vez más, habían sido en vano. Las camareras, de origen hispano en la mayoría de los casos, simpatizaban con las cuitas de los estudiantes y les lanzaban mensajes de ánimo aquí y allá con la esperanza de hacerles más llevadera la cena.

—El postre es realmente delicioso hoy —dijo Rosa, una simpática chica mexicana que llevaba pocos meses trabajando allí— ¡luego les traeré una ración extra de la tarta si se portan bien!

En la larga mesa situada sobre una tarima a un nivel superior en el extremo norte del comedor reservada al profesorado a imitación del modelo inglés que todo lo permeaba, se encontraban, sentados y alejados de esas intrigas académicas, Elena y Carlos Lafuente.

Detrás de los dos y colgado en un lugar destacado, podía verse un enorme retrato del fundador, algo oscurecido por el tiempo, bajo la insignia y lema de la universidad:

«*Et in Arcadia Ego*».

Patricio Noguer había elegido el mismo a raíz de su pasión por la obra de Evelyn Waugh con cuyos valores comulgaba a pies juntillas.

—Por favor, si te sirven pato, me lo pido a cambio de guardar tu secreto hasta la tumba —bromeaba Elena con su colega, en referencia a las frases del manuscrito.

Lafuente hizo una mueca y asintió con la cabeza mientras hacía gestos a su interlocutora de que bajara la voz.

—Estuve pensando algo anoche —dijo Carlos—. Algo relacionado con eso.

Lafuente se quedó callado a continuación, mirando su plato con interés. Parecía haberse olvidado por completo de lo que iba a decir.

Recordaba la conversación con el joven Pinedo ocurrida la tarde anterior.

—¿Y bien? —dijo Elena, dejando sus cubiertos sobre la mesa.

—Perdón, es que me parece tan extraño... verás, ¿has oído hablar alguna vez de la teoría de las coincidencias significativas?

—¿Te refieres en un sentido distinto a lo que entendemos de modo habitual por coincidencia, ¿no? Porque no creo que hayas puesto esa cara de misterio y ausencia por un tema de enseñanza básica escolar.

—No, no, claro, verás, el psicólogo Carl Gustav Jung escribió sobre ello en varias ocasiones. De hecho le sucedía muchas veces en su día a día tener este tipo de coincidencias. Es como cuando vas por la calle pensando en un amigo al que hace más de veinte años que no ves para, nada más girar la esquina, darte de bruces con él. O como cuando piensas en un libro, un recuerdo y luego, al cabo de unos minutos o, máximo, horas, verlo en un escaparate o en un cartel que contiene esa información.

—Sí, algo de eso oí alguna vez, ¿es el mismo que contaba aquello del escarabajo en la ventana? ¿Qué cuando estaba en consulta con un paciente, y este le dijo que había soñado con un escarabajo de alas muy extrañas, oyó un ruido en la ventana y, al acercarse a cerrarla se encontró un insecto idéntico?

—Sí, ese mismo, Elena.

—¿Y a qué viene esa reflexión *ex tempora,* mi querido colega?

La visión de don Patricio acercándose en ese momento al lugar donde se encontraban, tras haber terminado su cena, interrumpió la respuesta del profesor. El rector se detuvo junto a ellos depositando sobre la mesa el *Diario de Burgos* que llevaba en la mano.

—¿Cómo va la inspección de los manuscritos, profesor Lafuente?

—Bastante bien, don Patricio. De hecho, quisiera comentarle algo en relación con ellos.

—¿En serio? —dijo sin demasiado entusiasmo al tiempo que miraba su reloj—. Pase entonces mañana por mi despacho después de las clases y me lo comenta. Pero no se demore más de las doce porque tengo una reunión en Burgos a continuación.

—No se preocupe. Allí estaré.

Dicho esto, el rector asintió con gravedad sin decir más palabra y, como si hubiera colocado un invisible punto final en la conversación, bajó del estrado balanceándose con movimientos de ardilla satisfecha, dirigiéndose a continuación hacia la salida mientras saludaba aquí y allá a algún colega.

Carlos Lafuente se quedó mirando a la puerta, viéndole desaparecer por esta como si fuera una madriguera.

—Los manuscritos podrían ser parte de alguno de los que obran en el monasterio, algún fragmento perdido —dijo Carlos Lafuente al ver que el rector parecía estar nadando en sus pensamientos ante sus explicaciones, mirando con excesivo interés la bola del mundo frente a sí—, al fin y al cabo, como usted mismo dijo, debemos descartar más allá de toda duda, que puedan pertenecer o no al expolio de documentos que sufrió el monasterio a finales del siglo XIX. Esa referencia «a los hermanos» podría estar apuntando en esa dirección.

Su interlocutor escuchaba con paciencia, asintiendo con gesto ausente a las explicaciones del profesor Lafuente. Su mano derecha se deslizaba entre las páginas de un libro que tenía a su lado: *La caída del imperio romano* de Gibbons, un volumen que gustaba de releer cada cierto tiempo y en especial escuchar el sonido del mismo al ser depositado sobre la mesa.

Mientras esta conversación tenía lugar, Elena asentía un poco más atrás, testigo silencioso de la conversación, oculta e intentando pasar desapercibida tras la gran bola del mundo que ocupaba un lugar especial en el despacho.

—Creo con sinceridad que si examinamos los manuscritos que se encuentran en Silos, encontraremos entre ellos uno realizado por la misma mano de este copista —terminó Lafuente.

—Bueno —carraspeó el rector, mientras asentía con gesto de aprobación—, lo de ir a Silos me parece en cualquier caso una idea acertada. Es algo a contemplar... algo a contemplar. De hecho, nos vendría bien como universidad el ser más conocidos en lugares así. Los de Burgos, ya se sabe... a esos ya se les ve demasiado por allí y por otros sitios semejantes. Debemos consolidar nuestra presencia investigadora, eso está fuera de toda duda. Me encontré hace unos meses con el anterior abad y le hice llegar el interés de esta universidad por el estudio del cenobio en su conjunto.

Tras decir esto se dejó caer en su asiento y extrajo con determinación un puro del interior de una cajita de ébano preciosamente trabajada con motivos hindúes que tenía frente a sí. Miró con aire de propiedad el fino acabado de su frontal, que mostraba un elefante conducido con destreza por un *mahout* encaramado al mismo.

—¿Quiere uno? Disculpe, es puro hábito, nunca me hago a la idea de que es usted un fumador de pipa empedernido.

Se encogió de hombros. Estos profesores ortodoxos formaban parte de una especie que nunca comprendería. Procedió a continuación a examinar el habano que había escogido, dándole vueltas entre los dedos antes de cortar su extremo y continuar:

—Aunque, por otro lado, no desearía que abandonara su trabajo sobre la historia de la marina en relación con la novela histórica. Valladolid está solo a un mes de distancia y usted llevaba muy bien el trabajo. Me gustó mucho el modo en que personalizó en el congreso del año pasado las vidas de cada uno de los marineros que fueron a bordo con Juan Sebastián El Cano. La conmemoración de la vuelta al mundo lo merecía. Un trabajo brillante, la verdad, por añadidura.

—Gracias, don Patricio. Respecto a eso no se preocupe, lo tendré preparado cuando llegue el momento.

—Y recuerde; tenemos un condicionante serio profesor —dijo con un gruñido, mientras se apoyaba sobre la chimenea de piedra, como si fuera un pensamiento de última hora— el tiempo, profesor Lafuente, el tiempo. No es necesario que se lo diga. Esos manuscritos nos los han prestado por un periodo muy, muy limitado. No hace ni dos días que el conde Dabrowski ha vuelto a preguntar a Patrimonio Nacional por el estado del informe. Está claro que no es de los que esperan que éste se dilate mucho.

—¡Vaya! Eso se llama echar leña a la maquinaria. Luego dicen que trabajamos relajados, aletargados sobre los libros...

—No se crea. La fundación también me presiona a mí con el resultado de su análisis. Tenga en cuenta que la idea inicial no era la de seguir ninguna pista como la que usted sugiere. Pero en cualquier caso, si quiere mirar algo en ese sentido, mi sugerencia es que usen de las facilidades que nos da el propio monasterio a través de su hospedería. Rentabilizará más su tiempo evitando desplazamientos. ¿No le parece? Es algo a considerar. Eso sí, su colega deberá quedarse aquí. El curso acaba de empezar y alguien tiene que seguir con sus clases en su ausencia mientras hace de Indiana Jones. Llévese si quiere a ese alumno suyo tan especial... Roberto o Ricardo creo...

—Arturo. Se llama Arturo Pinedo —se atrevió a corregir Lafuente.

—Quizás aprenda alguna que otra cosa, si logra sacarlo del río y que deje los remos aparcados, claro —hizo una mueca que pretendía ser una sonrisa antes de continuar—. Y ya sabe, ajústense al presupuesto de investigadores y no al de miembros de la realeza.

—Por supuesto, don Patricio. Así lo haremos. Muchas gracias —dijo Carlos cruzando su mirada con Elena quien, desde algún punto situado por encima del polo norte del globo tras el que se hallaba, hizo un movimiento de encogimiento de hombros. Había interpretado la mirada de su colega como paleógrafa que era: era preciso salir a escape de allí antes de recibir una contraorden. Ya sabía de sobra las limitaciones que tenían en su trabajo y no iba a ser ella quién replicara al gran hombre.

CAPÍTULO 32

DE TIERRAS LEJANAS

De como Arturo escuchó un cuento de hadas una tarde de invierno.

El profesor y su alumno estaban sentados bajo el templete del campus, en uno de esos bancos de piedra que rodeaban su periferia. La vista era magnífica desde allí.

Esta construcción, encargada por el fundador, don Eusebio Mogueroles, había sido construida a imagen y semejanza del bello monóptero existente en el *Englischer Garten* de Múnich. A lo lejos, las copas de los árboles al atardecer eran un mero esbozo de un paisaje que se estaba diluyendo por momentos, los únicos testigos de la conversación.

—Bien Pinedo, es usted un alumno ya crecidito para esto, pero no tengo más remedio que contarle un cuento de hadas... bueno, mejor dicho de princesas, aunque en mi descargo final este no tiene nada de Disney, por desgracia. Para ponernos en materia, sitúese en el año del Señor de 1256 o rizando el rizo podríamos llegar incluso a decir eso de «corría el año de 1256» para darle más tono al asunto. Al fin y al cabo es usted un hombre aficionado a las letras, ¿no? Bien —continuó tras ver la cara de estupefacción de Arturo—. Por entonces, el rey Haakon de Noruega consideró ventajoso para su país concertar un matrimonio de conveniencia entre su segunda hija Kristina y el rey de Castilla Alfonso X el Sabio, dado que este no contaba en ese momento con heredero al trono. Y todo esto a la vista de las probabilidades que tenía en aquel tiempo el rey español de convertirse en el futuro emperador del Sacro Imperio Romano Germánico, gracias a la intercesión del entonces Papa. La princesa era bella, rubia y alta, Arturo, en eso estamos todavía dentro de los cánones de la tradición, ya sé que no estoy siendo muy original, pero tranquilo, ahora viene lo interesante. Entre los miembros de la comitiva formada por numerosos caballeros noruegos, estaba Lodinn Nepur, el propio diplomático del rey, junto al obispo Pedro de Hamar y varias damas de compañía. A todo esto se acompañaba una impresionante dote formada por joyas, reliquias y pieles.

Aquí Lafuente hizo una pausa que quería ser dramática para medir así en los grandes ojos abiertos de su alumno el grado de atención del mismo.

—Pero el trayecto duró tanto tiempo —prosiguió, satisfecho del resultado obtenido— que, cuando Kristina llegó ante el rey, este había decidido continuar su matrimonio con la reina Violante de Aragón, ya que esta le había dado un hijo. Decretó entonces desposar en su lugar a la princesa con uno de sus hermanos. Y así se creó la leyenda, reflejada ahora en diferentes versiones de la historia. Pero el hecho cierto fue que, por primera vez, una princesa pudo elegir a su marido de entre los hermanos del rey de Castilla.

—¡Vaya!, sí que suena interesante —dijo Pinedo en voz baja, todavía imaginando ese lejano mundo nórdico. Gracias en parte al frío que sentía en ese momento y a la reciente nevada no le costaba gran trabajo sumergirse en la historia.

—Lo malo es el final Arturo. En este caso concreto fue que la princesa murió de tristeza en Sevilla a los tres años de haber llegado a España, o por lo menos, eso es lo que se cree en algunas crónicas. A veces, los finales son así, nada dramáticos.

El profesor pese al tono casi sarcástico y burlón de su voz tenía en la misma un cierto aire de melancolía.

Arturo miraba los restos de la hiedra que cubría las columnas del templete. Esta, al trepar, había dejado rastro de su crecimiento por toda su parte superior, tiñéndolo de dorados tonos otoñales antes de despedirse hasta la primavera, dando a la escena el marco adecuado, ese tono ocre y luminoso que uno podía asociar con un relato así.

CAPÍTULO 33

LA CUSTODIA DE LOS HERMANOS

De cómo la investigación paleográfica no está reñida con la jardinería, el buen vino o los desayunos con croissants.

Era una mañana fría cuando el pequeño Volkswagen T-Cross de color verde aparcó en el exterior del Monasterio de Silos, tras haber atravesado el desfiladero de La Yecla, lleno de cavidades naturales, de esos rincones secretos que los espeleólogos, esos otros paleógrafos de la naturaleza, exploran con ahínco.

Había entrado el coche de modo insospechado por una de sus calles tranquilas, bordeada a un lado por viejas casas de piedra y al otro por los muros del antiquísimo monasterio, inseparable y pegado a la población.

Despacio recorrió el pequeño vehículo las calles, mientras sus ocupantes observaban con curiosidad los raros árboles situados en un parque próximo al cenobio, árboles de nudosas ramas, en ese invierno que había desnudado su estructura, que se negaba siempre a irse sin dejar su marca. Lentamente buscó su conductor un lugar donde aparcar, que encontró por fin en una pequeña explanada próxima a las puertas del monasterio, y que parecía decir a los recién llegados que iban a penetrar en un lugar secreto.

Del coche descendieron, asimismo lentamente y en silencio, dos figuras que, tras cerrar las puertas del vehículo, se quedaron mirando el grueso muro que rodeaba el venerable edificio. No eran estas otras que

Carlos Lafuente seguido de Pinedo, actuando este último en calidad de sombra paleográfica, testigo de excepción de una investigación por lo menos desconcertante.

Dos días antes, Lafuente había pedido a su alumno que acudiera a su despacho y una vez sentado el mismo frente a él, le había expuesto su intención de ir a Silos.

—Déjeme recapitular profesor —le interrumpió Pinedo sin pestañear y mirando al profesor directamente a los ojos—. ¿Me está pidiendo que deje de preparar el trabajo de fin de carrera, así como los próximos exámenes y que deje de entrenar para la regata para irme en su lugar con usted unos días al monasterio de Silos a buscar entre los viejos códices que puedan tener allí?

Carlos Lafuente se movió incómodo en su asiento. Quizás la idea fuera disparatada después de todo y escuchar así las consecuencias de intentar alejar de sus estudios a uno de sus mejores alumnos no le reconfortaba precisamente en ese sentido.

—Más concretamente, que deje mis libros —continuó Arturo—, los flexos y la rutina universitaria para vivir unos días explorando el pasado, viejos edificios y leyendas en busca del rastro dejado por unas misteriosas notas en un pergamino llegado a través de los siglos. ¡Ah, y casi se me olvidaba!... todo eso en relación con una lejana princesa que casi nadie sabe que existió—y, tras una corta pausa, exclamó— ¡Cuente conmigo profesor!

En ese momento el joven se levantó impetuosamente de su sillón estrechando la mano de Lafuente que había permanecido sentado con los ojos abiertos y una frase a medio formular en los labios, mirándole como si el joven se hubiera vuelto loco. No pudo evitar que una sonrisa se dibujara en su rostro.

Apenas habían pasado unos días, unos pocos días, desde la escena anterior y desde el momento en que el profesor hiciera la primera llamada para iniciar los trámites necesarios. De aquella mañana en que una voz apagada susurrara al auricular la palabra «... *monasterio...* », como único saludo e información, en un tono lacónico, como si la persona que hubiera atendido el teléfono hubiera sido interrumpida en la mitad de una oración, de una plegaria concentrada y fervorosa. Quizás era su modo particular de prevenirles de que iban a entrar en otra época, en otra dimensión.

Como les había sugerido el rector, habían hecho la reserva en la hospedería del monasterio, un invento moderno para conciliar el mundo actual con el recogimiento y la religiosidad propia del lugar.

Antes de dirigirse a la misma el profesor procedió a limpiar la cazoleta de su pipa con aire lastimero. No en vano sabía que iba a pasar bastante tiempo hasta que volviera a encenderla, a sentirla en sus manos ya que, de entre la información inicial que habían recibido previamente, se encontraba la de que, ni en la hospedería ni en el propio monasterio, estaba permitido fumar.

—¿Preparado? —dijo el profesor Lafuente, mientras cerraba el maletero tras haber extraído las dos pequeñas maletas que habían traído consigo.

—¡Preparado! —dijo Pinedo con una amplia sonrisa que no lograba ocultar del todo su nerviosismo o más bien su inquietud, mientras intentaba ajustar su corbata a rayas.

Y tras este breve intercambio de palabras iniciaron la marcha, dejando el coche en la pequeña explanada, una explanada que algún arquitecto ilustre había concebido entre una mezcla de aparcamiento y zona de juegos, sin haberse decantado claramente por ninguno de ellos.

Quizás debido al frío aire de la mañana, a la bocanada de humo que salía de su boca o a que la estación era muy distinta a la de aquella primera visita al monasterio años atrás, Arturo se sorprendió ante un pensamiento que le llegó en ese instante. Un pensamiento que parecía nacido fuera de su consciencia. Una sensación extraña le invadió, como si no debiera de estar allí, en ese momento, en ese día, como si debiera estar en otro lado. Esa sensación que a veces podemos experimentar cuando, camino al trabajo, hechas todas las rutinas habituales, sentimos que nos hemos dejado algo inacabado, pendiente. Pagar determinado recibo, realizar algún recado o tarea inminente o quizás una llamada telefónica. En cualquier caso, una tarea que no logramos en ningún caso ubicar o nombrar bajo ninguna forma concreta.

Se encogió de hombros.

Tanto profesor como alumno caminaron en silencio, apreciando ambos el privilegio que suponía encontrarse allí, en ese lugar. Precisamente allí.

La Hospedería de Santo Domingo estaba situada con ese exceso de imaginación que los responsables de la nomenclatura del callejero local suelen derrochar, en el número 5 de la calle Santo Domingo, un pasaje sin salida, entre dos edificaciones de sólida piedra, como casi todas las de la localidad. Hacía de puente natural entre el mundo externo y ese otro mundo escondido que representaba el monasterio en sí.

Las habitaciones que les habían tocado en suerte contaban como única decoración con un crucifijo colocado sobre la cabecera de la cama, un estrecho armario y una mesita de madera sobre la que reposaba un teléfono blanco junto a una ventana, cuyos cristales empañados impedían ver el exterior. La grata compañía de un radiador bajo la misma en un día así era algo de agradecer.

Carlos había mirado con cierta envidia días antes, el folleto que mostraba las estancias y los amplios salones de la otra hospedería, sita en el antiguo Convento de San Francisco y que había sido adquirido por el monasterio de Silos, preservando el mismo nombre además de un lugar en la página de booking.com. No obstante lo cual se habían visto obligados a decantarse en función del presupuesto, por la más modesta de Santo Domingo.

«Realmente estimulante para salir de aquí y pasar el día en la biblioteca» pensó el joven discípulo viendo su habitación antes de lanzar la maleta sobre la cama.

Más tarde, al llegar al monasterio en sí, fueron saludados en la entrada principal por un poema enmarcado en lugar destacado en una pared situada a la izquierda del mostrador donde se vendían los tickets para visitar el monumento. El poema llevaba el elocuente título «*Al Ciprés de Silos*».

Quizás envalentonado por la presencia del mismo en ese lugar, Pinedo más dado a la literatura que su mentor, recordó en ese momento los versos del poeta Gerardo Diego que cantaba a ese mismo ciprés, viéndose impulsado a recitar en voz alta algunos de ellos:

«Enhiesto surtidor de sombra y sueño
que acongojas al cielo con tu lanza».
«Silencioso ciprés que en la limpia tersura
Del estanque retratas tu severa figura (...)».

—¿Qué tal si nos ponemos un poco serios, Arturo? —dijo el profesor con cierto tono de reprobación en la voz, no muy dado a los desvaríos poéticos de su alumno.

—Perdón, me he dejado llevar por el lugar —dijo Arturo con la cara llena de ese color que le había venido de repente al rostro.

Lo primero que hicieron tras las primeras formalidades fue dirigirse hacia el bajo claustro y concretamente hacia la sala capitular, el lugar donde el abad se había reunido desde la antigüedad con sus monjes para debatir la gestión del cenobio.

Carlos miró en silencio por unos minutos a su alrededor.

—Este fue el lugar en que el abad reunió en 1835 a los monjes, muy a su pesar, para mandarlos a la diáspora y verse forzado, días después, a decir adiós el mismo a la vida monacal en este lugar.

—Debió ser penoso —dijo Pinedo mirando el lugar indicado.

—Bien puede decirlo. Cuando uno ve esto, se ve contagiado por su sosiego aparente, por su alejamiento del mundo por utilizar el tópico fácil, pero la vida se mete por los rincones. La Historia no es letra fija, la gente sufría, anhelaba y perseguía las mismas cosas que hoy en día...

—... «*Amor, trabajo y salud*» —dijo de carrerilla su acompañante.

En esa temprana hora de la mañana el viejo ciprés parecía custodiar el claustro, protegiendo bajo sus ramas y sombra el acervo cultural encerrado entre sus muros. A falta de algún monje que pasara por allí en aquel momento, la presencia de este árbol era suficiente para infundir respeto e instar al silencio.

Carlos pareció acordarse de algo y se giró, alejándose con paso ligero en dirección a uno de los extremos del claustro. Pinedo, absorto en la contemplación de uno de los bajorrelieves existentes en una de las esquinas, no había reparado en su ausencia hasta que, al cabo de unos segundos, le oyó llamarle desde lejos.

—Tiene que ver esto Pinedo, ¡Venga por aquí, por favor!

El larguirucho profesor permanecía inmóvil, señalando una de las esquinas del claustro cercana a la puerta que daba salida a los turistas.

En aquel momento algunos de ellos habían comenzado ya a penetrar ya en el lugar, cámara en mano, prestos al selfie rápido y urgente, con la cabeza gacha para transmitir ese *WhatsApp* transgresor. Alguno que otro miró con el ceño fruncido y torva la mirada al profesor mientras este pasaba, cruzaba y se detenía entre ellos, observando los muros, aparentemente inconsciente por completo de que había estropeado una foto frente a los relieves del bajo claustro.

Pinedo siguió a Lafuente, un poco abochornado y con cierta vergüenza ajena. Este permanecía alejado de cualquier circunstancia externa que no fuera su propio hilo de pensamiento. Al llegar a su altura vio como el profesor señalaba triunfalmente un punto en la pared.

—¡Fíjese, y no me diga que no eran previsores nuestros antepasados!

—¿Se refiere a esas rayas?

—¡Preste más atención, por favor! Me va a hacer dudar si su trabajo del año pasado fue suyo o copiado de ese cretino de Meseguer. Cuando se construyó el cenobio, el papel era impensable como instrumento para dibujar o planificar algo. Los obreros utilizaban cualquier superficie, ¡cualquiera! para trazar el diseño. En este caso, fue la propia pared lo que usaron. Era como un borrador que había que pasar a limpio luego, el equivalente medieval de un plano. El diseño aquí reproducido es el de la puerta que tenemos frente a nosotros.

—La Historia no deja de sorprenderme cada día. Parece que detrás de cualquier cosa en apariencia habitual hubiera otra explicación distinta a la que uno espera —contestó Arturo admirado, mientras colocaba su mano sobre el muro.

—Sí, ¿verdad? Son estas pequeñas cosas, estos minúsculos detalles, los que humanizan un lugar como este. Es aquí donde vemos el esfuerzo genuino, humano, no de superhombres, no de una entidad amorfa que haya construido estos monasterios, sino de gente real, como usted o como yo. Gente que se había sentado aquí para almorzar un bocadillo en algún descanso de la construcción. Y ahora, ¡ahora vamos a ver la biblioteca! Los días que nos esperan van a ser cruciales.

—Parece que esto se me va a hacer largo —dijo Pinedo por lo bajo antes de seguir al profesor Lafuente.

La biblioteca. La palabra en sí se quedaba escasa, hueca, frente a lo que contemplaron sus ojos cuando llegaron a la misma tras subir al claustro superior donde se encontraba una de las puertas de acceso. El paleógrafo había oído hablar repetidas veces de este lugar a través de otros colegas que, antes que él, habían realizado alguna consulta, investigación o catalogación de manuscritos y documentos entre sus muros. Sin embargo, sus expectativas no le habían preparado frente a esto. Tras esa puerta que no parecía anunciar nada especial, se encontraron en lo alto de una escalera que presidía un amplio espacio rodeado de libros. El entorno emanaba una atmósfera cuasi religiosa, sacramental, que invitaba al recogimiento interior, al mundo intelectual.

La madera vestía aquella espléndida estancia. Un lugar de culto dentro de otro. Sendas escaleras subían a otros tantos niveles superiores similares a aquel en el que se encontraban. Desde aquí podían contemplar sinuosas montañas de libros que, apilados sobre las mesas, eran examinados con atención por algunos afortunados usuarios que allí se encontraban.

Un Cristo sobre un fondo negro gobernaba toda la estancia. A sus pies, una virgen tallada en madera de menor tamaño e, inmediatamente bajo estos, y protegidos por ambos, se alojaban varios voluminosos códices alineados en una estantería especial.

El resto de la amplia estancia estaba distribuido como una iglesia. La totalidad de la nave, escoltada por los niveles antes mencionados, estaba presidida a su cabecera por las dos figuras anteriores. Por otro lado, la parte superior de la escalera sobre la que se encontraban parecía ocupar el lugar de un imaginario púlpito.

Descendieron en silencio.

Tras ser anunciados esperaron al padre bibliotecario mientras miraban sin cesar a su alrededor.

Una puerta de madera, en el muro opuesto con forma de arco de medio punto, mostraba la palabra «Biblioteca» siguiendo todo su contorno superior. Era esta la entrada habitual.

Al alzar la mirada pudieron ver una claraboya central que, en forma de pirámide invertida, permitía el paso de una difusa luz.

En ese momento, la puerta por la que habían descendido desde el claustro superior se abrió nuevamente. Un monje con aspecto grave penetró en el lugar con rapidez, pareciendo deslizarse en su descenso como una lagartija en pos del saber.

—Este sitio no dejaría de impresionarme por muchas veces que viniera a él —dijo Lafuente en un susurro—. Piense que aquí trabajaron los mejores copistas e iluminadores de la antigüedad. También hubo un taller de orfebrería para la creación de objetos litúrgicos y demás... ¡y eso sin contar los otros artistas que reunieron aquí sus esfuerzos!

Arturo reparó en una peculiar escalera de caracol que, cual estructura helicoidal de ADN, podía verse en el otro extremo de la larga estancia. Elegante, plegada sobre sí misma. Más arriba, en el cielo de la biblioteca, algunos libros se sostenían en un equilibrio en apariencia precario, como asiéndose a las vigas de madera que a su vez, sujetaban el techo. Volúmenes demasiado grandes para ocupar otras estanterías más bajas. Parecían haber alcanzado el estadio más alto de la evolución dentro de la biblioteca. El joven pudo ver que afortunadamente aún había huecos suficientes en los niveles inferiores para dar cabida a nuevas investigaciones y catalogaciones.

...La madera vestía aquella espléndida estancia. Un lugar de culto dentro de otro...

Descubrieron entonces que el que parecía ser el monje bibliotecario se encontraba ocupado ante una moderna fotocopiadora situada al lado de la puerta principal. Un joven sacerdote aguardaba detrás de éste la entrega de las fotocopias con apropiada paciencia benedictina. A Arturo se le vino a la mente la semejanza de ambos con un sacerdote y un sacristán o monaguillo que asistiera al primero en una misa silenciosa ante unos pocos feligreses que, sentados en lugar de arrodillados, continuaran con su plegaria interior.

—Aquí tiene —dijo el padre archivero— y dígale al padre Rufino que tenga cuidado con su vista. Debe salir a pasear también y no pasar todo el día leyendo viejos tomos.

Cuando el joven sacerdote hubo desaparecido por la puerta de arco antes mencionada, el bibliotecario, que ya había reparado en su presencia, terminó de ordenar con parsimonia y cuidado los folios que tenía entre las manos antes de volverse a los recién llegados.

—Buenos días, caballeros, soy fray Anselmo —dijo dirigiéndose al profesor y evitando mirar al joven que le acompañaba. Uno de esos estudiantes en prácticas que, con toda seguridad, se dejaría algún chicle pegado bajo el asiento. Tendría que observarle con cuidado, no fuera a olvidar colocarse los guantes antes de examinar ningún manuscrito—. Vienen ustedes de la Universidad de Montanilla, ¿verdad? ¿En qué puedo ayudarles?

El monje, de aspecto vivaracho y locuaz, fluía con movimientos rápidos, a la vez que miraba a su alrededor, comprobando con un vistazo rápido y sagaz que las luces de las mesas estuvieran apagadas, que nadie se hubiera dejado un libro olvidado en alguna mesa, un bolígrafo o un trozo de papel con algún apunte garabateado en aquel lugar sagrado y clasificado. Así, miraba a ambos lados sin cesar, asegurándose de que los polluelos estaban ahí cerca para poder acudir presto con el gusano en la boca ante el menor síntoma de amenaza.

—Veo que están ustedes puestos al día tecnológicamente hablando —dijo Carlos intentando crear un ambiente propicio.

—Ya ve, la de Silos es una biblioteca seria. La Historia no está reñida con el progreso —contestó lacónico el bibliotecario.

A su lado, Pinedo se limitaba a mirar en silencio el alto techo y la doble hilera de estanterías en madera que se extendía a lo largo de esa amplia estancia. Era efectivamente una catedral del saber, y como toda catedral invitaba al silencio. Los ojos se le iban hacia la claraboya central mientras el soplo de siglos atrás se hacía sentir sobre el cuello del investigador en ciernes.

Cuando bajó la mirada vio que Lafuente continuaba hablando con fray Anselmo que en ese momento estaba examinando las credenciales y autorizaciones previas.

—¿En qué códice están interesados? En su solicitud no indicaron ninguno en concreto —dijo este levantando la cabeza, mientras su mano continuaba preparada con el bolígrafo para cumplimentar el formulario de consulta de investigación.

—Bueno, en ninguno en concreto, esa es la verdad —y ante la desconcertada mirada del bibliotecario procedió a explicarle en líneas generales el objeto de la visita—. Hemos encontrado unos pocos fragmentos incompletos y pensamos que quizás guarden correspondencia con algún códice o manuscrito que pueda encontrarse aquí, ya sabe, algún códice obra de este mismo copista o que guarde alguna relación. Quizá alguna glosa anotada por el mismo autor, alguna anotación al margen...

—Eso es un poco irregular —dijo Fray Anselmo volviendo a mirar la autorización con el sello estampado de la universidad, dando la impresión de querer poner la misma al trasluz para comprobar su autenticidad—. ¿De modo que quieren corroborar si el manuscrito que han encontrado pudo haber sido escrito por el copista que dicen? Déjenme que les ahorre un montón de trabajo, ya se lo explico yo. No, no creo que exista ningún otro manuscrito, existente o perdido obra de ese autor, sencillamente porque ya en el siglo XIII se elaboró un inventario de todos los bienes existentes en el monasterio, y en especial, de los libros que en él se encontraban. Estos siempre formaron parte de él como si de las reliquias de Santo Domingo de Silos se tratara y se guardaban en un armario que había pertenecido al santo en sus dependencias privadas.

—Pero, pienso yo... el nombre al pie del mismo... el colofón... —dijo, dudando ante la seguridad mostrada por el archivero.

—Ya les digo... todo está catalogado y bien catalogado. En cualquier caso, lo que pretenden investigar me parece un poco...

Aquí el bibliotecario se detuvo, buscando la palabra precisa. Era maestro en esas artes. Un hombre muy profesional que se complacía en gestionar la información mediante la fácil técnica de denegar el acceso a cualquier cosa que se le pidiera. El placer en la respuesta era proporcional al deseo que el solicitante tuviera en obtenerla. Examinaba así mil y una maneras diversas en las que poder negarse o postergar a lo sumo la aportación de una gota de conocimiento, de la existencia o no de determinada pieza, libro o códice. Dado que lo que más tenía en el monasterio era tiempo, había logrado consumar esta habilidad hasta extremos insospechados.

Finalmente, y satisfecho de la expectativa creada ante sus dos interlocutores, soltó su respuesta, dejándola caer sin red en la conversación.

—Su investigación parece... un poco novelesca, ¿no? —y aquí sonrió, con una sonrisa que semejaba una delgada línea cortada en su cara.

Tras haber acordado con el bibliotecario los volúmenes que iban a ser examinados al día siguiente, y estando próxima la hora de cierre de la biblioteca, decidieron dejar el lugar.

Fray Anselmo se dirigió entonces a ambos con una amplia sonrisa:

— ¡Sobre todo, tengan cuidado con el cotejo de los pergaminos originales, no los vayan a estropear al examinarlos!

—¡Estúpido idiota autosuficiente! —dijo Lafuente en cuanto salieron del monasterio camino hacia la hospedería que se adivinaba delante de ellos— ¡En dos palabras ha puesto en duda nuestra profesionalidad como paleógrafos! ¡Cretino!

La furia de Carlos Lafuente no era nada disimulada. Se detuvo unos pasos más adelante e inhaló aire.

—¡Vamos profesor! Déjelo, es tarde y sí, tiene razón, es un estúpido, pero nada le va a hacer cambiar de forma de ser y todavía tenemos que seguir viniendo aquí algún tiempo.

A partir de ese momento, y durante los días siguientes, cada vez que fray Anselmo hacía una de sus apariciones misteriosas o les obsequiaba con una falsa sonrisa zalamera desde lo alto de las escaleras, parecía cobrar realidad la semejanza de ese sitio con el de un improvisado púlpito. Lafuente se acordaba de las palabras de su alumno, y, concentrándose en su tarea, fruncía el ceño y miraba con mimo las iluminaciones miniadas o el texto en latín que en ese momento tuviera delante como si en ello le fuera la vida.

Aquella noche, lo primero que hizo Lafuente al quedarse solo en su habitación fue abrir la ventana y ver el claustro iluminado del monasterio. Delante de él, la silueta del alto ciprés sobresalía por encima de los tejados del edificio contiguo. Todavía se oía el canto gregoriano de los monjes que estaban celebrando la misa de Completas. Esa misa que marcaba el momento para los mismos de ponerse en manos de Dios. Las voces parecían perderse en la noche estrellada.

Respiró el frescor de la noche, la tranquilidad que lo inundaba todo. El silencio, ese silencio nocturno que no había vuelto a oír desde hacía tiempo, un silencio que había llegado a querer cuando de niño cruzaba las vías del tren en el extrarradio de Santander, acompañado de su madre para ir a saludar a alguna vecina, o para hacer alguno de los «mandados» a que tan aficionadas eran las madres por entonces. En aquella época le había atraído en especial el farolillo amarillo de la caseta del guardagujas, quizás también la luz aislada en una ventana próxima, el lejano ladrido de algún perro que rompía el silencio que anunciaba misterios en la oscuridad, mientras caminaba cogido de la mano de su madre hacía ese destino impreciso.

Viendo el ciprés y las luces nocturnas de Silos se sintió cerca de casa, incluso creyó adivinar las vías del tren en la oscuridad unos metros más allá.

«Bueno, ya estamos aquí —se dijo— mañana veremos si te encontramos amiguito; a ti y a tu secreto».

CAPÍTULO 34

OFICIO DE LAUDES

ORA ET LABORA

Arturo sintió como un brazo le sacudía con energía.

—¡Vamos, levántese!—. Era la voz de Carlos Lafuente, llena de premura y urgencia.

Atravesando la nube de sopor acertó a ver el reloj sobre la pequeña mesita de noche. Las 5:45 de la mañana.

—¡Pero si no son ni las seis de la madrugada aún!

—Una hora perfecta para asistir al oficio de Laudes.

—¿De Laudes? —Arturo miró de nuevo a la habitación donde se encontraban, y a continuación al rostro del profesor intentando descubrir en el mismo algo que pudiera escapársele. No, nada nuevo. Seguían estando en la hospedería donde habían llegado la noche anterior. Se sintió en parte aliviado, ya que por un momento creyó que estaba en un gulag ruso sometido a algún tipo de interrogatorio.

—Sí, vamos a integrarnos con la comunidad del mejor modo posible. ¿No es eso lo que siempre me está diciendo, que para entender algo hay que dejarse penetrar por su espíritu y esas cosas? ¡Demuéstreme ahora que eso no era más que palabrería!

Había que rendirse a la evidencia de la situación, así que, maldiciendo por tener la lengua tan suelta para expresar sus opiniones, Arturo Pinedo se dirigió hacia el baño dispuesto a ser una vez más el héroe de un nuevo día, o morir en el intento.

Poco después caminaban desde la hospedería para asistir al oficio religioso e imbuirse —esas habían sido las palabras del profesor—, en la atmósfera de aquel monasterio, en un tiempo pasado.

Nada más entrar en la iglesia pudieron ver a algunos monjes a través de una reja. Recorrían en silencio el oscuro pasillo, con negras capuchas echadas sobre las inclinadas cabezas.

Se oían las campanas. Tañían con fuerza. No era necesario que nadie hablara. Ya lo hacían ellas por todos los que estaban allí. Transmitían la constancia, la costumbre, la perseverancia de siglos, así como la paciencia y el recuerdo de que había que volver a atender el huerto, regar las lechugas y prestar atención a esa parra que no terminaba de agarrar.

A sus oídos llegaron en ese momento un coro de voces masculinas, llenando con su belleza la mente.

Los dos se detuvieron.

—¡Escuche, Pinedo, escuche!... ¿No le parece una maravilla? El canto gregoriano logra sacar de mí hasta la última gota de sangre.

Arturo asintió ante la belleza de esas voces surcando el aire, llegando hasta ellos en ese momento. Era una experiencia privilegiada. Solo la voz humana cantada a *capella* sin alardes de fondo, sin estridencias. Mera belleza llegando a través del aire.

A esas horas, cerradas todavía las puertas a los turistas, y sin necesidad de emprender ningún exótico viaje, los investigadores se encontraron en otro universo. Tras el madrugón y el canto gregoriano, todavía con los ojos semicerrados, Lafuente y Pinedo se dirigieron en busca de otro café matinal, algo que hiciera que la mente investigadora de ambos, o por lo menos la parte gris dedicada a esos quehaceres, entrara en acción. El café con leche de la hospedería estaba más cerca del cielo que de la tierra para sus mentes dormidas.

Encontraron su destino a pocos metros, en la esquina de la calle Santo Domingo con la principal que atravesaba la población y en el que no habían reparado antes dado lo temprano de la hora. Un lugar estratégico para compensar quizá la carta de la cercana hospedería y hacer así que el tránsito por este valle de lágrimas fuera un poco más llevadero.

Sobre la fachada, en letras sobrias escritas en un par de rótulos de hierro forjado enfrentados a las dos calles podía leerse «Mesón de Adolfo». Un escudo nobiliario esculpido en piedra sobre la puerta y unos balcones de hierro forjado girados hacia el interior daban al lugar un aspecto pintoresco. Eso y la presencia de un cercano estanco unos metros a la derecha hizo que el profesor se decidiera sin dudarlo por el lugar.

Cuando entraron vieron que a esa hora apenas había gente en el interior. Solo unos pocos parroquianos que hicieron un esbozo de levantar la cabeza al verlos entrar, antes de volver a sus carajillos y conversaciones en baja voz.

El lugar era acogedor después de la sobriedad de la hospedería. Varias lámparas de estilo castellano colgaban del techo. Por su parte, las paredes, recubiertas de la misma piedra local que recubría el exterior, daban una inmediata sensación de calor y cobijo.

Arturo y Carlos escogieron un sitio junto a una ventana que miraba al callejón y pidieron un par de cafés.

Un hombre de aspecto rollizo y amplia sonrisa se les acercó—con toda seguridad el Adolfo del cartel—, seguido de un joven que aparentaba unos veintisiete años y que intentaba llevar lo mejor que podía una bandeja conteniendo sus desayunos en inestable equilibrio.

—Aquí tienen... un café cortado, un café con leche y... —en este punto hizo un movimiento magistral y despreocupado con el brazo izquierdo, cogiendo los artículos mencionados de la bandeja que portaba el joven que le seguía, aparentando no darse cuenta de las maniobras, apuros y equilibrios de este para sostenerla. A continuación y repitiendo idéntica operación colocó con cuidado sobre la mesa un plato con dos croissants—. Y aquí... la especialidad de la casa.

—Gracias, —dijo lacónicamente Lafuente sin levantar la mirada.

Los dos hombres procedieron entonces a cotejar sus notas, el uno en la libreta negra, el otro en la pantalla de su iPhone, pero ambos con la misma concentración y silencio.

El mesonero, al percatarse del exquisito estado de ensimismamiento de sus clientes, hizo un gesto a su joven acompañante para que le siguiera y les abandonara a su suerte académica o cualquier otra tarea semejante.

Carlos Lafuente dejó el café que tenía delante de sí y miro el contorno del recipiente. Era una taza sólida, de cierto peso. Con la cucharilla comenzó a efectuar pequeños giros para remover el azúcar. Le gustaba el modo en que este, siguiendo reglas inmutables se deshacía en ese movimiento cuando, tras echar el terroncillo, esa forma cúbica y perfecta dejaba de serlo, transformándose en algo más, hasta desaparecer.

Pinedo le miraba en silencio, acostumbrado ya a las manías extemporáneas de su profesor, a su proceder tanto dentro como fuera del aula, objeto de bromas y comentarios con sus compañeros de clase. Ahora, en esta incursión se encontraba delante de una nueva persona. Estaba descubriendo que Carlos Lafuente precisaba al parecer de esos momentos de ausencia y desconexión para gestionar quizás sus procesos mentales, poner en orden sus ideas o ¿quién sabe con que objeto? El caso es que eso le venía bien a su vez al joven mientras pasaba a limpio sus notas, aunque fuera sobre la mesa de la taberna, consolado por el pragmatismo del café caliente entre las manos.

Lafuente había encontrado en Silos un lugar tentador, tranquilo, que le hacía bien. Había tanto que observar allí... Tantas pistas, tantas claves del pasado a la vista, de ese pasado que quería estudiar, que se encontraba inquieto por descubrir aquellas que le hubieran podido pasar desapercibidas tras el examen inicial del manuscrito.

Sí, era algo tranquilizador ese fenómeno repetitivo que venía a ser echar un terrón de azúcar dentro de una taza. De repente el amargor del café había desaparecido, transmutado mediante la alteración de un único elemento, ayudado por unos delicados movimientos de muñeca.

Después de permanecer unos minutos en esta actitud, Lafuente levantó la cabeza.

—¿Sabe Pinedo? ¿Se ha fijado usted alguna vez en el milagro diario que supone tomarnos una taza de café? —dijo sonriendo, a sabiendas del desconcierto que esto iba a provocar en su alumno.

Le sorprendió ver que este no le había prestado atención, ocupado en garabatear algo en un papel mientras consultaba a su vez su teléfono móvil.

—Perdone, don Carlos, estaba repasando algunos datos sobre el índice de los libros que debían de encontrarse en el famoso armario que nos mencionó nuestro simpático amigo bibliotecario. Parece, por mucho que queramos consolarnos, que existan más obras originarias de Silos fuera de él que dentro ¿no es así?

El profesor se levantó de la silla mientras asentía sin prestar atención, su mente ocupada ya en otra tarea.

—Y ahora ¡Vámonos! Es hora de empezar —dijo escuetamente.

Cuando llegaron a la biblioteca, fray Anselmo parecía haberles estado esperando, ya que en cuanto les vio aparecer, y tras un breve «buenos días» y un leve asentimiento de cabeza, les condujo hacia una de las largas mesas que parecía haber sido preparada a tal efecto en el rincón más alejado de la amplia estancia.

Al cabo de unos minutos, retornaba el bibliotecario portando uno de los códices solicitados por el profesor y que depositó con sumo cuidado y no con tan buen agrado sobre la mesa. Se trataba del famoso *Codice Calixtino*. Profesor y alumno se acercaron al mismo y procedieron a examinarlo en detalle lamentando no poder sentir su tacto tras los guantes protectores que ambos se habían colocado con antelación.

Así, durante horas, en el silencio que impregnaba la biblioteca, los dos visitantes se dejaron llevar por los siglos. Rastrearon los trazos, el alma del escriba que los había dejado, esas iluminaciones detalladas, esos pigmentos que habían luchado contra el tiempo.

Lafuente se detuvo, cuándo, al examinar el tercer códice aquella mañana, encontró al pie de un folio una curiosa frase, destacada en otra tinta, de un tono y forma algo distinta. La caligrafía se asemejaba a la del manuscrito de Montanilla, aunque el profesor pareció detectar en el trazo una mano más joven. La anotación semejaba haber sido escrita con posterioridad, como un apunte efectuado días o meses después:

«*Ora per la mia anima, o lector.*»

Lafuente se quedó estupefacto ante esta frase.

El monje que copió el manuscrito para la posteridad pedía piedad por él. Una oración por su alma. ¿Tenía alguna razón en especial al hacer este ruego?

Arturo al verlo se imaginó por un momento al copista autor del mismo, inclinado sobre el scriptorium, mezclando con cuidado los colores de las iluminaciones, dejándose no solo la vista, sino el tiempo, toda su vida en copiar a lo sumo y con suerte unos pocos libros.

El profesor parecía compartir el sentimiento con su estudiante.

Tras este examen siguieron otros pero ya a través de las pantallas de los ordenadores, en detalladas digitalizaciones.

—¡Cuánto daría por tener este volumen entre las manos...! ¡Esto es inhumano! —decía señalando la imperturbable pantalla que parecía burlarse del investigador, los pequeños iconos que representaban un número idéntico de manuscritos reales protegidos en algún lugar de esa biblioteca.

Continuaron así mirando sus pantallas, esas imágenes que, por muy bien definidas que fueran, carecían del olor, el peso, y la tangibilidad de un libro entre las manos. Siglos y siglos de trabajo representados burdamente por un puñado de píxeles en una pantalla. De vez en cuando intercambiaban una mirada, un gesto que indicaba el progreso o no del material que tenían entre ambos.

Podían verse a esa hora en la biblioteca alguno de esos sacerdotes vistiendo esas largas sotanas que hacía tiempo se habían dejado de ver en la España cotidiana. Paseaban entre los estantes, depositando, hojeando o consultando un nuevo tomo. Cuando alguno de esos volúmenes les despertaba cierto picor intelectual, procedían a llevárselo a su mesa de estudio. En casi todas había un moderno y reluciente ordenador que contrastaba con los lomos oscurecidos de los libros e incunables. Se observaba también a algunas personas vistiendo batas blancas. Pertenecían al servicio de catalogación y digitalización incesante que se estaba llevando a cabo en la biblioteca.

Cuando salían de oír misa por la mañana era fácil cruzarse con Fray Anselmo por los pasillos, con la capucha inclinada hacia delante. Solo sus ojos penetrantes de colibrí delataban su presencia, mirándoles con rapidez y volviendo a su punto original como si no hubiera reparado en los investigadores.

Arturo creía ver en más de una ocasión su figura a espaldas de ellos. Le parecía verle asomándose por detrás de cualquiera de las columnas románicas del claustro, mirando, siguiendo sus movimientos.

Pero si esto era un hecho ocasional en los paseos que realizaban por el exterior del monasterio, una vez que se encontraban de nuevo en el interior de la biblioteca, la sensación era opresiva. Cada vez que levantaba la vista del libro que tuvieran entre las manos, allí estaba el hombrecillo, situado cerca de ellos como al azar, para, acto seguido, levantar en ese instante su mirada al descuido y captar la de Arturo.

Este último tenía así la impresión de que, cada vez que intercambiaba un comentario con el profesor, apareciera el bibliotecario, presto a escuchar cualquier alteración en el tono de voz de cualquiera de los dos. ¿Intentaba quizás percibir cualquier matiz de excitación, algo fuera de lo corriente? «¿Sería posible que estos dos pazguatos encontraran al final algo de lo que estaban buscando?» —parecía querer decir su mirada.

—No hagan mucho caso del bibliotecario —dijo el mesonero tras oír las cuitas de sus clientes. Estos habían vuelto a acudir al mesón Adolfo la hora de la comida y ocupado el mismo lugar junto a la ventana—, se piensa que la biblioteca es suya. Por lo que he oído tiene normas y teorías para casi todo. Se ve que al haber recibido tantas visitas de personajes ilustres se le ha subido un poco el cargo a la cabeza.

—Ya, ya se me estaba pasando por la mía algo similar —dijo Lafuente, esbozando una sonrisa—. Eso de ser descendiente del Cid Campeador debe de tener lo suyo.

Adolfo soltó una risotada sonora ante la réplica de su huésped, agradeciendo la predisposición de este para la conversación a diferencia de esa mañana.

—Mi hijo aquí presente que aunque permanezca tan silencioso sabe más de lo que calla, me contó que algún que otro libro se prestaba entre los monasterios. Y que nuestro rey de entonces, Alfonso X el Sabio —que Dios tenga en su gloria y que no me cabe duda los hermanos de Silos le tienen presente en sus oraciones de tanto en cuando—, tuvo a bien hacer uso de su prerrogativa real de no devolver más de uno de los libros que se le prestó.

—¡Es bueno saber que no he sido el único en eso! Y que don Alfonso se comportó como un moderno usuario de biblioteca —dijo Arturo con una sonrisa culpable—. Eso explica que fray Anselmo piense que somos descendientes de los emisarios del rey en busca de libros que llevarnos al escritorio.

—Si quieren saber mi opinión, esa labor de siglos que hicieron los copistas fue maravillosa, paciente y todo eso. Pero para mí, para mí, el que tuvo un par de cojones fue el último abad antes de la disolución de la orden. ¡Eso sí que era echarle narices! Eso sí que era una labor de responsabilidad ante la Historia. Nada menos que cargar sobre sus espaldas toda la tarea de cuidar como un capitán de barco de la herencia cultural que contenía el monasterio entonces. ¡Pero qué injusta es la vida! Me recuerda esas viejas películas de Errol Flynn que solía ver de niño. Y lo irónico del caso es que, después de haberse guardado esas joyas durante más de cuarenta años, fue precisamente al volver a abrir sus puertas el cenobio, cuando a unos hijos de mala madre se les ocurre por su cuenta sacar provecho de la situación. Se despertó su avaricia por lo visto. Todo eso había estado ahí, en sus casas, muerto de risa. La ambición mandaba ahora y tenían que darse prisa, digo yo.

El hombre asentía a sus propias palabras, como queriendo así dar más fuerza a sus ideas, mientras su hijo, más desenvuelto en ese momento que no tenía bandeja alguna entre las manos, corroboraba también con la cabeza los argumentos de su padre.

—Rodrigo Echevarría —aquí hizo una pausa el posadero para dar más énfasis a sus palabras—, ese fue el último abad del monasterio antes de la desamortización y para mí, también el último héroe noble. Noble, ese es el término. ¿A qué sí, Pedro? —dijo mirando a su hijo que asintió con vehemencia—. En vez de marcharse de Silos permaneció allí más de veinte años ejerciendo de párroco, hasta que le nombraron obispo de Segovia, cuidando y poniendo a buen recaudo como pudo todo el legado de la abadía. En casas de familias de confianza, en lugares escondidos... ¡Vaya usted a saber! Y así permaneció el patrimonio, más de cuarenta y cinco años fuera de la vista de los humanos. Lo sorprendente no es que se haya perdido parte de su contenido, ahora repartido entre Inglaterra, Francia y Alemania por decir los más conocidos, sino que quede todavía algo en la biblioteca. Como dije, la virtud milagrosa que existió en el pueblo con el carisma del antiguo abad comenzó a evaporarse al venir a tomar posesión del monasterio una nueva hermandad de monjes benedictinos, — ¡y por ende franceses!—. Entiéndalo usted en el contexto de la época que no estaba para bromas después de la reciente guerra de Independencia.

—Desde luego, los avispados no perdieron el tiempo en destrozar todo el esfuerzo que hizo el buen hombre para preservar la herencia del monasterio —aventuro el profesor.

—De esos siempre hay unos cuantos listos en cualquier esquina para pedirte la hora y llevarse el reloj después —. Aquí el buen hombre guardó silencio mientras pasaba un trapo por encima de la mesa y colocaba los dos cortados que le habían pedido sus clientes. En este momento pareció asaltado por una idea. Miró a los dos investigadores y frunciendo el ceño bajo el tono de voz— ¿Dicen ustedes que el manuscrito que encontraron apareció en casa de un conde? Bueno, eso huele mal si me permite opinar. La compra de todos los incunables que salieron de aquí la hizo un marqués de título dudoso que se dedicaba en Madrid a la compraventa de antigüedades, ayudado de una tal Jesusa que ni sabía leer, ni escribir.

Y así continuaron un buen rato, sin darse cuenta del paso del tiempo, acompañando la conversación con renovados cafés seguidos de unos licores de manzana. Hablaron sí, de los más de ciento ochenta libros catalogados en algún momento en el monasterio, sin olvidar el saqueo de las propias tropas francesas que se llevaron bajo el brazo del mismísimo José Bonaparte el códice del Beato de Silos. Arturo les observaba entretanto, mientras jugaba al ajedrez con el hijo del mesonero, en una mesa vecina, mirando de uno a otro y maravillado de la cultura de su anfitrión, secundado en esta labor por su nuevo amigo.

Ya eran las once cuando alumno y profesor dejaron el mesón y se dirigieron hacia la hospedería.

—Y no se preocupe Pinedo —añadió Lafuente mientras salían del lugar, absorto en que la pipa prendiera del modo adecuado—, mañana no nos levantaremos para laudes.

CAPÍTULO 35

INVESTIGACIÓN EN LA BIBLIOTECA

De estudios, estilográficas y reflexiones nocturnas.

Los días siguientes fueron similares. Tras llegar a la biblioteca un poco antes de las nueve, ambos se sentaban delante de sendos monitores para emprender el estudio de esas digitalizaciones de gran calidad. Digitalizaciones donde se podía apreciar hasta el mínimo detalle de un manuscrito o documento, sus ojos escudriñando cada detalle, página tras página, peleando con los signos ocasionales.

Los dos habían acudido armados con la extensa bibliografía ya realizada por autores que, como el profesor Clark, habían seguido el inventario realizado por el padre Ferotin cuando la comunidad benedictina francesa volvió a hacerse con el control del abandonado monasterio. Procedían con esta rutina hasta la una y, tras una breve comida, volvían a las cuatro de la tarde a la tarea permaneciendo allí hasta las ocho, hora en que debían de finalizar su trabajo, con una mezcla extraña de pesar y alivio. En algunas ocasiones, tras haber ejercido la presión adecuada sobre fray Anselmo, podían llegar a sentir bajo sus manos protegidas con guantes, alguna verdadera joya en formato físico, y poder estudiar así con mayor detalle la calidad de las tintas, algún detalle del pergamino, el tipo de pautado, las marcas de página o la preparación del manuscrito.

No podían escapar al sentimiento, lento y gradual de sentirse atrapados en ese lugar como los mismos códices que estaban examinando, presos de otra época. Al igual que los manuscritos permanecían sujetos a los nervios que unían las páginas, ellos se encontraban asidos por una extraña desazón. Carlos intuía que quizás estaban perdiendo el tiempo, y si era así, perdiéndolo de modo lamentable.

A veces, salían a media mañana a pasear por el claustro. El profesor realizaba de vez en cuando un gesto mecánico en el bolsillo de la chaqueta en búsqueda de esa pipa que no podía ser fumada. Por la galería superior, donde se encontraban las celdas de los monjes, veían cruzar de vez en cuando a alguno de estos. Cruzar era una palabra demasiado imprecisa para describir ese deslizar sinuoso desde una puerta hacia otra, que se abrían y cerraban sin emitir sonido alguno a uno y otro extremo del claustro. En los momentos en que no había ningún turista a su alrededor, el mínimo ruido, tal como la rama de una planta rozando la base de piedra del bajo muro del jardín interior, llamaba la atención, distrayéndoles así del tedio que produce el trabajo concentrado y constante.

—No sé lo que estamos buscando —dijo Arturo al fin, soltando un breve suspiro—, no sé si vale la pena estar aquí día tras día persiguiendo algo que tal vez, como bien dice nuestro amigo el fraile, solo sea una idea novelesca.

—¿Se ha parado a pensar que alguien tuvo que hacer este tipo de trabajo una y mil veces antes de obtener resultados? ¿Cree que estos aparecen ya con la firma al pie, enmarcados como una brillante tesis *cum laude* de fin de carrera? Esto no se compra en unos grandes almacenes. Las investigaciones hay que trabajárselas.

Pasaron otra vez por delante del lado norte donde el primer día Lafuente había enseñado a Pinedo el esquema trazado, dibujado en piedra. Solo dos días, pero los frecuentes paseos, los giros y vueltas dadas a los capiteles y la atenta mirada a los bajorrelieves bajo distintas circunstancias de luz y sombra, le produjeron a Arturo la sensación de que llevaran meses en ese lugar. Empezó a identificarse con aquellos monjes silenciosos, ¿Se convertiría él también en una de esas figuras que parecían no caminar? ¿Sería tal vez visto desde fuera, por alguno de los turistas que llenaban el lugar todos los días, de un modo semejante?

Soñaba Arturo con las capitales de los códices miniados, con el tinte rojo de esa pintura que había ido envenenando a los monjes durante siglos, en silencio, sin saberlo, sin hacer estruendo. Al igual que su trabajo solitario, la guadaña les había ido venciendo, usando la misma táctica que la Muerte Roja del relato de Poe.

Sí, tras llevar así unos días investigando, sentados delante de aquellos pergaminos, el monasterio de Silos parecía habérsele revelado a Arturo como lo que era en realidad. Un lugar lleno de secretos. Antiquísimo, sagrado, una joya arquitectónica pero también un celoso guardián de su intimidad.

Esa noche, imbuido de esos pensamientos, Arturo se sentó cerca de la ventana, frente a la pequeña mesa oscura de su habitación y encendió el flexo.

A continuación sacó con cuidado un delgado estuche del bolsillo interior de su chaqueta. Una cajita blanca sobre cuya tapa de color rojo se podía leer, escrito en caracteres blancos, las palabras «*Mont Blanc*» junto a la figura de la familiar estrella de seis puntas distintiva de la marca así como un diminuto logotipo de un avión diseñado para esta edición.

Lo abrió con suma delicadeza. En su interior se encontraba su tesoro personal. La estilográfica reposaba dormida en la pequeña depresión que tenía su forma, esperando ser despertada. Pero era algo más que una Mont Blanc. Era el modelo *Meisterstück Doué Classique— Le Petit Prince Edition* para los entendidos.

Una preciosa pluma en color granate y dorado.

Había sido el regalo de sus padres cuando obtuvo la beca para estudiar en Montanilla. Una beca para unos escasos veinte puestos de entre más de catorce mil aspirantes. Desde ese instante, la estilográfica había venido a significar la justificación de encontrarse allí y cada vez que tenía un momento de desánimo, le bastaba mirarla para recordar las palabras de su madre.

«—Tú eres especial. No desaproveches esta oportunidad. Puedes escribir tu propia vida con ella.»

Recuerdos aparte, era toda una experiencia escribir con ella, cuando, cargado con el plumín de tamaño M sentía como se deslizaba sobre el papel como una bailarina en pista de hielo, haciendo giros insospechados, rematando una línea, una letra.

Y así le gustaba llamarla.

La pequeña bailarina.

A partir de ahora la luciría con orgullo a la mínima ocasión en el bolsillo de su *blazer* de turno.

Abrió a continuación una libretita que había guardado en el cajón. Una libreta sencilla, de tapa dura, manoseada por el uso. Comenzó a escribir:

En la hospedería del monasterio de Silos, a 24 de noviembre de 20...

Estoy sintiendo una sensación extraña desde que llegamos. No es solo verme de repente en un sitio cerrado estando acostumbrado a moverme con libertad por el campus o remar con el máximo vigor en el río. No. Es algo más. Quizá el profesor pudiera encontrar palabras más precisas para explicarlo, sin embargo, no es muy partidario de mis puntos de vista sobre la realidad mágica de las cosas.

Existe sin duda el Silos que lucha por subsistir, por convivir con la modernidad, por hacerse un hueco en el mundo contemporáneo brindando su imagen de recogimiento, de espiritualidad y paz.

Pero existen también otros Silos, los que pertenece al hermético y oscuro mundo medieval oculto en este. Son los secretos de un Silos privilegiado que acaso solo los monjes conozcan, trasmitidos a lo largo de los siglos. Quizás solo unos pocos de estos sepan de ellos. Sí, me atrevería a asegurarlo, no únicamente el secreto de los manuscritos, sino también el misterio que acompaña las vidas de los monjes, contenidas, dedicadas a Dios, con sus inquietudes, sus preocupaciones y sus probables desvíos pecaminosos. Para preservar el conocimiento, solo unos pocos tienen acceso a su totalidad, mientras otros, ansiando poseerlo algún día, laboran y mantienen encendido el hogar, abrillantan los pomos de las puertas y abren las ventanas para que la luz entre en el lugar y el polvo no se apodere de este. Por lo menos no del todo.

Cansado de escribir sus reflexiones, Arturo cerró la libreta con un gesto de cansancio y se introdujo en la cama no sin antes mirar por la ventana que daba a la puerta principal y contemplar las solitarias farolas que iluminaban el estrecho tramo de calle. Al fondo, en la esquina, la bodega acababa de cerrar y solo la silueta de su metálico cartel apenas recortado en la oscuridad indicaba su posición. Cayó preso del sueño.

CAPÍTULO 36

EL ESTUDIO CONTINUA

De códices, serpientes, bibliotecarios, aves rapaces y otras cosas que se mueven en silencio.

Arturo estaba examinando un volumen que le había pasado el profesor y que llamó poderosamente su atención. Se trataba de una preciosa reproducción en facsímil del *Beato de Liébana.*

—Ya ve Pinedo, aquí lo tiene —dijo Lafuente— copiado alrededor del año 1100 y aunque este no sea el manuscrito auténtico, es una reproducción increíble, fiel en tamaño y calidad.

—¿Y dónde se encuentra el original?

—En la British Library de Londres. Algún día me gustaría verlo —dijo el profesor— ¡Fíjese Pinedo que cuidada la elaboración de las miniaturas! Nada menos que ciento seis se encuentran en este libro.

Sus bellas y trabajadas imágenes, el colorido de sus tintas y el detalle en cada trazo daban fe de lo que el esfuerzo y el tiempo consagrado durante años podía lograr.

— ¿En la British Library dice? ¿Y cómo llegó allí?

—¿Recuerda lo que nos contó nuestro amigo el mesonero sobre los esfuerzos del anterior abad para cuidar del contenido del monasterio?

¿Cuándo los libros depositados en el armario de Santo Domingo se vendieron al mejor postor? Pues bien, este fue uno de ellos.

El facsímil había sido elaborado con cuidado en una piel verdosa estampada en seco y contenida dentro de un estuche del mismo material.

Arturo, despertada su curiosidad, y tras haberse apoderado con disimulo del volumen se dispuso a examinarlo en detalle. Venía precedido de un estudio monográfico en color, escrito por el que había sido el anterior abad de Silos, el padre Clemente Serna González.

—Todo un ejemplo de modernidad —dijo el profesor señalando el nombre del anterior abad con un dedo que se posó una y otra vez sobre el autor—. Él fue quien potenció y promocionó el canto gregoriano de Silos hasta llevarlo a niveles internacionales. Nadie podría haber hecho más por la herencia cultural de este lugar, por lo menos para hacerlo conocido.

Los nombres de la jefa del departamento de antigüedades medievales del Museo Arqueológico Nacional y Miguel C. Vivancos, el predecesor del actual archivero del cenobio, figuraban también en el prefacio. «El anterior bibliotecario del Monasterio» pensó Arturo... ¿Habrían tenido mejor suerte de haber coincidido en el tiempo con él, en lugar de fray Anselmo?

Fue al llegar a los folios 147 a 148 del códice cuando Arturo se encontró con una ilustración extraña. Era una pequeña imagen representando una serpiente. Tras fijarse con detenimiento, descubrió su significado. Simbolizaba la lucha del reptil contra el hijo de la Mujer. Tomó una pequeña nota aparte en su libreta de bolsillo en la que recogía siempre las ideas rápidas. Otro detalle más para su tesis.

Por su parte Carlos Lafuente recordaba la frase de ese copista anónimo que tenía colocada en un pequeño marco en su despacho:

«*Tú, seas quien seas, que te aprovechas de este libro, no te olvides de los escribas, para que el Señor se olvide de tus pecados (sic). El trabajo de la escritura hace perder la vista, dobla la espalda, rompe las costillas y molesta al vientre, da dolor de riñones y causa fastidio a todo el cuerpo. Por eso tú, lector, vuelve las hojas con cuidado y aleja tus dedos de las letras, porque igual que el pedrisco destroza una cosecha, así el lector inútil borra el texto y destruye el libro*».

Era esta una frase muchas veces repetida entre los paleógrafos al comparar la tarea del lector nutriendo su mente con la del copista que cansa su cuerpo.

Quizá el tiempo que los dos visitantes llevaban en la biblioteca comenzaba a hacerse sentir.

Durante los siguientes días, fray Anselmo continuó acercándose a su mesa, siempre con una sonrisa complaciente o con ese corte de cuchilla que quería pasar por tal. Sin embargo, a pesar de la misma, Arturo no lograba olvidar que el reverendo padre parecía disfrutar del fracaso cotidiano de los dos historiadores en su lucha por sacar algo en claro del manuscrito.

—Buenos días, caballeros —saludaba siempre al verles entrar a la biblioteca.— ¿Dispuestos a otra jornada de investigación y reflexión? ¡Que Dios les bendiga! Joven —dijo dirigiéndose a Pinedo—, disculpe que se lo diga, pero parece que lleva usted la corbata algo doblada.

—«¡Que te parta un rayo!» —decía Arturo por lo bajo, menos circunspecto que su mentor, apegado a su buena educación.

—Creo que algo se nos escapa y no sé qué puede ser—dijo Lafuente—. Es posible que el archivero tenga razón y estemos ante un texto apócrifo como tantos otros y que el copista, agotado y medio moribundo, decidiera crear una historieta para la posteridad con la intención de trastornar a unos pobres idiotas como nosotros. Debería estar preparando la ponencia para el congreso de Valladolid y no aquí perdiendo el tiempo con usted.

No era propio de Carlos Lafuente hablar así. El rostro de su alumno le miró con curiosidad, en silencio.

—¡Vamos, profesor! Ya verá como hoy damos con la referencia perdida en el manuscrito en uno de estos. ¡Estoy seguro!

—¿Y cómo está usted tan seguro? Ah, perdón, me había olvidado, será por esa adivinación del futuro que tanto lee... ¿La clarividencia se llama verdad? ¡Claro! ¡Cómo pudo olvidárseme algo tan básico!

Arturo levantó la mirada entonces al notar una sensación extraña. No, no se había engañado. Desde su mesa pudo ver cómo, en la otra punta de la biblioteca, fray Anselmo bajaba con rapidez la cabeza. Había estado mirándoles cual ave rapaz que celosa guardara su nido, de eso no cabía duda alguna. Temeroso, protegía los escondidos secretos de Silos.

La hora de la comida encontró al estudiante particularmente locuaz.

—Creo que en el mundo hay gente que vive de los silencios, de los secretos, y de las cosas escondidas —dijo separando el pan que tenía entre las manos en tres trozos a fin de explicarse mejor—. Necesitan dárnoslos poco a poco, como a un niño para que no se malcríe. Una pizca de conocimiento cada ciertos años y nada más —y al decir esto colocaba los trozos en puntos distintos del mantel con riesgo de que algún cubierto cayera al suelo—. Y cuando este llega a ser peligroso por alterar una cierta visión de las cosas, se corta y se esconde un poco más. Nada misterioso, nada de thriller como algunos pintan, solo te hacen mirar para otro lado a la vez que sacan la carta de la manga o el conejo de la chistera. ¡Cha-Chan! Solo hace falta ese pequeño gesto para habernos perdido el momento, y ya es otro día.

—Muy interesante. Realmente muy interesante, pero con franqueza, muy de película —dijo el profesor—. Desde luego más en su línea que en la mía amigo mío. Verá Arturo, para mí hay algo más aquí que intentar entender lo que significa una oscura referencia en un trozo de pergamino encontrado al azar. No se trata solo de observar la historia, reordenarla e intentar darle un sentido acorde a nuestro presente. Aunque, en parte, acabo de decir algo que sí es la clave, la palabra sería orden. Sin Historia solo podemos transmitir caos. Es la idea, el principio, lo que me interesa. La idea y el respeto a seguir la pista que alguien, a través de los siglos nos ha querido dejar. Se aprende con estas cosas no solo a ser humilde, se aprende también a ser respetuoso.

Y diciendo esto se levantó dando la sobremesa por terminada.

Esa noche después de cenar, Lafuente salió solo de la hospedería. Necesitaba caminar y ordenar sus pensamientos. Recordaba con ironía cómo, antes que él, los filósofos peripatéticos y el buen Einstein habían caminado así, sin rumbo, entre ráfaga y ráfaga de creatividad impulsando sus mentes.

Las calles de Silos semejaban jugar al escondite con él aquella noche. Las fachadas de la población que antes le habían parecido amables y abiertas, mostraban ahora un aspecto retraído y hostil, replegándose hacía atrás para no ser vistas, rehusando el reconocimiento, sus ventanas en oscuridad, a modo de ojos entrecerrados bajo las persianas bajadas, pareciendo decir «nunca nos hemos visto». Al llegar a la ermita y tras haber cruzado el humilde arroyo miró hacia atrás y vio un Silos silencioso allí abajo.

Solo unos racimos de luces desparramadas contorneaban las viviendas y dibujaban la silueta de las calles que acababa de atravesar.

En una de esas calles, en una de las habitaciones de la hospedería, Pinedo dormía inconsciente de las tribulaciones que pasaban por la mente de su mentor.

CAPÍTULO 37

UNA CHARLA CON FRAY ROMANONES

O de cómo la religión y el vino hacen buenos compañeros en el consuelo de las almas.

Era ya el tercer día. El profesor permanecía concentrado, eso era evidente. Lo que no parecía tanto a los ojos de Arturo era lo que este hacía con su mano derecha. Dibujaba con ella una y otra vez círculos dispersos en una hoja de papel. No parecían seguir estos ningún patrón en especial, eran meros círculos. Cuando había dibujado un buen número de ellos —en torno a unos quince según llegó a ver Pinedo—, procedía a unirlos meticulosamente con líneas, a modo de conexiones, como si fuesen diagramas de Venn. Lo curioso de ello era que el profesor parecía no ser consciente de sus dibujos, estar al margen de toda esa estrategia que iba desarrollando de modo tan particular, mientras su mente estaba concentrada en el problema principal.

Esa mañana había poca gente en la biblioteca. Acababan de llegar a sus sitios de costumbre. Transcurridos un par de minutos, y tras vacilar unos instantes, Lafuente dejó los trazos por un momento y se dirigió a fray Anselmo.

—Fray Anselmo, me estaba preguntando si sería posible hablar con el abad —alcanzó a decir el profesor haciendo acopio de valentía—. Quizás él pueda tener conocimiento de alguna otra fuente no catalogada, ya sabe, debido a la historia del...

No pudo seguir más.

Si el templo de Salomón hubiera vuelto a partirse en dos en aquel momento no habría generado la misma alarma que la que mostró el rostro de fray Anselmo.

—Mire —dijo el bibliotecario tras inspirar aire durante unos segundos — el abad les diría lo mismo que yo. Es más, llevo más de veinte años a cargo de la biblioteca junto con mi compañero y conozco al dedillo su catálogo, así como la historia de esta institución —continuó con cierta hostilidad—. De cualquier modo, el abad no recibe a nadie en su despacho, salvo invitación personal. Es él, en todo caso, quien baja a atender a algunos visitantes destacados a la biblioteca, lo siento —dijo con cierto matiz en su voz que parecía indicar todo lo contrario—. Es más, —continuó como si recordará una anécdota graciosa que se hubiera olvidado —, hace unos meses vino un hombre diciéndome que buscaba documentarse para una novela. Me pidió que si le podía indicar en qué piso se encontraba el abad. ¡El abad nada menos! ¡Qué se había creído este hombre! Le conté la historia del monasterio, pero no le debió parecer demasiado novelesca porque apenas me escuchó y... ¿Saben qué le dije? Que si osaba mencionar mi nombre como actual responsable de la biblioteca actual o el del anterior, el padre Vivancos, se encontraría con una demanda por derechos de imagen. ¡Otra cosa hubiera sido si se tratase de un libro basado en una investigación, con hechos reales y bibliografía que lo apoyase! ¡Eso sí que es una cosa seria! Pero, eso... lo suyo era una novela, todo ficción, todo...

—¿Todo mentira entonces según usted? —apuntó con una sonrisa Lafuente sin darse por enterado del cierre de la conversación, para que el hombrecillo terminara de volcar sus sentimientos antiliterarios.

Fray Anselmo se mordió los labios mientras se tocaba el lóbulo de la oreja con la mano izquierda.

—Hay cosas que es mejor mantener alejadas del monasterio, solo eso. Esto no es un libro de Umberto Eco, ¿sabe? Es un lugar real. No estamos aquí para que nos pueblen de monjes siniestros las celdas, las galerías ni nuestra convivencia diaria. Esto no es un museo, es un lugar de culto, un lugar vivo —dijo mientras se volvía hacía la fotocopiadora del mismo modo en que un confesor se introduce en el confesionario, sus ojos examinando con suma atención los folios que tenía entre sus manos a través de sus bifocales y apretando con energía el botón de «*copy*»—. En cualquier caso —continuó volviéndose hacia el profesor en un pensamiento final, a modo de apostilla —no en vano era bibliotecario—, si quieren ver el resto de manuscritos siempre pueden acudir a buscarlos al British Museum, a París o a Leipzig. Quizás los ingleses o alemanes con su pragmatismo habitual vean esa idea suya de otra manera —terminó fray Anselmo con un brillo pícaro en los ojos.

Al salir de la biblioteca esa tarde poco antes de las siete, se encontraron con un monje de apariencia afable. Carlos se había fijado en él alguna vez. Solía sentarse a primeras horas de la mañana al fondo de la estancia, en el extremo opuesto al que ellos ocupaban, en actitud atenta. En los días que lo habían visto allí, no observaron que realizara tarea o labor concreta alguna en la biblioteca. Al contrario que el resto de usuarios de la misma, al cabo de hora u hora y media se levantaba de la mesa que había ocupado y, con una sonrisa que nunca parecía borrarse de su rostro, se marchaba, dejando en perfecto orden su superficie así como los libros que apenas había consultado.

Un poco más allá, un tablón anunciaba futuros eventos en el salón de actos.

Colocado en lugar destacado sobre el mismo, un gran cartel mostraba la foto de un sacerdote que miraba al frente rodeado de libros y situado junto a un ordenador.

Bajo la fotografía se podía leer:

Seminario
«EL MODERNO SCRIPTORIUM Y LAS NUEVAS TECNOLOGÍAS
por fray Romanones -Abad de Silos
Miércoles, 27 de noviembre. 19:00 horas
Salón de actos de la Hospedería de San Francisco».

—¡Diablos, Pinedo, yo asistí hace unos años a una conferencia suya en Madrid! —dijo Lafuente a su alumno mientras señalaba el cartel—. Muy curiosa por cierto la manera de este padre de exponer ante el público. Explicaba todo el proceso de fabricación del pergamino desde que se desollaba el cordero hasta que llegaba a la mesa del copista. Demasiado detallado en su explicación para algunos asistentes, pero preciso y veraz. ¡Y este es el actual abad!

Sus ojos brillaban. Juntó las cejas y apretó los labios.

Tras unos instantes leyendo el anuncio, se giró hacia Arturo.

—Y esta charla es mañana —dijo entre dientes.

Y sin decir nada más se dirigió con paso decidido en dirección al monje que habían visto momentos antes.

—Perdone, ¿sería posible hablar con el padre Romanones? —dijo el profesor con confianza, alentado quizá por la sonrisa de su interlocutor e intentando imprimir cierto aire de autoridad a su voz mientras señalaba al mismo tiempo la fotografía sobre el cartel—. Solo quisiera saludarle. Tuve el gusto de asistir a una conferencia que dio hace años en relación con la historia del scriptorium.

El amable monje pareció dudar un momento. Miró a su alrededor y tras atusarse la capucha un par de veces, sonrió.

—Claro, síganme por favor.

Su nuevo guía espiritual dirigió a continuación a los atónitos visitantes por un par de pasillos con escasa iluminación. Al llegar al piso superior y, tras avanzar unos pocos pasos, se detuvo frente a una puerta discreta y oscura situada en el ala opuesta a la entrada de la biblioteca que ya conocían. Pinedo, sin comprender todavía muy bien la idea del profesor les seguía con los ojos abiertos, maravillado de la aparente facilidad de la maniobra.

El religioso dio unos leves golpes sobre la puerta.

—Adelante, pasen, pasen por favor. Tomen asiento, sean tan amables —dijo una voz educada y medida, ahogada por el grueso panel de madera.

La estancia, como cabría esperar de un buen benedictino, lucía un escueto mobiliario formado por unas estanterías, un crucifijo, un calendario y un moderno ordenador Ives sobre la mesa de caoba. Entre los libros, Carlos pudo distinguir sin esfuerzo alguna de las obras de fray Vivancos y del padre Serna.

Fray Romanones era un hombre de aspecto jovial, con una sonrisa que iluminaba su cara mientras hablaba.

Era el suyo un rostro de tez morena, el rostro de un religioso que quería comunicar al mundo la impresión, la certeza irreal de que un sitio tan reverente como Silos podía tener en su seno a personas como él. Personas que contagiaban su alegría de vivir y la pasión por el estudio.

En cuanto entraron Fray Romanones se echó hacia atrás en su asiento mientras en su cara se dibujaba una sonrisa amplia y blanca. Lafuente no pudo por menos de recordar de inmediato el parecido de la misma con la de otras semejantes vistas en el rostro de religiosos que había conocido tanto en los Hermanos Maristas como en los Salesianos y Jesuitas. Sabía que cuando uno se enfrentaba a una de esas sonrisas tenía las de perder, pasaba a encontrarse en territorio desconocido. Volvió a sentirse como un estudiante cogido en falta, como si no hubieran pasado los años.

—Permitan que les dé mi bienvenida a Silos. Es un honor tener aquí a dos representantes de la Universidad de Montanilla. ¡Ah!, no muestre esa cara de asombro, profesor. Sabía de su llegada por el señor Noguer que me llamó para avisarme. Su hermano y yo fuimos compañeros en los estudios de Teología en Orihuela, pero mis obligaciones me han impedido acudir a saludarles a la biblioteca en persona como hubiera sido mi deseo. Les ruego me disculpen—. Fray Romanones fijó entonces su mirada clara y profunda en la del historiador y escuchó las quejas de los dos hombres en relación con el escurridizo monje archivero. Su cabeza asentía comprensiva durante toda la exposición. El hecho de que conociera al rector hizo que el profesor inhalara aire. Por alguna razón cuanto más asentía y sonreía el padre más incómodo empezaba a encontrarse el profesor Lafuente, que se confundió en sus palabras para terminar con un hilo de voz confuso.

— ... En fin que durante el examen de los libros, de los manuscritos y demás... pues... no sé... a veces...

—No nos ha dejado tranquilos en ningún momento, esa es la verdad — concluyó Pinedo con valentía en ayuda de su apurado mentor enrojeciendo hasta las orejas en cuanto terminó.

Ante esto fray Romanones soltó una estruendosa carcajada que pareció casi sacrílega viniendo de quien venía y del lugar donde se encontraban. Lafuente desconfió más de esta explosión jovial que del eterno ceño fruncido de fray Anselmo.

—Profesor, joven, tienen mucha razón. De hecho, la biblioteca está abierta para ustedes siempre que quieran. Han de perdonar el exceso de celo de fray Anselmo. Lleva muchos años en Silos y cuida de los libros y manuscritos como si fueran suyos. Verán, son tantas las personas que acceden a la biblioteca hoy en día... tantas las manos que desean examinar los facsímiles y los viejos manuscritos que toda preocupación es poca. Usted como paleógrafo sabe que, cuanto menos se toque un original mucho mejor. La historia del cenobio ya ha pasado por innumerables momentos tristes, por muchas zonas de sombra. Pero por otro lado, la tradición de este monasterio ha sido siempre la de unir pasado y futuro. Ustedes son testigos de la implantación de las nuevas tecnologías en el mismo, de su remodelación, de la inversión dada por distintos organismos públicos y privados para su conservación y mantenimiento. Estamos abiertos al conocimiento y deseosos de compartir este con el mundo a la par que otorgamos sosiego a los que acuden a estar con nosotros unos pocos días. Por cierto, tengo entendido que se han alojado en la hospedería. ¿Qué tal su estancia en ella? ¿Ha sido de su agrado? Según me han dicho no cuenta con las mismas comodidades que la Hospedería Convento San Francisco. Es una lástima, nuestros invitados suelen preferir alojarse en esta última. He podido comprobar que la cocina allí es excelente por no hablar de la comodidad de sus salones.

—Sí, sí, hemos estado muy bien —dijo Lafuente con un hilo de voz, recordando de nuevo las tentadoras imágenes del folleto evocadas de esta manera.

Fray Romanones se levantó despacio, sigilosamente, como parecía ser la tónica general de todo lo que se hacía en este lugar. Por el contrario, los crujidos de las sillas de Pinedo y Lafuente rechinaban en exceso, llenando el silencio con su sonido. Carlos miró hacia atrás esperando oír susurros de desaprobación de un inexistente público.

Cuando se dieron cuenta, el profesor y su alumno se encontraban junto a la puerta adonde el religioso les había ido impulsando imperceptiblemente mediante el sencillo método de avanzar con lentitud hacia ellos, reconquistando fray Romanones el terreno de su despacho.

Era imposible no darse cuenta de que estaban siendo expulsados con una galantería impecable.

La entrevista había concluido. Con elegancia, con amabilidad y con una sonrisa benedictina acabada y medida, pero había terminado.

Sintió el profesor que por esta vez no avisarían a sus padres de su pequeña travesura, no habría reprimenda esa tarde ni se quedarían sin paseo ni merienda, siempre que pidieran perdón y prometieran no volver a hacerlo.

—Si encontraran otro material, algún nuevo hilo del que tirar esperamos que nos lo comunique profesor. Estaría sumamente complacido en serles de utilidad —dijo el sacerdote, como si la maniobra de avance que acaban de presenciar fuera simplemente una consecuencia natural en la que él no hubiera tomado parte alguna.

Después de una pausa bajó la cabeza sonriendo antes de volver a mirar a sus interlocutores.

Estaba saboreando con ánimo más jesuítico que benedictino la despedida, como esa penitencia que es impartida a un alumno díscolo aunque prometedor.

—Por cierto, su teoría es brillante. Extremadamente brillante. Sigan con su estudio. Esperaré con ansiedad la publicación del mismo. Por favor, no deje de enviarnos una copia en cuanto se publique. Y si desean asistir mañana a mi conferencia será un placer verles de nuevo allí. La puerta se cerró con un suave clic apenas perceptible.

. . .

Llegaron a la taberna en silencio.

Cada uno ocupó su lugar de costumbre.

Carlos Lafuente cogió su servilleta y la miró con fijeza antes de doblarla en cuatro pliegues y colocarla en el lado derecho de la mesa. Tras unos segundos y al parecer no muy seguro de su resultado volvió a abrirla.

Adolfo se les acercó despacio, con gesto amable aunque preocupado. Llevaba demasiado tiempo en el lugar para no saber distinguir un buen día de uno que distaba de serlo. Y su lado profesional de huésped se sentía especialmente tocado en días así.

—Buenas noches, profesor —y a continuación, dirigiéndose a Arturo con afabilidad—, chaval, ¿cómo ha ido el día?

Carlos dejó de ejecutar pliegues sobre la servilleta y levantó la vista.

—Digamos en buen romance que el Real Madrid no ha ganado el partido.

—Bueno, si es esa la situación tengo algo que decirles. ¿Han terminado ya el día? Ya no tienen que coger el coche, ¿no? Bien, estando así la cosa... Mire, yo no seré de grandes entendederas, a diferencia de mi padre que sirvió en casa del alcalde. Era un hombre dado a las cuentas y leía todo lo que caía en sus manos, lo mío, en cambio, ha sido más de andar por casa. Ya saben, seguir a las mozas y esas cosas. Pero sí les puedo decir algo con toda seguridad.

El posadero, en este momento, se les quedó mirando fijamente a los ojos, con el semblante serio.

—He visto mucha gente pasar por aquí, gente que venía para una noche o quizás para meses. Todos en mayor o menor grado interesados por el monasterio y lo que en él se encuentra. Estudiantes de arte, escritores en busca de una historia, investigadores como ustedes, sí, y también obreros que han venido para los trabajos de restauración que, de tanto en tanto, han sido necesarios. Pero todos ellos, desde el primero al último tenían un denominador común. Todos eran personas de carne y hueso, y como tales, sometidos a las inclemencias del tiempo, y al cansancio diario, al esfuerzo. Mi hijo Pedro que es más poeta que yo en esto, y por eso está siempre callado rumiando sus historias, diría que perseguían un sueño distinto. Pero, cuando estas diferentes personas se encontraban cansadas, desanimadas quizá, y venían a mi mesón en busca de una silla donde resoplar al final del día yo les ofrecía mi solución, la solución de nuestra casa... ¡La olla podrida de Silos! Aún más diría yo, ¡la olla podrida de casa Adolfo! ¿A qué sí, Amelia?

La interpelada le miraba desde el mostrador.

—¡Si será tonto! Ya estás contando tus historias a la gente.

Minutos después Adolfo traía a la mesa un humeante plato.

—¡Ande, pruebe esto —dijo el buen hombre con una sonrisa que le cruzaba el rostro de parte a parte— y luego me cuenta como ha ido la cosa! Y recuerden, que, en palabras de nuestro insigne Calderón de la Barca este plato es «la princesa de los cocidos». Y ya metiéndome en aguas más profundas incluso me atrevería a decir que Cervantes lo llamaba «el platazo» por su consistencia.

Arturo y Lafuente hicieron gestos de aprobación en cuanto probaron el primer bocado. Mientras comían guardaron el mayor de los silencios, acompañados por el excelente vino que el tabernero les había suministrado, un Cillar Joven de Silos.

—¿Qué? ¿Cómo ha ido la cosa? ¿Hemos levantado ese ánimo un poco? ¿La investigación va ahora por mejor camino? —y el amable posadero se frotaba las manos una y otra vez en el delantal, que, a fuerza de tanta manipulación, presentaba un lamentable aspecto.

—La verdad es que tenía razón, se ve todo con otro ánimo —aquí el profesor hizo una pausa mientras paladeaba la copa que se había llevado a la boca momentos antes sin poder evitar una sonrisa que estaba naciendo en su rostro—. Muchas gracias Adolfo. La verdad era que lo necesitábamos.

—Ya lo decían los romanos... «*in vino veritas*».

El buen hombre estaba exultante tras haber logrado subir así el ánimo de sus huéspedes.

—Pues como dicen en el circo, ¡no se vayan que todavía hay más! Tienen que probar el postre del abuelo, según mi receta especial. La heredé de mi padre y ahora es mi hijo quien la prepara con esas manos de estudiante que Dios le ha dado.

Y en efecto, por la puerta trasera apareció el mencionado, quien, sonriente, traía dos platos con esa delicia hecha a base de queso de Burgos, nueces y miel.

—¡Aquí creo que soy yo el que más va a apreciarlo! —dijo Pinedo, olvidada toda discreción y cogiendo la cuchara más próxima.

Tras la cena los dos jóvenes se retiraron a un rincón junto a la chimenea para jugar al ajedrez como llevaban haciendo por costumbre los pasados días. Pedro sonreía en silencio mientras sacaba las piezas y acariciaba los peones.

. . .

Al echarse en la cama, Arturo se quedó pensando, mezclando en su mente la imagen de aquella lejana princesa nórdica mirando las aguas del Arlanzón, con la del excelente cocido que habían degustado esa noche. Y así, suavemente, casi sin pensarlo cayó en un sueño profundo, mientras sobre la silla, su chaqueta colgada mostraba en su superficie algún que otro resto de la abundante cena que el buen Adolfo les había ofrecido.

CAPÍTULO 38

ARTURO SE DEDICA A LA JARDINERÍA

O de cómo Arturo Pinedo pudo comprobar que ayudar a los demás fortalece el ánimo y conduce al enriquecimiento espiritual.

Arturo había salido temprano aquella mañana para estirar las piernas y dar una vuelta a la población antes de acudir a la biblioteca.

Al volver por la carretera que contorneaba el monasterio, pasó frente al acceso reservado solo a los monjes y proveedores. Le asaltó la idea de acercarse a curiosear al no ver a nadie en las cercanías en ese momento.

A primera vista no vio la entrada, Recordó entonces que horas antes, al iniciar la caminata, había observado a dos monjes dirigirse hacia un punto situado a la izquierda de ese patio interior. Eso le alentó a acercarse despacio descubriendo al hacerlo un portón en ese lugar.

Vio entonces una figura a su derecha. Apenas había reparado en ella debido a su lento caminar.

Se trataba de un viejo jardinero que empujaba una carretilla, aunque dado el ángulo de la curvatura de su espalda y la carga que arrastraba, daba la impresión de que fuera el pequeño volquete quien impulsará a este hacia la puerta. Si no recordaba mal sus escolares estudios de física, sabía que eso era imposible.

En el interior de la carretilla, restos de flores marchitas, tierra dura, y algún que otro ladrillo. Y hojas, cientos de hojas secas que habían caído en el otoño que acababa de irse, pendientes aún de su recogida. Distintas a las del pasado año pero a la vez idénticas en forma y color. El mismo tono rojizo, similar contorno, perpetuándose así durante siglos, la misma configuración en sus células.

—Perdone, ¿le puedo ayudar? —dijo Arturo antes de que la idea de colaborar con el jardinero hubiera pasado por su mente.

El hombre alzó la cabeza, un poco sorprendido al oír que alguien se dirigía a él. Llevaba tantos años ejecutando las mismas tareas de modo automático que a veces el sonido de una voz en medio de su rutina le sorprendía.

—Ahora que lo dice... si me hace el favor... ¿Puede coger la carretilla y levantarla desde allí? —dijo recuperado con rapidez de su sorpresa ante esta ayuda inesperada, dirigiéndose a Arturo como si el joven fuera un aprendiz de jardinero y hubiera trabajado mano a mano con él durante años.

La tradición escolástica, el saber de varios siglos acumulado en el monasterio todavía no había dado con la solución a la tarea cotidiana y prosaica de salvar un portón con una puerta abierta en su centro, evitando el travesaño inferior.

—¿Buscaba a alguien en particular? —preguntó el anciano, una vez depositada la carretilla en el suelo y después de hacer alarde ante Arturo de toda una serie de jadeos en distinta intensidad, salpicados por algunos golpes de tos. Se había dado cuenta de que la idea del aprendiz, aunque un concepto excelente no dejaba de ser una ilusión más.

—Bueno, quisiera saber si podía entrar a la biblioteca por aquí si es posible.

El jardinero le miró como el que ha estado escuchando la misma petición durante todo el día. Abrió la boca, pero antes de decir algo comenzó a toser de nuevo mientras sus brazos se movían, incontrolables, con una fuerza que a Arturo le pareció sorprendente en un hombre de su edad. Por fin, en una de las pausas, el jardinero miró al joven mientras con la mano derecha señalaba hacia el interior de la puerta que acababan de atravesar.

—Toque en ese timbre y el padre portero le guiará hasta la biblioteca.

Sobre el interruptor, un monitor y una pequeña cámara. La moderna tecnología al servicio de la vida monacal.

Arturo sonrió para sus adentros. A veces creía que solo el profesor y él mismo seguían creyendo que los antiguos monumentos, abadías, iglesias, colegios y castillos conservarían en su interior, en sus muros y suelos, la misma humedad, el mismo musgo y tapices que les habían cubierto desde antaño. La suya era una profesión de románticos que se resistía a desaparecer.

A sus espaldas el jardinero se estaba sonando la nariz con estruendo.

Una voz respondió a los pocos segundos.

—¿Qué... —un ruido estático cortó en seco la comunicación, como si un enjambre de abejas hubiera decidido instalar su nido detrás de los circuitos del portero automático. El sonido terminó con un tono agudo, semejante al que pudiera producir un jilguero aplastado por el quicio de una puerta en un golpe preciso y seco, sin piedad alguna.

Se sentía ridículo teniendo que repetir su petición de nuevo en voz alta ante este aparato. Parecía como si cada vez que se oía haciéndolo fuera perdiendo credibilidad su relato. ¡Qué idea más tonta! Ya habían hablado el día anterior con el abad. ¿Qué pensaba que iba a conseguir él después de casi toda una semana viendo las pantallas de los ordenadores de la sala?

Un monje de apariencia rechoncha le abrió la puerta.

—Sígame, le llevaré hasta la librería y allí ya habla usted con el padre prior. Fray Anselmo ha tenido que ausentarse hoy.

Avanzaron despacio por un largo pasillo y a continuación, subieron al mismo paso una escalera de piedra que conducía al piso superior.

El padre portero ejecutaba un curioso movimiento de balanceo al caminar, quizás por efecto de algún problema de cadera. Esto, unido a lo cadencioso del mismo daba a su figura un aspecto tranquilizador, casi hipnótico.

—Y dígame, —dijo Arturo, entre nervioso y aliviado al saber que no iba a encontrarse con fray Anselmo al final de su recorrido y a la vez inquieto porque fuera el mismo prior quien le iba a atender—. ¿Han notado mucha diferencia desde que no está el padre Vicente como abad?

El fraile se volvió con rapidez al oír la pregunta que contestó sin romper ese ritmo ascendente y mostrando al alumno una cara en la que se podía leer una profunda compasión.

—El padre Vicente fue un abad como pocos —dijo manteniendo la cabeza gacha—. Muchos aquí lamentamos que tuviera que dejar el cargo. El Alzheimer es algo tremendo. ¡Terrible! —dijo callando repentinamente, como si hubiera sido otro quien hablara. Siguieron en su lugar varias sacudidas de cabeza mientras continuaban ascendiendo.

Arturo, maravillado ante la aparente facilidad con la que había llegado hasta allí no pudo evitar imaginarse cómo habría reaccionado su acompañante si en lugar de haberle solicitado hablar con el archivero le hubiera pedido una ametralladora Dillon calibre 7,62, similar a la usada para la captura del «Chapo» Guzmán o bien un par de entradas para ver el musical

Mamma mia en primera fila. ¿Habría reaccionado igual? ¿Se habría balanceado de otro modo? ¿O quizás, debido a su cargo hubiera podido obtener un par de entradas preferentes?

Jamás lo sabría, ya que mientras pensaba esto, habían llegado por fin a la planta superior, justo cuando el joven empezaba a sentir la tentación de adelantarle y ofrecerle su ayuda para terminar el resto del camino. A través de una ventana abierta en el muro interior reconoció la biblioteca.

El que debía ser el prior se encontraba en ese momento ante la fotocopiadora. Al mirarlo de nuevo Arturo reparó en que se trataba ni más ni menos que del mismo monje amable y enigmático que les había acompañado hasta las dependencias del padre Romanones.

—¡Fray Lucas! —dijo el padre portero dirigiéndose al mismo—, este joven quería hablar con usted.

Y sin más palabra se retiró en dirección a su puesto en la cancerbería del monasterio, imprimiendo de nuevo a su cuerpo velocidad para poder sortear las escaleras en esa aventura que significaba su camino de vuelta.

Fray Lucas sonrió al ver a Arturo, como si le hubiera estado esperando o fuera algo habitual ver al joven a esta hora llegar de este modo a la librería.

—Buenos días... ¿Te ha pillado el paseo por la parte trasera del monasterio?

—Sí, perdone, no quería molestar. Sé que todavía no han abierto, pero vi al jardinero fuera que iba cargado...

—¡Ah!, ¡Jerónimo! Siempre tan voluntarioso. Tanto como rebelde. Se empeña en no pedir ayuda alguna. Se le ha dicho una y mil veces que informe en portería cuando tenga que cargar algo pesado, pero no da su brazo a torcer. No es fácil, ¿no te parece joven, —dar el brazo a torcer?

Arturo sintió que la mirada de fray Lucas era peculiar al hacer esta pregunta.

—No, supongo que no... —dijo al azar.

—Bueno, puede que tengas razón, puede que tengas razón. Por cierto, ¿has visitado los archivos?

—Sí, claro, los libros que están en la biblioteca —dijo Arturo, extrañado ante la pregunta pues no en vano su interlocutor había sido testigo de su presencia en la biblioteca día tras día—. Ya los estamos examinando.

—No, no, me refiero a los archivos de verdad. ¡Ah! Entiendo —dijo con una mirada que lo decía todo observando a Arturo con la misma sonrisa, como si todo se tratara de un juego de mesa entre adultos y todo se redujera a encontrar la casilla de salida—. Fray Anselmo... entiendo,

entiendo... —volvió a repetir mientras miraba las puntas de sus zapatos—. Verás, el anterior padre archivero, fray Vivancos, era muy distinto, ¡tan amable! No ponía traba alguna a nadie, para él lo que uno hiciera con los resultados de una investigación o el tiempo pasado en la biblioteca era algo con lo que cada uno cargaría sobre sus espaldas. El actual es muy distinto, se ha convertido en una conciencia que lo filtra todo al punto, distribuye, concede y niega.

Y tras masticar estas palabras con énfasis hizo un ademán a Arturo de que le siguiera cruzando la misma puerta ojival por la que el joven había entrado. El estudiante se sorprendió al ver que el archivero se detenía unos pasos después ante una puerta de madera al otro lado del corredor de piedra. Al llegar a ella y sin decir palabra, sacó una llave de su bolsillo derecho con la que procedió a abrirla con cierto aire de prestidigitador.

La puerta se abrió a un lugar enorme y oscuro.

El padre prior encendió entonces un conmutador y una luz blanca inundó la estancia. Estanterías y más estanterías llenaban el espacio hasta donde alcanzaba la vista. Un extintor colocado a la izquierda de una escalera que descendía al nivel inferior era el único toque de modernidad junto con el conmutador de la luz y un cartel donde aparecía indicada la situación de los libros en los pasillos por razón de su materia.

—En estas tres plantas se encuentra el resto de volúmenes que no se ven en la sala principal. Solo se llevan allí bajo petición, claro está, ya que en este sitio están a una temperatura controlada.

—Entiendo, es suficiente conque aparezcan en el catálogo general.

Un pequeño silencio por parte del padre.

—Sí, bueno, no todos ellos están en el catálogo. —aquí tosió levemente —. Muchos se encuentran todavía en fase de digitalización y otros quedan bajo la reserva del bibliotecario y, por supuesto, del abad.

—Ah, claro —dijo su acompañante con la mirada fija en ese dédalo de libros.

Arturo sintió que había descubierto las entrañas del monasterio. El corazón del monstruo, aquello que le hacía latir. Aquí no había visitas, consultas, ni trasiego de pies por los pasillos.

El padre cerró la puerta y el laberinto de textos, códices y manuscritos desapareció tras de sí. Pensó por un momento en lo que hubiera dado el profesor por haberlo contemplado.

—Muchas gracias por mostrarme esto. Es muy interesante —dijo Arturo mientras se retiraba para retornar hacia la biblioteca.

Sin evidenciar señal alguna de haber oído o captado la intención de alejarse del joven, el monje se dirigió hacia otra puerta situada un poco más a la izquierda de la primera. Al llegar a ella, sin decir palabra, como si estuviera realizando una tarea normal y corriente y simplemente estuviera mostrando a un nuevo ayudante su lugar de trabajo, de un modo similar al que había empleado el jardinero antes, sacó con gesto prosaico otra llave del bolsillo.

El interior de esta nueva estancia era muy distinto al anterior. La pared derecha mostraba una amplia estantería de unos treinta metros de largo, cubierta de libros desde el suelo al techo cruzado de vigas.

A la izquierda, amplios ventanales inundaban de luz la estancia que, junto a unos farolillos negros colocados a intervalos de cuatro metros, completaban la decoración del lugar.

—Este es el almacén de los libros repetidos —dijo fray Lucas.

—¿De los libros repetidos?

—Sí, de aquellas ediciones que ya existen en la sala principal y que, en caso de no encontrarse en el monasterio por haber sido prestadas o por cualquier otra razón, puedan ser consultadas en un momento dado. No hablamos de los códices en sí pero sí de sus facsímiles, estudios sobre los mismos, etcétera.

—Entiendo que hay códices también en el archivo general, claro.

—Por supuesto, es el lugar donde deben estar. En especial los más frágiles. Es más fácil protegerlos allí que en la biblioteca.

El padre prior volvió a toser.

Arturo se quedó mirando aquel lugar. Una pregunta estaba surgiendo en su mente. Débil, improbable, remota, pero pregunta al fin y al cabo. Y como todas ellas podía tener una respuesta o ninguna en absoluto.

—Solo espero que hagas el mejor uso de lo que has visto— fueron las últimas palabras de fray Lucas antes de despedirse mientras el joven entraba a la biblioteca para reunirse con Carlos Lafuente, portando lo que parecía ser un grueso volumen bajo el brazo.

CAPÍTULO 39

GONZALO DE BERCEO Y EL CIERRE DE LA BIBLIOTECA

De cómo las clases de literatura en días lluviosos ayudan a comprender los hilos del destino.

El profesor lanzó un suspiro. Arturo no había llegado todavía. La pila de libros en la mesa se había tornado en un infranqueable muro. Semejaba un muro que bloquease su acceso al conocimiento. Miró el manuscrito que le había tocado en suerte ese día y a continuación la pantalla neutra delante de él.

—¡Lo tenemos profesor, lo tenemos! —dijo Pinedo en un susurro nervioso, llegando a la mesa donde se encontraba el primero y depositando un grueso volumen sobre la misma, luchando a duras penas por no elevar la voz.

Lafuente lanzó un respingo al ver llegar a Arturo en este estado y, una vez recuperado de la sorpresa, examinó el códice que le mostraba su alumno.

—¿Cómo te has hecho con esto? —dijo el profesor Lafuente con un rostro en que se pintaba el asombro al más puro estilo impresionista despertando algunas miradas hostiles ante su exclamación en alta voz.

—Los hilos invisibles del universo profesor, los hilos invisibles, ya se lo dije. De vez en cuando se mueven.

En cuanto Carlos abrió el volumen reconoció la letra.

La misma mano que había iluminado el manuscrito que estaba en su despacho de Montanilla. En efecto, era este. Por fin.

Miró con detalle las iluminaciones.

El famoso pergamino número dos del catálogo de Ferotin.

Le pareció curioso que fuera éste, precisamente éste, el catalogado como Manuscrito número doce en el libro Grimualdo, Gonzalo de Berceo y Pero Marín, el que fuera escrito por el monje autor del manuscrito que les había traído hasta aquí. Y le pareció curioso, ya que este era el más novelesco de todos ellos, escrito a medias en latín y castellano entre los siglos XIII y XIV.

—Arturo, este es el manuscrito que le comenté. El que encontró el bibliotecario y párroco de Santo Domingo de Silos, el reverendo padre Mateo del Álamo en 1914 en el cercano pueblo de Carazo.

—¿El que guardaban en una cocina?

—Buena memoria Arturo, buena memoria. El padre preguntó si acaso no tenían las vecinas algún libro viejo en los desvanes o en la cocina, y le dijeron que había un montón de vetustos libracos. Entre ellos estaba este, destrozado en parte, pues sus páginas habían servido para alimentar el fuego, y no el espiritual, para ser exactos.

—¿En serio? Déjeme ver por favor.

La parte del manuscrito que correspondía a los folios 1–20 estaba escrita a doble columna.

—Gonzalo de Berceo —dijo el profesor con voz queda mientras posaba con extremo cuidado sus manos enguantadas sobre el volumen.

El solo nombre le recordaba las clases de doña Eugenia, esa profesora delgaducha con gafas que cabalgaban sobre su aguileña nariz. Las ventanas entreabiertas permitían escuchar el golpeteo de la lluvia. Mientras, la maestra, con su aguda voz de pito, ensalzaba las glorias del autor español. No debió de hacerlo muy mal la señora porque logró despertar en él un sentimiento casi mágico por la Edad Media española, por el mester de clerecía en sí y sí, también por la lluvia.

Cerró los ojos. Podía sentirse de nuevo allí. Su mente recreaba aquellos versos al igual que la primera vez y le parecía prodigioso, casi tanto como uno de esos *Milagros de Nuestra Señora* escritos por el lejano poeta.

—Un placer verte de nuevo amigo mío, después de tantos años —dijo el profesor en un susurro.

Tras la inicial e inefable sensación de tener aquellas páginas entre sus manos vendría el examen detallado, el volver a fijarse en aquellas abreviaturas, en aquellas diferencias entre las efes y las tes...

Pero este códice parecía transmitirle algo. Miró en torno suyo, intentando no fijarse en el resto de estudiosos, tanto de la congregación como externos que se encontraban a su alrededor... las cabezas inclinadas sobre los textos, las pantallas blancas de los ordenadores en claro contraste con el de los antiguos escribas, nuevos *scriptorium* actualizados a la última versión.

Sin embargo, esta sensación no iba a durar mucho.

Aquella tarde, Arturo sintió como, conforme avanzaba la misma hacia el sol poniente, la saliva se le espesaba en la boca después de la ilusión primera. Su mente se había quedado en blanco por efecto de la fatiga acumulada.

Pese a la riqueza del volumen y a todo lo que significaba el tenerlo frente a sí, no se encontraba en él nota o glosa milagrosa alguna del «copista bromista» como ahora lo llamaban, no sin cierta amargura. Ninguna pista, empujón o dato que incentivase la esperanza.

La máquina de escribir seguía funcionando, pero ya no había papel en el rodillo.

—¿Qué relación tenía el manuscrito encontrado con este? —dijo Arturo—. No veo nada aquí que nos ayude.

—Bueno, por lo menos sabemos que el copista misterioso estuvo en Silos o al menos lo estuvo su sombra —dijo Lafuente—. Si formó parte del *scriptorium* o colaboró con él no hay anotación posterior en el mismo. No hay nexo ni referencia alguna a las enigmáticas frases que vimos en el manuscrito de Montanilla.

—«*En la hora de prima de la luz, la luz*» —recitó de memoria Arturo en voz baja.

El suave y apagado runrún de la fotocopiadora hacía llegar su sonido hasta ellos. Una tos lejana de algún monje atrevido y el ruido de sus propios pies al cruzarse bajo la mesa, dotaba al momento de una sensación de irrealidad. Habían vivido de un sueño, buscado la fina línea que pudiera unir varios de esos círculos, semejantes a los que había dibujado Lafuente días antes sobre el mantel, pero no la habían encontrado. No era tan ingenuo este para no saber como investigador que eso era lo habitual.

—El manuscrito de Montanilla nos decía algo así como que una copia del mismo y del secreto de la princesa habría quedado con los hermanos —

dijo Pinedo intentando animar al profesor—. Si se encontró en este pueblo, en la casa del conde Dabrowski, lo más lógico sería pensar que estuviera en el monasterio. Siempre puede ser que sea uno de los que no se encuentran aquí.

—No se engañe Pinedo. No hay nada en sitio alguno. Estamos en un callejón sin salida. Todo pudo ser la simple obra de un copista bromista como hemos venido diciendo hasta ahora. No sería la primera vez que alguien, cansado de estar inclinado todo el día sobre un pergamino, se le ocurriera la brillante idea de darle un aire de misterio a su trabajo. Tampoco tiene poco mérito... ¡Nada menos que el autor de la primera novela de suspense! —dijo cerrando su libreta de notas con un golpe seco y guardándosela en la cartera de cuero—. Y esta vez nos ha tocado a nosotros.

Llegó por fin esa otra hora, la del cierre de la biblioteca, anunciada por el reloj.

Esta fue precedida por toses nerviosas, agitar de pies y asientos que iban quedando vacíos paulatinamente.

El tabernero se acercó en silencio.

Habían compartido más de una noche hablando en el patio trasero de la posada, viendo la luna y el tranquilo paisaje de los montes circundantes. Nada tenía que decir ahora. Nada que no fueran trivialidades.

Carlos Lafuente sacó su pipa y Adolfo por su parte aprovechó para extraer de un cajón un buen habano. Al parecer y a juzgar por las miradas que el posadero lanzaba a su alrededor, el origen del mismo era un secreto familiar de difícil solución.

Tras realizar esta delicada operación, el posadero inhaló con concentrada atención.

—Creo que mañana tendrán buena carretera —dijo—. Anoche llovió lo suyo, pero hoy ya ven, el cielo está despejado y mañana creo que seguirá así.

Carlos asintió.Terminaron su ritual como los jefes de dos naciones indias que se hubieran reunido en un *pow wow*. La tierra del hombre blanco les había vencido, ya no había refugio alguno.

Un abrazo viril selló la despedida.

—¡Vamos, tenemos que irnos! —dijo Lafuente a Arturo, más bien con intención de animarse a sí mismo que a su alumno.

Arturo dejó a su amigo Pablo guardando las piezas del ajedrez en una pequeña caja de madera, Cuando terminó se levantó y entró en la casa con ella, arrastrando los pies, con la elocuencia que le había caracterizado durante toda su estancia.

CAPÍTULO 40
LA PROPUESTA DE ARTURO

Las calles habían amanecido mojadas después de todo tras un chaparrón fugaz.

Los dos cafés estaban enfriándose sobre la mesa mientras profesor y alumno, sentados en silencio, miraban los muros del viejo edificio que se encontraba frente a la taberna a la que habían acudido esa mañana a desayunar al no haber reunido el valor necesario para volver a la bodega de su viejo amigo tras la emotiva despedida de la noche anterior.

El camarero acudió, remoloneando a su alrededor en un par de ocasiones, pasando el paño una y otra vez sobre las mesas vecinas, extrañado por el silencio que mantenían los dos frente a sus cafés. Aunque solo en parte porque sabía que la cercanía del monumento silente traía extrañas visitas y curiosos clientes que dejaban como resultado una caja diaria nada satisfactoria.

Pinedo miraba de vez en cuando de reojo al profesor. Había algo extraño hoy en su porte, aunque no sabría definir lo que era.

—Bien —dijo Lafuente—, no tenemos nada más que hacer aquí. Será mejor que recojamos nuestras cosas de la biblioteca y nos vayamos a casa.

Pinedo asintió sin mediar palabra. Se levantó y abonó la cuenta. Durante estas semanas ambos habían llegado al acuerdo transaccional de pagar alternativamente las consumiciones efectuadas en el lugar con el dinero que les había entregado para dietas la secretaría de dirección de la universidad, la dulce Sofía,

Arturo se dio cuenta entonces que era lo que había echado en falta en el profesor Lafuente estos últimos días, con la única excepción de la noche anterior. Ni un solo momento había acudido en busca de su pipa, que reposaba silenciosa en el bolsillo interior de su chaqueta, incluso cuando paseaban fuera del monasterio.

—¡Vamos Pinedo! —dijo este en lo que parecía un esfuerzo final, mientras cogía las llaves que estaban junto al café que no había terminado de tomarse—. Vámonos de aquí.

El estudiante le siguió arreglándose la corbata. Por una extraña casualidad ese día el nudo había quedado casi perfecto, pero la hábil maniobra devolvió las cosas a su *statu quo* habitual.

El delgado bibliotecario les despidió con cierto aire de alivio en la mirada, volviéndose con rapidez hacía la fotocopiadora, como si estuviera en la cuenta atrás del lanzamiento de un cohete, confundiendo quizás en su celo profesional el nombre SILOS con las siglas de la NASA, tal era su estado de aparente concentración. En cualquier caso nunca le habían gustado del todo estos dos venidos de esa universidad de nueva hornada, como tampoco le había gustado la excesiva confianza en sí mismo de la que hacía gala ese jovencito, seguramente de costumbres laxas bajo esa pátina de curiosidad intelectual.

—Seamos positivos, hemos sacado dos conclusiones de todo este periplo aquí —dijo el joven rompiendo un largo silencio, mientras empujaban las dos maletas hacia el aparcamiento.

—¿Sí? ¿Y se puede saber qué es lo que ve tan positivo en todo esto, Pinedo? —dijo Carlos.

—Bueno, por un lado hemos confirmado la autenticidad del copista y del siglo. Sabemos que fue alguien que trabajó aquí, que colaboró en el primer manuscrito, alguien de carne y hueso.

—Eso no nos soluciona nada. Pero me habló de un segundo punto, ¿no? —dijo tras una pausa, mientras pasaban frente a las antiguas fuentes de piedra, ahora sin uso como tales.

—Ningún otro manuscrito existente en Silos guarda relación con la época, el tipo de caligrafía, o la técnica aplicada. O bien porque están completos, o bien porque el palimpsesto pertenezca a otro periodo más alejado en el tiempo.

—Genial deducción Pinedo, ¡genial deducción! —dijo Carlos Lafuente, deteniéndose en su trayecto y mirando a su alrededor, a la plaza medieval que habían cruzado cada día, como si la viera por vez primera.

. . .

Silos era ya un capítulo cerrado, pero, al igual que les sucedió a los viejos copistas inclinados sobre el scriptorium, acortando su vida día a día ante sus manuscritos y pergaminos, algo de estos se había quedado en ellos. Parte de los secretos y de los misterios del antiquísimo cenobio y sobre todo de la paciencia que habitaba el mismo, quedaría siempre dentro de ellos sin saberlo.

Salieron así de la población en silencio, despacio, como unos prófugos, cuáles ladrones que, al no obtener botín alguno, evitaran llamar la atención.

El monasterio, ocupado en atender un autobús que acababa de detenerse frente a sus puertas, parecía haberles olvidado ya cuando el coche arrancó.

Por el retrovisor pudieron ver como Santo Domingo de Silos se alejaba marcha atrás, retornando hacia sus orígenes, replegándose tras el horizonte y con él, todos y cada unos de los códices, de los manuscritos y de los documentos contenidos en su interior hasta ser invisible ya a los ojos.

El viaje de retorno a Montanilla fue un trayecto efectuado en silencio. Los dos hombres miraban la carretera que se extendía delante de ellos, ocultando tras cada una de las curvas nuevos caminos, nuevas rutas que seguir. Volvieron en su vuelta a atravesar la sinuosa carretera que cruza el río Mataviejas, dejando atrás los angostos desfiladeros de La Yecla y sus silenciosas cuevas.

Pinedo miraba de vez en cuando los apuntes que había tomado esos días, alternando esa actividad con una adormilada contemplación del paisaje. El joven, quizás en simbiosis con los copistas del cenobio, había entrado como ellos en una especie de estupor hipnótico, de ese estupor en donde imágenes de todo tipo pueblan la consciencia, y se presentan sin avisar frente a nosotros. Fue entonces, cuando Burgos ya se adivinaba en el horizonte, cosido al cielo por las dos torres de la catedral, que el joven conmovido quizás por la visión abrió la boca.

—No sé usted profesor, pero yo creo que hay una cosa que tenemos que hacer antes de rendirnos.

El destinatario de este comentario no pareció haber escuchado el mismo, su mirada fija en la carretera. Parecía descorazonado, aunque en su interior sabía que era ridículo sentirse así. Esto formaba parte del trabajo de cualquier investigación: las paredes, las puertas cerradas, el cambio de dirección, de orientación, de protocolo si se quiere, la formulación de nuevas hipótesis y sí, también el reconocimiento de la humana incapacidad de saberlo todo o ni siquiera una minúscula parte de lo que uno quisiera saber. Debía de alegrarse, sí. Emitiría el puñetero informe para que el asimismo jodido conde Dabrowski hiciera lo que quisiera con él y poder volver así a su vida ordenada. Podría preparar su ponencia y continuar con su libro sobre la Armada Invencible.

—Le repito profesor, que hay una cosa que debemos hacer.

Por fin Carlos se giró y le miró.

—¿Sí? ¿Ver otro pergamino? Porque si es así aún podemos desviarnos al monasterio de Cañas en el próximo cruce.

—No, por lo menos no todavía —dijo Arturo sin darse por enterado del tono irónico del profesor—. Creo que usted ha despertado mi vena infantil.

—¿Su vena infantil?

—Me gustaría que me siguiera contando cuentos de hadas y princesas. En especial de estas últimas.

—¿Eh? —esta vez Lafuente se giró para ver a su compañero. ¿Se había vuelto loco este chico después de tantos días frente a un ordenador?

—Me gustaría ver ese lugar del que me habló un día, cuando me hizo saber por primera vez del manuscrito. Ese sitio donde se quedó dormida la protagonista principal, donde está enterrada la princesa Kristina.

Solo era una pregunta más hecha en un pequeño coche verde perdido en los caminos, buscando llegar a casa mientras el sol se iba poniendo un día más, otra vez más.

CAPÍTULO 41
UN ENCUENTRO HISTÓRICO

De cuentos y otras historias.

El amanecer descubrió a más de uno acercándose a la mítica ciudad de Valladolid. Su solo nombre, la eufonía del mismo transmitía solidez e historia. Aunque Madrid tenía la idéntica terminación, en esa lucha castellana —en buena lid para los amigos del chiste fácil—, no comunicaba, al ser pronunciada, tal contundencia heroica y caballeresca, las tropas prestas, los pendones alzados.

Valladolid, cuna de la nobleza castellana, antes y después del imperio, yacía ahora dormida esperando al escriba, al trovador que viniera a cantar sus viejas glorias para un mundo que las había olvidado.

El día llegó ese 17 de noviembre.

Cientos de historiadores y novelistas de varios países se habían dado cita aquí, ese día, de entre todos los escenarios posibles.

Se encontraban frente al moderno centro cultural Miguel Delibes situado en las afueras de la ciudad, a un paso de la autovía, y de otras tantas vías congestionadas de coches que cabría calificar, en busca del adjetivo feliz y conciliador, como un sitio «bien comunicado». Un lugar, en suma al que era fácil llegar si se seguían las instrucciones de los GPS y otros artilugios semejantes.

Era lógico que fuera aquí donde este grupo de historiadores celebrara el congreso. Más de uno en esos momentos, desconocedor de la importancia del evento, podría preguntarse por qué se habían reunido gentes de varios países y culturas, con un largo pasado rico en tradiciones para hablar de Historia precisamente a las afueras de la ciudad, en un lugar que carecía de ella.

Un lugar frío e impersonal, vacío en su derredor de vida y vegetación, alejado del casco urbano y desnudo de viandantes. Lejos, sí, de ese centro de la ciudad marcado por los pasos, las huellas que durante siglos, alguien antes había pisado, levantado la cabeza y mirado los tejados de esas mismas casas, esas farolas, esos parques, esas fuentes.

El frío era lacerante, hacía sonrojar las mejillas y favorecía el que se crearan pequeñas nubes, de forma milagrosa, a la medida de cada cual con solo abrir la boca. No estaban los congresistas no obstante para metáforas similares, ocupados en sacudirse los pies y frotarse las manos mientras se dirigían a la entrada donde, desde primerísima hora de la mañana, ya se habían estado formando cúmulos de niebla a ambos lados de la carretera.

Salir de los climatizados autobuses, de los coches de alquiler o del propio y cruzar el parking camino de la entrada principal, ya era toda una aventura en un amanecer así. Más de uno repasaba para sí los motivos que le condujeron hasta allí, recriminándose el haberse apuntado a esta aventura, dejado el caluroso sur en algún caso, el confort del espacio habitual y las aulas que el sol estaría dorando a esta hora. De nada servía el consuelo de pensar que seguían el modelo de los aventureros, piratas y descubridores en el caso de aquellos subyugados por la novela; o de los reyes, guerreros y conquistadores en el caso de los historiadores, para dejar de lamentar este desplazamiento, este frío penetrante. Los pájaros no cantaban todavía, permanecían aún en sus residencias de verano. Habían permitido en tanto, que estas otras especies ocuparan en su ausencia las plazas de la ciudad, así como la gran explanada frente al centro cultural. No era de extrañar —podría pensar algún mal pensante con ironía— que a la vista de tanta profusión de pájaros, Miguel Delibes, el insigne hijo de la ciudad, escribiera y fuera tan gran aficionado a la caza.

El año anterior, muchos de estos mismos asistentes habían acudido al congreso organizado por la facultad de Filosofía y Letras de la Universidad de Valladolid.

Eran las nueve de la mañana y sobre la puerta principal, flanqueada por toda una fachada de cristal, colgaba un gran cartel que rezaba para beneficio de aquellos despistados que precisaban ser recordados de cuál era el objetivo del mismo:

Historia y Literatura.
Una Edad Media de novela o la novela de la Edad Media en España.

El amplio aforo para mil setecientas asistentes parecía que iba a quedarse corto a la vista del número de personas que se encaminaban hacía la entrada. Por sus puertas estaban ya desfilando grupos de congresistas e invitados que descendían de autocares, taxis, coches y pequeños furgones procedentes de todas las partes del mundo. Grupos que empezaban a formarse nada más bajar de los mismos en función de su universidad de origen, en busca de esa ansiada Edad Media.

Algunos de estos grupos discutían con el conductor la tarifa cobrada entre el punto A y el B, quizás basándose en ancestrales derechos de transporte de años anteriores, que ahora eran reivindicados. Grupos desolados que entraban con premura en su interior sin mayores distracciones, intentando huir del aire gélido y de la niebla que invadían la amplia explanada abierta.

Uno de los congresistas parecía sin embargo no tener prisa alguna. Dejó su coche aparcado y miró a su alrededor con aire de familiaridad, tras cruzar las acristaladas puertas. El profesor Lafuente estaba contento de haber vuelto a Valladolid. Se acreditó en recepción, recogió su tarjeta de identificación que se colocó en la solapa y esperó a su alumno Pinedo tras la puerta principal. Este había logrado en tanto, a base de maña y un poco de esfuerzo dejar el coche en el extremo más lejano del inmenso aparcamiento.

—No me esperaba tanta afluencia —dijo el joven al llegar por fin frente al profesor y ver toda la logística que se había montado en torno a la puerta principal y que, por un momento, le recordó la entrada a una estación de esquí en plena temporada alta.

Arturo venía ya preparado contra el frío, con una gran bufanda de color gris que aparecía enroscada en su cuello como una boa constrictor, sirviéndole a la vez tanto de protección frente a las bajas temperaturas como contra las miradas indiscretas atraídas por su juventud y falta de look académico.

—Una ciudad que llegó a tener las famosas piscinas Samoa en un margen del río Pisuerga se merece como menos una visita Pinedo —dijo el profesor a modo de saludo.

—Tiene usted la facultad de intrigarme cada vez que abre la boca. ¡Ande, no se calle ahora y cuénteme lo de esas piscinas!

—Poco hay que contar Pinedo, poco hay que contar... son cosas de las ciudades que cambian.

—No se haga el interesante conmigo a estas alturas profesor —dijo este mientras seguía al primero hacia el mostrador de recepción.

—Bueno, como cuentista oficial invitado y para abrir boca a lo que nos espera ahí dentro se lo contaré —dijo este señalándole hacia el salón de actos tras haberse registrado su acompañante—. Sobre 1935, alguien tuvo la genial idea de convertir un margen del río en una especie de playita con su arena y todo eso. La cosa cuajó y duró unos cuantos años hasta que, como sucede con los buenos proyectos, desapareció igual que vino a finales de los noventa. Pasó de moda o el ayuntamiento no se preocupó por su continuación, eso ya no lo sé. Pero sí recuerdo que cuándo mi hermano y yo veníamos con nuestros padres desde Santander en verano acudíamos a ellas. Era un espectáculo curioso, la verdad.

—¡Increíble profesor! ¡Una playa en Valladolid!

—Sí, por desgracia no es la única cosa que ha ido desapareciendo. Supongo que ahí entramos nosotros. Para recordar a la población que una vez su ciudad, o por lo menos su barrio, fue diferente alguna vez. Que en el solar donde se amontona ahora la basura se alzó una vez un palacete modernista o quizás la primera fábrica de harina de la ciudad. Cosas así —dijo Lafuente con tono lacónico mientras ajustaba por enésima vez los documentos en la carpeta con la que había sido obsequiado al acreditarse.

Los portafolios bajo el brazo, los papeles y libretas en los bolsillos, la tablet recién cargada. Todo estaba preparado.

—¿Dónde está Elena? —dijo Arturo mirando hacía la amplia cristalera— ya debería haber llegado, ¿no?

—Si se refiere Arturo, a mi colega, debería llamarla doña Elena al menos o bien por su apellido, ¿no le parece? —dijo Carlos frunciendo el ceño para añadir a continuación— supongo que debe de estar aparcando.

No le duró mucho el gesto censor al profesor al volver a echar un vistazo a la ciudad que se adivinaba tras los cristales del inmenso centro de congresos.

El aviso discreto de un *WhatsApp* sonó en el teléfono del profesor.

—Ya está aquí —dijo este con aire de haber confirmado su teoría tras leer el mensaje.

En efecto, era la segunda vez que acudía a un congreso en esta ciudad, para él todavía la eterna capital de Castilla. Había sido entonces en relación con el Congreso Internacional con el objeto de conmemorar el V centenario de la vuelta al mundo efectuada por Magallanes, al que se había referido el rector aquel día en que autorizó su visita conjunta a Silos. En aquella ocasión había sido un evento memorable al que solo habían acudido historiadores de prestigio de todo el mundo, tales como la doctora Sally Alexander de Inglaterra, Maurice Agulhon de Francia y Han Assmann de Alemania, sin olvidar a talentos locales como los catedráticos Sánchez Conesa y Pérez Adán.

Ahora sin embargo, en detrimento del prestigio —y todo ello según una opinión que guardaba muy para sí de exteriorizar—, se había permitido acudir a escritores de la mal llamada novela histórica, esos pretenciosos que justificaban las tonterías incrustadas en su ficción mediante tres o cuatro datos no corroborados obtenidos de la Wikipedia o, peor aún, de Google.

Hoy, por una de esas casualidades académicas, iba a tener que estar rodeado por ellos en este espacio funcional, aislado de la ciudad, sin posibilidad de escape. Testigo de excepción de una algarada callejera.

Intentó crear en su mente un refugio, aislarse en esa burbuja que le había contado Arturo. ¿Cómo era? Sí, algo acerca de una técnica que los actores practican desde los tiempos del teórico Stanislavsky, buscando crear un mundo personal, privado y alejado del público, para encontrarse con su personaje y lograr así cierta sensación de intimidad.

A través de los ventanales pudo ver cómo Elena y Arturo intercambiaban saludos en la entrada. Se oteaba también desde allí el horizonte que dibujaba la arquitectura de la ciudad. Su casco antiguo que tan familiar le había sido años atrás y recordó que allí, en alguna parte, en un remoto pasado tuvo lugar la boda de esa misteriosa princesa, a la cual seguían la pista, con Felipe de Castilla. La iglesia donde se casaron ya no existía. Sobre ella se alzaba ahora la catedral. Se le antojaba incierto a veces pensar que en un lugar como este se hubieran juntado los Reyes Católicos, Magallanes, Quevedo, Colón, Cervantes, y Zorrilla entre otros, en distintos momentos de su historia. Sin olvidar a la princesa Kristina por supuesto.

Mientras esperaba a que sus compañeros regresaran del mostrador de recepción, hojeó un poco el Norte de Castilla, decano de los diarios españoles que se encontraba a disposición de los congresistas, junto con otra prensa nacional e internacional, en diferentes mostradores habilitados a tal efecto. Le hubiera gustado poder sacar su pipa en este preciso momento para entretenerse hurgando en la cazoleta y la preparación inicial del tabaco picado; poder en suma hacer algo con los dedos y calmar así los nervios de la espera. En su lugar tuvo que conformarse con la tarjeta en su solapa.

Su colega se acercaba en ese momento acompañada de Pinedo, luciendo flamante y orgullosa sobre su pecho la acreditación que acababa de recibir mientras el profesor había estado perdido en sus pensamientos.

La profesora había escogido para la ocasión una chaqueta cruzada de color azul marino y un discreto pañuelo gris claro anudado al cuello. Bajo este se ocultaban sus largos cabellos que, desenfadados, enmarcaban con delicadeza su escote. Las puntas del pañuelo por su parte habían sido anudadas con exquisito cuidado y giradas hacía un lado, con precisión milimétrica, indicando las dos y diez, desviando así la atención desde su escote a otras latitudes.

—¿Has visto Carlos? No me han sacado nada mal en la foto que me hicieron para esta cosa! —dijo la recién llegada, señalando con orgullo el carnet que colgaba de su pecho, con aire alegre como si hubiera acudido a un pícnic de fin de semana en lugar de a un congreso semejante—. Ya era hora que me incluyerais en vuestras excursiones de chicos. Después de todo es mi primer simposio.

—Sí, sí —contestó el interpelado, apartando la mirada con rapidez e intentando ocuparla en algo. Buscó auxilio por toda la estancia. Al fin lo encontró en forma de la máquina de café situada frente a ellos, discretamente apartada del paso que ya estaba siendo rodeada por algunos de los congresistas mientras rebuscaban en sus carteras, en pos de ese despertar, de ese incentivo creativo que pusiera la tilde sobre su mente.

Desde uno de los escasos sillones que rodeaban la máquina infernal, Pinedo parecía observar la escena con aire divertido.

—Este... ¿Queréis tomar un café antes de pasar? —dijo Carlos con una sonrisa aliviada.

Ya en la entrada del auditorio, una amable azafata de congresos de la vallisoletana empresa Veltin, contratada ese año por primera vez para la organización del evento, se dirigió hacia ellos y tras comprobar sus credenciales, dijo:

—¿Van juntos, ¿verdad?

— Bueno, pues... —comenzó a decir el profesor.

—Sí, sí, vamos los tres juntos —dijo Elena con una sonrisa.

Arturo se quedó un rato rezagado recogiendo unos cuantos programas de manos de la azafata, momento que aprovechó para lanzar a esta un guiño no precisamente académico.

Una vez acomodados entre las primeras filas junto al resto de ponentes y, situado el profesor entre su compañera y su ayudante, echó este un rápido vistazo a su alrededor, saludando a algunos de los presentes—repetidores la mayoría, del anterior congreso. Entre ellos se encontraba un hombre de baja estatura y gafas redondas que, sentado un poco más a la izquierda, correspondió con torpeza a su saludo. Habían compartido asiento en la facultad en sus años mozos en Santander. «¡Dios, espero no estar tan cambiado como él!», pensó Lafuente y se sumergió en el programa del acto por enésima vez para repasar el orden de las ponencias.

Arturo estaba absorto leyendo el suyo y no parecía reparar en la inquietud que de modo intermitente había estado mostrando su profesor a lo largo de toda la mañana. Cuando levantó la cabeza tras poner su móvil en modo avión se dio cuenta de que Lafuente parecía no saber qué hacer con sus manos.

—¡Tranquilo profesor, la ponencia la tiene muy bien preparada! —dijo pensando que era este el motivo de preocupación de su tutor.

—No, no es eso Pinedo. No es eso. Es que, con todo esto del congreso y demás, siento que nos estamos apartando de lo que importa. Hemos dejado la investigación hace ya una semana. Me fastidia tener que interrumpir mi trabajo para venir a escuchar tonterías cuando precisamente andamos cortos de tiempo. Y sí, sé que le dije otra cosa mientras volvíamos de Silos.

—Pero también la universidad necesita que estemos aquí —dijo Pinedo, sin quedar muy convencido por la explicación del profesor—. No se preocupe e intente disfrutar un poco del momento.

Elena entre tanto había decidido que, pasados los trámites iniciales de identificación, nada le obligaba a seguir luciendo el tarjetón identificativo por lo que procedió a guardarlo en uno de los bolsillos de su chaqueta. Sería una congresista anónima, creía que podría soportarlo. Después de estar catalogando manuscritos, libros e información diversa no quería ser a su vez, una pieza más en el estante.

De las notas de Ernesto Santos

7:20 horas de la mañana.

Esta mañana nuestros dos móviles se han puesto a sonar al unísono como descosidos. Por suerte, y tras varios días investigando melodías, Tere y yo habíamos encontramos un par que se aliaban muy bien cuando se escuchaban juntas. Yo me había decidido por el adagio del *Concierto para clarinete y oboe en La mayor K 622* de Mozart que siempre me cautivaba desde que lo escuché por primera vez en la película *Memorias de África*. Tere por su parte se había decantado por la canción de Michael Bublé, *Feeling Good* que habíamos escuchado alguna vez en el pasado.

—¡Despierta dormilón! —dijo Tere mientras me lanzaba la almohada y me daba un beso de buenos días—. Hoy es el día en que les vas a dejar sin palabras.

—¡Dios! Ni me lo mientes, estoy que no me cabe la camisa en el cuerpo —dije mientras le devolvía la almohada del mismo modo.

Y era cierto. Todo estaba sucediendo con demasiada celeridad. El libro se había publicado hacía escasos meses y las ventas iban francamente bien según la información que Desirée nos iba proporcionando con puntualidad. Pero, de ahí a ser invitado por alguno de sus amigos del mundo de las letras —a quienes apenas conocí en la editorial y con los que tal vez tomé uno o dos cafés—, a dar una ponencia sobre nada menos que Novela e Historia, había un gran salto.

Para empezar, esta mañana optamos por dejar el coche en el hotel y hacer uso del chofer que la organización de la conferencia había puesto a nuestro servicio y llegar de este modo más distendidos al palacio de congresos.

El nombre del chofer era Pietri. Era de origen turco. Esta y otra información varia nos fue suministrada por el mismo de modo voluntario, demostrando al hacerlo ser una persona con gran capacidad de síntesis, ya que no paró de hablar durante todo el trayecto, contándonos su vida en los escasos veinte minutos que empleamos desde el hotel. Venido desde Estados Unidos, a donde había emigrado inicialmente, decía que hasta ahora no había echado de menos —precisamente esta misma mañana a las 8:30 horas, tan afortunados habíamos sido, tal había sido nuestra fortuna —, las tardes de verano sentado en la puerta de su casa mientras el día moría y se escuchaba el griterío de los chiquillos frente a la tienda que solía regentar. Anécdotas similares nunca hubieran surgido en nuestro coche particular y tratándose de una jornada como la de hoy, añadía interés al momento. Acordamos que pasaría a por nosotros al finalizar el día.

Recogimos nuestras acreditaciones al entrar al pabellón. Sentí una extraña sensación de familiaridad. Había tenido alguna experiencia en el mundo de la exportación en mi larga vida laboral, me había movido en un entorno multicultural, de organización de eventos, reserva y adecuación de stands, etcétera. Esto era algo distinto pero familiar. Cuando vi las tarjetas identificativas con nuestros nombres y demás datos personales comencé a sentirme como en casa y con cierta nostalgia por esos tiempos pasados.

Me detuve un momento para consultar unas revistas mientras Tere terminaba de registrarse.

—Bueno, vamos por allí. Creo que esa es nuestra puerta —dije, apoyando mi mano sobre su brazo mientras la guiaba en esa dirección.

Delante de nosotros caminaba una mujer con paso apresurado llevando un par de refrescos en la mano, quizá para amenizar la primera ponencia.

Algo en su forma de caminar me sonaba familiar, algo a través de una niebla de recuerdos. Quizás fuera ritmo de sus pasos, la forma en que su espalda se inclinaba al caminar. De repente, se detuvo delante nuestro, pareciendo cambiar repentinamente de parecer en cuanto a la dirección a tomar.

—Disculpe— dijo la mujer rápidamente al reparar en que había bloqueado nuestro paso.

—No, no ¡perdone usted! —contesté. La volví a observar.

Algo en su mirada me resultaba familiar. Extrañamente familiar, pero a la vez lejano.

—¿Marta? ¿Marta Pasch?—dije, sin apenas poder dar crédito a mis ojos, las palabras saliendo solas de mi boca, el nombre del archivo oculto en lo más profundo del disco duro de la memoria.

—Sí, ¿nos conocemos? Me suena vagamente tu cara—dijo mirándome a su vez, intentando reconocer mis facciones ya tan cambiadas desde que la vi por última vez.

Tere nos miraba de uno a otro con cara divertida.

—Claro que sí — dije, recordando en ese momento, mientras la miraba intentando buscar en sus ojos aquel julio y agosto de una lejana juventud —. Estuvimos haciendo un curso de verano en Cambridge en 1988, ¿no te acuerdas? Esta es mi novia Teresa. Tere, esta es Marta, una vieja amiga a la que hace un montón de tiempo que no veía.

—¡Ahora caigo! Es verdad. Tú estabas en el Selwyn College y yo en el Magdalen College, ¡Qué sorpresa! —dijo Marta.

—¿Te acuerdas la broma que nos gastábamos cuando nos preguntabas entonces que significaba *just in case* y te pusimos el ejemplo de pintarte los labios para el baile que hubo unos días después?

—Sí, sí, ... *just in case* —dijo con una sonrisa que trajo como una exhalación aquel lejano verano de 1988.

Un leve zumbido se escuchó sobre nuestras cabezas.

Una azafata de la empresa Veltin nos estaba ya haciendo señas para que nos apresuráramos a entrar a la sala.

—Bueno, luego hablamos —dijo Marta sonriendo a la vez que se despedía de nosotros con la mano—. El deber nos llama ahora. ¡Me he alegrado de volver a verte!

Las luces empezaron a apagarse, sumiendo el gran auditorio en la penumbra. Solo unas toses nerviosas de última hora parecieron anunciar el comienzo del evento.

Don Rufio Colmenar, catedrático del departamento de Historia de la Universidad de Ohio, fue el encargado de abrir el acto. A continuación siguió el inevitable discurso vacío de la autoridad de turno que, tras finalizar el mismo, emprendería una rápida retirada entre el público asistente para dirigirse a su coche oficial o avión particular, según fuera el caso y volver a su cómodo despacho. Lo demás, sería, en efecto, historia.

Tras la presentación inicial fue el turno de D. Clemente Nasera de la Universidad de Murcia, actuando como maestro de ceremonias, de introducir a los ponentes.

Tras la intervención del tercer participante ya quedaba menos para mi turno y dejar con ello de fijarme en la tapicería con que estaban recubiertas las paredes o en la distribución de la iluminación de la sala.

—Y ahora estimado público —dijo el señor Násera—, tengo el placer de anunciar la ponencia de mi amigo y colega el profesor de la Universidad de Montanilla del Arlanzón, don Carlos Lafuente Lázaro. Un aplauso para él por favor.

De una de las filas frente a nosotros se levantó un tipo cuya desgarbada figura me recordó a un maduro James Stewart. Con paso firme se dirigió hacía los escalones que subían al estrado.

El profesor dio un discurso convincente sobre la investigación paleográfica en general, la labor desinteresada del estudioso en esa tarea de desgaste frente al tiempo para lograr una mínima unidad de significado.

El siguiente ponente era yo.

Sentía la mano de Tere entre las mías. Eso me daba fuerzas. Estaba nervioso, francamente nervioso. La miré de reojo y vi que me estaba mirando a su vez.

—Lo vas a hacer muy bien, ¡Ánimo! —dijo.

Cuando me levanté y me giré hacía ella antes de subir, su sonrisa y sus labios dijeron en silencio sonoro:

—¡Te quiero!

Subí de dos en dos los escalones —eso siempre da una impronta de seguridad—hasta alcanzar la mesa alargada preparada para los ponentes y que me recordó a primera vista la de la última cena. No tenía mucho sentido pues era utilizada por uno solo de nosotros a la vez tras ser presentados por el maestro de ceremonias.

Un vaso de agua frente a mí y al otro lado de él, el público, expectante. Cambié el recipiente varias veces de lugar mientras hacían mi presentación. No recuerdo haber bebido de él, la maniobra no obstante ayudó a tranquilizarme.

Tampoco tengo memoria del momento en que rompí el silencio, pero debí hacerlo, ni fui consciente del público, tras haber escuchado la presentación de mi ponencia entre brumas y sonidos lejanos a pesar de la megafonía del salón de actos.

Había hecho teatro en mi juventud, por lo que en principio, debería estar acostumbrado a subir a un escenario y dirigirme al público. Había una diferencia. Ahora no estaba escudado detrás de ninguno de los personajes que interpretaba. Ahora era yo mismo hablando sobre cosas en las que creía. Eso era. Ahí estaba la clave. Abordaría el tema desde la convicción, la pasión y la reciente fuerza que esa sonrisa y esas palabras reconfortantes de Tere justo antes de subir, me regalaron.

Se podría decir que me encontraba en mi ambiente. Y sí, estaba nervioso, era mi primer congreso al que me habían invitado como ponente. Al fin y al cabo, era un autor apenas recién publicado. Mi experiencia anterior más cercana a esto había sido el congreso sobre lingüística inglesa celebrado en Málaga el último año de mi carrera. Recuerdo con cariño aquello porque había visto el mismo nivel de entusiasmo en los universitarios de mi edad que allí acudieron y muy en especial, la pasión y curiosidad por el saber que mostraron los representantes de Deusto.

Este congreso había traído de nuevo a mi memoria ese aspecto aventurero de mi juventud estudiantil. Había sido un consuelo ver a ese montón de personas que llenaban los pasillos o que conversaban en las butacas cercanas antes de comenzar el acto, en una sintonía similar a la que yo recordaba de entonces.

Comencé con un suave carraspeo. Eso siempre da un toque profesional. Por lo menos desde mi experiencia dramática podría decirse que era un recurso oratorio. Eso y el mover convenientemente los folios antes de levantar la cabeza y mirar a los asistentes.

Entre los rostros del público un grupo de tres personas a la altura de la fila siete parecía prestar la máxima atención a las palabras del ponente de turno. Uno de ellos era Carlos Lafuente quién parecía recordar palabras similares oídas hacía algún tiempo.

—Dicen mis compañeros historiadores que aquí los «cuentistas» estamos en nuestro ambiente —al decir el novelista estas primeras palabras se oyeron algunas risas apagadas entre el público—. Pero no es así como lo percibo yo. Creo que son mis doctos compañeros historiadores quienes gozan del beneficio, de la autoridad que da el apoyarse sobre hechos rigurosos. Sin embargo, existe un terreno resbaladizo, un terreno donde ambos nos encontramos. La zona gris de los hechos no probados. Es este el colmo del historiador, su frustración. En cambio, también es este el paraíso del novelista pues es ahí donde se le abre su puerta, la posibilidad de crear la historia, de colocar su idea. Los que hemos nacido en la generación del 58 y otras vecinas y colindantes, recordaremos sin duda con agrado y nostalgia el sentimiento de aventura que nos perseguía en la calle por entonces.

Aquí el ponente hizo una breve y estudiada pausa para respirar y ver el efecto causado entre el público antes de continuar:

—Las viejas series de televisión de entonces hacían hincapié en este aspecto, al igual que los libros infantiles de Enid Blyton y otros similares que devorábamos todo el tiempo. Leíamos a Julio Verne como si nos fuera la vida y a los clásicos de aventuras del mismo modo. Podríamos decir que casi con idéntica obsesión con la que algunos jóvenes de hoy en día se enfrentan a la Play—nuevas risas de los asistentes—. Los novelistas escribimos historias, nos inventamos aventuras. Hay otros, que sin embargo las vivieron en primera persona, y con su arrojo y su apuesta personal, hicieron realidad un mundo hasta entonces inimaginable más allá del horizonte, lejos de la tierra conocida. Me preguntan muchas veces cuál es nuestra fuente de inspiración, ese inconsciente travieso y misterioso que, según la leyenda, anda detrás de nosotros, pero yo creo, al margen de la historia, que la trama no deja de ser algo más o menos técnico, al igual que la guerra no es más que la continuación de la política por otros medios, o que el arte no es sino la expresión del dolor por otra vía. Ese es el verdadero objetivo del arte y por eso a través de los siglos ejerce esa fascinación sobre nosotros.

Sí, había algo de razón en lo que decía este hombre, parecía transmitir el rostro imperturbable de Lafuente.

«No obstante —pensaba—, seguían siendo ideas poco prácticas y valga la redundancia novelescas. ¿Sería este el escritor que había ido merodeando por Silos? ¿El causante del mal humor constante del bibliotecario?». No dejaba de ser una posibilidad. Sonrió con malicia imaginándose la escena. Miró de soslayo a sus compañeros. Tanto Elena como Arturo parecían concentrados, atentos. Este último, siguiendo su costumbre habitual, garabateaba sin cesar en su pequeña libreta. Elena, más paciente, chupaba la punta de un lápiz con el que tomaba alguna que otra nota esporádica, sin abandonar en ningún instante una mueca de complicidad y asentimiento a alguno de los puntos tratados en diferentes momentos. La verdad es le sentaba muy bien ese pañuelo.

El escritor estaba terminando:

«—Y es por eso por lo que, a veces en el curso de nuestro trabajo común, ya sea derivado del estudio de viejos códices, restos arqueológicos, obras de arte y otros por parte del historiador o bien por una idea descabellada que ponga en relación dos puntos hasta entonces inconexos y que cree esa escena que buscábamos en el caso de nosotros los novelistas, tenemos que dar las gracias a algo especial que solemos calificar en mi campo como «Epifanía» —tal como la describió James Joyce—. Ese algo es la clave de nuestro trabajo. Otros, más prácticos o menos dados al romanticismo dirían que es un tipo de intuición. Y es así, amigos míos de ese modo como volveremos a recuperar el sentido de aventura del estudio de la Edad Media española.»

Con estos palabras guardó con cierta sensación de alivio los pocos folios que había colocado frente a si y se retiró tras saludar entre los aplausos de los presentes.

Carlos se levantó junto con sus compañeros.

—¡Profesor! —dijo Arturo con una voz que apenas lograba ocultar su excitación— ¡Esa charla era nosotros! ¿No se ha dado cuenta? ¡Dígame si eso no es sorprendente, una verdadera Epifanía!

—Ha sido un discurso muy franco y directo —dijo Elena por su parte —, muy emotivo.

Lafuente era más reticente a apreciar el punto de vista manifestado.

—Sí, claro, tan directo como los pronósticos del horóscopo en el periódico de hoy. Y tampoco es para ponerse así Arturo, procure calmarse —replicó el profesor con un gruñido.

Sí, por supuesto que había leído varias veces sobre las epifanías, ese término a los que los alumnos de literatura les encantaba nombrar con demasiada frecuencia para su gusto. Él siempre se había referido a este tipo de cosas como el fenómeno Newton en referencia a la dudosa historia de la manzana y el científico. Aun así, se negaba a aceptar ninguna de las pintorescas teorías pseudocientíficas que con tanto fervor seguía Pinedo. No era sensato buscar el esclarecimiento de los fenómenos extraños más allá del método científico. Le molestaba que no se huyese de explicaciones improbables e inverosímiles.

Sí, hacerlo así era lo más sensato. Lo más coherente. Lo más lógico.

Quizás lo más aburrido también.

Se encendieron las luces del auditorio.

—Ahí tienes a tu vieja amiga esperándonos —me dijo Tere mientras nos dirigíamos a la salida.

Allí estaba en efecto Marta sonriente, esperándonos a un lado de la salida, como había dicho Ali. Aprovechamos entonces para finalizar las presentaciones de modo adecuado mientras nos dirigíamos a la cercana cafetería. Después de todo, 1988 pertenecía a un mundo anterior a Internet y Facebook. Parecía que estuviera hablando de la prehistoria o leyendo una de mis viejas novelas.

Teníamos que ponernos al día sobre nuestras vidas y no tardamos en aprovechar la oportunidad.

¡Habían pasado más de cuarenta años desde nuestro encuentro anterior! ¡No podía dar crédito a mi mente! Para mí yo interior todo aquel verano seguía vivo con el recuerdo, vivo dentro de mí, las caras, las risas, las bromas, los brindis y las reuniones en The Anchor, en esa esquina junto al río Cam en Cambridge. Todo seguía vivo en mi interior, y junto a todo ello la terrible nostalgia de saber que era un tiempo pasado y perdido, solamente conservado en la memoria como una vieja película de Super-8 que se reproduce una y otra vez en el proyector para intentar repescar el sabor, los colores de aquellos momentos.

«—Estoy estudiando Historia del Arte. He cogido algunos cursos relacionados aquí relacionados con la restauración»—había dicho Marta aquella tarde mientras aguardábamos juntos en el Sidwick Site de Cambridge para entrar a ver una obrita teatral, su mano derecha jugando con un paraguas de mango marrón.

Sí, ya desde el primer momento tenía claro cuál era su objetivo. Ser restauradora de obras de arte. También me explicó en esos minutos de espera que su apellido «Pasch» era debido a que su progenitor era alemán.

Juntos habíamos discutido en esas tardes de una juventud que ahora en el recuerdo se antojaba idílica acerca de las diferentes teorías sobre la restauración.

—¡No me digas que al final lograste tu objetivo! —dije.

—¡Pues sí! —dijo Marta echando hacia atrás la cabeza mientras soltaba una carcajada. Suponía yo que en ese gesto tan femenino de sacudirse la melena y que, al llevar ella el pelo corto, lo hacía más destacable —Pero tú no me dijiste que querías ser escritor ni mucho menos que soltaras esos discursos tan impresionantes. Lo que recuerdo era que querías dedicarte a ser traductor o interprete, algo así.

—¡Ya ves! Me llevó tiempo decidirme por lo que quería hacer, pero ha valido la pena esperar. Algunas cosas tardan en llegar —y al decir esto miré a Tere.—¿Y en qué proyecto estás trabajando ahora?

—Pues ahora mismo estamos con unas recientes adquisiciones que han llegado al Prado y en cuanto termine, tengo previsto estar los próximos meses en Burgos. Por lo visto hay algunos frescos de la catedral que necesitan que se les eche una mano de pintura. No, realmente vamos a aprovechar que se van a hacer trabajos en la mampostería y en los retablos de la capilla de los Condestables para restaurar alguna de las obras.

Tras dejar por el momento a Marta con el grupo de colegas con el que había asistido al congreso, Enrique sintió que alguien les estaba observando. Al mirar Tere y él a su alrededor vieron que el profesor alto y desgarbado que les había recordado a James Stewart se acercaba con pasos cortos por el pasillo lateral. Iba acompañado este de un joven que, a juzgar por el identificativo de color amarillo que llevaba en su frontal debía de ser uno de los estudiantes de posgrado invitados. Le acompañaba también una atractiva mujer morena de largos cabellos. El grupo se acercó a la pareja.

El profesor pareció dudar unos instantes y, tras comentar en voz baja algo con sus compañeros, se decidió finalmente a avanzar hacía Ernesto, la mano derecha extendida.

—¡Enhorabuena por su discurso! Me ha gustado en especial su referencia a la aventura en relación con las exploraciones marítimas. Una lástima que no asistiera al último congreso. Le hubiera encantado.

—Bueno, no tiene gran mérito. Soy novelista, recuerde. Nos pagan por inventarnos cosas y soltar un montón de palabras. Aunque en eso nos parecemos según dirían algunos, los que dicen que contamos «historias» en plan peyorativo y tal. Bueno, creo que hay que reivindicar los viejos valores de vez en cuando para que no se olviden demasiado.

El hombre sonrió. A pesar de su aspecto tímido, sus ojos brillantes transmitían una cierta cercanía que al instante hizo sentirse cómodo a su interlocutor.

—Permítame que le presente a mi colega, se trata de la doctora...— comenzó a decir Lafuente.

—¡Hola! ¡Soy Elena! ¿Qué tal? Nos ha gustado muchísimo su discurso —dijo esta interrumpiendo a Carlos en las presentaciones formales.

—Y yo soy Arturo Pinedo, estoy haciendo prácticas con el profesor Lafuente —dijo el joven sonriendo, interrumpiendo a su vez a la paleógrafa en medio de las presentaciones.

—No es un mero estudiante, no hagan caso de su excesiva modestia— dijo el profesor al escritor cuando su alumno no pudo oírle—. Este chico tiene un don especial. Perdón, disculpe mis modales. Carlos Lafuente, de la Universidad de Montanilla del Arlanzón —dijo extendiendo la mano.

—¿Escribe usted también ficción? —preguntó Ernesto a su interlocutor tras haber saludado a su agradable comitiva—. Por algunas referencias en su ponencia me dio la impresión de que hubiera hecho algo en este sentido.

—No, me temo que soy de la parte enemiga, pero he de confesar que después de oírle me encontrará enarbolando la bandera blanca en nuestra universidad. —aquí bajó la voz en señal de confidencia y, con una mueca añadió— por lo menos en los departamentos de historia.

El joven Arturo entretanto se había acercado a Teresa y a Ernesto y, aprovechando que el resto del grupo estaba hablando entre sí, comentando las diferentes ponencias expuestas y el programa de actos para el día en curso, se dirigió al mismo.

—Perdone la pregunta si le parece extraña, pero tras haber escuchado su ponencia la considero del todo punto necesaria. ¿Ha oído hablar usted de las coincidencias significativas?

Ernesto se disponía a responder tras recuperarse del impacto inicial ante una pregunta tan peculiar, cuando se oyó un suave zumbido de aviso para volver a entrar a la sala. Los asistentes retornaron con celeridad a sus asientos entre comentarios y alguna que otra mirada hacia el grupo que se demoraba en volver a entrar en la sala. El breve descanso se había acabado.

Era el segundo día del congreso. En el interior del centro cultural, de pie frente a uno de los ventanales, Arturo veía levantarse el día. Allí lo encontró Lafuente después de haber acudido a la máquina de café. Traía el vaso en la mano, del que iba bebiendo en pequeños sorbos.

Arturo, con su tarjetón colgando en su frontal, le recordó al profesor esos días mágicos cuando se celebró en Santander el congreso de Historia al que asistió, tan solo un año después de haber regresado de un curso de postgrado en París.

El joven se volvió al oírle llegar.

—¡Buenos días! —dijo Arturo mientras extendía una mano señalando en dirección al centro de la ciudad que se adivinaba tras la vidriera como si invitara a esta a unirse en el saludo.

—¿Sabe profesor? Estuve callejeando ayer después de cenar por el centro de la ciudad y me gustó mucho, todas esas calles señoriales. Ya me dijo que había pasado algunos veranos aquí. Seguro que guarda muchos recuerdos de este lugar...

El profesor desvió la mirada y la fijo en el paisaje que se veía tras los cristales antes de contestar.

—Sí, pasaba algún verano que otro aquí con mis padres en una casa que se encontraba en la calle Mirlo, muy cerca del Parque Patricia, ¿recuerda Pinedo, que le dije nada más llegar acerca de las muchas sorpresas que encierra Valladolid? Una de ellas es el Cafetín, uno de los pocos bares que pueden encontrarse donde extender una tarde hasta el día siguiente. Mi amigo Benito y yo quedábamos allí todas las mañanas para recorrer las calles en busca de trabajo o simplemente con el único objeto de perder el tiempo, deambulando sin rumbo fijo, sin saber qué hacer. Todavía no había decidido por entonces que quería estudiar. Y cuando lo hice, nuestras vidas se separaron.

Carlos se quedó pensativo por un momento. Fue un breve instante, lo justo para volver a ver la cara de Benito, con esa expresión un poco descuidada de su boca que le había caracterizado, dándole un aspecto de estar continuamente sonriendo y prestando atención.

—Me pregunto qué será de él ahora —prosiguió—. Era un cabeza loca, siempre preparado para pelearse con cualquiera, pero una parte de mí siempre se acordará de los paseos que dábamos por la ciudad en aquellos veranos cuando ambos teníamos la edad de usted, Pinedo. ¡Válgame Dios!... pensar que una vez tuve su edad... ¡En fin! —dijo levantando la cabeza y dándole una palmada en la espalda a su alumno— ¡Fin de la nostalgia, Pinedo! Vivimos demasiado en el pasado, créame y no sea como yo. ¡Huya mientras pueda!

CAPÍTULO 42

UNA COMIDA SEGUIDA DE UNA CENA

O cómo se organiza un viaje de exploración en un entorno art-deco.

El grupo que se había formado a la hora de la comida en la cafetería del centro de congresos era cuanto menos curioso. Los historiadores, Carlos Lafuente y su colega Elena se encontraban sentados a la izquierda, en una mesa alargada situada junto al gran ventanal desde donde se podía admirar la amplia vista del aparcamiento. Frente a ellos, Ernesto Santos y Teresa, acompañados de Arturo Pinedo, que había decidido cruzar el abismo que separaba las dos disciplinas para sentarse con ellos. Al lado de este último, se encontraba Marta Pasch, la reencontrada restauradora de arte que había decidido unirse al grupo. En el otro extremo de la mesa estaba el maestro de ceremonias, don Clemente Násera, el cual prestaba la máxima atención a todo lo que se desarrollaba en la misma. Era don Clemente un hombre de rostro clásico enmarcado por una perilla gris y unas gafas redondas que daban a su cara cierta semblanza con el insigne Ramón y Cajal y que, al igual que este, parecía estar buscando migajas de microscópico conocimiento en todos los sitios. En claro contraste con la cortesía y moderación en el hablar del mismo, don Rufio Colmenar mostraba una exuberancia de gestos, de brindis a diestro y siniestro, una actividad que quizás echaba de menos en la universidad de Ohio.

—¿Sabe una cosa señor Santos? —dijo Lafuente al escritor en un momento dado.

—Por favor, profesor, tratémonos de tú. A estas alturas ya hemos rebasado la Edad Media, ¿no es así? Llámame Ernesto, por favor.

Carlos hizo un esfuerzo por cambiar su registro. Estaba alterando muchas costumbres demasiado rápido. Miró a la superficie de la mesa antes de seguir y cambió el tono.

—¿Sabes... Ernesto? —dijo por fin el profesor no sin cierto esfuerzo—. Lo que mencionaste en la ponencia... eso acerca de la Epifanía y demás...

—Sí, sí.

—Aquí mi alumno Arturo Pinedo, siempre alerta en este tipo de cosas, gusta de llamarlo coincidencia significativa en relación con...

—Sí, lo sé... el bueno de Jung. Ya me hizo una pregunta así Arturo antes —dijo Ernesto, guiñando un ojo cómplice al joven—. Algo de psicología leemos en Filosofía y Letras, aunque sea para interpretar el hacer de nuestros profesores. En cualquier caso siento discrepar en eso. En mi profesión —por lo menos los que escribimos ficción—, no nos podemos permitir el lujo de acudir a las coincidencias significativas para avanzar la acción. Ni siquiera para intentar explicar una historia. Esa es la solución fácil, la primera que viene a la mente, ¿no os parece? Siento ser un poco pedante diciendo esto...

Hay veces en que, súbitamente, uno encuentra una gran conexión entre un grupo de personas que acaba de conocer. De repente, todo parece familiar, cotidiano, sentimos que podríamos abrir el alma y casi nuestro diario a esas personas. La sintonía llega a ser tal que bajamos la guardia y cambiamos el paso del ritmo cotidiano.

Carlos había sentido algo así. Sin notarlo, desde el mismo principio de la cena, esa conexión había ido cobrando forma. No tardó en sorprenderse dando cuenta de toda su investigación acerca de la princesa Kristina a los compañeros de mesa que había conocido el día antes. Era irremediable que así fuera, contagiado por este ambiente, a la vez erudito y distendido.

—Lo que dice usted me parece sorprendente. Si no le he entendido mal, podría darse el caso de que el propósito del viaje de la misma fuera otro distinto al que narran las crónicas, ¿no? —decía Clemente Násera.

—No solo eso —dijo Carlos, entusiasmado ante el interés que se había despertado—. La verdad es que ahora mismo estamos en un callejón sin salida. No tenemos certeza de que el manuscrito encontrado sea auténtico. Podría ser obra de algún bromista. Tendemos a pensar que porque algo sea antiguo su contenido tendría que ser verídico por necesidad y nos olvidamos que nuestros remotos antepasados también tenían sus cosas.

—Bueno —intervino Ernesto, dirigiéndose a nadie en particular aunque mirando de reojo a Arturo—, si venir a Valladolid y encontrarme con alguien que está siguiendo una pista como la que tenéis entre manos en relación con el viaje de una misteriosa princesa por estas tierras no es una coincidencia significativa de esas, ya no sé qué puede serlo más.

—¿Les parece que sigamos la conversación en torno a una buena cena? —interrumpió con amabilidad Clemente Násera, acercándose a los dos hombres. Había estado callado durante toda la comida, escuchando a unos y a otros. Estaba realmente complacido de ver la curiosidad saltar por ambas partes, mientras jugaba con el sello que llevaba en uno de los dedos de la mano izquierda. Elena y Arturo se miraron entre sí, sorprendidos ante este arrebato de amabilidad y hospitalidad por parte del maestro de ceremonias.

—¡Vamos! No me digan que no. Quisiera que conocieran un restaurante estupendo que tenemos aquí en el pasaje Gutiérrez. No me dejen disfrutar sin compañia de su arquitectura ***beauxartiana*** por favor. Y usted, Marta —dijo dirigiéndose a la restauradora de arte que se encontraba en esos instantes ocupada bebiendo de la copa de cava a la que habían sido invitados por el ponente—, debería de interceder en mi favor. Al fin y al cabo, estaríamos todos ayudando a preservar parte del casco histórico de Valladolid con nuestra modesta aportación. Y yo me sentiría muy honrado de tenerles por contertulios. Sería, si me permiten, una mezcla entre una cena histórica y literaria para contentar a todos en cuestión de terminología.

Lentamente, como surgida de la nada, una forma se extiende, se alarga por el suelo. Es una sombra furtiva, casi imperceptible, sigue y se oculta tras las columnas, tras las esquinas de la vieja ciudad. Se asoma, perversa, mezclándose con cada uno de los adoquines, de los adornos, de los gastados portales de las antiguas casas. Se introduce en los mismos y permanece justo el tiempo necesario para pasar desapercibida y luego volver a surgir, victoriosa y amenazante, buscando su presa. Se acerca por fin a la calle empedrada, salvando como puede los charcos que se han ido creando entre las piedras que la forman, sorteando y saltando alguno de ellos. Por fin llega hasta la ventana iluminada en una esquina del pasaje. Mira hacia arriba. El cartel es inconfundible. Se trata del Restaurante Olid, de desconcertante aspecto antiguo. Pero nada engaña a esa sombra que mira y remira, que escarba bajo la superficie de las cosas. Se acerca y atisba con paso lento. Escruta el interior y descubre la presencia de ese grupo de extraños, esos forasteros llegados el día anterior a la ciudad procedentes de caminos diversos y que ahora se encuentran juntos, compartiendo una mesa entre risas y copas alzadas.

El viejo farol de la calle se balancea un poco movido por el viento que acaba de levantarse. Por un momento, la sombra se detiene, mira hacia arriba, al cartel que se mueve bajo el poste que lo sostiene y duda, temblando ante la pajiza luz que da el farol colocado allí. Tras un breve intervalo continua su avance calle abajo en dirección a la salida del pasaje que desemboca en la calle Castelar. Unos minutos después, una fina lluvia empieza a caer. Lo hace con suavidad, lavando las aceras, con un sonido sordo que solo un conocedor amante de la lluvia con el oído agudizado puede percibir, levantando ese peculiar olor a ozono por todo el lugar después y así, solo así, desganada y con malas maneras, sin un solo gesto amable, esa sombra qué muchos llaman niebla, se va esparciendo hasta desaparecer por completo, dejando las farolas del pasaje y en especial las del exterior del restaurante Olid reinar en todo el mismo.

El pasaje Gutiérrez, situado entre las calles Fray Luis de León y Castelar es uno de los pocos en nuestro país que rinde homenaje a los primeros pasajes comerciales surgidos en París con la revolución industrial de 1799. También lo hacen la Galería Víctor Manuel II de Milán, la Galería Umberto I de Nápoles y el pequeño pero coqueto pasaje Burlington Arcade de Londres. Nos referimos aquí a lugares como el Verdeau, el Jouffroy y el de los Panoramas que confluyen en varias calles de París.

En su interior Arturo tiene la mirada fija en el reloj de madera de roble que cuelga en uno de los paneles de nogal del local. Indica las 00:30 horas. Lo ha mirado en varias ocasiones durante la cena, como si necesitara cerciorarse de lo tangible del restaurante, de que este ocupa un lugar real en el espacio y en el tiempo.

La cena ha transcurrido con placidez. En un extremo de la mesa se encuentran los miembros de la Universidad de Montanilla junto con el escritor y su pareja. Estos últimos han caído bajo la protección tutelar del viejo profesor Násera, quien no les ha brindado refugio alguno frente a su inagotable curiosidad, interesada en todos los aspectos de la actividad humana.

El pasaje muestra aún a esa hora paseantes y grupos de personas que, sentados en sus terrazas disfrutan allí de una tranquila conversación, refugiados de la niebla inicial y de la lluvia posterior, iluminados por esas farolas en forma de figuras de Mercurio, que, colocadas a intervalos regulares, iluminan el mismo con las esferas de luz que sostienen.

El pasaje Gutiérrez es, en realidad, un viaje por el tiempo. Mirando las cristaleras y los faroles que adornan sus paredes, uno puede creerse con facilidad encontrarse en algún lugar a finales del siglo XIX. El local ha sido decorado en perfecta conjunción con su entorno, con un exquisito buen gusto que es del agrado del profesor Lafuente y sus amigos, recibiendo asimismo palabras de aprecio de Marta Pasch ante el cuidado prestado en la adecuación y restauración del lugar.

—No sabía que se pudiera encontrar algo así hoy en día. Este sitio es encantador —dice Arturo extasiado mientras continua contempla la decoración *art nouveau* del local a juego con el exterior del pasaje. Cantidad de espejos, lámparas, estatuas pseudo griegas, reproducciones de cuadros y marinas adornan las paredes y les hacían creer que se encuentran en un museo más que en un restaurante. Si mira a su espalda puede ver los cortinajes de terciopelo que enmarcan las escaleras por donde descendieron horas antes.

—De hecho poca gente lo conoce —contesta Clemente Násera por encima de sus gafas al reparar en el entusiasmo tanto del joven como de la restauradora—. Hace poco más de seis meses no había nada aquí. El propietario es un hispanófilo francés. Sí, sí, no se rían, existen algunos entre los franchutes. El hombre tuvo la idea de restaurar aquí en Valladolid uno de esos lugares al estilo del café Gijón, los cafés decimonónicos que existieron en Francia y España, entre otros países. Y la verdad es que como pueden ver, le está yendo francamente bien.

Y así es... por la puerta no han dejado de entrar personas vestidas con elegancia, con esa elegancia y *savoir faire* naturales que precisan a su vez de un buen marco donde moverse. Por las escaleras hacen lo propio elegantes caballeros y bellas damas, estas últimas con vestidos de tejidos imposibles que, con movimientos igualmente sofisticados y, tras dejar el abrigo en el guardarropa, piden con la carta en la mano un buen vino, asistidos por el *sommelier*. Un lugar, en suma, donde el culto a la elegancia no se ssiente avergonzado de mostrarse.

Un camarero se acerca a Santos y al profesor Lafuente para rellenar sus copas.

—...Por lo que yo sé sobre esa princesa, creo que al menos se han escrito cuatro novelas basadas en su figura —esta diciendo el escritor—. La verdad es que, una historia con tan escasos elementos, tan poco conocida y con unas pistas recogidas casi al azar, a través nada menos que de ocho siglos, dan para muchas especulaciones. Como escritor no puedo evitar reconocer que está llena de posibilidades.

—Desde mi óptica profesional—interrumpe Marta Pasch— es como cuándo descubres bajo una vieja pintura objeto de restauración una obra aún más antigua. Cuando esto ocurre no puedo dejar de acordarme de la película y la novela *Julia*. Lillian Hellman, su autora, lo llamaba «pentimento» ...«cuando el pintor se arrepintió». ¿Y qué haces en ese caso? ¿Qué obra prevalece? Porque si restauras la más antigua te cargas la que ya es conocida por la humanidad hasta ese momento. Es como si debajo de la Gioconda descubriéramos ahora que hay otra pintura del mismo Da Vinci. ¿Cuál nos cargamos? ¿Eh? Hay algunos partidarios de dejar el cuadro o la obra de arte lo más cercana posible a como era cuando la creó su autor y otros por el contrario dicen que habría que impedir simplemente su mayor envejecimiento y decadencia, dejándola como nos hemos acostumbrado a verla durante nuestro tiempo de vida.

—Claro, entiendo— dice Ernesto—. Sería como restaurar Notre Dame o el Parlamento británico con su piedra blanca y no con ese color negruzco que le ha dado la pátina del tiempo todos estos años, ¿no?

—Exacto. Veo que te acuerdas de nuestras conversaciones de Cambridge.

Arturo inclina la cabeza en ese momento mientras dice algo en voz baja al profesor. Al escucharle, este sonrie levemente y tras asentir varias veces con la cabeza se levanta. Muestra una expresión concentrada.

El piano sena a contraluz bajo los hábiles y rápidos dedos del pianista jamaicano que se está empleando a fondo esa noche, interpretando *Claro de Luna* de Beethoven.

—Amigos —comienza Lafuente—, después de lo que os hemos contado esta noche, ya os habréis percatado que lo que estamos intentando en Montanilla es algo asimismo difícil. Se trata de encajar lo poco que sabemos en un marco histórico. Posiblemente todo cobre entonces un sentido distinto. Y si llega el momento de encontrar otro Da Vinci debajo... si hay otro Da Vinci debajo, por lo menos tendremos el convencimiento de que existe —en este momento el historiador baja la voz antes de continuar—. Por lo pronto, aquí nuestro amigo Arturo es el responsable de una inminente excursión cultural en busca de su Excalibur particular. Él mismo me ha convencido para que acudamos en las próximas semanas a la localidad de Covarrubias. ¿Qué os parece si nos acompañáis? —dice dirigiéndose a Ernesto y Teresa—. Creo que no tenéis que volver a Alicante hasta dentro de una semana, ¿no es así? Puede que no encontremos nada —y al decir esto aprieta algo los dientes, todavía resentido por los días pasados en Silos—. Puede, aun así que, como diría nuestro novelista agregado, todo sea tan efímero como la niebla entre los pastos, pero no siempre va uno a visitar a una princesa ¿No estáis de acuerdo?

El escritor y su pareja se miran con expresión divertida. En este punto, Teresa, que ha permanecido callada durante casi toda la cena, se levanta de su silla y alza su copa.

—¡Por las coincidencias significativas!—dice con una amplia sonrisa, que conjugaba a la perfección con el lugar donde se encuetran.

Todo el mundo acierta a coger su copa del modo que puede.

—Sí —dice Ernesto levantándose a su vez, contagiado por el entusiasmo general— y porque esa Epifanía salvaje de Arturo nos lleve a buen puerto.

—La verdad es que no lo había visto de esa manera —admite Pinedo— pero si se trata de brindar cualquier pretexto es bueno.

Marta Pasch lamenta por su parte el no poder acompañarles al estar inmersa en la restauración de una de las capillas de la catedral de Burgos.

Es el turno ahora de que Clemente Násera se levante de su silla entre las sonrisas de los presentes mientras mira complacido en torno suyo. No ha esperado jamás, ni aún bajo el mejor de los auspicios, al hacer su propuesta inicial convocando la cena, que esta hubiera tenido un resultado similar. Durante unas pocas horas ha salido del ostracismo de su despacho y de las desabridas charlas a las que está acostumbrado en la universidad y en la Cámara de Comercio local.

Nadie se atreve a verbalizarlo con claridad, pero cierto ambiente de misterio ha quedado en el ambiente.

El pequeño grupo de exploración designado queda informalmente formado —como no—, por los promotores de la idea inicial, Carlos Lafuente, la profesora Elena, y el eterno pupilo Arturo Pinedo. Como añadido y cronistas de la historia quedan inscritos Ernesto Santos y Teresa, con la promesa explicita de dar cuenta de sus peripecias al señor Násera.

La situación trae a la memoria a Ernesto el principio de la obra prima de Dickens *Los papeles póstumos del club Pickwick* cuando, al inicio de la misma, los miembros de dicho club inician su periplo de aventuras.

Eran ya parte de las pequeñas horas de la madrugada —en feliz expresión anglosajona—, cuando los allí reunidos se despiden a la salida del pasaje Gutiérrez, llenando el lugar de ecos mientras este se queda paulatinamente vacio.

---

19 de noviembre de 20...

Acabamos de asistir a la reunión más extraña de mi vida. Vine a Valladolid para dar una charla sobre novela, invitado por unos amigos de Desirée. Ahora dejo la ciudad con nuevas amistades y un raro compromiso para conocer los misterios de una princesa que, tan solo unos solos días atrás, era completamente desconocida para mi. Pero era imposible que pudiera resistirme a una historia como esta. Todo parecía hecho para mí.

Las pistas, el olor del misterio que alguien ha dejado, tentador, desafiante. Tere está tan emocionada como yo y se divierte viéndome en este estado. Durante toda la cena y la subsiguiente conversación en la sobremesa me estuvo mirando sonriente, transmitiéndome esa confianza que tanto aprecio en ella. Por otra parte, los comentarios de este chico, este alumno *cum laude* del profesor *Laudy*—así es como me refiero a él cuando hablo con Tere en benevolente apodo, con sus ideas filosóficas y esotéricas mezcladas con la historia que nos habían desvelado, me parecieron sumamente interesantes a la vez que perturbadoras.

De modo que aquí me encuentro, a las puertas de ese mundo mágico que se ha cruzado en mi camino. Tanto es así que estoy convencido que, de no ser un estorbo, estaré encantado de embarcarme en esta aventura de exploración. Quizás no sea la vuelta al mundo de Magallanes, pero a cambio podría tratarse de la vuelta a Castilla en términos históricos. Tal vez descubramos una nueva realidad. Y eso, eso siempre me ha cautivado. Por no decir que aquí podría haber material para más de una novela.

Porque esto es distinto. Aquí no hay que ir en pos de una historia, una trama, un motivo. No hay que perseguir ese pretexto necesario para construir el argumento, esa excusa para expresar mi infierno, mis pesadillas, para huir de uno mismo una vez más. Solo tengo que coger esa leyenda, cualquier leyenda o historia del mundo y firmarla. Hacerla mía. Eso es todo. Tiempo tendré después para pelearme con las metáforas, embellecer el lenguaje y completar las frases y los párrafos con mis ideas. He leído en alguna parte que estas no se crean, que están fuera de nosotros, esperando que las reconozcamos como el fruto del árbol del Bien y del Mal que reparemos en él, brillante, en su justo punto de maduración. Y luego, una vez captada la atención ser devoradas sin piedad.

Se ha fletado la nave pues. La expedición está preparada, los ánimo prestos. La tripulación, reclutada de diversos puertos. La posada del almirante Benbow ha sido visitada por cientos de personas, pero nadie ha logrado hacerse con el mapa, con la ruta marcada en el mismo por un lejano escriba de siglos pasados, flotando en el aire de la Historia.

Solo cabe esperar que una galerna no destroce las velas, que no se amotine la dotación y que la isla del tesoro se encuentre en el lugar descrito en el único plano que hemos encontrado.

CAPÍTULO 43
LA PRINCESA DEL ARLANZÓN

De cómo nuestros héroes hicieron una visita a la localidad de Covarrubias, de cómo allí visitaron a una princesa y de la relación entre hermanos

De las notas de Ernesto Santos

Burgos, 23 de noviembre de 20...

Al salir a la puerta del hotel Rice Reyes Católicos a eso de las 12:00 horas, nos encontramos con una clásica furgoneta Volkswagen de color amarillo conducida por el joven Arturo Pinedo. En el lateral derecho las palabras *Scooby Doo* me asaltaron, recordándome la vieja serie de animación que veía los sábados por la tarde en compañía de mi hermano. La similitud entre aquellos descubridores de misterios y nuestra peripecia personal me hizo sonreír para mis adentros.

—¡Bienvenidos! —dijo Elena sonriendo mientras asomaba la cabeza por una de las ventanillas —. ¿Preparados para la aventura?

—¿Y esta furgoneta? —dijo Tere nada más verla—. Creía que ya no circulaba ninguna salvo en miniatura.

—Es de un compañero de la uni —dijo Pinedo mientras simulaba girar el volante a toda velocidad—. Me la ha dejado a cambio de que le explicara ciertos esquemas y alguna que otra lección extra. La usan para llevar el equipo de música. Igual os encontráis cables o trastos por los asientos traseros.

—Bueno —dijo Tere mientras subía y, haciendo caso literal de las instrucciones recibidas, apartaba un par de micrófonos que se encontraban sobre el asiento. Al reparar en todos los que ocupábamos ya el vehículo añadió: —¡Solo nos falta el perro! Porque el misterio ya lo tenemos.

Así, con ese buen ánimo, iniciamos la aventura que esbozamos aquella noche en el Pasaje Gutiérrez de Valladolid. Al fin y al cabo, esto era algo más de mi agrado que acudir a conferencias y escuchar aburridas ponencias, pero no se podía tener todo.

Pertrechado con mi móvil y bloc de notas para registrar cuanto aconteciera, me sentía, en efecto, el cronista de una expedición por tierras ignotas. Al igual que otros exploradores antes que nosotros, llevábamos con nosotros solo lo imprescindible, algunas bebidas en el maletero y abundante lápiz y papel, al margen de nuestros respectivos móviles. A esto había que añadir una misteriosa carpeta de piel negra de la que Carlos Lafuente no se despegaba. Consciente de la importancia del momento y de mi propio papel como narrador del mismo, abrí la ventanilla del coche e inhalé el aire que nos venía de cara, un aire que, suponía yo, ya había estado en nuestro destino. Aunque hubiera preferido el olor del salitre, azuzado por el viento, golpear nuestros rostros, tuve que contentarme con el que provenía de las tierras por donde pasábamos y de sus cosechas.

Atravesamos de este modo la sierra, contemplando el planeo incesante de los buitres leonados cruzando el cielo. Me había dejado sumir en una especie de letargo en mi asiento trasero viendo pasar el paisaje, un panorama que ya el naturalista Félix Rodríguez de la Fuente, había recorrido en busca de imágenes de esa naturaleza esquiva.

El grupo de Montanilla apenas habló durante el trayecto. De vez en cuando Arturo o Elena señalaban alguna particularidad del paisaje, algún risco, algún cerro de caprichosas formas que debía de llevar en ese lugar desde el Diluvio Universal. Pero Lafuente contestaba a lo sumo con un gesto de cabeza en silencio mientras mantenía la vista fija en la carretera.

Era media mañana cuando nuestra comitiva hizo su entrada en la pequeña población de Covarrubias, situada a unos sesenta kilómetros al sudeste de Burgos. Me habían hablado mucho de ella y había obtenido cierta información en algunos libros, pero eso era todo. En cualquier caso, nada, ni siquiera en esta época de Internet y san Google, puede compararse con la experiencia directa de encontrarme en un lugar como este. No dejo de sorprenderme de la capacidad de asombro del ser humano que nos permite seguir maravillándonos una y otra vez ante un nuevo escenario, ante una nueva experiencia.

Fue un poco antes de llegar a la población cuando pudimos ver, a mano izquierda y a un nivel por debajo de nosotros, unas imponentes ruinas en estado de próxima restauración. De entre ellas destacaba todavía la portada principal, dando cuenta de su pasado glorioso. Era lo que quedaba de lo que una vez fue el monasterio de San Pedro de Arlanza a cuyos pies se encontraba el río del mismo nombre. La monumental portada por fortuna todavía se mostraba intacta, desafiante, como lo había sido su construcción en esa colina, en ese terreno situado sobre la corriente. Alrededor del mismo se veían claras indicaciones de las labores de reforma y reconstrucción con las que se intentaba evitar el derrumbe y la total destrucción del venerable edificio.

Tras cruzar por delante de un pub que se anunciaba bajo el nombre de La Serna dejamos el coche en una pequeña explanada cercana a la carretera al estar prohibido el acceso de vehículos al interior de la población.

—¡Mira, Tere! ¡Parece que los tuyos ya llegaron a Covarrubias antes que los vikingos incluso! —dije a esta en voz baja con una mueca mientras señalaba el cartel del mencionado pub.

Tere me sacó la lengua por toda respuesta en un gesto de puro pragmatismo.

Carlos y Elena se habían fijado también en el mismo y parecían intercambiar algún comentario al respecto que no alcancé a oír.

Iniciamos la entrada al pueblo por unas calles empedradas y vacías de coches. A esa hora muchas de sus tiendas permanecían aún con sus puertas cerradas, en ese dormitar de establecimientos semejantes, apartados del ritmo regular de los días. Unos maceteros colocados cada pocos metros, bordeaban a ambos lados la calle por la que caminábamos. De las fachadas sobresalían algunos faroles negros que daban un toque pintoresco a la escena. Un discreto cartel colgaba de una tienda a mano derecha anunciando con modestia su presencia para no desentonar ni llamar la atención, la venta de mantecados. Al final de la calle dimos con una plazuela en cuyo centro se alzaba una cruz de piedra. Junto a ella también se encontraba el bar restaurante Galín, que contaba con su propia pensión encima de sí, aguantada sobre viejos soportales.

En esta misma plaza entrecruzada de esas casas con vigas a la vista que recuerdan la Edad Media y bien custodiada por la pensión arriba mencionada y un par más de bares, se encontraba el ayuntamiento. Llamó mi atención que el bar justo enfrente de este establecimiento, ostentara apropiadamente el nombre The Vicky.

La imposible perspectiva de unas casas peleadas con la simetría, inclinadas para ver quién pasaba por la calle en esos momentos, lo llenaba todo. Era imposible no sustraerse a esa extraña sensación de irrealidad.

Me imaginé en ese instante como tuvo que sentirse Carlos cuando, aquella tarde abriera por primera vez esa caja deteriorada conteniendo los manuscritos en la tranquilidad de su despacho de Montanilla. Aquella tarde que tan lejana debía antojársele ahora.

Fue fácil identificar el ayuntamiento, no solo por la bandera española que colgaba de su fachada sino por tener, como distintivo, al igual que otros pueblos similares, un reloj colocado en la parte más alta de la fachada, quizá también con el secreto objeto de recordar al visitante que, pese a ser un pueblo medieval, seguía viviendo con los tiempos.

Al entrar en él y tras preguntar por el concejal de Turismo a una amable joven con gafas de nácar que estaba concentrada ante la pantalla de un ordenador, aguardamos unos minutos. Transcurridos estos vimos salir a este de uno de los despachos de la planta baja con una amplia sonrisa.

—Bienvenidos a Covarrubias —saludó—. ¿Los profesores de Montanilla, verdad? Soy Ramón Valverde. Un placer tenerles aquí—dijo, reparando a continuación en nosotros dos que, junto al joven Pinedo, nos habíamos quedado un poco más atrás curioseando a través de las ventanas que daban a la plaza haciendo extensiva su invitación con un gesto de la mano—¡Vengan por aquí por favor, hablaremos mejor en mi despacho!

Y al decir esto hizo un gesto con la mano a la joven de las gafas de nácar.

—Rebeca, por favor no me pase llamadas durante unos minutos.

—Claro, señor Valverde.

—Perdonen el desorden —dijo nada más entrar al mismo mientras echaba lo que parecía ser unos impresos que tenía en la mano sobre la mesa—, pero hasta ayer mismo hemos tenido infinidad de visitas, entre otras las del ministro de Educación y Cultura, la preparación de las fiestas, las diferentes misiones culturales noruegas... esto a veces se nos va un poco de madre. Eso cuando no se estropea el ordenador.

—Tranquilo, no se preocupe, debería de ver mi despacho en un día normal —dijo Carlos.

—No es algo habitual, por otra parte, que recibamos una visita de sus características... unos paleógrafos en busca de información sobre la princesa Kristina ya es motivo de interés... pero si además vienen acompañados de un escritor en busca de documentación para una novela, esto ya es algo absolutamente excepcional.

—Bueno, ya sé que en parte no somos los primeros. Ya sabrá usted a estas alturas que se ha escrito ya alguna que otra historia sobre el tema —dije.

—¡Sí, por Dios, sí, estamos al tanto! Esto de la novela histórica se está poniendo de moda.

—La verdad es que estábamos un poco desconcertados —comenzó el profesor—. He intentado contactar con el director de la fundación Princesa Kristina enviando varios correos electrónicos, pero no he recibido respuesta alguna.

—Bueno, no puedo responder en nombre de la fundación. Tengan en cuenta que, por lo que sé, la presidencia es un cargo más o menos simbólico y poco remunerado si lo es en algún aspecto. No obstante, para compensarles por sus esfuerzos... —dijo sonriendo como si fuera a darles un caramelo a cada uno—. Les voy a presentar a una persona que les va a hacer su estancia aquí más agradable. Por lo menos esa es mi intención. Se trata de un colaborador ocasional de la fundación Princesa Kristina, un joven llamado Hans que estará encantado de acompañarles. Por lo habitual, está siempre viajando de un lado a otro, es una especie de agregado cultural —y luego bajando la voz para no ser oído de las señoras presentes—, un afortunado hijo de puta que puede vivir como yo quisiera. La verdad —continuó ya en voz alta—, es que en el ayuntamiento, aunque estamos algo al tanto, y más en una población pequeña como esta, soy consciente de que quizás no tengamos todas las respuestas a las cuestiones que puedan haberles traído aquí. Bien, síganme por favor, les acompañaré a su casa. Está muy cerca. Bueno, en realidad todo lo está aquí —dijo indicando a los presentes que le siguieran, con una sonrisa que parecía un fiordo, a fuerza de recibir visitantes noruegos.

El concejal y Lafuente caminaban conversando delante nuestro.

Era placentera la sensación de deambular de este modo por esas calles empedradas mirando a nada en particular mientras escuchaba el sonido de nuestros pasos sobre el adoquinado. Había no obstante, algo de artificial en el ambiente. Al fin y al cabo, en palabras del mismo concejal, el pueblo no era en realidad más que una maqueta que cobraba vida en el verano, con dos o tres puntos de interés. Daba la impresión de haberse convertido, por desgracia, en un parque temático más. Fuera como fuese, suspendí mi pensamiento crítico y me dejé llevar por esa cacofonía de sonidos, de formas, de vigas y casas moviéndose en caprichosas siluetas a mi alrededor... Hacía tiempo que no había visto un pueblo así desde que descubrí, en el viejo clásico de Disney, *Pinocho*, esa aldea tirolesa solitaria en la noche, donde la cámara se acercaba con lentitud hacía la ventana de Geppetto para descubrirnos su cálido interior.

Encontramos la casa que buscábamos un poco más atrás, entre la calle de los Olmos y la de Santo Tomás. Era casi idéntica a la reproducida en las curiosas papeleras que, en número abundante aparecían repartidas por todo el pueblo. Una casa con vigas a la vista decorando su fachada y tres o cuatro balcones llenos de geranios. Nada hacía en apariencia suponer que aquí, en este lugar tan discreto, en esta calleja escondida como tantas otras de la población, pudiera encontrarse la persona que buscábamos.

Nos abrió la puerta una joven alta y rubia con el cabello en largos tirabuzones y con una de esas sonrisas imposibles, que solo las escandinavas de ojos azules pueden esgrimir. Tras hacernos pasar, nos acompañó hasta una pequeña salita donde tomamos asiento.

Poco después volvió a aparecer con la misma sonrisa haciendo aumentar las pulsaciones de Arturo.

—Vengan conmigo, por favor —dijo la joven con un fuerte acento nórdico.

Penetramos en un despacho luminoso, donde, sentado frente a un ordenador Macintosh, se encontraba el Hans que habíamos acudido a buscar.

Era este un joven noruego de aspecto agradable y largos cabellos tostados que le colgaban a ambos lados de la cara. Llevaba unas gafas de pasta negra que recordaban a un Clark Kent vikingo.

—Como habrán deducido —dijo el concejal—, este es Hans, el actual responsable y coordinador de la Fundación Princesa Kristina, aquí en Covarrubias.

Hans se levantó desvelando su última arma: una elevada estatura de alrededor del metro noventa, lo que nos hizo sentir a todos los que allí estábamos fuera de lugar y a Tere y a Elena en concreto, parcas en palabras.

—Si me lo permiten, les dejo en buenas manos. He de regresar al consistorio, pero si necesitaran de alguna otra cosa antes de marcharse, no duden en acercarse por el ayuntamiento —dijo el concejal mientras estrechaba nuestras manos en un tono que parecía indicar todo lo contrario.

De la conversación subsiguiente pudimos extraer que Hans había acudido a la población entre vuelo y vuelo.

—Pensábamos encontrar una sede oficial de la fundación o algo similar en el pueblo... —dijo Lafuente.

—Bueno, es difícil de explicar, la fundación aunque tiene oficialmente sede en Madrid, se encuentra en realidad alojada físicamente dentro de la embajada de Noruega por razones logísticas, ya que al fin y al cabo no deja de ser una misión comercial y cultural más o menos encubierta entre los dos países ayudada por la historia de la princesa como nexo. He de pedirles perdón por mi español —aquí dijo algo en noruego—, todavía estoy intentando mejorarlo, pero acabo de volver de mis vacaciones en Noruega y eso no ayuda mucho —y aquí estalló en una carcajada sonora que parecía salida de un fiordo de su tierra natal mientras se degusta una cerveza al atardecer —Y la próxima semana tengo que ir al sur de Italia con un grupo de mis compatriotas en visita cultural por Europa.

Hablaba Hans con convencimiento, con el aire de alguien acostumbrado a responder una y otra vez las mismas cuestiones en torno a Kristina de Noruega, pero sin dejar por ello ni un momento su aire amable, su mirada profunda y clara cada vez que contestaba una de las preguntas del grupo que tenía delante. Hans, con su indudable atractivo y abismales ojos azules, ayudado por sus maneras cuidadas y elegantes, era el embajador ideal de su país. Todo estaba estudiado para distraer la atención del interlocutor que tuviera enfrente, y hacer que la conversación derivara en una comparación entre culturas, lenguas y maneras de entender la vida. No sin cierto esfuerzo y tras mirar primero sus notas Carlos, Elena y Pinedo le iban formulando las preguntas. Tere y yo por nuestra parte grabábamos en nuestros respectivos móviles la conversación para poder recapitularla después.

—Pero, vengan conmigo —dijo tras unos minutos con ánimo de cambiar de tema— ustedes han venido aquí también para ver el sarcófago de la princesa Kristina in situ, ¿no? Será un placer acompañarles hasta la Colegiata de San Cosme y San Damián y presentarles al párroco. Ya está harto de verme por allí llevándole gente, así que de todos modos podemos darle un motivo justificado para sus quejas.

Hans avanzaba a largas zancadas, seguido a trote ligero por nuestro pequeño grupo que intentaba de este modo tanto disimular el esfuerzo como dar la apariencia de que seguir el ritmo de ese caminar apresurado era algo habitual en nosotros.

Pasamos de modo arrebatado por delante de la llamada torre de Fernán González, situada junto al río Arlanza, viendo a continuación, y a duras penas, la casa de Doña Sancha, una de las visitas obligadas, que, como casi todas las visitas de idéntica índole no íbamos a poder realizar, limitándonos a ver su silueta alejarse detrás de nosotros. A la derecha, el puente de arcos cruzando el río y los árboles desnudos parecían hablarnos de otra época, preparándonos para la misión que nos había traído hasta aquí.

Formábamos en efecto un curioso grupo, objeto de las miradas y del interés tanto de los visitantes y turistas que caminaban por las calles cámara en mano como de aquellos parroquianos sentados en cualquiera de los tres bares que ocupaban la plaza central. Debido a la emoción y al hecho de estar todos apretujados en la furgoneta no había tenido tiempo hasta este de momento de contemplar la imagen que formábamos. Hans caminaba en el centro, con seguridad de líder o de caballero medieval según el símil que uno prefiriera, con la figura pensativa y atenta a la conversación de Carlos Lafuente que asentía de vez en cuando a algún comentario del mismo. Elena, a la derecha del grupo con un largo y esplendoroso vestido floreado que había traído para la ocasión y a su lado, en animada conversación con ella, Tere, con esa falda larga y camiseta azul marino que la convertía en una ilustración sacada de cualquier obra de Norman Rockwell. Por último, Pinedo completaba tan pintoresco cuadro con su gorra universitaria de remero, dando la impresión de haber salido de un grabado inglés.

Nuestro noruego me trajo en ese momento a la memoria ese otro Hans literario, el de la novela de Julio Verne *Viaje al centro de la tierra*, ese hombre de pocas palabras que había servido de guía y silencioso amigo al profesor Liddenbrock y a su sobrino por el interior del planeta. Esa asociación literaria era reconfortante y me hizo sentir que estaba con alguien al que conocía desde hacía mucho tiempo.

—Nada de lo que ven aquí es real —decía nuestro agregado noruego cuando di por fin alcance al grupo ante la envidia de algunas turistas con las que nos cruzábamos en ese momento—. Como les habrá dicho el concejal, el pueblo cobra vida en especial durante el verano, durante las fiestas, y en concreto el 24 de julio, el día de Santa Kristina, pero el resto del año excepto a finales de septiembre en que la fundación noruega celebra un festival de música con un mercadillo de productos típicos noruegos es, al igual que ahora, una cáscara vacía esperando al visitante ocasional y más concretamente, al peregrino noruego que viene a honrar a su princesa.

—Pues es una auténtica pena —dije— que la gente abandone pueblos como este para irse a la ciudad.

Me asomé al pretil del puente. Tenía que ver el río. Necesitaba ver su discurrir, esa inquietud viva que formaban sus aguas.

Una turista que había olvidado su cámara de fotos en un bar cercano al puente bajaba en ese momento corriendo la cuesta de una calle próxima para recuperarla, justo cuando el autobús que la había traído se disponía a partir entre los gritos del resto de pasajeros.

En mi interior —y a pesar de la apariencia de tranquilidad que intentaba transmitir—, sentía el deseo de llegar cuanto antes ante la estatua, ante la colegiata y sus secretos. Esa figura y más que ella, ese sarcófago que había visto tantas veces en Internet y de cuya extraña y romántica historia oí hablar por primera vez en Valladolid, nos había traído hasta aquí. Nos acompañaba el miedo, el suspense casi infantil de esperar que la realidad, una vez más, no destruyera la imagen que había forjado en mi interior. ¿Habíamos venido en busca de hechos, de datos o simplemente de un fantasma? Como escritor no podía en absoluto desestimar esta última posibilidad, aunque solo fuera como excusa para encontrar justificación a muchas de las cosas que había podido experimentar recientemente.

CAPÍTULO 44

LA COLEGIATA DE SAN COSME Y SAN DAMIÁN

Una princesa duerme junto al río.

Al llegar a las cercanías de la colegiata y tras pasar una cruz de piedra situada en el centro de una plaza, Hans se detuvo y, con gesto teatral no escaso de cierto orgullo, nos mostró a nuestra derecha una figura en bronce, colocada en un diminuto parterre verde rodeado por unas cadenas. Una placa resumía brevemente la historia que ya conocíamos.

—Bueno, he aquí nuestra particular princesa del Arlanzón.

La estatua se alzaba delante de nosotros.

—Así que esta es la joven Kristina.

No pude por menos de esbozar una sonrisa al ver la efigie. Era como la había imaginado. Miré en torno mío.

—¿Cuándo se colocó? —preguntó Elena, mostrando un interés especial por su situación en ese lugar.

—Bueno, fue en 1978 como homenaje de Noruega para celebrar el aniversario, una donación de Bergen, el pueblo natal de la princesa. Hay otra idéntica levantada allí —contestó Hans.

—Debió ser un espectáculo curioso. —dijo Arturo.

—Sí —replicó Hans con cierta nota de orgullo en la voz—, asistieron personalidades noruegas e incluso la banda municipal de Tønsberg.

Teresa se acercó en silencio y extendió el brazo para tocarla, tras salvar las cadenas que, de modo decorativo, la rodeaban.

Estaba claramente fascinada por ese aspecto de porte regio y acerada mirada que mostraba la imagen, pareciendo atravesar el tiempo a través de todas las épocas. Era la de la estatua una eterna contemplación de nostalgia, de amor, una mirada del norte. Era la mirada de la princesa que tuvo que venir a vivir aquí, a estas tierras de Burgos, que se encontró con casas construidas con una piedra similar en color a las de su país y sin embargo, las circunstancias hicieron que tuviera que morir en este mundo del sur, lejos de su tierra y su ambiente, lejos de los cielos plomizos. Pero era aquí, en cierto modo en este otro norte de España, donde nos habíamos encontrado con ella. Altiva, como correspondía a alguien de noble cuna, con una pequeña corona en su cabeza y una capa que parecía levantarse al viento en este día invernal y frío.

Estaba fascinada por ese aspecto de porte regio y acerada mirada

Estaba, sí, junto a ese río brillante y estrecho que quizá le recordaba sin cesar sus orígenes, al pasar bajo su regio porte, en eterno homenaje.

No pude dejar de pensar en la semejanza de la actitud de la figura con alguna imagen que tenía en mi interior, pero sin lograr recordar o establecer la relación.

Las estatuas siempre me habían transmitido cierta idea de irrealidad o, mejor dicho, de hiperrealidad, como si fueran ellas las que habitaran el mundo verdadero, la auténtica realidad, y nosotros estuviéramos en otra dimensión, en el lado equivocado de la existencia. Parece que, al contemplarlas, el tiempo y el instante hayan sido milagrosamente preservados, congelados en su mejor momento. ¡Ojalá pudiéramos hacer algo semejante como cuando, deteniendo una película con el mando a distancia, nos alejamos para observar la escena, las personas presentes, pudiendo así examinar los rasgos, los gestos huidizos de nuestro rostro y el de nuestro interlocutor a nuestra entera comodidad!

Son las estatuas y con ellas los viejos edificios, monasterios y catedrales, un recuerdo perenne de que nuestros actos tienen efecto en la posteridad y de que como humanidad, estamos unidos por debajo del océano, en palabras de John Donne.

Elena también estaba contemplando con embeleso y atención la efigie. Mientras yo miraba a las dos, noté de repente una especie de escalofrío recorrerme la espalda.

—Puedo sentir la presencia del Norte en mis huesos —dije.

—Eso por aquí lo llamamos frío —replicó Carlos con una de sus muecas—. Es bastante habitual dada la época del año.

—No puede negarse que esta parte de España no cuente con su buena ración de princesas y caballeros como Mío Cid y demás, ¿eh? ¡Nada que ver con Alicante y la zona donde me he criado yo!

—Sí, es cierto, es más los rachelillos, que así se llaman los nativos de Covarrubias, están encantados con la idea —dijo Hans.

Unos pocos pasos más abajo y a la izquierda encontramos la Colegiata de San Cosme y San Damián.

Nuestro guía ya se había adelantado a grandes zancadas y entrado el primero en el lugar. Cuando a su vez cruzamos bajo esa vidriera en forma de gigantesco rosetón que saludaba al visitante, pensando que habíamos perdido a nuestro guía, lo vimos detenido delante de nosotros. A su lado un hombrecillo se encontraba parapetado tras uno de esos mostradores estratégicamente colocados a la entrada de los templos, diseñado para exigir el derecho de admisión. Hans nos dijo con un gesto que aguardáramos mientras parecía estar explicando al hombrecillo los motivos de nuestra tardía visita. Este movía los brazos con cierto nerviosismo, aunque dada la distancia que nos separaba de ellos no logramos oír nada de sus palabras. En un momento determinado de las negociaciones, el noruego se giró hacia nuestro grupo y, con su habitual aire tranquilo, como si lo que terminábamos de presenciar no hubiera tenido lugar, dijo con sonrisa candorosa:

—Venid por aquí. Acaba de pasar un grupo de turistas y el párroco está a punto de darles una breve explicación. Podemos mezclarnos con ellos sin problemas. No nos van a decir nada, ya me conocen y entro y salgo con gente de la fundación y estudiantes noruegos cada dos por tres. Es casi como ser invisible.

En efecto, la presencia de nuestro pequeño grupo no fue detectada, o por lo menos, no despertó más que una breve mirada en nuestra dirección y esto únicamente en razón de la alta figura de Hans.

Nos sentamos en uno de los bancos de la Iglesia, junto al grupo de turistas que se encontraba allí ya.

El párroco se deleitaba en ese momento escuchando sus propias palabras. Por fin tenía público hoy. El verano todavía quedaba lejos y no eran muchos los visitantes que habían venido este año. ¿Y qué pasaba con el discurso que había elaborado, perfeccionado con el paso de los años? ¿Tendría que dejarlo pendiente para las fiestas, después de los últimos retoques realizados con esmero creativo?

Estábamos así, sentados entre el resto de los visitantes, mezclados como un turista más de los que habían pagado los tres euros por cabeza para poder entrar a la iglesia de San Cosme y San Damián.

—Bueno, vamos a empezar —comenzó el párroco mientras alzaba su brazo derecho, en cuya mano llevaba un llavero cubierto por una funda de cuero que utilizaba a modo de puntero para señalar los puntos destacados de su explicación—. En el año 970 fallece Fernán González, pero ustedes no estarían por aquí claro, no se acordarán, aunque los restos del conde reposaron en el monasterio de San Pedro de Arlanza —habrán visto las ruinas algunos de ustedes al llegar a Covarrubias—. Allí permanecieron hasta que, en 1841 fueron traídos aquí. Ahí, a mi izquierda —nueva señal del llavero—, pueden ver su tumba y frente a ella, a este otro lado, la de su mujer. Como podrán observar las losas superiores no pertenecen a esos sarcófagos, lo que se puede comprobar porque sobresalen unos centímetros sobre la inferior.

Hizo una breve pausa.

—Estoy dando mucho rollo, ¿no?... —. Se rió con cierto aire de profesor, de maestro, de esos maestros de escuela nacional que aún quedan en la memoria, en el inconsciente colectivo de un país que se estaba diluyendo en Internet.

—Es lo que se espera de nosotros, los curas, ¿no? —dijo socarrón mientras miraba al público congregado.

—Fernán González —continuó inflexible— mandó construir la iglesia original. Fue reconstruida en 1474 sobre el templo anterior por el abad Diego Fernández. Ese año sí que estuvieron ustedes, ¿verdad? De ese sí que se acordarán —de nuevo el irritante tono socarrón—. Ahora pasen por aquí, vamos a ir al claustro. Pueden hacer fotos y videos si quieren, pero... —y en este punto hizo otra pausa más larga semejante a la del propio Hamlet en su monólogo— ¡sin flash!

Estas palabras fueron seguidas de movimientos nerviosos en busca de las cámaras y teléfonos móviles.

Acabábamos de entrar en el pequeño claustro donde se encontraba el museo formado con el tiempo en el interior de la colegiata. El edificio se había convertido en un lugar en el que los preciados restos arqueológicos que se iban descubriendo en las inmediaciones se habían ido guardando y concentrando. Una preciosa columna en mármol bruto de piedra *sigillata* podía verse en lugar destacado en el primer tramo que estábamos recorriendo.

De repente, la puerta por la que habíamos penetrado se abrió, y el hombrecillo de aspecto seco y áspero que vimos custodiando el pequeño mostrador, asomó la cabeza.

—¿Tiene llaves para cerrar? —preguntó.

—Déjalas ahí fuera —dijo, con cierto tono molesto el párroco por la interrupción nada más dar comienzo a su charla.

—Es para que pueda cerrar luego —volvió a insistir el hombre.

—Te he dicho que las dejes ahí fuera y ya cierro yo —dijo terminante el párroco. Esta vez el tono era firme, casi amenazante.

Continuó con la charla y tras decir unas pocas frases más, volvióse a abrir la puerta de acceso al claustro. Era la guía que había traído al grupo en autobús, quien, con cara compungida y, juntando sus manos en actitud suplicante, se dirigió al párroco:

—Padre, por favor, a menos veinte, que tenemos el tiempo apretado, por favor... —y dándose cuenta de que había interrumpido la charla, y de la expresión del cura, desapareció con rapidez, como una marioneta antes de recibir el palo del villano.

El hombre se quedó mirando con aire de control a los que allí estábamos.

—Milagros, lo que son milagros yo no sé hacer —dijo con un suspiro resignado, buscando la complicidad de los asistentes y prosiguió su presentación en el mismo tono pausado con el que había comenzado. Estaba claro que nada le iba a estropear su escena maestra, su monólogo particular de Hamlet, escrito e interpretado por el mismo.

—Fíjense en estas estatuillas de aquí. Hasta hace bien poco se pensaba que este santo pertenecía al retablo, hasta que alguien se dio cuenta, como podrán observar, de que la pintura no es de la misma calidad que el resto. Fíjense, no tiene el mismo brillo ni la textura del resto. Además, presten atención, en el tríptico este santo aparece dos veces, no tiene razón de ser que haya dos en el mismo lugar, ¿no creen?

Los restos de la antigua colegiata reutilizados y reciclados se podían ver en la mampostería irregular de las paredes, en caprichosas formas, en los fragmentos de columnas, de piedras... el pasado alimentando como siempre a sus descendientes.

Llegamos ante un hermoso retablo en madera, un tríptico.

—Aquí tenemos a la Virgen y los tres Reyes Magos... Fíjense en el rey negro. ¿Qué observan en él? ¿En qué se diferencia de los demás?

—Pues en que es más alto —dijo alguien.

—Más elegante —dijo otra persona.

—¿Algo más?

Una señora más atrevida que las demás se pronunció claramente.

—¡Vaya, que es más guapo!

Hubo algunas risas contenidas.

—Pues este retablo lo pidió el pabellón del Vaticano, para la Expo de Sevilla, pero los vecinos de Covarrubias dijeron que de aquí no salía y... ¡No salió!—. Hizo en este momento otra pausa complaciéndose en el suspense que había generado en el público. Tendría que alargar ligeramente más las frases en esta parte.

Un poco más a la derecha y colocados dentro de un marco dorado al que apenas había prestado atención, se podían ver cuatro piezas de tela ya oscurecida por el tiempo. Un cartel en la base las identificaba como restos de las vestimentas con las que la princesa Kristina había sido enterrada.

Nos acercamos en silencio al leer el mismo mientras el párroco seguía explicando alguna de las otras obras expuestas, otro retablo en el que los santos habían sido sustituidos por una pintura que no correspondía a la original.

Cuando se encontraba ante alguna obra controvertida, de esas que habían vuelto de cabeza a los investigadores, gustaba de hacer una pausa:

—Yo tengo una interpretación... —decía entonces, y guardaba una pausa calculada. No más de dos segundos para no aburrir a ese público expectante.

Miré las telas expuestas mientras él seguía con sus peculiares explicaciones. Una de las piezas llamó en especial mi atención. Semejaba el resto de un corpiño de color amarillo con dos tiras negras a ambos extremos que, aún hoy en día, ocho siglos después, seguían transmitiendo elegancia y un brillo apagado en el tejido. Las otras telas quedaban atenuadas a su lado, pero, en cualquier caso, mostraban el buen hacer de una civilización pasada.

Comprendí a la perfección el interés que Carlos Lafuente encontraba en esos vestigios. Hacía ocho siglos una mujer se había levantado por la mañana y ayudada por sus damas, se había vestido con esas prendas. Las había escogido, tocado el tejido con sus manos, sintiendo la caricia de este, de ese modo que solo una mujer puede hacer. Quizás la última vez que lo hizo no sabía que lo sería. Ese pensamiento cruzó los siglos y me alcanzó. Sentí mi propia mortalidad a través de la de ella. Me estaba bastando el periplo que acababa de iniciar en su compañía para recordar, una vez más, que antes de nuestra, en apariencia, avanzada cultura ya existía civilización. Que no hemos descubierto nada. Que la obra de Shakespeare y Cervantes sigue viva en nuestros días precisamente porque los sentimientos y las pasiones de los hombres y mujeres que nos precedieron siguen siendo los mismos. Que el sufrimiento humano continuará del mismo modo y con él y con sus miserias también surge ocasionalmente la gloria y la belleza.

—Conoció a su novio por teléfono... —estaba diciendo el párroco cuando salí de mi estado meditativo. Reposaba su brazo derecho sobre el sarcófago mientras miraba al grupo que había formado un semicírculo frente al mismo.

Después de esta nota contemporánea que a Carlos le pareció claramente irritante y vulgar a juzgar por una mueca que hizo en ese momento, el párroco siguió haciendo su discurso, pero este ya estaba vacío de interés para mí.

Pareció dudar un momento a mitad del mismo, cansado quizás ya en esta parte al no poder elaborar demasiado sus interpretaciones. Prosiguió:

— Y entonces vino de Noruega en barco hasta Francia y del norte de Francia a caballo...

Jugaba con las llaves que sostenía en la mano izquierda. ¿Se las habría dejado en algún momento aquel hombrecillo que había asomado la cabeza? ¿Era otro juego distinto al usado como puntero inicial?

Prosiguió su entrecortado relato:

—Y llegaron al Monasterio Real de las Huelgas en la Nochebuena de 1257 y entonces, bueno, pues...— Aquí hizo un gesto ambiguo esperando quizás que alguno de los santos que había estado mostrando le iluminara para terminar— enseguida... se casa... con el hermano de Alfonso X el Sabio. Su marido fue después abad en el claustro de la colegiata y por eso, al morir ella, este mandó que fuera enterrada aquí.

Continuó contando una leyenda gris acerca del origen de la campana que al parecer la princesa había tocado una noche para que su marido que se encontraba de cacería retornara al castillo. La nota pintoresca, claramente dedicada a los turistas.

Esta había sido la parte menos atractiva de la visita. El interés de los turistas pareció haberse desinflado al compás de la peregrinación por el interior de la colegiata para acabar en este momento. Pero no dejé de entender y simpatizar en parte con la actitud del párroco.

Al fin y al cabo él no había elegido tener allí la tumba de la princesa Kristina, por muchos visitantes noruegos que vinieran, por mucho que fuera engalanada y adornada del modo en que estaba por la fundación hispano-noruega. El objetivo de la visita ya había sido logrado a estas alturas. Ya no había nada más que decir o comentar.

De entre todos los recuerdos que allí se encontraban, milagrosamente recuperados, preservados y cuidados para la posteridad, el turista visitante solo buscaba en su mayoría el sarcófago de esa vikinga desconocida. Como si se tratara de la protagonista de un serial televisivo, situada en una especie de altar cuasi religioso. Eso debía de ser lo que odiaba el párroco, esas visitas que perturbaban la paz de la colegiata, que despreciaban y pasaban por alto el resto de los tesoros que allí se escondían. Al menos el sarcófago se encontraba nada más entrar al claustro. De este modo él podría dar trámite rápido a esas visitas de balbucientes nórdicos que ignoraban sus explicaciones, prestos en sacar la cámara y tocar la inevitable campana de las narices que alguien tuvo la genial idea de colgar en un momento de desvarío iconoclasta.

Pero yo me encontraba entre los privilegiados. Sí, porque yo me había dejado caer detrás del grupo mucho antes, nada más penetrar en el claustro en cuanto reconocí, gracias a las fotos que había visto los pasados días el sarcófago de la princesa situado a nuestra derecha. Ni el grupo, ni mis compañeros repararon en mi acción, sujetos al encantamiento de las palabras del párroco, a excepción de Tere a la que hice urgentes gestos con la mano para que ocultara mi incursión temeraria. Ninguna visita guiada me iba a hacer que demorara mi interés por lo que nos había traído allí. Como en una comedia británica cualquiera protagonizada por Hugh Grant o Peter Sellers, me escabullí con mi cámara de fotos y corrí con rapidez hacía el sarcófago. Ya tendría tiempo luego de sucumbir ante el encanto del resto de joyas que se escondían en este lugar.

Un impresionante sepulcro gótico de piedra labrada con una arquería de vanos y un friso superior de roleos.

Era una obra de arte, de eso no cabía duda alguna.

A ambos lados se encontraban las banderas de España y Noruega, junto con la de Castilla y León.

A la izquierda un cartel rojo sobre el que aparecía escrito en un texto blanco bajo el título:

KRISTINA DE NORUEGA
LA PRINCESA QUE VINO DEL FRÍO

E inmediatamente debajo, una breve semblanza de su vida.

Aquello parecía una especie de altar sobrecargado de mementos: sobre el muro, un cuadro con una recreación de una mujer con una larga capa roja en regia pose. A su lado los restos de unas flores secas depositadas en algún ceremonial, esperando ser sustituidas en la próxima visita.

Siempre me había gustado encontrarme con las tumbas o lugares recorridos por personajes históricos o incluso actores de películas clásicas. La atracción por sus personalidades podría considerarse un modo indirecto de intentar encontrarnos con ellos, sentirlos, acercarnos. Una puerta falsa, trasera de la experiencia. No habiendo sido posible coincidir ni en el tiempo ni en el espacio, acudimos a visitar el lugar donde se hallan sus pobres restos mortales para intentar ese encuentro que no se pudo producir en vida, para creernos más cerca de ellos, de un modo cuando menos cándido.

El párroco siguió haciendo su discurso, pero este ya estaba vacío de interés para mí.

Pero hay algo que sí puede hacer nuestra pobre naturaleza como defensa frente a la vida —y por supuesto, frente a la muerte. Se trata de cincelar los hechos en nuestra mente, fijarlos, aunque sea imperfectamente para, gracias a la memoria, evocarlos, recuperarlos y volver a traer esos momentos de felicidad incompleta y revivir así, una y mil veces aquel beso, aquella palabra amable de la amada, aquella sonrisa, el modo en que el viento agitó aquel día su cabello...

Me alegré sobremanera de haber podido escabullirme momentos antes y haber podido pagar mi pequeño homenaje particular y solitario ante Kristina.

Frente a ese sarcófago hecho en piedra me sentí diminuto, humano.

Pero eso había ocurrido antes como dije. Ahora el párroco nos había explicado su versión científica alternativa a un par de cuestiones históricas en su museo particular. La tumba de Kristina era tan solo el final del viaje. Y como le había recordado el portero antes, tenía que cerrar para ir a deleitarse quizás con unos torreznos en el mesón.

—¿Qué te ha parecido? —me dijo Lafuente en voz baja, en cuanto éste terminó.

—Mejor de lo que me esperaba —contesté sin dejar de mirar a mi alrededor y deseoso de contarle mi experiencia privada.

Y era cierto. Había visto las fotos, había leído sobre lo que acababa de encontrarme en breves pinceladas turísticas, anotaciones inconexas, con poca base y autoridad. Había sido algo semejante a ver París, Londres o cualquier otra gran ciudad por primera vez y constatar su existencia fuera del concepto teórico y abstracto de las páginas de un libro.

La bandera noruega se encontraba muy cerca de los restos mortales de la princesa. Ondeaba suavemente bajo el efecto de una ligera brisa procedente del claustro. Toqué la tela entre mis manos aprovechando que nadie miraba en mi dirección. Quería sentir su grosor, ya que ella no podía hacerlo. Era irónico pensar que Kristina jamás sabría que la capilla que tanto deseó en vida se había construido al fin.

La campanilla se encontraba colocada a la derecha, casi escondida entre los pliegues de la bandera.

—¿Así que esta es la famosa campana? —dijo Carlos mirando a Hans.

—Sí, a este paso pronto habrá que poner otra. A la gente cuando le da por una moda no para hasta que se la cargan.

El grupo de turistas comenzó a dejar el lugar delante de nosotros, hablando entre sí y preguntándose acerca del mejor lugar donde tomar una cerveza o unas torrijas dada la hora de la tarde mientras se dispersaban con presteza.

—Si les apetece sería un placer invitarles a tomar unas cervezas y contestar las preguntas que quieran —se ofreció Hans—. ¿Conocen el pub La Serna? Está muy cerca de aquí.

Tere y yo intercambiamos una sonrisa que pasó desapercibida al resto.

CAPÍTULO 45

UN PASEO

De como un paseo puede dar lugar a una reflexión sobre hermanos y hermanas.

Mientras el grupo caminaba y se alejaba de la recién visitada colegiata, el profesor y Arturo se habían quedado rezagados. El primero, tas manifestar su deseo de observar con más detenimiento el puente de piedra sobre el Arlanza, lo que el segundo interpretó sagazmente como una excusa del profesor para rellenar su pipa.

Unas nubes oscuras asomaban por el horizonte y un intenso olor a humedad llegó hasta sus narices. La bufanda de Pinedo comenzó a moverse por efecto de la brisa que empezó a recorrerles al detenerse en ese lugar.

—A la gente le gusta creer en leyendas, en mitos, en eso no hemos cambiado nada —dijo el profesor—. Después de siglos, de costumbres y países, al final todos somos iguales, hijos de Dios como dirían nuestros amigos de ahí atrás —dijo señalando hacia la colegiata—, todos somos hermanos.

—Y hermanas, profesor. No lo olvide en estos tiempos tan políticamente correctos.

—Eso, como hermanos y hermanas, tiene razón, Pinedo, descuide mi desliz.

Caminó unos pasos inhalando el humo de su pipa, escuchando las campanas de la colegiata que sonaban en ese momento, contemplando el paisaje alrededor.

Se detuvo.

Se giró repentinamente mientras miraba a Arturo.

Este dio unos pasos atrás. La expresión del profesor parecía alterada, tenía la boca crispada, la mirada fija, las mandíbulas apretadas, la pipa sujeta en la mano inmóvil.

—¿Le ocurre algo profesor? ¿Se encuentra bien?

Tras preguntarle un par de veces más, Lafuente pareció reaccionar.

—¿Encontrarme bien? Sí, sí, estoy perfectamente, Pinedo —dijo con el semblante serio—. Escuche, voy a quedarme por aquí fumando un rato. Vaya usted con los demás. Yo acudiré enseguida. Necesito componer mis ideas un poco —y tras decir esto pareció cambiar de opinión— no, mejor, espéreme en ese bar de allí enfrente —dijo señalando aquel donde la turista había acudido presurosa a recuperar su cámara—, yo iré enseguida.

Y sin esperar respuesta alguna del confundido Arturo, el profesor se marchó a grandes zancadas, perdiéndose entre las sinuosas calles en dirección a la ribera del río y a un pequeño camino que corría paralelo a él y que habían divisado momentos antes.

El pequeño bar indicado, llamado con oportuna vista comercial El Torreón estaba desierto a esa hora de la tarde. Desde esa zona umbría y próximo a una fuente, Arturo vio acercarse al profesor proveniente de una de las callejuelas cercanas.

Al cabo de un minuto de su llegada, dos cervezas se encontraban sobre la mesa. Un par de folios llenos de círculos que el profesor acababa de dibujar les hacían compañía. Lafuente estaba trazando ya los tan necesarios vínculos a base de líneas entre uno y otro. Levantó entonces la cabeza como si hubiera reparado al fin solo entonces en la presencia de Pinedo.

—Tenía razón en querer venir aquí, Pinedo. Tenía razón —dijo cuando terminó de realizar una de estas conexiones en el mayor de los silencios.

—¿Razón? ¿Razón en qué? Solo hemos llegado a ver la tumba de la princesa Kristina y poco más —dijo este, todavía inquieto por el cambio de actitud reciente en el profesor.

—¿Recuerdas lo que me dijiste hace unos minutos? ¿Ese comentario acerca de no olvidarnos de la parte femenina? ¿De los hermanos y hermanas? —y al decir esto el profesor no pareció reparar en que había pasado a tutear a Arturo.

—Sí, pero no entiendo la relación —dijo Arturo, frotándose el mentón, rehaciendo una y otra vez la corbata sobre su cuello.

—Ahí estaba la clave. Nos habíamos olvidado por completo del lado femenino de la cuestión. Hemos investigado el secreto de un pergamino relacionado con una mujer, de una princesa. Y precisamente yo, el autor de *Problemas de la paleografía moderna* no había cometido un error semejante desde que era estudiante. Se trata Pinedo de que hemos estado buscando en Silos y en no sé cuantas referencias más, indicios acerca de una copia dejada «en la custodia de los hermanos» según decía el manuscrito y hemos supuesto —bueno, solo yo había supuesto, no quiero cargarte con la culpa querido muchacho— que se trataba de la orden religiosa cercana al lugar donde se encontraron los manuscritos, pero no es así. Al menos no tiene por qué ser así.

Arturo miraba al profesor. Primero a su rostro y luego la vista descendía hacia aquellos papeles llenos de círculos como si de ellos pudiera sacar alguna explicación a sus palabras.

—¿No me sigues, Arturo? Hemos leído mal el contexto. Fíjate en el facsímil que fotocopiamos en Silos —dijo abriendo la carpeta de piel negra de la cual no se había despegado en todo el viaje y extrayendo de ella unas fotocopias— el del *Codex Victorianus* hecho por el mismo autor. Fíjate, aquí, al lado de esta iluminación. ¿Ves esta «I», el tono verde de la «a»?

—Sí, lo veo, claro que lo veo. Lo hemos repasado un montón de veces.

—¿Te acuerdas entonces del comentario del copista al final del manuscrito que tenemos en Montanilla? «Quienquiera ver en Dios una letra distinta la vera, quien tenga ojos para ver distinguirá entre la noche y el día».

—Sí, claro.

—Pues... ahí está el *quid*. El texto no se refiere en absoluto a los hermanos de Silos. Menciona todo el rato a otra cosa. ¿No adivinas qué? Este es un nombre femenino, —dijo trazando un círculo sobre uno de los caracteres en la fotocopia enfrente de él—. Esta coloración distinta en el manuscrito nos está llamando la atención sobre el género, es un guiño del copista. ¡Dios, hemos sido un par de imbéciles los dos! Todo el rato con la frase delante de nosotros. Cuando el texto original, ¡míralo!, dice «se hace precisa la ayuda de un hermano o hermana», se refiere a que el secreto queda a salvo «con las hermanas». El manuscrito que tenemos no hace referencia para nada al monasterio de Silos, aunque no obstante debe de tener alguna relación con el mismo, aún por determinar.

Se hizo el silencio hasta que Arturo comprendió por fin el alcance de las palabras del profesor.

—Bien, pero si fue una orden religiosa femenina... ¿Cómo saber a cuál podría referirse el manuscrito?

—Esa respuesta la tienes a tu alrededor en este momento. No aquí en el bar —dijo al ver que Arturo miraba ingenuamente en torno suyo como si esperara ver la solución materializarse ante sus ojos—, me refiero a Covarrubias. Hoy, cuando meditaba acerca del triste destino de esta mujer caí en la clave. Por fin lo vi claro. ¿Recuerdas hace algún tiempo que me contaste eso que Sherlock Holmes menciona reiteradamente en sus relatos? Era algo así como «cuando todo lo razonable no nos da la respuesta, pensemos en lo irrazonable y por muy cogido de los pelos que sea, ahí encontraremos la misma»?

—Sí, eso es, pero no entiendo que tiene que ver con nuestra situación, que además...

—Pues que hay una orden religiosa femenina mencionada con todas sus letras en la vida de la princesa Kristina. Precisamente, la misma orden que, en una tarde fría de diciembre de aquel lejano año del señor de 1257, como dirían las buenas crónicas, la acogió nada más llegar a Burgos en vísperas de celebrarse la Nochebuena. Y ahora no me digas que no te viene a la cabeza el nombre de ese monasterio habitado por religiosas del bello sexo —continuó al ver el rostro de Pinedo.

Los ojos del profesor brillaban. Una sonrisa cruzaba su boca.

Arturo se echó a reír contagiado al fin por la idea que se había estado formando lentamente en su mente.

Los dos hombres hablaron a la vez.

—¡El Monasterio de Nuestra Señora de Las Huelgas!

Sin decir más pagaron las consumiciones y aligeraron el paso pare reunirse con los demás. En ese momento, Carlos Lafuente sintió una especie de opresión, como si tuviera que alcanzar puertas en su mente antes de que estas se cerraran. Sentía inquietud. Una desazón que a veces había experimentado en medio de una investigación. Lo creía ya desterrado para siempre, pero ahora volvía con fuerza. Era el miedo a no encontrar nada al final del camino.

CAPÍTULO 46

EL PUB «LA SERNA»

De cartas de amor y Rock and Roll seguido por el aullar de los lobo

Tras salir de la colegiata, el grupo se había dirigido sorteando las callejuelas de Covarrubias en pos de las zancadas de este guía noruego surgido de la nada en pleno Castilla y León. Se sorprendieron así de encontrarse antes de lo esperado ante las puertas del pub La Serna.

Era este un pub amplio en su interior, recoleto, como se diría en castizo castellano, más propio de las construcciones que les rodeaban que de la época actual y en claro contraste con su exterior rural que semejaba más bien la puerta de un garaje donde se guardaran un par de tractores y alguna que otra maquinaria. Al entrar vieron unas mesas de billar, un par de dianas y unos carteles anunciando los próximos eventos musicales, así como un pequeño rincón reservado para actuaciones y sobre el cual se podían ver instrumentos a medio instalar entre un amasijo de cables.

El profesor y Arturo llegaron poco después. El primero precisó de sus buenos diez minutos mientras terminaba de fumar su pipa antes de reunirse con el resto del grupo en el interior que no comprendía la demora del mismo.

Elena notó una expresión extraña en el rostro de Carlos. Este, al sentirse interrogado con la mirada, dijo por lo bajo a su colega:

—Luego te cuento —y desvió la atención hacía el resto de los miembros de la mesa con la misma naturalidad como si hubiera comentado el resultado del cambio de hora de las clases de la mañana.

Sobre las mesas ya se encontraban varias jarras con los restos de unas cañas repartidas entre los que allí estaban y sendas tazas de té para Elena y Arturo.

—Pedro, ponme otra, pero esta vez lo de siempre —dijo el noruego al camarero que se había acercado al ver entrar a los recién llegados.

—Perdona Hans, pero no nos queda *Two Captains*, la recibiré esta tarde —contesto éste, a modo de disculpa.

—Ponme entonces una *Dark Horizon* —dijo Hans con cierto aire de contrariedad—. Es una cerveza noruega —, explicó éste al ver los rostros inquisitivos de los visitantes ante semejante intercambio de códigos cifrados.

De cartas de amor y Rock and Roll seguido por el aullar de los lobos

Un solitario jugador de dardos de poblada barba y clara ascendencia nórdica lanzaba los mismos a intervalos metódicos de escasos minutos entre uno y otro sobre las mesas de billar, evitando con pericia los cuerpos de los jugadores que rodeaban las mismas y que parecían acostumbrados a este insólito proceder. Como si fuera un Nadal noruego, efectuaba una rutina cíclica consistente en ajustarse las gafas y cambiar de mano los restantes dardos que tenía en su poder, concentrado, consciente de la tremenda responsabilidad que había caído en sus manos, en el sentido tanto literal como metafórico, como único animador del pub a esa temprana hora de la tarde.

Después de tomar un tentempié ligero tras la insistencia de su nuevo amigo Hans, se dispusieron a hablar del tema que les había traído hasta allí.

—Hay algo que ha dicho el párroco que no me cuadra mucho con lo que he leído de la princesa —dijo Carlos, una vez relajados todos en el acogedor rincón que habían ocupado.

—¿Sí? ¿Qué cosa? —contestó Hans.

—Pues que se ha referido a que el viaje de la princesa duró unos nueve meses y medio y en otros sitios he leído que entre unas cosas y otras duró algo más de dos años o así. Hay que tener en cuenta los transportes de la época, ¿no? Y si estuvo en Inglaterra y Francia además...

—Sí, eso es cierto, no hay muchas crónicas más que la noruega de Otón de Freising y la del propio Alfonso X. Dependiendo de a cuál acudamos salió en una época u otra de su país. —contestó Elena.

El sonido del toc toc sobre la diana semejaba un pensamiento recurrente. Los allí presentes parecían esperar inconscientemente el siguiente *toc*, mientras la mente consciente seguía ocupada en la conversación.

—Bueno, hay otra cosa más en la que no se ponen de acuerdo... —dijo por fin Arturo.

Los reunidos se giraron en su dirección. Había estado callado tanto tiempo en su rincón, mirando la evolución de los dardos con aspecto divertido y sorbiendo un té, que su presencia había pasado desapercibida.

—Perdona, Hans —continuó el joven—, según he leído la tumba fue descubierta accidentalmente por un obrero en 1950 al realizar unas obras y descubrir una urna de madera con el cuerpo momificado, ¿no es así?

—Sí, sí, eso es —asintió Hans, sorprendido de que el joven conociera este dato—. Pero la apertura oficial no se hizo hasta 1958 a raíz de un documento que encontró el párroco de la Colegiata de San Damián en aquella época. Luego, las autoridades noruegas pidieron las comprobaciones pertinentes para asegurarse que eran los restos de la princesa y fue entonces, ese mismo año, cuando se organizó un acto de reconocimiento a la «niña nórdica» al que asistieron personalidades de los dos países.

—También he leído que cuándo se abrió el sepulcro se hallaron en el interior del mismo una receta para el mal de oido o algo así y al lado, unas cartas de amor... ¿No?

El chispear de la lluvia que acababa de comenzar, pareció, al golpear sobre los cristales, sumarse a la cacofonía de sonidos. Todos miraron a Hans en ese momento.

—¿Dónde están entonces esas cartas de amor? —continuó Pinedo—

¿En qué lengua se escribieron? ¿Dónde están custodiadas después de abrirse la tumba en 1958? Porque se ha vuelto a saber nada de ellas, ¿no?

—Sí, yo también he leído esos artículos, pero no hubo ninguna carta de amor —dijo Hans—. Lo que sí había era una oración a la Virgen María junto con la prescripción para ese mal de oido que dices, nada más. Creo que la tenía entre sus manos, pero no podría asegurarlo. Eso sí, junto al cuerpo había joyas que indicaban su alto linaje, bordados de oro y piedras preciosas. Tenía intacto su pelo rubio y sus uñas rosadas.

—Y ese manuscrito, ¿dónde está? —continuó Pinedo sin darse por vencido—. ¿Se puede examinar? ¿En qué idioma estaba escrito?

Teresa y Ernesto inclinaron las cabezas hacia delante, la curiosidad pintada en sus rostros ante el curso de la conversación.

—Por desgracia se perdió —contestó Hans—. Sé que se redactó en antiguo noruego, eso sí. Lo último que se supo de ellos es que, sin estar muy claro cómo, aparecieron en poder de un farmacéutico de Bilbao. Por esas fechas se reprodujo en una publicación del ramo dicha receta o remedio como quieran llamarlo y después...

Todos esperaban sus palabras con interés.

El joven, consciente del efecto que estaba causando, esbozó una sonrisa que quería ser ingenua, pero que mostraba cierta turbación.

—Después de eso, silencio —dijo Hans a modo de conclusión, agachando la cabeza, consciente de que sus palabras iban a decepcionar a sus oyentes.

Al cabo de unos segundos, Elena se atrevió a apuntar una idea.

—Ya hemos oído lo que nos ha dicho nuestro apuesto noruego. Pero digo yo, si hubo un forense cuando se abrió o descubrió la tumba... porque al fin y al cabo se levantaría un acta notarial, ¿no? —dijo mirando a Hans, invitándole a contradecirla.

—Sí, sí, así fue, claro —dijo Hans de nuevo volviendo a agachar la cabeza y mirar su jarra de cerveza.

—Pues francamente, me encantaría verla —interrumpió Carlos adivinando el curso del pensamiento de Elena con interés renovado—. ¿No te parece Ernesto?

—Claro, claro, que no sea solo escuchar un bonito cuento de campanas que suenan en la noche para que acuda el príncipe encantador a salvarnos del peligro —dijo el escritor asintiendo con convicción ante una pregunta tan directa.

El camarero que atendía la barra abría el grifo de la cerveza sin detenerse, sirviendo una jarra tras otra para un grupo de personas que parecían no haber visto jamás ese líquido. Acudían estas, curiosas, examinando de cerca el dispensado, el modo en que se producía esa distribución, como la espuma se agolpaba y saltaba de las jarras que eran consumidas antes de que esta rebosara y se precipitara al vacío.

El profesor Lafuente echó un vistazo a un cartel que se encontraba detrás de Teresa y en el que no había reparado antes. Se trataba de un póster anunciando las fiestas de San Cosme y San Damián. La fecha era del pasado año. Un brillante dibujante había recreado en él las calles del pueblo engalanadas con banderines colgando de fachada a fachada y bailando en ellas, entre la multitud, aparecían nada menos que Tintín y Tornasol, acompañados por el capitán Haddock. Hasta la mismísima Castafiore situada en un balcón amenizaba las fiestas con su peculiar estilo.

Carlos lanzó un suspiro de desánimo. Tintín había llegado allí antes que ellos llevado sin duda por la fama de la princesa.

Ernesto recordó entonces la sensación de familiaridad que había experimentado al entrar en la población y que le había traído a la memoria ese otro pueblo donde vivía Pinocho... ese otro lugar donde Geppetto había dado vida a un trozo de madera convirtiéndolo en su hijo. Aquí por el contrario una persona de carne y hueso se había transformado en estatua y quedado por siempre vigilando la colegiata, preguntando a unos y a otros donde estaban las cartas, esa compañía de todos esos años.

Elena permanecía en silencio. Desde el inicio de la conversación se había situado en un cómodo rincón con respaldo de madera desde donde podía escuchar con atención. El calor de la taza de té verde entre sus manos parecía reafirmar en ella la sensación de confort que sentía. La posición frente a la ventana era similar a la adoptada durante sus años de estudiante, ante esas infinitas tardes pasando apuntes o con los libros de paleografía abiertos frente al ventanal de su habitación. Entonces, como ahora, fuera quedaban el frío y el viento, las hojas cayendo interminables sobre el jardín que luego entre su madre y ella recogerían. La lluvia que golpeaba los cristales del pub le hizo ver de nuevo los pequeños charcos formándose a los lados del porche de casa, las hojas secas que su padre ya había recogido y colocado en una gran bolsa negra, que comenzaba entonces a empaparse lentamente. La taza de té, cual magdalena de Proust había traído todo eso a su mente.

Un *toc* de un dardo sobre la diana la sacó de su ensimismamiento. Miró con rapidez a sus compañeros de mesa, esperando que ninguno se hubiera dado cuenta de su momentáneo estado de abstracción.

—A nadie se le ha ocurrido plantearse una cosa... tenemos a la princesa enterrada en Covarrubias, ¿correcto? —dijo Elena de repente, sin darse cuenta apenas de lo que decía.

—Sí, claro —dijeron todos con miradas desconcertadas.

—Y ella, aunque llegó a estas tierras, se casó con su marido en Valladolid y se fueron a Sevilla que era donde estaba la corte, ¿no?

Nuevo asentir de cabezas.

—Yo me pregunto... si la princesa muere en Sevilla, por mucho que su marido hubiera sido abad de la colegiata, ¿qué cojones hace esta mujer enterrada aquí? Y perdón por mi francés como dirían los ingleses.

—De hecho, ahora que caigo creo que apenas se habla de eso en parte alguna, ¿no? —dijo Pinedo con convencimiento—. Es como si se hubiera querido desentenderse de ella de un modo rápido, a la vez que respetuoso, me parece a mí.

Carlos frunció el ceño y tras lanzar una mirada a sus compañeros de mesa y otra, molesta, hacia el grupo de la barra se dirigió a su colega de universidad.

—Elena, tú eres la que tienes más contactos en Patrimonio. ¿Tú crees que podrías hacer algo para tirar de algunos hilos a ver qué puedes obtener?

—Claro, ya sabes que haré lo que esté en mi mano.

—Bien. Hay una cosa en que creo que estaremos todos de acuerdo. Estamos en pleno siglo XXI. ¿No pensáis que para tratarse de una princesa tan famosa no deja de ser curioso que nada más descubrirse la existencia de su sepulcro, se pierda toda la documentación relacionada con ella a partir de ese momento? Quiero decir, parece que sabemos más por las antiguas crónicas que por las noticias actuales, me refiero a los datos que tenemos a partir del descubrimiento del sarcófago y sus circunstancias, ¿no es así?

No dejaba de sorprender la manera en que se crecía el profesor ante las alternativas que se le presentaban. El modo en que organizaba, distribuía tareas y dosificaba las estrategias, siempre con el oido atento a la opinión diversa y enriquecedora.

La música empezaba a sonar con más fuerza. El grupo de intérpretes locales que había estado hasta el momento preparando su instrumental y conexiones eléctricas, comenzaba a hacerse notar. Arturo se fijó en especial en la persona que estaba a los teclados del sintetizador, una pequeña, pero nerviosa chica que contorsionaba con peculiar gracia la pierna izquierda, marcando el compás. El lugar se había empezado a llenar de gente joven que se balanceaba en movimientos sincopados. Un grupo de chavales situados a espaldas del grupo comenzaba ahora a reclamar su espacio, de ese modo sutil que emplea la juventud, ganando terreno milímetro a milímetro, con suaves roces que no podrían llegar a ser catalogados como empujones ante un tribunal pero que no obstante, iban logrando su objetivo.

Llegaron entonces hasta sus oídos fragmentos de la canción que estaban interpretando en ese momento:

«Se puede, porque siempre se puede
Porque la lluvia no puede
Esperar mi verdad...
Se puede, solo sé que se puede
Ser pequeño en mi sueño y llegar al final»

Esa letra semejaba un ligero mensaje de esperanza para el grupo, un diminuto empujón de aliento.

Teresa miraba divertida al grupo de músicos, involucrados ya por completo en su espectáculo.

Hans no mostraba aspecto de tener muchas ganas de hablar más de un tema que ciertamente parecía cansarle ya. Su jarra se había quedado vacía hacía un rato. Miraba el reloj y daba vueltas al iPhone X con funda dorada que mantenía en su mano derecha.

Al cabo de un rato y comenzando a sentirse un poco incómodo, Carlos apuró el resto de la cerveza que tenía frente a si.

—¿Nos vamos? —dijo—. Ha dejado de llover y aún hay camino por recorrer. Aún me gustaría ver la capilla de San Olaf.

Y allí quedó el pub dominado y controlado por una nueva reserva, un nuevo turno, esta vez de cuerpos inquietos que precisaban movimiento.

—Prométanme que me mantendrán informado del resultado de lo que encuentren, ¿de acuerdo? —dijo Hans mientras repartía apretones de manos y besos antes de despedirles al borde de esa carretera que les había traído hasta allí.

De este modo dejaron atrás Covarrubias, no sin haber prometido a Hans mantenerle actualizado sobre el desarrollo de las pesquisas, dirigiéndose la furgoneta a continuación por el camino que el joven les había indicado previamente. Al cabo de unos pocos kilómetros recorridos entre el barrizal formado por el reciente aguacero y, antes de que el anochecer les dejara sin ver el último resquicio de lo que querían contemplar, llegaron a una pequeña hondonada. El aullido postrero del viento llenaba el paisaje.

Este paraje era el llamado Valle de los Lobos y, si bien no vieron ninguno a su llegada, sí que pudieron percibir al fondo de ese lugar resguardado y delante de ellos una silueta gris y extraña que se alzaba, pareciendo arañar el cielo y las escasas nubes que habían quedado en él, como si el reciente aguacero hubiera sido una broma. Al mirar el edificio construido, esa torre de metal oscuro elevarse hacia el firmamento, Arturo no pudo por menos que acordarse de Mordor, o por lo menos de la torre oscura de Saruman. Tal era lo tétrico del lugar, en esa tarde que iba muriendo.

A esa hora, en esa explanada amplia y desierta, aislada entre los charcos que la rodeaban, la torre semejaba un gigantesco reloj solar a la que le faltaran los numerales a su alrededor. Como un gigante perdido miraba desconsolado a lo largo del valle buscando el norte donde debería estar mientras rezaba a San Olaf.

A su lado y como ballena varada en la playa, se encontraba situado sobre una elevación, el edificio principal que conformaba la capilla, construida en madera y hierro.

Las revistas y comentarios más favorables que hablaban de esta construcción se referían a ella como una obra vanguardista basada en el contraste entre el diseño y los materiales. Pero amablemente, obviaban hablar de esa otro contraste de la misma con el entorno en que se encontraba.

—Eso se puede entender como un gesto romántico por parte del gobierno —dijo Ernesto.

—¿Qué te parece Pinedo? Que no nos confunda la semántica. —dijo Lafuente—. Para mí, pese a esta historia del homenaje a la princesa noruega, todo esto no deja de ser para mí, acostumbrado a este tipo de cosas, una mera sala de conferencias multiusos destinada a las empresas hispano—nórdicas que ambas embajadas quieran impulsar. Por otro lado, no veo mal esos conciertos de los que tanto Hans como el concejal de turismo nos hablaron, esas «Notas nórdicas», tengo entendido que las llaman. Todo lo que sirva para unir a los pueblos no es ninguna tontería.

— Sí —dijo Pinedo— aunque visto de otro modo, la misión diplomática del rey Haakon dio sus frutos creando una alianza con España, ¿no le parece? Aunque sea triste que esa misión no se reduzca más que a...

Las palabras murieron en su boca. Pinedo había sentido algo especial esa tarde.

Era difícil de explicar. No podía hablar de presencia, pero sí de sensaciones, de un modo que nunca se había logrado descifrar ni para él mismo. Quizás el pasado no estaba tan lejano como los libros, la metodología y las crónicas le querían hacer pensar. Quizás era un pasado cotidiano y casi vivo en el sentido más físico del término.

Ernesto se había enterado en el pub de que, en las cercanías de este valle se había rodado la película de Sergio Leone *El bueno, el feo y el malo*, en concreto en la sierra de Hortigüela. Hoy, a la vista de esta capilla podía creerlo ya todo. Desde el vuelo sigiloso y silencioso de los buitres leonados que anunciaban la proximidad de Covarrubias, planeando sobre las cumbres, hasta la de exploradores vikingos acudiendo en tropel al rescate de una princesa caída en manos de esas gentes del sur por un error logístico de un rey mal aconsejado.

El profesor miraba a su alrededor.

—¿No lo oléis ninguno? —dijo.

—¿Oler? No, no huelo nada en especial —dijo Teresa con esa ingenuidad que siempre desarmaba al interlocutor.

—Es el olor del dinero. Es lo que ha hecho que se construya esta capilla. No es la promesa incumplida a la princesa, no. Es la riqueza que setecientas mil visitas anuales de ciudadanos noruegos aportan a la población. ¡Vámonos, por favor! —dijo Lafuente mientras caminaba de regreso hacía la furgoneta—. Tengo ganas de volver a examinar la documentación acerca de esas cartas de la princesa.

— Por mi bien —dijo Ernesto—. Yo también necesito poner en orden mis apuntes. Ha sido un día muy emocionante. Para vosotros, todo esto está muy bien. Estáis acostumbrados a estas cosas, a moveros por lugares históricos y demás, pero yo, que vengo de una ciudad donde pocos restos del pasado se pueden encontrar, todo esto me parece muy estimulante.

Ninguno de los presentes lamentó en ese momento que Kristina no pudiera ver esta capilla varada en ese lugar. Por su parte el novelista sentía cierto pesar por la triste historia de la joven. Había notado su presencia muy de cerca esa tarde, desde aquel escalofrío le recorrió mientras contemplaba la estatua. La muerte es piadosa en ocasiones con aquellos que se lleva.

Así salieron cual sombras de aquel valle, huyendo de lo que habían visto.

CAPÍTULO 47

VISITA AL MONASTERIO

Como aún teníamos unos días libres Tere y yo decidimos aprovecharlos para visitar Burgos. Una visita con mayor tranquilidad que la primera, hecha en estado de estupor.

Esta mañana nos hemos acercado finalmente al monasterio de Las Huelgas.

La temperatura no era excesivamente baja para este noviembre. Burgos vivía feliz con esos dos grados centígrados. El pronóstico del tiempo dado para la tarde y los días siguientes seguía augurando un descenso de las temperaturas que oscilaría alrededor de los tres grados, lo cual incitaba aún más al recogimiento que ofrecían sus muros.

Estábamos en el llamado Compás de Adentro, el patio interior donde, a pesar del frío, algunos visitantes, aguardaban ya que se les asignase una guía para el recorrido turístico habitual.

—Hacía tiempo que no había venido. Todo está igual —dijo Tere, mirando sonriente a su alrededor, la nariz levemente colorada por el frío del momento bajo el bonete verde que se había colocado ese día.

Al fondo, frente al pequeño grupo, un ala del edificio mostraba unas rejas que limitaban un reducido espacio interior. A nuestra derecha, el llamado claustro de los Caballeros, donde estos habían dejado antaño sus armaduras, caballerizas y demás objetos personales antes de poder penetrar en el cenobio. Sí, había visto reproducciones del lugar en alguna parte.

Tere me señaló con la mano izquierda una fuente a unos pasos de nosotros, más pequeña que la central, colocada sobre un muro lateral. En la parte superior, en una placa esculpida en piedra podía leerse con cierta dificultad «Construida siendo abadesa Doña Benita Oñate y Samaniego...». Un leve chorrillo brotaba de ella. Instintivamente, Tere se acercó y la tocó con las manos sin parecer importarle la temperatura del agua, a punto de congelarse. En ese momento semejaba una niña traviesa inmersa en una travesura aprovechando la ausencia de su profesora. Era como si una damisela de una de mis novelas históricas hubiera cobrado vida y se burlara de mí.

Por el rabillo del ojo detecté entonces un leve movimiento a mi derecha.

Al fondo, detrás de la reja situada cerca de la puerta de acceso por donde había salido el anterior grupo de turistas al finalizar la visita, una figura se encontraba inmóvil.

Estaba próxima a la entrada de la hospedería y al claustro reservado a las monjas. La figura dio un leve paso atrás en cuanto miramos en su dirección en un movimiento reflejo, al sentirse observada a su vez.

Era una religiosa. Al parecer estaba contemplando como debía hacer con frecuencia y con cierta curiosidad al grupo de turistas que empezábamos a formar frente a la fuente central, aguardando con cierta impaciencia a nuestro guía.

Pensé en ese momento cuán aburrida debía de ser su vida, cuán rutinaria repitiendo el mismo paseo a diario, idénticas tareas, sin posibilidad de ver el mundo exterior. Quizás fuera una suerte en lo referente a las noticias o a los canales de televisión, sin duda. Pero, ¡cuántas experiencias, cuántas posibilidades de vida no realizadas!

Al verla me acordé de tantas y tantas religiosas de mi infancia. En mi caso, mi recuerdo era el de hermanas dedicadas y preocupadas por los niños, con verdadero amor por su trabajo y con una enorme capacidad de entrega.

Sonreí en su dirección.La guía salió del interior del edificio en ese momento. Llevaba un uniforme azul sobre el que lucía un escudo que la identificaba.

—Les recuerdo que está prohibido hacer fotos y video en el interior —dijo escuetamente— ¡Síganme por favor!

CAPÍTULO 48

PASEO POR LA CATEDRAL SECRETA

El día siguiente teníamos programado la visita a la catedral. Habíamos acordado con Marta Pasch vernos allí. Al amanecer nos encontramos con un amanecer particularmente nuboso, acompañado de un viento racheado que tan pronto se calmaba como volvía a sacudir nuestros cabellos mientras nos acercábamos a las inmediaciones de la puerta de Santa Maria, escoltada por dos puertas menores.

La joya de Burgos es sin duda alguna su catedral. Ejercía sobre mí un extraño efecto ya desde el primer momento; me invitaba a reflexionar. Quizás era éste el efecto buscado por sus artífices, artistas y artesanos. Despertar. ¿No era esta la función de toda obra de arte? ¿Elevar el alma? ¿Llegar a lo trascendental a partir de lo material? ¿Soñar despierto con otros mundos que como decía Paul Eduard están en éste?

Sobre las luces de la catedral, sobre los pasos respetuosos de los visitantes, sobre los tétricos relieves mortuorios, cualquier visitante se encontraba así perdido, fuera de su tiempo, insensible a todo aquello que no fueran los matices de sombra y luz, vida y muerte que el edificio rezumaba.

Porque en las derruidas, mohosas y polvorientas capillas, la Edad Media seguía existiendo, palpitando bajo el polvo, bajo el mármol resquebrajado. La divinidad se respiraba, transpiraba de la piedra muerta.

Mientras avanzábamos por la nave central vimos en una de las capillas laterales un grupo formado por dos hombres y tres mujeres que examinaban con atención unos planos mientras miraban hacia una estatuilla en un rincón.

Distinguimos con facilidad entre ellos a Marta que, moviéndose con soltura y seguridad, señalaba alguna que otra figura, dando instrucciones.

—¡Hombre! Habéis venido!—exclamó tras girarse al oír nuestros pasos.

—Sí, aquí estamos. Parece que os hemos pillado en pleno trabajo —dije —. No queremos molestar, si quieres que vengamos en otro momento...

—¡Qué va! Venís de maravilla. Mira, os presentó a Esteban, Lucia y Marco. Estamos trabajando los cuatro sobre el retablo de la capilla de los Condestables. Las vidrieras ya fueron retiradas hace un año o así y se están restaurando ahora en un taller.

Tras las presentaciones iniciales, Marta adoptó una mirada cómplice.

—¿Queréis ver algo nuevo? ¿Algo especialmente interesante que muy pocas personas han podido ver en la catedral? —dijo—. Puede servirte para documentarte o darte ideas para alguna novela. No pensarás que te invité aquí solo para ver la catedral del mismo modo que cualquiera puede ver contratando una visita guiada, ¿no? Chicos, perdonadme un momento. Me ausento con estos amigos para enseñarles la zona X —dijo a continuación a sus compañeros dejando la carpeta que tenía en sus manos sobre la mesa, ya ocupada por varios planos y esquemas.

—¿La zona X? —dije mientras la seguíamos—. ¿Qué es eso? Suena interesante.

—Es como llamamos a una zona de la catedral que poca gente puede ver, ¿sabes? Pero creo que vosotros apreciaréis lo que os voy a enseñar— dijo Marta con una sonrisa socarrona— ¡Quién sabe!

Seguimos a nuestra improvisada guía por una estrecha escalera que partía del usillo cercano a la puerta de Santa Maria y que ascendía por un lateral de la nave. Poco después subíamos a la cubierta de la catedral.

—Ahora estamos en el interior de la torre sur —dijo Marta mientras avanzábamos.

—¡Qué emocionante!—dijo Tere—. Parece un lugar de aventura.

—Lo es, lo es Tere. Cuando lo descubrí quedé fascinada. Son las ventajas de esta profesión, todavía se puede encontrar alguna fuera del trabajo meticuloso del día a día.

Tras subir unos metros alcanzamos un pequeño recinto donde apenas cabíamos los tres.

—Esto era la antigua caseta del campanero —dijo Marta antes de que tuviéramos tiempo a formular pregunta alguna—. Dicen algunos de los mayores que, por esas cosas de la vida, el encargado de tañer esos gigantes metálicos, era también zapatero, y que aquí, en las alturas, en el corazón de la torre, tenía el taller.

Costaba imaginarse a una persona sentada aquí, inclinada sobre sus zapatos esperando que fuera la hora para tañer la campana.

La escalera de caracol continuaba estrechándose a medida que ascendíamos, haciendo casi imposible el avance en su último tramo, con esa abundancia de escalones pequeños y paredes que parecían estrecharse hasta alcanzar el campanario. Delante de nosotros se extendía una armazón metálica que nos apresuramos a cruzar con cuidado. Nos encontrábamos ahora en un mirador circular que coronaba la aguja. Sobre ella se distinguían las letras «SM».

—¿Y esas letras? —dijo Tere.

—Son las iniciales de Alonso de Santa María, el obispo que inició la construcción de la catedral.

—¿Qué os parece? —dijo Marta al llegar a nuestro destino.

Miramos a nuestro alrededor.

No había palabras para describir lo que teníamos a nuestros pies, la sensación, la borrachera provocada por la altura, Burgos visto desde un lugar que pocos pueden contemplar. Respiramos sin decir nada cogiéndonos de la mano ante tanta belleza.

Estábamos a unos ochenta metros de altura, viendo toda la ciudad extenderse a nuestros pies así como la periferia en varios kilómetros hasta la línea del horizonte.

La catedral parecía desde aquí elevarse aún más a los cielos.

La luz mostraba unos cambios de tonalidad sorprendentes, tan pronto oscurecía como sacaba un brillo especial de esa piedra blanca, bajo los efímeros y escurridizos rayos solares.

El claustro, las capillas, los arbotantes, los pináculos, los ventanales y ojivales... Era fácil sentirse como Cuasimodo en esa otra catedral gótica de Norte Dame. El ánimo se quedaba encogido, la mente llena de estupor, asombro y respeto ante el modo en que hacía más de siete siglos se pudieron levantar semejantes estructuras.

—¡Y todas estas piedras tuvieron que ser traídas desde lejos! —dijo Tere.

—Así es, desde la cantera de Hontoria a unos noventa y cuatro kilómetros de aquí.

—Y hasta las alturas —añadí en voz alta palabras que habían sido solo un pensamiento interno expresado involuntariamente.

—Y cuánta gente se dejaría la vida en este trabajo —dijo Tere en un susurro.

—Vamos a ver ahora la galería de los Reyes. ¡Seguidme con cuidado! —dijo Marta con pragmatismo, rompiendo ese momento tenue.

Mientras descendíamos de la torre, nos fijamos en cuatro figuras que abajo, en la fuente situada en la plaza de Santa Maria, habían reparado en nosotros y que, sorprendidas al ver tres personas moverse por la fachada de la catedral, hacían señales y aspavientos en nuestra dirección. Parecían ser unas turistas inglesas bien pertrechadas de mochilas que habían decidió descansar de su carga por unos minutos.

—Venid por aquí —dijo Marta mientras continuaba caminado por la cubierta, delante de nosotros.

—Es mejor venir por este lado que volver a recorrer pasillos estrechos, ¿no os parece? ¡Cuidado! Alguna de las tejas están rotas. Por muy bonito que se vea desde abajo, el edificio tiene muchos años sobre sus hombros y esta parte es especialmente antigua.

—Nadie lo diría, la piedra parece nueva—dije.

—En los últimos años se realizó una limpieza integral —replicó Marta mientras avanzábamos unos metros en dirección a la girola.

—¿Sobre qué parte de la catedral nos encontramos ahora?—preguntó Ali, la concentración brillando en su mirada, su atención toda en donde colocar los pies.

—Sobre la mismísima nave central.

Y así era. Delante de nosotros, una visión sorprendente. Las esculturas de los ángeles colocados en la parte alta de la nave parecían vigilar la ruta, como si la catedral pudiera despegar en cualquier momento hacia los cielos y fuera necesario controlar su rumbo.

Cruzamos al lado de esas gárgolas fascinantes, de formas y rostros siniestros, que habían aguantando la lluvia y la tempestad de siglos sobre esas fauces entreabiertas, rugiendo de rabia por sentirse condenadas a estar así, permanentemente fijadas a los tejados, sin tener la oportunidad de poder echar siquiera un vistazo a las maravillas que se ocultaban en el interior del edificio sobre el que se encontraban posadas, rodeadas de figurillas, bestias, cabezas y escudos cuya interpretación seguro merecería más de una tesis doctoral.

Marta parecía orgullosa de vernos contemplar así este su pequeño mundo. No debían de ser muchas las ocasiones en que podía mostrar ese espacio que le pertenecía, ese espacio al que, quizá, sus colegas no prestaban la misma atención, más dispuestos a concentrarse en la tarea precisa que tuvieran entre manos antes que mirar al cielo y dejar el alma elevarse y posarse sobre los tejados.

Atravesábamos ahora un pasillo muy estrecho, no apto para seres corpulentos. Otro husillo, retorcido y casi tan angosto como los de las torres, nos dejó delante de una abertura, la entrada al piso superior del cimborrio.

Frente a nosotros una puerta diminuta de apenas metro y medio de altura. Al atravesarla nos sentimos repentinamente en otro nuevo paraíso del arte.

Estábamos sobre el cimborrio de la Catedral de Burgos.

—A veces, cuando necesito un especial empujón de creatividad o simplemente motivación artística, subo aquí arriba —dijo Marta—. Estos detalles que vemos, estos acabados, fueron obra de Juan de Vallejo. Para mí es el sitio más bello del templo.

—Es una auténtica pasada —dije, no atinando a encontrar el adjetivo adecuado, la medida de la dimensión del asombro que nos embargaba.

—Dicen que Felipe II al verlo dijo que parecía más bien obra de ángeles que de hombres—añadió Marta con mirada ausente. No se cansaba de soñar con las piedras con las formas y colores de la misma, esos sueños hechos roca, materia sólida y tangible.

La mirada se perdía en las estatuas, en los relieves, en los escudos, en la cuidada maqueta de la ciudad en el siglo XVI esculpida en la piedra. Las delicadas vidrieras parecían poderse tocar con la mano, sobre nuestras cabezas la espectacular bóveda estrellada.

Abajo, muy abajo el coro semejaba otra diminuta maqueta y los pocos visitantes que en ese momento se encontraban en el interior de la catedral, meros puntos liliputienses moviéndose por la nave central para detenerse con solemnidad ante la tumba del Cid.

—Y ahora, un poco de diversión más anecdótica —dijo Marta con esa sonrisa divertida que no había desaparecido de su rostro en toda la visita.

Subimos una empinada escalera metálica hecha de diminutos escalones.

Apareció frente a nosotros una maquinaria provista de engranajes y de apariencia misteriosa.

—Tú como burgalesa sabrás lo que esto, ¿no?—dijo Marta dirigiéndose a Tere.

—¿El Papamoscas?—contestó ésta con una sonrisa.

Efectivamente, así era, el engranaje que sustentaba uno de los símbolos más apreciados de Burgos estaba ante nosotros. En ese momento la maquinaria comenzó a moverse.

—Fijaos, el Martinillo va a dar los cuartos ahora —dijo Marta.

Habíamos llegado en el momento adecuado y los oídos se llenaron de ese sonido tan familiar desde la calle y que tan extraño se hacía aquí en las alturas.

Estábamos a unos ochenta metros de altura aproximadamente viendo toda la ciudad

Marta avanzaba delante nuestro cruzando ahora las entrecubiertas. Era curioso verla caminar así sobre esa superficie ondulada que no había sido pensada para ser contemplada desde aquí como el que estuviera contemplando su imagen sobre el revés de un espejo, a la vez que avanzábamos sobre la nave norte.

Este laberinto incesante, este sueño laberíntico donde jugar y pasar las horas se terminaba ahora delante de una puertecita.

—Esto os gustará aún más. Es el triforio que está sobre la Escalera Dorada. Desde aquí tenemos una panorámica privilegiada del crucero. Se diría que aquí no hace tanto frío como a ras del enlosado.

A duras penas en esa escasa luz podíamos adivinar el entramado de madera que componían los diferentes cuerpos mientras nos cruzábamos con pequeñas columnas mucho más humildes que el resto. Era evidente que este lugar no había sido concebido para la vista de nadie, sino para quedar oculto. Tras rodear el retablo salimos hacia la nave sur.

—¿Qué hora es? —dije tras darme cuenta de que habíamos perdido la sensación del tiempo por completo.

Mi mente parecía recordar estas escaleras, estos muros y estas vistas como si lleváramos días en este lugar.

—Son las doce pasadas —dijo Tere tras consultar su reloj—¡Mira, ha salido el sol!

Así era, sus rayos caían fuertemente en el interior de la catedral.

En momentos así ni siquiera haría falta la iluminación artificial porque la blancura de la piedra y los juegos de luces concebidos por los arquitectos del templo se mostraban en todo su esplendor.

Justo entonces, buscando los contrastes, concluimos el paseo por las naves principales y sentí que Marta nos llevaba en busca de otras estancias menos conocidas. El lugar donde estábamos ahora parecía una pequeña sacristía en la capilla del Corpus.

—Aquí, arriba de nosotros está el archivo catedralicio —dijo Marta—. Un tesoro documental cuyo original más antiguo es un precioso privilegio donado por Alfonso XI a la Catedral de 1311. Hay cientos de volúmenes alineados en las estanterías con sus sellos originales colgando en pequeñas bolsas.

Marta nos había llevado ahora hasta el otro extremo del templo, la capilla de Santa Tecla. La temperatura que aportaba el suelo radiante era una bendición de Dios y quizá el mejor motivo para que el Cabildo según nos informó nuestra improvisada guía hubiera trasladado hasta aquí su vestuario y su sala de reuniones. Veinticinco taquillas de madera para otros tantos canónigos se apretaban en los laterales y una sencilla mesa con el mismo número de sillas presidía la parte central.

—Y esto, en lo que a mis compañeros y a mi respecto, aquí se deciden las cuestiones del día a día que atañen a la pieza más importante del patrimonio histórico y artístico de la provincia, y con este como diría Porky, en este lugar termina nuestro recorrido.

—Bueno, lo que está claro es que el trabajo de un restaurador no acaba nunca en un sitio como esté—indiqué con aprobación a la vista de todo el material que sus compañeros habían desplegado en la zona de la nave en la que nos encontrábamos.

—Eso es lo que decimos. La verdad es que queda mucho trabajo todavía por restaurar y hay que verificar la edad de montones de objetos encontrados en esos pasadizos. No es conveniente realmente el divulgar en estos casos algo. Como te dije en Valladolid no puedes preservar todos los niveles, todas las capas de las construcciones. Imagínate que si excaváramos aquí mismo y descubriéramos que bajo la mismísima catedral se esconde un templo romano antiquísimo, ¿deberíamos por ello excavar para recuperarlo destruyendo así todos los siglos durante los cuales la catedral ha sido conocida como tal? ¿O mantenemos en su lugar un compromiso intermedio y dejamos un leve vestigio, algunas columnas que testimonien esa otra realidad anterior?

Estábamos ahora en un lugar poco iluminado. Solo unas lámparas colocadas cada tres metros iluminaban el principio de lo que parecía ser un pasillo que se extendía hacia la parte norte de la nave.

—¿Hasta dónde llega este pasadizo?

—Es difícil saberlo. Hay partes que están cegadas. Estamos todavía excavando.

—Una cosa Marta, no sé si tendrá algo que ver con esto o no, pero —y aquí baje la voz—, he oido rumores acerca de que en el subsuelo de la iglesia hay pasadizos que llegan hasta el castillo o el río, ¿tú crees que puede haber algo de cierto en esas leyendas?

—Nosotros no podemos creer nada —dijo riendo echando la cabeza hacia atrás—.. Sería un obstáculo en nuestro trabajo el tener ideas demasiado románticas. Luego, a veces, una vez distanciados podemos llegar a tener alguna opinión. Hay quienes aventuran que podrían llegar hasta la mismísima falda del castillo. ¡Otros hasta edificios cercanos a la parte posterior de la catedral! ¡Quién sabe! Quizás como vía de escape ante una invasión a fin de permitir que los nobles pudieran huir por ahí.

CAPÍTULO 49
ARDILLAS EN EL PARQUE

De las notas de Ernesto Santos

A veces he visto ardillas en el parque de la Isla.

Entre las siete y las ocho en especial, suelen juntarse en pequeños grupos en aquellas partes menos transitadas del mismo, cuándo el aire de la mañana aún está prendido del rocío, cuándo el último sueño todavía está sujeto al corazón.

Las ardillas, tranquilas y metódicas a esa hora, avanzan dando pequeños saltos, diminutas manchas de color marrón sobre la hierba, aún húmeda, brillante y fresca.

Hay grupos de paseantes que, conocedores de sus costumbres, aguardan ese momento para acercarse, con pasos llenos de paciencia y manos cargadas de nueces o almendras con la secreta esperanza de poder tentarlas hacia sí.

Es este un lugar al que nos hemos habituado a acudir mientras ha durado nuestra estancia en la ciudad.

Los árboles del parque situados en la parte más lejana al Palacio de la Isla, se reúnen a su vez en grupos y encubren entre ellos las andanzas de estos pequeños roedores.

Allí juntos, el palmito elevado, el ciprés, el álamo blanco y el chopo boleana hacen compañía al tejo, al sauce llorón y a su primo el olmo llorón, con esa insistencia del parque hacía lo melancólico, obedeciendo quizá al espíritu de su creación como paseo romántico.

Hay momentos de especial tranquilidad en un parque a esta hora del día, antes de que los servicios municipales de limpieza y las madres portando sus carritos de bebé invadan sus senderos, tomando posesión de él.

Pero antes, mucho antes, ya han hecho las ardillas su exploración diaria y diminuta a las diversas ruinas repartidas por el parque. Tras venir de los arcos de los Comendadores han conquistado y protegido para la posteridad la preservada portada románica de la desaparecida iglesia de Nuestra Señora de la Llana, así como la fuente de estilo colonial antaño colocada en el claustro del hoy olvidado monasterio de San Pedro de Arlanza.

Ellas, ignorantes de la grandeza y del esfuerzo de sus constructores, han llegado al extremo de esconder bellotas y otros frutos entre los intersticios de la piedra. Allí, estos, ocultos también, protegidos de la atmósfera del lugar, aguardarán enterrados a escasos centímetros de la superficie, repartidos en toda la extensión del parque —al igual que otras provisiones escondidas en lugares menos emblemáticos—, el momento placentero de un tiempo futuro en que serán desenterrados y disfrutados por la pequeña colonia.

Pero ese momento no existe todavía en la diminuta conciencia de estos animalitos que dan saltos entre las ramas, impulsados por sus largas colas, a lo ancho y largo de este museo al aire libre.

Entre la amplia variedad botánica del parque habíamos elegido Tere y yo este primoroso rincón. Estábamos junto al *Cercis siliquastrum*, comúnmente llamado el árbol del amor.

Al llegar al lugar, Tere —puesta ya en antecedentes por su experiencia de días anteriores—, introdujo la mano en su abrigo y sacó unas pocas bellotas.

Tras unos segundos en que nada ocurría en apariencia, pudimos ver un leve movimiento entre los arbustos plantados frente a nosotros.

—¡Mira, mira, allí están! —dijo Tere, con una voz llena de emoción contenida, como si fuera una colegiala en una salida escolar.

En efecto. Un movimiento rápido proveniente desde el lado izquierdo se planta delante de nosotros y desaparece por la derecha, con la misma rapidez que vino, con un movimiento convulso.

Por el suelo del parque se extiende lo que parece una mancha marrón y peluda—dada la velocidad del fenómeno—, que se revela poco después como una pareja de ardillas, una en pos de la otra. La mancha sube a los árboles, se agita en las copas y vuelve a descender en movimientos circulares por el tronco para subir a otro árbol unos pocos metros más allá repitiendo idéntica operación. La vista apenas tiene tiempo de reconocer las formas, las colas que se impulsan. Parecen nerviosas por algún acontecimiento especial que nada tiene que ver con nuestra llegada, con nuestra presencia.

Entretanto un diminuto ejemplar ha hecho su aparición a horcajadas sobre uno de los cercados metálicos que protegen las plantas y los macizos de flores, para, a continuación, colocarse inmóvil delante de Tere.

Otro más surge detrás del anterior y, tras mirar primero a la mujer que tenía frente a sí, y luego a mí con cierta desconfianza, parece considerar nuestra presencia allí, el grado de confianza que podíamos merecer. Esperaba yo en mi interior que me vieran como a uno de esos paseantes solitarios de tantas mañanas que, con el *Diario de Burgos* bien sujeto bajo el brazo, el ocasional libro, cruzan y se sientan a la sombra de los sauces, permaneciendo inmóviles allí durante cerca de media hora inmersos en esa extraña actividad, sin perturbar la paz del lugar.

Tere me miró y, a continuación, como si estuviera acostumbrada a hacerlo de modo habitual, se agachó despacio frente a los dos roedores.

El segundo de los ejemplares, quizá más ágil y confiado que el primero —o quizá simplemente más hambriento—, cruza por delante de su compañera acercándose así hasta la palma que se le ofrece extendida frente a ella.

No fue la conquista de un paso del noroeste, ni la apertura de una nueva frontera, pero para mí ese momento fue igual de culminante que cualquiera de los hechos históricos que acostumbraba enseñar en el aula.

Tere, agachada con su abrigo gris, las solapas subidas, inconsciente de todo excepto del pequeño animalito frente a ella comiendo de su mano se convirtió para mí en ese momento en parte esencial del parque.

Este tiene sin duda un ritmo característico, su propia alma. No podemos llevar nuestra dimensión a él si queremos apreciarlo, más bien, es él quien debe entrar en nosotros. Solo así lo veremos como Tere y yo en esas mañanas. En esas tardes.

No fue hasta años más tarde en que, más familiarizado con los pintores favoritos de mi amada, pude reconocer la luz de atardeceres semejantes en una de las pinturas de Claude Lorrain... en ese penacho de copas de árboles recortados contra una luz etérea que parece salida de otro universo, en esas ruinas convenientemente colocadas para que sobre ellas incida el oportuno rayo de sol que, tras rebotar en su superficie, vaya a caer finalmente sobre el rostro de las personas que por allí deambulen. Congelados convenientemente en el tiempo para gozar de ese momento una y otra vez.

El amanecer trae consigo una perspectiva distinta del parque. El ritmo es otro al igual que es otro el paseante al compás de las horas. Parece que el entorno haya contagiado a la población en estos momentos.

Había estado en otras ocasiones en el Parque de la Isla, sí, pero esta fue la vez que lo descubrí.

CAPÍTULO 50

MERRY OLD ENGLAND

Hacia la alegre Inglaterra

Eché la vista atrás, a las semanas previas anteriores al congreso, a esta nueva aventura.

Me encontraba en la editorial Cuadrado Verde. En concreto en el despacho de Desirée. Mi editora permanecía sonriente delante de mí mientras sostenía un abultado sobre entre las manos.

—Esta es tu misión si deseas aceptarla agente Santos, pero si lo haces, negaré cualquier participación en la aventura —dijo a la vez que me hacía entrega del mismo—. Eso último es broma. Ya sabes que estaré encantada de ser de cualquier ayuda, pero permite que por unos instantes me sienta importante. Soy consciente de que estoy cargando mucho tu agenda y te ruego que me entiendas. Solo tendrás que acudir a un par de reuniones programadas por la editorial, nada más. ¡Por favor, no me digas que no! Todavía te quedará algún tiempo tras el congreso de Valladolid antes de las ferias y próximas firmas de libros programadas y bien puedes emplearlo de este modo, ¿no te parece?

La ventana situada detrás de ella mostraba una plazoleta con árboles centenarios que rozaban los cristales. Siempre me había encantado este refugio porque así me sentía yo, acogido cada vez que acudía a este lugar. Era el sitio ideal para alguien que precisa estar todo el día rodeado de libros, papeles y autores.

—Por supuesto, podrás ir con Teresa. Los gastos incluyen alojamiento y dietas para dos personas durante dos semanas.

—¿Me quieres decir que todo esto es el resultado de haber publicado un libro sobre unas muchachitas elegantes en Baviera? Si lo llego a saber, hubiera incluido alguna nota catastrófica, algo de drama y llanto.

—No es solo eso Ernesto y si no te has dado cuenta no seré yo quien te lo diga, por lo menos no ahora. Quizás la gente quiera volver a leer sobre historias delicadas supongo, sobre esas cosas que una vez me contaste sin darte cuenta. Eso es algo que los autores tenéis que descubrir con el tiempo. De lo contrario os volvéis un poco tontitos y se os sube a la cabeza. Lo único que tienes que hacer de momento es entrevistarte con las personas que yo he acordado en los días mencionados en esa propuesta. Lo demás corre de nuestra cuenta —y de la suerte, claro. Esto es, promociones extraordinarias que sea necesario realizar, ferias del libro internacionales, etcétera... siempre y cuando nuestros socios ingleses no te hagan alguna propuesta complementaria.

Tuve que sentarme y leer varias veces la propuesta comercial que me estaba haciendo Desirée. Mi novela había subido en ventas, tanto online como en librerías tradicionales pero eso, que ya de por sí era estimulante y que estaba procurando encajar lo mejor que podía, no era nada en comparación con lo que me había comunicado esa mañana. Miré la cantidad de papeles y los centenares de borradores pendientes de leer que se encontraban apilados en ordenados montones en el despacho de mi editora en busca de alguna explicación. Mi mirada se dirigió a continuación al centenario ficus que se podía ver detrás de ella, a sus ramas que llegaban a tocar las ventanas en días de viento, a ese verde intenso que cubría la plaza y hacía más fácil la reflexión. Como tantas otras veces en mi vida, necesitaba, precisaba desconectar de la realidad, pedir tiempo muerto para ganar perspectiva.

—Bien, acepto —dije sonriendo, todavía aturdido—. Esta respuesta iba dirigida tanto a los viejos árboles tras el ventanal como a la propia Desirée dada mi confusión mental del momento.

—Pues ya sabes, cogeros ropa de abrigo para el primer destino —dijo.

— ¿El primer destino? —pregunté desorientado.

—Sí, Inglaterra si todavía te dejan entrar —dijo mientras señalaba simbólicamente con su bolígrafo un diccionario Collins preciosamente encuadernado en tela negra sobre su escritorio.

. . .

Inglaterra.

Para mí Inglaterra significaba algo más que los lugares turísticos que todo el mundo conoce, tales el palacio de Buckingham, el 10 de Downing Street, Piccadilly y demás. Dada mi educación, mis lecturas de niño y adolescente y mis viajes realizados con posterioridad a ese país habían hecho que para mí fuera la tierra de Dickens, Euston Road y la zona de Bloomsbury en primer lugar y con posterioridad, Kensington y luego Marta y Masako Owada.

En el piso de arriba escucho a Tere peleándose con su maleta. Tiene la radio puesta y de vez en cuando la oigo canturrear. La mía, cargada con lo justo reposa en la habitación de invitados.

Pero ya estoy divagando como es mi costumbre. Miraré mi agenda, mi vieja libreta de notas donde puse mis pensamientos ya en aquellos lejanos veranos de los años setenta y ochenta. El tiempo ha dejado su huella. Está cuarteada, con las anillas fuera de su sitio, con una letra manuscrita en la que apenas reconozco mis notas y me sorprendo de mis propias reflexiones.

Una vez tuvimos fijamos la cita de nuestra reunión con el contacto en Londres que me había indicado Desirée, tanto Ali como yo pensamos que sería una buena idea adelantar unos días nuestro viaje y sacar el máximo provecho de la experiencia.

Recordaré siempre con extrema claridad el primer día que vi Oxford, tendría yo unos veinticinco años. Supuso cumplir un sueño de varios meses de preparación y que sólo duro un día. Solo un día de un periodo de ensoñaciones, de esperanzas.

No puedo separar en mi mente por completo Oxford de Cambridge, un Cambridge que pude visitar dos días más tarde.

Pensé en esto mientras permanecía inmóvil dentro de los quads del Magdalene College, observando con extrema atención y asombro a mi alrededor, dejando que la atmósfera del lugar penetrara bajo mi piel durante una tarde de invierno en un día que anunciaba el Año Nuevo. No pude evitar pensar en aquella primera visita como hubiera cambiado mi vida de haber podido ocupar una de las habitaciones de esos edificios, quizás en aquel que vislumbraba frente a mí y donde Wilde se encontraba a diario con sus amigos bajo las columnatas del claustro. Ese hermoso claustro pintado en claroscuro por el sol poniente mencionado en su poema Magdalene.

Ver las espiras de los colleges desde lejos era ciertamente una experiencia emocionante mientras me acercaba caminando hacia ellos aquella primera vez tras salir, fascinado, de la estación de ferrocarril. Tomé más tarde un sandwich en The Mitre, ese viejo pub rodeado por colleges donde autores de renombre habían pasado varias tardes conversando sobre Ruskin y el movimiento prerrafaelista.

Cuando vi Christ College por vez primera no pude evitar acordarme de Charles Ryder, cruzando la puerta principal bajo el reloj de Tom Tower mientras este pensaba con esperanza: «Buscaba el amor por entonces y pensé que por fin había descubierto esa puerta baja en el muro. A través de ella era posible penetrar en ese jardín encantado, escondido en un patio que tampoco era apreciable desde ninguna ventana en el corazón de esa ciudad gris».

Mi recuerdo vuela ahora a Cambridge. Allí está de nuevo el río. Puedo oler la atmósfera y verlo nuevamente rodeado de una niebla perezosa que no quiere levantarse. Un paisaje de cuento de hadas donde los cisnes se abren camino a través de las aguas del río Cam. Allí estaba yo, intruso en esa belleza natural, sentado sobre el césped de los famosos Backs, impregnándome de todo, respirando el lugar, ya que únicamente disponía de un día para atraparlo... todo.

En ese lugar que parecía hecho para mí se escondía la capilla del King's College. Allí uno se podía ver y sentir en el centro mismo de una atmósfera que hacía venir a mi mente irremediablemente la película Carros de fuego. Cerré los ojos. Podía respirar el conjunto de edificios en el corazón.

Lo triste era saber en mi fuero interno que a pesar de esas sensaciones, de ese sentido innombrable de pertenencia al lugar, no era más que un extraño, un turista, un extranjero en aquel reino junto al mar.

En el verano de 1988 retorné a Cambridge para realizar un curso de verano de dos meses.

Era el llamado Honours Programme, un tipo de curso especial que había organizado el departamento de estudios externos (Extramural Studies) de la universidad para aquellas personas que durante su estancia en Cambridge durante los cursos de verano, quisieran tener una visión lo más cercana posible de lo que era ser y vivir el día a día de esta universidad.

Solo era un mes y medio, pero para mí era lo más parecido posible a sentirme integrado dentro de ese sueño que llevaba persiguiendo años atrás... Lo más parecido a ser como Harold Abrahams o Eric Liddel: un hombre de Cambridge o más propiamente dicho... a Cambridge man. Sonaba ciertamente mejor pronunciado en inglés.

Dispondría de un tutor personal y un trabajo que presentar semanalmente. Durante unas pocas semanas iba a poder sumergirme en la vida universitaria, en la rutina diaria. Podría sentirme totalmente como un estudiante británico. Mi residencia sería el Selwyn College.

El college se encontraba aislado en el verdor de la tarde. Parecía como si nada pudiera romper su soledad, su tranquilidad. Todo Cambridge parecía encontrarse —utilizando los versos de T.S. Eliot— «anestesiado sobre una mesa». En realidad, existían dos ciudades coexistentes en el mismo espacio, ese estrecho espacio cerca del río. Una a la que pertenecía el college físico, tangible. La otra, la otra estaba hecha de hilachos, de sensaciones, de olores e impresiones personales.

Todos los estudiantes de la residencia universitaria de Selwyn College hacían uso de un recipiente algo oxidado en el que poder hervir agua durante la obligada ceremonia del té vespertino. La tetera daba al líquido ese único e inigualable sabor a calcio, consecuencia de muchos felices hervidos del mismo tipo que me habían precedido en la larga cadena del ser.

La ventana de mi habitación se abría a los mismísimos prados y el río.

¿Cómo olvidar esos días de remo, esos momentos haciendo punting en el río Cam buscando un Grantchester que insistía en mantenerse alejado, puesto que nunca llegamos a él? Puedo cerrar los ojos y ver de nuevo esos rostros brillantes y alegres con miles de propósitos jugando en ellos.

Asomando sobre la copa de los árboles frente a mi ventana, se podían ver con facilidad los tejados del King's. ¡Qué alegría, qué exultante sensación para el espíritu comenzar la existencia diaria de este modo! Atrás habían quedado los desengaños y el mundo prosaico. El neblinoso futuro no jugaba parte alguna en esta vibrante y desmedida fiebre por vivir.

Si de vez en cuando chispeaba esto no hacía más que añadir un toque de irrealidad a los viejos edificios de la West Road.

Uno de mis primeros recuerdos cuando pienso en Cambridge es el de Marta. La misma Marta a la que había desesperado volver a encontrar. Destacándose del resto de rostros y los recuerdos asociados a ellos, aparece el perfil de esta chica menuda cuyo pelo corto enmarcaba su rostro de un modo único. Ella colorea muchas de mis memorias de aquella época. Dos recuerdos me asaltan al respecto en especial ahora, mientras escribo. El primero es el de un par de ojos pidiéndome compartir el pan que no he tocado durante la cena. El otro es el sentido y doloroso placer de contemplarla bebiendo café en un sofá con sus hermosas piernas cruzadas. Mientras, detrás de ella a través de una ventana, podía contemplar uno de los courts de Caius College, donde mi amiga residía. Me vino entonces la dolorosa idea de que ella, tan hermosa y querida como era, llenando Cambridge y haciendo de él un lugar todavía más vivo para mí, era parte de aquellos amigos con las que no iba a coincidir más en vida.

Sí, Marta había sido un amor idealizado, la encarnación de Cambridge en una persona.

No puedo tampoco olvidar la música y las canciones de los niños del King's. Tengo un vivo recuerdo de aquellos infantes a los que era posible ver todas las mañanas y tardes con sus sombreros de copa y cuello alto acudiendo a cantar desde sus habitaciones, atravesando los prados que bordeaban la West Road. Recuerdo en especial aquella actuación teatral que presenciamos Marta y yo que representaba las hazañas del capitán Cook. Esa obrita estará siempre asociada en mi mente con Marta. El hecho de encontrarnos los dos en aquella sala de conciertos, de pie mientras sonaba el himno nacional británico, fue una experiencia que perduró en mi memoria, en sentimientos difíciles de traducir en palabras, hasta que conocí a Ali.

Todos somos un poco fantasmas, vivimos en el recuerdo de un mundo que conocimos durante nuestra infancia, y durante el cual crecimos para, luego, en nuestra edad adulta, darnos cuenta de que ya no existe, de que solo son sombras que únicamente perduran en las películas en blanco y negro, en las viejas canciones románticas de *crooners* como Sinatra o Bing Crosby.

Los valores, costumbres y personas con los que crecimos ya no forman parte de nuestro entorno.

La lluvia rebotaba con un rumor apagado en el exterior. El río, visible desde la ventana, ondulaba bajo las pesadas gotas del día en su diluir, pasando bajo el arco del puente, del verdeante lecho viniendo desde mundos soñados.

El día estaba nublado, caían pesadas gotas, algún que otro canto de pájaros invisibles se escuchaba sobre los húmedos y eternos verdes campos, los húmedos y eternos chopos de aquella Inglaterra que ya nunca podría olvidar.

CAPÍTULO 51

REGRESO A SELWYN COLLEGE

Ahora era mi turno de regresar de la mano de Tere. Al principio no recordé la estación. ¿O sí? Me pareció ver un atisbo del pasado en la entrada a los aseos, en la salida y la cafetería situada junto a ella. Todo lo demás parecía extrañamente cambiado. Ya no circulaban los trenes de British Rail por nombrar solo una cosa.

Era necesario hacer una pausa antes de salir con las maletas a la ciudad. Ali se sentó en el interior de la pequeña cafetería custodiando nuestro reducido, pero abultado equipaje y me dirigí hacia el mostrador.

—¿Viene de visita, señor? —me preguntó el camarero, un joven de apariencia simpática y con ganas de hablar.

—Ya había estado aquí hace muchos años. Fui estudiante allá por 1988.

—Vendrá a ver a sus amigos entonces —dijo con una sonrisa—. Será agradable volver a verlos— continuaba el joven, sin aparentar hacer caso de los gestos de otro cliente, molesto por la atención que el camarero parecía prestarme.

¡Los viejos amigos! ¡Volver a verlos! ¡Si todo fuera así de fácil! Me di cuenta de que había envejecido. Este joven no podía comprender o entender una época en la que las llamadas telefónicas con otro continente eran denominadas conferencias y valían un ojo de la cara. Llamadas que como mucho se limitaban a un acto breve, a un saludo cortado y nada más. Una época anterior al correo electrónico y, por supuesto a Facebook. Pero era inútil contar todo eso.

—No, ya no están aquí. Se marcharon todos. Solo quedan los edificios, los *colleges* —dije brevemente.

Sí, siempre quedarían los *colleges*. Tal era la belleza y la crueldad de los sitios que uno ha visitado en el pasado. Que los objetos que uno encontró allí sigan estando, pero esas presencias tenues, mortales, débiles e inconstantes que somos los seres humanos ya no estemos. Que el césped siga estando igual de fresco. Que las bicicletas continúen apoyadas como siempre, con su cesta delantera llena de libros. ¿Estaría mi viejo *college* donde lo dejé? Tenía deseos y a la vez miedo de volver a verlo. ¿Me acordaría de como llegar? Tantas memorias me llenaban... ¿Cómo era posible acumular tantos recuerdos y sensaciones únicamente en el mes y medio que había durado mi estancia?

Pero comprendí que no eran solo los recuerdos lo que buscaba sino parte de mi juventud.

Tras pagar al camarero cogí nuestras dos tazas de humeante té.

—*Have a nice day sir!* —me dijo mi único amigo en Cambridge como despedida.

Me volví hacia el rincón donde estaba Tere, luciendo ese vestido de lunares que tanto me gustaba.

—¡Vamos Ali! Ya estamos listos para seguir —dije animándola.

Y así, cogiendo el par de maletas salimos a la ciudad.

No tardamos en dar con un problema logístico con el que no contábamos. Debido a los recientes atentados terroristas en toda Europa, la estación de Cambridge había dejado de tener consigna de equipajes. Sabiendo esto y antes de iniciar el viaje había encontrado, mirando por Internet que, a la salida de la estación y a mano derecha podía encontrarse una tienda de bicicletas que prestaba un servicio de consigna de unas pocas horas.

Llegamos pues hasta ella arrastrando las maletas.

—Buenos días, quisiéramos dejar nuestro equipaje hasta la tarde —dije al dependiente, con cara de alivio al adivinar próximo el fin del arrastre del mismo.

—Lo siento mucho, pero desde hace unos pocos meses ya no contamos con ese servicio —respondió éste lamentándose.

Teníamos pues que buscar otra opción. De haberlo sabido hubiera dejado las maletas en la consigna del aeropuerto o quizás haberlas enviado por mensajería hasta nuestro hotel o cualquier otra alternativa similar.

Había empezado a lloviznar. Esa lluvia típicamente británica que humedece la nariz y hace sacar el brillo de las cosas.

— ¡Caminemos hacia el centro de Cambridge! —dije—. Ya veremos qué hacemos. He visto en el móvil que en la King's Road hay una tienda que también tiene este servicio, pero cierra a las tres o así. ¡Algo es algo!.

Estaba inquieto mientras guiaba a Teresa por las calles hacia el centro. Todo había cambiado. No lograba hacerme con el sentido de las calles, aunque recordaba remotamente que siguiendo aquella en la que nos encontrábamos llegaríamos al King's College tarde o temprano. Pregunté una o dos veces y me confirmaron en esa idea.

Fue entonces cuando lo vi. A mano izquierda. Una pintoresca tienda de bicicletas, pequeña, con frontal de madera pintado en un fuerte color azul.

—Espera aquí. Voy a intentarlo en esa tienda. Quizás nos puedan guardar las maletas —dije.

Al abrir la puerta una campanilla sonó detrás del amasijo de bicicletas. El que parecía ser el propietario estaba terminando de despedirse de un cliente. Las bicis inundaban todo el espacio existente.

Me sonrió en cuanto se marchó su cliente entre promesas de volver a verse pronto. Debía tener unos setenta años.

Le conté nuestro problema. El hombre, de mirada tranquila quizás por llevar buena parte de ellos rodeado de estos vehículos que se desplazan a menor velocidad, asentía comprensivo.

—Allí está mi novia —le expliqué mientras procuraba poner la mejor de mis miradas, en busca del necesario grado de compasión—. La verdad es que estamos un poco inquietos porque vamos cargados con ellas desde que dejamos la estación.

Volvió a sonreír y asintió con la cabeza en gesto comprensivo y bondadoso.

—Tranquilo, puede dejar su equipaje aquí —dijo, como si fuera para él algo habitual recoger maletas de este modo.

Teresa, a través del escaparate, una figura entre las dos maletas, miraba desde la acera de enfrente, protegida bajo su paraguas y lanzando miradas de curiosidad a su alrededor, esperando el resultado de las negociaciones.

—Le voy a dar un mapa para que sepa dónde están sus maletas y poder encontrarnos luego. Recuerde que cerramos a las 5:30 horas. Si viene más tarde las pondré a la venta en eBay —dijo el hombre con una mueca mientras me hacía entrega del plano donde había trazado un circulo rojo sobre el lugar donde se encontraba la tienda.

Al salir me paré en la esquina antes de tomar la encrucijada que nos llevaría hasta el King's College.

La tienda azul, percibí ahora, gozaba de una situación realmente pintoresca en ese lugar y la hubiera apreciado mejor de no habernos encontrado en esta situación tan apresurada.

King's Parade.

Por fin estábamos aquí. El viejo Cambridge.

Temblaba de emoción contenida.

¡Tenía que cerrar los ojos y respirar hondo! Abrirlos y verla junto a mí, aquí, frente al King's College. Las dos cosas que más he amado en mi vida estaban ahora conmigo en este momento.

La sensación de plenitud era inmensa, indescriptible.

La línea del tiempo se había quebrado.

Siempre había estado Cambridge esperándola ya desde aquel verano de 1988.

Mi mundo se había cerrado, se había creado esa experiencia sublime de los sentidos, una experiencia que me dejaba sin voz, que me enrojecía los ojos y aceleraba mi corazón.

Como adivinando lo que pasaba en mi interior, Tere me cogió la mano y me la apretó.

—¿Estás contento, verdad? ¡Tu Cambridge otra vez! Es precioso. Parecen casas de cuento —dijo mostrando una sonrisa.

Asentí mientras contestaba a su apretón de manos, el corazón en un puño.

Todo estaba igual. Por lo menos eso parecía.

Pronto descubrí que no era así.

Dos jóvenes estudiantes se aproximaron a nosotros invitándonos a una visita guiada a uno de los *colleges* que incluía un paseo en uno de esos botes sobre el Cam. Logré evitarles a pesar de su fuerza persuasiva convenciéndoles de que no era yo un extraño en el lugar. Era, ¿cómo decirlo sin sonar presuntuoso? *A Cambridge man?* Tras este encuentro nos acercamos a uno de los *colleges* próximos al King's. Allí vimos el primero de uno de esos carteles que se iban a hacer odiosamente presentes durante toda nuestra estancia:

«COLLEGE CERRADO
A LAS VISITAS TURÍSTICAS»

Intenté no obstante hacer uso de mi naturalidad de antaño para colarme en los sitios. Así, pisando fuerte y haciendo caso omiso del cartel, nos dirigimos hacia el *court* del King's College. Mi intención era la de reproducir así la ruta que realizaba a diario para llegar a la West Road, la zona del oeste de la ciudad donde se encontraba mi antiguo *college*, el Selwyn College.

—*Sorry, sir!* —nos dijo con cortesía, pero a la vez con firmeza el guarda que allí se encontraba—. Solo está permitido el acceso a los estudiantes.

Me di cuenta entonces con pesar que habían pasado los años. Con mi aspecto sesentón ya no podía hacerme pasar por ese joven de treinta años que había cruzado antaño por allí. El que yo me sintiera igual por dentro no servía para eludir este hecho.

—No te preocupes. Algo se podrá ver —me dijo Tere.

—Sí, vamos por aquí. Esta es otra ruta que pasa por delante del pub The Anchor donde quedábamos todos los amigos. Y estoy seguro de que mi viejo *college* sí que estará abierto al público. No está en un lugar tan expuesto.

Sí, allí estaba The Anchor. Con su misma fachada blanca y el embarcadero para hacer *punting* un poco más abajo a la derecha, tras bajar un corto trecho de escalones. Y a la izquierda, pasando este, el club universitario donde, en aquel verano lejano, habíamos estado viendo la tele una tarde mientras la lluvia caía fuera.

Cruzamos frente al llamado puente matemático, y un poco más allá a la derecha, entre las dos barras metálicas colocadas a la entrada del parque para evitar que cualquier vehículo que no fuera una bicicleta pudiera entrar por allí. El camino discurría paralelo al río Cam. Era el mismo que había recorrido tantas y tantas veces en 1988. Tras cruzar la carretera iba hasta el Darwin College. A nuestra izquierda, entramos en la West Road. Sí, la West Road seguía igual. Todo estaba igual. ¿No era maravilloso?

Apreté con fuerza la mano de Tere. La dicha era tan inmensa que no me cabía en el pecho. Cerré los ojos y respiré ese olor a césped inglés que en ninguna parte del mundo había podido encontrar salvo aquí.

Las casas, los edificios de apoyo universitario, todo estaba igual.

Nos detuvimos unos instantes delante de Clare College. Era la hora del *lunch* y no se veía ningún alumno en su entorno en ese momento.

Alguna vez nos habíamos reunido en este lugar para ver la tele y hablar. Charlar con los amigos. Cara a cara, con abandono y confianza. Aquellos amigos a los que jamás volvería a ver.

Sabía que siempre iba a llevar ese pesar en el corazón.

Miré hacia la derecha. La torre de la biblioteca, monumental e impresionante, construida en ladrillo rojo durante los años treinta del pasado siglo, se alzaba destacando sobre todo el entorno, sobre los bajos árboles, sobre los prados circundantes.

— ¿Sabes una cosa Tere? Me ayuda mucho que estés conmigo aquí ahora. Necesitaba que compartieras esto.

—Tranquilo Ernesto. No pienses de esa manera. Tú los conociste y eso está ahí. Has ganado una experiencia maravillosa y es con lo que tienes que quedarte —se detuvo y me miró con una cara que lo decía todo—. Con eso tenemos que quedarnos.

Asentí sin decir nada más.

Seguimos West Road adelante. Sabía que un poco más allá estaría la puerta principal del Selwyn College esperándonos. De repente, a nuestra izquierda, se abrió un lateral entre setos y casas de piedra que había olvidado. Sí, este pasaje conducía nada menos que al *quad* o patio interior del *college* de donde partían los diferentes caminos que llevaban al jardín botánico, la biblioteca acristalada de Cambridge y al conjunto de aularios donde habíamos dado clases aquel verano.

Paseamos por el interior. Todo estaba tranquilo, las puertas que daban a los dormitorios se encontraban cerradas. Hasta el portero había desaparecido de la Lodge Gate pero el tablón de anuncios seguía en la pared. El tablón donde habíamos dejado un mensaje de cariño y despedida para Masako. ¿Leyó ella ese mensaje? Imposible saberlo, como tantas otras cosas.

—¡Ven! —dije a Tere cogiéndola de la mano—. Te voy a enseñar el comedor.

Y, subiendo por la escalera de piedra rematada con aquellas dos bolas del mismo material, abrí con decisión la puerta del *Hall*. Tres o cuatro mujeres que estaban preparando las mesas para la comida levantaron la cabeza y, tras comprobar que solo éramos un par de curiosos, siguieron con su tarea.

En este lugar nos habíamos reunido por lo menos tres veces al día durante casi dos meses. ¿Podía ser verdad?

Al salir y cruzar frente a la capilla situada a la derecha del *hall*, el jardinero que nos había estado observando desde momentos antes con curiosidad mal disimulada, levantó la cabeza.

—*Good morning!* —saludé con mi mejor inglés para luego insistir con vanidad—. Estamos visitando la vieja escuela. Fui estudiante aquí hace mucho tiempo.

— ¿Y cómo lo ve? —me dijo el hombre con una sonrisa amable, su carretilla llena de tierra y restos de flores en mal estado que había retirado de los macizos, su pala en la mano, presta para la acción.

—*Great! Amazing!* Como siempre— dije con orgullo.

El hombre, cómplice a través del tiempo, a través de las nacionalidades, me hizo un gesto de victoria con la mano, orgulloso de su trabajo.

Esa es la nueva imagen que me ha quedado del colegio. El espíritu del mismo encarnado en la figura de este jardinero que me sonreía desde la puerta de la capilla cerrada.

Allí estaba con su carretilla llena de tierra y de restos de flores en mal estado que había retirado de los macizos...

Nos faltaba tiempo porque teníamos que volver al centro. Había muchos lugares que ver todavía, pero me quedé con las ganas de acercarme a mi antigua residencia universitaria. La recordaba muy cerca de la puerta principal.

Solo unos metros más y llegamos al Sidgwick Site, amplio espacio en torno al cual se agrupaban los aularios, cafeterías y servicios comunes de la universidad, sin olvidar la polémica biblioteca construida en cristal y llena de sonidos reverberantes según las opiniones de los alumnos y usuarios de la misma. ¡Cuántos paseos y encuentros, cuántas conversaciones cerca de ella! Pasada la misma se salía del Sidgwick Site, pasando junto edificio en el que se encontraba el salón de actos. Fue allí donde vi aquella escenificación de los niños cantores del King's junto a Marta Pasch.

Regresamos hasta el aulario principal y allí me detuve tras cruzar sus puertas.

Recordaba esta entrada como si fuera ayer. Subí unos pocos peldaños que me evocaron de inmediato mi juventud, ascendiendo y descendiendo por ellas a diario para acudir a las clases de literatura con la profesora Jane Awthorn. Me detuve ante la ventana del primer rellano. Me llegaron retazos de frases desde el pasado. Una conversación que había tenido con ella en este mismo punto de la escalera en relación con las vacaciones que pensaba realizar a España con su marido.

Todo eso me dijo la ventana en un momento. Quizás la misma ausencia de alumnos la había llenado de figuras espectrales que gritaban, que luchaban por hablarme, por decirme todo lo que había pasado durante estos años.

Pero entre esas imágenes del ayer, surge como por milagro el rostro de Teresa en una mezcla de sensaciones, cariños y lealtades. De Tere caminando a través del amplio espacio que se encontraba frente al aulario y que llevaba a la puerta de la cafetería donde yo la esperaba tras haber ido a los baños. Me hubiera gustado volver a tener mi viejo tomavistas. En ese momento presentaba la imagen que un cineasta hubiera soñado, en cámara lenta y en blanco y negro para transmitir mayor lirismo como en una vieja película francesa de la *nouvelle vague.* Ali moviéndose con seguridad sobre el lugar que yo tanto había querido.

—¿Tomamos un café? —dije, mientras entrábamos en la cafetería donde seguían imperturbables aquellas mesas y bancos de madera que volvían a darme su bienvenida.

Faltaba solo una pieza.

— ¿Te acuerdas de aquello que me contaste una vez? ¿De cómo soñaste dónde se encontraba una pieza perdida del puzzle que habías estado buscando sin éxito? —dije, colocando delante de ella lo que pasaba por la versión inglesa de un cortado con leche fría que nos acababan de servir.

—Sí. ¿Por qué me dices eso ahora?

— Porque aquí también falta una pieza del puzzle de mi memoria. Y aunque sé dónde se encuentra no puedo componerlo.

Puso esa cara de desconcierto que tanto me gustaba.

—A veces dices cosas que no entiendo.

— Voy a hablarte de Masako si me prometes no ponerte excesivamente celosa —le dije con una sonrisa que quería ser animosa.

CAPÍTULO 52
MASAKO OWADA

Todo el mundo ha oído hablar de Masako Owada, aquella chica que un buen día encarnó esa ilusión adolescente de llegar a ser princesa. Una chica del pueblo. La Lady Di japonesa, criada y educada en Estados Unidos, que, tras cursar una brillante carrera de diplomática occidental vio su camino detenerse cuando los ojos del heredero al trono de Japón se fijaron en ella.

Masako.

Así se llamaba aquella chica que una tarde de julio de 1988, recién llegado a Cambridge, y todavía con el olor a humedad del césped entrándome por las narices, se acercó a mi y me preguntó por nuestro tutor común, un tal Mr Potter, que no aparecía por parte alguna.

—¿Estás apuntada al *Honours Programme* también?

—Sí, me ha parecido muy interesante —me contestó con una sonrisa.

Resultó ser que Masako y yo éramos los únicos estudiantes apuntados en este programa. Esto explicaba la relativa ausencia y escasez de la presencia del que iba a ser nuestro tutor hasta dos días después de haber llegado y alojarnos allí.

La segunda tarde de mi estancia, mientras me encontraba tumbado en mi cama en la residencia estudiantil donde tenía mi alojamiento, repasando las cosas que debía hacer para organizar mis días allí, disfrutando del olor del césped que entraba por la ventana, sonó un golpe en la puerta de mi habitación.

No esperaba obviamente visita alguna. No conocía todavía a nadie salvo a algún que otro estudiante norteamericano tan despistados como yo con los que me había cruzado por el pasillo de la residencia estudiantil.

Era esta chica. Otra vez. Masako.

La situación era un poco surrealista. Allí estaba yo, con mi pelo enmarañado tras haber permanecido tumbado en la cama y con cara de sueño.

—¿Quieres que demos una vuelta? —dijo sonriendo, como si fuera algo habitual que lleváramos haciendo durante tiempo, sin parecer prestar atención alguna al estado de mis cabellos.

No podía decir que no, dadas las circunstancias. Así que salimos a la calle en busca de esa experiencia de la ciudad a la que acabábamos de llegar.

Intenté hacerle una foto cuando nos encontrábamos atravesando el particular puente de los Suspiros del John's College.

—No, por favor, no me hagas fotos —se opuso Masako.

—¡Pero si va a ser una instantánea preciosa! —insistí.

—¡No, por favor! ¡No me hagas ninguna!

Así que tuve que bajar la cámara y guardarme en la retina la imagen de mi amiga mirando el río Cam a través de los ventanales de ese puente veneciano de imitación neogótica, bañada en el claroscuro de su interior.

Habíamos entrado en Saint John por la puerta principal, pese a que había varios carteles indicando que no se podía acceder a determinadas áreas. Al encontrar el primero de estos carteles Masako y yo nos miramos.

—Es una pena que no entendamos inglés para saber qué dicen —dije.

—Sí, es una pena —dijo sonriendo antes de cruzar la puerta de entrada en ademán transgresor.

Y así, con esa pequeña travesura académica repetida varias veces en nuestro periplo turístico fuimos avanzando y penetrando en lo que iban siendo los secretos de esta vieja universidad.

—¿Sabes? —me dijo—. Mi padre estudió aquí hace años. Siempre tuvo mucho cariño por esta universidad. Yo voy a empezar el año que viene un curso de relaciones diplomáticas en Oxford.

—¿En Oxford? —dije—. No sabes qué envidia me das. ¿Y en qué *college*?

—En Balliol.

Conocía Balliol. Aunque solo de oídas. Era uno de esos nombres que para mí evocaban algo peculiarmente británico o mejor dicho *English*, lleno de connotaciones de ese mundo que siempre me había atraído... el mundo que Charles Ryder había cruzado antes que yo y que ya he mencionado en otras partes de estas memorias. Balliol, como el resto de *colleges* es uno de esos restos del pasado que se resisten a morir, dando la espalda al tiempo presente, buscando en su interior, en sus propios quads, la verdad escondida, sin el escándalo y el bullicio propio de las universidades americanas y su venta directa del producto académico.

—¿Y en qué trabaja tu padre? —pregunté.

—Está jubilado. Trabajaba para el gobierno de Japón.

Había algo en Masako de reservado, una parte que, como me había pasado con Teresa, se abría poco a poco, pétalo tras pétalo, descubriendo matices y colores de las hojas interiores que uno no hubiera pensado encontrar jamás en ellas.

El día en que dejamos Cambridge al finalizar el verano fue un día triste. Lo habían sido los días precedentes cuando, poco a poco, mis viejos compañeros se habían ido yendo de la universidad, retornando a sus países de origen, sabiendo que nunca nos íbamos a volver a ver así, de este modo, todos juntos, compartiendo este lugar idílico.

Primero habían sido mis amigos de Taiwan, callados y reservados, siempre con la sonrisa en la boca. A punto de subir al autobús que los iba a llevar al aeropuerto se despedían con alegría, con esa falsa sonrisa oriental siempre fija en su rostro y casi sin volver la mirada atrás.

—¿Dónde están los besos? —dije entonces con toda la naturalidad posible antes de que el momento se escapara para siempre.

Fue en este momento cuando el llanto abrió sus puertas y mis amigas permitieron que el sentimiento aflorara. Me noté abrazado por primera vez desde que los conocí. Nos habíamos intercambiado alguna dirección, pero eso había sido todo.

Los días siguientes tras su marcha me quedé vacío. Esa desazón me acompañó hasta que llegó la segunda remesa de alumnos que llegaron un día después para asistir a la última quincena del programa de estudios de verano. Pero el fuerte, el premio gordo, la experiencia profunda había pertenecido a ese núcleo duro que habíamos estado allí durante todo el mes de agosto de 1988.

No volví nunca a ver a Masako. Nunca pude despedirme de ella ya que el día en que dejamos el *college* no se encontraba en su habitación. Había desaparecido de todos los lugares comunes, salón y biblioteca, incluso de la mesa del comedor.

Solo un papel escrito por los amigos, diciéndole nuestro adiós quedó colgado en el tablón de anuncios, frente a la portería del *college*.

No volví a ver su imagen hasta tres o cuatro años después. Esa mañana al abrir el periódico local el rostro de Masako apareció de improviso saludando desde la página. Era la foto de una Masako unos pocos años más mayor en compañía de Haro Hito, el príncipe de Japón. El titular anunciaba la próxima boda del heredero con esta joven desconocida.

No pude decir nada. No dije nada. Era demasiado increíble. Demasiado fantástico.

Las fronteras se habían cerrado. Ella ya pertenecía a otro mundo. Al mundo de lo exclusivo, de las entrevistas, de los cotilleos, del papel *couché*. Ya había dejado de ser una persona real con la que reírme en un puente bajo el río Cam o con la que compartir una tarde de paseo inocente.

Solo ahora con los años me puedo atrever a decir en voz baja, un tímido y sentido adiós a Masako.

No fue difícil dar con la casa de Jane Awthorn. En la oficina de los *Extramural Studies* de Cambridge sita en el hermoso edificio de Madingley Hall en Madingley Road, en las afueras de la ciudad, una amable señorita me facilitó sus datos no sin antes advertirnos con prudencia británica:

— No se alarme, puede que encuentre a la señorita... un poco, ¿cómo decirlo?, ¿cambiada?

— Intentaré tenerlo en cuenta —contesté un poco alarmado por lo que esto pudiera suponer.

Cuando llegamos a la primorosa casita de ladrillo rojo situada precisamente al final de la Grange Road que habíamos visitado antes, una pequeña mujer de cabellos blancos se alzó desde atrás de un macizo de flores que rodeaba todo el perímetro de la casa sosteniendo en sus manos unas tijeras de podar. Tras explicarle la razón de nuestra visita, tardó un tiempo en reaccionar, pero en seguida actuó con típica eficiencia británica.

— *Oh, my God! Yes, I do remember!* ¿Os apetece una taza de té? —dijo Miss Awthorn, dejando las tijeras a un lado y haciéndonos señas de que la siguiéramos al interior del *cottage*, con pasitos cortos y apresurados que parecían querer compensar el no haberme reconocido enseguida.

Sobre una mesita cercana a la entrada, un ovillo y unas agujas delataban la costura que tenía preparada para la tarde. Cogió la tetera situada en ese lugar.

Sonreí. Mi antigua profesora se había convertido en un personaje de Agatha Christie. Una versión moderna de la señorita Marple.

—Sí, claro por supuesto Miss Awthorn—dije—. Demos a Teresa una bienvenida genuinamente inglesa, ¿no le parece?

— ¡No seas tonto! —dijo la interpelada mientras me aplicaba un hispano codazo en los riñones.

Una vez sentados, Miss Awthorn nos miró a los dos diciendo mientras aguantaba el plato con una mano:

— ¿Y cómo has encontrado Inglaterra esta vez después del *bloody Brexit* y todo eso?

— Por fortuna todavía sigue siendo mi Inglaterra y Selwyn mi viejo colegio. Es curioso como los dos meses escasos que estuve aquí me han hecho sentir estos edificios como mi *alma mater*. Creo que puse demasiado de mi vida en esa estancia —respondí con nostalgia.

— Suele pasar. ¿Sabes? Los ingleses solemos estar familiarizados con esa sensación de melancolía tan ausente en los países mediterráneos, por otro lado estos más al día en los placeres cotidianos.

Después de haber permanecido buena parte de la tarde recordando los viejos tesoros que encierra la memoria y aquellos otros del propio Cambridge encerrados en el Fitwilliam Museum llegó el momento de terminar la visita.

Antes de despedirnos de Miss Awthorn, metí la mano en la bolsa que llevaba colgada y saqué el pequeño bulto que llevaba en ella.

—Había casi desesperado de encontrar a alguien de aquel verano del 88 para hacerle entrega de esto. El destino ha querido que sea usted de entre todas esas personas la única con la que he podido dar. Es una copia de *Las jóvenes de Goetterlich*. No siempre podrá decir que uno de sus estudiantes le ha presentado un libro junto a la musa que lo inspiró— dije mirándola con expresión divertida.

—No, *actually* no –dijo la vieja profesora echándose a reír.

Sí, fue emocionante ver de nuevo su cara y escuchar su voz. Esa voz que siempre me había dado apoyo académico en aquellas mañanas en el Sidgwick Site.

Pero al mismo tiempo, ¡qué tristeza! Cuando paseamos por una ciudad día tras día nos vamos acostumbrando paulatinamente a los cambios que tienen lugar en ella al igual que ocurre con nosotros mismos o nuestros conocidos, pero en el caso de aquellos lugares y personas que hace tiempo que no vemos, la sensación llega a ser demoledora.

Mi tutora me había guiado en aquella época por los poemas de John Donne. Un poeta desconocido para mí hasta entonces y al que tuve el placer de descubrir ese verano. En especial esos versos que forman parte de sus *Devociones*, más conocidos por su aparición en la novela de Hemingway, *Por quién doblan las campanas* que por el propio Donne:

> *«Quién no echa una mirada al sol cuando atardece?*
> *¿Quién quita sus ojos del cometa cuando estalla?*
> *¿Quién no presta oídos a una campana cuando por algún hecho tañe?*
> *¿Quién puede desoír esa campana cuya música lo traslada fuera de este mundo?*
> *Ninguna persona es una isla, completo en sí mismo. Cada hombre es una pieza del continente, un pedazo del todo. Si el mar se lleva una porción de tierra, toda Europa queda disminuida, tanto da si es un promontorio, la casa señorial de uno de tus amigos o la tuya propia. La muerte de cualquier hombre me debilita porque estoy unido a la humanidad. Por eso, nunca preguntes por quién doblan las campanas, porque están doblando por ti»*

Había algo de belleza serena en esos versos que a la vez turbaba y tranquilizaba mi alma. Era algo que hacía que mi mirada se perdiera en la pared opuesta, mientras sorbía eternamente una taza de café... o mejor de té.

Así me había encontrado yo en 1988, mirando por la ventana frente a los altos olmos, a los *colleges* lejanos y a los cuervos y cornejas que se paseaban por el jardín un poco más abajo como si quisieran escuchar conmigo el poema.

Y así dejamos a Mrs Awthorn, enfundándose nuevamente los guantes de goma y cogiendo sus tijeras de podar para continuar su tarea en el jardín mientras nos decía adiós con la mano. No pude evitar pensar que el momento se asemejaba demasiado al final de una de esas películas de John Ford, ese experto en las despedidas.

—Demasiadas emociones para un solo día. ¡Vayamos mejor por las maletas, ¿no te parece? —dije a Tere.

Cuando volvimos horas después a la tienda de bicicletas en búsqueda de las maletas, encontramos en el mismo sitio a nuestro benefactor.

—¿Le debemos algo? —preguntó Tere.

—No, nada en absoluto —dijo sonriendo el empleado.

De camino hacia la estación y mientras atardecía con rapidez, pasamos por delante del Instituto Scott de investigación sobre el Polo Norte. Parecía extraño cruzar por delante de todos estos lugares que tenían una existencia real y palpable. Las luces que brillaban desde su interior contrastaban con el oscurecimiento general y paulatino de las calles, reforzando esa sensación.

Nuestro coche de alquiler se iba aproximando a Mallaig, una población costera desde donde tomaríamos el ferry para Skye, nuestra próxima parada. Lejos habían quedado los padecimientos por el lugar y el modo de transportar nuestras maletas o mochilas.

Nos habíamos detenido antes en Fort William, atraídos por la fonética de su nombre así como para comer unos sandwiches mientras mirábamos un grupo de cisnes cruzar un lago. Tere les echaba alguna que otra miga que provocaba el furor entre ellos.

Un poco antes de llegar a Mallaig, eché una mirada al manuscrito de la última novela que había traído conmigo, bien custodiado dentro de la cartera de piel que había comprado en Londres. Nada menos que en Saville Road, felicitándome en silencio por haberlo hecho en los dominios de Phileas Fogg, otro viajero itinerante de la ficción. Obviamente tanto el agente con el que me iba a encontrar días después como yo disponíamos de copias digitales en la nube, pero no he podido nunca sustraerme a la tentación de tener mi trabajo tangible entre los dedos.

CAPÍTULO 53
JOHN WARM

El agente literario que me había indicado Desirée había sonado algo perentorio cuando hablé con él esa mañana para concertar la cita en Londres. ¿Tendría alguna utilidad la misma? En el peor de los casos habíamos disfrutado de unas merecidas vacaciones y recuperado la memoria de aquel lejano verano.

Las ceñudas montañas de las Cuillins nos dieron respiro y mantuvieron su enfado durante toda nuestra estancia. Mientras, la lluvia se mantuvo a intervalos de unas dos horas desde nuestra llegada en ferry desde Mallaig.

La casa donde me alojé la última vez que estuve aquí seguía enfrentada a la bahía y al castillo de Dunvegan, tan encantadora como entonces. Al abrir la ventana, la presencia de este llenaba la vista. Dunvegan, un pueblo de pescadores perdido en el norte. Dejando el turismo aparte, Escocia tenía mucho de Escocia aún. ¿Era la atmósfera, la luz que llenaba de un modo onírico la realidad? Hasta los olores de las calles, las curvas irregulares de estas, la belleza de una inesperada casa que se vuelca sobre la calle o la farola de siglos atrás que se empeña en alzarse en el siglo XXI. La leyenda y la ficción mezcladas en lo cotidiano. La espiritualidad del paisaje de esos países frente a la dureza pragmática de los mediterráneos. Todo eso me seguía encantado de esta maravillosa tierra.

Nos llamó en especial la atención una especie de oveja peculiar de esas latitudes. Las había por doquier, enormemente lanudas y voluminosas, rodeándonos sin miedo y con cierta curiosidad.

Tere se acercó a una de ellas.

—¡Hazme una foto con esta por favor! ¡Mira qué cara tan dulce tiene! —dijo con ternura.

Y así era. El animal pareció entender la atracción y se acercó a Tere con confianza, dejándose acariciar.

Era espectacular ver esos prados verdes llegar hasta la mismísimo mar y ver las vacas pastando en la misma orilla. La orilla de un mar que parecía transmitir la impresión de haber alcanzado el fin de Europa a pesar de saber —si uno se atrevía a consultar un atlas, cosa que no era el caso—, que aún había tierra más allá. Detrás de Tere el ancho océano daba la sensación de que habíamos alcanzado el fin del mundo.

Al anochecer, en ese oscurecer característico del norte escocés, con una luna mezclada con los rayos del sol, pude ver a nuestro casero que, rifle en mano, se disponía a salir de cacería, su silueta recortada contra la luna, adentrándose en el bosque. Miré mi reloj. Eran las doce de la noche. Decididamente este era otro mundo.

Dejamos Dunvegan con tristeza.

Al llegar a Portree, aliviamos un poco la nostalgia del norte que ya empezaba a invadirnos comprando un grabado de Escocia en una tienda de antigüedades. Se trataba de una simulación de un viejo grabado en oro, en el que destacaban las catedrales, castillos y ciudades de esa tierra mágica que acabábamos de recorrer.

* * *

Era ya momento de volver a Londres.

El apartamento que habíamos alquilado cerca de la Post Office Tower, de la estación de Euston y del famoso museo de cera de Madame Tussaud era lo que me esperaba basado en mi experiencia anterior. Un amplio salón con dos ventanales daban a la calle. Esta zona era mi zona. Me había criado aquí sentimentalmente. Este era mi Londres. Por estas callejuelas había caminado, paseado y escrutado sus rincones durante todo un mes de aquel verano de 1986 antes de la aventura de Cambridge. Un mes en el que había acudido a las clases matutinas de inglés en la Pittman School of English, sita en Goodge Street, muy cerca de nuestra ubicación actual. Después, tomaba algún refresco o cerveza en compañía de mis amigos. Las tardes las empleábamos en excursiones culturales, en ir de paseo o explorar las diferentes maravillas de la ciudad de la niebla.

Pero mi primera estancia en Inglaterra había sido en el hotel Kennedy a espaldas de la moderna estación de Euston. En esa visita inicial deambulé en esas noches solitarias, envalentonado por la tranquilidad que se desprendía de las calles. Salía cual vampiro a pasear y sentir esas luces azuladas que provenían de los edificios de oficinas, desérticas a esa hora. En lo alto, por encima de los mismos veía sobresalir esta moderna Post Office Tower donde tiempo atrás había existido un restaurante en su parte superior, cerrado por temor a los atentados terroristas.

Había estado en esta zona, sí, aquí estaba la London University y Doughty Street donde se ubicaba la única casa de Dickens que se conserva en Londres, donde el inmortal había escrito *Oliver Twist* y *Nicholas Nickleby*. Un poco más abajo, Grays Inn, y ese paraíso del espectáculo y del arte de callejear que representa Covent's Garden.

Era difícil ubicarme dado el tiempo transcurrido. Antaño hubiera cruzado con los ojos cerrados por estas calles, sabiendo que comercio, que cartel me iba a encontrar al girar la esquina. Tere lo miraba todo con ojos deslumbrantes. Le llamaba la atención el brillante colorido de las tiendas, el bullicio de la ciudad, las vestimentas curiosas y variadas de los transeúntes.

Tras encontrarme con Tere que había madrugado para ir con su nueva amiga Patty a admirar las ardillas de Lincoln's Inn Fields, que ya cruzaban presurosas el césped a primera hora de la mañana, nos dirigimos a nuestro destino.

Patty era una joven que llevaba trabajando en Londres los últimos tres años y a la que habíamos conocido a través de la agencia de viajes que nos había buscado el apartamento.

Miré mi reloj. Eran las cinco y cuarto.

No nos había tomado mucho tiempo en llegar aquí usando la Circle Line.

Miré otra vez con detenimiento la tarjeta que me había dado Desirée: «*John Warm Publisher. 73 Denmark St London*». Me recreé en la sensación. Nunca me había movido por Londres por motivos de trabajo. Solía decirme a mi mismo que uno no siente que domina una ciudad hasta que no ha trabajado en ella. Así me había pasado con París años atrás. Parece que una ciudad no se conoce hasta que uno ha recorrido sus calles, dirigiéndose a un punto con un propósito. El olor de las cercanas tiendas de kebab, el ketchup y las especias llenaban ya el aire. Nada había cambiado en los olores de la ciudad. Pero ahora era un hombre maduro quien recorría la misma buscando en las sombras y en las caras de la gente una pista de lo que se había perdido. Una anciana de mirada amable se cruzó con nosotros y nos sonrió, pareciendo entender, dada su edad, los juegos y las trampas de la memoria. Tenía una de esas sonrisas tan difíciles de encontrar en una inglesa debido a su natural cortesía y pudor. Aún lo era mucho más en un londinense. Al mirarme pareció haber reconocido a un visitante que retorna, que escruta en las casas cercanas pareciendo animarme a que, a poco que rebuscara, encontraría nuevamente.

Echamos un vistazo a nuestro alrededor, disfrutando de esa mañana, del paseo, de las amplias aceras. Miré al paso de peatones de enfrente que hacía parpadear sus globos de modo intermitente, con un ritmo muy similar al del tono de llamada de un teléfono británico.

Encontramos la casa sin dificultad gracias a la placa colocada en la puerta que reproducía con fidelidad el nombre y tipo de letra que aparecía en la tarjeta.

Toqué el timbre. Nos abrió la puerta un joven pelirrojo de cabellos desordenados y gafas circulares. Llevaba en su mano derecha un lápiz y en la izquierda y sostenidos bajo el brazo en inestable equilibrio tres o cuatro libros. Todo parecía indicar que la llamada le había pillado entre un punto A y B de esas oficinas.

—¿Están citado con Mr Warm? Pasen por aquí, *please* —dijo abriéndonos la puerta de una salita próxima a la entrada.

Aprovechamos la espera deleitándonos en la observación de las numerosas esculturas y abundantes cuadros de aquel despacho. Libros cuidadosamente encuadernados poblaban las paredes y me sentí poseído de esa envidia que toda biblioteca bien surtida despertaba en mí.

Nos vimos sorprendidos en nuestro examen bibliófilo por un hombre alto y de pelo rizado que ocultaba sus ojos bajo unas gafas de concha. Por su aspecto y complexión parecía norteamericano.

—*Well, well,* Ernesto... y usted debe de ser Teresa, *right*? —dijo el recién llegado mientras nos extendía la mano, confirmando en cuanto abrió la boca la sospecha inicial respecto de su nacionalidad—. Un placer conocerles. Espero que hayan tenido un buen viaje. *Jolly good! Jolly good!* ¡Tomen asiento por favor!

Encontramos la casa sin dificultad...

Nos sentamos entre un grupo de estatuas neogriegas que daban la impresión de que fueran a llenar nuestro regazo con uvas y otras frutas que rebosaban de sus cestos.

—He hablado con tu editorial y les dije que vinieras aquí sin explicarles mucho. Existe una razón muy especial —dijo directamente y con manifiesta afabilidad, pasando directamente a llamarme por mi nombre, como si hubiéramos compartido piso en la residencia universitaria durante todo un curso—. Verás, trabajamos como agentes *freelance* para varias editoriales, tanto del Reino Unido como de Estados Unidos y alguna otra dispersa por el mundo anglosajón. El punto de vista de tus relatos nos pareció interesante, no por la materia, sino por la forma de narrar, *you know*? El caso es que una de nuestros clientes está intentando crear una colección nueva destinada a la juventud. Mi pregunta es muy sencilla, ¿eres fumador o no fumador?

Me pilló desprevenido. ¿Se trataba de alguna broma?

—No fumo, pero no entiendo... —contesté todavía sin entender a nuestro interlocutor.

—Si no te viene mal me gustaría que me acompañaras mañana en el tren de las 9:45 horas con destino a Hampton Hall —dijo con ese puntilloso toque británico a la hora de fijar las horas—. Allí podrás hablar directamente con Lady Pamela, la actual propietaria y directora de Golden Lady. Se trata de una editorial del grupo Penguin. Verás querido amigo, espero que me permitas que te llame así...

Hizo una pausa mientras se giraba al ver llegar al joven que nos había atendido en la puerta, esta vez con las gafas bien situadas sobre la cabeza y portando una bandeja con el té de la tarde.

—Bueno, eso y un té bien servido. Está muy bien Perkins, muchas gracias —dijo dirigiéndose al joven que se marchó silencioso pensando quizás en hacerse con otros libros procedentes de algún lugar ignoto—. ¿Leche? —continuó mientras cogía la tetera con una mano y colocaba una taza de té delante de cada uno de nosotros.

Tras esta introducción tan británica, tan presumible, John Warm pasó directamente al tema a tratar, sin muchos rodeos salvo los que la mínima cortesía requería.

Hice unos rápidos cálculos mentales que comprendían una rápida mirada hacia Tere que sonreía en silencio, divertida por la situación, así como una reflexión igualmente veloz sobre el estado en que se encontraba nuestro equipaje y el tiempo que precisaría para dejar los manuscritos importantes en la caja fuerte del hotel.

—Diez menos cuarto entonces, ¿no? Intentaré comprar un paraguas para ese momento— acerté a decir.

CAPÍTULO 54

MR CADBURY

De cómo la Gran Armada conquistó el Imperio Británico

El paisaje se deslizaba. Hubiera deseado ralentizarlo. Deberíamos quizás haber tomado un tren más lento. Uno que me permitiera solazarme con la idea de haber regresado a esta tierra que amaba desde que aterricé en ella como un chaval espantado, asustado y sin saber nada del idioma. Hubiera querido mirar los paisajes como si hubieran sido fotografías en un libro ilustrado, con tiempo para que las palabras de mi interlocutor pudieran entrar en mi mente sin pausas. Pensar y quedarme absorto ante ellas, mirando la pared de enfrente o, en cualquier caso, el asiento frontal del tren a falta de otra cosa. Pero eso no era posible.

Como todo en este último año, esto estaba sucediendo demasiado deprisa.

¿Acaso no fue el pasado año cuando aún suspiraba por el amor de Tere? ¿Cuando éste mismo amor me había impelido a poner unas cuantas palabras sobre el papel? ¡Qué curiosa y sorprendente es la vida del hombre! ¡Qué poco nos conocemos y qué extraña perspectiva se llega a alcanzar de las cosas...!

Me maravillaba sobremanera pensar que juntos ahora, en este paisaje, por lo menos en este país, Tere e Inglaterra formaban parte de la misma visión.

Miré de nuevo al hombre que tenía delante de mí. Un completo desconocido hacía unas escasas veinticuatro horas y en este momento, mi imprescindible compañero de aventuras que me llevaba de camino a la editorial Golden Lady Publishing, situada en el lugar más práctico que un inglés auténtico podía encontrar, la mismísima campiña inglesa a cientos de kilómetros de la capital del país.

Eran las cuatro de la tarde cuando llegamos a la estación de Bedford Hall. Ya habían desaparecido del paisaje, del mundo inglés contemporáneo los viejos trenes de vapor. Quedaban sí algunas líneas perdidas mantenidas por aficionados y defensores de ese pasado romántico. No obstante, el olor de las flores, de las azaleas y la visión de la hiedra trepando por las paredes de la estación me devolvieron de nuevo a ese estado de semiesperanza, ese estado en que uno casi puede ver materializarse esa otra Inglaterra de película o serie vespertina. Casi hubiera esperado ver un viejo Rolls de 1930 acercarse y a unos pasos de él, un chofer esperándonos en la puerta.

—*Well*, una tarde estupenda para una taza de té, *don't you think?* —dijo mi compañero de viaje en cuanto echamos pie a tierra.

—¡Perfecto!— dije con entusiasmo.

Cualquier cosa para demorar y degustar esa tarde antes de entrar de nuevo en el mundo editorial y hablar de contratos, cláusulas, copyrights y esas cosas que hasta hace poco ni sabía que existían.

Pasamos sobre un puente situado frente a un pub que se anunciaba como The Rinwold Arms, con sus parroquianos bebiendo cerveza en las mesas que daban al río en cantidad tal que hubiera puesto nervioso a Dickens.

Golden Lady Publishing se adivinaba al fondo de un camino que se abría a la derecha, unos doscientos metros tras pasar el pub. Se trataba de un *cottage* construido en piedra y cubierto con el preceptivo techado de paja.

John me guiaba con la seguridad del que ha pisado el lugar innumerables veces. Yo miraba una y otra vez la escena. Seguramente no estábamos en el lugar adecuado. No podíamos estarlo. Era impensable que esta filial de reciente adquisición por el grupo editorial Penguin se encontrara albergada en esta casita que debía de haber sido usada en algún momento por

Agatha Christie como inspiración para la escena de alguno de sus crímenes. *¿La ratonera* quizá?

Seguramente no estábamos en el lugar adecuado...

Solo una nota discordante indicaba algo fuera de lo habitual. Un video portero situado junto al timbre daba un incongruente aspecto de modernidad al conjunto.

Warm presionó el mismo con insistencia. No pude evitar dar un respingo al escuchar la campanilla retumbando en el interior. La puerta se abrió con suavidad y sin apenas un ruido.

—*Good evening gentlemen, can I help you?* —dijo una voz dulce y femenina, desde el interior.

La puerta se abrió del todo descubriendo que en efecto nos encontrábamos dentro de una de mis queridas novelas inglesas porque la dueña de esa voz resultó ser la de una afable mujer de unos setenta y cinco años con un moño recogido y un jersey echado sobre los hombros.

Tras hacer las presentaciones entramos en una biblioteca repleta de libros hasta el techo y forrada en sólida madera de caoba.

Al fondo de la estancia, una chimenea chisporroteaba alegremente. Un gatito aparecía dormido frente al hogar.

En cualquier momento esperaba ver aparecer a Miss Danvers para contarnos algo de Rebeca.

—*Nice to see you again Mr Warm. Would you like a nice cup of tea?* —se ofreció aquella mujer sacada de una película de Hitchcock, mientras se dirigía hacía una tetera situada cercana a la puerta, lista para atender a las visitas.

En cuanto nos quedamos solos con la inevitable taza de té me dirigí a Warm:

—Perdona, pero no acabo de entender muy bien qué pueden querer de mí en esta editorial. Esto se me queda muy grande. A la vista está que no han visto el número de ventas de mi novela, ni que soy un autor recién aparecido en una editorial que se dedica a la autopublicación...

—Tranquilo, *old chap*... sé lo que me hago. Cadbury es un viejo amigo de la Universidad. Fue uno de mis antiguos profesores. Eso sí, no dejes que su nombre te confunda. Lo único dulce que encontrarás en él, es eso.

Una puerta semioculta en un rincón entre la librería y la ventana se abrió con lentitud en ese momento. La sensación de que se abriera por si sola desapareció cuando una mano huesuda hizo su aparición en el canto de la misma.

Un viejecito surgió tras ella. Esa figura con pelo canoso y andares pausados que entró en la biblioteca no parecía ser la cabeza de este imperio. El viejo Cadbury —pues se trataba de la cabeza del mismo en persona —, hizo una breve señal de reconocimiento en dirección a Warm y se acercó hasta la silla que tenía reservada frente a nosotros, colocada estratégicamente en un lugar cercano a la ventana. A través de esta se podía ver un pequeño jardín en el centro del cual, una fuente con cuatro ranas esculpidas en piedra delataba cierto gusto por el barroco inglés.

—Bueno, Warm, veo que ha traído usted finalmente a nuestro invitado. Uno de los viejos enemigos del imperio, ¿eh? —dijo en tono socarrón, con unos ojillos que brillaron de malicia tan solo un instante, volviendo a ocultarse a continuación, como un cuco que hubiera dado la hora, temeroso de haber sido descubierto en ese arrebato imperialista.

—Sí, Mr. Cadbury, aquí se lo he traído finalmente. Por favor, trátelo bien, ya está suficientemente nervioso como para que sus comentarios lo espanten.

—Tranquilo, Warm, tranquilo, todavía no nos hemos comido a nadie en Cadbury... bueno, al menos no desde... déjeme ver, ¿fue en 1954 o más recientemente en 1986? Lady Pamela no me mantiene lo suficientemente informado de estas cosas —me miró de reojo en ese momento y se rió estrepitosamente, divertido por su broma privada—. Perdone mis modales, es un placer tenerle entre nosotros. Sea usted nuestro invitado. Solamente estaba poniendo a prueba mis dotes histriónicas y a la vez las suyas — mejor dicho, su comprensión del humor británico. Espero no haber agotado su paciencia en tan corto tiempo, por lo general me lleva algo así como dos días y no nos gustaría que esto ocurra antes de tiempo, ¿eh

Warm? —, y continuación el viejo Cadbury se rió de nuevo con estruendo, divertido con una energía inesperada en un cuerpo tan reducido como el suyo.

La puerta de la biblioteca se abrió en ese momento y un joven de apariencia asustadiza hizo su aparición. Era un muchacho desgarbado y enjuto. Llevaba en las manos un grueso montón de libros. Esto, unido a su extremada delgadez daba la alarmante impresión de que su figura fuera a quebrarse bajo el peso de la carga. Intentó pasar desapercibido y dirigirse hacia la estantería que se encontraba al fondo del salón, pero la aguda voz de Cadbury rugió desde su silla, alzándose sobre el sonido del chisporrotear de las llamas del tranquilo fuego. El gatito que se encontraba agazapado frente a la chimenea, saltó disparado y marchó a esconderse en lo más recóndito de la casa.

—¿No tiene otro momento para venir a pasear sus libros Evans? Le he dicho cientos de veces que no interrumpa cuando estoy atendiendo a alguno de nuestros invitados.

El joven, al oír esta estentórea voz volvió sobre sus pasos con movimientos torpes y desordenados, con una velocidad, quizás un poco más moderada que la del gato por cuestión de dignidad y hombría, pero no por eso menos despavorido.

De nuevo solos, Cadbury volvió a retomar su aspecto complaciente y con una sonrisa, sacó una pipa.

Llegó a nuestros oídos un fuerte ruido procedente del otro lado de la puerta. No pude por menos de pensar que el joven Evans se había partido finalmente bajo el peso de los libros.

—¿Fuma usted? ¿No? —dijo Cadbury, sin parecer haberse dado cuenta del estruendo causado—. Es una pena... todo buen escritor debería fumar en pipa, por lo menos una vez en su vida... —se quedó meditativo mirando el fuego del hogar, quizás echando en falta al gato que se había ausentado momentos antes—. Sí, por lo menos en alguna que otra ocasión, una vez en la vida—, continuó, absorto en alguna línea de pensamiento que ni John Warm ni yo nos atrevimos a interrumpir.

—Perdone Sr. Cadbury, pero nuestro invitado quisiera saber las razones por las que le hemos hecho venir aquí desde España.

—¿Está preocupado, eh? Hace bien en estarlo. Hace mucho que no tenemos a un español temeroso delante de nosotros desde 1588 y la derrota de la Armada Invencible —siguió otro ataque de risa del viejo editor—. Bien, bien, señor Santos, Santos, *right?*, el motivo por el que está usted aquí, como debería haberle dicho nuestro fiel colaborador Warm, es escribir una serie de libros para nosotros... Pensamos en una línea de libros juveniles. No hemos descuidado la línea de nuestra querida Enid Blyton, que Dios tenga en su gloria, y nos gustaría volver a canalizar esa senda, ya sabe, eso de una juventud sana y demás zarandajas en las que a mí todavía me complace creer. Ahora está muy de moda la llamada *feel good literature.* No es que yo sea un ferviente entusiasta, pero a mi hija y a mi nieta les encanta. Y todo lo que pueda a uno hacerle sentir bien vale la pena explorarlo, ¿No le parece? Warm, aquí presente, me hizo llamar la atención en especial por el modo en que sabe usted recrear la sensibilidad femenina de ciertas épocas pasadas. Me pareció francamente muy, muy *interesting.* De modo que ¿cree usted que podría hacer eso? ¿Eh? ¿Cree que podría escribir una serie de quince novelas o así en ese estilo? ¿Eh? ¿Eh?

—¿Quince? ¿Quince novelas? —dije enredándome con las palabras, todavía sorprendido por el giro de los acontecimientos.

—Warm, me dijo usted que este hombre era listo. De hecho, yo así lo creía hasta hace escasos minutos. Parece, incluso que hasta entiende y pronuncia un inglés más que decente. ¿No? ¿Por qué de repente nadie me entiende? ¿Tan balbuceante me he convertido?

Miré por la ventana que se encontraba a nuestra izquierda. El sol ya débil de la tarde estaba cayendo sobre la fuente, dorando las cabezas de las cuatro ranas que la acordonaban. Aquella escena era idílica. De haber podido dejar llevar mi imaginación la hubiera poblado de páginas en torno a ella, pero, la voz aflautada y aguda de Cadbury me devolvió a la realidad. No, esto no era ninguno de mis estados de abstracción literaria. Esto estaba pasando realmente. Estaba sentado en el despacho del director del emporio Golden Lady que acababa de hacerme una oferta para escribir quince libros de una serie.

—Bueno, ya sé lo que está pensando. Como buen español descendiente de aquellos capitanes que llevaban las carabelas conteniendo el oro de las Américas, estará pensando en cuánto va a sacar. Quédese tranquilo por eso, amigo mío. ¿Qué le parece un diez por ciento de los beneficios y un adelanto de tres mil libras para abrir boca?

Tuve que dejar la taza de té sobre la mesa. La cucharilla había empezado a tintinear de un modo desconcertante y amenazaba con caérseme de la mano en cualquier momento.

Me había citado con Tere en una cafetería situada en Knightsbridge en una esquina enfrentada a Harrods, con su perenne iluminación navideña.

— Aquí no se puede encontrar un cortado con leche fría de mi gusto — dijo con un mohín gracioso en cuanto me senté y me dio un beso—. Pero este té está muy bueno.

—Deberías ver lo que vale —dije un poco más pragmático, tomando asiento junto a ella, alarmado tras ver la lista de precios.

Poco más tarde continuamos nuestro paseo. Estábamos ahora frente a Twiggy, todavía en pie. La primera tienda que se atrevió a comercializar el té en Londres. Frente a nosotros el enorme edificio de las Law Courts de donde entraban y salían abogados continuamente.

Todavía no le había dicho a Tere nada del resultado de la reunión con Cadbury.

—Creo que va a empezar a llover —dije, señalando la cercana iglesia de St. Clement Danes situada en ese pequeño islote urbano frente al tribunal —. ¿Quieres que entremos en ella? Hace tiempo que deseaba verla.

Sentía la impaciencia de Tere. La boca se le estaba torciendo. Su curiosidad iba en aumento.

Es tan fácil en todo Londres sentir el pasado. En lugares tan emblemático como esta iglesia —la parroquia oficial de la RAF—, es tremendamente fácil cerrar los ojos e imaginarse al mismísimo Winston Churchill y a un puñado de soldados pulcramente aseados y vestidos con sus ropas de civil asistiendo a una ceremonia en homenaje a los hijos caídos, a los compatriotas que se fueron en esa batalla incesante y dura contra la Alemania nazi.

Cogidos de la mano, Tere y yo mirábamos las diferentes fotos color sepia, aquellas medallas, muchas de ellas otorgadas a título póstumo para esos hijos de la patria que se habían marchado para siempre a bordo de sus Spitfire.

De algún modo todo este paseo era parte de un ritual personal. Necesitaba recorrer estos sitios de la Inglaterra más eterna. Sentía que mis futuras novelas para el bueno de Cadbury iban a ser parte del espíritu nacional, aunque esto fuera de un modo modesto.

Al pasar frente a la iglesia de Saint Martin in the Fields vimos ante nuestro asombro que en los bajos de la vieja iglesia se alojaba un restaurante, The Crypt era el nombre que figuraba en la puerta. No recordaba haberlo visto en mis anteriores viajes.

Nuestra sorpresa al descender fue mayúscula pues efectivamente en la vieja cripta de la iglesia se había construido con ese pragmatismo tan británico, un restaurante en el que convivían las viejas tumbas del suelo sobre el que se habían alzado las sucesivas edificaciones, con una clientela contemporánea que saboreaba unas copas junto a las placas y memoriales que colgaban de las paredes de la cripta.

— ¿Cómo te ha ido en la entrevista? —preguntó Tere de nuevo, esta vez con tono más firme, no distraída fácilmente por mis maniobras.

—Nada en especial. Me han encargado que escriba una colección juvenil de unos veinte libros o así. En fin, una tontería —dije al fin con sarcasmo, buscando de reojo su reacción.

—¿Pero tú sabes lo que te han ofrecido? Que sepas que te han dado una oportunidad única —dijo mostrando todo el asombro del que era capaz.

En ninguna de mis visitas había entrado en la biblioteca del Museo Británico. Sí, había estado en el museo propiamente dicho unas tres o cuatro veces, explorando —o queriendo explorar sus salas. Atreviéndome o queriendo explorar sus secretos, maravillándome ante la máscara de Tutankhamon, los frisos del Partenón, las esculturas asirias y las momias egipcias.

Pero hoy estaba con Warm en la biblioteca. La misma que habían pisado Dickens, Darwin y cientos de autores buscando lo que ahora hacemos con un teclado desde nuestras casas. La pérdida de la magia que lleva consigo el tiempo digital actual que evita que nos traslademos a un lugar como este, a esta auténtica catedral cuya bóveda era atravesada por una luz suave que descendía, cual cascada, sobre las hileras de libros. Bajo estas, esa imagen circular de mesas y figuras que se mueven entre una y otra, consultando diferentes volúmenes.

—Aquí está —dijo Warm mientras señalaba un libro encerrado tras las paredes de cristal que le protegían del mundo exterior. *El Beato de Liebana* — ¿Era este el libro que querías ver?

—Sí, un amigo ha estado estudiando un facsímil del mismo y me dijo que el original estaba aquí. Tenía curiosidad por verlo. Eso es todo.

Había una cosa cierta. Tanto el profesor Lafuente como yo compartíamos la pasión por los libros. Ver aquel incunable, esas páginas de pergamino delante de mí, destilando los siglos acumulados sobre sus páginas, me producía un placer especial. En este caso podía comprender la intranquilidad primera, el temor inicial con que uno puede acercarse a las páginas, las mismas que el escritor original o en este caso, el copista, tuvo entre sus manos día tras día, hora tras hora, transcribiendo su tiempo a cambio de nada.

—Te encantaría Canadá —continuó Warm una vez sentados en la cafetería de la biblioteca—. Hay lugares preciosos para vivir. Es uno de los pocos refugios para la gente que —al igual que yo—, no precisa de demasiadas inquietudes. Solo el viejo y tradicional lugar donde descansar y ser feliz al estilo más tranquilo y retrogrado posible. Me gustaría poder montar mi propia agencia allí. Llevo algún tiempo dándole vueltas a la idea.

—¿Canadá? ¡Claro, me había olvidado por un momento de que eras norteamericano... de que tenéis esa necesidad de poner tierra por medio con una facilidad increíble y olvidaros de las distancias!

Así, de este modo abrupto, con esa naturalidad tan anglosajona me había comunicado mi nuevo amigo su intención de dejar el país donde había estado viviendo estos cinco años.

Cerré los ojos por un momento y me imaginé aquellos paisajes, esas excursiones por Vancouver y Calgary, esas vistas espectaculares de las montañas rocosas, la imagen de Tere recortada sobre las nubes en lo alto de un picacho.

Todo un mundo por descubrir. Sí, un mundo por descubrir. Había tantas vidas posibles...

—¿Y cuándo piensas irte? ¿Has encontrado ya una casa? —le pregunté, despertado mi interés.

—Bueno, todavía no es más que un esbozo de idea. Hay mucho que dejar arreglado aquí antes.

Por lo visto había una necesidad urgente de contratar y publicar entre los amplios bosques de coníferas de esa zona. Calgary y Vancouver no iban a ser ya las mismas ciudades después de la llegada de este inquieto agente y quizás la masa boscosa de Canada se viera mermada por su éxito editorial.

Cuando terminamos de hablar y de cotejar los últimos planes de esas ediciones futuras plagadas de éxitos en las que me vería estrechando cientos de manos, recogiendo premios en todas las partes del mundo conocido, permanecí en la salida mientras John atendía una llamada telefónica.

El *court* interior de su edificio era una preciosidad. Las puertas de acceso privado de las viviendas colindantes se podían divisar entre los árboles. El líquido sonido de las fuentes llegaba a través de las ventanas y el frescor de la tarde se sentía sobre la piel.

—¿No me vas a decir entonces de qué se trata la sorpresa esa? —dijo Tere en cuanto llegamos al hotel.

—No, Tere, no puedo decírtelo —dije depositando un beso sobre sus labios—. Créeme, me cuesta a mí más callármelo de lo que te crees. Pero es algo que me hace mucha ilusión y sé que algún día te la hará a ti también. Solo puedo decirte esto. Por favor, ten un poco de paciencia. ¿Podrás tenerla? ¿Podrás esperar unos pocos meses? Te prometo que pasado ese tiempo entenderás muchas cosas que ahora no puedo explicarte.

—Si no me queda más remedio... Pero, ¿cómo se te ocurren esas ideas tan raras? Ayer llamaron por teléfono y colgaron en cuanto me puse yo. Tendrás que reconocer que no suena muy normal, ¿no?

—Lo sé, lo sé... y créeme, no te he traído hasta aquí para irme con otra. Tú eres la única mujer en mi vida y ya nunca habrá otra, te lo puedo asegurar.

Se llevó las manos a la boca imitando el cierre de una cremallera mientras me sonreía como dejando por zanjada la discusión.

Sabía que Tere estaba un poco molesta, aunque con su carácter habitual lo disimulaba a la perfección. Sin embargo, yo debía permanecer en mi sitio. Tenía que ser fuerte cada vez que me tentara la idea de contárselo todo. Ya le había ocultado muchas cosas, pero ahora tendría que ser la definitiva. El final que tenía en mi cabeza bien valdría la pena si lo conseguía y si no era así, ¿qué más daba? En ese caso solo habría sido uno más de mis sueños, un espejismo. Además, tenía en mi interior esa pequeña voz que no se callaba desde hace meses y que me empujaba a obrar preso de unos impulsos que, a veces, me costaba reconocer como míos.

La música sonaba suave al fondo. Estábamos en las oficinas de John Warm y las reuniones del día ya se habían dado por concluidas. Ya nada parecía que fuera a ser lo mismo.

—John... hay algo que quisiera comentarte antes de que retornemos mañana a España— le dije en un aparte.

—Claro que sí, amigo. Dime lo que sea, *old boy*.

Fue entonces cuando le volqué mi más escondida y reciente idea, mi esperanza secreta que una conversación reciente había despertado en mi mente. Era algo que no podía verbalizar, ni siquiera para mí mismo sin caer preso del miedo. Como esos secretos que no queremos que se destruyan y que procuramos preservar en un viejo libro o en un cajón escondido oculto en un desván imaginario. Así me sentía.

John me escuchó con atención e interés. No mostró en apariencia signo alguno de sorpresa. Me dejó hablar durante varios minutos mientras le expuse mis inquietudes. No recordaba haberle hablado a ningún amigo con la candidez y espontaneidad con que lo había hecho con este hombre, a excepción claro está, de Tere.

—¡Tranquilo! Veré lo que puedo hacer. Y ahora, ya sabes lo que tienes que hacer tú, triunfar en el Reino Unido. Eso es lo que tienes que hacer.

Un apretón de manos selló nuestro acuerdo.

Al subir al avión la mañana siguiente miré hacia atrás mientras la cogía de la cintura. Heathrow estaba nublado a trechos, con charcos medio dibujados en el suelo.

Sentí una sensación nueva que no me abandonaría, la de haber hecho a Tere cómplice de mi amor por estas tierras.

—Ya sabes que había venido antes, pero esta vez me ha encantado —me dijo al oído.

—Y además has podido hacerte miembro de la sociedad ornitológica nada menos.

Sonrió.

—¡Sí!... Pero, te veo un poco raro hoy, un poco triste, ¿no?

—¿Sabes Tere? Esta vez creo que me ha costado más dejar mi país adoptivo que ninguna otra. No sé qué me ocurre cuando vengo aquí. Me siento como si conociera cada rincón, cada esquina. Reconozco la atmósfera, la temperatura de cada calle, sus escaparates, las luces y sonidos, los olores de cada puerta y comercio como si fueran los del barrio en que me críe. Y ahora, después de haber estado contigo, creo que no podré amar más a este país de lo que ya lo hago. He puesto mis nuevos recuerdos encima de los antiguos, se han convertido ahora por una alquimia especial en parte de ti y de mí. Pero ahora toca la siguiente parada... —dije al cabo de una breve pausa, recuperado de mi lapsus nostálgico.

—¿Cuál? —dijo Tere con cara de pasmo. Esa cara de pasmo que me encanta, nunca cansada de mis sorpresas, del modo en que las hago aparecer, mientras juego con ella, me deleito en la forma que adoptan sus ojos cuando lo hago, en su cara de desconcierto

—¿Esto es parte de esa sorpresa que me estás guardando? ¿O de esa agenda que Desirée te ha preparado con tanto cuidado?

—En parte sí, pero de esta concretamente habíamos hablado hace mucho —dije, mostrando la última carta que había recibido de Cuadrado Verde y que agité con aire travieso delante de la cara de Tere—. Hace mucho. La ciudad que te tengo prometida tanto tiempo... ¡París! ¿Recuerdas?

¿Había estado en Valladolid hacía unas semanas o era todo imaginación mía, un producto más de mis novelas, de mi mente que no cesaba de trabajar y de hilvanar ideas?

CAPÍTULO 55
LA LAGUNA NEGRA

Dos figuras atravesaban el paisaje. Solo dos formas lejanas que se mueven cruzando las altas hierbas.

Una larga bufanda se arrastra detrás de una de ellas que avanza a saltos entre los altos matorrales y el bajo bosque. La otra figura —más pausada—, se detiene, mira a su alrededor y observa de nuevo, como un perro de caza olfateando el ambiente, el mundo circundante antes de avanzar.

Carlos había detenido el diminuto Volkswagen unos minutos antes en una pequeña explanada para introducirse a continuación con su peculiar compañero por los caminos.

Hicieron un alto en la vereda por la que descendían. Un cartel a la izquierda indicaba un desvío hacia la Laguna Negra. Ahí estaba. Un lugar real. Toda la poesía y misterio del pasado reducido a unas letras ennegrecidas sobre un cartel con fondo blanco. Ahora solo quería llegar. Ya tendría tiempo después para curiosear por la región y ver si encontraba nuevos lepidópteros que añadir a su colección, siempre y cuando Ismael no mostrará excesivo interés por la misma. «La Laguna Negra» —volvió a repetirse. El solo nombre ya traía a la mente imágenes fantasmagóricas, leyendas, historias macabras y fantasmales, de esas que se susurran en noches de invierno frente a la chimenea. Por lo menos aquellos que la tuvieran.

Sí, este era un lugar silencioso. Algunos pájaros perdidos cruzaban el paisaje. ¿Grajos? ¿Cuervos? Difícil saberlo con certeza dada su lejanía, meros puntos en el aire límpido. El paisaje se movía. Demasiado rápido. Sí, demasiado fugaz. Sentía el profesor cierto vértigo, y no solo en virtud de este descenso apresurado. Los últimos días habían sido de por si frenéticos y desordenados. Necesitaba poner un poco de orden antes de pedir los permisos necesarios para acudir al Monasterio de las Huelgas.

Las vacaciones de Navidad servirían a este propósito.

Sí, unos escasos días bastarían. El informe podía esperar un poco más aún. Patricio Noguer y su soberbia renacentista tendrían que aguardar.

Acababa de regresar de Santander donde había ido a pasar unos pocos días para visitar a sus padres y a su hermano Marcelo. No estaba tan lejos después de todo, y sentía que ese deber filial había quedado un poco dejado de lado en los últimos meses. Santander en otoño e invierno. Su Santander particular. Su padre, un modesto empleado jubilado de una oscura oficina de seguros dejó entrever su alegría con gruñidos y unos cuantos abrazos viriles cuando abrió la puerta de la vivienda sita frente a la playa del Sardinero. Hasta la edad adulta los dos hermanos habían estado bajo el ala protectora de tía Engracia, la hermana de su padre, casada con un reputado médico que había vivido sus mejores momentos en la década de los sesenta y setenta al establecer su consulta privada en Burgos.

—Mira, mira este sextante, ¿no te parece fantástico? —había dicho su hermano Marcelo—, lo encontré en un mercadillo callejero de París, ¡fíjate! Es de 1850 o por ahí. ¡Una auténtica maravilla! ¡Y todavía funciona! —y procedía a mirarlo con mimo, acariciando sus formas antes de volver a depositarlo en la vitrina, junto a otros tres o cuatro allí colocados, en esa colección revisitada una y otra vez.

¡Qué cambiado había encontrado a su hermano! Era curioso lo mucho que se parecían en infinidad de cosas, a pesar de los diez años de edad que les separaban. Mientras que él se dedicó a la ciencia de un modo formal, Marcelo había surcado el mundo pragmático del día a día, con esa modestia cotidiana del coleccionista.

Carlos sentía una sensación extraña cuando le veía en esos momentos, en estas visitas espaciadas. Se acordaba del niño prometedor, de sonrisa encantadora y ojos brillantes al que le había gustado martirizar en ocasiones en el patio de colegio para poder a continuación, complacerse en consolar y llenar de caricias, en un evidente juego de sadismo infantil.

Marcelo había sido la gran esperanza blanca de la familia hasta que esa extraña enfermedad tronchó todas las expectativas y le dejó en esa silla de ruedas.

—¡No pases mucho rato entre tanto libro que sabes que no es bueno para la vista y ponte la sariana al salir por la noche! —le había vuelto a decir su madre momentos antes de volver a Burgos, no acostumbrada aún a ese afán de los hombres de la casa por los libros.

La «sariana» era motivo de chanzas entre su hermano y él. Este era el modo peculiar en que su madre se refería a la cazadora o sahariana, y ni los años ni el diccionario habían logrado erradicar de su vocabulario tan curioso apelativo. Se había convertido así en uno de esos nombres que, al pronunciarlo, evocan escenas enteras, trozos llenos de vida de un pasado ya lejano, de comidas familiares frente a platos de sopa mientras la familia veía en el pequeño televisor la única cadena disponible en la época.

A su regreso, todavía con algún tiempo libre, y a consecuencia de la insistencia de Pinedo tras haber pasado este unos días en Soria, ese diecisiete de diciembre ambos habían dejado Montanilla al amanecer.

—Profesor, tiene que ver Soria —le había dicho en cuanto se encontraron de nuevo dentro del coche—. Es absolutamente imprescindible. Y no debería perderse tampoco Vitoria a la menor ocasión. Yo iba muchas veces de niño los fines de semana a ver a mis tíos —había dicho con esa precisión e insistencia de lo acuciante, de lo realmente importante, con esa urgencia que da la juventud.

Lafuente siempre había deseado visitar estas dos ciudades tan cercanas a Burgos, aunque para él, eternamente perdido en sus estudios, tan lejanas como si hubieran estado en otro continente. Había siempre libros que leer, exámenes que realizar de modo que así se fue pasando un tiempo precioso. ¿Perdido? ¿Ganado? En cada ocasión lo había ido dejando, postergando, como tantas otras cosas. Al fin y al cabo no podía abandonar sus clases así como así y la nueva universidad reclamaba toda su atención.

El aire frío, gélido, entraba por la nariz, recorría sus rostros, les rodeaba y provocaba que su caminar fuera más bien una serie de saltos continuos con el fin de estimular la circulación y sentir así un nuevo impulso de sangre recorrer sus cuerpos.

Unos cúmulos rodeaban el cielo a la altura del horizonte, formando una aglomeración en distintos grados de grises. La parte inferior, de una tonalidad más azulada, parecía confundirse con el horizonte, dando el aspecto de un brazo de mar hacia al que pudieran dirigirse los paseantes.

Lafuente recordó la última conversación que había mantenido con su colega Elena, y en especial el brillo y la rabia de su mirada mientras tenía su rostro frente a él.

«—Carlos, ¡no te lo vas a creer! He preguntado por todos lados en relación con el notario que se supone levantó el acta, acerca del trabajador que encontró por accidente el sepulcro e incluso sobre el nombre del tabernero. ¡Ah! y también el de la cerveza que sirven ya por preguntar algo y obtener alguna respuesta. ¿Y sabes lo que he encontrado? Nada, nada en absoluto. Me siento como si en vez de ser una paleógrafa fuéramos Scully y Mulder. ¡Dios! Esto es exasperante.»

Y ahora se encontraban aquí. En las cercanías de la Laguna Negra. El nombre parecía contener en sí mismo la posibilidad de un drama potencial. Novelesco. Parte de una intriga. De un misterio. ¿Qué diría Pinedo ahora si le pidiera su opinión? ¿La puñetera coincidencia significativa otra vez? ¿Algo más propio de Ernesto Santos que de un departamento de paleografía?

Se preguntaba por qué había decidido venir hoy aquí. Precisamente aquí de entre todos los lugares posibles. ¿Necesitaba alejarse acaso del laboratorio, del despacho? Posiblemente. A veces precisaba eso, comprobar —como no dejaba de explicar en sus clases—, que los libros obedecían a una realidad exterior. Hubiera deseado en esos momentos tener la intuición de Pinedo para adoptar la actitud correcta. A veces, se preguntaba quién era el alumno y quién el profesor.

Se detuvieron al pie de un cartel indicador en el que podían leerse varios nombres: Senda de los Abuelos del Bosque, Alto Tres Fuentes, Pico de Urbión y —en caracteres más pequeños—Nacimiento del Duero.

—Bien, Pinedo, ya estamos aquí como deseabas. Aunque por tus recomendaciones anteriores pensaba que era otra Soria la que me querías enseñar.

— Ya tendrá tiempo para ver la ciudad que tampoco carece de interés —dijo Pinedo sin hacer mucho caso de las quejas del profesor mientras miraba a su alrededor, a ese paisaje carente de presencia humana o vehículo alguno.

—Solo dime una cosa. Después de ver estos carteles supongo que el siguiente cruce nos manda a la casita de los siete enanitos, ¿no? Ah, no, perdona me he confundido de cuento... ¿No será al palacio de la reina de corazones?

—¿Sabe profesor? Comprendo que pueda parecerle extraño el que estemos aquí, pero piense con lógica... todo deja huella, desde un carro que pasa por un camino hasta la decisión que cada uno de nosotros pueda tomar en un momento dado. De hecho, una de las razones que se dan en parapsicología para explicar los sonidos de las casas encantadas y demás es la de que determinados acontecimientos traumáticos hubieran podido permanecer de algún modo grabados en el entorno. ¿Se acuerda del curso que hice en Estados Unidos? —prosiguió, alentado por el mutismo del profesor—. Era una conferencia titulada *Para saber quién eres y dónde has estado* en el que un tal Robert Root dijo algo así como «no habitamos o pasamos por determinados lugares a lo largo de la vida, sino que nos llevamos estos con nosotros, en cierto modo, viven en nuestro interior».

— Sí, eso parece tener sentido. A veces los sitios que nos han impresionado los llevamos en el pensamiento largo tiempo, pero de ahí a las casas encantadas Pinedo...

—Piense otra cosa, continuando únicamente con el razonamiento lógico, lo inverso podría ser del mismo modo real, ¿no? Si hemos sido felices, desgraciados o simplemente muy marcados por un ambiente o lugar determinado, ¿no sería posible que al menos parte de nosotros se quedara en ese espacio, en ese sitio?

—¿Como una especie de fantasma? ¿Es ahí donde quieres ir a parar? Me parece ridículo que un alumno como tú, Pinedo, hable en esos términos. Precisamente tú, a dos días de haber finalizado un trabajo de postgrado que ya me hubiera gustado a mí preparar en su día.

—Usted tiene una mente lógica. No se deje llevar por la etiqueta fácil del vulgo. Piense en lo que le he dicho, eso explicaría muchas cosas, infinidad de hechos y el porqué determinadas personas pueden, en momentos y lugares concretos, sentir como si algo en el ambiente les hablara. ¡Sería fantástico! Durante tantos siglos viviendo juntos no sería descabellado pensar que la naturaleza y el ser humano hubieran terminado por hablarse entre sí, hubieran acabado por entenderse, ¿no le parece? Ni a Wordsworth ni a Coleridge les pareció raro cuando decidieron vivir en el Lake District. Ni a Thoureau al retirarse a ese paraíso apartado de *Walden*.

Al ver el rostro de su mentor cambió ligeramente de conversación y, tras contemplar el entorno donde se hallaban continuó:

—Hay algo en la imaginación popular en relación con este lugar que me atrae. Desde Pedro de Medina en 1548, pasando por el relato de un tal Juan José García en 1880, Pío Baroja y hasta Antonio Machado en *La tierra de Alvargonzález*, existen montones de leyendas que hablan de extrañas cosas en el fondo de esta laguna —y al ver la atención que había despertado en el profesor continuó hablando mientras con sus brazos indicaba distintos puntos del horizonte, como si quisiera conjugar la presencia de cada cosa que nombraba, como un director de orquesta que reclamara de las cuerdas un *staccato* furioso en ese momento—: Lagartos gigantes, extrañas voces, hombres misteriosos que surcan sus aguas. Pío Baroja decía que en su fondo habitaba una mujer y que aquel que la miraba moría. Toda leyenda trae dentro de sí un trozo de verdad. En resumidas cuentas, muchas de ellas han hablado de cosas horribles sucedidas aquí. Y sin ir más lejos —dijo Pinedo continuando su caminar cuesta abajo sin mayor preocupación, como si las palabras anteriores hubieran sido dichas por un guía y no por él. Tras dar unas pocas zancadas más se giró en un apunte final—: Permita que le recuerde que precisamente aquí cayó enferma la princesa Kristina de una misteriosa dolencia en su paso hacia Valladolid; dolencia que retrasó su viaje y el encuentro con el rey, aunque algunos cronistas no lo recojan.

Tras escuchar estas palabras, Carlos echó un vistazo a su alrededor.

Los viejos árboles a ambos lados del camino, el sendero, escasamente hollado y lleno de maleza. Quizá influido por el libro de Ernesto Santos que había comenzado a leer, *La luz del atardecer*, se imaginó por un momento a la princesa acompañada por su séquito atravesando estos lugares.

La laguna estaba cerrada a la izquierda por una muralla de piedra casi vertical y a la derecha por los árboles y ese bosque que se extendía por toda la Sierra de Urbión.

Miró a continuación a lo alto del cerro. Sí, era fácil imaginarse allí al séquito detenido en esa pequeña loma. En el centro del círculo que han formado los soldados antes de descender hay una figura femenina. Por mucho que lo intenta no puede llegar a verla de frente. Solo sus largos cabellos trenzados a su espalda. Es suficiente. Viene preparada para la luz cegadora de un país desconocido. Prevenida, lista para sobrevivir, con esa madera que las mujeres de esa época, de cualquier época, han sido capaces de encontrar en su interior para resistir, para adaptarse. Con ese poder de supervivencia frente a la adversidad que toda mujer lleva en su interior desde su nacimiento. Siempre había admirado a las mujeres. Al igual que Truffaut y su personaje Antoine Doinel creía que eran seres mágicos.

Entre Ernesto y Arturo no se lo estaban poniendo muy fácil.

Sí, era fácil imaginarse allí al séquito detenido en esa pequeña loma.

Escuchó un sonido apagado. Un ruido sordo un poco a la izquierda. Unos goterones aislados comenzaban a caer sobre los matorrales cercanos, estallando y repartiéndose sobre las hojas.

Recordó ahora que no habían oído ruido de ave alguna en los últimos minutos. Un segundo después, las gotas ya caían sobre sus cabezas.

Al alzar la mirada vieron que una nube aislada a la que no habían prestado atención alguna, se había ido desplazando, cercando amenazadoramente el cielo.

Los dos hombres aligeraron el paso para, a continuación y —ya sin ningún miramiento—, ampliar las zancadas.

—Allí hay una especie de refugio o algo similar. Vamos a guarecernos o acabaremos empapados —dijo Lafuente—. Si quieres empaparte literalmente del ambiente de un modo realmente espeluznante, no tenemos más que quedarnos un rato más bajo este aguacero.

Pinedo asintió y así hicieron, saltando como podían entre los matorrales.

Cuando llegaron al refugio miraron hacia la colina por la que habían descendido, al lugar en el que se encontraba el coche protegido bajo los árboles. Desde lo alto este parecía burlarse de su situación allí abajo, dos scouts desobedientes, perdidos tras dejar el sendero.

La lluvia se había declarado ya abiertamente. Era una lluvia silenciosa e intensa, ningún viento venía a perturbarla, provocando un suave golpeteo al caer sobre las hojas y los matorrales.

—Mientras no nos aparezca ninguna de las criaturas del fondo de la laguna todo irá bien, espero —dijo Arturo riendo.

La temperatura había bajado repentinamente unos cuantos grados. La lluvia había llegado por sorpresa. Esta vez tuvieron que enfrentarse a ella con los escasos recursos de vestuario con los que contaban, así como con el expedito remedio de frotarse las manos.

«Otros tuvieron aquí quizás su primer encuentro con lo imposible», pensó el profesor mientras aguardaban a que escampara. Él también lo había tenido en cierto modo. Testigo una vez más de las ideas peregrinas de este alumno díscolo caído en suerte, tales como abrazar árboles para equilibrar la energía del cosmos o buscar el avistamiento de platillos volantes en tardes perezosas de verano.

—Me ha parecido ver una libélula intentando esquivar la lluvia. Creo que se ha metido en ese tejadillo —dijo Arturo señalando una edificación semiderruida unos metros más allá.

—¿Una libélula, eh? Ahora que mencionas eso y dado que creo que nos queda algo de tiempo hasta que escampe, aprovecharé para contarte una historia curiosa. Fue en mis años de estudiante en Santander —dijo Lafuente—. Estaba en casa de mi amiga Isabella que vivía en el cercano barrio pesquero de Sotileza.

Y mientras contaba su relato, Lafuente volvió a revivir de nuevo aquella lejana experiencia, amodorrado quizás por el ritmo, por el salpicar repetitivo de las gotas cayendo sobre la vegetación circundante:

«La luz roja del cuarto oscuro donde Isabella revelaba sus fotografías lo llenaba todo aquella tarde.

Los Carpenters sonaban en la diminuta radio Telefunken de transistores situada en equilibrio precario sobre una pequeña estantería de madera.

Isabella estaba en silencio, contando en baja voz mientras introducía sus manos en el líquido revelador. Aunque disponía de cronómetro y demás artilugios técnicos para tal menester había preferido desde siempre revelar las fotos utilizando el viejo remedio de contar en voz alta.

—Mi padre me enseñó esta técnica y así es como me gusta hacerlo — me había confesado un día.

Allí, en ese cuarto sentía que tenía el control absoluto de la situación. Bañada en esa luz roja que permeaba todo el lugar y con las luces y la realidad al otro lado de la puerta, podía controlar el mundo, por lo menos su apariencia. El resto se quedaría fuera todo el tiempo que ella deseara. Ahí dentro lo podía ampliar y reducir a las dimensiones apetecidas, eliminar defectos o suprimir una figura molesta.

Únicamente un reloj de pared colgado frente a nosotros indicaba una tenue conexión con la realidad, con el tiempo, aunque con un tiempo interpretado de un modo muy particular. Este reloj media los segundos de la magia, de la aparición de formas, impresiones y sensaciones.

—¿Puedes pasarme por favor ese papel que tienes a la derecha?

Acerté a encontrar lo que me pedía como pude, moviéndome torpemente en ese ambiente extraño para mí, dando con lo solicitado casi por casualidad en un mundo que me parecía tan desconcertante como a un murciélago la clara luz del día.

Al introducir en el revelador el papel fotográfico y colocarlo bajo la placa, esperaba expectante ese milagro, que siempre la sorprendía. El milagro de la forma que lentamente, poco a poco, primero en leves tonos grises —o lo que pasaba por tonos grises bajo esas condiciones de luz—, hasta que un contorno comenzaba a dibujarse, una forma familiar, reconocible, para terminar en unos pocos segundos su transformación, dando al mundo otro ser. Aunque esto fuera sobre la superficie de un papel que parecía ennegrecerse por momentos.

Allí estaba. El resultado del trabajo de esa mañana. Una espléndida libélula surcando el aire majestuosamente. Con gallardía incluso. Dos pares de alas parecían moverse, desafiantes, extendidas con elegancia en toda la extensión del papel.

—La vi ayer cuándo paseaba a mi perrita en el descampado detrás de mi casa. ¿No es espléndida? —dijo mientras me miraba con esa eterna sonrisa que le caracterizaba.

Isabella era una amante de la vida, siempre atenta a sus mínimos gestos y señales, al triunfo de la naturaleza, de la luz, el color y el brillo sobre todas las cosas.

Igual se prestaba a abrazar a un amigo o compañero que a su fiel perrillo con una calidez que no dejaba impávido a nadie.

Ahora, entregada en ese cuarto oscuro a su tarea, me parecía una persona totalmente diferente a la que creía conocer.

Había existido cierta conexión entre los dos por entonces, eso era indudable. Pasión por lo mágico de la vida. Para mí habían sido las mariposas primero y luego la Historia. Para ella, la fotografía y la medicina.

Convertida ahora en una reputada médico, gustaba de colgar la bata blanca al llegar a casa y olvidarse de la responsabilidad, del mundo duro e injusto de la mañana y enfrascarse en esta otra realidad alternativa.

Durante la reciente visita a Santander acudí a su consulta y volví a ver a Isabella y a esa otra vieja amiga, la libélula que me saludaba desde la mesa del consultorio donde estaba enmarcada, al lado del ordenador. Y recordé entonces, inevitablemente, aquella tarde en Santander mientras oíamos a los Carpenter en la radio de transistores.»

CAPÍTULO 56

PARÍS AMA A LOS AMANTES

París. Ver París con Tere. El París con el que habíamos soñado y bromeado. ¿Estaría tal y como yo lo recordaba en mi memoria? ¿Habría cambiado? ¿Se habría hecho más pragmático, más distante como suele pasar con los lugares que volvemos a visitar en nuestra madurez?

Me daba miedo pensar en ello, pero el riesgo valía la pena. Recordé con ojos casi empañados la primera vez que visité la ciudad de la luz.

Hacía ya más de cuarenta años de eso y, como en una vieja película, ante la idea me sentí llevado por la música, trasladado a otro lugar por un vertiginoso fundido encadenado, otros olores y experiencias. Fue el 4 de septiembre de 1979 cuando llegué, lo recuerdo muy bien.

Me levanté a las seis de la madrugada y terminé de hacer mi escaso equipaje. Todo cupo en una bolsa de mano que incluía algo de embutido para aguantar el tirón. Guardé mi pasaporte y mis escasos francos cambiados unos días antes y salí de casa. Con paso decidido fui alargando las zancadas hasta llegar a la parada del autobús que me llevaría al aeropuerto. Nervioso, con las manos húmedas comprobé el horario.

Pensé, dudé de la parada, ¿y si esta ya no estaba en activo, precisamente hoy?

La incertidumbre ganó la batalla y comencé a correr hacia el centro de la ciudad en dirección al Teatro Principal. Sabía que allí existía una parada.

Fue entonces cuando, iniciada ya la huida, me encontré el autobús en marcha viniendo en mi dirección y le hice el alto apresuradamente. El amable conductor se detuvo. Alicante quedaba atrás, visto desde la trasera del vehículo donde me había situado tras depositar con alivio mi maleta en el suelo. Pensaba en que volvería siendo otro, con nuevas experiencias acumuladas que sin duda, me habrían cambiado. Tras facturar el equipaje y obtener la tarjeta de embarque, esperé en la terminal.

Retazos de conversación de franceses, de hombres de negocios que mencionaban el nombre de París al desgaire en su charla llenaban el mostrador de Iberia. Ví también a unos jóvenes con bolsas de viaje sobre las cuales se mostraba publicidad de múltiples agencias.

Algunos viajeros dormían en los asientos, posiblemente llevasen horas de vuelo acumulado y esta fuera una escala a otro destino.

Estaba a punto de perder el contacto con todo lo que me daba una excusa de identidad.

Contaba solo con cinco mil pesetas para comida—unos dieciocho euros de ahora—, transporte y distracciones durante una semana. Iba a conocer a la vez París y Londres. Ese día ya no soñaría más mirando las fotos de los programas de mano o de los folletos, ese día todo iba a ser real. Poco después escuchamos por los altavoces el anuncio de nuestro vuelo... tras atravesar el control de seguridad cruzamos la pista hacía el avión. Aún no me había subido a éste y ya parecía que hubiera despegado. Estaba inquieto, en vilo, temeroso. Alzamos el vuelo por fin y vi los campos, la belleza del amanecer desde el cielo, el mar extendiéndose infinito, luego los Pirineos y tras atravesar un cúmulo de nubes, París.

Estaba en Francia. Sería capaz, todavía hoy, de describir perfectamente el hotel donde me alojé como tantas esas cosas que nos impresionan por vez primera. Se llamaba Metropole y se encontraba en la *Rue* Maubeuge.

El comedor, su entrada, la mesa donde desayuné los tres días que allí estuve, los sobres de azúcar, pasteles y mermelada que hurtaba para complementar mi escasa dieta alimenticia y mis escasos recursos económicos.

Pero este nuevo viaje de ahora era otra cosa. Era este un compromiso personal doble. En primer lugar, porque en aquellos días en que este amor dio comienzo me había prometido esta travesía emocional. Una promesa que pensaba inalcanzable. En segundo lugar, era una aventura romántica al igual que el viaje que acabábamos de realizar al Reino Unido. Tenía que recuperar esas sendas de mi vida que no pude recorrer de joven. Necesitaba ver hasta dónde me llevaban, qué vistas se podían observar y qué personas vivían en esos lugares. Al igual que mi encuentro con la universidad cuando ya había cumplido los treinta años. Estaba realmente emocionado, con esa sensación de encontrar algo que pensaba que había perdido, que no iba a poder disfrutar jamás. Tenía ahora el doble placer de recorrer las sendas perdidas del ayer mezclado con las posibilidades de este nuevo futuro junto a Tere. Merecían ser exploradas. Por otro lado, y de un modo más pragmático, no podía olvidar la presión de Desirée de que acudiéramos a conocer a determinadas personas que trabajaban con la filial francesa.

«—Solo tres días. Por favor, solo os pido que vayáis tres o cuatro días. No te arrepentirás» —había dicho esta cuando todavía no me había repuesto de mi conversación con el enigmático Cadbury. Si alguna vez había pensado en arrepentirme, desde luego no era esta mañana, este quince de abril con un amanecer fresco, como recién salido de la ducha y afeitado con cuchilla nueva.

Me duché oyendo baladas francesas como si los años no hubieran pasado, escuchando a Charles Aznavour o cualquier otro *crooner* que, con su voz melancólica me devolviera al otro lado del puente, a aquel verano de hace mil años cuando un joven españolito de a pie con un salchichón en la maleta y escaso de capital quiso visitar París y Londres en una semana.

Miré por la ventana.

Nuestro hotel estaba muy cerca de la Gare du Nord.

Todo el París con el que había soñado estaba aquí. No se había ido. Intenté cerrar la ventana. Exactamente igual que durante mi primer viaje el sistema francés de cierre de las mismas se resistía a mis esfuerzos. ¿Era este el modo que tenían los franceses para mirar más por la ventana? ¿Verse condenados a pelearse con los cierres durante varios minutos? Al menos estábamos acompañados de buena música y la agradable sensación de tener todo un espléndido día por delante. Bajé las escaleras silbando, permitiéndome algún que otro bailoteo en ellas. ¿No era Fred Astaire el que cantaba aquello de «París ama a los amantes» en la película *Medias de seda*? Entré en la cafetería del hotel donde ya estaba sentada Teresa esperándome. Sobre la mesa un par de *croissants* en delicioso momento, esperando ser degustados. Su olor a mantequilla y su cálida humedad me entraban por la nariz.

—*Bonjour mon cherie!* —dije con un guiño mientras cogía uno de esos crujientes *croissants.*

—*Bonjour mon amour!* Era el mejor modo de empezar el día a la parisina.

Notre Dame. La cafetería Saint Michel hacía esquina frente a la catedral, enfrentada al Sena... Y también frente al denso tráfico y los miles de transeúntes que se dirigían, casi todos ellos presurosos, hacia los aledaños de la catedral.

El verdadero parisino, la persona con tiempo para embeberse del ambiente, permanecería en cambio sentada en una cafetería como esta desde la cual poder ver el París ambulante y contemplar todo ese trasiego sin verse involucrado dramáticamente en él... El verdadero París, su movimiento, su espíritu, su forma de ser. Era este un lugar excepcional desde el que ser testigo de los tiempos y la atmósfera circundante sin que ello pesara demasiada en el ánimo. Frente a la última de las mesas se encontraban las escaleras que descendían hacía uno de los muchos *bateau mouche* que existían e invadían el Sena. Sorbí con cuidado mi café. Miré el reloj. Las once menos cuarto. Había quedado con Tere en este lugar. La había dejado disfrutando de las tiendas de la cercana Rue de Bibeloche, un lugar no excesivamente exclusivo. Ella no gustaba de las modas excesivamente llamativas, pero sí de callejear de modo independiente, de entrar y salir de esos lugares casi perdidos que ofrece París. De modo que, sin dudarlo por mi parte decidí dar un perezoso paseo mirando al Sena antes de sentarme aquí. Tomé algunas notas y pensé acerca de la inminente entrevista con ese Claude Leblanc que, tanto Desirée como su hermano Francisco me habían insistido en que conociera. Todavía albergaba nítidas en la retina mis últimas conversaciones con John Warm y el sarcástico Cadbury como para dejarme deslumbrar. Bueno, eso era lo que yo creía hasta que volví a pisar París. No sé qué tiene esta ciudad que despierta de nuevo en mí esa incertidumbre, esa duda, ese dulce desasosiego. Una pareja se detuvo frente a mí para hacerse el inevitable *selfie*. ¿Portaban uno de esos malditos candados para colocarlo en algún lugar del puente? ¿Pretendían acaso emular a la Monna Lisa y preservar su recuerdo y su amor los mismos años que la pintura? Era difícil saberlo. Sonreí al recordar todo lo que había vivido con Tere hasta llegar aquí. Respiré hondo. Un olor a flores, profundo y húmedo, parecía provenir de alguno de los innumerables puestos que bordeaban el Sena. El olor de París es difícil de describir. Su esencia está formada por una mezcla de balcones, de hierro, del fluir del río, de las risas de las parisinas, de sus bufandas ondeando al viento, del hombre que vende relojitos de madera en la esquina así como esos pequeños objetos construidos con sus manos, hijos de la paciencia. Todo eso era el olor de París. Bueno, eso y el precio exorbitado que tenía que pagar por ese café que, aunque exagerado en términos estrictamente comparativos con otras cafeterías de la ciudad y mucho menos con el resto de Europa, no era nada si lo comparaba con lo que iba a obtener a cambio, la serie de impresiones, sonidos y olores que jamás hubiera podido encontrar salvo en este lugar excepcional.

Desde este café podía examinar también las fachadas de algunos edificios lejanos. En una de ellas frente a mí una mujer de mediana edad y algo entrada en carnes sacudía lo que aparentaba ser una alfombra sobre esa fachada decimonónica. Poco parecía importarle a *madame* la antigüedad del edificio, la tremenda carga simbólica del mismo, ni mucho menos la mirada intensa de aquel hombre sentado en el velador de aquel café de enfrente.

Cuando Tere apareció unos minutos más tarde doblando una esquina, avanzando hacía la mesa donde yo me encontraba, su bonete ladeado hacia la derecha, el cuello del abrigo blanco alzado hasta las orejas, refugiándose del frío cortante, parecía una figura sacada de un cuadro de Monet, o de Pisarro. ¿Se había escapado quizás del ballet final de *Un americano en París*? Ese era un enigma cuyo examen dejaría para otro día. Hoy era más que suficiente el deleite de ver su cuerpo deslizarse sobre esos zapatos de tacón de color marfil. ¿Por qué no me fije en el alero grisáceo e inclinado lleno de palomas, en los árboles de hojas secas que bordeaban ambos lados de la *Rue de Poitiers*? ¿Por qué tampoco lo hice con el grupo de jóvenes estudiantes de bellas artes que, agrupadas de tres en tres, pasaron por mi lado entre risas atrevidas y a la vez vergonzosas? En su lugar continué mirando fijamente a esa figura que venía caminando en mi dirección. Tenía que cerciorarme de que no se trataba de Ilsa Lund reencarnada. Desde el pequeño velador donde aguardaba con mi café parecía que éramos dos miembros de la Resistencia. En ese lugar de París, viendo el viejo muro de hiedra frente a mí, las aceras empedradas, las persianas bajadas de los comercios, la tienda de muebles situada en la esquina opuesta, concretamente en el número 14, de la que apenas salía un cliente a intervalos perfectamente medibles por el reloj de una torre cercana. Todo parecía creíble en ese lugar. Sí, es cierto, París no es una ciudad, es todo un estado de ánimo hecho realidad, con sus piedras, sus habitantes peculiares, su olor perenne a *baguette* recién hecha, a lirios y azucenas colocadas en los balcones. Otra casa situada en la acera opuesta parecía afirmarlo así. Por sus cuatro costados se extendía la hiedra, cubriendo cada rincón, mostrando sus distintas tonalidades al llegar el otoño, desde el verde oscuro al rojo más intenso, pasando por toda la gama intermedia. Le había costado a la planta llegar a los rincones más altos de la casa, pero allí estaba, ciñéndose a la chimenea, a las contraventanas, al canalón de metal que descendía por el lado derecho y a tantos y tantos sitios oscuros y escondidos que daba casi vergüenza descubrir.

Y como si no se hubiera dado cuenta de su avance, había ido dejando un grueso tronco en los lugares comunes de su trazado, se había ido adueñando del edificio como un visitante que se queda más de lo permitido, como disculpándose por su insistencia, por su deseo de sobrevivir y de seguir habitando este lugar.

Pensé en Rick Blaine, ese proyecto de hombre perfecto, ese ejemplo de nobleza e integridad logrado a base del talento y del sudor de unos guionistas presionados por el estrés para conseguir un héroe ideal de sus maltrechas manos, de sus días aburridos. Pensé en cómo habría cambiado el destino del mundo occidental de haber sido yo el condenado Rick. Sí, ciertamente hubiera cambiado porque una cosa tenía clara y era que si por mí fuera, el puñetero Laszlo, el héroe de la resistencia que acababa llevándose a la chica se podía ir a la porra. Las consecuencias para nuestra civilización hubieran sido terribles —o quizás no. Cuando vi venir esa gorrita colocada en ese ángulo perfecto comprendí que la civilización estaba realmente en esta misma calle, que no hacía falta cruzar océanos ni emprender causas cogidas por los pelos. Tan solo bastaba con sonreír a la vida, con sentir ese rayo de sol que caía entre los dos toldos que cubrían la terraza del café, dando el grado justo de calorcito sobre las manos y la nuca para sentirme cómodo con la vida mientras garrapateaba algún que otro pensamiento aislado sobre el papel o la servilleta, en caso de acabarse el mismo.

Toque la superficie de mármol del velador para sentir su frío, la solidez de los años que esta representaba, las marcas y desgastes causados por cientos, por miles de cafés, de copas de absenta depositadas sobre la misma. ¿Quién se habría sentado aquí? ¿Cuántos locos soñadores se habían dejado llevar por la sensación de estar mirando la pared vecina, esa hiedra que se me antojaba eterna? ¿La *madame* de turno sacudiendo una alfombra?

Ese día París parecía haberse transformado, presentaba un abanico de sensaciones nuevas. Quizás algún observador podría haber analizado cómo contrastaban las viejas fachadas, tejados y buhardillas frente a los que cruzaba Tere. Quizás la misma señora con la que se cruzó en el semáforo o la anciana a la que ayudó a coger aquel paquete en el último tramo del paso de cebra hubieran podido decir algo al respecto. Todo esto me podrían haber dicho en esos escasos minutos desde que dobló la esquina hasta que llegó a mi altura y se sentó a la mesa donde yo me encontraba.

Continué mirando fijamente a esa figura que venía caminando en mi dirección.

En vez de pasear o cruzar París existe otro modo para el viajero, para el amante de la ciudad de conocerla. Podía dejar que fuera esta quien le visitara a uno. Podría así uno quedarse sobre el puente de una barcaza o de un pequeño ***bateau mouche*** al estilo de Monet y ver los tejados de pizarra gris, las casas, los jardines, los monumentos ir pasando de largo con la confianza de estar entre las dos orillas, sin comprometerse a nada, sin mostrar fidelidad alguna a un *quartier* en particular.

El taxi nos dejó en una calle estrecha, llena de coches aparcados a ambos lados, pero de aspecto relativamente tranquilo. A lo lejos entre dos edificios se veía la silueta difusa de la torre Eiffel.

CAPÍTULO 57

EDITIONS PRINTEMPS

—¿Me está usted diciendo qeue no querría participar en el Goncourt francés? ¿En el más prestigioso premio literario en Francia? He de decirle que pocos autores se han atrevido a decir algo semejante —decía *madame* Claude desde el sillón donde permanecía sentada con un libro abierto en las manos, vestida con un elegante traje chaqueta cruzado que daba a su figura un aire masculino. Mientras me miraba con ojos que parecían leer dentro de mí, volví a recordar una sensación afín a la que había experimentado ante el viejo Cadbury. Pero a diferencia del viejo león británico, *Madame* Claude era una elegante mujer de mediana edad cuyos movimientos parecían crear sonetos en el aire, consciente en todo momento de las armas de su elegancia, practicada durante décadas.

—Si le dijera que no me llena de terror estaría mintiendo como un bellaco —dije—. Pero esto es un gran reto y a mí los retos siempre me han atraído.

El despacho de Editions Prinptemps era toda una demostración del estilo rococó en su etapa de máximo esplendor. Sin embargo, bien es cierto que nada parecía sobrar. Cada jarrón y pintura estaba en el lugar indicado, idóneo y preciso. *Monsieur* Leblanc saltó en nuestra dirección desde detrás de su *bureau*.

—Debería usted intentarlo por lo menos *monsieur* Santos, debería intentarlo. He vuelto a encontrar en su texto algo que *madame* y yo hacía tiempo que no compartíamos, ¿no es así, *mon cherie*?

—Oh, Claude, ¡no digas tonterías! Deteste cuando tergiversas mis palabras. No lo expresé de ese modo, aunque algo de realidad hay en ello *monsieur* Santos. La literatura debería ser un poco de juego, *n'est pas?* Un poquito de *charm,* de aventura, ese *j'ai ne se quoi.* Yo negaré haber dicho esto, se supone que somos una editorial sería y nada dada a tonterías sentimentales, por supuesto.

Claude Leblanc era el epítome del esteta parisino que se resiste a desaparecer, la viva imagen de un Oscar Wilde francés. Su rostro estaba cuidadosamente enmarcado por una perilla y un bigotillo *fin de siecle.* Un pañuelo colgaba al desgaire del bolsillo de su chaqueta.

Tenía el mismo una curiosa fijación por los pañuelos de flores y en especial, de aquellos que mostraban un delicado patrón sobre un fondo azulado. En esta ocasión el motivo en cuestión estaba formado por unas florecillas de color violeta enroscadas alrededor de una columna.

—Y ¿qué le hace pensar que mi estilo tan peculiar pueda tener algún atractivo para optar a este premio? —dije sonriendo a *madame* Leblanc sin poder evitarlo ante el evidente candor de la editora, intentando desviar mi atención del pañuelo de su marido. Ya había tenido bastante con los desvaríos excéntricos de los británicos para seguir extendiéndome mucho sobre el tema.

—Bueno, *mon cheri*, a los franceses todavía nos gusta pensar hoy en día que estamos en la vanguardia. Pero la realidad es que nuestra mejor vanguardia está en nuestro pasado, tanto en literatura, como en el resto de las artes. Nos gusta, eso sí, provocar, pero en el fuero interno nos seguimos volviendo locas por las novelas románticas y por las obsesiones de una señorita bien. Y en estos tiempos en que lo femenino rompe, la visión de un hombre sobre la mujer es doblemente *curieux*, si me permite la expresión.

Me gustaba el modo de hablar de *madame* Leblanc. Lo hacía en un francés claro, pausado. Era para mí un placer exquisito escuchar su melodía tras un largo *impasse*. Me hacía volver a mi juventud y sentirme inmerso en una película de Truffaut, en un París de los años 60 o 70 persiguiendo un huidizo globo rojo sobre los tejados de la ciudad. Su voz me recordaba las cadencias del narrador en ese mítico film de Alain Resnais, *El año pasado en Mariembad.* ¡El Goncourt! Un objetivo devotamente deseable en palabras de Shakespeare que era el gran maestro de la expresión justa, precisa, *devotedly to be wished...*

—Me gustaría pensarlo un poco. ¿Podría darle mi respuesta mañana? Tengo varias cosas en mi cabeza que he de encajar primero.

Cuando más tarde se lo dije a Tere pude ver su cara de asombro prolongarse durante varios segundos. Sonrió sin decir nada.

—Vas a aceptar, lo sé.

—Pues ya sabes más que yo, listilla.

¿Cómo era esto posible? Frente a mis dudas internas, Tere oponía una certeza y una claridad que seguía sorprendiéndome, saltando sobre mis flancos bajos y golpeándome con la rotundidad de sus afirmaciones.

—¿Qué pasa? ¿Te da miedo no poder compaginarlo con tu compromiso con tus amigos ingleses?

—No, no es eso, pero antes de decidirme me gustaría que viéramos juntos la Rive Gauche. Nadie debería tomar una decisión precipitada sin haber paseado por Montmartre y la Rive Gauche ¿no te parece?

Desde Montmartre, París aparecía rendido allí abajo, cansado tras otro día de turismo, de trabajo frenético. De ese trabajo que no ve el turista.

¿Era este el París que se supone iba a descubrir? La habilidad dialéctica de Claude Leblanc me había puesto en camino. Ahora solo era cuestión de seguirlo hasta el *Sacre Coeur*, subiendo esas cuestas imposibles que nos hacen arrepentirnos de la decisión de haber ascendido.

El *Sacre Coeur* siempre me recordaba el interior de un gran calamar hueco. No puedo dejar de ver hoy en día ninguna película donde aparezca Montmartre sin acordarme de ese descenso vertiginoso que realicé aquella primera tarde años atrás en que subí por sus escaleras empinadas, apoyado en esos pasamanos metálicos de extraña forma que únicamente he visto en la ciudad de la luz. Una carrera contra el atardecer que caía en ese París que me vio llegar.

Tras haber visitado el monumento bajamos las escaleras asidos fuertemente a sus dobles barandillas metálicas.

Llegamos a una calle sobre la que había leído mucho y que tenía un gran interés en conocer.

—¡Mira! Tenía muchas ganas de ver este sitio. La *Rue des Martyrs.* Había leído sobre el por casualidad. ¡Todo un lugar emblemático de París! Prácticamente la totalidad fue construida en siglo XIX y aún conserva montones de pequeños comercios, de esos que dan la vida a una ciudad. Fíjate nada más en el aspecto de los comercios. Para mí, esto es París. ¡Y aquí además vivió y estudio François Truffaut!

—Esta es la idea que yo tenía de París. No me extraña que te guste —respondió Tere sin dejar de observarlo todo.

Sí, esto era ciertamente París. Contenido en una sola calle. Ningún estudio de cine lograría capturar mejor su esencia, su vida toda.

Siempre me había sentido muy cercano a Truffaut, con la cercanía que daba su mirada clara y sincera. Como dijo un crítico una vez, al ver sus películas uno no sentía a un cineasta, a un artista sino a un amigo o vecino que se hubiera dedicado a eso del cine. Tal era el grado de proximidad que transmitía, como si yo mismo hubiera habitado esa calle y esos años.

—¡Me encanta! Fíjate en esa puerta. Debe ser muy antigua y está repleta de adornos y símbolos —dijo Tere cruzando la calle para verla de cerca.

Así era. La Rue des Martyrs era un París en pequeño. Una calle que había hecho que una periodista del New York Times la llamara «la única calle de París».

Esto era la Rive Gauche. ¡Qué fascinación caminar por el Quartier Latin tras haber dejado Notre Dame iluminado unos pasos atrás! Las luces de color ámbar, las macetas colgadas de los edificios, de las puertas y balcones, los faroles proyectando su luz a sus pies, como si la iluminación de la calle hubiera sido diseñada así, dejando expresamente en penumbra el resto, insinuado, como debería ser la visión de todo en esta ciudad.

Claude Leblanc se tocaba el bigotito a cada cambio de frase, a cada matiz en su alocución.

—Verá, *monsieur* Santos, todo esto... eh... todo esto es como descubrir misterios, ¿no le parece? Es así como veo mi trabajo, como alguien que esté buscando dentro de sí, dentro de los demás y del sitio donde vivimos. No hacemos más que descubrir el misterio de lo que nos rodea. Buscamos razones...

—Sí, entiendo lo que quieres decir. Hay una frase que me gusta repetir y es esa de que nos gusta leer porque en la narración todo tiene un porqué. Hay un antes y un después de las cosas. Hay una crisis y una solución para bien o para mal.

—*C'èst ca*... y punto! *Il n'ya pas autre chose!* ¡No hay otra cosa! —dijo, retorciendo el cigarrillo sobre el viejo cenicero de Cinzano situado sobre la mesa de la cafetería de la biblioteca Shakespeare & Co donde nos encontrábamos—. Pero ahora entremos. Como verá —dijo mientras nos encaminaba como un cicerone por el interior de la librería—, aquí todo está pensado para hacer de la lectura un placer, todo nos recuerda que ese es el objetivo último de nuestra misión. Como decía uno de mis viejos profesores de literatura: «Claude, olvídese de argumentaciones y de teorías críticas, ¡disfrute hombre, disfrute!».

Estábamos, en Shakespeare & Co. la mayor librería de libros publicados en inglés de todo París. ¡Cuántas veces había visto esta fachada sin haberme atrevido a franquear sus puertas! Desde aquellos lejanos años de mi juventud cuando aún no dominaba el idioma de Shakespeare. Y después... bueno, excusas hay varias para no escoger las diferentes sendas que podemos encontrar en nuestra vida.

El lugar abundaba en rincones llenos de libros y de flexos para permitir su examen, de libros llenos de anotaciones y pósit colocados entre sus páginas, asomando con picardía, jugando al escondite con su dueño.

Cómodos sillones forrados en tejido rojo, como colocados aquí y allá, totalmente pensados para leer y dejar pasar el tiempo hundido en ellos, para entrar en estado de trance literario.

Una atractiva y delgada mujer de pelo rubio se nos acercó. Sonreía mientras bajaba una escalera bordeada de libros, dando la impresión de que ella misma saliera de entre las páginas de todos ellos. Una apariencia. Una encarnación misteriosa.

Al ver a Claude hizo un gesto de reconocimiento imperceptible con la cabeza y se dirigió hacia Tere y yo.

—Buenas tardes, ustedes deben ser los españoles, ¿no es así? Soy famosa por distinguir a un escritor y por acertar la nacionalidad de alguien, más o menos. En este caso, ustedes me lo han puesto más fácil al ser a la vez españoles y ser usted escritor, *Isn´t it nice? How very lovely!*

En el centro de este paraíso de libros, de estos muros formados por volúmenes hasta alcanzar el techo, colgaba una preciosa lámpara de araña rematada en cristales verdes abombados, recordándonos que esta no era solo una librería. Era más bien un museo del libro. Siempre imaginé que algo así pudiera existir, uno de esos mundos donde todo lo que nos gusta inunda el entorno, arrasa, lo domina. Recordé entonces esas fantasías imposibles que a veces había tenido de niño, despertadas las mismas por un tebeo, en las que me imaginaba una casa inundada, con agua llegando hasta los muebles pero que, inverosímilmente permaneciendo siempre al mismo nivel. Mi hermano y yo nadábamos, jugando y viviendo el mundo más apegado a la fantasía que a la realidad. Vivíamos así lo cotidiano en un entorno lleno de agua sin pensar en los posibles estropicios que la realidad traería sobre muebles y suelos. Solo ocupados en la diversión. Esa sensación ese privilegio exclusivo de la infancia, volvió a retornar a mi al ver esos anaqueles, todas esas dependencias llenas de libros.

—¡Dios! Este sitio es un encanto —dijo Tere con ojos infantiles, mirando a todas partes.

«Isn´t it nice? How lovely!»

Subimos unas escaleras rojizas que nacían detrás de los sillones o más bien fuimos arrastrados en volandas por la propietaria. En cada peldaño aparecían escritos una palabra o dos que al final del recorrido nos proporcionaron la frase completa:

«I wish I could show you when you are lonely in or darkness the astonishing light of your being»

«Desearía poder mostrarte cuando te encuentres sola o en la oscuridad, la asombrosa luz del ser».

—Pero, siéntense, *s'il vous plait,* ¡siéntense!

Me senté como pude en un pequeño escabel situado frente a su mesa, tras apartar tres o cuatro libros que se encontraban sobre el mismo.

Tras una agradable conversación en la que la propietaria nos puso brevemente al corriente de la azarosa historia de la librería y su resistencia frente a las fuerzas de ocupación alemanas, Claude Leblanc volvía a estar a nuestro lado. Llevaba en la mano izquierda un libro de cuidada tapa verde que acariciaba inconscientemente. Su mano derecha tocaba el sillón rojo. Quizás presentía el momento y el placer de quedarse a solas con él y deleitarse con su lectura.

—*Voila!* Yo he llegado a hacer de este mi reducto, mi cuartel secreto si usted quiere —dijo punteando con su dedo índice un grueso tomo que se encontraba a su derecha junto a un viejo teléfono negro a la vez que daba unos suaves tirones al pañuelo que asomaba curioso en su bolsillo—. Cada escritor, cada *auteur* ha de buscar el suyo en distintos lugares. Usted cuenta con el amor de una bella mujer si me permite la expresión. *Une tres jolly femme! Mai bien sure*! Cuídela, está claro que está usted profundamente enamorado. ¡Eso es algo que un francés ha aprendido a encontrar en otra persona cuando la ve, cuando la pasión interior nos hace avanzar a pesar de nosotros, a pesar del intelecto... no sé si vale la pena escribir, pero, *Sacre Bleu!*, es lo menos que podemos hacer. Unos como Hemingway lo hacían corriéndose unas juergas endiabladas en Montmartre y Pigalle. Otros como los pintores, como al mismo Degas, les gustaba subirse a una barcaza y surcar el Sena viendo el mundo deslizarse... sentir el movimiento del mundo, ¡qué sé yo!

Al descender al piso inferior tras haber mantenido esta curiosa conversación nos dimos cuenta de que bajo las escaleras los volúmenes también recorrían todo su perfil, toda su parte inferior en anaqueles aprovechados, construidos en la mismísima pasamanería, como si los libros quisieran subir al piso superior, detrás de su propietaria en busca de comida y de un cuenco de agua.

Algunos clientes se arrastraban por los pasillos, con libros abiertos y ojos semicerrados, mirando en un sopor incontenible las portadas. Sus pasos eran dilatados, lentos. Por las ventanas se podía ver el tráfico y los puestos de flores, los vendedores de cuadros que llenaban el *quai* como a través de una neblina. Era el sueño de un niño, de ese niño con gafitas repudiado por sus compañeros de clase y que aquí vuelve a ser el mismo. Aquí puede uno irse con Tom Sawyer o David Copperfield a un rincón sabiendo que nadie le molestará en varias horas. Mamá, conociendo los gustos excéntricos de su hijo por la lectura pasará a recogerlo a eso de las ocho con tiempo de llegar a casa y preparar la cena. «¡En fin—diría a las vecinas que la escucharían con miradas comprensivas y asentimientos de cabeza—por lo menos no le ha dado por perseguir a los pájaros con un tirachinas como al resto de los niños del barrio!» Y es que, en efecto, este podría ser el reino de Santa Claus si Santa Claus fuera librero en lugar de fabricante de juguetes.

Los seis pisos que ocupaban la librería eran un hervidero de movimientos ocultos en las estanterías, de libros que se sacaban e introducían en los estantes y, sobre todo ello, descendiendo por las escaleras, el sonido suave y apenas perceptible de varias páginas al ser hojeadas, y en el aire, el polvillo y el olor de años de saber. Desde la primera librería que visite de niño, pasando por Foyle's en Londres hasta este templo, no me había quitado de la cabeza la certeza de que el saber tiene olor, concretamente este olor a vino madurado, añejo. Aquí las barricas eran las estanterías que les prestaban, con la calidad de la buena madera ese sabor que, de un modo misterioso, quedaba recogido en el libro. De esta modo, al coger un volumen, al sentir su peso entre las manos, la carga de responsabilidad por culminar el reto de su lectura se une al placer de tener un nuevo amigo a quien conocer.

Los empleados, ocultos como gnomos, aparecían y desaparecían por los rincones, ordenando de un modo imperceptible, cual felinos, los libros que habían quedado descolocados o fuera de lugar. Quizás temporalmente abandonados por algún lector que ha tenido que dejar sus sueños, atrapado por la pesadilla de la realidad. Tal vez mañana vuelva en busca de esa página olvidada, de un deseo que quedó sin cumplir, como si hubiera sido su cartera en lugar de un capítulo lo que se había dejado olvidado, abierto.

El murmullo de los pasos, las conversaciones entre los clientes, el sonido de las páginas al ser hojeadas, creaban a su vez otro rumor, el de un enjambre de cultura en movimiento pasando de pasillo en pasillo.

—Y ahora, si me lo permite, déjenme a mí aquí y ustedes salgan —dijo Leblanc todavía en su discurso filosófico-parisino— ¡salgan y sientan París del modo en que debe ser sentido! Por desgracia no tengo las herramientas para decírselo, cada uno lo hace a su pobre manera. Pero de algún modo, yo sé que me entiende, que usted sabrá encontrar el secreto del mundo que nos rodea, o tal vez su propio secreto, su propia búsqueda. Y sé positivamente *monsieur*, que usted posee la cualidad para apreciar esas cosas —dijo volviéndome a lanzar una mirada de complicidad tras contemplar a Teresa que curioseaba en una estantería cercana—. Por lo menos me gusta pensar que en eso somos afortunados. Sí, eso pienso yo a veces, por lo menos sé que estoy en búsqueda de algo y que mi vida no es solo pagar el siguiente recibo del alquiler y volver a llenar el frigorífico permanentemente vacío.

. . .

Realmente no sabía muy bien qué habíamos venido a hacer a París. No lo sabía, pero ¿cómo le iba a decir eso a Tere? ¿Cómo decirle que me encontraba sencillamente perdido en mi encrucijada? Creía haber encontrado una salida, pero ahora, viéndome lleno de opciones entre la oferta hecha por Cadbury y la de Editions Primptemps sentía cierto desasosiego, un desasosiego que me hacía titubear.

De repente un olor sutil, pero cada vez más intenso hizo que me olvidase momentáneamente de todo. Una fragancia de flores impregnaba el ambiente. Por todas partes, distintos olores y colores parecían surgir y acercarse hacia nosotros. Nos habíamos dado de bruces con varios puestos de flores en la proximidad de la salida del metro de Clichy, alguno de ellos de tamaño minúsculo donde apenas tres o cuatro plantas ocupaban su interior junto a otros puestos de grandes dimensiones, donde hasta más de cien especies se empujaban unas a las otras. ¿Qué tipo de barrio era este? ¿Se habían vuelto locos los parisinos en su fervor romántico? ¿Era algún tipo de pantomima turística no especificada en ninguna de sus guías turísticas?

Una anciana se acercó a una de las casetas con pasos lentos. La vendedora pareció reconocer en ella a una vieja conocida y con una sonrisa amable le preparó un ramillete donde los tulipanes y los crisantemos se mezclaban en alegre mezcla. Cuando la compradora ya se iba satisfecha con su compra, la vendedora aún siguió unos pasos tras ella ajustando con un cariñoso toque algunos tallos que se habían desplazado.

—*Merci, madame.*

—*A toute Aller!* —alcancé a oír.

Tras haber estado observando la escena durante unos minutos, Tere me hizo volver a la realidad.

—¿Has visto lo que tenemos detrás de nosotros?

Me giré. No aparecía nada a la vista realmente distinto, salvo un largo muro que ocupaba toda la manzana donde nos encontrábamos. Al final del mismo se abría la calle por la que habíamos llegado continuada al otro lado por otro muro similar.

—Un muro, ¿qué tiene de especial?

—Mira lo que pone en ese cartel.

Entonces todo cobró sentido. En un francés claro y preciso, sobre el cartel colocado justo debajo del nombre de la calle podía leerse:

«CEMETIERE DU CHAUTELLARD»

Los desaparecidos parecían haber querido celebrar la alegría de la vida a su manera, mezclándose en un día como hoy con el griterío de la ciudad, con la paz que emanaba de esa calle, a esa hora de la tarde... unos metros más allá algunos autobuses escolares se encontraban detenidos. De los mismos descendían grupos de niños riendo y hablando entre si, sin reparar en la presencia de sus madres o padres que les esperaban para llevarlos a casa.

CAPÍTULO 58

LA TIENDA EGIPCIA

De como Ernesto y Teresa descubrieron un rincón mágico en el corazón de París.

A veces la vida cotidiana nos ofrece un regalo inesperado. Algo que no valoramos ni tomamos conciencia. Esa tarde, de entre todas las que habíamos pasado juntos, fue en especial memorable.

¡Cuántas veces en nuestros paseos cotidianos, en esos momentos en que precisamos y ansiamos una soledad buscada, esta se nos torna esquiva y tras una esquina, un portal, un balcón o una tienda frente a la que cruzamos aparece la figura de un desconocido o desconocida robando nuestra codiciada soledad! Si bien esto es más que comprensible en una ciudad, ¡cuanto más irritante es cuando sucede en un barrio aislado, un pueblo o una partida rural! La presencia ajena se torna en esos momentos hostil, una burla del destino que nos busca con persistencia. Caminamos por una calle que creemos solitaria y al pronto sentimos unos pasos insistentes y presurosos detrás de nosotros. Cambiamos de acera para volver a recuperar nuestra burbuja de intimidad y retornar a nuestro mundo privado cuando, delante, una puerta se abre y de ella surge una pareja hablando en alta voz sobre la necesidad de llamar o no a Rosalie. Precisamente a Rosalie, precisamente en ese momento.

Nos sentamos en un banco aparentemente aislado y solitario y *Voila!* Al pronto aparece una familia al completo por la esquina conversando animadamente y por supuesto, se trata de una familia en la que no falta la hoy cada vez más extraña parejita de niños con cochecito incluido, en plena discusión por la merienda no consumida.

En París, como en Londres, a pesar de sus millones de habitantes a veces uno puede cantar bingo. En determinados momentos, días o bajo no sé qué extraño arcano astrológico uno puede mirar a un lado y otro de la calle y no encontrar absolutamente a nadie. Tras frotarnos los ojos y afinar los oídos confirmamos que efectivamente no hay ningún transeúnte vociferando sobre un móvil. No se vislumbra paseante alguno.

Si tenemos suerte, esta visión, si no eterna, al menos puede durar varios minutos. Incluso si una sombra parda y lejana de algún viandante aparece, es solo una nota de color al fondo del lienzo, similar a esos cuadros baratos que habíamos visto recientemente en la Rive Gauche.

Así pues, Tere y yo decidimos sacar provecho a ese regalo y, cogidos de la mano, exploramos ese nuevo mundo donde las cámaras fotográficas, los grupos de turistas japoneses y los hombres y mujeres de negocios parecían haberse volatilizado. Un rincón donde solo nos sentíamos acompañados por las sombras del ayer, donde la presencia de Víctor Hugo, Marcel Proust, Chautebriand, Flaubert, Cezanne, Degas y tantos, tantos otros, nos perseguían de un modo invisible y permeable.

Tere y yo habíamos conquistado las calles de París y eso, eso sí que bien valía una misa.

Fue en uno de estos paseos vespertinos y cotidianos de este otoño parisino que se acababa cuando, tras gozar de esta nueva libertad, de este nuevo París, dimos con la tienda.

Estábamos en la Rue Veudillont.

Era la última hora de la tarde, cuando ya la penumbra empezaba a rellenar las calles, aportando el toque novelesco que Agatha Christie no hubiera desdeñado para que Poirot lo habitara. Una tarde en que la estación se complacía especialmente en deshojar los árboles, desparramando sus tesoros a nuestros pies.

La tienda, pequeña y encajonada entre otras dos, mostraba una iluminación tenue en un rincón. Su fachada revestida en madera, en un tono que se adivinaba verde a causa de la escasa luz que se iba despidiendo de las calles. Quizás pensaba el astro solar que, dado lo tardío de la hora, no era cuestión de entrar en detalles semejantes. Tan solo unos breves rayos se apoyaban sobre el muro, acariciando esa madera quebradiza, esa puerta cerrada que año tras año se había abierto al siglo que se había ido. A primera vista pudiera confundirse con un almacén donde algún vagabundo o estrafalario personaje hubiera ido depositando los enseres de varias épocas, los rastros de una juventud ya olvidada.

—¡Fíjate en eso de la izquierda! ¡Parecen momias egipcias! —dijo Tere, inclinándose hacia delante e intentando ver dentro del local.

—¡Y mira esa máscara! Me recuerda uno de los cómics que solía leer.

Tere atisbaba absorta, apoyada su mano derecha sobre el cristal mientras el paraguas que sostenía en su izquierda parecía inclinarse a su vez para curiosear tras la luna del escaparate. Esos otros primos suyos en forma de atizadores parecían saludarle desde el interior.

Era un lugar encantado, eso era cierto. No podía por menos yo de evocar algunos relatos cortos leídos hace tiempo y cuya autoría no sabría precisar. Relatos que hablaban de un París escondido, un París que acababa de descubrir por azar, como si hubiera frotado una imaginaria lámpara que nos hubiera transportado a Tere y a mí a este lugar mágico.

Y así, durante el resto de nuestra visita, que llegó a prolongarse una semana desde los tres días inicialmente propuestos por Desirée, tomamos la costumbre, al retornar de nuestros paseos, de cruzar frente a esta tienda, siempre cerrada, siempre con la tenue luz de ese farolillo en su interior, semejante a una palomilla nocturna encerrada en el local.

—Parece talmente el alma de un hada —dijo Tere en una acertada comparación.

La sensación se hacía aún más extraña en cuanto que los escasos paseantes que curiosamente circulaban siempre por la Rue Veudillont no parecían reparar en el local número 9 ni mostrar el menor interés por la extraña colección de objetos que albergaba su interior. ¿Habían dejado de verlos, acostumbrados año tras año a su presencia en el devenir cotidiano o éramos acaso nosotros dos los afortunados que habíamos logrado penetrar en otra dimensión de esta ciudad mágica, misteriosa y esotérica que seguía siendo París?

El objeto del local no parecía claro. ¿Era un almacén de viejas cosas familiares apiladas allí año tras año, esperando el momento propicio de encontrar un lugar definitivo donde descansar tranquilamente sus últimos días? ¿Una tienda de antigüedades, un taller de ebanista en cierto desorden? ¿Un lugar de reuniones esotéricas celebradas a horas intempestivas?

Sea como fuere, la pálida luz que provenía de su interior nos fascinaba día tras día. Todo lo que había leído sobre el pasado de París estaba allí en esa luz al fondo del local, entre un batiburrillo de quincalla no identificada iluminada por esa luz parpadeante, ¿era una vela? ¿Un quinqué? O como decía Tere, ¿el alma de un hada?

La palidez y el temblor de la luz en ocasiones parecía sugerir todas esas cosas.

Pero el martes veintiséis de abril fue distinto.

Al pasar por delante del local aquella tarde sobre las siete y cuarto, cuando todavía los ecos de las campanadas de una iglesia cercana reverberaban en el aire, nos sorprendió atisbar cierto movimiento en el interior de la pequeña tienda al pasar frente a ella. Nos situamos inmediatamente junto a un árbol cercano a la entrada, bajo cuyas escasas hojas otoñales mal podíamos disimular nuestro interés por el lugar.

—Mira, algo se mueve al fondo, ¿lo ves? —dijo Tere.

—Sí, lo veo. Hay alguien dentro.

En efecto, al fondo, entre los diferentes objetos y tras un grupo de relojes de pared se movía la grisácea figura de un viejecito encorvado y de cabello enmarañado. Tras moverse un rato entre los objetos que allí se encontraban, buscando al parecer un camino o sendero que le llevara hasta la puerta para poder salir de ese laberinto de *bric a brac*, llegó finalmente ante esta con un manojo de llaves en la mano y, sin parecer reparar en nosotros, cerró la tiendecilla con suavidad, haciendo sonar una débil campanilla en su interior. Hecho esto, y con la misma lentitud con la que había realizado todo lo demás, el hombre sacó un cigarrillo de su vieja chaqueta de pana verde. Tosió débilmente tras aspirar el pitillo y comenzó a caminar en dirección contraria a la nuestra.

En el interior de la tienda quedó, luciendo como todos los días, ese débil resplandor casi oculto a la vista, solo delatado por la enfermiza luz que proyectaba. Cuándo Tere y yo nos volvimos a mirar al hombrecillo que había salido de su interior, ya era tarde. La oscuridad que crepitaba por las calles parecía haberlo engullido entre sus sombras.

La Rue Veullimot había quedado súbitamente desértica, a excepción de un solitario ciclista unos doscientos metros delante de nosotros y las luces que se proyectaban desde los ventanales y balcones de los edificios opuestos.

Me desperté.

No se oía nada.

Tere dormía plácidamente a mi lado, su mejilla apoyada sobre su brazo izquierdo.

Había vuelto a tener ese sueño.

El mirador. Esa extraña bahía.

Pero esta vez había sido distinto.

Había una figura de espaldas a mí.

Por alguna extraña razón, no quería que se volviera. No quería que descubriera mi presencia. Por lo menos no todavía.

Todo estaba quieto. No había nadie más.

¿Por qué me había despertado con esa sensación de sofoco? Por lo que yo recordaba del sueño, no parecía existir razón alguna para ese temor. Algo se había quedado en lo más profundo y la conciencia no lograba encontrarlo. Escarbando entre mis células no lo descubriría. Se había replegado hacia lo más hondo de las conexiones neuronales, hacia ese terreno desconocido de lo humano que sigue siendo el inconsciente.

¿Tenía esta imagen alguna relación con nuestro paseo de la noche anterior? Recordaba vagamente una certeza, pero esta se me escapaba. Mi imaginación conjuraba a los dioses egipcios, a la maldición de Tutankhamon que recayó sobre los descubridores de su tumba, pero ¿qué había descubierto yo, pobre infeliz?

Poco a poco, la quietud de la noche me fue serenando nuevamente. Hacía calor. Mire por la ventana que daba sobre los tejados vecinos hacia las buhardillas oscurecidas. Esa visión y algún que otro gato que posaba junto a ellas me fueron adormeciendo, cantándome una canción de cuna.

Volví a acostarme junto a Tere que dormía plácidamente.

—Mañana tenemos que dejar todo esto. Nos esperan nuestras obligaciones en España —dije al día siguiente mientras mojaba un *croissant* en mi café.

—¿No te has cargado con demasiado trabajo? Le dijiste a los ingleses que ibas a presentar un libro antes de Navidad y ahora esto.

—Sí, lo sé. La verdad es que ni sé cómo lo he hecho, cómo me he atrevido a decirles que sí. Si hubiera estado solo creo que me hubiera cagado de miedo, con las fechas y todo eso. ¡Menos mal que no ha sido así!

Le di mi mano a chocar y respondió con risas, como era nuestra costumbre, apretándosela durante unos segundos.

. . .

Fue en una de esas tardes frías, cuando la luz congelada apenas se atreve a moverse por las fachadas, cuando la gente permanece inmóvil como un cromo de postal decimonónico que reflejara el viejo París. Solíamos sentarnos en uno de esos bancos de hierro forjado, bajo farolas de ese mismo material que hablaban de un tiempo pasado, de las memorias, de los sueños y de la vida de la gente que, como nosotros, se había ido sentando en ese banco, día tras día, compartiendo charlas, discusiones, preocupaciones, dolor y alegrías.

Estábamos sentados, nuestras manos embutidas en guantes de lana. Un gorrito del mismo material cubría la cabeza de Tere, dejando escapar esos cabellos rebeldes que se resistían a quedarse en una posición determinada mucho tiempo.

—Es una pena. Me había acostumbrado tanto a nuestros paseos por estas calles —dijo Tere al fin.

Miré el portal de la casa de enfrente. Dos niños estaban sacando sendas bicicletas. Desde donde me encontraba no podía escuchar su conversación, pero debía tener cierto carácter aventurero, a juzgar por las caras de emoción que los dos presentaban. Uno de ellos ató algo en la pequeña cesta de mimbre frontal y a continuación se alejaron del lugar caminando, llevando las bicis a su lado. Las ventanas del edificio de donde habían surgido permanecían cerradas. Imposible saber de cuál de las viviendas habían salido los chicos.

—Te prometo una cosa —dije, girándome hacía Tere y colocando mi mano izquierda sobre ese abrigo blanco de lana, acariciando esa bufanda de color rojo que se ceñía a su cuello antes que yo—. Si por alguna razón loca tuviera algún éxito con toda esta aventura literaria, te prometo que volveremos. Pero volveremos de una manera muy distinta.

—¿Distinta? ¿Qué quieres decir?

—Eso no puedo decírtelo *sweetheart*. Recuerda, te he dicho que solamente una razón loca podría contemplar esa situación. Eso tendrás que esperar a averiguarlo con el tiempo. Ya sabes que hay cosas que es mejor descubrirlas gradualmente y no hacernos demasiadas preguntas, ¿no? Ahora lo único que puedo decirte es que tengo que ponerme a trabajar enseguida. Prometí a nuestros nuevos amigos que iba a intentar enviarles algo que valiera la pena. ¡Y el tiempo corre!

—Jo, ¡cómo te gusta atormentarme!

Se colocó en esa postura tan peculiar de ella, cogidas sus dos manos sobre su regazo, el cuerpo recto y echado hacia atrás, esperando recibir la información que le venía del ambiente.

Levanté su mentón con mi mano derecha, esa sonrisa que le cruzaba el rostro no podía quedarse así, no en esa tarde fresca, llena de ozono vitalizante. Mordí sus labios con delicadeza, acariciando esa mejilla tersa por el frío del ambiente, su cuello embozado en esa bufanda de color rojo. Uno de sus cabellos cruzó ante mi rostro en ese instante, celoso de nuestra intimidad, de la tibieza de su cuello. Parecía como si el aire tuviera frío y quisiera guarecerse en su calor, en ese pequeño rincón formado entre la bufanda y su cuello.

Y así dejamos París.

CAPÍTULO 59

LA CASA DEL PASEO DEL ESPOLÓN

Todos hemos conocido diferentes tipos de viento a lo largo de nuestra vida. Existe así la brisa tranquila, que acaricia los soplillos de las orejas, deslizándose sobre ellas para coger carrerilla e impulsarse hacia la siguiente víctima. Conocemos al céfiro, a la temida galerna. También nos es familiar al airecillo confidente que murmura secretos en nuestros oídos, que cesa cuando queremos prestarle atención, avergonzado de haber ido tan lejos en sus confidencias y que, transcurridos unos segundos, vuelve con la cabeza baja aunque con insistencia a repetir su mensaje. Y por supuesto, conocemos al querido amigo de media tarde, el cierzo, que acude puntual a acariciar nuestras mejillas. Pero de entre todos ellos, el más temido es sin duda el ventarrón huracanado que no es sino un viento enfadado, lleno de odio por tener que recorrer el planeta una y otra vez durante toda la eternidad. Es un vendaval que no acepta su destino, que desea permanecer en un sitio cuando su esencia es precisamente la movilidad. Es el viento que sopla con furia en los cementerios, agitando las hojas, rabioso de que estas se posen, se queden quietas sobre los bancos, en silenciosa reverencia a los difuntos. Es el que ataca el rostro de los seres vivos, celoso de su ritmo más pausado, de su caminar sobre la tierra.

Era el primo lejano de este último —quizá descendiente directo de aquel que acompañara a Jack London entre los desfiladeros de Alaska—, el que había decidido esta tarde visitar Burgos y en concreto, el paseo del Espolón.

Inconsciente de su llegada, Carlos contemplaba a través de la ventana de su estudio desde minutos antes, los recortados setos del jardín frontal y el templete de música situados frente a su casa. Algunas hojas habían empezado a dar vueltas en el centro del mismo, anunciando la cambiante tarde. Era su sino tener siempre una de estas construcciones cerca, pensó el profesor al recordar el situado en la Universidad.

Abajo, el paseo del Espolón transmitía esa serenidad que tanto apreciaba el profesor, serenidad que no se quebraba hasta mucho más allá a su izquierda, a causa del tráfico que se dirigía al puente de San Pablo proveniente del cruce de la plaza de Mío Cid con el vecino Teatro Principal y la Diputación Provincial. Frente a estos lugares, ese eterno envidioso, ese aprendiz del Arlanzón que es el pequeño río Vena. Ese tráfico y esos viandantes cruzan así inconscientes de la Historia la antaño llamada Vía Sacra Cidiana, atraviesan el puente, ignorantes de la belleza del entorno, pasan sin verlas bajo las estatuas situadas a ambos lados del mismo desde 1953, como tampoco observan las bellas farolas en hierro forjado colocadas a intervalos asimismo regulares.

Pero aquí, a esta altura del Paseo todavía reinaba la tranquilidad a pesar del viento. Lafuente respiró hondo al ver el querido río, fluyendo como siempre, junto a esos árboles que le saludaban desde abajo con sus curiosas formas y gruesos nudos entrelazando el cielo.

Las modernas edificaciones se extendían a lo largo del paseo del Espolón unos metros más allá. Edificios modernos, anónimos, que habían ido suplantando la vieja ciudad poco a poco, palmo a palmo. Ya casi nada quedaba del vetusto Burgos en este frontal del río, salvo los edificios administrativos, la misma catedral y la puerta de Santa María. Muchas de las viejas construcciones habían desaparecido.

Pero este pequeño grupo de edificios situado entre la puerta de Santa Maria y la plaza de Mío Cid antes mencionada, era una de las escasas manzanas antiguas existentes en esta parte del río.

El edificio donde se encontraba la casa del profesor, el número 26 del paseo, estaba ocupado casi en su totalidad por el Palacio de Cultura y Recreo, antes denominado Círculo de la Unión. Pero, para el común de los burgaleses era sencillamente «el casino». Una institución fundada en 1881 según testimoniaba una placa situada en el lado izquierdo de la portería, aunque el actual edificio fuera construido en 1930 tras la fusión a su vez de lo que fueron la Peña la Amistad y el Café Montañés, descendientes todos ellos de aquel otro Café Suizo ubicado en el mismo paseo. Decíamos que el edificio estaba casi prácticamente ocupado por el Círculo de la Unión porque en la parte superior, en el último piso, había un reducto inexpugnable que se había resistido con tenacidad a la venta y posesión posterior por ninguna empresa, asociación o particular.

Porque aquí, en esta torreta cuasi inconquistable, cual castillo medieval de cualquiera de sus libros se encontraba la casa del profesor Lafuente. El edificio se mantenía así con estos dos inquilinos, tozudo en su puesto. Se había negado a irse para dejar hueco a esos advenedizos, esos edificios modernos recién llegados con bancos y comercios en su planta baja. Desde las tres filas de torreones que remataban su perfil miraba ceñudo la calle y los viandantes que interrumpían la tranquilidad del lugar.

Había una razón para esta resistencia. La familia Bordallo, respetada y tenida en alta consideración por la burguesía de la época había sido una de las fundadoras del casino cuando este se creó. Los Bordallo, conscientes quizá de la importancia que pudiera tener la situación de la edificación, habían reservado para su uso, ya desde su construcción, esta ala de la misma, donde habían residido desde entonces de modo discreto y sin grandes ostentaciones. Hasta tal punto había llegado la discreción que eran pocos los miembros que tenían conocimiento de su existencia o del particular arreglo que los fundadores y la familia habían alcanzado tiempo atrás.

Tal era su discreción que ni la corporación local ni la sociedad más destacada de la época supieron del verdadero papel que la familia Bordallo, y en concreto Evaristo Bordallo, tuvo en el diseño, financiación y construcción final del edificio.

No era en efecto don Evaristo hombre de gestos, de notas de sociedad y actos públicos, prefiriendo dejar que fueran otros los que recibieran la luz de los faroles en sus rostros, así como sus nombres impresos en el *Diario de Burgos*. Y así había sido hasta la actualidad.

El viejo portal por el que se accedía al edificio se encontraba junto a los ventanales del casino. Sobre él, las ventanas acristaladas de los pisos superiores miraban la calle, observando y preguntándose si iban a recibir la visita de alguien aquel día. Hacía tiempo que no acudía nadie por las tardes hasta la parte alta del edificio, una vez cruzada la frontera que separaban el Casino y su biblioteca de la vivienda situada en el último piso, de esa extraña rémora que se negaba a marchar. Más de cuarenta años también sin oír los pies de niños subir las escaleras, de oír las puertas de los portales vecinos cerrarse por las mañanas cuando sus propietarios marchaban camino al trabajo.

Los árboles desnudos situados en el paseo de la explanada frontal habían sido mudos testigos de esos mismos propietarios cuando se marcharon o desaparecieron sin descendencia.

Esa casa había sido la de su tío Enrique y su tía Engracia, esta última nieta de Evaristo Bordallo. Una tía Engracia a la que acudía todos los jueves, a veces acompañado de algún compañero de clase para conseguir algunas galletas o un caramelo con el que la buena mujer les obsequiaba siempre.

«—Tu amiguito también quiere. ¿Eh? Bueno, ¡toma, otra para ti! —decía tía Engracia al buenazo de Fermín, su acompañante ese día—, y ahora id a la salita y haced vuestra tarea hasta que venga tu madre.»

Al cabo de muchas Navidades celebradas en ese caserón en compañía de sus padres y tíos, Carlos heredó la casa tras la muerte de tía Engracia. Jamás desde entonces, y pese a las suculentas ofertas recibidas se le había pasado por la cabeza el venderla. Eso era algo que no haría a ningún precio. Sabía que gozaba de una situación excepcional, que era afortunado por vivir allí, por poder fumar su pipa frente a la ventana abierta, mirando a los árboles desnudos y al río. A espaldas de su edificio se encontraba la plaza Mayor y el ayuntamiento, la totalidad del centro, el corazón de la ciudad.

Bien sabía todo el mundo que había recibido buenas ofertas para vender esa esquina codiciada del edificio. Solo había que preguntar a Aurelio —el portero de la finca vecina— para obtener todo lujo de detalles de las mismas, de las llamadas, de las visitas mal disimuladas de un supuesto familiar lejano intentando indagar por cuánto estaría dispuesto a vender el extraño propietario que la habitaba. La casa moriría con él, eso Carlos lo tenía seguro. Se lo debía todo a tía Engracia, sobre todo sus estudios en aquellos años en que la enseñanza privada costaba un ojo de la cara. Le debía esa misma infancia feliz junto a los primos y sobrinos de ella que por entonces frecuentaban la casona, y con los que compartió vida y juegos y que le trataron como a uno más. Gracias a su tía pudo disfrutar de las mieses de una clase que no fue la suya, y sintió despertar en su interior el ansia de saber y el aprecio por una buena educación que de otro modo, no hubiera conocido cuando por Reyes le acompañaba a la librería más cercana para comprarle un montón de libros con los que entretener las tardes.

Después de él, y en caso de no tener descendencia como parecía el curso mas probable dado el curso de su vida, el Círculo de la Unión quedaría en plena posesión del caserón.

El rector podría decir por doquier que regía una de las universidades pioneras en España y todo lo que quisiera, pero sabía en su fuero interno que tenía que contentarse con una vista ficticia de la universidad en ese grabado que colgaba frente a su mesa. Para Lafuente era aquí, en este lugar, en este despacho donde los pensamientos y las ideas se enlazaban unas a otras.

Por otro lado, sus buenas relaciones con la junta directiva y miembros del casino le encontraban haciendo frecuente uso de los doscientos metros cuadrados de biblioteca que formaba parte del mismo.

Sin embargo, en algunas tardes como la de hoy, a Lafuente le molestaba el viento más de lo acostumbrado. Otros días echaba de menos el sonido de los vencejos y la bandada de estorninos en las mañanas.

Sentado en un sillón orejero de terciopelo verde y acompañado de su eterna pipa, el profesor estaba haciendo un repaso mental a la situación actual de la investigación. Dejó vagar su mente mientras observaba la pared de enfrente, los cuadros medio descolgados, aquel reloj del abuelo que conservaba por puro cariño junto con el microscopio fabricado en 1890 situado al lado del anterior. Nada menos que un auténtico Carl Zeiss, el mismo modelo usado por Cajal en sus investigaciones, según pudo comprobar años más tarde. Un microscopio a través del cual tuvo el primer atisbo en su niñez de un mundo oculto a la vista. Una auténtica joya que le traía infinitos recuerdos de mañanas sentado al lado de su tío Enrique, comiendo unas galletas empapadas en leche mientras veían *Bonanza* en la televisión.

Volvió a recapitular los hechos de los últimos días.

La historia de la princesa había sido realmente azarosa. Primero su viaje desde su ciudad natal Bergen, hasta Inglaterra donde permaneció unos meses, luego toda la larga travesía a caballo cruzando Francia hasta llegar al condado de Barcelona. Una pausa allí de unas semanas antes de arribar a Burgos, donde se alojó una sola noche y después emprender nuevamente el camino hacia Soria camino de Valladolid; nueva y breve detención en la laguna Negra, a causa de esa extraña enfermedad que la retuvo allí durante unos días y por fin su encuentro con el rey en Valladolid. Solo de pensarlo la mente se cansaba del periplo. Un viaje de aproximadamente nueve meses, semana más, semana menos, antes de trasladarse a Sevilla para morir al cabo de unos pocos años sin descendencia, con todas las promesas hechas hasta el momento, sostenidas en el frágil aire. Uno no podía por menos de simpatizar con esa mujer que había dejado todo atrás para al final acabar sus días en una tierra remota, tan distinta a su lejano norte, rodeada por un idioma desconocido, costumbres extrañas y un calor sofocante.

El hecho de que hablara latín, la lengua internacional de la época, había sido ciertamente una ventaja, pero aun así...

Dio una inspiración a la pipa.

Vinieron a su mente las tan disputadas cartas de amor que pudo contener el féretro y la conversación que habían mantenido con Hans en Covarrubias. ¿Estuvieron las mismas alguna vez en el interior de la tumba? Había quien hablaba de ellas y quien no, ¿Dónde estaban? ¿Qué decían exactamente? A la vista de las indagaciones efectuadas por Elena parecía que jamás lo sabrían.

Y ahora todo apuntaba a que la pista les llevaba hasta el Monasterio de las Huelgas en Burgos, a escasos kilómetros de la Universidad de Montanilla, del centro de la ciudad. A escasos kilómetros de su casa. El secreto, si existía, había estado custodiado bien cerca de ellos durante todos estos siglos.

A media tarde el portal del número 26 se abrió para dar paso a su figura. Nada más salir, una ráfaga de viento, de ese cierzo vespertino puntual como un reloj, le empujó de nuevo hacia el interior, pillándole por sorpresa. Repuesto del sobresalto y con la cabeza gacha, enfrentado al viento enfilado en su dirección que se había propuesto que no saliera de casa esa tarde, poniendo una traba más a sus intenciones, Carlos Lafuente dirigió sus pasos hacia la librería de viejo cercana a casa que le gustaba frecuentar. Si bien era cierto que en el número treinta —apenas a unos pocos metros a su derecha según salía de su portal— se encontraba el cartel en letras doradas sobre esa madera pintada en rojo de la Librería del Espolón, fundada en 1907, su destino se encontraba más allá. No obstante se detuvo frente a la misma bajo la fuerza de la costumbre. No era hombre capaz de pasar sin detenerse ante cualquier librería con la que se encontrase. Eso habría sido una grave descortesía en contra de toda su educación, de innumerables tardes entrando y saliendo de ellas aunque solo fuera para oler el papel impreso y tocar unas páginas nuevas que parecían esperarle. Tras lanzar así un vistazo obligado al escaparate cruzó por delante de otro testimonio del antiguo Burgos, la farmacia del licenciado Castellanos de Grados con sus preciosos arcos en madera y el cristal de sus puertas primorosamente decorado con motivos modernistas.

Repuesto del sobresalto y con la cabeza gacha, enfrentado al viento enfilado en su dirección...

Tiempo atrás su rutina hubiera sido otra. Tiempo atrás hubiera girado a la izquierda nada más salir de casa para dirigirse a la Confitería Ibáñez en el cercano número 16 para degustar un cortado o un chocolate caliente, pero por desgracia el establecimiento no había podido aguantar la crisis de los últimos años, viéndose obligado a cerrar recientemente tras haber aguantado más de un siglo en ese lugar. Aunque una moderna chocolatería mantenía el nombre, para el profesor el saludo cordial de Severiano, su propietario, cuando entraba acompañado de su tía a comprar golosinas o algún pastelito para esa ocasión especial —que solía ser cualquier fin de semana que pasaba con sus tíos—, no podía ser sustituido con facilidad. La fidelidad jurada a esos recuerdos le había hecho prometer odio eterno a este suplantador que se permitía utilizar ese nombre sagrado para él.

Así pues, al no poder optar por este apetecible curso de acción, los pasos de Lafuente le llevaron con prontitud hasta la puerta de Santa Maria donde tuvo que detenerse bajo el arco de la misma, atrapado por una ráfaga de viento más fuerte que las anteriores.

Poco después llegaba a su destino, un escondido pasaje en uno de los laterales de la calle de la Paloma cercano a Laín Calvo, uno de esos pasajes en perenne sombra que parecen haber retenido en sus paredes y adoquinado los tiempos pasados cuando estos se escurrían ya del resto de calles principales. Ya cada vez iban quedando menos librerías de este tipo. También frecuentaba en ocasiones la Librería Hijos de Santiago Rodríguez, una de las más antiguas de Europa. Al profesor Lafuente le seguía tentando buscar su bibliografía de primera mano usando estos viejos recursos antes que los cauces oficiales de la propia biblioteca universitaria, por otro lado bien nutrida. Tiempo habría para recurrir a ella en caso de no encontrar lo que buscaba en sus paseos.

El sol poniente, merced al capricho de la disposición de un espejo de tocador de una casa cercana, reflejaba sus rayos a través uno de los ventanales superiores. Esto, combinado con el vidrio de una farola situada en la pared opuesta, filtraba de algún modo imposible un delgado rayo de luz que acababa proyectado de modo cómplice sobre el escaparate de la librería, bañándolo en tonos dorados, esos tonos sin los cuales una librería no es nada. Era curiosa por otro lado la sincronización de ese ventanal con las horas de apertura de la librería, que hubiera merecido estudios más profundos y sesudos sobre el particular. Calentaba y daba realce así a las viejas maderas, a los arrugados volúmenes expuestos en los escaparates, olvidados, ansiando que un alma curiosa los mirara y, dándose cuenta de la belleza que todavía se ocultaba en ellos, penetrara en el interior del local y se los llevara presurosamente tras un breve intervalo de índole comercial.

Una incipiente decoración navideña se había adueñado ya del lugar recordándole al profesor las fechas en las que se encontraban. Se detuvo un rato en el escaparate. Valía la pena soportar el frío viento pensando en el abrigo que iba a encontrar en su interior. Siempre le habían atraído esos espumillones colocados entre los libros. Un gnomo situado en el rincón izquierdo del escaparate llamó en especial su atención. Llevaba en la mano un saco presumiblemente lleno de juguetes dándole a Carlos Lafuente por un momento la impresión de que hubiera salido de uno de los volúmenes allí situados, para mayor solaz y atractivo de la clientela más joven.

Era en suma, una de esas librerías enormes, aunque pequeñas en tamaño, donde los tomos crecen y se multiplicaban por los estantes. Libros detrás de libros, estantes ocultos detrás de otros. Uno de esos lugares donde todavía se podía oír una lejana campanilla sonar al penetrar en el establecimiento. Cuando por fin entro en la librería se encontró al viejo Esteban hablando con un cliente. Cerró la puerta con dificultad, frenada esta por el hilo de viento que soltó un silbido lastimero, un lamento en el último segundo al ser atrapado por la hoja...

—Estaba buscando un ejemplar de *Los tres mosqueteros* —preguntaba al librero el cliente que allí se encontraba.

—¿Qué traducción o edición estaba buscando? ¿Alguna en particular? —inquirió el propietario, hablando casi en susurros. La edad y el polvo acumulado de los libros quizá habían hecho efecto en su naturaleza.

Y, tras oír la respuesta, con presteza, sin dudarlo, el librero se dirigió hacía una esquina oscura, apartó una escalera que debía de haber estado varios meses en el mismo lugar y tras mover dos filas de libros, introdujo la mano y extrajo, con un golpe de efecto magistral, un volumen manoseado que puso delante de los ojos de su cliente.

—Esta edición de Bruguera de 1968 es una de las mejores. No es cara, es ligera y cumple su propósito —dijo el librero con unos ojos donde brillaba cierta luz al referirse al libro—. Por otro lado esta tiene para mí un carácter especial. No en vano la reina de Francia y madre de Luis XIV se casó aquí, en la catedral.

—Me lo llevo —dijo el cliente, convencido de las bondades de la obra.

Carlos aprovechaba en tanto la espera mirando alrededor suyo. Había otros clientes en la tienda. Alguno que otro ojeaba, o más bien leía los volúmenes entre cubierta y cubierta, pues esta librería había venido a sustituir a los viejos cafés de principios del siglo XX y los parroquianos, conocedores de la amabilidad de su patrón, acudían a ella a pasar las horas.

Una vez se marchó el cliente anterior con su Dumas bajo el brazo, el librero se dirigió a Carlos con una amplia sonrisa.

—¡Buenas tardes, profesor! ¿Cómo le va?

Este hizo una consulta en voz baja, intentando pasar desapercibido.

El librero asintió con rapidez y se marchó jadeando escaleras arriba, hacia lo que parecía un altillo donde solo él tenía acceso.

Volvió al cabo de un rato con un libro de tapas oscuras, delicadamente decorado con ribetes en bordes y lomo.

—Aquí tiene. No es muy habitual hoy en día que nadie pida esta obra. Hace años que la tengo —dijo mientras agachaba la cabeza como un oriental al reconocer a un iniciado con el que compartir un antiguo rito.

Y así, reconfortado el profesor con el peso del volumen entre las manos, volvió a abrir la puerta por la que entró con rapidez el viento, curioso y rabioso a la vez tras haber sido dejado fuera.

Regresó a casa por el paseo mientras la tarde menguaba y se callaba, llevando el libro bajo el brazo izquierdo. Le adelantó un grupo de cuatro niños dando patadas a un balón y cuyas voces ya le habían dado alcance desde mucho antes de llegar a su altura y que al parecer se encaminaban en su misma dirección, ocupando todo el ancho de la acera con sus pases magistrales. Uno de ellos portaba orgulloso una gorra del C.D. Mirandés.

—¡Aquí, aquí Felipe! ... ¡Pasa, Felipe, pasa!

Ese mismo paseo había sido testigo de las piedras que antaño él y sus amigos habían arrojado al río desde sus muros. Muchas de las veces intentando alcanzar la otra orilla y en otras, menos confesables, la figura de algún rapaz de la pandilla contraria con la secreta esperanza de acertarle de pleno en la espinilla.

Las calles traseras a la casa de tía Engracia habían sido testigo de esas correrías. En aquella época, todavía lejos de la invasión de las cadenas de las grandes marcas, los comerciantes salían a la puerta de sus tiendas a la espera de que algún cliente entrara en ellos, mientras se solazaban con la presencia del paseante, con los juegos de los niños que llenaban el aire de risas a últimas horas de la tarde, justo antes de que sus madres los llamaran para la cena, esa cena que siempre interrumpía precisamente los momentos más álgidos del juego, cuando estaban a punto de coronar el fuerte Williams, salvar a la princesa o ganar el concurso mundial de la canción. Eso cuando no encarnando al capitán Lee de la inmortal serie *Viaje al fondo del Mar* cuando este se enfrentaba a un monstruo marino infiltrado en el submarino Sea View o, cuando como David Janssen en *El fugitivo* estaban a punto de ser detenidos por la Ley.

Tan pronto les encontraba la tarde en las cercanías del Teatro Principal como subiendo a la carrera las calles de la Moneda o de Laín Calvo para invadir con sus gritos las cercanías de la iglesia de San Lorenzo. Tan pronto en la Llana de Adentro como en la Llana de Afuera, no había rincón ni pasaje desconocido para ellos. Todo el centro de Burgos no era sino un gigantesco tablero de juegos para el grupo de amigos. Y en especial para el pequeño Carlos Lafuente, con su cabeza siempre llena de ideas aventureras, de islas desiertas, de barcos que cruzaban el océano hacia puntos de la geografía que no sabía muy bien como descifrar, ya que aún no tenía por entonces el globo terráqueo que al año siguiente le traerían los Reyes Magos. Le parecía entonces que las aventuras de Emilio Salgari o de Julio Verne sucedieran en las cercanías del Palacio de la Capitanía situado unas calles más arriba, y cuyo sonoro nombre ejercía sobre el joven un atractivo especial. Le daba la impresión de que ese lugar fuera frecuentado por los héroes de sus lecturas, y que la plaza de Alonso Martínez se viera llena, no de turistas en busca de la cercana Oficina de Turismo, sino por personas con gesto torvo y concentrado más semejantes a Phileas Fogg que a otra cosa.

«Siempre salvar a la princesa» —sonrió para sí— ¿Era por eso por lo que le interesaba tanto ese pergamino, esa historia extraña de la princesa Kristina? ¿Era acaso un regreso a la juventud?. Más bien un síntoma de que se estaba haciendo mayor, no cabía duda alguna.

De vuelta en casa se encerró de nuevo en su estudio. Allí se quedó callado, mirando la librería llena de gruesos tomos que llegaban hasta el techo. Documentación y conocimiento de otros años. De niño siempre había pensado que todo podía ser encontrado en los libros, tal y como le habían enseñado y, sin embargo, lo que buscaba ahora no lograba hallarlo en parte alguna. Estaba solo con su inquietud, a excepción de Ismael que dormitaba, hecho un ovillo en el sillón orejero. Había conseguido tras mucho esfuerzo que se acostumbrara a este piso con ausencia de largos pasillos y túneles como los que tenía a su disposición en la Universidad, y que el minino aguantara con estoicismo los traslados en el transportin.

Abrió el ejemplar que acababa de adquirir. Se trataba de *La abadesa de las Huelgas*, escrito nada más ni nada menos que por José María Escrivá de Balaguer, una obra que, según había leído, había sido repudiada en cierto modo por la orden del Opus Dei creada por el mismo Balaguer. Por lo visto parecía molestarles el que en ella se hiciera demasiado hincapié en el papel de la mujer en la iglesia.

Dejo la ventana para volver a sentarse en el ordenador. Le dio a la tecla de encendido de la parte trasera y esperó hasta oír el reconfortante sonido de inicio en ese iMac contemporáneo que ahora servía de ventana al pasado, transmitiendo unos datos fríos en forma de caracteres sobre la pantalla. Volvió a releer una y otra vez esa información. Sí, según la crónica *Frisinicus* y otras, esas eran las fechas con ligeras variantes.

Las horas fueron pasando. Lafuente tomaba notas, consultaba, miraba en Internet y en algún que otro volumen de la biblioteca. Las reproducciones que contenía el libro recién adquirido no tenían precio. Pudo comprobar de nuevo que el poderío del monasterio se había extendido hasta tiempos todavía muy recientes por una amplia parte de la provincia de Burgos, incluyendo pueblos enteros, familias enteras.

Familias enteras.

A través de las ventanas los ruidos amortiguados del juego de unos niños en el paseo, niños a los que el viento no lograba disuadir, tarde tras tarde de golpear una pelota contra una pared, contra un portal cerrado, contra una espinilla si era necesario, en lucha constante contra la edad, el futuro y el tiempo.

Niños.

Reconoció entre las voces la de aquel devoto seguidor del Mirandés con el que se había cruzado en la calle.

Volvió a intentar retomar la lectura del libro y miró de nuevo los apuntes.

«*...Salida de Inglaterra hacía Francia...*»

Un fuerte golpe contra la pared del edificio seguido por un nuevo grito de victoria desde la calle anunciaba el gol de un equipo ficticio contra un rival inconquistable.

«*La princesa guardaba algo...*»

«*... El tiempo empleado en llegar...*»

—Esa no se vale. No estaba mirando —aulló una voz desde la calle.

«*La princesa*»

«*Esos nueve meses*»

Los benditos niños gritando como energúmenos levantando su voz en competencia con el viento que les robaba el balón.

«*Nueve meses de travesía*»

«*La princesa Kristina*»

«*Quede el secreto bajo custodia de las hermanas*»

—Pues el próximo día te vas a jugar con los de tu calle, ¡idiota! —nuevo berrido desde el exterior.

«*Nueve meses de travesía*»

«*Prácticamente un embarazo*»

«*Nueve meses*»

«*Un niño...*»

...

Se rió de su desbordante imaginación. Había visto muchas películas de conspiraciones e intrigas últimamente.

— «No debo de leer tanto» —se dijo.

No obstante tuvo que reconocer que, como teoría no dejaba de ser atractiva, pero si algo semejante a lo que le pasaba por la cabeza alguna vez ocurrió, no aparecía ni un atisbo de sospecha en ninguna crónica, artículo ni estudio.

Se levantó de golpe y dio tres o cuatro zancadas largas por la habitación, pasándose la mano por la barbilla una y otra vez. Miro de nuevo la Wikipedia y tecleo rabiosamente: «*Monasterio de las Huelgas*». Cuando el resultado apareció en la pantalla leyó con avidez, línea tras línea. Allí estaba.

Buscó el nombre de la abadesa de aquella época.

Doña Elvira Fernández.

La pista volvía otra vez en círculo, volvía a señalar a la abadía.

La abadesa había tenido privilegios ilimitados de toda índole: jurídicos, religiosos, cobrar diezmos y demás impuestos hasta finales del mismo siglo XIX. ¿Podría haber sido en cierto modo cómplice la abadesa del secreto de la princesa? Imposible. La hermana del rey, Berenguela, se encontraba entre los presentes en aquella Nochebuena en que recibieron la visita de la princesa aunque, por lo que sabía, el verdadero poder, el poder del día a día lo tenía la abadesa doña Elvira, un puesto que en la época era vitalicio.

La frase que les había llevado inicialmente hasta Silos parecía ahora también tener otro significado:

«*Y quede bajo custodia de las hermanas*». Esto podía referirse tanto al secreto en sí como a este nuevo aspecto que le abrasaba la mente.

Recordaba esa sensación que había sentido en la infancia cuando, en compañía de sus amigos miraba con insistencia las ventanas de una casa abandonada que la chiquillería del barrio suponía embrujada hasta que, en el anhelo, en el suspense así creado, en la fiebre de su propio deseo, les parecía ver precisamente aquello que temían: figuras espectrales que se movían en la oscuridad de aquel caserón abandonado, sombras blanquecinas de movimientos inciertos pasando de estancia a estancia. ¿Era esto lo que estaba experimentando ahora? ¿Suponiendo cosas o hechos que por otro lado deseaba que hubieran ocurrido? Su mente pragmática y científica se negaba a considerar ideas semejantes.

De haber estado tía Engracia con él y podido ver su expresión en ese momento, hubiera sacado el termómetro sin pensarlo un minuto.

Por supuesto también se habría quedado sin tarta de chocolate como postre.

Pero Carlos se encontraba solo con su intuición y con esa sensación interior que le perseguía, esa extraña sensación de que algo fallaba, un hueco, una piedra suelta en la pared que, al ser pulsada abriría ese pasaje secreto. Por otra parte no podía ser posible. La princesa nunca estuvo sola al llegar a España y no había circunstancia que permitiera abrigar alguna duda, ninguna base para la loca hipótesis que se le había ocurrido, la cual todavía no se atrevía a formular en palabras. Un numeroso séquito y damas de compañía habían acompañado a Kristina Håkonsdatter desde que dejó Bergen, comenzando con el mismísimo diplomático del rey, Loddin Nepur y el obispo Hamar. Kristina habría estado por otro lado rodeada en todo momento por las religiosas del monasterio en aquella lejana Nochebuena celebrada entre ellas, al calor y bajo la protección de ese santuario.

La protección del santuario.

Rodeada de esas santas mujeres.

«*Y quede bajo custodia de las hermanas*»

¿Podría haber sido este en efecto el secreto de la princesa? ¿La protección dada por el santuario?

Hasta ahora había sido más fácil pensar en teorías de conspiraciones, en alianzas y contra alianzas entre reinos vecinos. Pero a veces la realidad podía ser algo terriblemente simple.

Tan simple como el llanto de un niño en la noche.

La princesa Kristina guardaba un secreto, sí.

Pero no había sido un secreto de estado. Por lo menos no había sido únicamente eso.

La princesa estaba embarazada cuando llegó a Burgos.

Pero si esto fue así, ¿quién pudo darse cuenta de ello? ¿Dónde pasó su primera noche en Burgos?

En el Monasterio.

Las cosas parecían ponerse cada vez más claras.

O más confusas según se viera.

La sensación de los fantasmas blanquecinos ante las ventanas le recorrió de nuevo. Necesitaba contar con la confirmación de sus compañeros de que no estaba creando un mundo imaginario. No otra vez.

Cogió repentinamente el grueso abrigo y salió a la calle invadida por el viento que seguía barriendo la calle.

El jodido Pinedo volvía a tener razón otra vez.

CAPÍTULO 60

EL JARRÓN DE FLORES

De cómo la botánica ayuda a controlar el tiempo.

Elena dejó la taza sobre la mesa y contempló con semblante serio a su colega sentado al otro lado de esta. Se encontraban los dos en el estudio de Lafuente adonde había acudido la profesora tras afrontar un Burgos cruzado por el viento, intrigada por la llamada de su colega. Había traído consigo un victorioso ramo de rosas rojas perfectamente protegido del viento en celofán, un ramo que pensaba colocar en una macetita que también portaba consigo, ambas de ellas adquisiciones recientes de esa misma tarde en una tienda cercana.

—Como me dijiste una vez que no tenías ninguna planta aquí, pensé que podría alegrarte algo la vista. Que entre tanto folio y libraco no estaría mal que tuvieras alguna hoja de otro tipo —había dicho sonriendo al entrar mientras dejaba provisionalmente la misma sobre la repisa de la ventana—, luego veré dónde queda mejor.

Tras quitarse el abrigo, Elena mostró un vestido a cuadros rojos y negros con cuello vuelto. Cruzó los brazos y dejó que este y el lazo que llevaba en la cintura hablaran por sí mismos.

Frente a ella los papeles se asomaban como canoas al borde de una catarata desde la superficie de cada uno de los muebles que allí se encontraban, desentonando junto a los libros primorosamente clasificados, los adornos equidistantes unos de otros.

Era la primera vez que había osado hollar el *sancta sanctórum* del profesor Lafuente y la ocasión no presentaba desperdicio alguno para su mente escrutadora que ya había recorrido con los ojos en milésimas de segundo las estanterías, los cuadros y el diverso *bric à brac* acumulado. Claramente, Carlos había hecho del mismo una extensión de ese otro despacho más abigarrado y amplio de la universidad.

Junto a la ventana, una pequeña mesita con dos sillas. Sobre esta, un servicio de té, donde reposaba la taza que Elena acababa de depositar. Había escuchado una historia fantástica durante la última hora.

—Profesor Carlos Lafuente — Y aquí Elena se levantó de la silla donde había estado sentada, intentando calmar al profesor a la vez que avanzaba determinada hacía el ventanal que daba al parque, los brazos cruzados sobre el pecho—: ¿Te das cuenta de lo que estás diciendo? ¿Te has oído hablar? Mira dónde estamos, eres el catedrático de Historia de la Universidad de Montanilla, no de un instituto de barrio, ni siquiera de un politécnico. ¿No te has parado a pensar en que, en una comitiva formada por tal número de personas, alguien se daría cuenta de lo que sugieres? Eso sin contar además con toda esa multitud que la estaba esperando tanto en Barcelona como en Burgos, Soria o Valladolid. Esa mujer, Kristina, para su suerte o su desgracia no estuvo sola en ningún momento de su viaje. ¿Tanto te cuesta entender esto? Era lo más parecido a una artista pop de la época que cualquier otra cosa que podamos pensar.

— Sí, tienes razón. Reconozco que la idea me gustaba, sin embargo. Es verdad, no estuvo nunca sola —reconoció el profesor, agachando la cabeza y repitiendo con palabras monocordes ese razonamiento—. Además, ¿qué interés podía tener la abadesa para ocultar ese secreto? ¡Un secreto de estado nada menos! Un amor prohibido además...

— Y que pondría además en peligro la unión de las dos coronas que era lo que se intentaba lograr, ¿o no te acuerdas de que ese era precisamente la razón del inicio y el final del viaje? ¿Qué pretendes decirme Carlos, que la princesa iba a poder volver como si tal cosa a su país y decirle a su padre que había fracasado como hija y como esposa? ¿Me quieres decir eso? —, y en ese momento dio un golpe en la mesa con su mano abierta, con tal énfasis que trasladó la tensión a los bolígrafos contenidos en el portalápices de madera que se encontraba en la esquina.

El profesor levantó la cabeza hacia su compañera. Nunca la había visto así. Elena se inquietó también al ver la mirada extraña del profesor, quieto junto a la ventana. Carlos Lafuente la desvió en ese momento al exterior de la misma y que en ese momento era lo más parecido a mirar en el interior de sí mismo mientras dejaba en silencio la taza de té que había tenido en sus manos durante los últimos minutos, la taza que había manipulado con dificultad sin lograr acertar del todo a beber de su contenido.

Elena se levantó y se apoyó sobre el cristal de la ventana junto a su colega. Ismael maulló en señal de protesta al ver invadido su espacio, ese rincón que nadie hasta ahora había ocupado.

—Elena, sé lo que me digo —dijo el profesor al fin con esfuerzo, girándose y mirando a su colega cara a cara. ¿Siempre había tenido estos ojos verdes? —. Yo también me he dicho lo mismo una y otra vez. Pero escúchame, si no tengo razón, si no hay nada allí, no habremos hecho más que perder un poco más de nuestro tiempo. Estos días he estado pensando mucho sobre esto y no sé con franqueza cómo explicármelo a mí mismo. Odio decirlo, pero siento, en palabras de Pinedo, una especie de voz interior que me dice que aquí hay algo más de lo que parece. Que no hemos dado con estos pergaminos por casualidad. En ocasiones las cosas pasan por una razón. Una razón que nosotros no podemos explicarnos. A veces podría hasta decir si no sonara totalmente imbécil que los pergaminos nos han encontrado a nosotros.

—Carlos, estas en un buen puesto, eres un profesor bien considerado en esta universidad. Hasta una recién llegada como yo puede darse cuenta de esto. ¿Y quieres echarlo todo a perder por una idea?

Carlos se movía de un lado a otro de la estancia, acompañando con sus largos brazos su desasosiego. De vez en cuando introducía la mano izquierda en el bolsillo mientras la derecha se movía en el aire como si sus argumentos fueran algo tangible y pudiera así amasarlos y darles forma, consistencia, como un alfarero de la Historia.

Miró hacia la ventana donde Elena le estaba observando con las piernas cruzadas, sus pequeños pies luciendo unos botines verdes con un diminuto lazo del mismo color carmesí que las flores que había traído y que ahora se encontraban a su lado.

— Fíjate en lo que tenemos —dijo Carlos al fin—. No te pido que pienses más que en eso. Es una oportunidad única. Ante nosotros tenemos una historia importante. No es únicamente la historia de una princesa venida de Noruega, ¿no lo entiendes? No es solo un nacimiento ilegítimo más de los miles que habría en la época. Es algo más que eso. ¿Te acuerdas de lo que te dije una vez? ¿Lo que dijo Ernesto en aquella ponencia en Valladolid? «Recordamos lo que queremos recordar para explicarnos a nosotros mismos lo que fuimos.» Me acuerdo de que, cuando era estudiante, eso era en lo que yo pensaba, en comprender...

Elena asintió. Había algo en la energía con la que Carlos hablaba que hacía imposible no escuchar sus argumentos.

—En la ciencia, eso es lo único que tenemos al principio Elena —continuó el profesor con un tono de voz más calmado—. Solo ideas. Hasta ahora pensaba que trabajábamos con algo más sólido. Pero hasta la más sólida de las teorías de cualquier ciencia, Elena, se ha basado en una idea, en una hipótesis aparentemente absurda que había que probar. Creo que no es necesario que te recuerde eso, ¿no? Por lo menos pensaba que a ti no —y al decir esto el tono de voz del profesor era más bajo de lo habitual.

¿Había detectado Elena cierta ternura en el mismo, como una frase musical contrapunteada al fondo de la melodía principal?

Carlos se había girado de nuevo a mirar por la ventana, por lo que Elena no pudo confirmar esa extraña sensación o intuición sentida momentos antes. ¿Había mostrado el grave profesor algo de delicadeza, había dejado de lado algo de su brusquedad habitual?

Elena se quedó mirando la estatuilla del guerrero con la lanza que se encontraba sobre la estantería, similar al existente en el despacho del profesor en Montanilla. Le recordó a Lancelot du Lac, uno de sus personajes mitológicos favoritos, enamorado de la reina Ginebra. Trajo a su mente aquellas tardes leyendo a Virginia Woolf junto a sus amigas en una terraza en un verano lejano.

—¡A la mierda! —dijo en voz alta volviéndose hacía Carlos— ¿Por qué no?

Y de sopetón colocó el manojo de flores que había dejado en la repisa de la ventana en uno de los jarrones vacíos que allí se encontraban.

—¡Aquí estarán mucho mejor! Este es su lugar definitivamente, ¿no te parece? —dijo Elena enérgica—. Y ahora me voy, tengo montones de cosas que hacer. En alguna parte de mi agenda debo tener el teléfono de alguien de Patrimonio Nacional. Hay que ir preparando esa visita al Monasterio de las Huelgas.

—¿Vas en serio a llamar a Patrimonio Nacional? Me dijiste que tenías que trabajar en el próximo simposio y en esos artículos pendientes de escribir.

—Bueno —dijo la profesora, entrecerrando los ojos mientras sonreía —, dos historiadores como usted y yo no deberían tener problema alguno, profesor Lafuente ¿no crees? Recuerda, trabajamos con la Historia. Disponemos pues de todo el tiempo del mundo.

Ismael estaba ya incorporado en el sillón orejero en el que había estado dormitando hasta ese momento, al sentir un cambio en las costumbres de la estancia y, evidentemente, al escuchar las voces que habían perturbado su descanso. Ahora contemplaba, apoyado sobre sus patas traseras las evoluciones de esta recién llegada que se atrevía a cambiar el mobiliario, colocando para mayor afrenta ese jarrón en «su» ventana.

Y tras dar un último toque a la planta...

Y tras dar un último toque a la planta, ese toque final que solo a una mujer se le ocurre realizar y que equivale a la firma, al acabado personal de la obra bien hecha, Elena, sin una palabra más salió del despacho con agilidad y pasos cortos, aunque rápidos. Carlos la vio así abrir la puerta tras cruzar por delante de toda esa selección de clásicos alineados en la estantería más baja. Era increíble cómo un par de zapatos nuevos podían acentuar el movimiento de caderas de una mujer. O quizás la culpa era de ese vestido a cuadros.

Al cabo de unos segundos, Carlos se dio cuenta de que estaba sonriendo y de que a raíz de golpear con la cazoleta de la pipa la mesa de su despacho, había desparramado sobre su superficie parte de su contenido.

Iban solo a perder un poco más de tiempo. Ya lo había dicho su colega. Tenían todo el tiempo del mundo.

CAPÍTULO 61

EN CUSTODIA DE LAS HERMANAS

De lugares encantados, de cómo Arturo dio un paseo por Disneylandia, de cohetes y castillos y del modo en que el frío ejerce su influencia en la Administración.

El sol, desprovisto de cuidados, lucía esplendoroso en el cielo, aunque sin tener mucho efecto sobre la ciudad cruzada por el viento que estaba iluminando allí abajo.

Arturo descendía a grandes zancadas la calle hacia el punto de encuentro con sus profesores. Se ajustó la bufanda gris nueva comprada el día anterior, protegiéndose así del frío aire que se había levantado, dejándose embargar por ese calorcito producido por su propio aliento, por esa sensación de confort primitivo. La calle Madrid acababa de dar paso a la calle Plaza Vega, y con ella dejó el joven también a sus espaldas la residencia universitaria San Agustín donde algunos de sus compañeros, menos afortunados que él, estarían apurando las últimas horas antes del examen inminente del día siguiente. ¿O quizás era al revés? A diferencia de él, ellos no estaban inmersos en una historia de intriga y secretos históricos. Miró al frente y descubrió que la Vieja Señora ya se había dado cuenta de su deambular. Era imposible huir de esa sensación, extraña, de ensueño, de una puerta medio entornada que parecía llamarle al descubrimiento de otro territorio, de un mundo más allá de lo cotidiano.

Allí estaba, como siempre al final de la calle, más o menos oculta por un autobús urbano que pudiera cruzarse en su campo de visión en ese momento... la puerta de Santa Maria con dos torres, invitándole tentadoras, a pasar otra vez bajo el arco, a atreverse a penetrar ese mundo secreto que adivinaba de algún modo. Todo lo que había leído hasta el momento en relación con sentimientos e ideas de difícil explicación tenía, como referencia, de algún modo inconsciente, ese frontal, ese río que avisaba tentador de que las cosas no eran como parecían. Siempre fijo y cambiante a la vez. ¿Por qué no le había dicho el profesor Lafuente que las dos torres almenadas que enmarcaban la puerta de Santa Maria no eran en realidad sino dos silos que albergaban sendos cohetes ocultos en su estructura, quizás como resultado de una conspiración entre Alfonso XI y el Papa Clemente VI durante su construcción?

Esas extravagancias ciertamente hubieran permitirse en un profesor universitario pero no, ¡este le había hablado en su lugar de una princesa que había ocultado su embarazo durante una larga travesía hacia España! Luego decían que era él quien tenía ideas descabelladas por leer sobre teosofía, o querer avistar uno o dos platillos volantes.

Esa entrada, esa perspectiva desde la calle por la que había descendido mostraba la puerta de piedra blanca de Santa Maria con las seis hornacinas en su parte superior de un modo que Arturo Pinedo siempre había comparado en su mente con la entrada principal de Disneyland. Ese pensamiento jamás saldría de su boca aunque alguien decidiera someterle a algún tipo de tortura, pero siempre estaba allí cuando cruzaba ante ella. Con más empaque sí, con más historia, con más cultura, sí. Todo eso estaba bien. Pero para él, siempre había sido este un lugar mágico. Porque tras esa puerta estaba la catedral y junto a los aledaños de la misma podía encontrarse un mundo que idolatraba. Allí detrás las farolas mostraban sus brazos de negro hierro forjado, allí se encontraba el núcleo de calles peatonales, ese conjunto de plazas llamadas Las Llanas, con sus terrazas, sus numerosos bares, restaurantes y mesones, sus tiendas de todo tipo, y también de esos pasajes estrechos que parecían no ir a parte alguna. Y siempre, siempre con la sensación de haber recorrido cientos de metros para, al final, al cabo de media hora darse cuenta de que no se había movido del entorno de la catedral, como si un magnetismo especial, centrífugo y potente arrastrara toda vida, comercio y actividad a moverse en su cercanía.

Tras la puerta, y quizás dándose cuenta de los pensamientos del joven, se asomaban las torres de la catedral, semejantes al castillo de la Bella

Durmiente. Curiosas e inquisitivas, parecían echar un vistazo previsor sobre qué tipo de personas iban a cruzar esa tarde frente a ella, esos pocos afortunados.

Había compartido Arturo muchas conversaciones con sus compañeros comparando los beneficios de vivir y estudiar aquí, rodeados y atravesados por un río tranquilo y de poco caudal en lugar del frecuentado y transitado Támesis, o cerca del río Cam, donde cientos de estudiantes se empeñan en remar hacía Grantchester para degustar unas pastas y un té a media tarde.

El viento era penetrante. Perseguía a los caminantes pidiéndoles un poco de su tiempo, suplicándoles con su aullido que disminuyeran el paso y le prestaran atención. Había escasos de estos viandantes esa tarde de diciembre, y mayor frío de lo acostumbrado, incluso para los burgaleses. Lejos había quedado el calor templado del verano, lejos la primavera y las nuevas hojas. Solo el viento se atrevía a cruzar una y otra vez las casi vacías calles. Los comerciantes de las tiendas a espaldas de la catedral, y en concreto los de la calle de la Paloma, habían cerrado sus puertas en previsión de daños a sus mercancías. Las cafeterías del cruce consolaban a los parroquianos con café y chocolate caliente envueltos en una cálida conversación. A través de las ventanas la alegría contenida de la iluminación navideña de los hogares se volcaba al exterior.

El coche de Carlos Lafuente ya estaba allí, esperando en el aparcamiento de taxis situado al final de la calle Plaza Vega. El profesor se encontraba apoyado contra el mismo saboreando su pipa pese al frío.

Arturo miró con cierta sorpresa al profesor. Lafuente iba embutido en un largo gabán dentro de cuyas solapas levantadas buscaba algo de refugio. Arturo se ajustó aún más la bufanda para protegerse de la ventisca, y entró en el vehículo oyendo, mientras lo hacía, como el reloj de la catedral daba las cinco y cuarto. Elena, situada en el asiento del copiloto no dijo nada tras el saludo inicial, empacada y sellada como estaba dentro de un jersey de cuello alto y bajo una gorrita de lana. El viento enmudeció en cuanto las puertas del coche se cerraron, pero las hojas aún lo persiguieron un rato, rabiosas ante el desprecio así demostrado.

—No hace un día agradable para llevar documentación de valor en la mano precisamente —dijo Elena al cabo de unos minutos mientras permanecían detenidos ante un semáforo.

Ajenos a la furia de los elementos continuaron por la carretera N-120 que dejaba a su derecha toda esa vista de sauces desparramados en ese margen del río, con sus ramas movidas con violencia. Burgos parecía llorar entre ellos, gritar en silencio a través de los cristales cerrados del coche.

Apretado junto a la ventanilla en la parte trasera, Arturo se permitía en tanto la libertad de dejar volar la imaginación. Se preguntaba en ese estado qué motivo podría tener la ciudad para estar triste. ¿Echaba de menos algo o a alguien?

El profesor Lafuente, ignorante de los pensamientos que pasaban por la mente de su pupilo, giró a la izquierda a la altura del parque de la Isla. Tras cruzar frente al antiguo Hospital del Rey que albergaba ahora anexos de la Universidad de Burgos tuvieron la impresión de haber entrado en otro mundo. Esta zona, residencial y silenciosa, pareció despertar de una larga siesta cuando el coche hizo sonar las ruedas sobre el empedrado.

La calle, construida en forma de media luna y adecuadamente llamada de Alfonso VIII, el rey fundador, conservaba sus viejas edificaciones que se sostenían a duras penas bajo la influencia del cenobio; eran las casas del Compás.

Estacionaron frente al monasterio, a la altura del Bar Faja de Huelgas. A unos pocos metros de la entrada una moderna señal de prohibición de aparcamiento contrastaba con el sueño monástico del lugar.

Habían llegado. Frente a ellos, el conjunto de piedra constituido por los distintos edificios que formaban el Monasterio de Nuestra Señora de las Huelgas se agrupaba en torno a su torre cuadrada central. Desde sus alturas, las campanas se asomaban a través de arcos de medio punto.

El empedrado gris de la calle se prolongaba hasta el mismo patio central, bajo el arco construido en la torre que albergó contra su voluntad a muchos de los capellanes que, reticentes a obedecer las órdenes de la abadesa, tuvieron que ser persuadidos de este modo sutil. Todo recordaba que en otro tiempo, el centro y el poder de la totalidad de esa zona, emanaba de este edificio y de su abadesa.

Carlos, Elena y Arturo caminaban formando una piña. Un curioso grupo que se asemejaba al de unos estudiantes nerviosos ante el primer día de clase en una universidad prestigiosa. Carlos con su grueso abrigo, Elena con una carpeta bajo el brazo derecho y un bolso que intentaba llevar y compaginar del mejor modo posible en el otro. Por su parte Arturo agarraba bien sujeto en el bolsillo derecho de su abrigo su iPhone 8 Plus preparado para cualquier eventualidad.

El profesor tocaba la cartera de cuero que llevaba en la mano. En ella llevaba las preciadas autorizaciones que les habían llegado el día antes desde Madrid con el sello del Archivo Real. Sin ellas no les hubiera sido posible el examen físico de los códices que pretendían examinar. Tinta sobre tinta para poder a su vez inspeccionar otras grafías más antiguas.

Gracias a su prestigio en el mundo académico y a algún que otro conocido en las universidades de la capital había podido salvar el obstáculo mayor. Eso y la rápida ayuda de Elena en la gestión de los permisos.

La puerta de acceso a las oficinas del Patronato de las Huelgas era compartida con la tienda de recuerdos y el lugar donde se adquirían los tickets para entrar a visitar el monumento. Nada más atravesarla encontraron a una joven con uniforme azul y larga melena esperándoles. A todas luces un miembro de Patrimonio Nacional a cargo del monumento. Hacía ya tiempo que las religiosas habían cedido su poder sobre el mundo a cambio de seguir residiendo en el monasterio. A su lado, un abeto con sobria decoración navideña y un belén la hacía aparecer como una enviada especial de Santa Claus para esta ocasión.

—Buenos días— ¿son ustedes los investigadores de Montanilla? —dijo la joven extendiendo una mano—. Mi nombre es Remedios Ponciel, del Patronato de Huelgas. Síganme por favor, les voy a llevar hasta el primer piso donde se encuentran las dependencias administrativas.

Dejaron la tienda de *souvenirs* atrás así como el mostrador de venta de los tickets, y atravesaron una puerta disimulada en el muro y en la que no habían reparado hasta el momento. Subieron unas escaleras iluminadas con una luz difusa.

—Por favor, por aquí —volvió a repetir al ver que Arturo se había detenido mirando a su alrededor tras atravesar la puerta del recibidor principal.

Subió de este modo los escalones con agilidad marcial, nacida tanto de la costumbre como de la juventud, dando tiempo así al joven a lanzar detalladas miradas de admiración hacía sus pantorrillas bien formadas, sin miedo a ser sorprendido en esta grata tarea.

Arriba, en esa zona de acceso exclusivo para el personal de Patrimonio Nacional, se encontraron con unas oficinas amplias que daban al Compás de Adentro que acababan de dejar hacía unos momentos.

La joven caminaba con aire profesional —como no pudo por menos de observar Arturo con el más estricto espíritu científico—, como si las mesas y archivadores que atravesaban a su paso fueran incunables y los ordenadores, cables y demás material administrativo con el que se iban encontrando, formaran parte también del patrimonio nacional y por tanto objeto de especial veneración.

Nada hubiera podido hacer sospechar al visitante que se encontrara en ese momento en el exterior que tras esos viejos ventanales se encontraran unas modernas oficinas, dotadas de calefacción y ordenadores.

No obstante, en un día como hoy el lugar se asemejaba más bien a un enorme albergue de cazadores que hubieran huido de la tormenta exterior. Los abrigos de distinto tipo colgados en tres perchas repartidas por él corroboraban esta impresión inicial. La calefacción daba por otro lado esa sensación de confort que obligó a los visitantes a desprenderse de sus prendas con premura si no querían morir de un sofoco, y buscar con cierta agilidad un lugar donde depositar las mismas.

Carlos lanzó una mirada descorazonada a su alrededor. Sus compañeros, más rápidos que él, ya se habían desprendido de las suyas, colocándolas en la percha más cercana a la entrada y que amenazaba con volcar bajo el peso, por lo que el profesor optó por llevar su grueso gabán doblado en el brazo derecho.

Las oficinas ocupaban buena parte de la primera planta del ala del edificio donde se encontraban. El material moderno de oficina armonizaba en distintos grados de congruencia con la vieja piedra que les rodeaba. El retrato del rey Felipe VI, —el lejano descendiente que Alfonso VIII no hubiera esperado encontrarse allí—, sonreía con afabilidad desde las alturas.

Los libros de arte sobre las estanterías, mezclados con otros sobre economía y contabilidad, daban cuenta del pragmatismo que nunca había abandonado a este cenobio, acostumbrado desde épocas lejanas en bregar con la autoridad eclesiástica, civil y local. Entre volumen y volumen alguna que otra bola navideña destellaba bajo la luz recibida. No había sido este un mero centro religioso de retiro para las mujeres de la realeza y la nobleza. Otro tipo de sangre noble la ocupaba ahora, la formada por el actual personal del Patronato encargado de su custodia y mantenimiento, con el mismo aire de autoridad legítima que antaño.

La joven del Patronato se sentó tras una mesa donde una pantalla mostraba en tonos fríos la realidad cotidiana del siglo XXI, los datos y el puntero de un cursor en espera de un clic sobre la pantalla.

—Tengo entendido que quieren examinar los códices que se encuentran en el monasterio —dijo, adoptando nuevamente aire profesional—. Como supondrán, guardamos una relación muy clara y detallada de todo lo que se encuentra aquí, así como de en qué año tuvo entrada cada códice, a que otro monasterio u orden religiosa fue prestado y demás. Bueno, aguarden aquí un momento. Mi compañera del fondo les rellenará enseguida la ficha de investigación y, una vez que estén acreditados, me pondré en contacto con el técnico de archivos para seguir con el procedimiento.

—¡No se queden ahí quietos y vengan hasta aquí. No esperarán que vaya yo!—sonó una voz desde el lugar que les había indicado la joven.

En efecto, una voz aflautada a la vez que estridente, parecía provenir de algún punto detrás de una pantalla de un ordenador Inves situado en el otro extremo de la estancia.

Conforme avanzaban hacia allí Arturo vio que la propietaria de la voz era una diminuta figura femenina que había permanecido escondida tras la pantalla. Dado el orden alternativo de su cabello, el joven recordó de inmediato que no había guardado bien la alfombra de su cuarto. La mujer seguía haciendo señas perentorias para que se acercaran.

—Tengo que rellenar su ficha antes de nada. Déjenme sus carnets de identidad por favor. ¡Ah! y la autorización del Archivo General de Palacio —dijo la mujer con unos movimientos que a Elena le recordaron los títeres que solía ver de niña en las fiestas del pueblo y quizá con la secreta esperanza de que no tuvieran la misma.

—Por supuesto —dijo Carlos al tiempo que depositaba su cartera en la silla que se encontraba frente a la mesa de la funcionaria.

—Perdone, le he dicho que me muestre los carnets de identidad, no que puedan dejar sus cosas en mi silla. Como supondrán, este es mi espacio de trabajo.

Carlos cogió con un rápido movimiento su cartera y se colocó al lado derecho de la mesa de la mujer.

—Ahí tampoco puede estar —interpuso esta de nuevo—. No necesita para nada ponerse detrás de mi mesa ni al lado. Déjeme terminar primero con lo que estoy haciendo y les podré atender.

—Disculpe, pero usted me dijo que pasara y pensé...

—El que les dijera que se acercaran no significa que tenga que contarme nada hasta que esté en disposición de poderles atender. Como ustedes comprenderán son varias las personas que vienen aquí cada día y varias las gestiones que tenemos que realizar en cada caso.

Cuando Carlos se giró tras terminar tan complicados trámites, su gabán cayó al suelo. Tanto Elena como él se agacharon a cogerlo.

Remedios Ponciel, que se había mantenido a una distancia prudencial protegida por las dos pantallas situadas en su mesa, se levantó en ese momento dirigiéndose al pasillo para acompañarles hasta la salida.

—El técnico estará aquí mañana a primera hora. Si lo desean pueden emplear el día de hoy para dar una vuelta por el monasterio —dijo con una sonrisa que intentaba disipar tanto el frío exterior como el que habían experimentado en el interior de las oficinas—. Si me esperan abajo unos minutos que terminé aquí, con mucho gusto les puedo mostrar yo misma algo del lugar. A esta hora hay poca gente y dispongo de algunos minutos.

Arturo pensó mientras miraba hacia las ventanas iluminadas de las oficinas que acababan de dejar, que sería una buena manera aprovechar de este modo el resto de esa tarde. Había cesado de nevar y la nieve se extendía con su manto, cubriendo las fuentes y parte de los patios interiores.

Todo buen ejército ha de comenzar la batalla por un reconocimiento del terreno con margen suficiente. Esta visita previa al cenobio que se les ofrecía era un soplo de aire fresco después del recibimiento anterior.

La temperatura no era excesivamente baja para este mes de diciembre. Burgos veía feliz con esos dos grados centígrados. El pronostico del tiempo para la tarde y los días siguientes seguía augurando una bajada de las temperaturas que oscilaría alrededor de los tres grados, lo cual incitaba aún más al recogimiento.

Estaban en el llamado Compás de Adentro del monasterio, el patio interior donde algunos visitantes ya esperaban a pesar del frío que les fuera asignada una guía para el recorrido turístico habitual.

—Hace tiempo que no había venido. Todo está igual —dijo Elena mirando sonriente a su alrededor con la nariz levemente colorada por efecto del frío.

Al fondo, frente al pequeño grupo, un ala del edificio con unas rejas limitaban un leve espacio interior. A nuestra derecha, el llamado claustro de los Caballeros, donde estos habían dejado antaño sus armaduras, caballerizas y demás objetos personales antes de poder penetrar en el cenobio.

Elena señaló con su mano izquierda una fuente cercana, más pequeña que la central, colocada sobre un muro lateral. En la parte superior, en una placa esculpida en piedra podía leerse con cierta dificultad «Construida siendo abadesa Doña Benita Oñate y Samaniego...». Un leve chorrillo brotaba de ella. Instintivamente se acercó y la tocó con las manos sin parecer importarle la temperatura del agua, a punto de congelarse. En ese momento semejaba una niña traviesa inmersa en una travesura, aprovechando la ausencia de su profesora. Era como si una damisela de las novelas históricas de Ernesto hubiera cobrado vida y se burlara de ellos.

En ese momento el profesor detectó con el rabillo del ojos un leve movimiento a su derecha.

Al fondo, detrás de la reja situada cerca de la puerta de acceso por donde había salido el anterior grupo de turistas al finalizar la visita, una figura se encontraba inmóvil.

Estaba próxima a la entrada de la hospedería y al claustro reservado a las monjas. La figura dio un leve paso atrás en cuanto miramos en su dirección en un movimiento reflejo, al sentirse observada a su vez.

Era una religiosa. Al parecer estaba contemplando como debía hacer con frecuencia y con cierta curiosidad al grupo de turistas que empezábamos a formar frente a la fuente central, aguardando con cierta impaciencia a nuestro guía.

Pensé en ese momento cuán aburrida debía de ser su vida, cuán rutinaria repitiendo el mismo paseo a diario, idénticas tareas, sin posibilidad de ver el mundo exterior. Quizás fuera una suerte en lo referente a las noticias o a los canales de televisión, sin duda. Pero, ¡cuántas experiencias, cuántas posibilidades de vida no realizadas!

Al verla me acordé de tantas y tantas religiosas de mi infancia. En mi caso, mi recuerdo era el de hermanas dedicadas y preocupadas por los niños, con verdadero amor por su trabajo y con una enorme capacidad de entrega.

Remedios Ponciel salió en ese momento del interior del edificio con pasos rápidos. Su uniforme azul y la placa identificativa en su solapa destacaban sobre la nieve.

Remedios Ponciel salía en ese momento del interior del edificio con pasos rápidos

—Debido a tanta tutela real, el monasterio acogió como monjas a importantes damas de la nobleza castellana —comenzó sin perder un segundo y con claridad profesional la joven, comenzando a caminar con pasos cortos y decididos, adoptado ya el aire formal propio de su profesión —. Sirvió además de panteón real como lugar de máxima importancia política y militar y vio la coronación de algunos reyes, además de ser el lugar donde los monarcas armaban caballeros. Como verán tiene partes romanas, góticas, mudéjares, almohades y renacentistas. Bueno, lamentablemente les tengo que dejar aquí. No dispongo de más tiempo. En cualquier caso supongo que preferirán recorrerlo a su aire y dentro de unos minutos comenzarán las visitas guiadas y podrán seguir con alguna de mis compañeras si lo desean.

Y dicho esto se marchó ante el pesar del joven Arturo.

Lafuente miró a su alrededor una vez se quedaron solos. Doña Leonor, la esposa del fundador había querido crear una abadía donde las mujeres alcanzasen la misma autoridad que los hombres, al estilo del monasterio francés de Fotevrault al que se había retirado su madre. Lo había conseguido sí, pero únicamente para ser derrotada por el enemigo más temible de todos, el tiempo. El tiempo que todo lo traicionaba había arrebatado al monasterio de todos sus privilegios a raíz del concilio de Trento. El «para siempre» había quedado reducido a la frágil memoria de los hombres.

Como había dicho Remedios Ponciel, pronto se fue acercando la hora de apertura a los turistas, pronto los grupos de entre cinco y quince personas comenzarían a llenar el lugar. Había que aprovechar la circunstancia.

Arturo se había ido quedando rezagado sin darse cuenta, mirando las distintas imágenes, columnas y sarcófagos que formaban parte de esa decoración abigarrada que llenaba toda la iglesia. Así, pasaron claustro tras claustro viendo distintos tipos de capiteles, de columnas, de inscripciones por doquier.

Detrás de ellos comenzaron a escuchar a ratos la voz cansina, profesional y aguda de la primera guía, acompañando al primer grupo de la tarde.

» ...Y allí lo tenemos, al lado de sus padres donde quiso ser enterrada en una tumba sin decoración... Berenguela reina... quería que su hijo fuera rey y enseguida le regaló el trono... fue el gran Fernando III el Santo... las madres tenían dinero, ya les digo, y por eso los reyes se lo pedían y así hace Carlos I de España, V de Alemania. Carlos les pide el dinero y luego les regala los reposeros para darles las gracias... son de terciopelo, brocado de oro, seda natural, no están restaurados, —aquí con una inflexión que remarcaba dicho particular—, así que imaginen la calidad que llegaron a tener. Detrás de ustedes tienen el retablo de las Manchas. Es una obra renacentista de madera de nogal. En el centro, Santa Maria la Mayor, patrona de la ciudad, a la izquierda la última cena de la escuela de Diego de Siloé, autor de muchas obras en la capilla de los Condestables en la catedral y de la escalera dorada y a la derecha nuestra Señora de Huelgas, ¿recuerdan lo que les explique antes?, «Holgar», reposar, descansar; así se llamaban las tierras donde se construyó el monasterio y así se llamó el mismo. Y las tumbas a derecha e izquierda son princesas, la de la izquierda, una hija de Fernando III que sí que quiso ser monja. Había princesas que venían con vocación. Y cuando eran monjas y princesas eran abadesas; abadesas hasta la muerte.

Esto no era del todo correcto —sonrió Carlos para sus adentros—. ¿Cuántas de estas incorrecciones leves y sesgadas se iban transmitiendo poco a poco, día a día? De hecho, solo unas pocas princesas llegaron a ser abadesas, aunque por esos malentendidos de la Historia la confusión se había perpetuado a través de los siglos.

Si a veces intentaban dejar a un grupo adelantándolo o, mejor aún, utilizando esa técnica sesgada y hábil de quedarse atrás a propósito, cediéndole el paso para tener el espacio a sus anchas y poder examinar el edificio más a conciencia, la alegría no era duradera y se evaporaba rápidamente de sus rostros cuando otro grupo —a veces más numeroso todavía —, seguía al primero a intervalos de media hora con otra guía, con otro repaso de los hechos y fechas para desesperación de Arturo que clavaba los ojos en las bóvedas sobre su cabeza, en las figuras y en los relieves de las tumbas para intentar concentrarse. Era por lo menos de agradecer que las fotografías estuvieran prohibidas durante la visita.

Miraba sí, la expresión de las estatuas, los pequeños grabados de este lugar majestuoso donde, por todas partes, los sarcófagos colocados a ambos lados del porche de los Caballeros y en otros lugares del edificio, les recordaba que esto era un culto no solo a la gloria sino al polvo.

La piedra se había ido desgastando, pero cada milímetro de desgaste era contrarrestado por otro de historia y de lejana melancolía.

Llegaron al final acompañados —¡cómo no!— por uno de los grupos al Museo de Ricas Telas donde pudieron ver expuesto el pendón de las Navas de Tolosa, junto con las vestimentas preservadas por los antiguos reyes y caballeros y que no se llevaron consigo las tropas napoleónicas al considerar que carecían de valor alguno.

Un monasterio cedido a perpetuidad a la orden cisterciense con esa relatividad de lo perpetuo que da la condición humana del momento. La tumba de la reina Leonor, gestora de la idea, situada frente al coro, recordaba con la recalcitrante tozudez de la piedra dicho propósito.

Los tres visitantes pensaron con cierta inquietud en las personas que habían poblado esos pasillos y claustros dejando que sus voces hablaran en susurros. Todas esas presencias se habían quedado calladas, silenciosas, en esas tumbas desperdigadas por todo el cenobio. Sombras entre sombras, que a su vez habían cobijado a otras.

—Pisar lugares históricos como este y saber que los nombres que hemos estudiado en los libros existieron, siempre causa asombro— dijo Pinedo al profesor—. Creo que nunca me acostumbraré a esto. Es como leer sobre una ciudad extranjera, sobre un país desconocido y, luego, un día, por sorpresa, visitarlo y constatar que tiene tres dimensiones, que hay olores en él, gente que pasea por sus calles, que coge el autobús, que fuma, que juega, que va al colegio...

Iba siendo hora de dejarse de tanta melancolía histórica. Al día siguiente visitarían el locutorio y comenzarían la tarea que les había traído hasta allí.

CAPÍTULO 62

UN PASEO POR LAS CLAUSTRILLAS

De como Arturo examinó capiteles y arcos y tuvo una extraña visión al atardecer

Burgos les sorprendió al día siguiente con una nueva nevada.

Al llegar al monasterio se encontraron conque una persona les estaba esperando ya al pie de las escaleras por las que habían ascendido el día anterior. Se trataba de un hombre de mediana edad y elevada estatura con una perilla recortada que encuadraba sus facciones de un modo que le hacía semejarse a uno de los nobles que habían pisado el monumento en el que se encontraban, y que el mismo hubiera decidido salir a estirar las piernas antes de volver a incorporarse al tapiz o al cuadro del que hubiera salido.

¿Había optado el buen hombre por esperarles en la planta baja como medida preventiva? ¿Conocía de sobra a la funcionaria encargada de las acreditaciones en el piso superior? Era una suposición aventurada, ya que su gesto, porte y movimientos no se desprendía más que naturalidad, mientras se frotaba las manos y golpeaba el suelo con los pies para entrar en calor.

—Buenos días...

Les saludó con modales relajados aunque firmes a través de unos guantes de piel de conejo que transmitían calor con su mero contacto.

—Soy Marcos San Lúcar, el técnico designado por Archivo Real para sus gestiones en el monasterio.

Ya en el interior y tras volver a examinar las acreditaciones de los investigadores se dirigió a los tres como si fuera un grupo de turistas y estuvieran a punto de iniciar un tour.

—Bien, bien, está la documentación en orden. Creo que ya les han explicado las normas, ¿verdad? Se las resumo de todos modos. No pueden acceder a la biblioteca en sí aunque podrán solicitar cualquier libro que deseen consultar a la madre archivera en el locutorio y ella se los traerá. Y ahora, si me siguen les llevaré a su presencia. Creo que ya les está esperando. Será su persona de contacto durante estos días. Ni que decir tiene que cualquier duda o procedimiento extraordinario que precisen fuera de lo habitual pueden solicitármelo a mí. No olvidemos que de puertas hacia adentro sigue siendo una orden benedictina.

—Lo comprendemos —asintió Lafuente.

—Una cosa más he de advertirles —dijo el técnico bajando la voz en tono respetuoso—. La madre archivera es la religiosa más antigua de las que habitan en el cenobio y la pobre no anda muy bien del oido derecho. Tendrán que hablarle un poco alto. Por otro lado, tantos años de reclusión sin ver más que a las escasas visitas ocasionales que pueden, como ustedes llegar para examinar libros y códices, han formado cierta excentricidad en su carácter, pero a su edad, ya se sabe.

El técnico de Patrimonio les llevó, tras atravesar el viejo claustro llamado de las Claustrillas, —el más antiguo del cenobio construido en el siglo XIII, según les explicó—, hasta una puerta situada al fondo de un pasaje. Cruzando la misma se encontraron en un cuarto de paredes blancas, iluminado con recortada nitidez por una moderna lámpara colocada en el techo. Una oscura puerta de roble cerraba la estancia en el extremo opuesto. Arturo tuvo la impresión de que esta estuviera observándoles con gesto fruncido, quizá un efecto producido por el arco gótico que la remataba.

La sala estaba ocupada por algunas mesas para facilitar el examen y lectura de los libros y documentos. Unas lámparas situadas sobre ellas y un crucifijo al fondo de la habitación, era todo el mobiliario que podía verse. Las mesas, construidas en la misma madera que la puerta estaban enfrentadas a la pared, quizás con la oscura finalidad de hacer sentirse a los investigadores que allí acudieran como niños castigados después de clase a repetir varias veces su lección. La situación por otro lado era idónea para hacerles sentir de un modo similar a los copistas y amanuense de antaño, inclinados sobre los pergaminos durante horas.

Por encima de ellos, un techo abovedado mostraba una franja decorativa en escayola que lo cruzaba de un extremo a otro.

En el resto de las paredes, modernos archivadores remataban el mobiliario del lugar, salvo en la pared situada al fondo, donde una ventana mostraba la huerta del monasterio, a la que se podía acceder a través de una pequeña puerta.

Carlos miró con cierto desaliento alrededor.

—¿Ocurre algo? —dijo Elena, que se había dado cuenta de su actitud.

—Nada en realidad, una tontería del colegial que aún llevo dentro, supongo. Esperaba verme un lugar tenebroso lleno de polvo con estanterías de madera donde los libros dejaran posarse el tiempo sobre ellos. Influencias de la literatura y el cine, supongo.

—Sí, estas cosas quitan un poco de la poesía de la vida.

—Un lugar incómodo para consultar un códice, en cualquier caso — apuntó Arturo más pragmático en voz baja.

—Desde luego no invita a pasar muchas horas en él —replicó el profesor.

—Entonces ¿el archivo está cerca de aquí? —preguntó Elena a Marcos San Lúcar.

—Sí, por supuesto —contesto éste solícito—. Justo en la estancia anexa para que los libros y documentos puedan ser transportados con mayor comodidad.

El ruido de una puerta y el sonido suave de una canción entonada en baja voz les hizo girar la cabeza.

—Pasen ustedes. Yo esperaré aquí fuera hasta que les hayan traído los códices a examinar —dijo San Lúcar, con cierto nerviosismo al oír dicho sonido.

Y sin esperar respuesta, abandonó la estancia.

La misteriosa puerta de madera situada al fondo del locutorio en la que habían reparado antes se abrió. De ella surgió una religiosa de diminuto aspecto que se movía con un leve contoneo, al parecer derivado de algún problema de cadera.

La hermana caminaba con evidente dificultad pero esto no le impedía cesar en el canturreo que habían escuchado antes ni dejar de arrastrar un enorme carro metálico semejante a una camilla sobre el cual se encontraban dos gruesos volúmenes, dos pacientes esperando ser intervenidos.

Sor Amalia —pues era ella la religiosa que había entrado en la habitación—, venía canturreando una canción de moda por lo bajo mientras empujaba el carrito a saltos, como si hubiera hecho de esta tarea un juego, algo con lo que honrar a Dios. Era a todas luces evidente que se había tomado en serio el lema de san Benedicto, *Ora et labora*. Y dado que no disponía de una comba al alcance y que la edad por otro lado no le permitía demasiadas audacias, había hecho de esta tarea su pasatiempo particular.

Al llegar a la mitad de la estancia se paró a la altura de una mesita donde había colocadas unas macetas de reducido tamaño. Sor Amalia se acercó despacio y acarició con la mano alguna de ellas. Cogió a continuación una regadera que se encontraba sobre la misma y procedió a regarlas, olvidada al parecer de las personas que la esperaban en el locutorio y de los libros que había traído consigo.

—No os pongáis malitas ahora, ¿eh? Ya sé que hace mucho frío, pero aquí no os pasara nada. Yo os cuidaré, Dios mediante.

En una de las mesas en la que no se habían fijado hasta entonces los visitantes, se encontraba un pequeño recipiente de cerámica decorado con dibujos de dragones, dentro del cual se podían ver un buen número de caramelos.

—¡Mire profesor! Son caramelos Sugus —dijo Arturo en voz no lo suficiente baja y con una sonrisa de sorpresa ante el hallazgo.

La hermana Amalia reparó en el interés del joven.

—¿Quieres uno? Son muy buenos, ¿eh? —dijo dirigiéndose por fin a ellos mientras sonreía afablemente y empujaba el recipiente en su dirección—. Yo los como a todas horas.

—Yo no puedo tomar caramelos. No me sienta bien el azúcar —dijo el profesor mientras jugaba con la pipa que llevaba en el bolsillo derecho.

—¡No seas tímido! Puedes tomar todos los que quieras. Bueno, aquí tenéis alguno de los libros que solicitasteis ayer al rellenar la ficha. Mira, allí en esa mesa del rincón estaréis más cómodos. Hace menos corriente que en las otras. Voy a ver si la madre Otilia ha encendido la calefacción de esta habitación. ¡No tardo nada!

La hermana Amalia había vivido en el monasterio durante muchísimo tiempo. Tanto que no podría recordar si le hubieran preguntado acerca de la vez en que, siendo niña en medio de la contienda civil la encontraron caminando sin rumbo buscando a sus padres. Acogida por una de las monjas de la época, tutelada y cuidada en una de las casas del barrio de Huelgas, había sido leal desde entonces al sitio que le había ofrecido techo y comida. Y también la fe, la fe para seguir creyendo en el ser humano después de aquello, de recuperar la alegría de vivir a través del servicio a los demás.

—Espero que encontréis lo que buscáis en esos libros —dijo Sor Amalia.

—En realidad madre, reconozco que lo que estamos rastreando es algo impreciso. Quisiéramos ver los códices y cartas que puedan existir en el monasterio pertenecientes al siglo XIII —dijo Carlos mientras abría uno de los libros que tenían delante, intentando repetir la logística seguida en Silos.

—Bueno, hay un buen número de ellos. Vais a necesitar bastante tiempo. Si me pudierais decir algo más, quizás podría ayudaros. Veréis, tenemos dos fondos: el propio del monasterio y parte del correspondiente al Hospital del Rey que, como sabéis, dependía de este, jurídica y administrativamente.

—Es difícil de precisar. Tenemos unos textos que parecen ser parte de algún códice. Nuestro interés es encontrar a cuál pueda pertenecer, de ser eso posible, viendo las iluminaciones y miniados de otros similares de la época.

—Me vais a perdonar, pero he cometido un pecado —interrumpió la hermana—. Os he mentido. Os he mencionado que existen un buen número de esos documentos cuando debía haberos dicho que es probable que en el archivo y hablando tan solo de los referentes a las actas de los Capítulos celebrados durante toda la vida del monasterio, se guarden aquí multitud de ellos.

—He leído que existía un inventario de las escrituras, censos, juros, feudos y demás referidos a los bienes del cenobio, ¿no es así?

—Veo que conoce su trabajo profesor. Sí, se está refiriendo quizá a las *Definiciones* que Doña Ana de Austria mandó redactar. Era muy puntillosa en lo que ella llamaba «hacer minuta de todo ello» para evitar sacar los originales. Se apuntaba así el cajón, legajo y la anotación puntual. Antes, como seguramente sepáis, las abadesas eran perpetuas hasta su abolición por el obispo de Segovia en 1490. Al pasar esto, supongo que el control sobre el archivo bajó un poco. Si añadimos los códices y demás documentos en sí estaremos hablando de un número muy considerable. Y permitidme que os diga que habéis tenido mucha suerte. Como sabéis los de Patrimonio Nacional —y aquí la madre miró por encima del hombro para comprobar que Marcos San Lúcar continuaba alejado de ellos en el claustro exterior—, no dejan ver los libros así como así. Le quitan a una la poca distracción que podía tener, pero en fin, ¡son cosas de los tiempos, con todo eso de los ordenadores y demás! Es que ya me estoy haciendo vieja —dijo con aire de haber entrado recientemente en esa etapa de su vida—. De hecho, podéis creerme si os digo que ya ni los Sugus saben como antes —continuó con un suspiro que Elena no supo si atribuir a los cambiantes tiempos o al de la perdida de calidad del caramelo.

El profesor Lafuente había imaginado algo semejante, pero había esperado no obstante un poco de endulzamiento de la realidad.

Durante la semana anterior y en preparación de la visita, los tres habían estado consultando el más reciente inventario general de las obras contenidas entre esos muros, hoy nevados, catalogado por distintos autores. La información dada por la religiosa no les pilló por tanto desprevenidos.

Aun así se miraron con caras consternadas.

Lo que había que buscar no era ya solamente el escrito que cotejar, la supuesta copia o referencia custodiada en el monasterio, sino cualquier aspecto relativo al hipotético secreto de la princesa en sí. Cartas privadas de las abadesas, oficios de la época, eventos, capítulos celebrados por las dos abadesas que tuvieron el bastón de mando a lo largo del siglo XIII y subsiguientes, etcétera.

—Bien, comencemos por el primer libro y veremos por dónde seguimos —dijo Carlos lanzando un suspiro.

Y así, durante los siguientes tres días, la hermana Amalia pudo ver a los investigadores repasar los códices y demás documentos que les traía. La labor paciente de Silos volvía a repetirse. Como en otras ocasiones, sor Amalia estaba acostumbrada a la mirada de gozo o de esperanza ante el ejemplar presentado, a ver las caras y la mirada de los investigadores posarse en cada una de las páginas, tomar notas y sentir el desfallecimiento lento, sordo y casi insensible apoderarse de las facciones y de los gestos de quienes en esos bancos se sentaban.

Ni los canturreos esporádicos de la madre al aportar una nueva remesa de folios y códices hacía mella ya en ese silencio contenido que reinaba en la sala de estudio.

La tarea era ingente, incluso después del filtrado inicial que habían realizado con la mejor de las voluntades.

Arturo miraba en su portátil los documentos en formato digital para ir eliminando con rapidez el material examinado, a tenor del trazo del copista, la época y por último el tema tratado.

Elena, por su parte, escudriñaba los códices y cartas en silencio, al lado del profesor.

Ante ellos se exhibieron los preciosos libros miniados del monasterio. Arturo en particular se maravillaba ante los temas vegetales elaborados y desarrollados en las iniciales que abrían los capítulos, en esos remates de trazos caligráficos en los que las colas de los dragones y arpías invadían los manuscritos. Los tallos se alargaban y multiplicaban en voleos que tendían a rellenar todos los espacios, unidos en su comienzo en amplio y simétrico ramillete.

Sabían que era una carrera contrarreloj.

Silos parecía ahora, en retrospectiva, un paraíso para los investigadores, libres para merodear, sentarse y consultar.

Aquí el tiempo y el poder de la omnipresente administración en la persona del técnico de que de tanto en cuando hacía su presencia en la sala, se hacía en ocasiones opresivo.

Fueron transcurriendo los días. El tiempo, ese material con el que se construía su trabajo, iba pasando. Habían visto de todo: mandamientos, cartas privadas de las diferentes abadesas, incluso hasta dos generaciones después de la llegada de Kristina, comenzando con doña Elvira Fernández, la abadesa que gobernaba Huelgas por entonces, así como las actas de los diferentes capítulos celebrados durante los años siguientes. Nada. ¿Había sido todo un sueño improbable?

Estaban llegando así al término del tercer día que llevaban recluidos en esa pequeña habitación con alguna que otra escapada ocasional para fumar una pipa, tomar un café o simplemente estirar las piernas por alguno de los claustros.

—El pasado se resiste —dijo Lafuente en voz alta esa tarde.

—«El pasado nunca se cierra hasta que cerramos el último libro, hasta que se escribe la última firma. Hasta que dejamos de mirarlo y de indagar en él» —contestó Pinedo de modo mecánico recordando una máxima del mismo Lafuente que este solía repetir en el aula, sin reparar en la extrema solemnidad casi teatral de su tono, ni del aire melodramático del mismo, que causó impresión en sus compañeros.

Le hubiera gustado creer en esas palabras, no obstante. ¿No podrían ser algo más que un puro juego retórico, trampas que el lenguaje emplea, jugando con nuestra humanidad para hacernos más soportables la existencia? ¿Pura palabrería en suma?

La Historia era, en efecto, una maestra que nunca pone nota sobre los trabajos realizados. Nunca marca con un bolígrafo rojo los errores, las conexiones perdidas o mal emprendidas. Nunca nos llama la atención si nos hemos entretenido por el camino o si debemos de poner más entusiasmo en nuestra tarea.

—Voy a tomar un poco el aire —dijo Arturo intentando reprimir un bostezo —, la vista del cursor me está matando.

El joven salió del locutorio.

Sabía que hacía frío fuera, pero le vendría bien. Le dolía la cabeza. Llevaba mucho tiempo viendo de cerca esas iluminaciones, bajo esa luz tenue y difusa.

Paralelo al locutorio existía un estrecho pasaje que llevaba desde el más reciente —en términos relativos— y amplio claustro de San Fernando hasta el de las Claustrillas. Era el llamado pasaje de Santiago, o más simplemente el «zaguán», como se referían a él las religiosas.

Este fue el camino que empleó el joven tras cruzar el arco de medio punto que daba a este pasillo. El frío del exterior mientras se dirigía a su destino le fue despertando poco a poco los entumecidos miembros.

Al fondo, a la izquierda e insinuada a través de la negrura, en esa quietud de la tarde y bajo la luz tenue del lugar, una puerta cerraba el paso, rodeada de un marco también oscuro y vigilada a ambos lados por las ennegrecidas placas situadas en las paredes.

Al final del largo pasaje se llegaba a ver la puerta que daba a la capilla de la Asunción.

Arturo se había colocado la bufanda enroscada alrededor de su cuello, como si fuera la serpiente que mostrara con naturalidad al público un domador de fieras, a pesar de su gruesa capa y evidente peso.

Miraba el joven abstraído las diversas columnas, tocándolas levemente, apreciando sus capiteles y arcos, observando la diferencia entre las que contaban con una «R» impresa en un lateral, señal de que sus arcos y capiteles habían sido restaurados durante los años cincuenta y sesenta del pasado siglo, de aquellas que no la tenían, notando, al hacerlo la precisión del acabado de las más antiguas, el buen hacer de aquellos obreros de siglos atrás.

Era fácil en tardes así, sentirse abandonado y lejos del mundo. Era una sensación difícil de describir. Era consciente de su entorno, pero al mismo tiempo se encontraba alejado de él, como si estuviera viendo la escena en una película. No sabía cuánto rato permaneció así, fijándose en las figuras, en las filigranas de las columnas que le rodeaban, en los juegos de luces que invadían ese claustro. Las sombras se iban extendiendo y proyectando sobre el suelo, creando figuras caprichosas que se unían bajo el efecto de la luz dando forma a un camello en un lugar, a una especie de transporte con tres ruedas en otro... Los reflejos sobre la quietud de la nieve parecían hablar con un lenguaje propio.

Un movimiento en el extremo opuesto del claustro.

Sí, una figura se había movido en la parte este de las Claustrillas, en el punto donde se encontraba una de las antiguas puertas selladas que antaño daban acceso a la iglesia. El movimiento le había sacado de esa especie de trance intemporal en que se había sumergido.

Era una mujer.

Una de las religiosas había salido tarde por lo visto o no había reparado en que el horario de visitas no había terminado.

Le llamó la atención el que la figura apenas llevara ropa de abrigo, como si estuviera acostumbrada a estas bajas temperaturas. Por otro lado, tampoco llevaba el tocado de monja, la cogulla.

¿Era acaso una de las funcionarias del Patronato que deseaba pedir perdón por sus pecados a hurtadillas? ¿Quizás la desabrida supervisora que les atendió el primer día? Sonrió al visualizar el rostro de Mercedes Ponciel como contrapeso a la visión anterior.

La joven parecía estar inclinada sobre una las columnas, realizando un examen semejante al que el mismo Arturo había llevado a cabo unos minutos antes, pero en el lado opuesto del claustro. La fuente de piedra situada en el centro no le dejó ver bien sus facciones aunque por lo que pudo ver parecía extranjera.

Una ráfaga de viento se levantó en ese momento. Aire cortante y helado incluso para un nativo burgalés. Una punzada gélida y aguda, como si la temperatura hubiera caído con brusquedad en cuestión de segundos, tras revolcarse en la nieve del patio central. Arturo agachó la cabeza y se apartó del lugar, guareciéndose en el interior del claustro bajo una de las puertas de piedra en dirección del locutorio, intentando huir de este fenómeno cuando, tan de repente como vino, la ráfaga desapareció.

Se dio cuenta entonces de que volvía a estar solo en el claustro.

Ni rastro de figura o sombra alguna.

Había sido víctima de una falsa impresión provocada por ese juego de luces del atardecer. No en vano las Claustrillas parecían haberse quedado fijadas en un tiempo y época imprecisa.

No hacía falta un gran exceso de imaginación para recrear delante de él una figura detenida al fondo del claustro, mirando con curiosidad su entorno con la vista fija en el jardín central, al igual que le había parecido ver sobre el suelo, animales y vehículos.

—No debe hacer tanto frío porque me he encontrado con una chica hay fuera que no llevaba abrigo —dijo en cuanto entró en la sala de consulta—. Debía ser del grupo que ha pasado antes con la guía.

La madre Amalia, que estaba haciendo entrega a los profesores de una caja conteniendo cartas de anteriores abadesas, le miró entonces de un modo especial, frunció el ceño, abrió la boca y, tras el suspiro de un segundo, pareció cambiar de opinión cerrándola repentinamente y desapareciendo por la puerta del fondo mientras sacudía la cabeza.

Se dio cuenta entonces de que volvía a estar solo en el claustro.

Al día siguiente la mañana encontró a Lafuente dando uno de sus paseos solitarios antes de continuar con el escrutinio de los libros. Era como si cada peregrinaje interior tuviera que prologarlo con uno exterior, en una especie de reflexión peripatética y la puerta que comunicaba el locutorio con el huerto era ciertamente una tentación para él. Tenía allí tiempo para reflexionar sobre la vida de las religiosas que allí se encontraban, muchas de ellas encerradas aquí durante años, en ese mundo aparte, al que no tenía acceso el resto de los mortales.

Esa mañana, dos hermanas caminaban cabizbajas por él jardín, lentamente, seguramente rezando, quizá envueltas sus mentes en alguna especie de abstracción no muy diferente a las que el profesor mismo solía tener alguna tarde frente a sus libros, mientras se dejaba llevar por la laxitud de un paisaje, de una jornada en remo por el río o simplemente por la música.

«Encerradas, eso es» —pensó—, «desde nuestro concepto peculiar y subjetivo». Ese concepto que se erige en supremo porque es el nuestro. ¿O éramos nosotros los que nos habíamos quedado encerrados fuera? ¿Quién no ansiaría una paz así, vivir por lo menos una vida alternativa sin sobresaltos, salvo los que la propia naturaleza trae consigo? Años de sopa servida en el colegio, ese era su recuerdo cuando pensaba en las monjas. Si la religión tenía un olor para él, era ciertamente olor a sopa. Un olor que llenaba las escaleras que, desde el patio ascendían hasta el pequeño comedor donde los niños comían ordenadamente. ¿Era ese el olor a santidad del que tanto se hablaba en los libros de lectura obligatoria del antiguo bachillerato? Jamás llegó a saberlo, puesto de rodillas en aquella esquina con sendos libros sobre sus manos bajo pena de un castigo mayor, frente a una clase que se dividía entre las sonrisas burlonas de algunos de los que, sintiendo vergüenza ajena, eludían su mirada y se concentraban en sus cuadernos Rubio.

Sentía como alrededor de este lugar se escondían secretos, rincones misteriosos semejantes a los de tantos pasajes medievales existentes en la vecina catedral. Menos visitados, quizás estos duerman en silencio sus secretos, sin despertar la envidia de su posesión ni la curiosidad del paseante y quizás así, solo así, hayan podido perpetuarse hasta la actualidad.

Al final del tercer día, Elena reparó en que su colega mantenía prolongados silencios.

—¿Qué te pasa Carlos? Te noto un poco callado y hosco desde hace unas horas —dijo esta al fin, levantando la vista de las cartas escritas por la abadesa Ana de Austria y aprovechando que el técnico de Patrimonio Nacional se había ausentado hacía pocos minutos.

—¿No os ha extrañado tanta facilidad, tanta amabilidad para enseñarnos todo? Pero si nos han ofrecido hasta caramelos —dijo el interpelado levantando las dos manos en el aire.

—Bueno, ¿qué tiene eso de malo? —intervino Arturo—. Su actitud ya raya en la paranoia. Antes decía que si en Silos nos ocultaban las cosas. Ahora se queja precisamente de lo contrario. ¿Quiere decirme que la amabilidad de sor Amalia es sospechosa también? ¿O quizás pretende insinuar que los caramelos están envenenados? ¿Es eso profesor?

—Escúchame bien, y presta atención. Se supone que estabas escribiendo una tesis sobre estas cosas, ¿no es cierto? Un libro acerca de los complots de la historia y demás. Bueno, esas cosas no hay que verlas tan solo como existentes en un pasado remoto del que jamás volveremos a tener noticia. Las intrigas, querido muchacho, los secretos de un modo o de otro, forman parte de nuestra vida diaria, de la misma esencia del ser humano. Si no te quedó claro en Silos no te quedará claro nunca. Como esa bufanda que forma parte de ti al igual que la corbata que presumo se oculta en alguna parte debajo de ella. Toda esta aparente apertura, facilidad y buenas maneras para mí apunta a otra cosa.

—¿Qué cosa Carlos? Por favor, mírame a la cara. ¿A qué cosa te refieres?— interrumpió su colega, un poco cansada de la actitud negativa de su colega.

—Elena, no me estoy volviendo loco ni estoy desvariando aunque os lo parezca. Os lo juro. Lo veo ahora con claridad. Cuando no hay nada que temer, cuando un secreto está bien escondido es cuando nos podemos precisamente permitir el lujo de saltar encima del lugar donde está enterrado, con la seguridad y la bravuconería de saber, en nuestro interior, que nadie dará con él. Aquí no vamos a encontrar nada. Por lo menos si utilizamos la autopista que todo el mundo usa, la de los setos recortados y pagando los peajes.

—¿Y qué sugieres? —apuntó Elena.

—Estoy seguro de que si pudiéramos hablar con la abadesa, quizá podría decirnos alguna cosa, alguna pista. Tengo la certeza de que lo que estamos buscando no esté con toda probabilidad en los lugares habituales. Algo me dice que está aquí, pero no donde debería estar. El ejemplo de la aguja en el pajar viene ahora que ni pintado.

—¡Carlos! Deja por favor descansar esa imaginación tuya por un momento y céntrate un poco. Has visto que aquí las monjas ya no pintan nada. Se limitan a encerrarse y dar sus misas con tranquilidad —dijo Elena.

—Voy a hablar con Marcos San Lúcar primero. No tenemos nada que perder —dijo Carlos para, sin mediar otra palabra, salir de la sala y dirigirse hacia las oficinas subiendo de dos en dos las escaleras que conducían a las mismas.

Elena y Arturo se miraron sin decir nada. Este último se desplomó en una de las sillas y procedió a entrelazar su bufanda, creando complicados patrones que luego se entretuvo en deshacer.

Unos pocos minutos más tarde vieron entrar de nuevo al profesor Lafuente. Venía con el ceño fruncido. Al llegar a la altura de sus amigos, sacó la pipa de su bolsillo sin decir palabra alguna. No era necesario. Su gesto vivaz, rápido y seco al realizar esta última acción lo decía todo. Una vez acabado el protocolo de sacar y volver a guardar la pipa tras recordar que no podía fumar allí, levantó el mentón.

—Nada que hacer, no tenemos autorización alguna para hablar con las religiosas fuera del locutorio y mucho menos con la abadesa. Por lo visto, solo familiares muy cercanos de alguna de ellas pueden hacerlo en contados casos excepcionales, de los que no han querido informarme ni darme más detalles.

—Es comprensible Carlos. Estamos hablando de libros muy valiosos. Los responsables de su custodia no son las religiosas sino Patrimonio Nacional.

Pocos minutos después habían dejado el locutorio y se dirigían hacia el coche.

—Tenías razón Elena, ¿De qué modo iba a transmitirse algo, un secreto como el que yo me he sacado de la manga tan alegremente? ¿Con una carta dirigida al director? No, teníais todos razón. Era demasiado fantástico. Aún así, aún así... —y al decir esto miro a sus compañeros sonriente antes de decir con cierto tono displicente:

—He conseguido de nuestro amigo una pequeña charla con la abadesa dentro de unos días. Eso sí, solo unos minutos pero debería bastar.

Y sin decir palabra, Carlos se adelantó solo en dirección a la salida, moviendo las piernas a grandes zancadas a través del empedrado del Compás de Adentro mientras sus compañeros le miraban en estupefacto silencio, admirados de su talento para el drama.

BÚRGOS.—PATIO DEL MONASTE

MARÍA LA REAL DE LAS HUELGAS.

CAPÍTULO 63
UNA CHARLA CON LA ABADESA

Acompañados por la madre portera cruzaron el Patio de las Infantas situado cerca de la portería y la hospedería, un lugar este acogedor y acristalado rodeado de pequeñas macetas. Un enclave que Sor Amalia debía frecuentar sin duda alguna, pensó Arturo. Cuando entraron en las dependencias de la madre abadesa, la descubrieron ocultando sus ojos bajo unas gruesas gafas, de esos anteojos que parece ya improbable encontrar en nuestros días. Detrás de ellas descubrieron unos ojos claros y profundos que inspeccionaron a los presentes con rapidez en cuanto estos traspasaron la puerta.

—¡Buenas tardes! —dijo Sor Inés —con toda propiedad apellidada De la Cruz—. Reciban mi saludo cordial y mis mejores deseos de que el Señor vaya guiando sus pasos en esa búsqueda de hacer el bien en sus diversas actividades —continuó la abadesa mientras les invitaba con la mano a sentarse en unas diminutas sillas frente a su mesa—. Por otra parte, si puedo responder a sus cuestiones, por mi encantada, y si no está en mis manos hacerlo, pues, sencillamente se lo diré también, y tan amigos.

La monja sonrió como si hubiera dado con la solución a un complicado acertijo.

—Gracias hermana, ante todo, disculpe que la molestemos de esta manera —dijo Lafuente, alentado por el aire afable de la misma—. Como le habrá dicho el técnico supervisor hemos estado toda la semana ocupados en el locutorio en el examen de libros y códices del siglo

XIII. En concreto, buscábamos algún documento relacionado con la estancia de la princesa Kristina de Noruega en el monasterio.

—Realmente Dios nos ama, y ese es el motivo de vivir para Él en este monasterio. La verdad profesor —continuó en otro tono donde ya parecía detectarse una nota de censura—, es que deberían haberme preguntado a mí esto directamente el primer día. A veces la gente de Patrimonio Nacional se toma demasiado en serio su trabajo. Ya saben ustedes a estas alturas que las religiosas y la orden del Císter en sí ya no pintamos gran cosa en estos tiempos, pero mientras nos permitan dedicarnos a la oración y honrar a Dios, no podemos quejarnos hijo mío. ¡No podemos quejarnos! —dijo con una mirada en la que Arturo no pudo dejar de detectar cierta tristeza—. De todos modos aquí no hay protocolos especiales ni libros ocultos ni nada de eso —continuó después de unos segundos al sentir que quizá había bajado la guardia demasiado, moviendo las manos como si quisiera alejar los últimos pensamientos—. Ha de entender que la comunidad restrinja el uso de los libros para su uso personal. Al fin y al cabo, se trata de documentos relacionados con las posesiones y derechos propios del monasterio.

—La pista está aquí. Lo sé —dijo Carlos nada más salir de la audiencia—. No he estado jamás tan cierto de algo como de esto. Quizás tengas razón con tus teorías paranormales o me estoy contagiando después de ver tanto claustro, tanto manuscrito...

Se detuvo en sus pasos y miró de uno a otro lado antes de continuar.

—No sé en qué forma, pero está aquí —dijo nuevamente sacando la pipa del bolsillo y haciendo gestos con ambos brazos sin llevársela a la boca bajo el pálido sol que había atrevido a asomarse por encima de las nubes.

—Si es así, los chicos de Patrimonio Nacional muestran en efecto más calor por sus instalaciones que las propias monjitas, eso ha quedado claro —dijo Arturo con un suspiro de exasperación. Aunque por otro lado es natural, estando albergada la institución en el Palacio Real, tienden a hacer suyo el poder prestado como cualquier administración que se precie. Acuérdese de Silos.

—Ellos hacen válido el refrán de contra el vicio de pedir, la virtud de no dar —dijo el profesor—. En nuestro trabajo somos como cruzados de la verdad buscando el arca perdida.

—Sí, de eso me he dado cuenta fehacientemente —dijo Arturo—. Bien sea a través de la simbología oculta en las catedrales, en códigos secretos y demás, la humanidad parece eternamente dividida entre aquellos que buscan ocultar con celo un conocimiento por motivos a veces puramente banales y aquellos otros que buscan descubrir algo por el simple hecho de saber que se les ha ocultado,

—¡Ahí le has dado Arturo! —saltó Lafuente— ¿Te acuerdas cuando en alguna ocasión tu madre te escondía un regalo, o simplemente no quería hablarte de algo? Quizá te decía que no era cosa de niños, que tenía que hablarlo con tu padre. Podía ser algo tan sencillo como un recibo de luz impagado, un folleto de publicidad encontrado en el buzón sobre una alfombra nueva para el salón, poco importaba. Tú no pararías hasta saber de qué habían estado hablando tus progenitores en el salón, con tono serio y urgente.

—Sí, hasta a mí me ha quedado claro —intervino Elena no dispuesta a quedarse como mudo testigo del cruce de teorías de sus compañeros—. Si durante todo este tiempo, y gracias a la preocupación y al deseo de la abadesa de la época, se tomaron precauciones para ocultar el secreto embarazo de la princesa —suponiendo que el mismo hubiera existido efectivamente—, tendría que existir al menos una anotación de ese hecho, algo que dejara bien clara la tarea encomendada al monasterio. Tanto cuidado debería haber quedado traducido, o más bien reflejado en algún tipo de instrucciones susceptibles de ser pasadas de generación en generación. La razón nos dice que lo lógico, y más en un lugar como Huelgas, sería mediante un códice, unas cartas.

—Sí, eso parece que tendría que ser —dijo Arturo con convicción.

—Pero no, no aparece nada por ningún lado. ¿Es que a pesar de lo que creemos, de las teorías tan cabal y cuidadosamente planteadas, las religiosas del monasterio, con la abadesa de la época a la cabeza, prefirieron confiarlo todo a instrucciones dadas de boca en boca, de abadesa a abadesa para mantener el secreto? De ser así, cualquier cosa, cualquier muerte inesperada, cualquier inconveniente, habría dado al traste con todo. Se me hace difícil pensar que alguien capaz de controlar los diezmos, impuestos, y la vida de cientos de pueblos en derredor, tanto en lo eclesiástico como en lo civil, pudiera fiarlo todo a la débil memoria humana.

—Pero por otro lado, aunque descabellada no podemos descartar esta posibilidad, por remota que sea —dijo Lafuente.

—Sí, por lo menos tendríamos la seguridad de que no hemos dejado ninguna hipótesis por verificar —dijo Elena, también con cara desalentada —. Es posible también que al catalogarse las obras para formar el actual inventario, Patrimonio Nacional o cualquiera de los paleógrafos anteriores, hubiera agrupado algunos textos desperdigados, algunos pergaminos sueltos bajo ese cajón de sastre, ese epígrafe genérico llamado de «manuscritos varios». Esa es otra opción que habría que descartar.

—Tienes razón, Elena. ¿Te puedes encargar de ello? —dijo Lafuente mirándola con una sonrisa agradecida—. Claro que —continuó imperturbable el profesor—, siempre cabe además la posibilidad más factible de que, con el paso del tiempo, el secreto perdiera el encanto del comienzo, como sucede un amor acostumbrado, y que el simple y mero olvido fuera su consecuencia final.

Carlos dio unos pasos más, la gabardina escrupulosamente doblada bajo el brazo derecho, la mirada anclada en el suelo. De haber levantado la cabeza hubiera visto el rostro pensativo de Elena fijo en él.

—Hay una cosa que me intriga por otro lado —continuó el profesor—. La conexión existente entre Silos y este lugar. No nos olvidemos Elena de que en la Edad Media la relación entre las órdenes religiosas era más fluida que ahora. Eran las librerías itinerantes de la época, ya lo sabes; se prestaban volúmenes y manuscritos unos a otros para su copiado, lectura y consulta. Estoy seguro de que lo que buscamos está delante de nosotros, de algún modo que no conocemos, pero frente a nosotros.

Era la hora de marcharse. Subieron a las oficinas para despedirse del técnico y de la agradable joven que había despertado la admiración de Arturo.

—Lamento profesor que no hayan encontrado nada de lo que buscaban —dijo Marcos San Lúcar mientras despedía a los investigadores—. Yo todavía estaré por aquí hoy un par de horas. Mi tren no sale de la estación de Rosa de Lima hasta las siete y media.

Carlos asintió con un gruñido mientras estrechaba la mano que este les tendía.

—La hermana Amalia ha sido un verdadero encanto —dijo Elena—. Nos hemos sentido muy a gusto.

—Abusando de su amabilidad —dijo Arturo, con un último pensamiento y ante la sorpresa de sus compañeros—. Me pregunto si sería posible terminar de examinar unos documentos que estaba leyendo. Es más pura curiosidad por la historia del monasterio que otra cosa.

—Desde luego —dijo San Lúcar con expresión divertida ante el celo académico del joven—. Dejaré aviso con la madre archivera.

La mirada acerada de la funcionaria de cejas espesas y encrespados cabellos que les había atendido el primer día permanecía clavada en los tres mientras se dirigían a la puerta. Carlos marchaba el primero, visiblemente incómodo y deseando dejar el lugar cuanto antes.

Pinedo se retrasó un poco y, tras arreglarse la bufanda con un movimiento amplio y elegante al tiempo que se ajustaba la corbata y lanzaba una de sus miradas más simpáticas a la joven Remedios, se detuvo al llegar a la altura del árbol de Navidad que se encontraba junto a la puerta.

—Por cierto, querida —dijo al fin dirigiéndose a la funcionaria de mirada de hielo mientras se sentía tentado de regalarle un cepillo con su nombre dado el entrañable momento del año—, no le he preguntado, pero creo que si hubiera algún manuscrito secreto, bueno, de esos que oculten alguna clave interesante sobre el pasado del monasterio, me lo diría, ¿verdad?

Al oír la salida de su alumno, Carlos decidió que era el momento de apretar el paso y desaparecer en el pasillo exterior.

Las aletas de la interpelada se movieron hacia arriba. Su boca comenzó a abrirse.

—Ya suponía yo que no —dijo Pinedo desapareciendo con repentina velocidad detrás del profesor, no sin antes detenerse unos segundos ante la mesa de Remedios con un guiño y una sonrisa dirigidos expresamente a esta— ¡Feliz Navidad!

Tras salir de las oficinas, Carlos y Elena decidieron dar un paseo por el claustro de San Fernando con carácter previo a tomar un último café en la hospedería. Arturo entretanto se dirigió a la sala de documentación para terminar el volumen que deseaba continuar examinando. No entraba en los parámetros del joven dejar algo sin hacer.

Era el último día. Al igual que en Silos se habían despedido del monasterio.

Pero aquella tarde aún permanecía, inclinada sobre un libro, una solitaria figura en la sala de consultas. Un único flexo continuaba encendido.

Arturo estaba repasando el último de los códices que había estado examinando en esa dependencia. Le costaba decir adiós a esta nueva etapa de investigación.

Se trataba de una de las actas de 1263.

Una mano se posó sobre el hombro del joven.

Este lanzó un pequeño grito que se apagó en cuanto vio quién era.

La hermana Amalia se había aproximado en silencio. La ausencia de sus canturreos habituales era la causa de que el estudiante no la hubiera oido acercarse.

Mostraba una expresión extraña. Miraba con una fijeza a la que Arturo no había estado acostumbrado, a excepción de aquel día en que retornó de su paseo en las Claustrillas.

—Lo siento madre. Solo quería echar el último vistazo —dijo el joven, pensando que quizás sor Amalia estuviera molesta por su insistencia en retornar a la sala de consulta tras haberse despedido con anterioridad—. El técnico de Patrimonio me ha permitido examinar este último documento, me dijo que se lo comunicaría y como todavía estaba sobre la mesa...

—No, hijo mío, tranquilo, tómate tu tiempo, no se trata de eso. Con la historia tan larga y desgraciada que ha tenido este monasterio, todo lo que se ha escrito de él, creo que lo que se sabe ha sido publicado y más que publicado en todas partes. Ya prácticamente no queda ningún documento en el monasterio por estudiar, a excepción de las crónicas, pero esas, claro, ya las habéis visto.

Miró el libro que el joven mantenía abierto frente a él.

—Pero veo que aprecias el arte, no he podido por menos de fijarme en que has tenido un especial interés esta semana por las iluminaciones de los códices. En particular por aquellos manuscritos y volúmenes relacionados con el arte y la arquitectura del lugar. Permíteme que te recomiende tanto a ti como a tus compañeros que asistáis a la misa de Vísperas. Ya faltan solo diez minutos y aún podéis llegar a tiempo. Seguro que el canto gregoriano os encantará y os consolara un poco. Por lo menos relajará y confortará vuestras almas tras estos días de trabajo entregado a Dios. Yo, por mi parte no puedo pasar un día sin oírlo. No, no me mires así, ya sé que tu profesor no es creyente, pero, créeme, es posible honrar y entregarse a Dios, aún sin serlo. Y no me preguntes más porque si no lo puedes deducir por ti mismo, no eres tan listo como yo me creía, jovencito. Y ahora, coge esto y ve en busca de tus amigos.

Y con estas palabras, puso un puñado de caramelos en la mano del estupefacto Arturo que permaneció largo tiempo sin reaccionar, como si en lugar de un estudiante de postgrado, hubiera sido un escolar a la espera de que se abrieran las puertas del colegio y la hermana cocinera le hubiera dado un premio por su paciente espera.

El joven se incorporó a la vez que se inclinaba para besar a la hermana en la mejilla.

—¡Pero qué haces! ¡Déjate de zarandajas, jovencito! —dijo la monja intentando aparentar severidad.

—Solo quería desearle una feliz Navidad —contestó el aturdido joven mientras hacía entrega del códice que había estado examinando a la madre como si de este modo pudiera evitar la reprimenda. Sor Amalia lo cogió y procedió a colocarlo con cuidado sobre el carro, envolviéndolo a continuación entre los paños que allí tenia preparados a tal efecto, recordándole a Arturo aquella semejanza inicial a un paciente traído sobre una camilla.

Cuando Arturo reaccionó de su sorpresa, la hermana ya se dirigía hacia la puerta del fondo, la misma de donde surgió el primer día que acudieron al monasterio, como si fuera el hada misteriosa de un cuento cisterciense.

El joven se encontraba ya en la puerta tras haberse quitado los guantes protectores que había llevado esa tarde. Cuando estaba a punto dejar el lugar definitivamente, oyó de nuevo la voz de la hermana.

Estaba ésta en el vano de la puerta, aguantando la carretilla.

—Escucha jovencito —dijo la monja, como sujeta a un impulso de última hora— ¡Feliz Navidad! Que Dios esté en tu corazón. Yo sé que la luz brilla en ti. He visto algo de ella en tu profesor, pero eres tú quien entenderá la verdad. La Verdad que nadie más sabe ver.

—Igualmente, madre —dijo Arturo iluminándosele la cara, aturdido por completo. Era evidente que la mujer era ya muy mayor para seguir haciendo este trabajo— ¡Feliz Navidad!

Y a continuación salió del lugar mientras se colocaba la bufanda.

A sus espaldas la religiosa sonrió al tiempo que apagaba las luces de la estancia.

CAPÍTULO 64
CANTO A CAPELLA

Eran ya casi las seis de la tarde.

Dentro de unos minutos iba a tener lugar la misa de Vísperas.

Las figuras de Elena y Carlos seguían al joven que ya entraba a la iglesia delante de ellos tras haberse dejado convencer por este.

Lo primero que hizo la joven paleógrafa al entrar fue mirar hacia arriba.

Había leído esta en algún momento durante sus años de estudiante que la razón de ser de los techos elevados de las iglesias y catedrales se debía a ese intento por provocar un efecto de eco, por hacer que las voces del coro rebotaran sobre las altas bóvedas y devolvieran ese sonido, multiplicando las voces, dotándolas de fuerza y simbolismo, haciendo parecer de este modo que la música descendiera desde los mismos cielos.

Y así había sido desde Notre Dame a Chartres, pasando por Viena, Burgos y cientos de otros lugares de culto, haciendo parecer que los mismísimos ángeles hablaran, que el mismo Dios se manifestara ante los congregantes. Se hacía verdad la escritura de la Biblia en el sentido de que Dios, si no hombre, se transmutaba en voz y bajaba a habitar entre nosotros.

«Todo a partir de la mera voz humana.» —se dijo Elena—. La palabra de Dios multiplicaba y transmitía su mensaje de modo cotidiano para aquellas monjas. La sensación era casi epidérmica.

Cerró los ojos en cuanto comenzó el oficio religioso, embargada de emoción. Resonaban las voces sobre la cabecera y el crucero. Hacía tiempo que había dejado atrás la fe ciega de su infancia, poseída y secuestrada por la razón, la duda y mil cosas más que se apoderaron de su adolescencia. Pero ahora, sintiendo esa música que hacía tiempo que no escuchaba todo quedaba en suspenso: la duda, la razón, el pensamiento, la lógica... todo abandonado a un sentimiento más profundo, el mismo sentimiento que le había hecho permanecer horas sentada delante de una bella pintura de Constable.

Sintió que algo caliente caía por sus mejillas y sacó con rapidez un pañuelo de su bolso.

La profesora miró de reojo al profesor Lafuente esperando que este no se hubiera dado cuenta de su reacción.

Comprobó que su colega se encontraba en un estado similar al suyo, arrobado, los párpados cerrados, quizás cabalgando en su mente sobre las notas. Arturo por su parte mirando en torno suyo con los ojos y la boca bien abiertos, tampoco parecía haberse dado cuenta.

La mente analítica de este último buscaba una explicación a estas sensaciones. Sí. La música semejaba avanzar para quedarse en el mismo sitio, parecía sugerir que no había progresión. El efecto en el oyente era el de crear una especie de trance donde el tiempo no pasara, donde uno hubiera dejado transcurrir las horas mecido, arrullado por las notas, unas notas que transmitían confort, placidez y serenidad. El canto gregoriano, tal vez el único canto verdadero, no hacía sino aumentar las emociones que el oficio religioso producía.

—Toda una experiencia, ¿no es así Elena? —dijo Carlos al salir de la iglesia y encontrarse de nuevo en el Compás de Adentro.

—La verdad es que sí. Ha sido muy emocionante. Magia a plena luz del día. —dijo Arturo.

—No, magia, no. Más bien un milagro —dijo Elena sin mirar a sus acompañantes, con la cabeza enfrentada al torreón que se alzaba frente a ella, a la alta torre, a los altos muros que les rodeaban—. Un milagro del pasado recreado una y mil veces cada vez que una de esas gargantas que hemos escuchado se atreve a abrir la boca y cantar. Lo que pasa es que lo vemos a diario y ya no nos sorprende gran cosa. Es como la electricidad y tantas, tantas cosas que damos por sentadas, supongo —dijo en un tono más frívolo, consciente de haberse dejado llevar—. Al fin y al cabo, un medio económico de comunicación para transmitir un mensaje a través de los siglos...

Carlos miró con admiración a su colega. De vez en cuando esta le sorprendía con una de estas reflexiones. Carraspeó un poco y hurgó en su bolsillo derecho, donde había guardado su pipa una media hora antes. La tarea parecía resistírsele, ya que empleó cerca de un minuto en encontrarla.

—¿Os acordáis del café que vimos frente a la puerta del monasterio el día que vinimos? —dijo en cuanto la tuvo entre sus manos—. ¿Dónde aparcamos el coche? Creo que nos vendría bien uno después de esta experiencia. ¿Os apetece?

Y los tres atravesaron el arco bajo el torreón en dirección a las casas del Compás que se enfrentaban con valentía al monasterio.

El cortado que había pedido estaba ya entre las manos de Lafuente. El profesor dio unas cuantas vueltas a la cucharilla y a continuación a la taza para terminar poniendo el conjunto en el lado derecho de la mesa mientras miraba la cucharilla y la giraba en un movimiento que había perdido ya su propósito, como si esta fuera un objeto extraño que no debiera estar allí.

—¿Recuerdas Elena aquello que te dije sobre la esteganografía? —dijo mirando de repente a esta— ¿Algo así como que podía ser posible que la clave estuviera delante de nosotros todo el tiempo y no la viéramos?

La interpelada asintió.

—Es curioso lo que has dicho hace un momento sobre la música al terminar la misa... —continuó Lafuente.

—¿Te refieres a lo de que parecía magia? —dijo Elena con una sonrisa desconcertada.

Arturo seguía el juego de pelota verbal de sus amigos intentando como otras veces rastrear el hilo mental del profesor.

—No, no, lo otro...: «Un medio económico de comunicación para transmitir un mensaje a través de los siglos...»

—Sí, sí, supongo que es una de esas metáforas artísticas que me vienen a veces —dijo sonriendo mientras las mejillas se le llenaban de color.

—Me he estado preguntando... —aquí el profesor hizo una larga pausa —, ¿No podría haber sido la música ese hilo conductor para transmitir el mensaje? —dijo por fin—. ¡Pensad por un momento! Hemos estado buscando un códice donde, en un castellano clarito o por lo menos en un latín universal, se nos relatara como si de un libro de texto se tratara, que

Kristina vino embarazada a España, con todos los pormenores. Que nos explicara las consecuencias tanto para ella como para el bebe, pero nunca habíamos pensado que pudieran haber hecho uso de un método codificado en la transmisión del mensaje.

—¿Un método codificado? —dijo Arturo— ¿A través de la música? No entiendo... ¿Y qué es la esteganografía? Por su tono me hace temer que es algo que va a entrar en algún momento en el temario de este año, ¿me equivoco?

—Podría ser, podría ser —dijo Carlos sonriendo—, en el fondo es una cosa bien simple. Verás, alguien se dio cuenta ya en la antigüedad que la mente humana es cómoda. De ahí los ancestrales juegos de palabras, los crucigramas y acertijos que en tiempos más recientes intentan luchar contra esa laxitud, creo yo. De ahí el «buscar a Wally» y juegos semejantes. El principio de la esteganografía es bien simple, Arturo. Se basa en colocar la información delante de la persona que la busca, aunque disimulada entre otros mensajes similares sin importancia. Como estudiante estarás familiarizado con la famosa rana de piedra que puede encontrarse sobre la fachada de las Escuelas Mayores en Salamanca. Sabras también que en una de las últimas restauraciones a alguien se le ocurrió la idea de «actualizarla» en cierto modo colocando un astronauta entre los monjes, diablos, ángeles y otras figurillas traviesas que la pueblan.

—Sí, entiendo donde quiere ir a parar.

—Pero, al igual que en estos dos ejemplos, una vez que se nos da la clave de dónde mirar y de qué manera... ya nada podrá hacer que el objeto escondido vuelva a serlo para nosotros, ¿me sigues muchacho?

—Algo así como cuando colocamos una perla entre un montón de piedrecitas blancas, ¿no? Por mucho que brille nos costaría encontrarla porque tendríamos primero que saber que se encuentra allí antes de iniciar la búsqueda. A nadie se le ocurriría observar con detalle todas y cada una de ellas, ¿no es así? Nos gusta saber que nuestro esfuerzo en hacer algo es proporcional al resultado obtenido.

—¡Exacto! Y lo que tenemos aquí, tanto en el manuscrito como en la música podría ser un ejemplo similar. Un caso claro de código esteganográfico, solo que no sabemos todavía cómo leerlo. Pensad. Hemos estado buscando textos escritos y yo me pregunto, ¿Qué obra existe en el mundo dónde está escrita la mayor parte de la música religiosa desde el siglo XII hasta nuestros días? Sí, amigos míos... hay una obra así. Una obra que Elena y yo hemos estudiado en la universidad. Se trata de uno de los códices musicales más antiguos, si no el más remoto, reflejo de toda la música sacra cantada desde entonces hasta nuestros días...El Códex musical.

—¿Y dónde se conserva ese códice? —preguntó Arturo.

—Esa es precisamente la ironía. Mira a tu alrededor Arturo. Nos encontramos en el preciso lugar, en el sitio exacto donde se custodia el mismo desde la Edad Media. Nunca se ha movido de este sitio. Siempre ha estado aquí. No en ningún museo, mansión, organismo público o nada semejante. En el mismo sitio donde se escribió.

Miro el profesor a su alrededor. A través de las ventanas de la taberna parecía que los muros del monasterio y con ellos la fuente, las viejas torres, el patio, el claustro de los Caballeros y todo el entorno de la plaza del Compás estuviera escuchando sus palabras. No había turistas en ese momento. Ningún guía que hubiera dejado al último grupo saliendo por la puerta para fumarse un cigarrillo. Nadie.

«Un mensaje oculto a la vista de todos» —pensó Arturo, oculto en la atmósfera que les rodeaba, en el aire expulsado por el canto de las religiosas día a día, perpetuando esa herencia, esa responsabilidad.

El secreto, los secretos de tiempos pasados de cuyo origen se había olvidado todo o casi todo, podía estar en la música.

En ese momento, de no ser por sus ropas occidentales y contemporáneas podrían haber estado en tiempos remotos, esperando quizá a que la reina Leonor apareciera por la puerta que daba a la capilla, seguida de sus doncellas.

Arturo reaccionó con rapidez.

—Pues volvamos al monasterio profesor, quizás hoy ya es tarde —dijo mirando su reloj—, pero podemos regresar mañana.

—Es inútil Arturo. No funcionan así las cosas. El técnico de Patrimonio ya se habrá ido a estas alturas, ¿recuerdas? Tenía que tomar un tren. Y necesitamos un permiso concreto y específico del Archivo Real para consultar cualquier documento. En resumidas cuentas... habría que volver a solicitar esa inspección. Esto sigue siendo España y la burocracia tiene también una larga historia que quizás algún día te cuente. Y además viendo las fechas en que nos encontramos se va a retrasar todo más.

El profesor permanecía callado, mirando con sumo interés el empedrado del Compás de Afuera, las casas alineadas frente a él y la señal de prohibido aparcar situada junto al bar como si esta última fuera una pieza de valor incalculable perteneciente al cenobio.

No estaba el Códice en París, Londres, Berlín, Bruselas o en ningún otro rincón perdido de Europa. Estaba en la misma ciudad donde había trabajado y vivido durante más de veinte años.

¡Y qué medio más imperecedero que la música, la propia música cantada día tras día en el coro, recordando a las hermanas que estuvieran en el secreto, aparte de la propia abadesa, el nacimiento de ese ser!

Pero ahora, con las puertas del Monasterio ya cerradas y el técnico del Archivo Real camino de Madrid, el profesor no pudo por menos de lanzar un suspiro de desaliento pensando en ese retraso, aunque con una renovada esperanza.

Estaban junto al coche. Pinedo permanecía aún detenido unos metros atrás, mirando ese lugar en cuyo interior tantas horas habían pasado los últimos días, como antes hicieron en Silos. La sensación era muy similar. Metió la mano derecha en el abrigo para sacar sus guantes y notó algo en su interior. Un par de caramelos que le quedaban. ¿Otro tipo de alimento para el alma?

Se acordó entonces de las palabras de la hermana archivera y su recomendación para que acudieran a misa de Vísperas.

Sacudió la cabeza y entró en el coche.

Tras arrancar este con dificultad y llegar a la altura del Compás de Afuera, el profesor detuvo el vehículo durante unos segundos frente al arco de entrada al Monasterio de las Huelgas. Era la despedida por el momento.

Miraron los gruesos muros, la alta torre cuadrada, los arbotantes que sujetaban las paredes. Carlos pensó en la cantidad de reyes, reinas, nobles y demás personal a su servicio que, durante más de ocho siglos habían habitado y permanecido entre sus muros.

—¿Estás aquí esperando, verdad? —dijo en un susurro que solo podía ser oido por el mismo—. Pronto nos veremos las caras.

El vehículo continuó su marcha dejando atrás las casas del Compás.

Nadie habló durante el trayecto de vuelta, cada uno inmerso en sus pensamientos.

Pero esa tarde parecía que estuviera amaneciendo y que el sol se hubiera equivocado de lugar.

CAPÍTULO 65

UN DESENCUENTRO Y DOS ENCUENTROS

Del color rojo, de desapariciones y visitas inesperadas.

Esa tarde Arturo había bajado a la sala común con la esperanza de leer el periódico antes de entrenar un poco en el río.

—¡Ya queda menos para la regata, Arturito! ¿Te has cambiado los pañales ya? Me han dicho que los chicos de la UBU vienen preparados este año —fue el saludo de Meseguer en cuanto el joven entró en la sala de estudio.

La televisión estaba puesta. Arturo, ocupado en buscar su rincón habitual o algún otro que pudiera hacer sus veces, no prestó ninguna atención a la misma hasta que a sus oídos llegaron unas palabras que le hicieron olvidar su persecución del lugar perfecto y levantar la mirada hacia la pantalla.

Había escuchado la frase «Monasterio de las Huelgas».

Alzó la cabeza. En la tele la presentadora dio paso a la imagen de una profesora hablando. Prestó atención. Su cara le parecía familiar. Los rótulos de la pantalla la identificaban como miembro de la UBU, pero fue su rostro afable y sonriente —cercano en suma—, el que le transmitió una confianza instantánea, como si la entrevistada fuera una de sus profesoras o alguna amiga de su madre.

—Sabemos que ha publicado usted un libro dedicado en concreto a este tema —preguntaba la periodista—. Díganos algo más de él, por favor.

Hablaban sobre vidrieras medievales. Al parecer la entrevistada era una especialista en la materia. La profesora Abad, mencionaba la periodista, se había consolidado como una auténtica experta en el tema así como en el estudio del Camino de Santiago. Todo ello había sido seguido de la publicación de varias obras que le habían cosechado algunos premios.

—De hecho, lo que no he encontrado más que aquí, tanto en Huelgas como en la Catedral de Burgos es el llamado «rojo burgalés» —decía la misma en esos momentos.

—¿Y qué tipo de rojo es ese? ¿Qué tiene de particular esa tonalidad en las vidrieras de Burgos? —continuaba la entrevistadora, visiblemente sorprendida por el calificativo.

—No pretendo afirmar que solo exista aquí —aclaró la profesora sin dejar de sonreír—, aunque sí puedo decir que es el único sitio donde lo he visto en Europa, y eso que he hecho varios viajes visitando catedrales como Chartres, Notre-Dame y otras. Me interesa en particular la técnica empleada para obtener la calidad de muchas de ellas.

—«Rojo burgalés»... Me gusta el nombre —contestó la presentadora sonriendo—. No puedo negar que es eufónico. Y en esta época de marcas e identidad corporativa, no viene mal una reivindicación en tal sentido.

Sí, Arturo sabía de lo que estaba hablando. Había experimentado algo parecido durante sus recientes visitas monacales, tanto en el monasterio de Silos primero, como luego en el de Huelgas. En concreto, el recogimiento bajo la luz espectral y policroma de las altas vidrieras, el silencio que le había acompañado en esos momentos, invitando a la oración y a la meditación.

—Entonces, ¿se podría hablar de un lenguaje de los colores? —continuó la periodista.

—Indudablemente. Esto ha existido en todas las culturas; la existencia de un lenguaje íntimamente unido a la religión, y que vemos reaparecer durante la Edad Media en los vitrales de las catedrales góticas.

La sencillez de la profesora Abad, ese pañuelo colgado del cuello de modo tan natural, su sonrisa cercana en esa mañana de abril, contrastaban con sus frases decididas, precisas y claras. Eran como cada una de las gotas que en ese momento caían, golpeando sobre el cristal, un toque de atención en la conciencia. «Algo muy necesario» —pensó Arturo.

. . .

Cuando Lafuente entró esa mañana en su despacho de la universidad inmerso en sus pensamientos, se encontró a Ismael saliendo del mismo como una exhalación, topando contra sus piernas. Mientras lo calmaba con gestos mecánicos y guardaba la llave de seguridad en su bolsillo cerró la puerta a sus espaldas, su mente todavía barajando los últimos acontecimientos. Lo primero que llamó su atención fue el que uno de los libros que le gustaba tener en la mesita auxiliar, un librito sobre mariposas europeas, parecía había sido movido de su sitio y colocado en una de las estanterías próximas.

Fue entonces cuando se dio cuenta.

No había sido solo el que Ismael saliera maullando en cuanto abrió la puerta.

Alguien había estado en su despacho.

—«¿Pero qué...?» —se dijo.

Lo vio entonces. La mesa de estudio estaba limpia y ordenada. Sí, quizás *demasiado* ordenada, no del modo en que él la dejaba habitualmente, tras colocar lápices y plumas en el lado derecho, dentro del pequeño recipiente de madera.

La superficie del escritorio estaba despejada.

Su pensamiento se dirigió enseguida a la otra mesa auxiliar situada en el rincón.

El pequeño cofre de madera carcomida se encontraba abierto sobre ella. Cuando se acercó pudo comprobar que no había nada en su interior.

Los manuscritos ya no se encontraban en él.

El rector tapaba con sus espaldas la escasa luz que intentaba penetrar a esa hora por la ventana de su despacho. A ambos lados las gruesas cortinas rojas enmarcaban su silueta. Este era el lugar que, según había calculado, resaltaba más su posición de poder en momentos así. Una postura tan estudiada como el diseño de los jardines y la situación del templete del complejo universitario.

Miró con tranquilidad la figura del desgarbado docente que tenía delante de sí, antes de hablar con deliberada calma.

—¿Qué por qué no están los manuscritos en su despacho, profesor Lafuente? —dijo avanzando hacia el centro del de la estancia, mientras encendía un cigarrillo, aprovechando hábilmente esta acción para evitar mirar al profesor a los ojos—. Pues sencillamente porque no hacían nada allí. Ayer por la tarde me llamó el director de archivos de Patrimonio Nacional desde el Palacio Real. Parece ser que ha solicitado usted un nuevo permiso para examinar otro códice de los que se encuentran custodiados en el Monasterio de las Huelgas, ¿no es así? —. La voz parecía salir de modo misterioso de entre sus dientes cerrados, como proyectando la voz de un ventrílocuo a través de la suya—. ¿Es que no ha tenido bastante con los tres días que le fueron concedidos?—. Y aquí se recreó en un intento de ironía que no lograba arrancar del todo.

Patricio Noguer volvió a situarse frente a la ventana, esta vez dando la espalda al profesor, observando el campus que había mandado reformar recientemente y el contorno del río que aparecía a la vista. Un poco más allá, unos chicos estaban practicando remo para la próxima regata. Entre ellos pudo ver la figura de Alfonso Pinedo animando a sus compañeros, ¿o era Alberto? Todos esos nombres le parecían iguales. Otros jóvenes, situados más cerca del edificio principal, arrastraban una piragua desde la caseta donde se guardaban estas y se disponían a botarla entre risas. Había que ganar esa regata desde luego.

— Sí, es verdad —dijo Lafuente intentando todavía comprender las palabras del rector—. Pero no entiendo por qué no me han dicho nada. Les di el teléfono directo de mi departamento para que me enviaran la respuesta como hicieron la última vez.

El rector se dio la vuelta. Tenía la cara roja. La corbata de color granate que llevaba ese día incrementaba el efecto.

— Sí, dieron la respuesta, pero lo hicieron al sitio adecuado. Es decir, a mí. Alguien tiene que actuar con responsabilidad y autoridad ante un caso así, por añadidura. ¿No cree? Hay algo que parece que usted todavía no ha entendido en esta universidad, profesor Lafuente —. Y aquí hizo una pausa para enfatizar aún más sus palabras— y es que determinadas investigaciones, ciertas indagaciones han de ser sancionadas por mí. Es de agradecer que por lo menos tanto Patrimonio Nacional como el Archivo Real hayan tenido el buen sentido de dirigirse a mí para comunicarme esta circunstancia anómala. Solo hace dos semanas que le dije que se nos acababa el tiempo, de lo importante que era elaborar el informe y poder devolver los manuscritos a su propietario en caso de no obtener pruebas irrefutables para que estos pudieran ser declarados como bien de patrimonio nacional. El conde Dabrowski amenaza con acciones civiles si no se los devolvemos en un mes y usted mientras tanto, ¿qué hace? Pues anda por ahí correteando por los monasterios de la península, jugando a ser Indiana Jones. Además, no contento con esto ha persuadido a otro colega de esta universidad y a uno de sus alumnos para que le sigan en esa aventura disparatada que se ha empeñado en llamar investigación y que yo, a falta de otra palabra mejor, llamo locura. Lo siento mucho, pero a la vista de que estaba usted más ocupado en presionar a la misma gente que nos ha encargado la elaboración del informe que de hacer el mismo, he encargado su realización al profesor Manuel Tordesillas que, con toda seguridad debe de haberlo comenzado a estas horas, rápida y escrupulosamente como eran las órdenes iniciales. Así que finalizaremos y daremos por cerrado este asunto para satisfacción de todos.

Otra pausa pensada, consciente del efecto que sus palabras estaban teniendo sobre Lafuente. Se recreó en esa sensación, mientras inhalaba, saboreando, el habano que había sacado de la cajita de madera labrada, bajo la vigilancia del *mahout* esculpido en ella.

—Esa y solo esa ha sido nuestra única misión —continuó—. Profesor, me ha puesto usted en un serio compromiso ante el director de Archivos de Patrimonio Nacional por haberles presionado únicamente en justificación de su teoría. No solo eso, sino que han recibido por su parte una queja directa del mismo conde Dabrowski. Dadas las circunstancias no me queda otro remedio que comunicar a los oídos adecuados cualquier queja posterior que me llegue de cualquiera de las partes afectadas.

Mientras oía estas palabras con incredulidad, la mirada de Carlos Lafuente cayó sobre el cuadro de Burgos cercano a la mesa del rector. Parecía como si fuera la primera vez que lo viera. Le produjo de repente cierta repulsión esa alteración de la realidad para acomodarla a unos fines personales. ¿Crear un cauce del río donde no lo había? ¿Cambiar el curso de la orografía? Desde un punto de vista artístico podía tener su explicación, pero este trabajo, un encargo hecho así...

—Perdone señor Noguer, pero la hipótesis sobre la que hemos estado trabajando...

—Disculpe, pero creo que no le he escuchado muy bien, ¿acaba de volver a decir hipótesis? —interrumpió bruscamente Patricio Noguer mientras se sentaba delante de su interlocutor, a la vez que marcaba un ritmo nervioso con los dedos sobre la mesa. El rector estaba furioso y no hacía esfuerzo alguno para ocultarlo. Apartó sin miramientos una agenda que se encontraba en su camino, mientras movía su dedo índice delante de Lafuente—. Le dije, y se lo repito, que toda esta historia de la princesa Kristina que usted tan bien se ha montado, toda esta... —y se quedó mirando a la ventana, mordiéndose los labios en busca del calificativo preciso y determinante que su condición de académico y cabeza visible de la institución exigía—, es una pura construcción de castillos en el aire. No es nada científico, Lafuente y no me juzgue mal. No he dicho que no sea usted una persona válida para esta universidad. Bien sé que ha hecho aquí buenas cosas en el campo docente estos pasados años. Ha sacado usted adelante varias promociones con brillantez, pero sus investigaciones, sus teorías son demasiado novelescas. Desde que vino de Valladolid es usted un hombre distinto, si me permite que se lo diga.

—Pero señor Noguer, existen documentos, pruebas concretas... solo pido la oportunidad de examinar el Códex musical que sabemos positivamente se encuentra en el monasterio. El códice es un documento real. Estoy seguro de que si lleva allí más de ocho siglos, puede haber en él algo que respalde mis sospechas.

Patricio Noguer estaba situado junto al globo terráqueo de madera. Se inclinó hacia delante, cual Atlas cogiendo impulso antes de cargárselo sobre los hombros.

—Para beneficio de todos, voy a resumirle el estado de su teoría. ¿Me quiere decir usted que en plena Edad Media una mujer extranjera llega y da a luz a un hijo bastardo en un breve lapso de tiempo justo antes de conocer a su futuro esposo? Y no solo eso, sino que —dígame usted como—, nadie de su entorno o su séquito se entera; es más, la princesa pasa una noche completa en un monasterio cisterciense tras la cena de Nochebuena y todo el mundo sigue sin darse cuenta. Y créame que no sé cómo empezó esto —. Comenzó a marcar cada punto con los dedos de las manos del modo en que se exponen los argumentos en una clase para su mejor definición en beneficio del alumnado—. A raíz de haber conocido a ese escritor que hablo acerca de, ¿cómo era el nombre que mencionó usted una vez? —. Noguer se quedó pensando un momento—. ¡Ah, sí! Ya recuerdo... ¡«coincidencias significativas»! Eso sí, avaladas nada menos que por el doctor Jung, ¡Vamos hombre! En cualquier caso y sin entrar en el fondo del asunto, Lafuente, no nos ocupamos de psicología social en esta facultad ¿no es cierto? Eso déjeselo a la UBU por favor.

Aquí hizo una estudiada pausa de unos segundos antes de continuar:

—La fundación también me pide explicaciones. Esa senda de investigación hace peligrar los fondos recientemente aprobados para la ampliación de la universidad.

—Pero este es un campo nuevo de investigación. Una cátedra que no alienta un modo distinto de pensar está fracasando en su esencia. Francamente no entiendo su negativa cuando solo se trata de examinar un último, un único documento.

—Su campo es la Historia, la interpretación de códices, manuscritos y crónicas, no la persecución de ideas novelescas por muy pintorescas que estas parezcan. ¡Déjele ese puesto a los profesores de literatura por favor! No creo, por otro lado, que el que se asocie usted en su labor investigadora con un escritor más o menos conocido respalde de seriedad sus mal llamadas hipótesis—. Aquí escupió la palabra sin ocultarlo, sin disimulo—. Vamos a ver, miremos las cosas con calma, ¿cómo sugiere usted que pudo tener lugar esa —le permitiré llamar hipótesis si quiere—, máxime estando nada menos que a doña Berenguela por allí en esos días, la mismísima hermana del rey Alfonso X, con el que se suponía que se iban a estrechar lazos? Yo también conozco la Historia. He hecho mis deberes, Lafuente. Todo el mundo estaba allí, esperando a una princesa virgen, joven y bella. Y usted pretende decirme que, entre toda esa multitud de escoltas, soldados, damas de compañía, sacerdotes y embajadores, se mantiene oculto un embarazo y un posterior alumbramiento. Sí, está muy bien eso de las conspiraciones por el trono germánico, por el dominio sobre la Europa de la época, la lucha contra el infiel y todas esas cosas. Pero usted pretende reducir eso a un chismorreo más digno de un reality show de nuestros días que de hechos reales. ¿Y en qué se basa? ¿En textos, en referencias, en crónicas? No, señores, no, nuestro celebrado profesor de la prestigiosa universidad de Montanilla se ha sacado de la manga una intuición basada en un fragmento de texto, ni siquiera un códice completo y cotejado, para presumir de una tremenda confabulación. Nada menos da a entender que todas las mujeres de la comitiva más las religiosas del monasterio de las Huelgas, y por supuesto, la propia abadesa al frente del mismo, se pusieron de acuerdo para salvaguardar el nacimiento... ¡De un bebé!

—Señor Noguer, no es exactamente así —interrumpió Lafuente incómodo al verse retratado bajo esa luz—. Los manuscritos que estamos estudiando mencionan que hay un secreto oculto, real, salvo que tengamos que rendirnos a la evidencia de una broma hecha por el copista. Además, no sería un bebé cualquiera. Se trataría del descendiente que hubiera podido dar al traste con la unión entre los reinos que Haakon IV y Alfonso X habrían intentado fraguar. De descubrirse el nacimiento del mismo, esto hubiera hecho fracasar el proyecto de su querido padre, cosa que de ningún modo entraba en la cabeza de Kristina. Y más tarde, cuando ya se encontrara esta en Sevilla, sabiendo por entonces que no iba a ser la reina esperada, sino la eterna infanta, y sin tener conocimiento alguno de qué había pasado con su descendencia en el lejano norte de España, no es tan descabellado creer que se dejara llevar por la tristeza y la amargura. ¿No le parece? A efectos prácticos para ella era como si su hijo se encontrara en la mismísima Noruega.

Patricio Noguer estaba mirándole con fijeza, como si hubiera descubierto la presencia de Lafuente por primera vez. El profesor, alentado por este silencio que interpretó como de actitud receptiva por parte de su interlocutor, prosiguió:

—Además, la hipótesis sobre la que hemos estado trabajando... los trabajos que hemos realizado apuntan con claridad a...

—Permítame una precisión profesor —le interrumpió tajante el rector —, y no se moleste por lo que voy a decir por favor. Es la segunda vez que se refiere a esto como una hipótesis. Si nos referimos a la historia que plantea, entonces no tiene ninguna, lo que tiene es un argumento para una película, para una novela si quiere, pero no una hipótesis. Debería saber a estas alturas de su carrera que las hipótesis solo son válidas como planteamientos dentro de un proceso científico —. Ya sabe: hipótesis, tesis, síntesis... que además hay que fundamentar con información objetiva. En Historia como en cualquier otra área, las ideas u opiniones que pueda tener cada cual no son hipótesis. Son solo «opiniones». Y en su caso, al tratarse más bien de una historieta, algo totalmente acientífico. Se lo diré una vez más y no pienso repetirlo. Si la fundación Mogueroles, que es de la que se nutre esta universidad, como usted se empeña en olvidar, se enterara de estas quimeras, de esta persecución de fuegos fatuos, nos dejaría sin un euro y a usted, profesor, le puedo prometer que si eso ocurre, usted se quedaría también sin empleo. Le recuerdo que he trabajado mucho para conseguir lograr que la idea de la regata con la otra universidad sea algo tangible, haya cogido forma por fin. La semana que viene tengo una reunión con la fundación y no pienso dejar que se vaya todo al cuerno por una mala interpretación de nuestro deber académico, ¡de su deber académico profesor! ¡Así que no me haga perder el tiempo y olvídese de toda esa mierda! Y, ¡deje a su amigo escribir novelas sobre ello, si quiere!

Y sin más, se levantó, dando por terminada la reunión e imprimiendo con su mano izquierda un movimiento al globo terráqueo que, de haber estado éste habitado hubiera hecho saltar a sus ocupantes por los aires.

Carlos Lafuente se dio cuenta de que, como siempre, había hablado de más en el peor momento, justo al final.

Aquella noche, tras llegar a casa y dejar el transportín de Ismael, Lafuente se sentó frente a la ventana mirando al exterior. A su derecha un vaso conteniendo un poco de whisky con hielo, una bebida que en el fondo detestaba, pero que, precisamente por eso, le ayudaba a meditar mientras esperaba a que los cubitos se derritieran dentro del vaso.

Los ruidos se percibían a esa hora con total claridad. Un claxon lejano. Un grito aislado de una madre llamando a su hijo. El reloj, marcando los segundos a su espalda. Nunca había reparado en ese ruido rítmico y constante que siempre había estado allí, sumergido en sus estudios y en sus libros, conversando con sus alumnos en sus tutorías, o enfrascado en sus propios pensamientos, nunca había prestado atención a ese diminuto objeto de su estudio.

En otro momento estos sonidos le habrían relajado pero no hoy.

Hoy, en cambio le recordaban el paso inexorable del tiempo, las innumerables tareas y esfuerzos realizados en los últimos meses y lo idiota que ahora se sentía. En algún momento se había extraviado. Había dejado de lado miles de sueños, abandonados sin apercibirse apenas de ello a lo largo del camino. Sueños profesionales, amorosos, de toda índole.

«Bueno, supongo que eso significa madurar» —se dijo mientras daba su primer sorbo al vaso de whisky.

Pero una parte de sí le decía que eso no era cierto. Que ésta mal llamada investigación no era sino la punta del iceberg. Quizá debería abandonar esta persecución de fuegos fatuos, volver a mirar en su derredor, redibujar el mapa de su vida y plantearse hacia donde dirigirse.

Pero eso lo haría en otro momento al igual que Scarlett O'Hara. Ahora se encontraba terriblemente cansado a la vez que confuso.

Se preguntaba de dónde le había salido ese acuciante celo profesional por indagar en la verdad escondida en los manuscritos, ese deseo de saber. ¿No tenía bastante con sus investigaciones habituales, marcadas a su propio ritmo, como hacían todos los investigadores de otras universidades? Sus trabajos sobre el uso de la madera en la Edad Media le parecían descoloridos en este momento. ¿Se había cansado de usar el método científico? No, no era eso... Precisamente ese mismo método le había traído hasta aquí, hasta este terreno de nadie.

Y lo peor de todo, lo que más tristeza le causaba era haber arrastrado a dos personas consigo. Si alguna vez creyó en algo cercano a la amistad, había sido en estas últimas semanas con Elena y Arturo. Y ahora...

Iban a tener que abandonar.

Habían perseguido una ilusión. ¿Llevado en su caso por la esperanza de ser aclamado como el descubridor del secreto de la princesa Kristina? ¿A quién quería engañar? Quizás solo había buscado escapar de sí mismo durante este tiempo. Pero la vida no era una película que acaba bien.

Ni tampoco una novela en la que uno pueda detenerse cuando el argumento no nos gusta y cerrar el libro.

Se quedó mirando a la pared de enfrente un largo tiempo. Demasiado tiempo. Pero como le dijo Elena una vez, ¿qué era el tiempo para alguien cuya tarea era rebuscar en él?

Un sonido peculiar le sacó de su ensimismamiento. Ismael había saltado al suelo maullando, señal inconfundible de que le estaba pidiendo comida, cansado ya del torpor en que parecía haber caído su amo.

—¡Pero si te acabo de poner hace nada! ¿Qué te pasa hoy? Bueno, por lo menos alguien tiene ganas de comer algo—.

Había pasado una semana. Faltaban escasos minutos para las seis de la tarde.

La atención de Carlos estaba puesta en la figura sentada delante de su escritorio.

Arturo parecía haber crecido desde la ultima vez que lo había visto. Ya no parecía aquel alumno al que acompañó aquella lejana tarde a las oficinas del decanato para ayudarle con los trámites de su beca. Tampoco era el chico tímido que apenas se atrevía a alzar la mano en clase antes de exponer alguna teoría. Una parte de él sentía admiración por esta nueva persona que tenía delante.

La luz procedente de los largos ventanales situados en el lado este de la estancia iluminaba los cantos dorados de muchos de los volúmenes que allí se encontraban.

Lafuente se sentía también otro hombre. Permanecía callado, mirando al jardín exterior.

—Disculpe, profesor —dijo Arturo transcurridos una media hora en que los dos hombres habían permanecido ocupados en sus tareas —, y perdone, pero creo que hay algo que necesito entender. Durante años le he seguido en sus enseñanzas. Sus comentarios, sus dotes de observación y su agudeza intelectual están fuera de toda duda para mí, y no solo por mí, sino por este mundo académico donde nos movemos. Pero hay algo que no ha tenido en cuenta en esta investigación, si me permite, algo que todos deberíamos considerar.

El profesor, que iba a llevarse la pipa a la boca, se detuvo y observó extrañado a su pupilo. La mirada del joven era diferente ahora, segura de sí misma, con unos ojos que brillaban mientras hablaba.

—No es solo cuestión de literatura —dijo este al observar el silencio de su mentor—, ni de bonitas metáforas. En palabras del biólogo americano, Barry Componer, en los albores del ecologismo, la primera ley de la ecología es que «todo está conectado a todo lo demás».

—No sé si estoy entendiendo muy bien lo que quieres decir, Arturo —dijo Carlos—. Te he dicho que no hay nada que hacer. Me equivoqué en mis planteamientos o me dejé llevar. Eso es todo. Pero sigue con esa ley que dices. En cualquier caso sé que lo dirías igualmente...

—Piense en todo lo hecho hasta ahora. No se quede solo en los hechos, piense en las sensaciones, en los instintos, en los pensamientos inconexos que hemos tenido, en esos mensajes no recibidos, que nos han susurrado desde el inconsciente, transmitiéndonos pistas a las que quizás no hemos prestado atención alguna.

—¿Y la segunda ley de ese hombre tan listo?

—«Todo va a algún lado», y la tercera se la voy a dar antes de que me pregunte, y es que la naturaleza sabe lo que se hace. ¡Ah! Y la cuarta y última, y esta va de propina, es que no existe un desayuno gratis en ninguna parte —terminó diciendo con una sonrisa—. Profesor, yo procuro seguir el método científico que usted me enseñó, pero cuando la ciencia se queda sin argumentos, ¿sabe qué hago?, sigo mi intuición. Usted me dijo que no bastaba con la docencia, que había que transmitir la pasión de lo que uno enseña —y tras una corta pausa, en que Pinedo se inclinó hacia delante en el sillón—, ¡por favor, no lo deje ahora!

El joven se levantó tras decir estas palabras mientras jugueteaba con su corbata, y se dirigió al ventanal más próximo. Del exterior llegaban algunas risas quebradas y lejanas. Tras comprobar su origen, se volvió de nuevo hacia su mentor.

—Recuerde que una universidad no está en realidad formada por sus edificios ni por su situación junto al río. Ni siquiera por las vistas que puedan tener su despacho frente a la catedral. Ni por supuesto por contar o no con unas regatas. ¡Bien sabe todo el mundo lo que significa el remo para mí, pero con gusto dejaría ese Blue colgado ahí delante si pudiera saber la verdad que se esconde en el Códex de las Huelgas!

El profesor seguía mirándole sin pronunciar palabra. Arturo daba vueltas por delante de la estantería, deteniéndose de vez en cuando para resaltar algún punto, sosteniendo el brazo izquierdo detrás de la chaqueta y levantando el derecho a modo de énfasis como si el joven fuera un calco de si mismo en situaciones semejantes.

— ¡Piense en lo que le he dicho profesor!, pero no lo haga solo con la cabeza. Deje que el corazón trabaje también, que sienta. Se dará cuenta de que tenemos mucho por hacer todavía. Usted me dijo una vez que no solo aprendió a ser humilde en esta profesión, sino también a ser respetuoso, ¿se acuerda? Porque yo sí lo recuerdo muy bien. ¿Dónde se ha quedado su idea de respeto ahora, profesor Lafuente? En este caso de respeto hacia la propia historia, hacia su propia metodología. ¿Dónde está la persona que me enseñó no solo a ser paciente, sino a enfrentarme a la frustración del día a día que trae la investigación paleográfica, la historia, la ciencia en general? Tiene un deber, usted nos recuerda lo que somos, lo que hemos sido. Su papel es importante. Piense bien eso, y cuando lo haya pensado, dígame que estaba equivocado, que todo lo que me enseñó era mentira. Que la razón de ser de mis estudios y los de mis compañeros era una mierda.

—Espera Arturo, no es así, no quería decir...

La puerta se cerró con un portazo.

Arturo se había ido.

Carlos miró a su alrededor, pareciendo inspeccionar los estantes y los ventanales.

Carlos Lafuente se había quedado solo. Solo en esa biblioteca, rodeado de libros apilados durante años, acumulados desde que, en su juventud empezara a sentir la comezón y la curiosidad de la lectura. En esa biblioteca que, al igual que su despacho de casa, formaba un espacio dedicado a esa meditación que tanto había anhelado, y que en este momento le parecía vacía y fría.

Entendió por fin la sensación percibida aquellas tardes al entrar en su aula vacía. Cuando, desprovista esta de la presencia de sus alumnos, ni la belleza de los jardines que podían verse desde ese lugar le compensaba de esa ausencia. Era todo demasiado perfecto. Una cáscara vacía, sin alma.

¿Se había olvidado en este tiempo de darle vida a ese ser que estaba creando cada día en sus horas lectivas?

Y había sido uno de sus alumnos quien se lo había recordado. La pieza que faltaba en el puzzle.

La luz iba cayendo en la estancia. A través de la ventana caía también la tarde, al igual que todos los días. ¿Qué era lo que hacía que este día le pareciera distinto, diferente? ¿Por qué no recordaba haber llegado allí, a esta silla? ¿Haber encendido la pipa? Pasaron varios minutos. El reloj sobre la biblioteca seguía dando las horas, resonando el segundero en la estancia, como debía de ser en el despacho de alguien acostumbrado a trabajar en silencio.

El fuego se iba apagando en el hogar. El gato, sintiendo que necesitaba calor y quizás un poco más de comida, se acercó, rozándose contra sus piernas durante unos minutos para terminar encaramándose a la mesa, y colocarse entre el teclado y la pantalla. Esta vez ninguna mano lo apartó. Esta vez logró hacerse un ovillo con calculada morosidad, seguro de estar cerca de esa fuente de luz que le fascinaba día a día.

La pipa se consumía en silencio.

Sobre la mesita auxiliar detrás del profesor se encontraba, olvidada y abierta, la vieja caja de madera carcomida.

Sin embargo sus visitas no habían terminado aquel día.

Unas horas más tarde, tras dar su paseo rutinario y retornado a su despacho, oyó un leve toque en la puerta.

—¿Puedo pasar, Carlos? —dijo una voz familiar mientras abría la misma.

La esbelta figura de Elena entró en la estancia, llevando una carpeta bajo el brazo izquierdo.

El escritorio del profesor estaba, como era de costumbre en los últimos meses, limpio, ordenada y despejado. Las plumas y lapiceros recogidos y en su sitio. No había ningún libro abierto a la vista.

Elena se sorprendió de encontrar a su colega con el gatito sobre su regazo, sentado en el sillón orejero que horas antes había ocupado Arturo, acariciando al minino de modo mecánico, el corazón de su costado claramente visible.

Tras intercambiar un breve saludo, Elena se hizo enseguida cargo de la situación, dirigiéndose con gestos decididos a la cafetera situada en el pequeño torreón interior.

Pocos minutos después, un servicio de café había hecho su aparición sobre la mesa situada entre los dos. Todo en él, desde el propio servicio de té japonés, hecho en porcelana y cuidadosamente escogido —almacenado en un pequeño armario cercano a la chimenea—, hasta las cucharillas y el azucarero, denunciaba la mano femenina en su elaboración. Elena alzó la mirada al terminar y extendió hacía Carlos la taza que este cogió con gesto mecánico.

La profesora sorbió el café lentamente, mientras sus ojos seguían el patrón de la alfombra.

—Parece que te lo ha dejado claro el rector esta vez. —dijo con una sonrisa de simpatía, levantando la cabeza.

—Sí, parece ser que sí —dijo Carlos lacónicamente.

—Mierda, este es el último —dijo Elena tras sacudir la cajetilla de tabaco y sacar de ella un triste cigarrillo que se llevó con avidez a los labios —, a veces necesito refugiarme en los libracos para encontrar ejemplos de gente que fumaba. Esto ya no es lo que era. Investigadores auténticos como los detectives de novela negra. ¡Esos sí que eran buenos tiempos!

El comentario de Elena logró arrancar una sonrisa del rostro concentrado del profesor.

—Sí, con toda la pantalla del ordenador llena de humo, ¿eh? —contestó este.

Elena miraba a su colega con cierta cara de circunstancias.

—Carlos, sabes que la historia es una ciencia, aunque hoy en día nadie se lo crea más que algunos de mis compañeros y yo misma. Estoy cansada de pelearme con gente que dice lo contrario ante la ausencia aparente de métodos científicos para probar teorías, de escuchar que no hay forma posible de hacer experimentos para demostrar lo que queremos. Es imposible dictar leyes, pues las variables pueden cambiar, ya que el propio ser humano es el objeto de nuestro estudio. Pero, aún así tenemos que seguir un método, unas pautas, contrastar datos... Todo eso lo sabemos Carlos, pero también creía que tenías algo de aventurero dentro de ti, ¿no...?

—Con lo que me paga la universidad ya no sé si me puedo permitir ese lujo. Esto no es como en esas novelas históricas de nuestro amigo Ernesto que tanto te gustan, ¿sabes?

—Mira, no me digas tonterías. Si tienes la valentía de leer entre líneas Carlos, verás la solución. El cartel es bien grande y los caracteres están bien claros. Solo tienes como paleógrafo, que ser capaz de entender el lenguaje en que te están hablando. ¿No lo entiendes?

Esa tarde no le iban a dejar solo. Posiblemente estos dos habían ensayado sus respectivos discursos antes de hablar con él.

—He aprovechado estos días para repasar nuestro trabajo. Para mí, —continuó Elena— todo el rato nos han estado hablando en el manuscrito ese, literalmente paseando por delante, lo que estaba pasando: «el cuidado del niño», «cuidemos al niño», «dejado al cuidado de las santas hermanas»... Durante todo este tiempo y quizás influídos por la costumbre, por nuestra iconografía cristiana, por nuestra cultura quizá, mierda no sé, el caso es que no habíamos entendido el mensaje —aquí Elena destrozó el cigarrillo que tenía en la mano, apretándolo con fuerza sobre el cenicero que imitaba la empuñadura de una espada colonial española —, pero nuestros antepasados sí sabían lo que íbamos a intentar, sabían que no íbamos a ver el bosque porque los árboles nos lo estarían ocultando. No, Carlos, no se trata de un mensaje metafórico, divino, celestial o como quieras llamarlo —y en este momento se levantó de la silla sin olvidar su taza de café—. Aquí no se está hablando del hijo de Dios, se está todo el tiempo hablando de un niño de verdad. ¡Repasa tus notas, repasa tus notas y déjame ver que tienes la valentía de enfrentarte a la verdad! De lo contrario, creo que me he confundido contigo. La mujer montada sobre el monstruo que se menciona en el códice que visteis en Silos, no era sino la elaboración de otro copista para traducir el mundo del deseo en términos visuales, tal como era percibido por la religión de la época. Una posesión de nuestro intelecto por las bajas pasiones. Y otra cosa Carlos: tú eres un historiador, un buen paleógrafo, pero nuestra labor no es dar cuenta solo de la historia tal cual. Eso estaría bien para un profesor de instituto. Tu labor y la mía es la de dar cuenta, del modo más próximo y veraz que podamos, de lo que fue real, de lo que pasó y transmitir su valor relativo a futuras generaciones. Si nos olvidamos de eso, estaremos cayendo en los argumentos de aquellos que dicen que la Historia no sirve para nada. Que solo tenemos el presente. Y estaremos condenados a repetir ese presente.

Ahora era el turno de Carlos contemplar a Elena dar paseos de un extremo a otro de su despacho.

Miraba a su colega, en su mirada podía verse la idea no traducida del gesto, a falta de palabras exactas, ese «¿Tú también Bruto?», «*Et tu, Brute*?». Las palabras de la profesora hirieron, alcanzaron alguna parte de la diana, aunque Elena nunca supo qué círculo era el que había sido tocado de ella. La profesora no se acercó sin embargo a la ventana como había hecho Arturo. En su lugar cambió de sitio alguna de las figuras que se encontraban aquí y allá desperdigadas por las estanterías, deteniéndose frente al cuadro de la mariposa allí colgada. La miró largamente, antes de continuar hablando.

—Las respuestas, ya lo sabes tú muy bien, plantean a su vez nuevas preguntas y si no has llegado a entender eso ya, después de tantos años de experiencia, si no puedes vivir con eso, es mejor dedicarse a otra cosa. Ese es nuestro sino. Vivir en la eterna duda y la eterna pregunta.

Hubo una pausa. El profesor sacudía la cabeza.

Elena retiraba ahora el servicio de café mientras miraba hacía otro lado.

Cuando se disponía a salir, tras dejar la bandeja en lo alto de la torreta, se giró.

—Me dijiste que querías volver ver a tu hermano, ¿no? Volver a Santander y quizás a Soria, ¿no? Pues haz eso. Haz eso. Tomate una o dos semanas. Yo me puedo encargar de repasar los exámenes que te queden por revisar. Vete si quieres. Haz eso. Busca un poco de tranquilidad si lo deseas. Solo te pido que no tires la toalla. Por favor, Carlos, no todavía.

Le miró largamente a los ojos.

—No todavía, ¿me lo prometes?

Por fin, tras unos segundos que se dilataban en el tiempo, que parecían fluir como aquel Arlanzón que no adivinaban a ver desde esta ventana, el profesor levantó la cabeza.

—Te lo prometo Elena.

La figura de su colega desapareció, cerrando con suavidad la puerta tras ella. Carlos aún mantuvo unos instantes la mirada sobre la misma.

Hay días en que el clima se presta cómplice a la expresión de determinados sentimientos. Así pasa en días de lluvia cuando el corazón se abre al escuchar el golpeteo de las gotas en los cristales con su monótono sonido, rellenando los momentos de silencio.

La lluvia crea a su vez, al igual que la música, cierto estado de trance. En el rincón, las chaquetas, abrigos, bufandas y sombreros aguardan el fin de la velada.

Del interior de la conciencia surgen imágenes, ideas a medio formar que terminan por concretarse bajo la influencia del ambiente. En tardes así uno recuerda aquellas pequeñas sensaciones y detalles que pasaron desapercibidos, como un guante en el bolsillo de un gabán, por debajo del umbral de lo consciente. Son instantes estos en sintonía con lo melancólico, que recordamos únicamente en momentos de nuestra vida en que nos hallamos en una onda similar.

Quizás despierte así la visión de una tarde en el balcón en el que nos vemos gritando jubilosos ante las primeras gotas que caen, mirando el relámpago a lo lejos, extasiados ante la maravilla de la lluvia. O quizás recordemos nuestro paseo hacia el colegio el primer día de curso con el uniforme nuevo e impoluto, arrastrando una enorme cartera. Y sí, también es momento para el amor, para recordar esos sueños de ayer, esos rostros que, aunque lejos en el tiempo, seguirán en nuestra memoria tan vivos como el primer día, aflorando en momentos similares a este.

En días así es posible encontrar al profesor Lafuente sentado en una mesa del restaurante The Bier, los ojos pegados en uno de esos ventanales de grueso y opaco vidrio oscurecido que permiten ver las siluetas imprecisas de los paseantes del exterior, a la vez que impiden, desde allí, toda visión de este mundo interior.

Allí, bajo las lámparas de metal que cuelgan de ese techo labrado con un cuidado dibujo, destaca el suelo entarimado del lugar. Detrás del profesor, cuelga asimismo un grabado enmarcado de una vieja locomotora de vapor. Al lado de esta litografía, un barbo intenta nadar sujeto en una tabla de madera clavada a la pared con cara de estupefacción ante la potencial velocidad que puede llegar a alcanzar esa máquina infernal, junto a otro cartel que reza «*Blended Whiskies*».

Como el barbo que cuelga en el tablón, como esos otros cuadros, esas lámparas y cristales de colores que llenan el bar central, como las luces que se columpian en sus apliques de metal, él forma parte del mobiliario. Es una nota más, una estampa de color reconocida, a la vez que requerida por los ocasionales estudiantes que puedan entrar en el lugar. Aunque el sitio llega a ser ruidoso en algunos momentos del día, es aquí, a esta hora, entre las tres y las cuatro de la tarde, cuando el sol cae sobre las mesas, cuando el profesor prefiere buscar ese especial estado de abstracción rodeado de sonidos cotidianos, de cañas solicitadas, de menús del día y de la repetida oferta de los postres. Y es allí, rodeado de la cacofonía de lo cotidiano donde su inspiración interior le mantiene unido al mundo real.

CAPÍTULO 66

POR TIERRAS DE CASTILLA

De paseos por el Duero, de poesía y del correcto modo de fumar en pipa.

La carretera se extendía solitaria. Algún coche que otro cruzaba la llanura soriana. «*Soria quiere futuro*» había leído en la plaza del ayuntamiento aquella mañana cuando, tras dejar la maleta en la pensión Vitorina en la céntrica calle del Paseo Florida, había salido a deambular. También encontró el lema repetido en numerosos lugares de la ciudad. Pero el visitante, a diferencia de esta, buscaba un presente, algo a lo que agarrarse. ¿Cómo empezó todo esto? ¿Cómo había llegado a estar aquí, en busca de quién sabe qué? ¿Por qué había hecho caso de algunos comentarios deslavazados, sacados al buen tun tun de no se sabe dónde? Podría haber estado cómodamente sentado en su despacho, revisando su colección, viendo a Ismael agazapado frente al fuego como era su costumbre a esta hora del día.

Hubiera estado así una tarde más perdido entre sus libros, con la certeza que da el conocimiento guardado y custodiado en esas páginas.

En lugar de eso, ahí estaba, en medio de una llanura, con unas breves notas, fechas y apuntes que había estado tomando aquí y allá y que al parecer no importaban a nadie.

Tras vaciar de modo meticuloso su pipa, volvió al coche.

Echo un vistazo al asiento trasero. Allí estaba el libro que Pinedo le había dejado aquella tarde antes de partir de vacaciones: *Tierras de Castilla*, de Machado.

«—Léalo profesor, ya sé que no es usted dado a la poesía, pero si va a Soria, tiene que prometerme que por lo menos lo intentará, por favor» —le había dicho su alumno aquella tarde con su fervor habitual, antes de salir de vacaciones, haciéndole entrega del mismo tras haberlo extraído de uno de los enormes bolsillos de su abrigo, quizá en un gesto de disculpa tras el rapapolvo de días antes—. «Ya verá como le gusta.»

Recordaba haber asentido de mala gana. Ahora tenía otra tarea que realizar.

Quizás, como le dijo su padre aquella tarde lo suyo no era la historia. Estaban sentados los dos en aquel viejo banco de madera frente a su casa, repleto de incisiones efectuadas con su navaja. Sí, quizá debía haberse dedicado a otra cosa, ¿La biología quizá? ¿Seguir dibujando aquellos eternos árboles de clasificación de las especies, memorizando esos nombres en latín que tan sonoros le parecían? Sí, recordaba alguna de esas cosas con una sonrisa amarga: el orden de los paseriformes, los vulgarmente llamados pájaros... Y sí, los fringílidos, como ese jilguero que se columpiaba incesantemente en la jaula detrás de él. ¡Cómo le llenaba por entonces pavonearse ante sus compañeros de clase con esos nombres sonoros en la punta de la lengua! ¡Cómo disfrutaba trazando y escribiéndolos, copiando las clasificaciones, los géneros y las especies en su libreta! Podría haber vagado entonces por los montes como estaba haciendo ahora, pero en ese caso hubiera sido con un propósito concreto, en calidad de seguidor oficial de alguna especie de lobo en extinción, un segundo Rodríguez de la Fuente. Posiblemente.

O tal vez solo se estaba dejando vencer por el desánimo, algo a lo que era propenso en días como este.

Las sierras, las cuestas, los caminos, la gente que cruzaba a los lados de la carretera, todo le recordaba que estos lugares y parajes ya habían sido transitados desde tiempo inmemorial. Desde la época en que la niebla aún no los cubría... Quizás, incluso desde antes de que esta misma existiera.

Estaba en tierras de Castilla, la misma tierra que hombres como El Cid, Machado, Fernán Gómez y cientos de otras personas de las que había oído hablar, habían habitado. Probablemente equivocados a su vez en sus respectivos sueños, tal vez incluso hubieran tenido el mismo tipo de dudas internas que él. Acaso alguno se parara a su vez al lado de uno de estos caminos y pensara en darlo todo por perdido. Pero la historia nos contaba también otra cosa diferente. Esta había sido tierra de hombres y mujeres de temple, de carácter. De ese carácter que ya no estaba de moda defender, pero que da justificación a muchos de nuestros actos. Decía Pinedo sin cesar que había que sumergirse en los lugares y dejar que estos nos hablen a su propio ritmo.

Era fácil sugestionarse con esa idea viendo el paisaje circundante. «Sí, la tierra nos habla —pensó Lafuente—, nos habla en su dialecto particular de lo que lograron los que por aquí pasaron, nos cuenta que siguieron peleando.» Es lo único que nos queda al fin del día. De eso sabían mucho los antiguos. Dejar reposar las armas antes de otra batalla.

De vuelta a la ciudad, el profesor continuó paseando sin rumbo fijo, dejándose llevar por sus pies hasta que estos le encaminaron a la parte baja de la ciudad, topándose finalmente, con esa frontera natural que es el Duero.

Un poco más allá a la izquierda, se encontraban los restos del primitivo claustro del monasterio de San Juan de Duero, que dejaba ver, sin pudor, al aire libre, su heterogénea mezcla de estilos. Frente al monte opuesto, un grupo de turistas rodeaba a un guía de gafas de carey y zapatillas deportivas a juego belicoso con su traje.

—Este lugar es el llamado Monte de las Ánimas —decía el mismo, con cierto placer al ver la cara de temor mal disimulado entre risas por parte de los turistas que le rodeaban—. Hay otros compañeros que acuden aquí y que se agachan y recitan frases ceremoniales para invocar las energías de la tierra y cosas así...

¡Dios! ¿Es que se había soltado la jaula de las fieras? Ya tenía bastante con oír las tonterías de Pinedo para escucharlas ahora bajo otra variante. ¿Qué sería lo siguiente?

Miró las cercanas colinas. En este lugar, o muy próximo a él, había estado la frontera de Soria con el antiguo reino de Navarra, las espadas prestas y los ánimos en tensión.

Siguió el paseo, pasando la iglesia de San Polo, un poco más allá, en esa tarde agradable que fluía como el río. La cantidad adecuada de brisa, la necesaria para hacer moverse los olmos y crear un susurro encantador y constante que acariciaba los oídos del paseante.

Se sentó en un banco solitario. Desde aquí pudo oír minutos después el rumor de las palabras del guía con gafas de carey que, habiéndole dado alcance en su ruta, y acompañado del mismo grupo de turistas, se había encaramado sobre un murete del puente que llevaba a San Saturio. Allí sin rubor alguno, el guía sacó un libro del bolsillo y comenzó a declamar a Machado en el mejor lugar posible, junto al Duero. Los olmos se sentían halagados. Carlos se fijó en que el libro que el guía tenía entre las manos presentaba todos los signos de un uso continuado, fruto de consultas repetidas, de miradas culpables en su interior. Los guías tienen su corazoncillo después de todo, pensó.

> «He vuelto a ver los álamos dorados,
> álamos del camino en la ribera
> del Duero, entre San Polo y San Saturio,
> tras las murallas viejas
> de Soria —barbacana
> hacia Aragón, en castellana tierra».

Tras leer estas palabras y quizá un poco temeroso de haber mostrado demasiado de sí sobre aquel murete, el cicerone volvió a guardar con presteza el libro en el bolsillo de su abrigo, como si hubiera sido otro lazarillo rival quien hubiera declamado esas frases en su lugar.

Al escucharle, recordó Carlos que aún tenía en el bolsillo el volumen que Pinedo le había prestado. Miró su portada. Un típico libro de viejo, de esos que da gusto dar vueltas y vueltas entre las manos, oler el papel una y otra vez, fijarse en los caracteres, las formas de las letras, la fecha de impresión, el color de sus páginas descoloridas y todas esas tareas que se realizan con un libro salvo leerlo. Un modo este quizá de demorar el placer, de posponer enfrentarse a sus secretos, semejante a los preparativos de esos cuentos que nos relataban nuestros padres antes de dormir. El preparativo en sí era ya una fiesta... la media luz de la habitación, el rostro de su madre desdibujado por la penumbra y ese sentido de confidencia pronta a descubrirse. Todas esas imágenes le habían vuelto a recorrer al tener este pequeño libro de poemas entre las manos.

Se le ocurrió una idea. Había leído en alguna parte que muchos creyentes abren la Biblia al azar y que, al posar sus ojos sobre los primeros versículos que atrapan su mirada, pueden encontrar allí respuesta a sus problemas. Si esto era bueno con la Biblia, quizá ¡Oh, pensamiento profano! sería igual de acertado con cualquier novela o, como en este caso, un libro de poemas.

Así que, sin pensarlo más y tras echar un último vistazo a la iglesia de

San Saturio en las alturas, como esperando su aprobación, abrió el libro de Machado al azar y leyó:

«El alma del poeta
Se orienta hacia el misterio.
Sólo el poeta puede
Mirar lo que está lejos
Dentro del alma, en turbio
Y mago sol envuelto»

No del todo convencido probó otra página al azar, una segunda oportunidad:

«En nuestras almas todo
Por misteriosa mano se gobierna.
Incomprensibles, mudas,
Nada sabemos de las almas nuestras»

Bien, no había estado nada mal esta vez. Sí, posiblemente tuviera razón el poema. Esto de los misterios le recordaba demasiado los problemas del puñetero manuscrito que habían tenido entre manos, así que intentó alejar el pensamiento de su mente. ¡Había venido aquí para olvidarse de él, y eso iba a hacer! Por otro lado, aquellos versos estaban, al igual que los buenos horóscopos, hechos de medias verdades igualmente aplicables a cualquiera, dependiendo del estado de ánimo en que el lector se encontrara. Un modo muy sagaz de enganchar a la lectura. Envolverlo todo en misterio y así no tener que explicarse. Aunque, por otro lado, ¿no había sentido en su interior cierta familiaridad con el sentimiento descrito? ¿No habían sido las palabras leídas, precisas y acertadas cuál flechas que dieran plenamente en la diana?

El grupo de turistas se alejaba ahora con su guía a paso acelerado, terminado ya el interludio poético. El autobús esperaba. La vida esperaba. El ritmo vertiginoso de un viaje organizado. Hay que ver cosas, más cosas. No hay que parar. Hay mucho que ver. Después de todo aquí no había tiendas.

Lafuente se quedó sentado en el banco que había quedado finalmente solitario junto al Duero. Ahora podría percibir por fin el paisaje, oír el fluir del río que le recordaba sus paseos vespertinos en Montanilla o frente a su casa. No obstante, aquí parecía hablar con otra voz. El ruido producido por las hojas de los álamos susurrando con el viento. El sonido de algún tordo, de algún pajarito despistado que se acercaba volando sobre el agua y desaparecía en las alturas de la orilla opuesta, entre ellos, pardillos y verderones, le volvieron a traer a la mente sus sueños de ornitólogo en ciernes.

En ese momento llegó a ver, en la orilla opuesta, perdiéndose en lo alto hacía San Saturio, un alcaudón dorsirrojo.

Sacó su pipa. Sonrió mientras la miraba. ¿Cómo podía alguien decir que fumar era malo para la salud? Sí, claro, todo eso podía ser ciertamente verdad en el caso del fumador apresurado, que consume con urgencia ese cigarrillo y lo echa antes de volver al trabajo cuando todavía queda tabaco apresado, prendido en él. En cambio, su pipa le transmitía serenidad. Era una puerta, la apertura a la reflexión, a otro modo de percibir la realidad. Todo el protocolo de abrir su bolsa de tabaco, sentir el aroma de la picadura —semejante al olor del libro recién abierto—, mezclar la misma y, colocar con suavidad un poco de esta en la cazoleta de la pipa. Todo ese protocolo implicaba un universo de sensaciones. Y tras ello aplastar la mezcla y entonces, solo entonces, momentos antes de prender fuego, acercar ese encendedor de cuerda en el ángulo preciso. Sí, toda esa liturgia le sumía en una especie de trance que había aprendido a reconocer, si no a ponerle nombre... Las caricias casi promiscuas y prohibidas que se le imprimen a la base de la cazoleta mientras se asienta la pipa en la boca, la virilidad de la postura correcta de los dedos al rodear esta y, por último, la decisión final de inspirar por la boquilla.

Sí, Machado se había ido sin haber escrito el poema definitivo. Describir una buena pipa a las orillas del Duero mientras la oropéndola y el pinzón dejan oír su voz.

Miró a su alrededor. Solo un hombre sentado en un banco más allá, absorto a su vez en el paisaje y sin parecer haber reparado en su presencia, era la única persona visible en esa Soria que se estaba vaciando tristemente. La tarde se había quedado congelada en algún momento de principios del siglo XX. «Quizás —pensaba Lafuente—, si esperaba un poco más, vería al poeta y a su querida esposa venir, cogidos del brazo por el paseo, procedentes de la cercana ermita de San Polo.» ¡Qué fácil contentar el de nuestros antepasados! En esta época vertiginosa en que cruzamos el planeta, los mares y ciudades a increíble velocidad, yendo a miles de sitios a la vez con urgencia, comiendo cada día en un restaurante distinto de la geografía española en una loca carrera por descolocar al contrario mediante nuestras experiencias personales, hemos olvidado el placer que se encuentra en un sencillo paseo cotidiano, el placer de la pereza vespertina acompañada por el sentir la mano querida, mientras se recorren lugares familiares, saludando aquí y allá a algún conocido y conversar, simplemente conversar.

El hombre del banco seguía mirando al río sin decir palabra. Transcurridos unos minutos se levantó y, suspirando con lo que parecía un gesto de pesar, cogió el bastón que había dejado apoyado contra él con intención de volver a la ciudad. Por su manera de andar, ora caminando hacía la derecha del camino, ora hacía la izquierda, pareciese que el casco urbano estuviera a kilómetros de allí en lugar de tan solo a unos pocos centenares de metros, recordando al profesor la semejanza con un manantial escondido que, paralelo al río y bajo el camino, buscase el curso de agua principal.

El hombre había llegado a su altura. Su mirada ausente, sus ojos claros y amables se posaron sobre el profesor casi sin querer, a continuación sobre el banco y, finalmente, sobre el libro que reposaba bajo su mano izquierda.

El aparente cansancio de su cara desapareció de repente y una sonrisa apareció en sus ojos. El balanceo se detuvo.

—Veo que está leyendo usted a Machado —dijo con firmeza—. No es que me sorprenda. Muchos lo hacen, como ese guía de hace unos minutos. Pero lo que me ha llamado la atención es que usted se está tomando su tiempo.

—Sí, bueno, me gusta disfrutar del lugar. Se está muy tranquilo aquí —dijo Lafuente, buscando las palabras al haber sido sacado así de su ensoñación particular.

El anciano parecía tener ganas de hablar.

—Sí, sí, eso está bien. Hay que buscar el sentimiento en el ambiente, en los árboles que rodean el Duero, en los álamos. Hay más aquí de lo que aparenta, ¿sabe usted? Por su cara puedo afirmar que estaba usted meditando. Es lo que tiene este lugar. A todos nos atrapa de un modo distinto. No sabría precisarlo. Para unos, es el sonido de las hojas, para otros, el color, los ruidos, el fluir del agua, qué sé yo... lo importante es quedarse así, atrapado de algún modo.

Volvió a mirar unos segundos en dirección al río sin decir nada más, como si hubiera escuchado a alguien llamarle por su nombre. Asintió un par de veces con la cabeza y, tras golpear con el bastón sobre el suelo, se sentó a continuación, del modo más natural del mundo en el otro extremo del banco. Su bastón tenía una empuñadura curiosa, plateada, con la forma de un león. Era fácil ver que había sido labrado con cuidado, la madera de este lucía en toda su superficie figuras caprichosas, muestra de un arte ya en retroceso.

—Y, dígame, ¿va a estar usted mucho tiempo en Soria? Porque por su aspecto, y no haberle visto nunca por aquí, deduzco que es usted forastero, como solíamos decir antes.

—No, no, me marcho mañana. Solo he venido de paso desde Santander camino de Burgos. La verdad es que uno de mis alumnos me recomendó expresamente esta visita —acabó diciendo en voz baja, casi a modo de disculpa.

—¡Ah! ¿Conque es usted profesor? ¿De algún instituto quizá?

—De la Universidad de Montanilla en realidad. Soy profesor de Historia.

—¿De Historia? Ah, muy interesante, muy interesante. Habrá leído usted muchas cosas sorprendentes, estoy seguro.

Se quedó mirando frente a sí a la vez que apretaba con sus dos manos el bastón contra el suelo dibujando sobre la arena unos pequeños círculos.

—¡Profesor de Historia! ¡Dios mío! Ya me hubiera gustado a mí haber podido estudiar, ya me hubiera gustado a mí —y siguió moviendo la cabeza, como si el resorte se hubiera roto y fuera incapaz de detener su movimiento. Tras unos segundos y con un guiño brillante y malicioso, continuó hablando mientras señalaba con el bastón al cercano río.

—Yo también sé algo de Historia, ¿sabe usted? En este lugar, por ejemplo, se puede escuchar cómo el pasado nos habla. Nos cuenta sus cosas. A lo mejor no parecen importantes, cosas tales como la hojarasca que se ha amontonado bajo el árbol junto a la iglesia, el llanto de un bebé al que sus padres han sacado a dar su primer paseo, las gallinas que acaban de poner un huevo más. Cosas así. Solo hay que pararse a escuchar.

—Bonito bastón el suyo —dijo Lafuente sin pensar, hipnotizado por el movimiento que el hombre imprimía al mismo sobre el suelo.

—Era de mi padre —contestó este con un gesto de orgullo mientras lo miraba, balanceándolo unos momentos en el aire como para corroborar la buena hechura y solidez del mismo—. Cuando me siento aquí, en este banco ahora nuevo y restaurado en el que me sentaba con él, me parece que el tiempo no haya pasado. Claro que cuando nosotros veníamos no había ningún banco sino una roca. Pero da igual... como le decía solo tengo que quedarme un rato y siempre, siempre siento su presencia en algún momento del día. Es como si, de algún modo, algo de él se hubiera quedado aquí. ¿Ve usted esa colina que está ahí detrás? —. Se trataba de una pequeña subida frente al puente que enfrentaba a San Saturio—. Ahí solíamos volar cometas mi padre y yo en cuanto empezaba la primavera. Mire usted, ¿Sabe una cosa? —, dijo repentinamente cambiando de expresión a la vez que negaba con la cabeza—. ¡No, no, no me creería! Al fin y al cabo, solo soy un viejo chiflado junto al río en una mañana entre semana viendo pasar el día. ¡Pero, espere un momento!

Lafuente contempló como el hombre extraía a renglón seguido una cartera llena de gomas que la cruzaban en toda su superficie sujetando al parecer su contenido para evitar que este se desparramara a su alrededor. Finalmente, y con mucho cuidado, extrajo de ella una foto envuelta en un fino papel doblado. Era vieja, deslucida y tenía ese característico tono sepia de principios del siglo XX. Una foto en la que unos colegiales con aspecto solemne posaban junto a su profesor en la puerta del entonces colegio de la Compañía de Jesús de Soria. El anciano señaló con el dedo al maestro que aparecía en el centro de la foto.

—¿Lo reconoce? Es el mismísimo Machado cuando fue profesor en el colegio de aquí —dijo mirando a Lafuente como animándole a contradecirle—, cinco años estuvo aquí. Y este, ... Este de aquí... —dijo señalando la figura de un niño más pequeño que el resto de sus compañeros y que se encontraba cerca del profesor buscando cobijo—. Este era mi padre por aquella época. Ya ve... como decía un vecino inglés que vivió aquí, ha pasado mucha agua bajo el puente desde entonces. Dígame, —dijo bruscamente dotando a su tono de cierta urgencia—. ¿En qué pensión se aloja usted?

—Estoy en Vitorina en el paseo Florida... ¿Por qué lo dice? —preguntó Carlos, sonriendo a pesar suyo.

—Creo que guardo por casa algo que quizá podría interesar a un profesor como usted, algo que hemos tenido muchos años y que está relacionado con lo que acabo de decirle. Y ahora discúlpeme, pero todavía me queda un buen paseo antes de llegar a casa con estas piernas. Disculpe si le he molestado con mi charla. ¡Que tenga usted un buen día!

Y con estas presurosas palabras de despedida, el misterioso anciano se levantó del banco con la misma rapidez y agilidad inesperada con la que se había acercado y con ese vaivén peculiar que imprimía a su cuerpo la cualidad de un péndulo, se marchó en dirección a San Polo.

Volvió a levantarse una ligera brisa.

Hoy era el último día del profesor en Soria. Ya había cargado la ligera maleta en el coche y tomado el segundo café de la mañana en la plaza del ayuntamiento, tras haber dejado atrás esa estatua de Machado que se aviene con paciencia a ser fotografiada con cualquiera que se siente en el banco opuesto a la misma. Con la mirada fija en el reloj del ayuntamiento y en la vieja campana de hierro forjado, Lafuente hizo un repaso de los acontecimientos del día anterior. Se acordó del peculiar hombrecillo con el que se había encontrado junto al río y de su promesa de traerle una especie de regalo de despedida antes de su partida. Sacudió la cabeza con una sonrisa pensativa. El hombre ciertamente había tenido una vida larga y dura. Una de esas que los señoritos como él, criado en buena familia en el lejano Santander y en casa de su tía Engracia en Burgos, no podía sino comprender a través de los libros.

Fue entonces cuando le vio acercarse. Venía calle abajo, con ese balanceo especial que le había llamado la atención el día anterior.

—Buenos días tenga usted —dijo al reconocer al profesor, mientras le miraba con esos ojos claros y detenía su bastón rompiendo ese ritmo encantado del mismo—. Me alegro de haberle encontrado. Ahora iba a su pensión a ver si no se había marchado usted todavía.

—¡Muy buenos días! —contestó Lafuente sin poder evitar una sonrisa —. ¿Le apetece un café? Acabó de desayunar ahora mismo.

—No, no, muchas gracias —respondió el hombre con rapidez—. A mi edad solo tomo uno a eso de las seis de la mañana y ya nada hasta las once o así. Uno se acostumbra ya a tirar con lo que tiene.

Parecía apurado y un poco cortado. Quizá se había arrepentido de su larga perorata del día anterior o acaso era consecuencia del natural agotamiento producido por subir la cuesta de la calle hasta esta plaza.

—Espero que su estancia aquí haya sido provechosa —dijo al cabo de unos silenciosos minutos que los dos hombres emplearon en mirar con atención la esfera del reloj de la plaza como si fuera de una increíble rareza así como a una pareja de señoras que cruzaban la plaza en ese momento y que les saludaron con amabilidad al pasar por delante.

Tras unos minutos comentando la actualidad de la plaza y el devenir histórico de la misma, el hombre se levantó y, mirando a Carlos con rostro decidido, sacó del bolsillo interior de su chaqueta una carta.

—Miré usted. Ayer quizás le aburrí mucho con mi charla. ¿Qué quiere usted? —dijo encogiéndose de hombros—, tal vez he perdido la medida en la conversación, pero sí pude darme cuenta de que es usted un hombre de letras, un hombre leído, como decía mi padre y es por eso por lo que, después de consultarlo con mi mujer, he decidido entregarle esto. Es poca cosa, pero para mí significa mucho. Mi hija hizo ayer una copia y los dos acordamos hacerle entrega a usted de esta. Es la última carta que mi padre me escribió y que para mí siempre ha sido como una especie de testamento. En ella habla de sus días de escuela, de todo eso que le conté y tal. Quizás le puedan dar algún uso en su universidad de usted y eso. Es que los sorianos tenemos nuestro corazón en su sitio.

Fueron inútiles las protestas e intentos de rehusar la misma por parte del profesor. La carta de aquel hombre estaba ahora en su maletín de regreso a Burgos junto con un montón de folios y anotaciones tomadas durante los últimos días y semanas.

Arturo no había permanecido desocupado tampoco durante este tiempo.

Hacía escasamente tres semanas que había dado inicio el curso. Con la cercanía de la regata en los próximos meses y los primeros exámenes a la vuelta de la esquina, intentaba tener todo su tiempo ocupado para no preocuparse por el lamentable parón en la investigación. El mundo de la princesa Kristina parecía haberse quedado fuera de su campo de visión por el momento.

Aquella tarde, tras haber estado estudiando en su habitación, y entrenado posteriormente durante una hora en el remo Oxford de banco fijo en el gimnasio, decidió bajar a la sala común para relajarse un poco en compañía de sus amigos y compañeros de la residencia estudiantil.

—Luego os veo —dijo antes de salir de su cuarto, dando un golpecito al cartel que tenía frente a la mesa de estudio y que mostraba las fotografías del «cuarentón» Cracknell y la española Pérez, ambos en representación de Oxford en la carrera contra Cambridge de 2019. Eran su inspiración en estos meses previos a la regata con la UBU.

Seis estudiantes se encontraban en ese momento en la sala común, seis estudiantes holgazaneando, sentados en los sillones que rodeaban la estancia, frente a la librería del fondo, con las piernas displicentemente colgadas en el lateral de los mismos. Algunos leían, otros hojeaban el periódico, jugaban al ajedrez o charlaban en voz baja.

Meseguer se acercó en cuanto le vio entrar y, tras echar un vistazo despectivo al libro que llevaba Arturo bajo el brazo, se giró mirando a los demás. Meseguer, que se sentaba dos bancos detrás de él en clase, no había podido sobreponerse a la envidia que éste recién llegado despertaba en él. Tras llevar solo un curso allí, proveniente de Santander, se había convertido en pocas semanas en el centro de expectación, tanto del profesorado por sus elevadas notas, como de las alumnas de todo tipo por su atractivo. Pero lo que se le hacía más insoportable era la levedad y falta de interés que el joven Pinedo parecía prestar a estas cuestiones. Como único modo manifiesto de mostrar su agresividad Meseguer había probado en dirigirse a Pinedo con el apelativo «*Laudy*» en clara referencia a sus altas notas y que, sin embargo había sido adoptado con una clara connotación positiva por el resto de los alumnos, malogrando su intención inicial.

—¡Vaya! *El misterio de las catedrales*... —dijo, leyendo el título del libro que llevaba Arturo en cuanto el anterior entró en la sala común—, ¿Os habéis dado cuenta chicos de las lecturas de nuestro *Laudy* para relajarse? ¿Qué puede haber misterioso en una catedral *Laudy*? ¿El lugar donde se guardan las hostias? ¿Alguna mezcla especial del vino de la eucaristía? —dijo torciendo un extremo de la boca.

Sin decir ninguna palabra Arturo le quitó el libro de las manos mientras sostenía la mirada de Meseguer.

Fulcanelli, ese misterioso autor al que no había tenido tiempo de leer, le fascinaba. Le había abierto una nueva visión.

Al cabo de unos minutos entró en la sala de estudiantes Pedro Santillana el cual, tras depositar un par de libros sobre la mesa, se acercó hasta Arturo. Pedro era un estudiante de medicina con el que había intercambiado alguna que otra conversación en este mismo lugar. Un chico recién llegado que comenzaba a sentirse cautivado por la experiencia que esta universidad representaba. No tardo en hacer lo propio Claudia Cocaro, acompañada de Azhira, una chica pakistaní. Claudia era su mayor confidente al estar estudiando paleografía como él. Había venido desde Argentina recientemente y compaginaba su interés por la Historia con la literatura y el dibujo. Pedro, Claudia y Azhira eran sus más íntimos amigos y confidentes en ese mundo de privilegio.

—¿Y por qué te parece tan especial este autor? —quiso saber Pedro, menos mordaz que el resto de sus compañeros, con una curiosidad natural mientras cogía el libro a su vez y lo hojeaba.

—Verás, —dijo Arturo, sintiendo al fondo de la estancia la sonrisa autosuficiente de Meseguer y de su compañero Redondo—, según el autor, las catedrales góticas ocultan en su diseño y estructura un mensaje. Las iglesias serían como una enciclopedia muy completa y variada de todos los conocimientos medievales y las efigies de piedra una especie de educadoras, de iniciadoras.

—¿Y cómo se podría transmitir eso? ¿Quieres decir sin ponerlo por escrito?

Claudia y Azhira, se inclinaron hacia delante, despertada su curiosidad.

—En la Edad Media los libros estaban reservados a unos pocos como sabéis. De hecho, la misma palabra «gótico» viene de «argot», término usado para referirse a una lengua particular de los individuos que tenían interés en comunicar sus pensamientos sin ser comprendidos por los que les rodeaban. Imagínate, el conocimiento oculto, el arcano disimulado bajo la certeza petrificada del libro mágico escrito en los muros de nuestras catedrales. Maestros sin voz ni palabra, tal y como dice el propio Fulcanelli —terminó Pinedo consciente del efecto causado.

—¿No vas a tomar anotaciones con tu *Montblanc*, Pinedo? —interrumpió Meseguer desde su rincón, celoso de la atención que recibía Arturo—. ¿No nos la vas a enseñar a ver si es más larga que las nuestras? Me ha dicho mi padre que es una mierda, que cuando menos te lo esperas pierde tinta y te pone los dedos que ni un betunero.

El padre de Meseguer era la referencia externa a la cual se remitía para contrastar todo lo que su intelecto era incapaz de hacer por sí mismo. No en vano había sido la influencia y el dinero de este el que había hecho posible su estancia en la universidad.

Pedro había abierto entretanto el libro por el principio.

El prólogo de Canseliet de 1925 figuraba ostensible en la página.

—A ver... —«*Ha recibido usted verdaderamente el don de Dios*» —dijo leyendo el prólogo en voz queda— dice alguien al autor en una carta. Me gustaría saber qué quiere decir toda esta gente cuando se refieren al don de Dios, ¿alguna habilidad paranormal quizás? —dijo sonriendo y mirando a su amigo como si estuviera leyendo un *comic* de Marvel.

—¡Vete a saber! —dijo Arturo, dejando el libro por un momento. Pedro era uno de los pocos amigos que había hecho en la universidad, pese a su carácter extrovertido. Uno de los pocos a los que podía abrir sus inquietudes—. La expresión con los años ha llegado a ser un cajón de sastre... algo bueno que te da Dios, una habilidad especial que sin esfuerzo aparente te abre nuevos caminos.

—¿Cómo superpoderes, no? —dijo su amiga Claudia con una carcajada.

—«*La llave del arcano mayor consiste sencillamente en un color, manifestado al artesano desde el primer trabajo*» —continuó leyendo Pedro y aquí se detuvo mirando a su amigo.

—¿Qué color era ese? —dijo Pedro, incansable en sus preguntas.

—Eso es lo bueno, que no lo dice —contestó Arturo—. En los tratados de alquimia se insinúa a lo sumo. En realidad todo son insinuaciones en esos textos. Es algo que el iniciado debe averiguar por sí mismo. Supongo que es deliberadamente impreciso al igual que el color de tu coche.

—Demasiado profundo para mí —dijo su amigo mientras echaba un rápido vistazo al más prosaico *Diario de Burgos* que se encontraba sobre la mesa, en cuya primera página se anunciaba a bombo y platillo el resultado del Mirandés en el partido de la Copa del Rey. 3-0. Espectacular. Eso sí que era magia.

Poco después, el reloj de pared colocado en lo alto de las escaleras que daban al estudio dio las doce. Las luces de la sala se fueron apagando poco a poco a medida que cada estudiante iba apagando la luz de la mesilla junto a la cual estuviera sentado.

No era este el único libro que había interesado al joven Pinedo últimamente. ¿Qué hubieran pensado sus compañeros de la sala común si hubieran sabido que la semana anterior había estado leyendo algunos ensayos del buen Einstein?

Su teoría de la relatividad aplicada al tiempo demostraba que no había pasado ni futuro, solo una línea de tiempo sobre la que todo coexistía a la vez. De que todo era cuestión de sintonizar el canal adecuado para aprovechar la emisión.

Y con una sonrisa, que era un guiño hacia sí mismo más que otra cosa, Arturo apagó la luz.

CAPÍTULO 67

UNA MARIPOSA REGRESA A CASA

Era tarde ya cuando Carlos Lafuente dejó la universidad de Montanilla. Unas nubes negras habían empezado a formarse.

Al llegar a Burgos cenó apresuradamente en el mesón La Posada Ducal sito en la plaza Mayor, habiendo resistido la tentación de hacerlo en la Cervecería La Mayor o el más internacional Sibuya Sushi. Tras despedirse de Mariana, su amable propietaria, dio un breve paseo desde allí. Entró por fin en su hogar, y se encerró en su salón, su torre de marfil.

Una vez se puso su batín se sentó en su lugar de meditación favorito, la ventana de la biblioteca. Allí su inquieta mente hizo un repaso de las experiencias de los últimos días. En su abstracción no se dio cuenta que aún llevaba puestos los guantes.

Sus ojos repararon entonces en el pequeño volumen que reposaba sobre la mesa auxiliar.

Tierras de Castilla.

Tenía que acordarse de devolvérselo a Pinedo en cuanto volviera a verlo.

Se acordó del viaje realizado en las recientes vacaciones por tierras de Soria. ¡Qué lejos le parecía el verano ahora!

A Pinedo le hubiera gustado ciertamente todo eso acerca de los álamos, el fluir de la corriente y todas esas cosas.

¿Habían hablado en efecto los árboles a Machado? ¿Le habían contado sus secretos? ¿Había tenido el joven maestro quizá alguna habilidad especial que le permitía sintonizar con facilidad con la Naturaleza, sentir su pulso, sus impresiones, escuchar sus mensajes para la Humanidad? ¡Qué poco sabemos de la Naturaleza, del lenguaje de los árboles! Siempre los hemos tenido como un adorno de nuestro entorno, ¿Querían decirnos algo esas aparentes coincidencias significativas o como puñetas queramos llamarlas? ¿Hay una fuerza secreta en el Universo que desconocemos? ¿Tendría al fin y al cabo razón *Laudy* en sus argumentaciones? Realmente como historiador no podía dejar de lado muchas cosas simplemente porque no se conocieran.

¿Eran los poetas una especie de médiums que podían contactar con el lado oscuro y secreto de las cosas? Si era así, ciertamente Machado había sido uno de los adiestrados, de los iniciados.

El viejo olmo le había querido decir algo al poeta. Le había querido transmitir esperanza...

Pero él en cambio...

No sabía nada. Nada con certeza.

Únicamente que estaba solo esta noche.

Aunque no del todo. Su mente siempre estaba agobiándole, de modo incesante, con nuevas ideas y modos de proceder.

Miro la ciudad que comenzaba a dormirse acunada por el Arlanzón al otro lado de su ventana. Dejaba pasar las horas escuchando el reloj colocado en la repisa marcar los cuartos, intransigente, segundo tras segundo, una vez más, una hora más.

Un trueno se escuchó a lo lejos.

Al levantar la cabeza, Carlos miró el espécimen de mariposa, enmarcado con cuidado primoroso, y colocado sobre la pared situada a la izquierda de la ventana; la joya de la corona de esa colección que ya disponía de un salón entero para ella. El hermoso ejemplar —una *Diaetheria anna* o mariposa 88 para el resto de mortales debido al número que aparecía en sus alas—, lucía sus brillantes colores que destacaban sobre el fondo ocre del estudio del profesor.

Miro sus manos y al darse cuenta de que estas aún permanecían enfundadas en los guantes, procedió a quitárselos mientras observaba la mariposa con los mismos ojos de quien contempla una pintura recién terminada, admirándose ante el modo en que había finalizado su preparación y enmarcado.

Nítida, clara, con su taxonomía claramente fijada por la ciencia, fruto de un común consenso de congresistas en algún momento de la historia de las ciencias naturales. ¿Por qué no podría la historia ser así de clara?, ¿Por qué los movimientos culturales, los acontecimientos, las motivaciones que los anteceden no pueden tener una razón igualmente clara? Allí estaba la mariposa, clasificada, específica, como el nombre de un colibrí. Su hábitat, su comportamiento, todo claro sobre un fondo verde neutro, enmarcada y fijada para la posteridad.

En todo caso, siempre había sabido que ese lamento no era sino una manera de dar salida a su frustración. De haber sido el estudio de la historia tan nítido como clamaba, jamás hubiera dedicado su vida a ella, pues era precisamente esa curiosidad incesante suya, esa sed de saber, la que complementaba su otra sed de coleccionista. La certeza de que siempre habría lagunas en el mundo, sombras a las que la luz de la linterna del científico jamás alcanzaría, le hacía devorar más y más libros, luchando contra el tiempo, contra su propia mortalidad, en un deseo de compensar con el conocimiento esa insatisfacción vital.

Con la mirada aún fija sobre la mariposa cogió una ajada agenda con tapa de cuero que colgaba de la pared cerca del cuadro. En cuanto comenzó a leer, unos lejanos ecos dentro de su cabeza comenzaron a emerger:

«—¿Estás seguro de que vamos bien encaminados por aquí? Solo veo bananeros por todos lados. Para mí como si estuviéramos todavía en la puñetera Santa Rosa.

—Sí, sí, sigue con el machete, joder. Tiene que haber un sendero por aquí. Es lo que nos dijo el hombre ese de la cantina.

—No estoy muy convencido de sus indicaciones, ¿sabes? Parecía más interesado en vendernos aguardiente que en ponernos en el buen camino.

BRASIL 17 de julio 1977 —En algún lugar de la jungla.

«Un clima pegajoso, opresivo. Nos sentimos rodeados de humedad por todos lados. Entra y sale de nuestro cuerpo en un proceso simultáneo e inacabable.

Nos encontramos a unos cuarenta kilómetros de Cuachibamba, la población más cercana donde nos habíamos aprovisionado de víveres tres días atrás antes de internarnos en la jungla. Acabamos de cruzar el río Urua. Estamos a 55° de longitud oeste y 8° 30' 40" grados de latitud sur o por lo menos eso era lo que decían nuestro sextante y cronómetro la última vez que hice las comprobaciones.

Esos aparatos y una mala brújula son nuestro instrumento de supervivencia. La brújula no es realmente mala, si uno tiene la precaución de golpearla repetidamente contra los troncos con los que nos cruzamos para, de este modo, ayudarla a recordar dónde se encuentra el norte. A eso le sumamos unas pocas latas de provisiones y el agua de los arroyos que pudiéramos encontrar y llevar en las cantimploras.

Nueve días llevamos aquí. Una excursión loca de fin de carrera. Otros compañeros se habían ido de juerga a París, Las Vegas, Londres o Tailandia. Nosotros en cambio, habíamos decidido penetrar en la selva brasileña en pleno mes de agosto. Felipe y Álvaro toleran el calor y las picaduras de los mosquitos mucho mejor que yo. Tobías se limita a caminar sin decir nada. Ni siquiera la gruesa ropa le protege de sus mordeduras. Había oído hablar de esta mariposa mucho tiempo atrás en libros especializados. Sería maravilloso obtener un ejemplar.

Hemos probado con toda clase de cremas y ungüentos, incluyendo los de un chamán local de ojos penetrantes con el que nos encontramos en la última población, bajo un techo que amenazaba con caer sobre nosotros en cualquier momento.

—Con esto desaparecerán las picaduras en años. Es una vieja receta de mis antepasados —había dicho con rostro imperturbable.

Para obtener tan prodigiosa fórmula, cincuenta dólares habían cambiado de manos. Cincuenta dólares que escaparían a la jungla camino de la capital para perderse en algún garito.

Las maldiciones que los tres lanzaríamos poco después sobre la pasada transacción superaban con creces a las que el supuesto chamán pudiera haber hecho.

—Tendremos que parar a descansar. Estoy agotado —dijo Felipe.

—¿No dijiste que esta era la zona donde suele verse? —contesté.

—Sí, pero no sé que pasa que este año no se ve una ni pagando.

—Por favor, no hables de pagar —dijo Álvaro.

Hicimos por fin el alto en un claro. A lo lejos a duras penas podían verse las montañas entre la elevada vegetación.

—Sí salimos de la espesura podremos calcular mejor nuestra posición —dije mirando la espesa maleza que nos rodeaba por todas partes.

No tardamos en encender una hoguera poco después y comenzamos a preparar algo de comer, para lo que Felipe y Álvaro procedieron a inspeccionar con aires de *gourmet* los botes de conserva más selectos de nuestras mochilas, intentando separar los que se encontraban abollados por los golpes, de los que mostraban óxido en su exterior.

Mientras estábamos en estos menesteres sentí unas fuertes ganas de orinar y me alejé un poco. Había visto un curioso árbol unos metros más adelante y pensé que ese iba a ser el objetivo fijado para mi misión cultural a corto plazo.

Mientras me encontraba al pie del árbol concentrado, eché una mirada a mi alrededor. Por todos lados se extendía un abanico de verde en distintas tonalidades e intensidades. Innumerables matices que parecían reflejar la también innumerable variedad de especies animales ocultas bajo ese follaje. De repente, una mancha de color rojo pareció flotar cerca de mis ojos. Giré la cabeza rápidamente hacia la derecha en pos de ese movimiento.

Del mismo lugar de donde había surgido, otras tres aparecieron. Tres puntos que se movían juntos. Tres mariposas. Tres ejemplares maravillosos.

—¡Felipe! ¡Álvaro! Venid, están aquí, están aquí.

Hubo que sacar con rapidez los cazamariposas e improvisar una maniobra de bloqueo en torno al árbol, apuntando cada uno como podía, sumidos en la confusión, en el celo febril por hacernos con una de ellas.

Giré con lo que pensé que era agilidad a un lado tras ver uno de los puntos rojos flotar muy cerca de mí, pero mi entusiasmo no me dejó ver la pequeña zanja que había a mis pies, ni impedir que mi pie izquierdo se introdujera en ella, cayendo de espaldas con la red todavía fuertemente cogida en mi mano derecha, en el pequeño riachuelo que iba a engrosar las aguas del Urua unos kilómetros más allá.

—¿Estás bien Carlos? ¿Te has hecho daño?—dijo Felipe mientras corría hacia mí, haciendo esa pregunta que pronunciamos invariablemente cuando tenemos la certeza de que el interlocutor se encuentra mortalmente herido.

—Sí, sí, estoy bien —contesté, más herido moralmente que otra cosa—. No me he roto nada, pero sigámoslas. ¡Vamos!

Allí estábamos, tres figuras dando saltos con los cazamariposas y sombreros de paja.

—¡La tienes! ¡La tienes! —. Oí gritar a Tobías surgiendo desde detrás de un montón de abundante vegetación mientras señalaba la red que yo sostenía en mi mano asustándome al aparecer de ese modo delante de mí.

El pobre chico tenía todo el pelo echado sobre su rostro.

Miré entonces la redecilla que no había soltado en ningún momento de mi mano. Efectivamente, en el interior de la misma se movía agitadamente una forma coloreada.

Por lo visto había atrapado inadvertidamente al ejemplar en el mismo momento de mi caída.

La guardamos cuidadosamente a continuación en uno de los frascos que habíamos preservado con más mimo que la propia comida, ante el temor de que se rompieran».

Esa había sido la historia.

Volvió a dejar la agenda en el gancho situado junto a la mariposa.

Frente a él colgaba ahora ese espécimen enmarcado. Una aventura congelada en el tiempo.

En otro rincón estaba la foto de sus antiguos amigos. Felipe con su barba canosa ya entonces. Felipe, que moriría tontamente años después en el arcén de una carretera comarcal, tras haber detenido su coche para tomar fotografías de unas aves en un humedal cercano. Un conductor despistado acabó con su vida en cuestión de segundos. Había sobrevivido al tifus y a la malaria en Brasil para acabar perdiendo la vida entre Torrevieja y Santa Pola una mañana de abril. Abril. El mes más cruel según T.S. Eliot. Un día luminoso y con buen tiempo. A la izquierda de la fotografía el buenazo de Álvaro había tenido mejor suerte. Recordaba el entusiasmo de este cuando hablaba de formar un grupo musical y romper los esquemas de la sociedad del momento.

¡La tienes! ¡La tienes! —. Oí gritar a Tobías surgiendo desde detrás de un montón de abundante vegetación

Miró la mariposa y recordó la sensación extraña de tenerla entre sus manos por vez primera. Aquellas curiosas formas que parecían dibujar el número sesenta y ocho o sesenta y nueve según el caso, las delicadas alas que la naturaleza había diseñado.

Sí, había valido la pena la búsqueda, el esfuerzo en ese calor asfixiante.

Sus amigos habían estado allí. Habían peleado juntos, tanto entre sí como contra los infortunios.

En esa vitrina, estaba todo aquel viaje y algo más.

Se dio entonces cuenta de que lo que realmente había querido todo este tiempo era volver a encontrar la ilusión del ayer, volver a poner pasión en las cosas. Y el manuscrito había sido el desencadenante.

Había tenido miedo de buscar y no encontrar, miedo al desorden, a la futilidad de la vida, al amor entre otras cosas. Había aprendido a refugiarse en su castillo de marfil, en su despacho, con cosas cerradas, con teorías de otros que solo tenía que explicar. Era más fácil vivir así. Más cómodo, más cobarde pero más seguro. Tenía miedo a sentir. Como mucho ver despertar la curiosidad en sus alumnos, fomentaba en él una especie de esperanza. Podía vivir a través de ellos por *proxy* y en especial a través de Pinedo. Podía lanzarles a a una exploración que sin embargo para él se tornaba peligrosa, antojadiza, llena de temores y posibilidades.

El mundo no le había enseñado todavía a Carlos lo suficiente. Después de tantos años, aún quería que alguien le hablara con ilusión de la imposible primavera, de la tímida flor que surgía, brotando entre la nieve, del Edelweiss triunfante. Aún buscaba la sorpresa en cada día.

Todo eso se agolpaba ahora en esa noche, bajo esa luna que se estaba ocultando ya por las nubes, en ese momento silencioso. Hoy no se sentía brisa alguna, no había pajarillo alguno a esa hora que distrajera sus pensamientos, nada que rompiese el silencio, solo el fluir del agua y el suave brillo oscuro entre las luces de la ciudad que se reflejaban en sus aguas, bajo las miradas de los paseantes, de los enamorados de hora tardía que lanzaban una flor, una mirada o una esperanza al río para ver como este la llevaba sobre su superficie.

Todas las leyendas que conocía sobre el Arlanzón venían a su mente, esa simbología pasada y experimentada en los meses recientes... las coincidencias significativas en relación con ese curso de agua... siempre perenne... siempre inevitable..., el Arlanzón había entregado su herencia. Su secreto había hecho mella en el interior del serio profesor. ¡Cuánto fluir de aguas, cuántas desventuras y alegrías vividas junto a sus orillas!

El de Carlos había sido un privilegio especial. Tenía un vínculo con ese río. Había podido contemplar su discurrir y, al mismo tiempo éste había visto nacer su interés, su crecer académico, sus vagabundeos de juventud frente a ese mismo paseo que ahora se extendía bajo su balcón. Ahora, con la experiencia y perspectiva que solo dan los años, esperaba con gesto amable y comprensivo, recibir algún día la llamada de reconocimiento, como un amante despechado espera ver devuelta la mirada de admiración, como un padre amante la llamada del hijo que se fue.

Una llamada que estaba a punto de producirse.

—¡Buenas noches, viejo río!

Su figura estaba frente al ventanal, a su derecha el jarrón de flores recién cortadas que Elena había depositado meses días le acompañaba. Lo miró. No estaba solo. No esa noche.

CAPÍTULO 68
EL PROFESOR DE FRANCÉS

Del oleaje embravecido, de recuerdos escondidos en viejas cartas y de paseos vespertinos, todo ello acompañado con una reflexión sobre la importancia de las clases de francés y ortografía.

Estaba finalizando noviembre.

La calidez de la madera lo envolvía todo.

Había pasado ya un trimestre desde el nuevo inicio del curso. Un trimestre en el que se había visto envuelto en la corrección de los primeros exámenes que ahora se amontonaban en la mesa de su escritorio, llenos de notas y marcas de rotulador, sin contar con las tutorías, las visitas de Arturo y los tés consumidos en compañía de Elena frente a la ventana.

Agradecía tener detrás de sí el crepitar de la chimenea que tanto le había costado encender con las manos ateridas.

Se acercó a la parte norte del salón, la que daba al gran ventanal.

Sobre la pared opuesta estaba colgado su otro cuadro favorito. Esa marina que arrastraba en su oleaje a todo el que osara posar los ojos sobre la misma.

Podía pasarse horas mirándolo. Solo olas y mar. Unicamente azul en sus infinitos matices.

Permaneció inmóvil de pie delante de la pintura, la pipa en la mano.

Intentaba muchas veces analizar por qué el cuadro despertaba esa atracción en él. ¿Lo salvaje del tema? ¿La soledad, la fuerza de la naturaleza? ¿El hecho de que no apareciera figura humana alguna en él?

Quizá fuera simplemente la belleza de lo natural.

Con toda probabilidad el sentimiento de lo sublime, de saberse débil ante algo que no podemos dominar.

Ese cuadro siempre había estado colgado en el salón de tía Engracia desde que tenía memoria para recordarlo.

Ahora formaba parte de su vida.

Al mirarlo sentía como le poseía la sensación de poder entrar en él, escuchar las olas, sentir la brisa y la calma que inicia la reflexión. Le hacía plantearse de un modo misterioso el sentido de la vida y el de su existencia. Podía recordar al verlo su lejana niñez que solía tornársele hostil a la memoria. Rememoraba las cariñosas palabras de tía Engracia mientras ambos, junto con tío Enrique, contemplaban la pintura.

—Tío Enrique lo compró en una subasta en Londres —le dijo un día su tía al ver su mirada fija sobre él.

Más de una vez se había acercado al pie del mismo para comprobar el nombre y el título: «*Whuthering Storm*» —Richard Wilson 1756 —.

Esta obra así como la madona renacentista que colgaba en el salón, también adquirida por el médico, habían permanecido ocultos tras un código de seguridad de nueve cifras en una casa abandonada que nadie ocupaba, que nadie visitaba, hasta que recibió la casa en herencia. ¿Era ese el destino de todos los descubrimientos?

También despertaba la marina en él un extraño sentido del tiempo. Situado frente al cuadro éste parecía no transcurrir durante horas y solo el impulso de la vida, casi el instinto, le arrebataba de allí y le hacía volver a conectar con la inexplicable realidad, con su sinsentido.

Y a través de la belleza, todo volvía a tener sentido. Todo volvía a empezar.

¡Qué razón tenía ese poeta inglés, Keats cuándo dijo aquello de: «*La belleza es verdad, y la verdad es belleza, eso es todo lo que necesitamos saber*»!

Se dio cuenta entonces de que se había dejado unos papeles desordenados encima del buró. Cogió la pequeña llave que se encontraba en el mismo y abrió uno de los cajones.

Reparó en que había un sobre cerrado en su fondo. Un sobre de color manila.

Recordó lo que era.

Se trataba de la carta que aquel curioso hombrecillo le había dado en Soria, tras aquel paseo junto al Duero.

Con los exámenes recientes, las últimas pesquisas todavía en la cabeza, había ido posponiendo su lectura hasta olvidarse por completo de la misma. Un sobre más de entre todas las cosas que guardaba en esos cajones, junto a viejas fotografías, folletos turísticos y mementos de sus viajes.

Se colocó en su sillón favorito y, tras preparar su pipa la abrió. El gato se situó a sus pies, siendo el único foco de luz la lamparilla sobre la mesita auxiliar junto al sillón. A su derecha, la ventana desde la que podía ver un oscuro Arlanzón y algunos paseantes de última hora.

Con suma profesionalidad, como si de un códice se tratara, abrió la carta con movimientos lentos. Examinó las manchas amarillas del sobre que evidenciaban el paso del tiempo. Sellos casi borrados y la pálida fecha, casi invisible en el matasellos: 29 de mayo de 1965.

La caligrafía era exquisita, una letra apretada que delataba haber sido escrita despacio y cuidadosamente. Cada letra, testimonio de un tiempo en que escribir era una virtud, un arte.

En Soria, a 24 de mayo de 1965.

Soy un hombre ya mayor, me he dado cuenta hijo mío.

Sobre todo me he dado cuenta de que no he hablado contigo lo que debería haber hecho. Me hubiera gustado, y creo que esto es común en muchos de mi generación, haber sido un mejor padre. Pero a veces las palabras adecuadas acuden a la mente cuando ya es tarde, cuando se ha pasado el momento. Hacerse viejo es simplemente acumular remordimientos y no solo momentos.

Te pido perdón sobre todo hijo, por esos instantes, por esos silencios que no llené de explicaciones, por esa frase que me quedó sin decir.

Pero creo que aquí, ahora, en este momento, puedo corregir algo si te hablo desde la sinceridad de mi corazón.

Si tuviera que guardar una enseñanza de todo lo que viví en mi época, si tuviera que rescatar algo de nuestra vida que no hubiera segado la maldita guerra civil, sería la bondad de unas pocas personas a las que conocí.

Y sí, de entre todas ellas, destaca mi maestro. Mi profesor de francés, un hombre bueno y amable. Hay gente que ha hablado mucho de él, que dice haberlo conocido.

Para el mundo sería tiempo después el gran poeta de fama internacional.

Para mis compañeros y para mí era simplemente nuestro profesor de francés.

El profesor Machado.

El maestro de escuela.

Mi amigo Alberto y yo solíamos verle, en tardes como hoy, junto a su mujer, apoyados ambos sobre el muro superior que daba al río, junto a la iglesia.

Siempre recordaré su figura junto a la silla de ruedas donde se encontraba su esposa, los dos contemplando la corriente, en silencio. A veces, él se agachaba a su misma altura. Apoyaba la mano en su hombro y, ejerciendo una leve presión sobre este, le musitaba algunas palabras al oído para retomar acto seguido la misma actitud.

Hoy en día es fácil encontrarse con gente que viene a visitar el actual Instituto Antonio Machado, y dentro del mismo, el aula donde éste enseñó. Para estas personas, estos visitantes, ese espacio es un símbolo, un lugar de culto casi. Para mí sin embargo, siempre será mi vieja clase, una parte de mí, de mis recuerdos, de mis impresiones de aquellos lejanos años, a pesar de las reformas que el edificio ha tenido con el paso del tiempo.

Por aquel entonces se dejaban para la tarde el dibujo, la caligrafía, el canto los trabajos y la educación física dejando para la mañana los esfuerzos más arduos del lenguaje y el cálculo.

Recuerdo las manchas de tinta en mis pequeñas manos, sudando sobre el pupitre lleno de muescas y huellas de los cientos de estudiantes que allí se habían sentado antes que yo, muescas que solo se detenían ante la hendidura para colocar los lapiceros o la pluma y por el propio tintero. ¡Qué dificultad para llenar la plumilla en aquellos primeros intentos! ¡Qué satisfacción cuando, con las manos completamente azules, resultado de mis esfuerzos, lograba que las líneas comenzasen a salir, a aparecer por la punta de esa plumilla! ¡Cuántas visitas al aseo y regañinas de mi madre al acudir a casa con el guardapolvo en pésimas condiciones!

La letra, los trazos, las frases, se iban enlazando, cobrando sentido. Poco a poco, el francés se desprendía de la punta de la plumilla y se plasmaba, huidizo, de algún modo que yo no alcanzaba a comprender, sobre el papel.

Muchas veces me encontraba mirando por la ventana, viendo las moscas posarse sobre el cristal, con ese sonido que me irritaba y a la vez me fascinaba.

—Carmelo... —Una voz amable a mi lado, una mano sobre mi hombro —. Debo de ser muy aburrido, perdóneme usted.

Su voz era cálida, cordial. No había rastro en su cara de doble sentido, de ironía o reproche alguno, solo preocupación al sentir que algo se le estaba escapando en su labor docente y quería saber cuál podía ser la causa, al ver mi falta de atención en clase.

Cada mañana, nuestro profesor, tras saludar a la clase y abrir el único libro de texto que colocaba sobre su mesa, miraba por la ventana hacia un punto que no pude localizar, entre los tejados de la Soria que podía verse desde ella.

Fue así, gracias a él como empecé a preocuparme por mi trazo, por mantener la línea, por cuidar la formación de cada una de las letras, con una cuidada letra inglesa. Recuerdo las comparaciones hechas con otro compañero, como si de un máster universitario se tratara, acerca de la conveniencia de usar uno u otro tipo de pizarrín individual, lejos todavía los cuadernos de escritura. Unos abogaban por los de piedra, otros por los de manteca, más blandos y cómodos. ¡Qué de pruebas efectuadas sobre cada una de ellas para comparar sus méritos, texturas y acabado final!

Esta rutina solo se rompería por alguna visita esporádica con la visita de algún inspector.

Más tarde, mucho más tarde, ya lejos de aquella escuela, vería de nuevo a mi maestro ante cada palabra amable recibida y recordaría su palmada de ánimo en la espalda al corregirme el cuadernillo, lleno de mis frases hilvanadas en un francés apresurado.

—Siga así Carmelo, siga así, *«c'est tres bien»*.

Fue simplemente un hombre bueno. Y con eso me quedo.

Cuando su joven mujer enfermó, toda la buena gente de Soria sufrió con él. Me acuerdo de las miradas que el panadero, el tendero o el sereno se cruzaban entre si cuando la joven pareja pasaba frente a ellos, camino de la muralla, hacia el río, en ese paseo vespertino hecho diariamente en una lucha contra el tiempo. Había un punto allí, en esa muralla, cercano a la iglesia, que don Antonio gustaba de frecuentar.

Desde ese punto, apoyada siempre su mano sobre el respaldo de la silla de ruedas de la pobre Leonor, contemplaban los dos el río, los álamos, el atardecer. Una vez, jugando al fútbol con mis amigos, irrumpimos de sopetón en la plaza sin percatarnos de que se encontraban allí, nuestro balón rebotando sobre la pared de la iglesia, haciendo reverberar el lugar.

Cuando nos dimos cuenta, recogimos con rapidez nuestra pelota culpable y nos fuimos en silencio cómplice calle abajo. No hacía falta decir nada.

Esos fueron en suma, unos años marcados por la sencillez de mis creencias, de mis gustos simples y sinceros que a ti podrán parecerte extraños. Pero sobre todo, lo que recuerdo con cariño, dulzura y a la vez dolor fue mi primer contacto con la amabilidad, el cariño y la dedicación desinteresada.

Luego, ya lo sabes, esa persona se convirtió en algo distinto, histórico.

Desde esa clase, desde esas ventanas, vi crecer la ciudad conmigo.

Hoy con aire melancólico y extraño, veo a la gente entrar en ese lugar, en esa aula y pienso que ahora, solo yo, uno de los pocos supervivientes de mi clase de entonces, guardo en secreto los ecos de las conversaciones que allí tuvieron lugar, de esas vivencias.

No te puedo decir muchas más cosas. He intentado buscar en mi memoria algo que dejarte, algo que pueda ayudarte hijo, pero no quiero decirte nada que no sea sentido. Esa imagen de mi maestro mirando al río junto a su mujer, nunca se me ha ido de la cabeza. Supongo que en aquellos tiempos las vidas de los demás eran sentidas con más fuerza o quizás es que, como ya te he dicho antes, me he hecho mayor y me enternezco y compadezco hasta de la piedra a la que acabo de dar una patada. Pero si envejecer significa ser más sensible o estar más conectado con los demás, bienvenida sea la ancianidad. No quiero utilizar verdades que otros han escrito, pero que yo no he experimentado. Únicamente te puedo transmitir que la bondad es lo mejor que tenemos dentro de nosotros. Que vale la pena buscarla. Sé por tanto un hombre bueno, por simple que esto te parezca.

Aquella lejana tarde, inconsciente de las tribulaciones que pasaban por las mentes de los chiquillos que habían sido mudos testigos de su presencia en esa plaza, y despreocupado de todo cuidado que no fuera el de la silla de ruedas que llevaba entre las manos, el maestro había encaminado las pequeñas ruedas de la misma hacia la plaza. Las piedras calientes del empedrado agradecieron el breve respiro de sombra que creaba la superficie del vehículo.

No había nadie a esa hora. Mover la silla de este modo se convertía en una tarea placentera. Moverla, avanzar, sentir que iba a algún sitio, que tenían los dos una meta y un destino.

Aunque fuera el pequeño muro sobre el Duero.

Sí, era agradable ese pequeño respiro de paz, los dos situados mirando el monte frente a ellos.

Apoyó la mano sobre el brazo de Leonor sin decir nada.

Era su modo de recordarle que estaba allí.

Esta correspondió oprimiendo un poco la de él, suavemente, como todo en sus movimientos de los últimos días.

El ruido de una pelota inundó de sonido la solitaria plaza, pero ninguno de los dos prestó atención alguna al mismo. En su mundo ya habían hecho el hueco que precisaban.

Un tordo se pavoneaba en la orilla opuesta.

Podría el profesor permanecer allí varios minutos, de hecho a veces así lo hacían, antes de pasar de nuevo frente a la iglesia camino de casa.

Ella, tras tocar nuevamente con su mano derecha la de él, reconociendo su presencia, volvió a mirar hacia delante.

Las aguas bajaban con fuerza ese día, al menos con más fuerza que el anterior.

Era la fuerza de la naturaleza, semejante a la resistencia de los álamos erguidos en las orillas. Antonio se acordó de aquel ejemplar con el que se había encontrado días atrás, su tronco muerto, reseco. Sin embargo, un brote verde en el costado anunciaba una nueva vida en el árbol.

Tendría que escribir algo sobre eso.

Sobre estos días azules y este sol de la infancia.

Sobre la resistencia de la naturaleza, sobre la vida.

Antes de que fuera tarde.

Carlos había estado leyendo la carta junto a la ventana. La iluminación navideña de la ciudad atravesaba los cristales y rebotaba en los espejos del interior del despacho, proyectando un arcoíris sobre su rostro. Contemplando ahora el paseo del Espolón, pareciese que fueran otros ojos quienes lo vieran, que esta fuera la primera vez.

CAPÍTULO 69

UN NUEVO COMIENZO

Sonó el timbre de la puerta.

Era Elena.

—Sabes que hace tiempo que no toco el tema desde nuestra última conversación al respecto —dijo esta tras intercambiar unos saludos e interesarse brevemente por la marcha de las clases del profesor—. Me consta y tengo claro que aunque quisieras, no podemos seguir la investigación, al menos no del modo en qué querías llevarla. Así se lo dije a mi colega de Deusto.

Aquí Elena se detuvo, haciendo como historiadora y paleógrafa un hábil uso de ese truco tan viejo como la humanidad que consiste en manejar el tiempo, despertando así la curiosidad del interlocutor al posponer la información.

—¿Para qué? —dijo Lafuente al cabo de unos segundos.

—Quiere prestarme ayuda con cierta investigación.

Nuevo silencio mientras Elena sostenía entre sus labios el cigarrillo apagado que acababa de sacar del bolso, haciendo ademán de buscar el mechero en el mismo con la otra mano.

—¿Una investigación? —dijo Carlos sin entender, volviendo a caer en la red hábilmente tendida por su compañera.

—Bueno, ya sabemos que, por lo que a nosotros respecta, ni tú ni yo podemos seguir dando determinados pasos en pos de Kristina, ¿no? —volvió a bajar la cabeza concentrada en el encendido del cigarrillo.

— Sí, eso lo tengo asimilado, y todavía no he preparado mis currículums para empezar a enviarlos, si te refieres a eso.

—Te entiendo perfectamente, imagínate, y entiendo además que quieras abandonar sobre la base de todo lo que me dijiste antes de que salieras de viaje. Aquí estamos sin poder examinar el Códex musical y otros documentos similares que obran en el monasterio de las Huelgas, mientras se pueda estar dando el caso ahora mismo de que cualquier otro investigador, no solo de España, sino de cualquier otra universidad del planeta pueda tener acceso a los mismos. Es un poco injusto. ¿No te parece? Entra dentro de lo posible que, incluso alguno lo haya hecho ya, y tenga en su poder esa autorización.

Hasta un paleógrafo concentrado en sí mismo era capaz de detectar el tono burlón del discurso de Elena.

—¿Estás jugando conmigo Elena? ¿Es un acertijo literario tipo Lewis Carroll que te has sacado de la manga?

—No, no. No es eso, créeme. Imagínate que, y pongo por caso, y esto únicamente a título de ejemplo, claro esta —continuó Elena sin parecer darse cuenta de la reacción de su compañero—, que algún profesor de historia de una universidad española, movido por el celo profesional, estrictamente profesional claro está, al margen de querer apoyar a una colega, quisiera hacer un favor a esta y solicitar en su nombre dicho permiso, ¿qué me dirías?

—¡Por favor, déjate de coñas y dime qué quieres decir!

Elena se levantó de un salto de la silla y se dirigió hacia la cafetera siempre presta en la estancia que simulaba una torre vigía.

—¿Quieres un café? Yo creo que me he ganado un par de ellos. La última de mis clases no ha sido de las mejores —dijo, inspirando el humo del cigarrillo con deleite en ese momento. Dijeran lo que dijeran los detractores, un Winston a media tarde era un auténtico raudal de energía.

Y sin más preámbulos procedió a preparar la cafetera con movimientos pausados y perezosos que iban exasperando a Carlos por momentos.

—Por Dios, Elena, ¿puedes dejar ese puñetero café y explicarme qué quieres decir? Cuando empiezas con esos aires teatrales me pones de los nervios.

—Nada, nada, solo que me acordé de mi viejo amigo, Nicolás Pedrosa, con quien compartí durante tantos años banco en la facultad y que solía tirarme los tejos por aquella época —aquí Elena inhaló su cigarrillo mirando con una sonrisa hacía el campus, quizá evocando la escena—, quizás repito, movido por tiernos sentimientos no precisamente académicos, me podría hacer otro tipo de favor en nombre de la amistad y de esos arcaicos sentimientos que, precisamente por ser arcaicos son históricos, ya sabes...

La cara de Carlos, completamente incapaz de seguir el hilo que le estaba lanzando su compañera, era un poema.

—¿Estoy entendiendo lo que creo que estoy entendiendo? —dijo aventurándose.

—Hay un proverbio chino que dice: «*Nunca te rindas, a veces la última llave es la que abre la puerta*» —dijo esta enigmáticamente con una sonrisa maliciosa, sacando un objeto de su bolso.

Un sobre.

En una de las esquinas figuraba de modo prominente el sello y el nombre. «Universidad de Deusto, Facultad de Historia».

—Pon tu latín a prueba, ¿recuerdas las palabras de Séneca: «*Ignoranti quem port um petat quilibet ventus suus est*», o dicho en buen burgalés «quien ignora hacia que puerto se dirige, cualquier viento le sirve». ¿No te parece Carlos? Observarás que me he permitido alterar la cita original un poco.

El interpelado se levantó y dio varios pasos por la estancia.

Miró a Elena como si la viera por primera vez y a continuación a la ventana y la marina que presidía el fondo de la escena, como si de un decorado para una ópera se tratara.

Ya sabía lo que significaba, lo que le había atraído de esa pintura. La eterna lucha de las olas, golpeando sin descanso contra la orilla. Una y otra vez. Aún sabiendo que nunca llegaría a ella.

En ese momento se oyó un toque en la puerta.

—¡Adelante! —dijo el profesor con voz ausente.

Era Arturo. Arturo, con la mirada radiante y la bufanda colocada en un ángulo imposible. Parecía que el pobre chico hubiera intentado estrangularse con ella en la puerta de su cuarto antes de descender al comedor.

—Me han dicho que se planea una excursión por aquí. ¿Estoy en lo cierto? —dijo olisqueando el olor a café que llenaba el lugar—. Para mí solo una cucharada de azúcar, por favor —añadió sonriendo a Elena que respondió con un guiño cómplice, a la vez que asentía.

Una leve mueca comenzó a dibujarse en la cara del profesor. ¡Diablo de chico!

—Sí, no te equivocas —dijo al fin mirando de uno a otro con una sonrisa invadiendo ya completamente su rostro—, no puedo con vosotros. ¿Dónde está ese Códex musical?

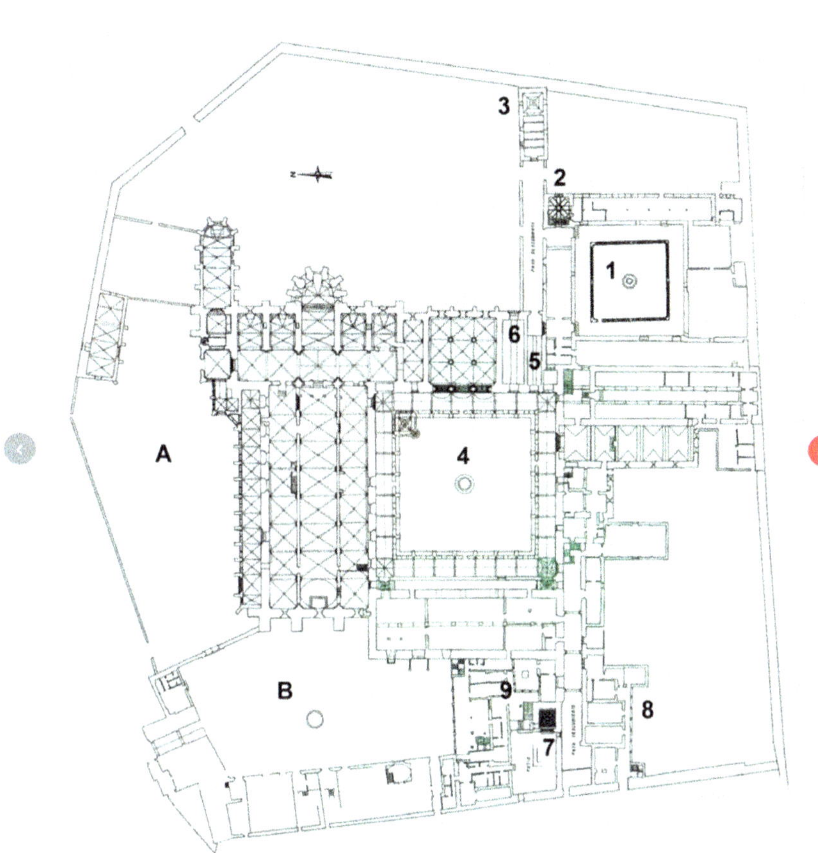

-santa María la real de Las Huelgas (Burgos). Planta general (corpus de arquitectura Monástica Medieval, UaM). a y B. compases. 1. claustrillas. 2. capilla de la asunción. 3. capilla de santiago. 4. claustro de san Fernando. 5. Paso a claustrillas. 6. Locutorio. 7. capilla del salvador. 8. Palacio abacial moderno. 9. Patio de infantas.

CAPÍTULO 70

ARTURO SE TOMA UNA CERVEZA

Divagaciones y música al atardecer.

Una bandada de vencejos cruzó el cielo hacia el oeste y, de repente, a una señal del líder, cambió repentinamente el sentido de su vuelo dirigiéndose en su lugar hacia la línea del horizonte, como si hubieran divisado allí algo interesante desapercibido para los mortales. Unas hojas perdidas quisieron imitarlos, alzándose levemente sobre el suelo para caer, derrotadas a tierra tras dar unas pocas vueltas.

«La poesía de lo cotidiano, eso es lo que se ve desde esta ventana» —pensó Arturo.

Estaba en su pub favorito, el Eloísa, situado en el mismo paseo del Espolón, muy cerca de la plaza Mayor, en compañía de su grupo de amigos, entre los que se encontraban Camila y Pedro.

Necesitaba relajarse un poco.

Habían sido demasiadas sorpresas para un solo día.

El sonido del bar a esa hora era tranquilizador. El mismo ruido de todos los días, el murmullo de infinitas voces contando distintas historias, unas sobre otras, barajando hipótesis acerca de la vida vivida y futura, diferentes modos de poner el lavavajillas o hacer el café, en esa eterna pugna de voluntades que es la existencia.

Frente a él, la certeza de esa jarra de cerveza, de la espuma dejando su marca en los laterales de la misma, terminando con círculos sobre la mesa.

Lanzó un vistazo perezoso a la carpeta que había dejado a su lado, entre él y la ventana, protegida de miradas curiosas. Finalmente, Evaristo le había dejado sus apuntes para que se los revisara. Evaristo, el afortunado rockero poseedor de aquella furgoneta con la que «el grupo» había cruzado Burgos para dirigirse a Covarrubias en busca del sarcófago de Kristina. Evaristo, compañero de varias vacaciones y de tardes de remo sobre el Arlanzón. De paseos entrando y saliendo de la librería Anticuaria Lyda, en busca de ejemplares donde el polvo que los había albergado fuera distinto, para, a renglón seguido, comparar los diferentes olores de sus páginas así como la coloración del moho contenido en su interior. Ambos tenían la teoría de que se podía distinguir un libro por su olor, por el tipo de polvo que lo cubriera. Se ajustó el cuello de la camisa. Se sentía cómodo en esa silla frente a la ventana, entre las dos macetitas colocadas allí de modo armonioso por Verónica, la propietaria.

Miró hacia fuera una vez más. La anciana que paseaba a sus dos diminutos perros todos los días cruzaba a esa hora, puntual como siempre, el cuello del abrigo levantado, sonriendo de vez en cuando a algún conocido, viviendo su rutina placentera.

¡Oh, las realidades de una tarde de otoño, de esos sonidos familiares que cierran un día, que marcan una expectativa, abriendo paso a otro capítulo del diario quehacer! ¡Qué hermosa sensación experimentaba, abandonado así a la necesidad de la acción inmediata, de la solución pronta a un problema, dejando en su lugar vagar la mente cerca del calor de la chimenea que ardía en el pub!

Verónica le saludó desde la barra, conocedora después de muchos años, de las costumbres del joven estudiante.

Arturo dejó vagar sus pensamientos que se unían unos a otros por pura inercia, por puro hábito.

Una chica con jersey de cuello alto estaba jugando a los dardos. Un jersey de lana. Parecía de estilo escocés. *Tweed*. Las Highlands. Algún día tenía que ir a verlas, cruzar esos valles solitarios con nombres extraños. Demasiado exóticos para estar tan cerca, en la vieja Europa. Nombres como Portree o Dunvegan, Clay o Fort Williams.

Es curioso cómo el cabello forma parte esencial de la belleza de una mujer. Esta joven, de llevar el pelo recogido, ¿ofrecería seguramente otro aspecto, otra identidad quizás? Para un mundo basado en los símbolos, esto era lo único necesario. Otra apariencia, otro símbolo, otra personalidad. Otra manera de ser percibido. La percepción lo es todo.

Hizo un esfuerzo por vaciar la mente de cualquier pensamiento.

Habían sido días agotadores. No podía teorizar más. No quería pensar más que en esa jarra de cerveza y en la compañía de sus amigos, Claudia y Pedro. Claudia estaba contando en ese momento su último viaje:

—Pues allí estábamos con las maletas perdidas en pleno Múnich. Vos no nos hubieras encontrado en una situación peor. Solo me quedaba una de ellas y encima se le habían roto las ruedas. Así que me vi obligada a arrastrarla por el metro y por las calles, caminando como podía y llevándola en peso. ¡Dios, cómo llegué a odiarla!

Tras contar esa anécdota, Claudia cogió la guitarra que había reposado silenciosa a su lado y, con la misma naturalidad y aparente facilidad que si estuviera cogiendo entre sus manos una de esas jarras de cerveza que tenían sus amigos entre las manos, comenzó a cantar, como si esto fuera la consecuencia lógica después de narrar algo así.

Era una canción que Arturo había oído alguna vez de pasada pero nunca en su integridad:

> ... Cuenta la leyenda que en un árbol
> se encontraba encaramado un indiecieto
> Guaraní
> Que sobresaltado por un grito de su madre
> Perdió apoyo, y cayendo se murió.
> Y que entre los brazos maternales
> Por extraño sortilegio en chogüí se convirtió.
> Chogüí, chogüí, chogüí, chogüí,
> Cantando está, mirando allá,
> Llorando y volando se alejó.
> Chogüí, chogüí, chogüí, chogüí,
> Que lindo va, que lindo es
> Perdiéndose en el cielo guaraní...

Ese tono de voz, acompañando a esa canción pareció aportar al ambiente el necesario grado mágico, nostálgico, ese mismo matiz tonal con el que, de modo inconsciente, la cantante enamoraría a más de un hombre a lo largo de su vida.

Arturo se sintió atrapado en ese momento por un extraño sentimiento que nacía en su interior. Sin rostro, sin expresión todavía, pero allí estaba.

Como muchos otros antes y después, Pinedo había sufrido el hechizo de esa canción que, al igual que otras muchas baladas oídas a lo largo de la vida, le haría mirar hacía dentro con la sensación de haber perdido algo de lo que no teníamos conciencia y que a partir de ese momento se tornaría tremendamente vital para él.

Esa sensación de perdida interior que, acompañada y flotando sobre la guitarra de su amiga, le hacía sentirse parte del dolor humano.

Cuando Claudia terminó de cantar y dejó de nuevo la guitarra a un lado, Arturo hubiera deseado que la canción se prolongara un poco más, solo un poco más. Quizás entonces hubiera podido poner nombre, fijar la emoción que estaba sintiendo. Pero al igual que el pequeño indio de la letra, esta se había ido.

—Y bueno, encontrar alojamiento ya fue otra historia —continuó Claudia tras este breve intermezzo, dejando la guitarra a un lado, como si la conversación no hubiera cesado en ningún momento—. El metro era caótico. Todos esos nombres en alemán, todos esos pasillos, llenos de tiendas y carteles que parecían ir al mismo sitio...

La escuchaba con sonrisa ausente. Sí, volvió a repetirse, era agradable esa sensación de no verse obligado a pensar en nada, de no tener que decidir nada, una vez pasado el trago de pedir un tipo determinado de cerveza.

Otra Paulaner bastaría por hoy.

Arturo miró de nuevo hacia la calle. No pasaba nadie en ese momento.

La luz había ido mutando en la ventana, pasando los tonos del naranja fuerte a uno más marcado, filtrándose por el ventanal, por el cristal biselado, cayendo sobre la mesa y formando sombras donde antes no las había, creando dibujos extraños, haciendo que la sombra de la jarra, del ordenador, de su bolígrafo parecieran dragones en un caso, barcos surcando el mar en otro...

Su atención recayó sobre la jarra frente a él, en el dibujo caprichoso que se había formado sobre la mesa, tras atravesar la luz la cerveza y la espuma...

Las formas que desfilaban ahora sobre el mantel semejaban efectivamente barcos viajeros en busca de destino, con tripulación desconocida a bordo, quizás con acreditación dudosa.

Esa luz le recordaba también esos horizontes sin fin de las películas de Charlot hacia los que este se encaminaba al final de las mismas. O ese otro horizonte —esta vez en tonos naranja— hacia el que cabalgaba el vaquero en incontables westerns. La fascinación de la lejanía y del sol poniente. Siempre había sido así en la historia de la humanidad.

Se quedó mirando la jarra.

La sombra proyectada sobre la mesa.

Las formas coloreadas y fantasmagóricas.

Como decía Truffaut, al ser humano siempre le habían fascinado las imágenes proyectadas desde antes del invento del cine. Antes de este fue la linterna mágica, y con anterioridad a eso, la cámara oscura, hasta llegar en ese viaje hacia atrás a ver las llamas de una hoguera danzar sobre las paredes de una cueva, en la lejana prehistoria.

CAPÍTULO 71

REGRESO AL MONASTERIO DE LAS HUELGAS

Donde se demuestra que a quien madruga Dios le ayuda o cómo el pájaro madrugador atrapa el gusano.

Carlos se acercó con cierto aire de misterio a la mesa donde Arturo estaba examinado con atención un volumen sobre vidrieras medievales.

—Arturo, me gustaría decirte algo antes de ir de nuevo a Nuestra Señora de las Huelgas —dijo el profesor en voz baja.

El alumno, pillado en la consulta del volumen que tenía entre las manos, le miró con extrañeza.

—Lo que hemos pasado en los últimos meses me ha dado mucho que pensar, ¿sabes? Mucho que pensar —continuó el profesor serio, casi solemne—. Te prometo que no volveré a reírme más de tus coincidencias significativas —dijo, trabándose con las palabras—. No creí que fuera a decir esto nunca, pero los acontecimientos de estos últimos días, mis últimas experiencias me han hecho llegar a pensar que es posible que exista de hecho una energía extraña que nos penetre y nos relacione a todos de algún modo. Si antes me hubiera oído hablar así no me lo habría creído. En cualquier caso no he dicho que existan, tan solo que admito la posibilidad de la misma.

Elena continuaba entretanto examinando los apuntes que tenía dispersos sobre la mesa, mientras lanzaba ocasionales miradas inquisitivas a alumno y profesor desde ese punto estratégico.

Carlos se volvió a mirarla, temeroso de que hubiera escuchado algo del cauce de la conversación. Reafirmado en la seguridad de que no era así, prosiguió:

—Es más, quiero que me hagas un favor en esta locura de investigación que llevamos los tres.

—¿Cuál es profesor? Me intriga ahora usted.

—Es bien sencillo. Cuando vuelvas a tener una de estas intuiciones, cualquiera que sea, síguela, síguela hasta el final. Deja que tu inconsciente te guíe del modo en que yo creo que lo hace.

—Se lo prometo si eso hace que se quede más tranquilo —dijo Arturo acostumbrado a las excentricidades de su mentor—. Y si quiere un poco de forraje para la mente piense en lo que menciona Fulcanelli en su libro, «No hay aquí abajo, casualidad, coincidencia, ni relación fortuita».

Al cabo de unos segundos en que los tres habían vuelto a concentrarse en su tarea, se alzó nuevamente la voz de Pinedo de entre los papeles, mientras mostraba una cara que quería ser todo lo expresiva de una inocencia meditada que pudiera darse en alguien de su edad.

—¿Profesor?

—¿Sí, Arturo?

—El otro día vi en televisión una profesora de la UBU hablando sobre las peculiares vidrieras del monasterio antes de que fuéramos al mismo. Su apellido era «abad», ¿cuenta eso como coincidencia significativa? —contestó este con una sonrisa.

Al salir de casa Carlos Lafuente pudo advertir como esa tarde del quince de diciembre mostraba indicios de cambio. La niebla comenzaba a reptar por los márgenes del río entre las que la ciudad abrazaba al Arlanzón. El cielo era apenas visible bajo una tonalidad gris generalizada, como un fondo extendido de color sobre un lienzo antes de ser pintado.

¿Eran las cinco de la tarde o se había ahogado la hora en otro tiempo, en otra dimensión?

—¡Carlos, aquí! —se oyó una voz desde su izquierda.

La misma tenía su origen al otro extremo de la calle. No tardo en ver el Opel Crossland X de Elena aparcado en la esquina, al lado de una cafetería situada justo enfrente del puente. En su interior se adivinaba la cabeza de Arturo en el asiento del copiloto.

Carlos entró en el vehículo y, tras un breve saludo, guardó silencio. Al igual que en el viaje anterior nadie parecía tener muchas ganas de hablar durante el trayecto.

El coche, tras realizar el mismo recorrido que la vez anterior, giró por una de las calles cercanas a las casas del Compás. Esta vez aparcaron al principio de un grupo de ellas, frente a una tasca que ostentaba el nombre «Teresa» en la fachada.

La luz en esas calles parecía teñida de un tono azulado grisáceo por esa niebla que se empeñaba en deslizarse sobre sus pies y reptar hasta la cintura de los paseantes.

La sorpresa fue al girar la esquina.

La calle del Compás parecía haberse desvanecido de repente. Miraron hacia atrás. El cartel de la tasca era lo único que podía verse a sus espaldas. Delante, su destino había desaparecido, engullido por la niebla. Las casas de la derecha apenas se adivinaban.

El viejo monasterio se había convertido en algo extraño, misterioso y lúgubre. De repente pareció inundado de miles de secretos e innumerables recovecos donde explorar, dando la impresión de que las almas y los espectros de sus antiguos habitantes, así como de las figuras yacentes en el mismo fueran a levantarse en aquella tarde para cruzar esos pasillos solitarios, húmedos y silenciosos.

Arturo miró hacia la torre, asomando la nariz por encima de su bufanda mientras se frotaba las manos, a pesar de tener estas embutidas en guantes de piel. Le pareció como si el campanario rasgara esa forma grisácea y húmeda que todo lo envolvía. La posición de los dos arcos superiores sobre el inferior semejaba un grito de pánico silencioso en una tarde así. Se imaginó por un momento subiendo la escalera de caracol que sabía se encontraba en su interior y la mera idea le hizo estremecerse.

Las chaquetas y gruesos abrigos que portaban transmitían escasa protección frente a esa gélida y casi paranormal sensación que les traspasaba, de modo extraordinario, todas sus ropas.

Elena golpeó el suelo con sus botas.

—¡Dios, no logro que mis piernas entren en calor! Démonos prisa por favor.

—Mucho me temo que el interior no sea más acogedor en un día como hoy —contestó el profesor.

Los paseantes y habitantes de la zona parecían haberse evaporado, a excepción del bar antes mencionado. Solo uno o dos coches aparcados en la calle vacía, como apliques fuera de lugar parecían pedir disculpas por encontrarse en este lugar en ese tarde. Sus luces apagadas y grises les recordaron que continuaban en el siglo XXI.

El inconfundible y penetrante olor a piedra húmeda asaltó sus narices. Tuvieron que tentar las viejas placas de las paredes para que las mismas les confirmaran que iban por el camino correcto. Las puertas eran así descubiertas nuevamente por osados exploradores de un mundo que se había desvanecido.

¿Era este el Monasterio de las Huelgas que conocían o se trataba de un lugar semejante perdido en el tiempo? Los sentidos parecían haberles engañado esta vez.

La espesa niebla cubría el entorno. El césped exterior, los gruesos muros, la puerta real, la alta torre con sus almenas, todo había sido tragado por este fenómeno.

Al llegar frente al bar que frecuentaron la vez anterior, un coche aparcado arrancó en el preciso momento en que se encontraban a pocos metros de él, a la vez que encendía sus luces, dando así la impresión de que se materializara desde la nada.

Dentro del bar brillaba una luz anaranjada, invitándoles a entrar, a refugiarse del mundo exterior. Por unos instantes las fuerzas del profesor parecieron flaquear. Era tentador imaginarse en él, fumando una pipa tranquilamente en el interior, quizás tomando un café con leche bien caliente en caso de no contar con apartado para fumadores, mientras los parroquianos jugaban a los dardos o discutían las virtudes del Real Madrid y el Barça como había ocurrido durante décadas.

—Vamos, no os entretengáis, os recuerdo que el técnico del Archivo Real nos está esperando —dijo Elena mientras enarbolaba en su brazo derecho el salvoconducto que había conseguido para esta ocasión.

El profesor tuvo que olvidarse de su idea. En lugar de ello tendrían que traspasar los húmedos muros del monasterio y enfrentarse una vez más a las estatuas, las tumbas de piedra fría y un misterio insondable.

CAPÍTULO 72
MISA DE LAUDES

Los tres se miraron con cierto recelo.

Fue Carlos quien avanzó, cruzando sin decir palabra bajo la alta torre donde habían sido encerrados antaño los capellanes en castigo por su desobediencia a las abadesas.

En cuanto entraron en el Compás de Adentro pudieron ver la figura alta de un hombre que, envuelto en un impermeable, parecía destacar del entorno, resplandecer entre esa aura blanca, esa nube que lo envolvía todo aunque su contorno apenas se distinguiera en ese medio nuboso en que se movía. Semejaba un ángel despistado que esperase una nueva alma a la que guiar en ese punto del viaje. Un débil brillo a la altura de su boca indicaba que estaba fumando un cigarrillo. Luz al fin y al cabo.

Los pájaros se habían quedado mudos en una tarde así.

La ausencia de sonidos hacía resaltar los pasos de aquel hombre que caminaba lentamente con un ruido metálico frente a la puerta que daba entrada a las oficinas, rehaciendo los mismos al llegar al extremo opuesto de su trayecto.

—¡Buenas tardes! Les estaba esperando. Les agradezco que hayan sido puntuales —dijo este con una voz profunda que atravesó la niebla, en cuanto adivinó su presencia.

—¿Había otra opción? Hubiera querido pasear un poco por el parque, pero parece que la meteorología tenía otros planes —contestó Elena.

El hombre hizo un mohín con la boca que podía significar tanto algo afirmativo, como escasa apreciación por el humor de la profesora y arrojó lo que le quedaba de cigarrillo al suelo.

Pudieron ver entonces sus facciones bajo la escasa luz que llegaba desde la puerta entreabierta. Habían esperado encontrarse quizás con el anterior técnico, pero la figura que tenían delante no podía ser más diferente. Su rostro pálido y seco, sus ojos cerrados y labios finos, unido todo ello al entorno gris que les rodeaba, hizo que los tres dieran un paso hacia atrás.

—Si no les importa, vayamos directamente a la sala de estudio —dijo el hombre, con tono seco, sin parecer darse cuenta del efecto que había tenido sobre los recién llegados, quizás por fuerza de la costumbre, dando pequeños tirones a sus guantes de cuero para asegurarse su precisa colocación—. Creo que ya la conocen suficientemente según me han dicho.

Tras seguirle al interior la puerta que había recortado así la luz encarnada y cálida del mismo se cerró con brusquedad, con un sonido seco y cortante, dejando por el momento atrás aquel mundo gris.

La niebla les había aguardado, les había esperado para sumergirlo todo.

Al entrar en la sala de consultas no vieron a nadie. Al parecer el lugar estaba vacío.

Alguien había dado sin embargo las luces unos minutos antes.

Una cierta sensación de extrañeza se respiraba en el lugar, en el brillo y el tono de las paredes, en la excesiva luz que rebotaba sobre los modernos archivadores colocados a ambos lados.

—Ahora vendrá la madre archivera. Acabo de avisar a mis compañeros para que sepa que ya están aquí —dijo con tono eficiente el técnico, mientras depositaba con sumo cuidado un maletín de cuero sobre la mesa.

Asintieron en silencio esperando de un momento a otro escuchar el familiar canturreo de la madre Amalia.

Elena no pudo evitar fijarse en el curioso cierre cromado del maletín sobre el que aparecían las iniciales «C.R.» de modo destacado.

Durante el poco tiempo que permanecieron esperando en la sala, a Arturo, quizás influido por la clase de latín que había tenido esa misma mañana, le vino a la mente la idea de que tales iniciales no eran sino las de «Cristianus Rex», y tal hombre su mensajero.

Por fin se abrió la puerta del fondo y una hermana de nariz ganchuda y gafas redondas que cabalgaban sobre la misma de mala gana, miro en torno suyo comenzando primero por la lámpara, como maravillándose de que estuviera encendida. A continuación, paseó su mirada por los archivos, el suelo y el muro opuesto para, con cierta contrariedad, tener que posarla al final en el grupo de personas que se encontraban justo delante de ella.

—¿No está la hermana Amalia, la archivera? —preguntó Elena en cuanto la monja llegó a su altura.

—Soy sor Marcela, la nueva archivera. Sor Amalia se reunió con Dios hará escasamente unas semanas. ¡Que Él la tenga en su gloria! —dijo la interlocutora con cierta aspereza mientras se persignaba.

Al ver la cara que ponían los visitantes avanzó un poco más de información, pero dando a entender con sus gestos y tono de voz que esto no entraba dentro de sus obligaciones:

—De repente empezó a apagarse. Comenzó con una ligera tos por las tardes que se fue extendiendo al resto del día. Luego se quedó en su celda donde se le llevaba la comida y al cabo de unos pocos días se fue.

Al oír esto Arturo no dijo nada. Miró alrededor del cuarto de investigadores como buscando una respuesta. No había reparado hasta entonces en que ya no se encontraba el grupito de plantas en su esquina habitual. Tampoco estaba el recipiente de cerámica lleno de caramelos.

No era posible que la hermana Amalia se hubiera ido de esta manera. Su voz aún resonaba en sus oídos. Sentía que había quedado una conversación interrumpida entre los dos desde la última vez que la vio, que algo había quedado sin decir. Preguntas por hacer.

Sí, estaban en el mismo lugar que la vez anterior, en el mismo cuarto sobrio, pero la niebla exterior parecía haberlo cambiado por completo. Hoy no contaban con la presencia de la simpática administrativa del patronato, Remedios Ponciel, ni del anterior técnico de Patrimonio.

La juventud se le estaba empequeñeciendo a Arturo. Sentía que menguaba por minutos.

—Necesito salir fuera un momento —dijo Arturo con cierto temblor en la voz que Elena detectó enseguida.

Se detuvo así el joven en el exterior, bajo el arco apuntado del Paso de Santiago, en aquel estrecho pasadizo que daba a las Claustrillas, donde una vez le había parecido ver la figura de una mujer cruzando entre sus bóvedas.

Miró a su alrededor. A este lugar lleno de paz y de secretos.

Recordó las tardes y los paseos que había dado por él cuando se tomaba un respiro en las investigaciones, la peculiar sonrisa de la anciana madre cada vez que se cruzaba con ella en este lugar. Y esa última y extraña despedida. En ese momento agradeció el aire fresco, la bocanada de niebla en la cara. Sintió que habitaba un mundo de fantasmas. En esa tarde todo parecía posible, los espectros que poblaban el monasterio le estaban castigando a él y a sus amigos por querer penetrar en sus misterios. ¿Tendría razón el profesor cuando le dijo que a lo mejor era más conveniente dejar el pasado en paz, con sus secretos, con sus verdades a medio decir?

Le vinieron entonces a la mente también sus paseos anteriores a esa tardía hora por estos mismos claustros vacíos, contemplando la obra labrada con paciencia sobre las columnas y los tímpanos de las puertas, sin prestar atención a las sombras siniestras que le hacían guiños desde rincones comprometedores.

Cuando volvió a la sala, Arturo agradeció que sus compañeros no mencionaran su reciente ausencia. El profesor se encontraba hablando con el hombre venido del más allá.

—A veces es precisa la constancia para conseguir algo —decía Lafuente.

—Probablemente tengan ustedes suerte y estén en lo cierto, desde luego. Aunque no lo creo, ¿saben? —dijo el hombre que no terminaba de acomodar sus dedos en los guantes de cuero—. En once años que yo sepa, solo se han producido dos autorizaciones para ver los códices físicos del archivo. Y ustedes, en dos meses, ya han logrado venir dos veces por lo que he visto en su ficha —dijo con cierto sarcasmo.

Transcurridos unos incómodos y vacilantes minutos, reapareció por fin la madre archivera.

Esta vez ninguna tonadilla la precedió.

Empujaba en silencio la ya familiar mesa de ruedas sobre la cual traía un grueso libro que procedió a depositar cuidadosamente delante de ellos, consciente de que todos los ojos estaban puestos sobre ella.

Los visitantes que ya se habían colocado previamente los preceptivos guantes se acercaron con respeto a la mesa.

Allí estaba... el objeto de sus pesquisas era un volumen de gran tamaño de unos 260 x 180 milímetros, encuadernado en madera de un centímetro de grosor y forrado en tela.

El Códex musical de Las Huelgas.

Lo primero que llamó la atención de Arturo cuando el profesor lo abrió con un cuidado respetuoso y en silencio —bajo la atenta mirada del técnico—, fue una enorme letra «B» roja sobre el pentagrama. La antiquísima notación musical mostraba en su derredor figuras que semejaban pequeñas moscas que dieran vueltas en torno a la misma, tentadas por su color cobrizo. Esas tonalidades rojizas y azules de las iniciales desvelaron a los presentes una belleza que les dejó sin palabras.

—Esta es, amigos, la representación de la llamada *Ars Antigua*, la música de la antigüedad formada por motetes, conduits, organum y secuencias —dijo el profesor en voz baja—. El único códice de los que recopilan la música de la antigüedad que ha permanecido en el mismo lugar donde se creó durante más de siete siglos —y tras examinarlo en silencio levantó la cabeza mirando de Elena a Arturo—. Todo aquí en diecinueve fascículos de pergamino.

El control y supervisión del técnico parecía posarse en ellos cuando no era observado, mirando a los investigadores, a sus figuras inclinadas sobre el códice, a los papeles y los impresos que examinaban una y otra vez. El hombre parecía albergar una esperanza de encontrar algún resquicio que justificara el no seguir adelante con el trámite.

Inconsciente de esta inquietud el profesor examinaba y cotejaba junto a sus compañeros cada una de las páginas del códice original con las copias en facsímil que tenían entre sus manos.

Sí, allí estaba nuevamente la Anotación marginal que aparecía en algunos folios:

17): «*Johannes Roderici me fecit*» (18), —Johannes Roderici me hizo y «*cantat me sin miedo que Johan rodrigues me enmendi*»— cantadme sin miedo que Johan Rodríguez me corrige—, con un ligero cambio en la forma de escribir el nombre en la segunda frase.

—¡Nada menos que el equivalente de nuestra moderna fe de erratas! Un aviso de que si algo andaba mal en la composición o en el canto real, el copista con su buen hacer, enmendaría el entuerto una vez avisado para que todo siguiera adelante —dijo Lafuente, sonriendo para sí ante esta reflexión.

Arturo miró por encima del hombro y contempló de mala gana al técnico que se encontraba cerca de ellos. Nada de la confianza demostrada por su antecesor. Este hombre era en efecto una sombra perenne, fría y gris como la niebla de la que había surgido.

No obstante, tras unos minutos gélidos, el plúmbeo paso de los segundos fue haciendo mella en la humanidad de este último y, cansado al parecer del examen rutinario y moroso que realizaban los visitantes, debió pensar que quizás ya había dado sobrada muestra de su pericia y dedicación profesional y, tras comprobar que no era necesaria una excesiva supervisión ya que tanto los profesores como el joven usaban los guantes y el códice de modo correcto, se relajó y sacó del bolsillo interior de su gabardina una novela del Oeste dirigiéndose hacía uno de los asientos que allí había.

«Mientras no toquen el manuscrito demasiado todo ira bien» —se decía para sus adentros— «¡Qué gente más extraña viene últimamente a examinar los libros! Tendré que hablar con el director del Archivo General. No se puede autorizar así como así a la gente» —y procedió a dar un suave tirón a un guante rebelde a la vez que abría la novela dispuesto a enfrentarse a un tiroteo inevitable.

—Este aprendiz de gánster de Hollywood de 1930 me está poniendo nervioso —dijo Arturo a Elena por lo bajo.

La profesora no pudo evitar sonreír levemente mientras seguía con interés el viaje por el manuscrito.

Después de varias horas de examen, Lafuente se levantó y, tras mirar sus notas, se frotó los ojos, cansados de fijarlos sobre el texto y los minúsculos caracteres.

—No veo nada relevante —dijo con un leve hilo de voz, casi un susurro mientras se mordía los labios, y tras unos segundos, volvió a repetir, en esta ocasión un poco más alto—. Tampoco esta vez.

—Teníamos que hacerlo, lo sabes. Había que intentarlo —dijo Elena mientras apoyaba una mano sobre sus hombros—. Lo que dijiste sobre la música era por lo menos verosímil.

—Tú tampoco ves nada significativo, ¿verdad? Esto es de locos. Quizás deberíamos de estar mirando otro manuscrito, pero tengo la tremenda intuición de que está aquí, en Huelgas, en algún sitio. Lo sentí así en la primera visita. Se me debe estar pegando algo de Arturo.

El técnico levantó la cabeza al oír el nuevo tono del profesor, prestó a llamarles la atención de continuar en él.

—Nada —prosiguió Carlos al fin—. No veo nada distinto a lo que tenemos en la copia en facsímil. Me he fijado en cualquier tipo de variación posible de los caracteres, en la coloración de la notación musical pero nada. Tenían razón. El original es idéntico al facsímil de Higini Anglès.

—¡Maldita sea esta gente de Patrimonio Nacional! Al final tenían razón y todo lo que hemos hecho no sirve para nada —dijo Elena en un susurro.

—¡Tiene que haber algo! ¡Por Dios! ¡Tiene que haber algo! Alguna cosa se nos tiene que haber pasado.

—No desespere profesor. Lo hemos intentado —dijo Arturo a su vez acercándose a los dos—. Esta vez lo hemos intentado. Pero esa frase, esa frase sobre la luz—«en la hora de prima de la luz, la luz» que aparecía en el manuscrito de Montanilla... tampoco hay nada aquí que la aclare, ¿no? Ni una mínima pista. Es extraño, la totalidad de los indicios nos mandaba, nos guiaba hasta aquí, pero no se encuentra nada en todo el códice que haga referencia, ni siquiera de modo lejano a esa frase, o a ninguna de las que aparecen en el manuscrito de Montanilla.

El técnico, ya con mirada cansada, sacó la documentación que tenía preparada para dar termino a la consulta.

Elena —bajo cuyo nombre se había hecho la solicitud—, dudó unos segundos antes de firmar en el recuadro que indicaba «consulta realizada», entregando a continuación el impreso a este hombre silencioso que comenzó a doblarlo con gestos lentos y profesionales, guardándolo a continuación en el maletín que llevaba consigo con mal disimulada satisfacción. Una vez lo cerró, sacó un pañuelo con el que frotó los cierres metálicos para que tuvieran el grado de brillo óptimo que le gustaba presentar en sus gestiones.

—Bien, creo que esta vez ya hemos concluido. Si necesitan cualquier cosa estamos a su disposición —dijo con una tosecilla cortés. Una ligera nube de aire helado salió de su boca.

Su mirada mostraba en cambio la esperanza de que esta situación no volviera a producirse ni en un futuro cercano ni lejano.

La hermana archivera se llevó el códice a la vez que sus gafas por la puerta que daba al archivo, tras mirar de reojo al hombre de la gabardina que ya desaparecía en sentido contrario en dirección al claustro, como un funcionario del M15 tras haber procedido a un breve debriefing en el despacho de sus superiores.

Solo quedaron en aquel lugar los tres amigos rodeados de los modernos archivadores.

Nadie se atrevía a decir nada, a dar por terminado el día.

Solo iluminaba la estancia la escasa luz que penetraba por las vidrieras, el cercano claustro y las velas.

—Por cierto, casi se me olvidaba —dijo la monja, girándose cuando el grupo se disponía ya a marchar y, mirando al profesor y al joven, dijo:

—¿Alguno de ustedes dos se llama Arturo?

Cuando Arturo dio un respiro revelando así su identidad, la archivera se acercó a él con aires de confidencia, inclinando la cabeza.

—Me pidió la madre Amalia unos pocos días antes de morir que si volvías a venir por aquí te trajera uno de los manuscritos antiguos que existen en el monasterio para que lo examinases. Me dijo que te podría interesar el mismo a modo de curiosidad. Ella dijo que lo entenderías.

—Bueno, la verdad es que después del día que llevamos hoy... —comenzó a decir Lafuente, con ánimo de dar por cerrada la infructuosa tarde.

—¡Espere, profesor, espere! Me gustaría mucho ver ese libro hermana —dijo Arturo sintiendo que su respiración se aceleraba.

—¡Esto es increíble! —dijo Elena mirando de uno a otro—. Nos ofrecen un manuscrito sin tener que pedirlo.

Así pues los tres aguardaron, esta vez sin carabina, durante unos minutos que se les hicieron eternos.

—Puedes pasar por aquí —dijo la madre archivera apareciendo de nuevo y haciendo un gesto con su mano derecha.

Los tres se disponían a hacerlo cuando fueron interrumpidos con gesto grave por la monja.

—¡No! Sor Amalia dijo claramente que solo debía estar Arturo —dijo con un tono firme que no admitía réplica para, a continuación, y mirando al joven— ¡Pasa, por favor, al locutorio de al lado! — indicándole el camino mientras le precedía con pequeños saltos.

Arturo obedeció y, tras seguir a la madre archivera, penetró en una estancia más pequeña donde permaneció solo.

¿Cómo había sabido Sor Amalia que regresaría al monasterio?

A primera vista no había nada allí.

Vio entonces en el rincón opuesto a la entrada una mesa, y colocado sobre ella, un curioso libro forrado en piel oscura protegido por un papel que lo cubría. Un flexo solitario le hacía compañía. Las sombras que este proyectaba le habían impedido ver el libro en un primer momento. Sobre él reposaba un pequeño objeto que no pudo distinguir dada la casi completa oscuridad reinante en ese lugar.

Un pequeño objeto de forma cuadrada.

Un caramelo.

Un caramelo Sugus.

Al abrir el envoltorio el título del volumen arrancó una sonrisa del joven: *Códex Arturicus*. Entendió la broma que le quiso hacer la difunta madre Amalia desde el más allá.

Se fijó entonces en el papel que había cubierto el volumen. No era un papel normal de regalo, nada de eso. Era papel de estraza, y sobre el mismo aparecían escritos con una caligrafía cuidada unos caracteres que Arturo apenas distinguió con esa escasa luz.

Acercó el flexo. Pudo ver entonces con claridad los caracteres escritos en el pequeño fragmento de papel.

Solo cinco palabras.

«*Quis davit capiti meo aquam*».

Y un poco más abajo, en la línea inferior:

«Que se haga la luz».

Nada más.

¿Qué había querido decir la hermana Amalia? De nuevo esa referencia a la luz. Empezó a sentirse como el profesor Lafuente, perdido en un mar de opciones, de pistas, de callejones que se cerraban tras haberse abierto las puertas que conducían a ellos.

De camino al exterior para reunirse con sus compañeros, recordó las últimas palabras que la anciana religiosa le había dirigido:

—«Hay algo en ti que brilla. He visto algo de ello en tu profesor, pero eres tú quien entenderá la verdad. La verdad que nadie más sabe ver».

Al recordar estas palabras, sumadas al texto que acababa de leer, tuvo que sentarse en el locutorio mirando con atención al blanco techo con su franja central, al laborioso trabajo que representaba, los múltiples trazados y arabescos que lo formaban.

Un símbolo perfecto para la situación actual.

¿Cómo era aquella otra frase del manuscrito inicial? Sí, era una de sus frases favoritas: «Quienquiera ver en Dios una letra distinta la verá». Le gustaba la fácil poesía de la misma, el sentido de destino, de predestinación que parecía impregnarla, también sí, de aventura escondida tras la puerta. ¿Tenía esto algo que ver con las palabras de la madre archivera?

«La verdad sor Amalia —dijo para sí—, es que creo que si soy elegido para algo es para tener el dolor de cabeza más grande de la historia».

CAPÍTULO 73

ARTURO SE QUEDA DORMIDO

De cómo dormir la siesta en ocasiones despierta el deseo por la vida social.

Dos rayos de luz se filtraban entre las ventanas semicerradas del estudio del profesor Lafuente. Sesgados, casi como dos focos buscando un libro interesante que leer, explorando con lentitud, con cuidado, primero las estanterías y, solo después, tras haber recorrido estas con minuciosidad, atreviéndose con la mesa y el suelo.

La alfombra saludó agradecida el interés prestado por estos rayos de sol que solo la visitaban unos pocos minutos cada día.

Arturo se había quedado adormilado en el sillón favorito del profesor, aprovechando su ausencia de este, tras haber pasado este buena parte de la tarde escaneando y archivando documentos. Era un sillón forrado de terciopelo verde situado justo al lado de la estantería abigarrada de libros. Ese sillón era su perdición.

Su despertar coincidió con esa hora violeta, con ese momento mágico en que casi nada es lo que parece. Miró a su alrededor, intentando todavía situarse. No, esta no era su habitación. Ni rastro de sus pósters ni del remo colgado en la pared frente a su cama.

El viejo tintero sobre la mesa del despacho parecía, atravesado por los rayos, contener fuego líquido, el fuego alquímico.

Los cuadros miraban desconfiados en prevención de que nadie osara entrar allí en ese momento o se llevara un libro sin permiso. Tanto el marqués engalanado que ocupaba el rincón oscuro de la izquierda detrás del buró, como el par de campesinos con su carreta cerca del río compartían esa misma actitud vigilante.

Arturo miraba hipnotizado los corpúsculos de polvo que flotaban, desperezándose, ingrávidos sobre esos rayos de sol. Esas franjas solares que habían delatado su implacable movimiento buscando el suelo, los muebles y los libros. El polvo no era más que tiempo materializado. El polvo, más que nada o nadie, condensaba al aposentarse esa idea del paso del momento, cayendo, lenta pero inexorablemente sobre las cosas.

Atravesado por la luz de la tarde.

Esas franjas solares que habían delatado su implacable movimiento

Su movimiento era grácil, como un ballet. En algunos momentos parecía arrepentirse y volver a ascender como si hubiera engañado al observador para luego, ante la confianza del mismo, volver a caer ya, inexorable, al suelo, sobre el libro de Ortega y Gasset, sobre la bola del mundo situada en el alféizar de la ventana, sobre la figura enhiesta del guerrero con su lanza, con el mismo tratamiento desprovisto de distinciones para todos esos objetos.

Arturo vio que, sobre sus zapatos negros empezaban a formarse ya algunos de esos mismos puntos que había visto caer.

La biblioteca, las viejas sillas negras, los perros de porcelana, los cientos de libros que le rodeaban le parecieron distintos.

«¿Qué era lo que había cambiado?» —se preguntaba su mente lógica intentando sobreponerse a una especie de inquietud que le invadía.

El rayo de sol.

La luz cayendo sobre la ventana y desde allí a la alfombra.

El polvo que flotaba frente a la misma. Iluminado. Revelado en su oscuridad y su silencio. Invisible hasta ese momento.

Entonces recordó algo que había estado en su mente, en las dependencias más ocultas de la misma intentando aflorar. Hasta ahora. Esa frase en latín que vieron por primera vez en los manuscritos encontrados en el pueblo de Silos:

«*En la hora de prima de la luz, la luz*»

La frase que nunca se apartaba de su cabeza.

Sintió que estaba al borde de algo. Sin apenas poder terminar de formular ese pensamiento, se levantó. Una especie de nerviosismo extraño, de excitación le invadía. Tenía que encontrar al profesor y a Elena. ¿Dónde estaban a esa hora?

Recordó entonces que habían dicho algo acerca de ir a pasear cerca del templete.

Efectivamente, allí se hallaban, matando el tiempo antes de dar sus respectivas clases vespertinas. Se habían detenido cerca del bello monóptero junto a un macizo de esa planta que al profesor le encantaba, ese bambú japonés o nandina que, con sus distintos tonos rojizos típicos y diferentes matices de verde, resistía con valor el frío. Los sauces desnudos de hojas parecían tener celos de la misma y movían sus ramas en conversación con el viento, compartiendo confidencias.

—¡Profesor! ¡Profesor! —dijo Arturo jadeando mientras les daba alcance, la bufanda ondeando al aire, a riesgo de perderla.— ¿Se acuerda de lo que me dijo hace unos días profesor? ¿Acerca de seguir una intuición?

—Sí, claro. ¿Qué tiene de particular ahora? No me dirás que has venido corriendo solo para decirme eso.

—Ha llegado el momento. Tengo una de esas malditas cosas.

—¿Y de qué se trata esta vez? —contestó Lafuente intentando una vez más seguir los entresijos de la mente de Arturo.

—Creo que es mejor no romper la magia de ella explicándola. No estoy muy seguro. Pero tenemos que volver a ver el Códex musical.

Lafuente levantó los ojos al cielo para cerciorarse de que no iba a caer sobre sus cabezas.

—¡Pero si lo hemos visto con detenimiento, Arturo! Por favor. Elena y yo lo hemos cotejado con el facsímil que tenemos con todo detalle, ¿no es cierto? Incluso el folio ese que te dejó la madre archivera. ¿Qué más quieres? ¿Regresar al monasterio una cuarta vez para ver papelujos? No, gracias. Prefiero ingresar yo mismo en uno.

—Es cierto profesor. Lo hemos estudiado. Pero no del modo correcto. No del modo en que hay que verlo.

—¿Y de qué otro modo hay que verlo?

—Usted consiga que nos den acceso al códice otra vez y se lo demostraré.

—Patrimonio Nacional no va a estar muy contento con la idea. No nos van a volver a dejar ver ese códice en la vida. Nos lo dejó bien claro nuestro amigo de la gabardina gris antes de reunirse con el resto de los hombres de negro.

—No te olvides de mencionar los guantes que llevaba, Carlos —apuntó Elena solícita en seguir el tono socarrón de su amigo.

—Sí, es cierto —dijo Arturo— por el canal oficial no podemos hacer ya nada. Nos queda el otro.

—¿Qué otro canal? ¿Entrando por la noche como ladrones?

—Déjese de ironías profesor. No le quedan bien. Me refiero a que todo el mundo sabe que las religiosas tienen acceso interno al archivo al objeto de consultar la documentación que pueda tener relevancia para la administración de los pocos bienes que les han quedado en suerte.

—No se van a saltar el protocolo Arturo. ¡Ni por ti ni por nadie! Eso tenlo por seguro. ¡Maldito sea el día en que te pedí que siguieras tus intuiciones!

Había algo sin embargo en la manera del joven, en la energía con la que había dicho esas palabras que hicieron imposible al profesor resistirse a sus palabras.

—¡Bueno. ¡Hágame saber si obtiene algo! —dijo finalmente Arturo dando por hecha su petición mientras se alejaba a la carrera con su mochila a la espalda —. Yo tengo que ir ahora a la hospedería del monasterio.

—¿A la hospedería? ¿Qué se te ha perdido por allí? —gritó el profesor tras él.

—Digamos que forma parte de las pesquisas —dijo Arturo girándose brevemente—. Una de esas cosas que cualquier investigador debe de perseguir hasta el final —y dicho esto desapareció a la carrera tras la esquina que daba a la portería del *college*.

—Está visto que hoy es el día en que todo el mundo va a conversar en código cifrado. Me lo tengo bien empleado por haber hablado de la esteganografía —dijo un desconcertado Lafuente.

Arturo había regresado efectivamente al Monasterio. Esta vez a la propia Hospedería de Huelgas.

Se encontraba esperando la llegada de sor Carmen, la madre portera. Había leído acerca de su especial vocación, del modo en que había entrado en la hospedería y en la vida cotidiana del monasterio por voluntad propia tras enviudar, dejando su vida civil detrás. Durante ese periodo había sido madre y abuela.

Mientras esperaba se acercó a la iglesia. El canto coral surgía nuevamente de entre esas paredes. En ese momento le parecía sentir como si hubiera regresado a su viejo colegio y de algún lado fuera a aparecer su profesora para revisar su último examen. Esas piedras y notas musicales le hablaban del pasado de un modo especial. Evolucionaban, subían y giraban en la capilla. Tenía razón el profesor. Las mismas notas que alguien había escrito siglos atrás eran ahora reproducidas gracias al milagro de la notación musical. Desde los bancos reservados a los visitantes y residentes de la hospedería, pudo contemplar al coro de monjas ejecutar ese canto ancestral. Semejaba una especie de telescopio que permitiera observar el pasado desde ese punto.

—¡Buenas tardes, joven! ¿En qué puedo ayudarle? —dijo sor Carmen entrando con energía en el comedor de la hospedería donde se encontraba Arturo tomándose un café con leche. La religiosa parecía a punto de apartar todas las sillas y colocarlas bocabajo sobre las mesas antes de disponerse a barrer y fregar la totalidad de la estancia.

—Buenas tardes, madre. Hemos hablado por teléfono estas semanas pasadas, ¿recuerda?.

—¡Ah!, el joven investigador, ¿eh? —la madre sonrió ampliamente—, ... ¿Qué tal os ha ido?

—Bueno, madre, no muy bien. Verá, no quiero abusar de su confianza pero...

—Espera —dijo sor Carmen interrumpiéndole con gesto amable—, antes de que me hagas ninguna pregunta, tienes que saber que no podemos romper nuestra regla de clausura y que estamos limitadas en muchas cosas.

—Descuide, comprendo. He leído que entró usted en el monasterio en su madurez tras enviudar, es correcto?

—Sí, es cierto —dijo la religiosa con una amplia sonrisa ante la candidez con la que había sido formulada la pregunta—. Yo entré por propia voluntad en el monasterio siendo vieja, si te refieres a eso. Enviudé, tuve hijos y nietos. Puedo decir que he tenido una vida feliz, créeme. Había venido alguna vez con la familia a las Huelgas a visitar el monumento —miró a su alrededor con agradecimiento—. Nada me podía haber dicho entonces que algún día iba a elegir terminar aquí mis días entregada a los demás, realizando una tarea que, créeme, para mí es muy grata.

Arturo sonrío. Entendió sin palabras, solo a partir de ver los gestos y el modo en el que sor Carmen ordenaba las mesas y sillas del desayuno sin dejar de hablar, que la mujer se encontraba totalmente a gusto en ese lugar.

—A veces vienen mis hijos y nietos a visitarme. Cada vez que lo hacen quieren saber si he cambiado de opinión. ¡Si me he vuelto sensata supongo! —se rió sor Carmen mirando hacia la ventana—. ¡Como si los que están fuera tuvieran sensatez! ¿No te parece? Y luego, tras pasar un rato aquí conmigo o cuándo tienen vacaciones y se quedan una o dos semanas en la hospedería, se van con otra opinión. Más cerca de Cristo supongo. Más cerca de su paz interior para aquellos que no son creyentes.

—Madre, ¿conocía usted bien a sor Amalia? —aventuró Arturo con valentía, sin pensar.

—Claro, por supuesto. Sor Amalia y yo cultivábamos entre las dos un pequeño huerto en el monasterio. Lo que una había dejado a medio arreglar por la mañana la otra lo terminaba por la tarde. Eso, cuando no se demoraba contando chistes y comiendo esos caramelos que se tragaba a todas horas. Me temo —dijo mirando al cielo en señal de reproche mientras se santiguaba— que ahora tendré que cuidarlo yo sola.

—Verá, quisiera pedirle si podría interceder por nosotros ante la madre abadesa para poder acceder a los archivos. Por lo que creo entender tiene usted muy buena relación con ella. Solo quisiéramos tener la oportunidad de volver a hablar en privado con ella.

—¡Ay, más quisiera yo! Las buenas relaciones entre nosotras no están sometidas al uso u obtención de objetivos personales, eso deberías de saberlo. La madre abadesa ha estado muy ocupada últimamente y con no muy buena salud. La gente de Patrimonio es quién se encarga de todo lo relacionado con el archivo del monasterio, como ya sabrás.

—Perdone si le he parecido algo atrevido. Déjeme que me explique. La actual madre archivera me entregó un mensaje un poco peculiar escrito por sor Amalia. La verdad es que tengo una ligera idea de lo que podría significar, pero necesito hablar antes con la abadesa. Como cabeza responsable del monasterio creo que puede saber o tener alguna idea de qué es lo que quiso decirme sor Amalia.

—¿Un mensaje dices? ¿Podría verlo? —dijo sor Carmen con sincera curiosidad.

—Sí, no veo por qué no —y Arturo procedió a extraer con cuidado de su cartera el papel con el extraño mensaje que había guardado en el doble bolsillo.

—Tienes razón muchacho —dijo esta al leerlo, mientras un extraño gesto nervioso aparecía en su cara. Arturo no había visto una expresión parecida en su vida. Por un segundo, el rostro de la mujer semejó pasar por un arcoíris de sensaciones, oscureciéndose e iluminándose a continuación, como una bombilla mal ajustada que, parpadeando, iluminase de modo arbitrario y parcial los objetos bajo ella—. Tenéis ciertamente que hablar con la abadesa. Pero yo no le repetiré lo que acabó de leer ahí. Decídselo vosotros cuando la veáis. Hazme caso. ¡Sé lo que me digo! ¿Es este tu teléfono, no? Intentaré hablar con ella al salir del refectorio. Debe de estar comiendo ahora mismo. Si accede a recibiros os llamará.

La hermana se fue apresuradamente por el pasillo del fondo, moviendo las manos a ambos lados mientras lo hacía, dejando a un confundido Arturo en la puerta de la hospedería.

Se oyó en ese momento el redoblar de las campanas desde la torre. ¿El mismo sonido que hace siglos? Posiblemente no, lo más seguro era que el viejo tañido de las campanas hubiera sido sustituido por alguna grabación de más fácil manejo y control.

Arturo había descuidado su atuendo mientras hablaba con la religiosa. Su querida bufanda colgaba más de un lado que de otro sobre el frontal de su jersey, pero esta vez no perdió el tiempo en arreglarla.

Esta vez sabía lo que había que hacer.

CAPÍTULO 74

UNA CHARLA EN EL JARDÍN

Carlos Lafuente y la abadesa dan un paseo por el claustro de San Fernando.

Carlos había acudido a ver a la abadesa esa mañana tras la visita de *Laudy* el día anterior. Iba solo. Sus compañeros se habían quedado esperándole siguiendo sus instrucciones en el Bar Teresa frente al cual habían aparcado la vez anterior.

Cómo habría dicho el personaje de una de las películas que tanto le gustaban, esto era algo que tenía que hacer solo.

No sabía a ciencia cierta qué estaba haciendo ahí. ¿Qué iba a decirle a la abadesa? ¿Qué uno de su alumnos de postgrado había tenido una intuición que no se había dignado en desarrollar? Ciertamente no podía decir eso, pero la alternativa tampoco era mejor. Porque la verdad es que jamás se había visto tan perdido como ahora.

«—Recuerde hablarle de lo que le dije profesor —fueron las últimas palabras de Arturo.»

Llevaba esperando ya un buen tiempo tras ser anunciado en aquel locutorio que tan familiar le era ya, cuando una religiosa se aproximó a él.

—Por favor, sígame. Sor Inés le está esperando.

La abadesa se echó hacia atrás en la silla de su despacho e inspeccionó detenidamente a través de sus gruesas gafas a la persona que tenía delante, como si el profesor le hubiera propuesto entrar como novicio en el monasterio en lugar de solicitarle cierta información sobre los documentos guardados en el mismo. No en vano era la segunda vez que lo tenía sentado en este despacho.

Detrás de ella, unos pocos libros en una diminuta estantería. Al lado de una Biblia de viejas tapas, que compartía espacio con *Las Moradas* de Santa Teresa, se encontraba —de un modo inesperado en el extremo de la misma, e intentando pasar desapercibido—, un libro de cocina de luminosas tapas a todo color de Karlos Arguiñano. Un poco más a la derecha de este, un viejo reproductor de video VHS Panasonic, sobre el que reposaban varias cintas con el mismo nombre del famoso cocinero en su lateral.

—¡Qué quiere! —dijo al notar que la mirada del profesor se había fijado en los mismos—. Una se hace a los tiempos, eso es cierto. Aunque en mi caso especial, tanto cuestan las cosas para entrar como para irse. Sé que hay otros aparatos, otros inventos, quizá mejores que este, pero no estoy para ir cambiando de la noche a la mañana.

En ese momento, sor Inés pareció recordar las palabras de la hermana hospedera así como el propósito de la visita del profesor.

—¿Qué es lo que busca exactamente esta vez profesor?—. Y tenga en cuenta que he accedido a su solicitud únicamente a ruego de la hermana Carmen. Es un ejemplo para todas y ha hecho mucho por esta comunidad. Creo que ya le dije la vez anterior todo lo que le podía decir.

Carlos miró a la abadesa directamente a la cara antes de comenzar:

—Sé que ustedes cuentan con un acceso discrecional al archivo del monasterio en relación con las propiedades que aún conserva el mismo para su lógico uso privado. Quisiéramos volver a examinar el Códex musical. Creemos que hay algo en él que no vimos a simple vista en el examen que realizamos —dijo, conteniendo a duras penas el deseo de cerrar los ojos como solía hacer de niño para no ver la reacción de su interlocutora.

—Bien, pero como usted mismo ha dicho hijo mío, ese acceso es para nuestro exclusivo uso. Y yo no puedo permitir el examen de material alguno del archivo sin la autorización expresa de Patrimonio Nacional o del Archivo Real. Sería una tremenda irresponsabilidad por mi parte si a raíz de eso se dañaran cualquiera de los documentos guardados en él o se hiciera un mal uso de ellos. En especial, y no se ofenda profesor, el Códex musical no debe ser manipulado a la ligera. Y ustedes creo que ya han gozado de diversas oportunidades para examinarlo.

La madre abadesa miró con seriedad a su interlocutor antes de continuar:

—Por otro lado hay una cosa que quisiera aclararle. Los conventos, y este monasterio en particular, tienen muros no con la finalidad de aislarnos del exterior como puede interpretarse fuera de ellos. Se construyeron más bien para que el mundo no entrase. Espero que usted en calidad de profesor universitario pueda entender la sutil diferencia. Nosotras somos las que elegimos que parte de ese mundo queremos que pase. Dios nos dio libre albedrío para, entre otras cosas, elegir el tipo de vida que queríamos vivir. Para algunos eso puede ser visto como irresponsable, como una actitud perezosa, pero desde nuestro punto de vista, la carga de nuestras responsabilidades ya es infinita, créame usted. La vida en sí esta llena de secretos designios.

Carlos se levantó en ese momento de la silla sin poder controlarse.

—¡Secretos! ¡Secretos! Desde que empecé esta investigación todo lo que me he encontrado son veladas referencias. ¡De todo tipo! Poco hechas, muy hechas y en su punto. Desde el modo particular de regar las plantas en el monasterio hasta una receta especial de cocina que proviene de tiempos medievales. ¡Todo es misterioso, reservado, insondable, esotérico! Incluso hasta el punto diría yo de que la razón original por la que infinidad de ellos permanecieron ocultos ya esté olvidada en muchos casos. Ya nadie recuerda que se guardó y si lo hacen, cuál es la razón primera por la que se mantuvo oculto en primer lugar.

La abadesa miraba a este hombre que parecía haberse vuelto loco.

—Disculpe madre, he estado sometido a mucha tensión estos días —dijo Lafuente, mirando al suelo al haberse dado cuenta de su salida extemporánea. Tras dar unos pasos mecánicos e indecisos que le alejaron de la silla donde había permanecido sentado, volvió nuevamente ante su interlocutora, sus largos brazos colgando a ambos lados de su cuerpo.

—Lo que no entiendo es su preocupación por una vieja leyenda, por una teoría sin corroborar—dijo la abadesa.

—Yo no seré un gran creyente, es la verdad —dijo Lafuente agitando el brazo izquierdo como solía hacer en sus clases—. Posiblemente no lo haya sido nunca. Pero creo que una vez lo fui. Pero creo que una vez lo fui. Y ¿sabe? No creo que la fe tal como la entendí entonces corresponda a ningún grupo de personas, que sea algo que deba quedar en custodia de unos pocos. Lo que recuerdo de aquellos años y en especial, las referencias a la bondad del hombre, a la responsabilidad ética del ser humano y esas cosas, me hablaban de algo diferente, ¿sabe? Creo que en este caso deberíamos habernos preocuparnos más de la memoria y del sufrimiento de esa joven solitaria, olvidada y atemorizada que llegó a España, y de su anhelo verdadero—que no creo que fuera como nos interesa ahora pensar en un mundo políticamente correcto—, que hubiera sido precisamente la construcción o no de una capilla a San Olaf o San Ataúlfo o a la madre de este último, que Dios me perdone.

La hermana abadesa permanecía en silencio. Empezaba a estar un poco cansada ya de este hombre que había alterado su rutina y su paseo matutino de ese modo. Un hombre que gesticulaba y alzaba la voz en su despacho, pero que al mismo tiempo mostraba algo en su tono, impregnado de convicción y de pasión que la mantenía magnetizada, pendiente de sus palabras y de las evoluciones de sus brazos.

—Venga conmigo —dijo esta tras dudar unos instantes—, hablaremos mejor caminando por las galerías si no le importa. He de acercarme a entregar unas cosas a la administración y creo que el paseo nos hará bien a los dos.

—Debería importarnos más —continuó el profesor una vez hubieron salido del despacho y se encontraban caminando bajo el Arco de los Caballeros—, el hecho de por qué ella quería que se construyera una capilla así. Creo yo que la razón real era porque Kristina sabía en conciencia que había pecado, que había fallado a su padre en la misión que le encomendó. Pero no solo a él si mi razonamiento es válido. Había dejado al hombre que amaba en su Noruega natal para cumplir una misión de estado. Algo similar a la que años, siglos después, tuvo que emprender la actual emperatriz de Japón, Masako como descendiente legítima de la dinastía Shogun, para casarse con el entonces príncipe Haito en contra de sus deseos personales. Pero eso no es todo. Si lo que pienso es correcto, si mi razonamiento es acertado y mi teoría cierta, la princesa dejó también lo que más quería, un bebé recién nacido al cuidado de este monasterio. Usted lo sabe, yo también lo sé. Lo supe en cuanto oí ese canto elevarse y descender desde la bóveda de la capilla. ¡Hoy he vuelto a tener esa certeza otra vez hermana, en cuanto volví a escuchar al coro cantar antes de entrar aquí! Y usted... usted... yo sé que también lo sabe. ¿Qué vamos a hacer ahora? ¿Qué vamos a hacer ahora con ese conocimiento? Esa es mi duda. Esa es mi pregunta. Pero, ¿qué más da eso ahora? Ya tenemos la capilla de San Olaf... la hermandad entre los pueblos y todo eso. ¿Por qué preocuparse hermana? ¿Por qué preocuparse? El monasterio ya forma parte de la historia sagrada, del arte, de lo humano y de lo divino, ya no hay nada más que hacer. Ya lo hicieron todo los antiguos, ¿no es cierto?

—Por favor profesor, no blasfeme, se lo ruego.

—Disculpe hermana. He tenido un mal día. Un mal año podría decir.

Eso es todo. Iba a decir que una mala vida, pero reconozco, ahí reconozco que eso sería ir demasiado lejos... incluso para un agnóstico.

Carlos se dio cuenta de que la conversación les había llevado hasta un extremo del Claustro de San Fernando. Al fondo, una puerta de madera oscura parecía simbolizar todo lo que el Monasterio ocultaba en su interior. ¡Qué cruel sin embargo la luz que se filtraba por los arcos superiores, proyectándose sobre el suelo, sobre el techo ojival, dando a todo el conjunto un aire místico! ¿Le estaba tentando el edificio prohibiéndole por un lado el acceso a uno de sus secretos más guardados, mientras que por otro le sugería que mantuviera la esperanza? Se acordaba de la frase típica que cualquier creyente practicante le diría en ese momento: que Dios le estaba probando. «¡Hay que joderse!» —pensó Lafuente siguiendo la respuesta descreída de nuestro tiempo actual.

—Bien, profesor, creo que aquí debemos separarnos. Lamento mucho no haberle podido ser de mayor utilidad —, dijo la abadesa dando por terminada la conversación cuando llegaron al extremo opuesto del claustro.

—¡Espere madre, solo un momento más por favor! —dijo Carlos antes de pensar lo que hacía, recordando que todavía tenía en el bolsillo el papel que le había entregado Arturo y que, en el calor de la conversación, había olvidado de mostrar a la abadesa.

—¿Sí, hijo mío? ¿Qué ocurre esta vez?

—¿Le dice algo la frase: «*En la hora de prima, de la luz, la luz*»? —dijo el profesor a la vez que le hacía entrega del pequeño trozo de papel.

Carlos tuvo la impresión de que una nube pasara por el rostro de la religiosa, un velo, una cortina, pero si fue así, debió ser muy breve pues cuando prestó más atención, la mirada de sor Inés era tan ausente como al principio. En su lugar, la monja agachó la cabeza como toda respuesta, mientras negaba con la misma y se dirigía hacia la puerta de madera oscura que quedaba al fondo.

Carlos Lafuente volvió sobre sus pasos observando como las puntas de sus zapatos golpeaban el pavimento. Un paso detrás de otro. Algo mecánico, concreto y previsible sobre lo que cualquier especulación era vana y superflua.

Al cruzar las Claustrillas dispuesto a retirarse en dirección a la salida, escuchó un sonido curioso detrás de él.

Un rasgueo extraño, similar a un cascabel.

Intrigado, giró la cabeza.

Una figura venía a paso rápido en su dirección.

Era la abadesa. Hacía un ruido especial con el rosario que llevaba en la mano izquierda, no muy diferente del que hubiera empleado otra hermana en Cristo que, sirviendo a Dios en un colegio, deseara llamar la atención de un alumno réprobo que se hubiera saltado una clase. Se dio cuenta de que, lo que había tomado por un sonido peculiar, no era otra cosa que una especial manera que la santa madre había encontrado para llamar la atención de alguien sin elevar demasiado el tono de su voz.

Carlos se detuvo.

—Espere, quisiera preguntarle una cosa antes de irse —dijo al llegar a su altura.

—Usted dirá madre.

—¿Por qué le es tan importante saber acerca de la princesa Kristina y de esa historia sobre una supuesta descendencia?

—Madre— comenzó el profesor dispuesto al parecer a argumentar nuevamente acerca de los beneficios históricos de conocer la verdad, del deber que como historiador y científico tenía, pero se detuvo en sus palabras, pareciendo cambiar de opinión:

—Ni usted ni yo podemos hacer otra cosa que suponer cuánto, pero algo tuvo que pasar para que la abadesa de aquella época se conmoviera de ella. Estoy solo suponiendo por supuesto, pero tuvo que quebrantar su juramento, el protocolo de la orden y cosas que entonces se consideraban sagradas. Creo que usted y yo les debemos un respeto a todas ellas. Que alguien, que cada uno de nosotros deberíamos de compensar con algún acto de nuestra vida esos desmanes causados por la historia sobre nuestros antepasados, ¿no cree? No sabemos nada de ella, eso es cierto, pero, ¿quién conoce algo de alguien? No pudimos hacer nada por ella, puesto que ni usted ni yo existíamos entonces. Pero ahora estamos aquí, usted y yo. ¡Podemos hacer un tipo de justicia, no divina, Dios me libre, pero sí histórica! Creo que estamos unidos con ella a través del tiempo, de la historia y que, quizá sabiendo más de lo que pasó, estemos realizando algún tipo de homenaje, haciendo algo al respecto. Diga si quiere que por razón de mi disciplina o vaya usted a saber qué narices, no creo que la historia sea simplemente agua pasada.

Y aquí se detuvo, sin ánimo para seguir, abrumado por sus propias palabras, sorprendido de su propia verborrea. Sentía como si el peso de la Historia le hubiera caído encima de repente.

La abadesa no dijo nada. Alargó su mano y tocó el brazo del profesor. Este la miró.

La religiosa tenía una expresión curiosa en su cara. Algo diferente que no había estado allí antes.

—¡Venga conmigo! —dijo.

Sor Inés estaba sentada de nuevo en su despacho. El crucifijo que tenía sobre la mesa parecía abrazarla con su sombra proyectada. Los ojos de la religiosa, de un verde claro ahora sin gafas, parecían más vivaces que nunca, mirando de uno a otro de sus interlocutores, buscando y midiendo sus palabras.

Elena y Arturo se encontraban también presentes, sentados en silencio a ambos lados del profesor, tras haber aguardado expectantes el resultado de la conversación con la abadesa.

Arturo en particular parecía sentir que algo importante iba a tener lugar y aguantaba la respiración mientras sus dedos jugueteaban con su bufanda, formando y deshaciendo nudos con ella.

—Desde que soy abadesa siempre supe que había algo más en mi deber de lo que me habían contado. Algo más que algún día descubriría. No me pregunten ahora qué era, no sabría qué contestar, pero desde luego no era como en las películas o novelas. Nada de un pájaro cantándome en una rama ni nada parecido. Ni siquiera un pequeño arbusto en el jardín del que surgiera una voz. Como imaginarán, vivir entre estos muros cargados de historia produce un curioso efecto sobre una. Las hermanas sabemos, a fuerza de guardar silencio entre estas paredes, a interpretar el mismo como si fuera una conversación, llena de sonidos y matices. Estamos acostumbradas también, después de innumerables horas paseando por los claustros a leer en sus muros, en las antiguas puertas que antes daban a la iglesia, ahora cerradas. Sor Amalia debió de haber hecho de algún modo su particular lectura de este joven estudiante suyo para darle esa nota, eso es indudable —dijo observando a Arturo con curiosidad.

Se echó hacia atrás en la silla de alto respaldo en su despacho y miró por un momento el crucifijo que se encontraba a su izquierda.

Tras este breve paréntesis, la abadesa continuó con su relato:

—Al poco de acceder al cargo, hace ya muchos años, una tarde que me encontraba rezando en el claustro de Santo Domingo, y tras dar mi paseo vespertino se me acercó una de las madres más mayores. Una madre que había conocido siendo yo una novicia. Todas la tenían en gran consideración, era una santa mujer que había vivido prácticamente toda la vida entre estos muros... Todas la tenían en gran consideración, era una santa mujer que había vivido prácticamente toda la vida entre estos muros. Fue en ese lugar que tenemos ahí delante, siempre me acordaré, precisamente entre esas dos columnas. Mientras mirábamos a la fuente del jardín, me habló por primera vez, con toda naturalidad, del secreto del cenobio, como si me comentara acerca del estado de la huerta o el balance de compras del mes. Así es como se le refería y nunca de ninguna otra manera... el secreto del cenobio y, a veces, si alguna madre quería ser un poco ocurrente y atrevida podía llegar a decir «el secreto del norte». Una mañana de aquella semana en que ustedes vinieron al monasterio por vez primera, vino a verme tras haber dejado ustedes la sala de consultas y me contó muy nerviosa, con un temblor que jamás había visto en ella, que el momento había llegado, que el monasterio debía de abrirse en el más íntimo de los sentidos. Que la carga llevada en silencio durante siglos—siempre con el temor a ser olvidada como una leyenda más entre las historias y dramas de que está hecho el mundo—, debía de ser aliviada.

—Eso está muy bien, pero no nos lleva más cerca de la solución —dijo Arturo interrumpiendo la confesión de la abadesa.

Elena iba a decir algo, pero Carlos levantó su mano izquierda en ese momento.

—Perdona Elena, si el chico tiene una intuición es mejor que la siga. ¡Adelante, Arturo! ¡Adelante!

—Disculpe madre —continuó Arturo—. Esta reverenda madre era sor Amalia, ¿no es verdad?

—Sí, así es, lo has adivinado —dijo la abadesa sonriendo ampliamente al joven.

—¿Y usted la creyó? —fue ahora el turno del profesor de interrumpir.

Sor Amalia era ya muy mayor, había desarrollado alguna excentricidad que otra, como recordarán. Una cosa es leer sobre los milagros de Dios y otras el contemplar o estar cerca de uno. Lo que se aprende desde novicia es a no desear el protagonismo, a ser una más en el grupo y en el trabajo diario. Por lo visto el secreto se había ido transmitiendo durante siglos, de abadesa a abadesa y quizá, a alguna hermana más de confianza en caso de que la primera enfermara y muriera antes de haber podido dar las instrucciones oportunas. Luego tuvimos como saben la invasión de las tropas napoleónicas, la desamortización de Mendizábal y la Guerra Civil, sin mencionar las contiendas carlistas. Todo en un corto intervalo de tiempo si lo comparamos con la larga historia del monasterio. Y por supuesto, el trágico hecho para esta comunidad, como saben, de qué a partir del concilio de Trento se perdieran para siempre las potestades que había tenido desde su fundación. Eso sin contar además que, bajo el mandato de Pío IX fue suprimida la jurisdicción privilegiada de las abadesas. Lo que yo alcancé a saber podría ser considerado hoy en día una leyenda. No hay nada que sustente eso. Por lo menos no hasta que usted me dijo esas palabras esta tarde profesor y he podido ver la cara de este joven.

—¿Y eso fue...?

—Lo único que saqué en claro es que había una especie de mensaje oculto escrito de algún modo desconocido en el Códex musical, como sospechaban, pero supongo que hace ya años el modo en que había que leerlo se perdió. Me figuro que, conforme avanzaba el tiempo la abadesa que encargó la realización del Códex a Johannes Rodriges, o Roderici, doña María Dolores de Agüero en 1325 quiso asegurarse de su transmisión, quizá temerosa de que el método empleado hasta el momento, el boca a boca no fuera suficiente. Se llegaría a pensar con el tiempo que era una especie de esas historias medievales que se transmiten de unos a otros, leyendas sin sentido —dijo la madre abadesa con un gesto de frustración que alguien menos avisado que ellos no hubiera detectado—. Nosotras gustamos de hablar de don divino, ese don que, con tanta abundancia se menciona en la Biblia y en los textos sagrados, pero que en tan pocas ocasiones ocurre en la vida real. Lo único que puedo decirlo profesor es que hay algo en el Códex como usted sugirió, pero en que parte de él se encuentra, en qué consiste y cómo leerlo, eso ya no puedo decírselo, salvo que guarda relación de un modo u otro con la descendencia de la princesa Kristina.

—Usted lo ha dicho madre. Pero la cuestión no es únicamente cómo leerlo —dijo Arturo inesperadamente, poniéndose de pie.

Todos miraron con sorpresa al estudiante, a excepción de la abadesa, acostumbrada ya por ese día a que la gente se levantara repentinamente de su asiento.

—Me atrevería a decir que es más cuestión de dónde y cuándo leerlo —dijo Arturo.

Sin darse cuenta de su acción, Carlos y Elena inclinaron sus cuerpos hacia delante. La expresión de Carlos era curiosa. Sus ojos se habían abierto, sus cejas enarcadas, como si estuviera viendo moverse una de las estatuas del viejo monumento o incluso a la misma reina Leonor salir de su tumba.

La madre abadesa acercó a su vez la cara con curiosidad.

—¿No lo ven? Tenemos que verlo en el lugar adecuado —continuó el alumno volviéndose hacia el profesor con una sonrisa triunfal—. Ayer se me ocurrió el cómo y ahora creo que sé dónde profesor. ¡Creo que sé cuál es el lugar adecuado!

—¿El lugar adecuado? —dijo Lafuente.

—¿No lo adivina, profesor? —dijo Arturo mirando a la vez su reloj. Las cinco menos cuarto.

Miro a continuación a la abadesa.

—Madre, las vidrieras que se conservan en la sala capitular no estuvieron siempre en ese lugar todos estos siglos, ¿no es cierto?

—Es cierto, estuvieron siempre en la iglesia hasta que en 1965 se colocaron en ese nuevo lugar.

—¡Eso es! Fueron situadas allí por razones que nunca quedaron claras por lo que he podido averiguar. Otra cosa que quizá les parezca que no viene a cuento, ¿qué día es hoy?

—Diecinueve, ¿Por qué?

—Lo que suponía, permítanme un momento —dijo Arturo mientras miraba su reloj.

Las cinco menos cuarto.

Abrió a continuación el bloc de notas que tenía abierto sobre sus rodillas y, tras consultar el móvil, levantó la cabeza, con un brillo especial en los ojos.

No había tiempo que perder.

—Debemos de madrugar todos el día 21 y estar en la sala capitular del Monasterio antes de las ocho de la mañana. Y por supuesto —dijo mientras miraba a la abadesa con una sonrisa enigmática—, ¡preparen para entonces el Códex y una pequeña mesita o atril donde apoyar el mismo! Deberíamos de movernos y pronto. ¿Cree que es posible?

En el silencio resultante tras decir Arturo estas palabras se hubiera podido oír el sonido de unos tacones al cuadrarse. A ninguno de los presentes se le ocurrió cuestionar la lógica o el plan de este joven en el que la hermana Amalia se había fijado un día.

Se iba a hacer la luz.

CAPÍTULO 75
LA AUREOLA DE SAN JUAN

En la hora de Prima de la luz, la luz.

Era el 21 de diciembre.

La hora, las siete de la mañana.

Estaban en la sala capitular.

«Por supuesto» —se dijo Arturo con una sonrisa nerviosa.

Era esta una estancia amplia y casi vacía por la que habían pasado tantas otras veces y a la que tan solo habían prestado una somera atención, siempre llena de grupos de turistas en pos de una guía.

Ahora en el silencio, en la quietud, y tras cruzar la puerta de acceso con forma abocinada rematada con varios arcos apuntados y labrados con dientes de sierra, las vidrieras parecían resaltar en la estancia, hablar con voz propia. Las cuatro columnas que repartían ese espacio dotaban al lugar de solemnidad.

Cinco eran las personas que se encontraban allí a esa temprana hora. Se trataba de los tres investigadores acompañados por la abadesa y la madre archivera.

Las vidrieras desde lo alto parecían contemplar la escena. Las figuras en ellas representadas, elegantes y estilizadas por encima de lo divino y lo humano. Los retratos de las abadesas, doña Ana de Austria y doña Antonia

Jacinta de Navarra, situados un poco más abajo, miraban con solemnidad la escena, en especial el de la primera, que mostraba un aire más grave.

No dejaba de causar cierta impresión en los presentes el saber que bajo sus pies estaban enterradas algunas de las religiosas representadas en esos cuadros.

La luz era todavía gris y tenue a esa temprana hora.

Sobre ellos los nervios de la bóveda arrancaban de unas bases en forma de anillo. «Ménsulas» —se dijo Arturo automáticamente, felicitándose por su memoria en cuestiones de arte.

En el centro y sobre la tarima de madera, se encontraba una mesita colocada frente a las sillas situadas en la cabecera. Sobre esta se podía ver —cuidadosamente colocado siguiendo escrupulosamente las instrucciones dadas por Arturo—, el Códex Musical, abierto por una página previamente revisada por este.

El joven miraba los ventanales, las maravillosas vidrieras luciendo, aún apagadas, una tenue luz acumulándose detrás de ellas, insensiblemente. ¿Estaría equivocado en esa intuición que había tenido?

Miró su reloj. Si todo resultaba como esperaba faltaban escasamente unos minutos para que se produjera el fenómeno. Escasos minutos.

El Códex se encontraba a la altura de la silla reservada a la madre abadesa cuando esta preside algún capítulo en la sala. Esta no perdía uno solo de los movimientos y preparativos del joven que se movía con seguridad por el recinto, como si hubiera ensayado el momento desde tiempo atrás.

Arturo miraba ahora los tapices alineados a ambos lados de la sala. Las columnas centrales parecían sostener el techo como un palio.

«*En la hora de prima de la luz, la luz*» se repetía Arturo una y otra vez. Este tenía que ser el lugar, lo sentía así. Pero, ¿el lugar preciso?

—Sor Inés —dijo, dirigiéndose a la abadesa—, he leído que el *Armariolum,* el espacio para guardar los libros de lectura y meditación se encontraba aquí, en alguna parte, ¿no?

Sin esperar respuesta, volvió sobre sus pasos y observó nuevamente los cuadros de las abadesas colocados sobre lo alto de las sillas que presidían la sala. Las cuatro imágenes que desde allí le miraban parecían un jurado de fin de curso ante el que tuviera que leer su tesis. ¿Sería así llegado el momento? De repente, mirando esa especie de trono religioso, sintió una calma y una extraña seguridad crecer dentro de él y disiparse las dudas.

—¿Vosotras lo sabéis, verdad reverendas madres? —dijo Arturo en voz baja, casi reverencial. Ana de Austria parecía desde luego especialmente cómplice a esa hora, con esa luz.

Arturo volvió a mirar su reloj. Eran las siete y diecisiete minutos.

La hora Prima.

Recordó entonces que la imaginación popular llamaba a esta parte del día, la «hora mágica». ¿Otra confirmación más de su teoría?

Por fin, con extrema lentitud, un cúmulo de luz pareció cargarse tras el cristal rojo de las vidrieras, llenándolo, desbordándolo.

La mirada de Arturo se dirigió a la que presidía el espacio central. En ella, la figura de San Juan destacaba de las demás. A través de la aureola rojiza que rodeaba su cabeza, comenzaba ya a formarse una nube de luz. Los ojos de la figura parecían contemplar el origen de esta. El joven bajó a continuación la mirada en dirección a los cuadros de las abadesas, todas ellas ahora cómplices secretas y calladas del misterio. Por un segundo se imaginó que sonreían.

Arturo permaneció quieto, dudoso, mirando hacía delante, dejando reposar su mirada sobre las sillas, o por lo menos sobre el lugar donde la mayoría de las abadesas se habían sentado en otro tiempo, una tras otra, celebrando los capítulos de la orden, administrando tierras, bienes, diezmos, leyes eclesiásticas y civiles. Presidiendo como monarcas ese pequeño reino del cual el monasterio era la cabeza visible.

Un pensamiento acudió con rapidez a su mente.

«*Johann lo arreglará*».

Tan rápido que no tuvo tiempo de analizarlo.

—Madre, profesor, Elena, ¡por favor, de prisa, ayúdenme a colocar el códice bajo la vidriera de San Juan! Justo donde me encuentro. ¡Rápido!

Electrizados por las palabras del joven, todos procedieron sin cuestionar las mismas a colocar con cuidado el volumen y el pequeño atril en el lugar indicado.

Al terminar ese traslado y mirar hacia arriba, los presentes tuvieron la impresión de que la figura de San Juan hubiera esperado ese momento. Más bien era la luz situada sobre su cabeza la que lo había hecho para, en un último momento, como una estela precisa y concentrada, atravesar la milagrosa corona roja de santidad y caer sobre la sala capitular, sobre el lugar donde ahora se encontraba el Códex, cayendo implacable sobre las páginas abiertas. Semejaba un rayo divino mostrando la verdad, el tipo de imagen que uno recuerda de los antiguos libros de religión.

Arturo se acercó el primero con pasos vacilantes. ¿Se había equivocado al calcular la hora? ¿Era este el lugar correcto después de todo? Y por último, ¿era su teoría una locura más suya? Se acercó hacia el Codex sin mirar atrás. Carlos y Elena avanzaban respetuosamente, toda su fe puesta en su joven compañero. Ansiaban y a la vez temían lo que pudieran encontrar al llegar al libro. Quizás nada. Quizás otro fracaso.

El joven permanecía delante del códice en silencio.

Sus compañeros se miraron.

—Arturo —dijo por fin el profesor con voz débil un paso más atrás, sin atreverse ninguno de los dos a llegar a su altura— ¿Hay algo?

Su alumno no pareció haberle oído. Estaba inclinado sobre el códice, los ojos entrecerrados.

Elena y Carlos avanzaron por fin, no pudiendo retener más su curiosidad. La madre abadesa hizo lo mismo.

Allí, cerca de una de las grandes letras rojas iluminadas que tanto habían llamado la atención del joven la primera vez que vio el Códex, destacaba una frase en pálidos caracteres.

Reconocieron la familiar cabecera de los despachos expedidos por la abadesa de las Huelgas desde la antigüedad:

«*Nos Doña... por la gracia De Dios y de la Santa Sede Apostólica, Abadesa Del Real Monasterio de las Huelgas, cerca de la ciudad de Burgos, Orden del Císter*» —seguían a esta una larga lista de títulos hasta cansar la vista y la paciencia del lector.

Continuaron leyendo esa prolija frase protocolaria con ansiedad, pasando la página en busca de los renglones siguientes.

Allí estaba. Un poco más abajo:

«*Ordeno que la semilla de la princesa Kristina nacida en esta Natividad, quede protegida y educada en familia de arraigo local, en El Monte de oro bajo la atenta mirada del Señor y la tutela de este claustro. Amén*»

Nada más.

Volvió a leerlo.

No podía ser cierto.

Por fin.

Meses y meses de investigación.

Un párrafo que resumía toda la búsqueda.

Solos unas pocas letras, unas pocas palabras, ¡pero tan cargadas de significado!

Aquí estaban. Las instrucciones, a la vista de todo el mundo, tal como había dicho Pinedo y apuntado Lafuente con su teoría de la esteganografía.

Pasados los primeros segundos de asombro, Elena tomó algunas fotografías del texto así descubierto para que quedara constancia documental del mismo; el profesor, con mano aún temblorosa, se atrevió a pasar algunas páginas más del Códex entre el silencio de los que le rodeaban.

La luz que continuaba cayendo sobre el códice comenzó a perfilar unos leves contornos pardos entre las líneas más cercanas a la letra capital que abría la página. Las siluetas, como en aquella sala de revelado de Isabella —la amiga del profesor—, se hicieron más marcadas, uniéndose entre sí y mostrando primero una línea de manchas que semejaban hormigas para, pocos segundos después, revelar su contenido.

Otro texto pareció surgir sobre la página, este escrito en una letra algo distinta, formando solo una breve frase:

«*La virgen María sentada en su templo se purifica bajo el sol*».

Una hora después se encontraban los tres en la tasca Teresa, ya con el códice a buen recaudo para tranquilidad de la madre abadesa, y tras haber dejado a esta en gran estado de agitación.

Este grupo era bien distinto al que se formó en el mismo lugar tiempo atrás. Las caras joviales, las jarras de cerveza y la copa de vino en la mano de Elena eran un franco contraste con la reunión primera.

—¿Sabes Arturo? —dijo Lafuente—. Hay otra coincidencia o simbolismo en el que no hemos caído ninguno de los tres, pese a haberlo tenido delante todo el tiempo y que ha hecho que hasta un pobre aprendiz en la materia como yo, se haya dado cuenta.

—¿Delante nuestro?

—Bueno, para expresarlo con más sencillez, uno de nosotros sería el propio símbolo. ¿Te acuerdas que te dije que yo también había tenido cierto presentimiento respecto de ti? Bien, ahora es el momento de decirlo —dijo el profesor adoptando un aire misterioso—. Ese símbolo eres tú, Arturo. Sí, no pongas esa cara. Te recuerdo que hizo falta otro Arturo para sacar la espada de la roca en aquella lejana Edad Media. Y por eso te damos las gracias. Llámalo carga mitológica o simbólica del nombre, pero si he aprendido algo de esto, es que ni tú ni yo, ni nadie, podrá conocer con certeza alguna acerca de esas fuerzas invisibles que mueven el mundo. Pero sí podemos aprender a respetarlas. Y ellas a cambio nos arrojarán un poco de luz.

Aquí hizo una pausa de calculado efecto dramático.

—Solo quizás —terminó finalmente Lafuente con un guiño.

Se rieron los tres de buena gana ante la broma del profesor. Carlos estaba exultante y miraba sus notas una y otra vez.

De repente y tras unos segundos de reflexión, fue el turno de Arturo de romper el silencio poniéndose a reír. Hacía esfuerzos el joven por parar, pero solo lograba indicar a sus amigos que aguardasen con la mano, quizás con la vana esperanza de que aquello iba a ser cosa de un momento, pero la risa se prolongaba sin mostrar indicio alguno de detenerse en un futuro cercano.

—¿Por qué te ríes de esa manera Arturo? Por favor, di algo, estás empezando a preocuparnos.

—Toma un poco de agua —intervino Elena alarmada.

—Estoy bien, estoy bien de veras. Ya me encuentro mejor —dijo Arturo tras una larga inhalación—. Se trata simplemente de que acabo de ver la ironía en toda esta situación. No es solo la broma del profesor, no. Por un momento es como si me hubiera situado por encima de nosotros y contemplado el curioso grupo que formamos. Y de repente, todo lo que estoy preparando en mi tesis, el conjunto de lo que hemos estado haciendo hasta ahora ha cobrado un carácter de revelación, de esas epifanías de las que tanto hablaba Ernesto.

—Creo Carlos que has apretado a este chico demasiado para que acabe su tesis a tiempo.

—Te juro Elena que no tengo nada que ver. No sé de qué está hablando.

—Pues que me he dado cuenta de que el carácter simbólico de la situación abarca mucho más allá —dijo Arturo—. Vamos a ver ¿en qué fecha llega la princesa a Burgos?

—Lo sabes de sobra, en diciembre de 1257.

—Sí, sí pero ¿En qué fecha? ¿Qué día era?

—Pues en la Nochebuena, cuando pasó la noche aquí en Huelgas con su comitiva. ¿Estás tonto o qué?

—¿Y qué se conmemora precisamente en la Nochebuena profesor? ¿Qué se celebra? El nacimiento del Niño Jesús... pero redúzcalo a una cosa más simple en términos simbólicos... ¡El nacimiento de un niño!

—¡Qué imaginación!

—No se ponga serio y tome distancia, profesor. ¡Tome distancia, lo que usted me ha dicho siempre!... —y aquí adoptó un aire aparentemente serio, imitando a su mentor en una de sus clases, moviendo el brazo derecho como si tuviera una invisible pipa en él—. Mire con equilibrio los hechos, los símbolos que tenemos delante. Es tan sencillo como eso. Y hete que ahora aquí, en el siglo XXI, dos profesores y un estudiante de postgrado acuden a este lugar en busca del rastro de ese niño en una especie de «adoración» postmoderna de ese hecho histórico. Tiene gracia, ¿no lo ven? Somos la versión moderna de los Tres Reyes Magos y yo, por mi condición aún de aprendiz de la profesión sería como el rey «negro» en el término peyorativo que antes se usaba sin mofa ni escarnio. Si nos permitimos además la libertad de considerar Montanilla —que se encuentra al este de Burgos así como del propio monasterio—, podríamos hasta llegar a decir que tres Magos llegados de Oriente habrían venido en busca del niño siguiendo una estrella—, o una luz, en nuestro caso.

El joven había abierto su libreta por el lugar donde tenía escrito con cuidada letra una frase que mostró a sus compañeros de aventura:

«El signo que condujo los Magos a la cueva de Belén, fue a colocarse, antes de desaparecer, sobre la cabeza de El Salvador, rodeándole de un halo luminoso.»

—Y ese signo —continuó Arturo—, la llamada estrella de Belén, que así pareció a los antiguos y que en tiempos más científicos sabemos que era el resultado de la conjunción de Saturno y Júpiter, podremos volver a verlo de noche, después de ochocientos años, coincidiendo con el octavo centenario de la catedral de Burgos. ¡Claro que esto es pura casualidad también, por supuesto... cómo lo es Elena, que tu nombre en griego signifique «Antorcha de luz!».

—Por otro lado —dijo Elena sonriendo ante la observación e intentando a la vez hacerse un hueco—, como sabéis todas las iglesias tienen una orientación invariable, establecida a fin de que fieles y profanos, al entrar en el templo por Occidente y dirigirse derechos al santuario, miren hacia donde sale el sol, hacia Oriente y Palestina, cuna del cristianismo. Para que salgan de las tinieblas y se encaminen hacia la luz.

Sí.

El significado era literal. Se trataba de un niño.

Un niño que había quedado al cuidado de una familia de gran arraigo local.

El día siguiente encontró al mismo grupo sentado en el despacho de Paleografía del profesor Lafuente.

—Bueno, querido muchacho —comenzó Carlos—, ahora que ha pasado todo, por lo menos la intriga y el modo en que nos has traído hasta este punto, ¿por qué no nos das tú también un poco de luz? ¿Cómo se te ocurrió la idea? ¿Cómo pensaste que el texto estaba escrito con una especie de tinta invisible? Y sobre todo, ¿La idea de la luz roja? ¿Las vidrieras de la sala capitular? ¡Y en especial la página exacta a examinar! Por más que examino mis notas no logro sacar nada en claro.

Esta vez era Elena quién ocupaba el tan codiciado sillón verde, mientras el profesor se encontraba sentado en su escritorio. Este presentaba un aspecto lamentable, cruzado y salpicado de lado a lado por folios llenos de anotaciones, esquemas y círculos. Arturo, por su parte, permanecía apoyado contra el pequeño ventanuco y la torreta de imitación medieval al lado de la escalera de caracol que albergaba, entre sus sombras, la tan codiciada máquina de café y el juego de té. Ese lugar era por cierto uno de los favoritos de Ismael que esperaba, paciente junto a los pies del joven, a que este se marchara para volver a ocuparlo.

—Lo que dijo usted hace días acerca de un secreto a la vista de todos y que, sin embargo, no podía ser visto me hizo pensar que quizás el copista hubiera escrito alguna pieza, algún trozo de texto con alguna especie de tinta invisible —dijo Arturo, consciente del interés despertado y de que este era el momento de explicarse como si estuviera presentando su tesis, trabajosamente preparada, ante el tribunal—. Es sabido que en la antigüedad eran varios los compañeros de profesión que, al igual que él, utilizaban técnicas similares para ocultar el conocimiento de ojos que no debían verlo. Y hace una semana —¿recuerda?, cuando escuche en la televisión a la profesora Pilar Alonso, y sus libros publicados sobre el característico color rojo de las vidrieras de Burgos, solo existentes en las Huelgas y en la catedral, eso me hizo pensar en que función podía tener esta consistencia distinta del cristal, la razón de su diferencia. Me acordé de aquella anécdota que me contó usted sobre su amiga la doctora y el cuarto oscuro. Y por último... Fulcanelli, en *El misterio de las catedrales* menciona: —«*La llave del arcano mayor consiste sencillamente en un color, manifestado al artesano desde el primer trabajo*» condensaba así, la esencia de todo conocimiento en un color...

Me pregunté entonces si podría haber sido el rojo ese color. Un color que por otra parte es el gran protagonista tanto en las iniciales miniadas como en las vidrieras. Y por último, amigos míos —dijo Pinedo apoyándose sobre sus pies y empujándose hacia arriba con ellos para remarcar su discurso—, la diva, la estrella del espectáculo y Estrella por su propio mérito: el sol. El sol, apareciendo en el equinoccio de invierno, sería el que revelaría el mensaje a la vista de todos, aunque oculto a ojos indiscretos. Escrito con tinta especial, una tinta realizada con ese ingrediente secreto que aquellos copistas habrían elaborado conjuntamente o en colaboración con los vidrieros, con la misma habilidad con que aquellos orfebres y albañiles construyeron en aquella iglesia el templo, de modo tal que el sol incidiera sobre él. ¿Con ayuda de los alquimistas de la época? Quizás. No sería tan descabellada la idea. Solo habría que unir los puntos para encontrar la figura que se oculta en el libro infantil. Para descubrir el dibujo escondido. Y respecto al «cuándo»... La hora monástica de Laudes, ahora en desuso, era para los antiguos la hora de la revelación, muy distinta al madrugón de Silos —dijo, mirando al profesor con cierto reproche—, está relacionada con la salida del sol, con el despertar, el nacimiento y la resurrección. Un momento de alegría por el nuevo día que comienza.

Arturo se movió con rapidez hacia la ventana, señalando hacía el paisaje exterior, como si fuera un prestidigitador que mostrara el lugar por donde entraba parte de ese sol, artífice del milagro de la mañana del día anterior y que ahora empezaba a recoger sus cosas para retirarse a descansar.

—¿Recuerda la expresión de que el bosque no nos deja ver los árboles? Pues hemos tenido este árbol particular, concreto, delante de nosotros todo el tiempo sin ser capaces de verlo.

Y con un gesto teatral marcó con su dedo índice la figura del niño que aparecía en uno de los pergaminos abiertos sobre la mesa.

—Y respecto a la página...no tiene mérito alguno. Ese trozo de papel que me dejó la hermana Amalia, junto con ese libro dirigido a mí. Era todo un guiño... las palabras en el papel... «*Quis dabit capiti meo aquam...*»

—«*...Et oculist meis fontem*» —continuó Elena, reconociendo el salmo.

—«¿Quién dará agua a mi cabeza y a mis ojos fuentes de lágrimas para llorar mis pecados de día y de noche?» —recitó triunfante Arturo de carrerilla—. De los 32 *conductus* que existen en la obra, quince son a una voz. De esos, solo seis aparecen únicamente en el Códex Las Huelgas. He hilado aún más fino... entre ellos hay cuatro cantos funerarios, o *planctus,* en principio dedicados a personajes importantes. Pero solo en uno de ellos, solo en uno, ojo, el destinatario es desconocido y ese es: «*Quis dabit capiti meo*». ¿Quién pudo ser ese personaje relevante cuya importancia no impidió sin embargo que su nombre permaneciera en el olvido? ... ¿La princesa Kristina quizás? Realmente no hay nada mejor para ocultar una oveja robada que guardarla dentro de un corral con otras cien ovejas. Pero aquí, aquí en este códice, se está hablando en todo momento de un niño real, de un infante. Nada más sencillo para la literatura católica que disimular los hechos que ocurrieron. Tremendamente fácil hablar de un recién nacido y del cuidado del mismo sin levantar sospechas, ¿no os parece? Fue como si todas las piezas de un rompecabezas se hubieran estado encajando solas en mi subconsciente, sin pensar en ello, una tras otra —y ahora era Arturo quien se movía de un lado a otro del despacho, momento que aprovechó Ismael para subirse definitivamente al ventanuco que había dejado desocupado el joven—. De repente, lo que habíamos estado buscando, el posible texto o instrucción en el monasterio, era algo que se encontraba a la vista de todos y a la vez oculto y, por supuesto, la misteriosa nota que me dejo sor Amalia era una confirmación de que estábamos sobre la pista. En ella se indicaba nada menos que la página y el canto preciso del Códex. Pero ¿cuál era el código? ¿La clave para poder leer el texto que sabíamos que estaba allí?

Aquí Arturo hizo una pausa, agotado por sus propias evoluciones en torno a esa mesa.

—Uní entonces todas las piezas... las letras capitulares iluminadas con ese precioso tono rojo, la entrevista de la profesora Abad en televisión sobre las vidrieras del monasterio, la mención oculta en el manuscrito inicial encontrado en Silos «*En la hora de Laudes, de la luz, la luz*», la mención del párroco don Alberto que apareció recientemente en televisión hablando del extraño fenómeno que se puede ver en las iglesias de San Nicolás y en el monasterio de San Juan de Ortega, ambos en Burgos, que producen determinados efectos de luz, y todo esto sin mencionar una experiencia que tuve el otro día aquí mismo mientras me quede dormido en el sillón... —dijo poniéndose colorado—. Y por último, las palabras de aquella guía mencionando que las vidrieras fueron cambiadas de ubicación en 1965 y colocadas en la sala capitular. Todo era demasiado fantástico. Pero también eran demasiadas coincidencias como para no significar algo, como para no apuntar a algo. Cada pregunta fantástica que me hacía, cada hipótesis, tenía a su vez una explicación aún más increíble. Era una intuición loca porque mi razón me decía que no había modo alguno de que una tinta invisible de las conocidas como aquellas basadas en el limón u otras sustancias naturales pudieran haber sobrevivido ocho siglos hasta llegar a nuestros días. Y esa es, en breves palabras, lo que me llevo a esa intuición. Y esa es, en breves palabras, lo que me llevo a esa intuición. Y para el que quiera hilar o hacer cálculos matemáticos, unos años después de la creación del propio Códex, aparece en él un canto funerario «*O moniales conoció Burgensis*» dedicado a María González de Agüero, la abadesa que ordenó la recopilación del mismo.

—Y claro —apuntó Elena que había permanecido callada por temor a interrumpir la explicación— las palabras «*Cantat me sin miedo que Johannes rodrigues me enmendi*» que aparecen en varias partes del códice, pueden interpretarse como: «escribe lo que desees que me encargaré de codificarlo adecuadamente».

—Si no es eso, es lo más aproximado que se me ocurre —asintió Arturo— aparte de que fue precisamente a través de San Juan —o «*Johannes*» en latín—, de donde vino la luz.

—Es cierto, pero ahora que lo dices, ¿por qué nos hiciste cambiar de sitio el códice a última hora? ¿Qué te hizo intuir que aparecería por esa vidriera concreta?

—Me extraña que no hayáis dado vosotros con esa respuesta. Fue la parte más fácil, en realidad. Simplemente recordé mis clases de religión. Se trataba de que se hiciera la luz en todos los sentidos y acordaros de que, según el Evangelio, San Juan Evangelista es la luz que brilla en las tinieblas, la Luz que el mundo no conoció, precedida por Juan Bautista, el mensajero enviado por la Providencia.

—Sin embargo —apostilló el profesor con un tono neutro en la voz— esa descendencia bajo la tutela del monasterio, quedó perdida entre aquellas sujetas al mecenazgo de las Huelgas. Una familia de acogida sí, pero una familia más, un niño más que pediría pan entre los cientos que debía de tutelar la abadía. Ahora viene la segunda parte, siento romper la emoción del momento, pero, como en cualquier juego de enigmas, cada respuesta plantea una nueva pregunta.

—¿Y esa pregunta es... ? —dijo Elena.

—¿Adónde vamos ahora desde aquí? O lo que es lo mismo ¿Cuál fue la familia a la que el monasterio entregó bajo su tutela al hijo de la princesa? Como dijo sor Inés de la Cruz, bien pudo doña Elvira Fernández de Villamayor, la abadesa por aquel entonces dar al bebé en acogida a una familia de rancio abolengo de la localidad bajo promesa de juramento eterno, a cambio de determinados privilegios o dones eclesiásticos y con amenaza de excomunión en caso de revelarlo. Nada más fácil que eso. Lo más difícil vendría después. El ingeniar, con ayuda de los alquimistas de la época y de los vidrieros artesanos que estaban construyendo parte de la catedral en aquellos momentos la orquestación de esa silenciosa conspiración. Y a la vez de afirmación de un nacimiento. ¡Curiosa la mente medieval a poco que uno se detenga a pensar en ella!

. . .

Cuando se fueron sus compañeros y solo las manchas sobre el lomo de Ismael eran el único testigo presente, el profesor meditaba aún acerca de la finalidad última del secreto. Se hacía difícil creer que todo esto se hubiera montado solo para ocultar un nacimiento ilegítimo que tenía como protagonista principal a una princesa desconocida venida a España para una incierta boda todavía sin concretar. ¿Había algo más que Alfonso X conocía? ¿Traía la princesa alguna otra misión relacionada con la famosa cúpula del mundo que pretendía entronizar como emperador de Europa al rey de Castilla?

Los numerosos recursos técnicos y conocimientos empleados para ocultar el secreto destacaban sobremanera de los usados en la época. Al parecer varias mentes habían acordado y sincronizado sus agendas para confeccionar esta pequeña pieza de maquinaria suiza, para que diera las horas de modo preciso, sin errores, durante siglos.

La Cábala, la Obra hermética conteniendo secretos uno dentro de otro, como una gigantesca matrioska, aparecía como un posible colaborador necesario. Un mundo de referencias lo relacionaba todo. Arturo tenía razón. Ahora lo veía claro.

CAPÍTULO 76

FIN DE AÑO

Un ejemplo esteganográfico.

Eran ya cerca de las once de ese 31 de diciembre cuando Carlos y Elena dejaron de hojear manuscritos en el piso del Paseo del Espolón.

Estaban junto al gran ventanal contemplando el río.

Había sido una semana frenética. Fascinante.

Arturo se había marchado hacía una media hora a celebrar con sus amigos el año que se iba, agotado por completo, aunque rebosante de entusiasmo.

—Siempre me ha intrigado la mariposa que tienes colgada ahí —dijo Elena de repente a la vez que se levantaba de la silla y se colocaba frente a ella—. ¿Cómo te hiciste con este ejemplar?—. Era la primera vez que Carlos le había visto hacer algo así. Sabía que no mostraba una gran afición por los lepidópteros de ninguna clase. Este repentino interés le pilló desprevenido. Tosió levemente, y miró al suelo antes de volver a posar sus ojos sobre Elena.

—Es una historia de juventud. Hace ya mucho tiempo de eso.

—No, por favor, si no te molesta soy toda oídos. Me gustaría conocer una historia que no tenga que ver con la antigüedad más o menos remota. No creo que mi mente aguante más interpretaciones por hoy.

—Bueno... si de verdad quieres saberlo... todo empezó en Brasil en 1985... —comenzó Carlos, los ojos fijos en el marco delante de ellos.

Y así dejaron por un momento el despacho para sumergirse en las maravillas de aquella mariposa que se había resistido a ser capturada, la mariposa que ahora ocupaba un lugar prominente en el despacho, enmarcada sobre la gran chimenea.

Elena permaneció en silencio durante todo el relato, echada ligeramente hacia delante, dando de vez en cuando una calada especial al cigarrillo, esa calada reconocida entre fumadores que denota un mayor nivel de concentración mental. También mostraba su interés con leves asentimientos de cabeza mientras sus manos aparecían extendidas frente a ella, una sobre la otra, la viva imagen del interés.

Cuando Carlos terminó su narración, Elena, con esos verdes ojos que hablaban por sí mismos se relajó en el sillón. Su expresión había cambiado.

—¿Quieres saber acerca de mi experiencia significativa? —dijo al cabo de un prolongado silencio—. No había oído la palabra tanto hasta que sacaste el tema por primera vez en aquella cena en Montanilla tras hacerte cargo del manuscrito. Te la voy a contar. Durante más de catorce años tuve un pequeño perrillo. Un perrito saltarín, travieso y ladrador que se escapaba constantemente de casa, saltando al jardín, en pos de cualquier persona, gato o perro que cruzara la puerta de mi pequeño bungalow. Vamos, lo que mis amigas en lenguaje coloquial llamaban «un bichejo». Se llamaba *Scotty*. Fue testigo de mis malos años en un matrimonio que nunca había funcionado. *Scotty* se quedó conmigo, fiel hasta el final.

Y aquí la mirada de Elena se perdió en el vacío unos instantes. En esos momentos veía de nuevo a su mascota delante de ella. Quizás se estaba viendo a sí misma también, juntas las dos en el balcón, mirando a la calle después de que el que había sido su marido dejara la casa aquella tarde.

—Murió por la noche. Me pilló completamente por sorpresa. Tenía que acudir a un curso en Vitoria al día siguiente. Tenía ya los billetes de tren comprados para ese día. Impresos y guardados. Mis amigas y colegas que venían conmigo me dijeron al enterarse que sería mejor que cancelara el viaje, que el curso no era tan importante después de todo y cosas así, pero yo me negué. Tenía que ir. No podría quedarme sola en casa en esos momentos sin mi querido *Scotty*. Pero aún así tenía que hacer un punto y aparte en mi vida, crear un espacio de duelo. Ya tendría tiempo para tirar sus cosas, sus ropitas, su cuenco de comida y demás detalles. Por eso, tras haber hablado con mis amigas y tomado mi decisión, abrí mi portátil en estado de sonambulismo, con intención de escribir en mi perfil de Facebook. El cursor parpadeaba, esperando delante de mí.

Sentía que tenía que decir algo a esa criaturita que me había acompañado tantos años, que había estado conmigo en mis mejores y en mis peores momentos. Testigo de una etapa de mi vida si quieres llamarlo así. Puede parecer fácil sentir que uno cae en una especie de sentimentalismo rápido al hablar así, pero no lo es cuando recordaba los distintos momentos y experiencias pasados junto a *Scotty*. Le debía un poco de poesía a ese ser, ¿no te parece? Y antes de que supiera lo que hacía mis manos, estas ya estaban moviéndose por el teclado: «Yo sé que no estás muerto —escribí—, sé que estarás en el aire, flotando por ahí, ladrando a todo el mundo, ayudando a volar a las mariposas». Cursi, pero efectivo. Me sentí mejor.

Con esas breves frases, con esas palabras aparentemente triviales y banales me quedé más tranquila. Un pequeño homenaje a un diminuto héroe.

Cerré el portátil con los ojos llenos de lágrimas. Aún tuve el ánimo suficiente para intentar cenar alguna cosa, acostarme en la cama y cerrar los ojos.

No me quedé dormida hasta bien tarde y no sin haber dado muchas vueltas en mi cabeza a esa pena que me costaba encajar, que se quedaba dentro de mí, que rehusaba irse. Al día siguiente me dispuse a lavar la ropa acumulada durante los pasados días. No había tenido la mente precisamente para pensar en cosas como fregar los platos, pasar el mocho o cambiar el filtro de la cafetera. Abrí la lavadora con movimientos mecánicos, medio dormida aún, el café aún puesto al fuego.

Atraje hacia mí el cesto de la ropa con un movimiento mecánico, como había hecho cientos de veces.

Pero cuando lo abrí de él salió una mariposa roja y grande que permaneció unos segundos frente a mi cara para volar a continuación por encima de la pared del patio trasero de mi bungalow.

Ahora comprenderás por qué no quería ver tus mariposas y te cortaba cuando intentabas hablarme de tu afición —terminó Elena levantando la cabeza que había mantenido agachada durante los últimos minutos y mirando a Carlos a la cara—. Supongo que era mi modo de protegerme, de no querer volver a hablar de mi pasado.

Elena se quedó callada. Permanecía de pie junto a aquella planta que había colocado unas semanas atrás.

El profesor Lafuente tras escuchar las palabras de su colega guardaba silencio a su vez. Reparó éste en que la luz de la luna, proyectándose desde lo alto sobre los hombros de su colega, daba un realce luminoso a su silueta, recortándola contra la ventana. Levantó Elena entonces los brazos y se soltó la coleta que previamente se había sujetado como era habitual para poder trabajar con cierta comodidad. Fue un movimiento rápido y natural. El cabello cayó o, mejor dicho, pareció desprenderse sobre sus hombros. A Carlos Lafuente le encantaba observar el balanceo del mismo cuando en ocasiones similares caminaba a su lado, creando diferentes formas y patrones en el espacio mientras lo hacía.

Inspiró hondo. Carlos pareció notar dentro de sí un secreto oculto, tardío y profundo.

—¿Sabes? —dijo antes de reparar en sus palabras—, luces muy bien bajo la luna.

Elena no contestó. Carlos no podía ver su rostro en la semioscuridad existente en ese pequeño espacio junto a la ventana. Solo esa luz desde lo alto, cayendo sobre sus hombros, sobre sus cabellos. ¿Había tenido ella siempre el pelo tan sedoso o era consecuencia del efecto óptico producido por el ángulo en que recibía la luz en la ventana? Qué importaba.

Escucharon como el reloj daba los cuartos para las doce.

—¡Joder! ¡Me había olvidado por completo! —dijo Elena dándose una palmada en la frente— ¡Carlos, es Nochevieja! ¡Corre! ¡Corre! Dejé la botella en la mesa de atrás. Todavía estamos a tiempo de celebrarlo, aunque sea sin uvas..

Lafuente hizo como se le indicaba, mirando hacia todos los lados de la estancia, no habituado al nuevo orden de colocación de objetos en su biblioteca. Efectivamente, Elena —siempre presta al detalle— había preparado en una mesita cercana una pequeña bandeja sobre la cual se encontraban una botella y dos copas acompañadas de las preceptivas uvas.

Era la de las copas una forma cuidada, tallada en los sitios precisos por el artista, con líneas definidas, exactas, coincidentes con el ángulo de curvatura.

La obra del vidriero, moldeada mediante la técnica del vidrio soplado había creado una forma imprecisa concretada en una figura acariciada por el fuego. Era también la obra del artesano un homenaje a la luz, al modo en que esta se usa para realzar la propia forma del vidrio y que nos permite, en un segundo, al ser así mostrada, ver un breve destello salir de un punto que no preveíamos, sorprendiendo la mirada y causando asombro ante la belleza así percibida.

Y debajo de todo, la base sostiene el conjunto, como el tronco de un árbol soporta y hace destacar su parte superior.

Era sorprendente como había tenido ese juego de copas allí varios meses, cerca de la estantería, yendo y viniendo en busca de verdades escritas cuando tenía al alcance de la mano esa otra belleza en la que no había reparado.

Sí, hoy era Nochevieja.

Unos rayos de luz lunar caían sobre las copas que permanecían en la mesa.

—¡Feliz Año Nuevo, Elena! —dijo Carlos con un brindis.

—¡Feliz Año Nuevo, Carlos!

Las copas chocaron entre sí. Un leve sonido, frágil, delicado.

Las dos figuras aparecían recortadas en la ventana frente a esa luz lunar. Ambos se quedaron mirándose a los ojos durante un tiempo. Carlos pensó que quizás había hecho una tontería. Como siempre. Otra vez.

—Será mejor que vaya a por la botella —dijo—, creo que ya no queda mucho cava en mi copa.

Cuando se estaba levantando del sillón notó la mano de Elena en su antebrazo, firme pero suave.

—Todavía hay el suficiente —dijo Elena a la vez que colocaba las suyas sobre sus solapas y le miraba con ojos que surgieron desde las sombras dónde habían estado ocultos, iluminados por la lámpara situada en el rincón del torreón en el que ambos se encontraban.

Ella se acercó y Carlos, olvidando toda teoría, plan o estrategia rodeó con sus brazos la delgada cintura de aquella mujer que acababa de descubrir esa noche, y atrayéndola hacia sí la besó frente a la ventana; suavemente al principio, como una caricia, bajo la gran mariposa enmarcada, mientras sus manos comenzaban a explorar nuevos territorios, un mundo que había olvidado que existiera.

www.ingramcontent.com/pod-product-compliance
Lightning Source LLC
Chambersburg PA
CBHW070553310726
48982CB00011B/1572/J
9780645005844